Laurens van der Post

Flamingofeder

Roman

Henssel Verlag

Berlin

Titel der englischen Originalausgabe
FLAMINGO FEATHER
Übersetzung von Margarete Landé

Sonderausgabe 1982

CIP-Kurztitelaufnahme der Deutschen Bibliothek
Van der Post, Laurens:
Flamingofeder: Roman / Laurens van der Post.
[Übers. von Margarete Landé]. – 7. Aufl. – Berlin: Henssel, 1982.
Einheitssacht.: Flamingo feather ⟨dt.⟩.
ISBN 3-87329-108-8

© LAURENS VAN DER POST 1955
Deutsche Rechte Karl H. Henssel Verlag, Berlin
Verleger der Originalausgabe: THE HOGARTH PRESS Ltd., LONDON
Druck: Druckhaus Langenscheidt KG
Einband: Schöneberger Buchbinderei, beide in Berlin

Gewidmet
MARIA MAGDALENA VAN DER POST
meiner Mutter,
und den vielen guten, teuren Menschen aller Farben,
welche das zusehends entschwindende Afrika meiner
entschwundenen Kindheit beseelten und gestalteten

*Ich verdanke mehr, als ich sagen kann,
meiner Frau Ingaret Giffard:
sie hat mein Manuskript für die Veröffentlichung reif
gemacht und den Wunsch zu schreiben in mir lebendig
gehalten*

I

Die Feder als Bote der Nacht

Die Handlung hebt offenkundig in dem Moment an, als ich aus meinem Hause auf die Veranda trat, hinaus in ein verwirrendes Zwielicht der Abenddämmerung. Unter mir auf dem steilen Hang vernahm ich den Widerhall rasender Tritte, fast unmittelbar darauf folgte der triumphierende Kriegsruf der Amangtakwena: „Mattalahta Buka!" „Endlich töten wir!"

Es war das Jahr 1948, der Tag – der 12. Juli, die Stunde – 5 Uhr 30 nachmittags, und der Ort des Geschehens – mein eigenes Haus.

Mein Haus steht hoch über einem Abhang der grauen Berge, hinter dem Dorf Sankt Joseph, auf der Halbinsel des Kaps der Guten Hoffnung. An klaren Tagen habe ich eine herrliche Sicht nordwärts über die blauen Wasser der Bucht bis dorthin, wo die fernen Purpurberge Hottentotten-Hollands das seltsame Kap der Hängenden Klippe entschlossen ins Meer hineinstoßen; da lehnt es sich schwer über seine eigenen Grundfesten hinaus – so wie sein Name „Hängender Felsen" andeutet – und starrt düster in das Gewoge des Indischen Ozeans, der in der Tiefe mürrisch grollt.

Aber an jenem Abend, als ich auf die Veranda hinaustrat, war dort nichts zu erblicken als trübe Dorflichter. Der Tag ging schon zur Neige; selbst den sanften Schimmer, der sonst um diese Stunde noch glimmt, hatte der grimmige Sturm erdrückt. Vor der Gewalt seines Andringens warf ich schnell die Eingangstür hinter mir zu. Den Schrei, der zu mir gedrungen war, und den Klang jener verzweifelt hastenden Füße konnte selbst das Heulen des Sturmes nicht übertönen – sie lagen mir noch klar vernehmbar im Ohr.

Einen solchen Kriegsruf hatte ich gerade zu jener Zeit

und an jenem Ort am wenigsten erwartet. Zwar arbeiten viele 'Takwena* auf dieser Halbinsel, aber gerade 'Takwena sah ich nie – wie andere Stämme – am Wochenende lärmend und plündernd durch die Vororte ziehen. Trotzdem zweifelte ich keine Sekunde, daß ich recht gehört hatte. Ich kenne doch meine 'Takwena! Sie sind mir der liebste afrikanische Volksstamm. Übrigens hatte ich erst vor wenigen Minuten meine Arbeit an dem Werke „Geistesart und Mythos der Amangtakwena" mitten im neunzehnten Kapitel unterbrochen. Als ich nun jene Stimmen, von dunklen Urkräften getrieben, aufklingen hörte – Stimmen, die aus echten 'Takwena-Herzen und -Kehlen hervorbrachen –, spornte mich dies zu rückhaltloser Tat.

Neben der Eingangstür meines Hauses hängt an jeder Seite ein schöner Somali-Schild; beide hatte ich früher einmal von der Nordwestgrenze Kenyas mitgebracht. Jeder Schild ist flankiert von einem heraldischen Bündel kunstvoller tödlicher Wurfspeere der Massai. Ich sprang hinzu und ergriff den Haufen Speere zur Rechten. Es kam mir gar nicht in den Sinn, mir etwa die Zeit zu nehmen, ins Haus zurückzugehen und ein Gewehr zu holen. Jener Schrei hatte in mir das zwingende Gefühl ausgelöst, es müsse dringend etwas geschehen. Auch spürte ich von vornherein instinktiv und unbeirrbar, daß ich selbst davon betroffen und für dieses Geschehen persönlich verantwortlich war. Während ich nach den Speeren griff, tauchte neben mir am Fenster des Wohnzimmers das Gesicht von Umtumwa auf – mein persönlicher Diener, mein alter Bursche und Freund in Krieg und Frieden. Sein gediegenes, würdevolles 'Takwena-Antlitz mit der flachen, drollig gerunzelten Nase war dicht an die Scheibe gepreßt, wie jeden Abend, wenn er einen letzten kurz prüfenden Blick hinauswarf, ehe er die Vorhänge vor dem sterbenden Tage zuzog.

„Schnell, Umtumwa, folge mir!" rief ich, so laut ich

---

* So werden die Amangtakwena in der Umgangssprache genannt

konnte, und zog einen Speer mit solcher Gewalt aus der Hülse, daß der ganze Haufe klappernd zu Boden fiel.

Auf Umtumwas Gesicht erschien ein Ausdruck, wie ich ihn während des Krieges in Burma oft bei ihm beobachtet hatte. Sogleich verschwand er hinter dem bernsteinfarbenen Fenster. Ich war überzeugt, er hatte meinen Ruf nicht nur gehört, sondern auch dessen Dringlichkeit begriffen.

Nie in meinem Leben bin ich so schnell gelaufen wie die einundzwanzig Stufen herab von meiner Veranda zum Gartenweg. Aber Umtumwa war noch schneller, ich hörte schon seine schweren nackten Füße unweit hinter mir auf dem Boden tappen. Und dennoch – leider Gottes! – war keiner von uns beiden schnell genug.

Als ich den dunklen gewundenen Fahrweg erreichte, der aus dem Dorf zu meinem Haus herauf führte, hörte ich von neuem rufen: „Buka edabuka!" „Tot! Macht tot", dann drei starke dumpfe Schläge und zu jedem Schlag ein unwillkürliches schweres Ächzen, das unmißverständlich war.

Das Licht der nächsten Laterne brannte infolge des Sturmes nur undeutlich, aber es war gerade noch hell genug für mich: ich gewahrte, wie eine große, dunkle Gestalt vor einer Gruppe von sieben sich bäumenden schwarzen Kerlen niederstürzte.

„Haltet ein! Auf der Stelle! Fingani-Hunde*!" schrie ich ihnen in ihrer Mundart zu.

„Hurenbrut! Mißgeburt von Hyänen!" brüllte Umtumwa hinter mir. „Folgt dem Befehl aufs Wort! Nehmt euch in acht, hier kommt Umtumwa aus Amantazuma!"

Wie höflich, würdevoll und beherrscht Umtumwa im täglichen Leben auch war – geriet er einmal in Zorn, so konnte er gewaltig und Verderben zeugend fluchen.

Sofort erstarrten die wildbewegten Gestalten, von

---

* Die Fingani sind ein den Amangtakwena untergeordneter Stamm. Sie sind bis auf den heutigen Tag verfemt, weil sie vor zweihundert Jahren an einem großen Häuptling Verrat übten

jähem Schrecken übermannt. Allzu unerwartet traf sie in dieser Höllennacht, an diesem unwahrscheinlichen Ort der schwere, warnende Fluch. Sekundenlang schienen sie vor Furcht gelähmt, dann aber brachen sechs von ihnen aus und ergriffen die Flucht. Der siebente, offenbar der Anführer, wagte noch einen letzten Sprung auf die dunkle am Boden liegende Gestalt, schwang einen Jagdknüppel hoch über die Schulter und ließ ihn mit einem Krachen, wie das Peitschen eines Schusses, auf den Kopf des Hingestreckten niedersausen; dann wandte auch er sich zur Flucht.

„Halt oder ich schieße!" schrie ich. In meiner Empörung über die Gemeinheit des Zuschlagens hatte ich völlig vergessen, daß ich nur einen Speer und keine Flinte bei mir trug. Der Kerl kümmerte sich nicht um meinen Ruf, stürmte vielmehr in langen, mühelosen Sätzen den Abhang hinab. Eine Verfolgung war aussichtslos, das erkannte ich. So blieb ich bei dem niedergestürzten Manne stehen. Im selben Augenblick holte mich Umtumwa ein. Von Wut gepackt, keuchte er in sich hinein: „Oh, welch ein schlimmer Schlag! Oh, was für gemeine Menschen!" Dann riß er, ohne auch nur meine Einwilligung abzuwarten, den Speer aus meiner Hand.

Der letzte der sieben Männer raste einer jähen Wegbiegung zu – es war keine Zeit zu verlieren. Blitzschnell hob Umtumwa den Speer über die Schulter, balancierte ihn aus und zielte. Sekundenlang ließ er den schlanken Schaft so kräftig und geschickt schwingen und schwirren, daß ein Ton wie von einer Stimmgabel in der Luft erklang, dann schleuderte er ihn auf den Fliehenden. Ich hielt vor Spannung den Atem an, und der Sturm schien das gleiche zu tun, er säuselte nur noch. Ich hörte den Speer wie Seide raschelnd durch die Luft sirren, während tief unter uns das Meer zischte wie ein Schwarm zorniger Mambaschlangen auf dem schäumenden Strande. Der Wurf erschien mir vortrefflich und todbringend: ich sah deutlich im Lichtfeld einer Laterne, wie die Speerspitze genau auf die verhängnisvolle Stelle im Rücken des Fliehenden, zwischen Nacken und Schultern, zuhielt. Aber in diesem kritischen Moment stolperte er auf dem steilen Abhang, und während er auf Hände und Füße niederging wie ein Leopard, streifte der Speer nur eben seinen Kopf und riß eine Art Mütze, die er trug, herunter. Schlagartig richtete er sich mit unglaublicher Behendigkeit wieder auf, ließ die Kopfbedeckung im Stich und verschwand um die Wegbiegung. Ich hörte Umtumwa herzzerreißend aufstöhnen. Dann brach der Orkan wieder los.

„Nein! Umtumwa, tu's nicht!" befahl ich, denn er war im Begriff, die Verfolgung aufzunehmen. „Überlaß ihn der Polizei. Wir haben hier Dringenderes zu tun. Lauf hinauf ins Haus! Ruf alle meine Leute! Komm so schnell wie möglich mit Wolldecken zurück!"

Im Nu war er fort. Ich kniete mich hin und hob, so behutsam ich konnte, seinen großen, schwarzen Kopf vom steinigen Weg und bettete ihn in meine Hände; dabei ließ ich wie Tropfen wieder und wieder die Worte in Sindakwena* fallen: „Freunde! Hilfe! Schon gut! Alles vorüber!"

Er antwortete nicht, stöhnte nur vor sich hin, wie ich es so oft bei schwerverletzten Afrikanern gehört habe. Sie klagen nie. Es klingt, als versuchten sie, den Schmerz in rauhen, elementar-melodischen Rhythmen auszustoßen und sich so von ihrer Todesangst loszuringen. Ich hatte nur eben Zeit festzustellen, daß er an mehreren Stellen tiefe Einstiche hatte und stark blutete – da war Umtumwa schon zurück mit meinem Koch, meinem Gärtner, dem Hausboy, einem „umfaan"**, und zwei Wolldecken. Wir legten den Verletzten auf eine Decke. Selbst bei diesem trüben Lichtschein blieb mir nicht verborgen, wie schnell ein Flecken Blut sich in der weichen Wolle ausbreitete – wie der Abglanz eines Sonnenuntergangs. Wir legten die andere Decke über ihn, hoben ihn behutsam zwischen uns und hatten ihn bald in meiner großen warmen Küche. Da lag er auf

---

* Die Sprache der Amangtakwena
** umfaan = 'Takwena-Jüngling

dem Boden vor dem Feuer, das hell in einem breiten und offenen altholländischen Herde brannte. Unter seinen zerschlagenen Kopf schoben wir zwei meiner weichsten Kissen. Als die Küchentür hinter uns ins Schloß fiel, hörte ich den Sturm mit frischen Kräften, wie ein Rudel Wölfe, die Berglehne herabkommen.

„Umtumwa, du verstehst dich genau so gut wie ich auf das Verbinden von Wunden; hole schnell die Verbandspäckchen aus meinem Arbeitszimmer. Inzwischen rufe ich den Doktor an."

Das Gespräch wurde rasch vermittelt. Ich hatte meinen Hausarzt angerufen, der zum Glück nur ein paar Meilen entfernt wohnte. Die gute Seele sagte nur: „Ich komme sofort" und hing ab, bevor ich ihm danken konnte. Dabei war der Sonntagabend fast der einzige, den er allein mit seiner Familie verbringen durfte.

Als ich wieder in die Küche trat, war ich seltsam berührt: meine fünf Diener umschlossen im Halbkreis wie gebannt den Verletzten. Umtumwa hatte bereits Notverbände um die vier furchtbarsten Stichwunden gelegt; es waren da noch zahlreiche weniger schlimme Einstiche. Die schwersten Wunden rührten von vier tiefen Stichen her, zwei seitlich in die Brust, einer in den Schenkel und einer in die Magengrube. Als ich den karmesinroten Flecken sah, der sich von der Purpurhaut der Magengegend abhob, sank mir der Mut. Ich erkannte, wie gering die Hoffnung war, ihn am Leben zu halten, und erst jetzt wurde mir klar, wie entsetzlich er unter den Schmerzen leiden mußte.

„Bring mir schnell das Morphium, Umtumwa", bat ich und kniete neben dem Manne nieder.

Ich glaube, ich nahm mir nicht einmal die Zeit, die Injektionsnadel zu sterilisieren, denn irgendwie wußte ich, daß ich die Schmerzen dieses Mannes nur noch betäuben, daß ich hier nicht mehr heilen konnte. Während ich die Nadel in seinen Arm einführte, öffnete er plötzlich seine Augen weit und blickte in die meinen. Diesen Blick werde ich nie vergessen. Ein solcher Blick ist nicht nur dem Menschen eigen, sondern auch allen schwerverletzten sterbenden Tierwesen. Ich sah ihn in den Augen meiner Askaris, wenn sie im schlammigen Grün des burmesischen Dschungels starben, fern von dem flimmernden Purpur und Rot-Gelb ihrer afrikanischen Hochländer. Der afrikanische Mensch kann die erstaunlichsten körperlichen Qualen ertragen, wenn er nur ihren Grund begreift und einsieht. Jedesmal aber, wenn jener Blick, von dem ich sprach, auf dunkel dahinströmenden Wogen der versiegenden Flut seines Blutes emportaucht, weiß ich, daß die Antwort des Lebens endgültig und unwiderruflich ein Nein ist.

Während ich bei ihm kniete, wurde ich tief von dem Blick angerührt. Ich habe viele Menschen auf sehr verschiedene Weise sterben sehen, aber ich werde durch Gewöhnung nicht unempfindlicher gegen dieses Geschehen. Jedesmal, wenn ich dem Tode begegne, ist es wie das allererste Mal: in Demut enthülle ich mein innerstes Sein und Fühlen vor jener unbegreiflichen Majestät. Dieser Mann hier war mir völlig fremd, und doch war er mir in diesem Blick ganz nahegerückt, fast ein Teil meiner selbst geworden. Vielleicht kommen wir alle uns im Leben nur dadurch nahe, daß wir uns gemeinsam diesem Ende nähern, welches uns zuletzt vereint.

Als seine Augen – erfüllt von jener großen überirdischen Lichtflut – sich öffneten, schien er gerade noch genug von seinem entweichenden Selbst zurückzuhalten, um mein weißes Gesicht dicht über seinem schwarzen zu erkennen und das Mitleiden in meinen Augen zu lesen. Da geschah etwas ganz Unerwartetes. Langsam flatterte ein Lächeln über seine dicken festen Lippen, und er sagte überaus deutlich: „Du bist es, Bwana! Ich erkenne, daß du es bist: Ekenonya! Ekenonya!"

Ich wünschte, ich könnte die Bedeutung des Wortes ‚Ekenonya' sinngemäß wiedergeben, aber leider gibt es kein entsprechendes Wort in unserer Sprache. Man muß es selbst erfahren und erleben, um seinen Wert auszuschöpfen. Ich kann hier nur sagen, daß es ein begeistertes „ich danke dir" ist, ein Ausdruck der allertiefsten

Dankbarkeit, deren ein Amangtakwena fähig ist. Dieses „ich danke dir" richtet sich nicht nur an eine andere Person, nicht einmal an einen Gott; es richtet sich an alles Lebendige, an die ganze große schimmernde afrikanische Fülle des Seins. Und mit diesem Worte „ich danke dir" schied er aus dieser Welt.

„Auck! Mein Bwana! Auck! Auck!" rief Umtumwa auf Sindakwena aus. „Er geht den langen Weg zum großen Schlafe. Aber er hat dich gesehen, Bwana, er hat dich erkannt!"

Also war Umtumwa das Erkennen, das in seinem letzten Augenblick beschlossen war, nicht entgangen. Und doch hatte ich diesen Menschen nie zuvor gesehen. Für mich sehen die Afrikaner durchaus nicht alle gleich aus, wie für so viele Städter in meinem Lande. Ich finde im Gegenteil jedes ihrer Gesichter einmalig, genau von jedem anderen unterschieden. Auch habe ich ein ebenso gutes Gedächtnis für Gesichter wie für Namen, und ich wußte bestimmt, daß ich diesem Manne noch nie zuvor begegnet war. Darum schüttelte ich nun betrübt den Kopf und sagte: „Du hast recht, Umtumwa, er glaubte, mich zu kennen – aber ich kenne ihn nicht. Hast du irgendeine Ahnung, wer er sein könnte?"

„Nein, Bwana, nur das fiel mir auf!" dabei sank er neben dem Toten auf die Knie und wies mit ausgestrecktem Finger auf zwei dünne schwarze Linien, die fast unmerklich auf jede Wange tätowiert waren.

Vor Verwunderung hielt ich den Atem an: jene Zeichen tätowiert man nur auf die Wangen von 'Takwena-Fürsten und ihren unmittelbaren Abkömmlingen – zwei Linien bei Männern, drei bei Frauen. Jetzt begriff ich auf einmal, warum meine Diener so hingerissen auf den Mann geschaut hatten, als ich nach dem Ferngespräch zurückkam. Ich wollte etwas sagen, da gellte plötzlich die Klingel der Haustür so heftig und aufgeregt in unseren Ohren, daß mein *umfaan* Tickie aufgeschreckt nach Luft schnappte.

„Das wird der Doktor sein, Umtumwa", sagte ich. „Führe ihn hier herein. Dann nimm eine Fackel, hol mir meinen Speer wieder und suche die Stelle ringsum gut ab, ob die Teufel nicht etwas zurückgelassen haben, das uns hilft, ihnen auf die Spur zu kommen."

Als mein armer alter Doktor, durchnäßt und atemlos von der Eile, eintrat, warf er nur einen Blick auf den Toten und sagte schlicht: „Tut mir leid, Pierre, ich habe so schnell gemacht wie ich konnte, aber offenbar doch nicht schnell genug."

„Sie sind fabelhaft rasch gekommen", erwiderte ich mit einem Blick auf den ergrauten, altmodisch anmutenden Kopf, der sich über den Leichnam beugte. „Aber ich glaube, Sie hätten ihn nicht einmal retten können, wenn Sie dabeigewesen wären, als es geschah."

„So scheint es", stimmte er bei und schlug die Decke auf.

Auch ich sah ihn noch einmal näher an und bemerkte eine Reihe Einzelheiten, die ich vorher aus Mangel an Sammlung und Zeit nicht wahrgenommen hatte. Der Tote war wie ein Seemann gekleidet. Er war barfuß, doch trug er die hellblauen Köperhosen der Handelsmarine. Die Hosen waren aufgeknöpft, und die dunkelblaue Strickjacke noch so, wie Umtumwa sie gelassen hatte: bis unter die Achselhöhlen und das Kinn fest hochgerollt. Der Ledergürtel war geöffnet und lag unter ihm, die daran befestigte Messerscheide war leer; wahrscheinlich hatte er sein Matrosenmesser zur Verteidigung gezogen. Aber – ein 'Takwena-Matrose? Das kam mir sonderbar vor.

„Sie haben recht, Pierre", sagte der Arzt und erhob sich seufzend. „Er hatte nichts mehr zu hoffen, unter keinen Umständen. Wie ist das vor sich gegangen?"

Ich nahm den Doktor mit in mein Arbeitszimmer, gab ihm einen tüchtigen Whisky-Soda und fing an zu erzählen. Mitten in meinem Bericht hörte ich die Vordertür sich öffnen und schließen und Umtumwas nackte Füße durch den Flur tappen. Zu meinem Erstaunen machten die Fußtritte an meiner Tür halt, und plötzlich stand Umtumwa mit wichtiger, unheilverkündender Miene auf der Schwelle. Aber einer instinktiven Warnung folgend, gab ich ihm ein Zeichen, nicht hereinzukommen.

Kaum hatte sich jedoch die Haustür geschlossen hinter dem Doktor und seinen Abschiedsworten „Gute Nacht, Pierre, ich sage morgen früh der Polizei selbst Bescheid", als Umtumwa auch schon neben mir stand.

„Bitte, Bwana! Bitte, komm schnell in die Küche!" drängte er ernst.

Bereitwillig folgte ich ihm und fand die übrigen Leute, dem Toten den Rücken kehrend, mit feierlichernsten, beunruhigten Mienen am Küchentisch stehen. Sie hoben die Augen, die, vom Licht eines ergreifenden Geschehens getroffen, wortlos um irgendeine Bestätigung flehten. Dann senkten sie den Blick wieder und ließen ihn auf einer merkwürdigen Zusammenstellung von Gegenständen auf dem Tisch ruhen. Vermutlich hatte Umtumwa all jene Dinge draußen aufgelesen. Wenn ich an die sonderbare Ansammlung auf der weißen Fläche des blankgescheuerten Küchentisches denke, – wie das Stilleben eines surrealistischen Malers anzusehen – so spüre ich noch heute die unbeschreibliche Erregung, welche durch die Ereignisse jenes Abends in mir ausgelöst wurde.

Da lag erst einmal mein Speer und hübsch sauber davon aufgespießt eine Leinenmütze, wie Schiffsheizer und Trimmer sie an Land tragen. Daneben lag etwas, das wie ein billiger gelber Briefumschlag in Kanzleiformat aussah; er war zerfleddert, beschmutzt, mit Blut befleckt, doch mit einer Aufschrift versehen. Dann fiel mein Blick auf eine rosa-weiße Vogelfeder – wie leicht sie war: während wir hinschauten, wehte ein Lufthauch sie um, der vom entferntesten Winkel sacht zum Feuer strich. Ich blickte Umtumwa fragend an, er erriet meine Gedanken. Leise und gedrückt bestätigte er meine Befürchtung: „Ich habe überall gesucht, Bwana, aber mehr als dies konnte ich nicht finden."

Der Speer, die Mütze, ein zerrissener, anscheinend leerer Umschlag, eine gewichtslose Feder und ein stummer, toter Menschenleib mit dem Zeichen der Bantufürsten – das war alles, was uns blieb. Wie sollten wir aus diesen Dingen das verhängnisvolle Geschehen dieses Abends deuten?

Und doch schauten im selben Augenblick alle meine Diener zu mir auf, als glaubten sie, ich würde das Geheimnis mit einem Blicke entziffern.

Ich trat an den Tisch heran, nahm den Speer auf, entfernte die Mütze und sagte: „Du hast ihn gut geworfen, Umtumwa, es ist nicht deine Schuld, daß der Speer sein Ziel verfehlte."

Dies weckte ihn für kurze Zeit aus seiner feierlichen Gebanntheit. Ein Lächeln von großer Zartheit glitt über seine offenen Züge, fast hätte er seine scheu-empfindliche Freude verraten – um es zu bergen und zu schützen, hob er seine langen Hände vors Gesicht.

Ich drehte die Mütze zwischen den Fingern. Zwar verstehe ich nicht besonders viel von solchen Dingen, doch sah ich sofort, daß sie weder von britischer noch amerikanischer Machart war. Aber sie entsprach durchaus der kontinentalen Vorstellung einer Seemannsmütze. Innen war kein Hersteller- oder Schiffsname eingeheftet.

Danach nahm ich die Feder auf. Im selben Augenblick spürte ich, wie sich unversehens die Atmosphäre zwischen mir und meinen Leuten wandelte. Die Spannung, die ich an ihnen wahrgenommen, sobald wir das Fürstenzeichen an dem Toten entdeckt hatten, wuchs ins Unerträgliche – eine Kluft drohte sich zwischen uns aufzutun. Ich blickte von einem zum anderen, sie aber sahen mich nicht, ihre Augen ließen nicht von der Feder.

„Die Feder eines Flamingos? Flamingos Feder!" rief ich aus und hielt sie ans Licht. Fünf 'Takwena-Augenpaare folgten der Bewegung meiner Hand, aber keiner der fünf sprach ein Wort. „Wo hast du sie gefunden?" fragte ich Umtumwa so beiläufig wie möglich. Dabei begann mein Herz aus einem dunklen Grunde plötzlich schneller zu schlagen, als wisse es bereits, was meinem Bewußtsein noch verborgen war.

"In seiner Hand", sagte Umtumwa und wies auf den Toten.

"Was meinst du, hat das zu bedeuten?" fragte ich darauf geduldig, aber merkbar entschlossen, eine Antwort zu erhalten.

Er erwiderte nichts, ließ vielmehr seinen Kopf sinken – verwirrt, ja verschämt. Die andern Köpfe folgten seinem Beispiel. Nun bestand kein Zweifel mehr: diese Feder war die Ursache der Spannung zwischen uns.

"Was bedeutet das, Umtumwa? Warum antwortest du nicht, wenn ich frage?" stellte ich ihn zur Rede.

"Verzeih, Bwana", sagte Umtumwa schließlich. Aus seinen Augen sprach der heftige Widerstreit seiner Gefühle: der Treue zum Stamm und der Treue zu seinem Herrn; er blickte ebenso jung und hilflos drein wie sein Schwestersohn Tickie an jenem Tage, als ich ihn mit einem Mund voll verbotenem Küchenzucker ertappte. "Vergib mir, aber es ist verboten, hiervon zu sprechen. Dies ist allein Amangtakwena-‚business'!"

Ich unterdrückte ein Lächeln über die Art, wie er das englische Wort ‚business' in seinem so wortgetreuen Sindakwena-Ausspruch unterbrachte. Sogleich gewannen die anderen ihren Mut zurück und fielen tief überzeugt ein: "Jawohl, dies ist Amangtakwena-‚business'!"

Ich war geschlagen, aber ich wußte aus alter Erfahrung, daß man sich im Umgang mit 'Takwena vor allem mit äußerster Geduld wappnen muß, selbst dann, wenn sie einen kennen und so wie diese mich lieben. Ich sagte darum nichts mehr, legte nur die Feder wieder neben die Mütze und nahm den Umschlag in die Hand.

Und da empfing ich den Schlag, der an jenem schicksalsschweren Abend allein für mich bestimmt war. Der Brief war deutlich adressiert an:

"Pierre de Beauvilliers, Esq., D.S.O.
    Petit France
        St. Joseph's
            Cape Peninsula",

und zwar in einer Handschrift, die mir so vertraut war wie meine eigene.

„Erinnerst du dich an Oberst Sandysse, Umtumwa?" fragte ich und hatte plötzlich ein trockenes Gefühl im Halse.

„Wie sollte ich mich nicht an ihn erinnern?" gab er fast vorwurfsvoll zur Antwort. „Habe ich nicht in vielen Nächten in Burma mit ihm und dir unter derselben Decke geschlafen?"

„Nun hör zu: diese Schrift ist Oberst Sandysse' eigene Handschrift!" sagte ich.

„Auck, Bwana!" rief er, und Ungläubigkeit stand deutlich auf seinem Gesicht geschrieben. „Wie kann das möglich sein, da doch der Oberst tot ist, wie wir alle wissen?"

„Allerdings, man *glaubte*, daß er schon lange tot sei, da hast du recht. Aber wie kann das wahr sein, wenn dies einwandfrei seine Handschrift ist? Die Tinte ist noch nicht einmal sehr alt."

„Auck, Bwana, das ist ein gewaltiger Tagati*, mächtige Zauberkräfte wirken da!" Mit diesen Worten erkannte er endlich, grollend und doch ehrfürchtig, die Tatsache an.

„Weißt du irgend etwas über die Feder, was uns Aufschluß über diesen Brief gibt?" Ich überfiel ihn schnell mit dieser Frage, während er vor Erstaunen noch wehrlos war.

Aber er zog sich sofort zurück, ließ störrisch den Kopf hängen und wiederholte nur: „Nein, da gibt's nichts zu erzählen! Die Feder ist nur Amangtakwena-business."

„Nun hört einmal zu!" Und dieses Mal wandte ich mich an sie alle. „Hört aufmerksam zu! . . . Habt ihr nicht zu mir gesagt, ich sei wie euer Bruder?"

„Jawohl, Bwana, jawohl!" antworteten sie alle zugleich, ohne sich zu besinnen. „Du bist wahrhaftig wie unser Bruder und Vater."

„Nun denn. Paßt auf! In wenigen Minuten muß ich

---

* Sindakwena für ‚Magie'

das Efoena-Indabakulu** abheben und die Polizei hier in dieses Haus rufen. Sie werden sich alle diese Dinge ansehen und viele Fragen stellen. Etwas werden sie bestimmt tun, nämlich diese Feder mitnehmen. Dabei hob ich sie auf und hielt sie vor ihre faszinierten Augen. „Und jeden von Euch werden sie fragen: ‚Was bedeutet dies?‘"

„O nein, Bwana!" schrien sie bestürzt. „Die Polizei darf die Feder nicht sehen. Das wirst du doch nicht zulassen!"

„Warum nicht?" entgegnete ich schnell.

„Das wäre ein großes Unrecht", sagte Umtumwa gelähmt, die andern, die sich wie gefangen fühlten, blieben stumm.

„Wie soll ich denn beurteilen können, ob es unrecht ist oder nicht, wenn ihr mir nichts mitteilt", sagte ich streng zu ihm. „Es ist doch merkwürdig, daß ihr gute Gründe haben wollt, aber das Gute vor eurem Bruder verbergt?"

Der Ausdruck auf ihren Gesichtern war so unglücklich, daß ich hoffte, ich könne die Schlacht doch noch gewinnen. So stieß ich schnell nach: „Erzähle mir, was euch bedrückt, und wenn ich den Grund einsehe, wollen wir die Feder der Polizei nicht zeigen, sondern nur unter uns davon sprechen."

Bei diesen Worten sah ich sie bedeutsame Blicke wechseln. Dann fühlte ich, wie die Meinungen der einzelnen von innen her zu einer gemeinsamen Haltung zusammenwuchsen, ohne daß ein Wort fiel. Tickies junge, frische Augen glänzten plötzlich befreit, Umtumwa begegnete endlich aufschauend wieder meinem Blick und sagte: „Bwana, dies ist das Zeichen für alle Amangtakwena, daß wieder ein großer Traum geträumt worden ist."

„Was für ein großer Traum, Umtumwa?" fragte ich, und tiefe Besorgnis fiel wie ein dunkler Schatten auf

---

** Wörtlich: „Wer wünscht Gespräch mit wem", die Sindakwena-Bezeichnung für Telefon

mein Herz. Hatte ich nicht schon so manches über die 'Takwena und ihre großen Träume erfahren?

„Das weiß ich jetzt noch nicht", antwortete er düster. Dann deutete er auf den Toten und sagte: „Sogar er, der die Feder trug, hätte das nicht gewußt. Wir wissen nur eines: wenn eine solche Feder zu uns getragen wird von einem Manne, wie er es war, so ist dies ein Zeichen, daß ein großer Traum geträumt worden ist. Dann muß von jeder Stammesgruppe ein Mann sich eilends aufmachen – wie weit er auch von Umangoni* entfernt sein mag – um im Frühling in unsrer Heimat zu sein, damit der Traum und seine Bedeutung verkündet werden kann. Wenn dann das Ende des Sommers kommt, die Felder abgeerntet sind und das Korn in den Truhen liegt, dann ist die Zeit gekommen, den Traum zu leben, zu erfüllen... Aber ich habe unrecht getan, so viel zu sagen. Es ist verboten, davon zu jemand zu sprechen, der nicht zu uns gehört."

Aus seinen letzten Worten sprach so viel Kummer, daß ich ihm die Hand auf die Schulter legte und sagte: „Schäm dich, Umtumwa, schäme dich! Bin ich nicht wie einer der Euren? Bin ich umsonst ein Freund deines Volkes geworden? Es war recht, daß du es mir gesagt hast. Ich gebe euch mein Wort, daß wir in Zukunft nur unter uns davon sprechen. Hier ... ich gebe euch eure Feder zurück!"

Er hielt mir dankbar seine beiden großen Hände hin, zu einer Schale zusammengefügt, als sollten sie mit Gold gefüllt werden. Ich ließ die Feder hineingleiten wie eine Flocke aus Licht auf einen schattigen Weiher. Dann fuhr ich fort: „Nur eine Bitte habe ich: auch über diesen Umschlag mit des Obersten Handschrift wollen wir nur unter uns sprechen. Auch dies sei allein unser business!"

Bei diesen Worten wurden sie sichtlich froher und stimmten hörbar zu, als sie sahen, wie ich den Umschlag nahm und in meine Brieftasche steckte. Ich spürte, daß

---

* Das Heimatland der Amangtakwena

meine letzte Bitte sie beruhigte, weil sie uns auf die gleiche Stufe stellte. Wir waren nun fest verbunden als Hüter unserer gegenseitigen Geheimnisse. Mehr denn je fühlte ich, daß ich mich in Zukunft auf sie verlassen durfte.

„Und nun der Speer, Umtumwa", fuhr ich fort, „der kommt am besten wieder an seinen Platz an der Wand. Nur diese Mütze wollen wir hier für die Polizei liegenlassen."

Er nahm den Speer, als verbrenne er sich die Finger daran und brach in ganz unerwartetem Zorn los: „Dieser Speer, Bwana, er ist ‚verdammt nicht gut'."

„Nicht gut, Umtumwa? fragte ich, „Was meinst du damit?"

„Er wollte nicht treu fliegen. Er ist böse, böse, böse!" Und er schüttelte ihn so, wie ein Mungo es mit einer Schlange tut, die er gerade getötet hat.

Natürlich empfand ich anders, doch weiß ich aus langjähriger Erfahrung, wieviel Leid dem Afrikaner täglich dadurch zugefügt wird, daß man seine symbolische Handlungen nicht zuläßt, durch die er ausdrückt, was er in Worte nicht fassen kann. Er erfährt auf Schritt und Tritt so viel Neues und Bedeutungsvolles, daß er ganz unfähig ist, den vollen Sinn in abstrakten Worten auszudrücken. Er sieht sich daher gezwungen, das Erfahrene, offen oder heimlich, in Handlungen umzusetzen, bevor er die Bedeutung bewußt denken oder aussprechen kann.

Daher sagte ich zu Umtumwa – wenn auch mit Bedauern, denn ich liebe meine Speere und die Erinnerungen, die sie in mir wachhalten –: „Also, dann tu mit ihm, was du für nötig hälst, Umtumwa."

Er warf mir einen dankbaren Blick zu, legte den Speer übers Knie, brach ihn an verschiedenen Stellen durch, löste das Holz von der Spitze, die er zurückbehielt, und warf das übrige ins Feuer, während ich ging, um mit der Polizei zu telefonieren.

Ich muß gestehen: kaum war ich aus der warmen Küche heraus und allein in dem langen vertrauten Flur meines

Hauses, als ich von tiefer, namenloser Furcht und stummer Vorahnung ergriffen wurde. Es schien mir, als sei Umtumwas strafende Gebärde gegen den Speer eine intuitive Warnung: das Problem, das uns aufgedrängt worden war, könnten wir nicht mit solchen Mitteln – gleichsam mit Speeren – bewältigen. Wenn wir es rechtzeitig lösen wollten, mußten wir weit wirksamere Wege einschlagen. Dieses „rechtzeitig" dröhnte mir im Kopf wie eine mittelalterliche Glocke bei sinkender Nacht; und wiederum hörte ich Umtumwas düstere, zögernde Stimme erklären, einer von ihnen müsse „sich eilends aufmachen, um im Frühling in der Heimat zu sein, damit der Traum verkündet und zum Ende des Sommers von allen gelebt und erfüllt werden kann." Unser Frühling auf diesem südlichen Kap aber dauert nur drei Monate, und bis zum Ende des Sommers blieben nur sechs Monate. Dabei war das Herz von Umangoni, wo die großen Träume dieses Volkes geträumt und verkündet werden, mehrere tausend Meilen entfernt, beschwerliche Meilen, die um so gefährlicher wurden – so warnte mich mein Vorgefühl –, als wir die Situation nicht durchschauen konnten. Unwillkürlich beschleunigte ich meinen Schritt, und als die Verbindung hergestellt war, hörte ich mich in ungewöhnlich scharfem Ton die Polizei verlangen, so sehr stand ich unter dem Druck der Dringlichkeit.

II

Das große „Zusammenwirken"

Die Polizei kam und benahm sich genau so, wie sich die Polizei überall in der Welt bei solchen Anlässen benimmt, doch vielleicht mit einem Unterschied: dieser Mord interessierte sie weniger, als wäre ein Weißer das Opfer gewesen.

Trotzdem waren sie einigermaßen gewissenhaft und stellten alle vorschriftsmäßigen Fragen an mich. Zu meiner großen Erleichterung schienen sie von meinen Antworten so befriedigt, daß sie meine Diener so gut wie gar nicht verhörten. Der mit der Ermittlung beauftragte junge Inspektor klappte schließlich sein Lederbuch ungeduldig zu und sagte: „Ach, Mijnheer! Ich bin überzeugt, das war weiter nichts als wieder mal so eine Gruppenschlägerei, wie wir sie jedes Wochenende dutzendweise haben. Sobald diese Kreaturen etwas geschmuggelten Branntwein intus haben, kann man nie wissen, was sie anstellen."

Dann lenkte ich seine Aufmerksamkeit auf die Heizermütze, die noch immer auf dem Tische lag. Wie ich, so glaubte auch er nicht an die Möglichkeit, daß der Tote oder seine Angreifer richtige Matrosen waren. Er meinte: „Ach, Mijnheer: diese Burschen gehen nicht zur See. Sie tragen irgendeine Uniform, die sie gerade ergattern können. Diese hier hat er vermutlich bei einem griechischen Trödler gekauft. Auf alle Fälle will ich aber die Wasserpolizei auf diese Sache hetzen."

Bald darauf gingen die Beamten wieder fort und nahmen den Leichnam mit. Er sah nun nicht mehr schwarz aus, sondern wirkte in seiner ehrwürdigen, königlichen Todesruhe purpurn. – Ich ging in mein Zimmer, um allein zu sein. Es drängte mich, mit den ungeheuerlichen Mutmaßungen ins reine zu kommen, die durch die Geschehnisse und Erregungen des Abends in mir aufgestiegen waren. Das fiel mir wahrhaftig nicht leicht. Ich ging ans Fenster, schob die Vorhänge zur Seite und schaute hinaus. Da sah ich Umtumwas Fenster mit hellem Schein leuchten, von seiner Kammer her, die im Wohnflügel meiner Leute lag. In dem Raum zwischen ihm und mir wütete der Sturm unaufhörlich; er raste vorwärts mit langem gespenstischem Haar aus nachgezogenen Nebelsträhnen und zerklüfteten Wolken. Umtumwas Fenster war wie der Glutstrahl, der vom Führerstand eines langen Nordexpreßzuges herausdringt, wenn er seine verdunkelten Wagen als stolzer Eilbote durch die Nacht hindurchzieht. Der Sturm schien wirklich seinen Höhepunkt erreicht zu haben. Es klang, als ob die Welt da draußen plötzlich alle Materie ausgestoßen habe. Sie war so leer geworden wie ein ausgeraubtes Grabgewölbe, in dem der Wind der Zeit sich heulend verfangen hat. Unser Haus schwankte wie das Deck eines Segelschiffes, aber in den seltenen Atempausen hörte ich den Wind über einer unheimlichen Stille tiefer in die Nacht hineinjagen, so wie eine Geschützsalve nach dem Abschuß lautlos ihrem Ziel im Ozean zufliegt. – Doch fiel mir dies alles nicht sonderlich auf; es schien sich vielmehr in merkwürdigem Einklang mit dem gegenwärtigen Geschehen zu vollziehen. Ich ging zu Bett und löschte das Licht.

Nun bemühte ich mich redlich um eine der Situation angepaßte, auf der ganzen Linie zutreffende Erklärung für die Ereignisse des Tages. Ich versuchte im Geiste, klar und logisch, Schluß für Schluß die Gründe für die Vorgänge zu bestimmen. Aber das konnte ich nicht. Es mißlang mir sogar schon völlig, als ich auch nur die Geschehnisse des Abends in derselben Reihenfolge ordnen wollte, in der sie sich zugetragen hatten. Ich mochte meine Gedanken drehen und wenden, wie ich wollte – an jeder Biegung und Wendung wurde ihr Fluß, anscheinend sinnwidrig, durch eine zwingende Vision zurückgedrängt. Vor meinem Innern tauchte ein junger chinesischer General auf, der mit John Sandysse, Sergej

Bolenkov und mir die Zelle eines furchtbaren Gefängnisses außerhalb von Harbin geteilt hatte. Seit Jahren hatte ich nicht an ihn gedacht. Nun plötzlich stand seine leichte, mädchenhafte Gestalt im Geiste vor mir, und seine hochgeschraubte Frauenstimme bestand in dem ihr eigenen Singsang darauf, daß ich meine Erinnerungen an ihn wiederaufleben lassen sollte.

Ich entsann mich, wie er uns an einem Wintertage im Gefängnis eine Lektion hielt. „Ihr Europäer", so sagte er, „neigt dazu, aus dem Leben nur jene faktischen Dinge herauszupicken, die euren unmittelbaren praktischen Zwecken dienen, und alles übrige zu verwerfen. Ihr seid groß darin, Spezialsysteme aufzustellen und Spezialuntersuchungen vorzunehmen. Und im Laufe dieser Prozedur redet ihr euch dann ein, die abgesonderten Teile könnten zu Totalitäten erhöht werden. Ihr seid blind dafür, daß dem Leben ein eigenes Ziel innewohnt und eine Ganzheit, die zu euren konstruierten Totalitäten oft in direktem Widerspruch steht und sie über den Haufen wirft. Wir Chinesen machen viele Fehler, nicht aber diesen für euch so bezeichnenden. Wir sind vielmehr von der Ganzheit der Dinge geradezu besessen. Das ist auch der Grund, warum wir oft versagen, wo es um das Spezifische und Praktische geht. Wir halten Ursache und Wirkung nur für zwei der mannigfaltigen Ausblicke von dem Hochflug, dem Ziel des Lebens selbst. Ursache und Wirkung sind für uns in Wirklichkeit nur nebensächliche Erzeugnisse der höchsten Absicht, die alles verursacht und bewirkt. Zufall oder was ihr ‚Glück' nennt, ist weiter nichts als eine andere Äußerung derselben Sache, nicht etwa ein zufälliges Zusammentreffen, das nichts mit der allgemeinen Ordnung der Dinge zu tun hätte. Auch was zu-fällt, hat Teil an jenem grundlegenden Lebensgesetz, das ihr Europäer trotz seiner offenbaren Wirksamkeit aufs peinlichste ignoriert oder in Selbstüberhebung mißachtet. Wir hingegen haben tiefe Ehrfurcht davor, erforschen es fortgesetzt und ersinnen Methoden, das Wirken dieses Gesetzes vorauszusagen. Das tun wir aus einem inneren

Naturtrieb. Versteht mich recht: Was uns Chinesen fesselt, ist unleugbar das Zusammenwirken der Dinge in der Zeit, nicht aber ihre scheinbare Beziehungslosigkeit in der konkreten Welt. Tatsächlich haben unsere Gelehrten ein ganzes System ersonnen, um das typische und fortdauernde ‚Zusammenwirken' von Gelegenheit, Zeit und Umständen für jede einzelne Person zu bestimmen. Das System ist natürlich nicht vollkommen, aber es ist erstaunlich, wie gut es funktioniert. Wollt ihr es nicht einmal versuchen?"

Zunächst hatten wir drei dieses Anerbieten höflich abgelehnt. Es klang damals für unsere Ohren nicht viel besser, als hätte uns jemand geraten, die Kristallkugel einer Zigeunerin zu befragen. Überdies waren gerade zu jener Zeit John, Sergej und ich völlig in Anspruch genommen von dem sorgfältig auf lange Sicht vorbereiteten Plan einer Flucht aus dem Gefängnis. Sergej Bolenkov war Weißrusse. Wir beide, John und ich, liebten und bewunderten ihn. Er beherrschte verschiedene zentralasiatische Sprachen, und er war überzeugt, er würde wohlbehalten nach Rußland zurückgelangen. Der tapfere Widerstand der Russen gegen die eindringenden Deutschen hatte seinen Stolz auf sein Volk mit solcher Kraft neu geweckt, daß seine Verbitterung über die Revolution von 1917 wie ausgelöscht war. Das brachte ihn zu dem Entschluß, nach Rußland heimzukehren.

Aber man darf nicht vergessen: wir waren alle drei damals von der Außenwelt völlig abgeschnitten, und über unseren Köpfen hing drohend das Todesurteil. Es ist erstaunlich, wie unwiderstehlich durch eine derartige Verkettung von Umständen irrationale Wahrnehmungen im Menschen hervorgerufen werden. Sobald der Fluchtplan erst einmal ausgebrütet war, erwies sich das Anerbieten des Generals von Tag zu Tag verlockender. Zu guter Letzt entschieden wir einmütig, es könne nichts schaden, ihn zu befragen: er möge uns das große Geheimnis des Zusammenwirkens von Gelegenheit, Umständen und Zeit für das Gelingen unseres Vorhabens lösen.

So gingen wir zu dritt zu dem kleinen General und baten ihn, uns auf Grund seiner Wahrsagekunst zu beraten. Das Ergebnis war, daß er John und Sergej riet, ihre Flucht in fünf Tagen, um 8 Uhr morgens, unmittelbar nach der Neumondsnacht zu wagen. Diese Antwort erschütterte zunächst unser Vertrauen zu ihm. Es war in jenem hoffnungslosen Winter, Mitte Dezember 1944. Von Sibirien her jagten eisige Schneestürme mit langen Mähnen über die weiten, eintönigen, widerstandslosen mandschurischen Ebenen in rasender Geschwindigkeit dahin. Und doch bestand er darauf, das ‚Zusammenwirken der Dinge' begünstige Johns und Sergejs Flucht ausgerechnet in diesem Zeitpunkt.

Dann sah er mich teilnehmend an und sagte traurig, ich sei in dem Schicksalsgewirke, das er soeben entziffert habe, nicht mit inbegriffen. Auf meine Frage „Warum?" lächelte er seltsam in sich hinein. Dann belehrte er mich gütig, ein ‚Warum' gäbe es niemals in dem ‚Großen Zusammenwirken', nur ein ‚Sosein', und dieses sei für mich eben ‚so'.

Ich glaube, wir hätten den Rat als unausführbar verworfen, wenn nicht gleich am nächsten Tage ein freundlicher koreanischer Wärter – ein Christ – zu mir gekommen wäre. Er bereitete mich vor, daß ich wieder einmal von der Geheimpolizei zum Verhör abgeholt werden sollte. Diesmal, so fürchte er, werde ich nicht lebend zurückkommen. Darauf nahm ich John und Sergej das Versprechen ab, wenn ich in der besagten Neumondnacht nicht zurück sei, sollten sie meinen Proviant und mein Geld untereinander teilen und ohne mich ausbrechen, im Vertrauen auf des kleinen Generals Vorhersage vom ‚Großen Zusammenwirken'.

Wie auf Verabredung wurde ich dann auch von der Geheimpolizei abgeholt und kehrte tatsächlich erst zwei Tage nach dem Bombenabwurf auf Hiroshima in das allgemeine Gefängnis zurück. Ich selbst war damals nah am Sterben, aber noch imstande festzustellen, daß John und Sergej in jener Neumondnacht im Dezember wirklich geflohen und nicht wieder aufgegriffen worden waren. Doch gab es darüber nur eine Meinung im Gefängnis: sie können unmöglich den entsetzlichen Winter draußen überlebt haben. Und der ‚kleine General'? – auch er war dahingegangen, zu Tode gefoltert, da er sich heldenmütig geweigert hatte, auch nur ein Wort von unserem Plan über die Lippen zu bringen.

In den darauffolgenden Monaten und Jahren schienen John und Sergej für immer verschwunden, und nach zweieinhalb Jahren wurde die Suche aufgegeben. Amtlich galten sie als nicht mehr am Leben, alle hielten sie für tot, außer Johns Mutter, Lady Sandysse, und seiner jüngsten Schwester Joan. Ich für meinen Teil wußte nicht, was ich darüber denken sollte. Zwar glaubte ich nicht so fest daran, daß sie noch lebten, andrerseits aber konnte ich ihre Todeserklärung nicht als Faktum hinnehmen. Jetzt erst wurde mir bewußt – beim Anblick der Buchstaben in Johns eigener Handschrift auf dem blutbefleckten Umschlag, der wie eine knisternde Flamme im Dunkel vor meinen Augen tanzte –, daß meine ungewisse Hoffnung auf ihre Rettung von einer gewissen Gläubigkeit durch all die Zeit hindurch getragen worden war. Es war der ins Unterbewußtsein gesunkene Glaube an das für sie bestimmte ‚Zusammenwirken', aus dem der General den Zeitpunkt ihrer Flucht herausgelesen hatte.

Dann plötzlich, während ich mit brennenden Augen schlaflos dalag, war es nicht mehr das Antlitz des Generals, sondern das von Joan Sandysse, das sich in den Vordergrund meiner Erinnerung schob; denn mit Joan hatte ja dies alles eigentlich begonnen. Ich selbst hatte für meine eigene Person nicht dort und damals im Kriege mit dieser ganzen Angelegenheit angefangen, sondern Jahre vorher. Um genau zu sein: es begann für mich persönlich um drei Uhr nachmittags am 17. Juni 1937 in der Grootekerk, der allerersten Kirche, die in Südafrika erbaut worden ist. Ich saß in unserem Kirchenstuhl – mein Herz schwer vor Trübsal und mein Gemüt aufs empfindlichste getroffen – neben mir Oom Pieter le Roux, meiner verstorbenen Mutter Bruder und einziger noch lebender Verwandter. Mein Vater war gestorben, und wir wohnten der Trauerfeier für ihn bei. Die Kirche war gedrängt voll, denn mein Vater war schon vor seinem Tode zu einer legendären Gestalt in Afrika geworden.

Im Jahre 1899 – mein Vater war einundzwanzig Jahre alt, als der Krieg zwischen England und den nördlichen Republiken ausbrach – entschloß er sich kurzerhand, Petit France, sein fruchtbares und einträgliches Weingut am Kap, zu verlassen und nach Norden zu eilen, um sich den Freistaaten-Truppen anzuschließen. Er war ein vorzüglicher Reiter und Schütze, ein furchtloser Mann mit leidenschaftlichem Selbstvertrauen. Bald hatte er sich als Führer einer unabhängigen, wagemutigen Schar von Kundschaftern einen militärischen Ruf geschaffen, der einmalig war. Als im Jahre 1902 die Nachricht von der Übergabe bei Vereeniging kam, konnte er sie kaum fassen. Er war entschlossen, für seine Person eine so schimpfliche Niederlage nie und nimmer anzuerkennen. Seine Kundschafter entließ er und begab sich sofort nach Norden. An einem kalten grauen Morgen im Juli 1902 entwich er unbemerkt über die portugiesische Grenze und begann – mit vierundzwanzig Jahren – ein neues Leben als Berufsjäger. Nicht einmal die große und hochherzige Unionsakte vermochte den Eispanzer zu durchbrechen, den der Burenkrieg um sein Herz gelegt hatte. Schließlich unterließen es seine Freunde am Kap, einer nach dem anderen, ihn zur Rückkehr zu überreden, und am Ende hörten sie ganz mit Schreiben auf. In diesem Stadium, als seine Verbitterung und Enttäuschung den tiefsten Punkt erreicht hatten, war er unter romantischen Umständen in Tanganyika zum ersten Male meiner Mutter begegnet. Einen Monat später hatten sie geheiratet, und seitdem sich nie voneinander getrennt – abgesehen von sechs Monaten vor und sechs Monaten nach meiner Geburt. Ja, mein Dazukommen im Jahre 1917 durfte nicht viel daran ändern. Als es sich dann nach sechs Monaten herausstellte, daß ich ein so starkes und robustes männliches

Lebewesen war, wie es je in Ostafrika zur Welt gekommen ist, packte meine Mutter kurzerhand ihre Sachen zusammen, verließ die Stadt, in die man sie geschickt hatte, und machte sich auf den Weg zu ihrem Mann, der mit ihrem Bruder, Oom Pieter, an der abessinischen Grenze Elefanten jagte. Von da an waren wir vier unzertrennlich auf unseren Wanderungen und Jagden von einem Ende Afrikas zum andern. Sie schickten mich nicht zur Schule, vielmehr lehrte meine Mutter mich lesen und schreiben, mein Vater schießen, Oom Pieter reiten und eine Menge anderer Geschicklichkeiten, die zum Jagdhandwerk gehören. Von unseren Leuten und den schwarzen Jägern lernte ich ihre Sprache und das tiefe, unmittelbare Wissen um ihr Leben. Wir kamen nur selten in die Nähe von Städten, und dann nur, um Elfenbein und Felle zu verkaufen sowie unsere Vorräte aufzufüllen. In dieser Weise wuchs ich so innig verbunden mit dem alten Afrika auf, wie wohl nur wenige Weiße es je waren.

Eines Tages dann, im Jahre 1934, erkrankte meine Mutter. Keine einzige von all unseren erprobten und verläßlichen Arzneien vermochte sie zu heilen. Zum erstenmal im Leben waren wir von Angst gepackt, vergaßen all unsere Vorurteile gegen das Eisenbahnfahren, brachten den Südexpreß auf einem sonnendurchglühten Ausweichgleis im fernen nördlichen Buschveld zum Halten und fuhren Mutter zu dem kleinen Hospital im Fort Beaufort. Aber es war bereits zu spät. Innerhalb von zwei Wochen starb sie. Vor ihrem Dahingehen jedoch ließ sie meinen Vater versprechen, daß er in sein Haus am Kap zurückkehren werde. Ich glaube, als sie unsere drei Gesichter sah, die sich besorgt über sie beugten, hat sie im Licht ihrer eigenen Krankheit auf eine Weise in ihnen gelesen, wie noch nie in ihnen gelesen worden war. Hinter unseren Zügen, die von der unerbittlichen Sonne Innerafrikas schwarzgebrannt waren, muß sie etwas verborgen gesehen haben, das zu intensiv war, um von Menschen aus Fleisch und Blut ertragen zu werden. Ich glaube, sie erkannte, daß wir nicht als drei freie Männer dastanden, sondern als Gefangene von meines Vaters starrem Groll über einen Krieg, der vor langer Zeit, zu Beginn des Jahrhunderts, ausgefochten worden war. Sie zog meines Vaters Kopf zu sich heran, zum letztenmal, und sagte: „Versprich mir, zurückzugehen! Versprich, das Vergangene hinzunehmen! Nicht mehr verurteilen, sondern hinnehmen! Und heimwärts – bitte – nach Hause, mein liebster Mann!" Ohne Zögern oder den geringsten Vorbehalt, sagte mein Vater: „Ich verspreche es."

Sobald meine Mutter beerdigt war, eilten wir wieder nach Norden, um dort unsere Wagen und die Ausrüstung zu verkaufen und unsere alten treuen Diener und Träger zu entlohnen. Als das geschehen war, zogen wir nach Süden.

Am Kap rief die Rückkehr meines Vaters eine große, langanhaltende Sensation hervor, denn als der letzte der freiwillig in die Verbannung gegangenen Burenführer war er, wie ich schon sagte, eine legendäre Gestalt geworden. Aber die unsägliche Mühe, die seine neue Einordnung kostete, war für ein so schwer getroffenes Gemüt zu groß; und ich fürchte, weder Oom Pieter noch ich selbst halfen ihm viel dabei. Konnte ich mich doch nicht einmal mit meinem ersten regelrechten Schulunterricht geduldig abfinden. Ich kam mir in dieser neuen zivilisierten Welt vor wie in einer Schlinge gefangen und kochte vor Auflehnung. Überdies war die Pflege von hübsch geometrisch ausgerichteten Weingärten so wenig nach dem Geschmack des armen Oom Pieter, daß er nach sechs Monaten mit Bedauern verkündete, er müsse zu seinem alten Leben zurückkehren. Mein Vater versuchte nicht, ihn zu halten. Doch erschien in seinen Augen, als er ihn fortgehen sah, eine so ungestüme Flamme der Sehnsucht und des Neides, daß ich sekundenlang entsetzt war über die Macht des eingeborenen Nomadentriebes in uns dreien. Im Mai 1937 kam dann eine Einladung an mich, Oom Pieter auf einer Expedition nach dem Kongo zu begleiten. Es war selbstsüchtig von mir, meinem Vater nun schon wieder eine

Trennung zuzumuten, aber ich konnte nicht gegen mich selbst an. Indes – wenn mein Fortgehen eine Niederlage für mich war, so war seine Einwilligung dazu ein Sieg für ihn. Niemals werde ich den zärtlichen Ausdruck in seinen Augen vergessen, als ich von ihm Abschied nahm. Ich habe ihn nie wiedergesehen. Als wir unsere Fahrt ins Blaue beginnen wollten, rief uns ein Telegramm zurück. Aber mein Vater starb einige Stunden, bevor wir eintreffen konnten.

So saß ich denn im Trauergottesdienst und starrte vor mich hin, mit so verzweifeltem Schmerz im Herzen, daß keine Träne kommen wollte. Die düsteren Worte der Predigt hörte ich kaum, wünschte nur, alles hinter mir zu haben, endlich mein Pferd zu besteigen und allein mit meinem Kummer weit hinaus in die Berge zu reiten. Da trug sich unversehens etwas Seltsames zu. Meine Augen wurden langsam aufwärts gezogen, zugleich wurde das eben gesehene Wunschbild sacht doch sicher aus dem inneren Brennpunkt geschoben. Mein bewußtes Selbst hatte – nach bestem Wissen und Gewissen – nicht teil an dieser Umorientierung meiner Sinne. Ich war ja so versiegelt vor den Menschen und der Welt ringsum durch meine innere Not wie eine Seidenraupe in ihrem Kokon. Und doch wurde ich nun langsam aber unausweichlich gezwungen, die Wahrnehmung meiner Umgebung wieder aufzunehmen. Meine Augen bewegten sich weiter, bis sie hinter dem Kirchenstuhl des Gouverneurs, drei Reihen vor dem unseren auf der anderen Seite des Schiffes, zum Stillstand kamen. Hier ward ich inne, daß ich ein junges Mädchen anblickte, das ihren Kopf mit Bedacht umgewendet hatte, um zu mir hinüber zu schauen. Als unsere Blicke sich begegneten, machte sie keinen Versuch auszuweichen. Ich hatte Zeit wahrzunehmen, daß ihre Augen ruhig und aufmerksam waren und tiefblau. In jener eigenartigen Beleuchtung schimmerten sie fast violett, unter dem großen schwarzen Strohhut, der – leicht zurückgesetzt – eine für ein Mädchen etwas stark gewölbte, doch weiße, unglaublich klare Stirn freigab. Zwei lange schwarze Zöpfe fielen ihr über die Schultern. Dieser Gegensatz von Schwärze und Bläue, von dem Weiß ihrer Haut und dem Schwarz ihres Haares, dieses Widerspiel von Hell und Dunkel in ihr, von Schwere in Braue und Haar, doch Unwägbarkeit in der Schwingung der lieblichen Züge – rührte mich tiefer auf als je ein Antlitz zuvor. Es sah so verzaubert aus, wie es selbst bezauberte, und das Wunder jenes ersten Anblicks lebt noch heute in mir. Ich weiß nicht, wie lange ich sie noch angeschaut hätte, wenn nicht auf einmal der Ausdruck ihrer Augen von tiefem Erkennen zu so stark verstehender Teilnahme übergesprungen wäre, daß mir war, als habe ein Blitzstrahl uns im gleichen Daseinsstrom vereint. Ich mußte den Kopf abwenden, um nicht schwach zu werden. Doch war ich von da an während des ganzen Gottesdienstes ihrer Gegenwart bewußt, und das Wissen um ihr Dasein hielt mich bis zum Ende aufrecht.

Als ich an jenem Abend ins Bett sank, erschöpft aus Mangel an Schlaf in den letzten Nächten und infolge der Erregungen jener Tage, lag ich dennoch lange wach. Da tauchte in meiner Erinnerung wieder das Antlitz des Mädchens in der Kirche auf, mit dem Ausdruck verstehender Zuneigung in ihren Augen. Auf einmal brach das Eis in mir, und ich weinte seit Jahren zum erstenmal. Als ich am nächsten Morgen zur gewohnten Zeit erwachte, fühlte ich mich besser. Schnell sattelte ich mein Lieblingspferd Diamant und ritt, gerade als die Morgendämmerung anbrach, durch die alte Pforte am fernen Ende des Besitztums, das nun mir gehörte.

Eben erst stieg der frühe Wintertag in frischer Kälte aus dem Dämmern, heiter, von keinem Windhauch berührt und nicht einmal vom Anflug einer Wolke getrübt. Es war fühlbar still. Der einzige Laut kam vom Spülen der Wellen über die Sandbänke – wie das Säuseln eines leichten Windes – von einem Ende der großen Bucht bis zum anderen. Flugs spornte ich Diamant zu einem raschen Galopp an und hielt geradenwegs auf den hell schimmernden Strand zu. Als ich auf dem ebenen Sandboden entlangritt, dicht am gekräuselten Saum der See, erblickte ich in der feuchtglänzenden Oberfläche Diamant und den ganzen Himmel im Frühlicht. Ihr Widerschein tauchte so klar aus dem Wasserspiegel, als läge noch ein zweiter Himmel unter uns, und zwischen beiden ritt ich auf einem Pegasus meiner selbst und flog dahin in einem Auftrag der Götter. Beim Weiterreiten ging mir auf, daß auch hier Wahrheit und Schönheit zu finden war, die von meiner ersten großen Liebe zu dem unermeßlichen Innenland im Norden weder zurückgesetzt noch ausgeschlossen werden dürfe. Erst als diese Erkenntnis in mir gesichert war, kehrte ich um. Mittlerweile stand die Sonne höher über dem Horizont, und das Blau der Berge erglänzte wie Perlen im aufsteigenden Licht des Tages.

Eine halbe Stunde später sah ich etwa eine Meile entfernt drei Reiter in leichtem, kurzem Galopp auf mich zuhalten. Als sie näherkamen, erkannte ich den Adjutanten des Gouverneurs, dem ich verschiedentlich begegnet war, einen anderen Mann, der mir unbekannt war, und das junge Mädchen, das ich in der Kirche gesehen hatte.

„Hallo, Pierre", rief mir der Adjutant zu, mit der eleganten Sicherheit eines Mannes, der nur Gehorsam gewohnt ist, „hätten Sie wohl etwas dagegen, wenn wir ein Stückchen mit Ihnen ritten? Diese beiden hier möchten Sie gerne kennenlernen."

Auf diese Weise wurde ich mit Joan und John Sandysse, ihrem Bruder, in aller Form bekannt.

In jener Zeit war Joan knapp dreizehn Jahre alt, John dreiundzwanzig und ich selbst eben erst neunzehn. Man kann sich wohl kaum drei Menschen vorstellen, die so verschiedene Lebenswege hinter sich hatten wie wir. Und doch wurden wir auf dem kurzen Ritt bis zum Tor meines Hauses Freunde. Ich bestand darauf, sie sollten alle bei mir frühstücken. Oom Pieter war überrascht, aber im geheimen beglückt, als er mich fast fröhlich mit jungen Leuten zurückkehren sah, und zeigte sich der neuen Situation gewachsen.

Beim Frühstück erfuhr ich, daß John das älteste und

Joan das jüngste der vier Kinder von Lady und Lord Melmourne waren, dem derzeitigen Generalgouverneur von Britisch-Zentralafrika. Sie waren für drei Wochen zu Besuch bei unserem Generalgouverneur am Kap, einem Freunde ihres Vaters. Nach diesen drei Wochen sollte John seine Schwester Joan sicher zu dem Schiff geleiten, das sie nach England zur Schule zurückbringen würde. Er selbst aber wollte wieder nach Zentralafrika gehen, um es vor dem endgültigen Antritt seiner diplomatischen Laufbahn noch besser kennenzulernen. Dies war auch der Grund, warum er so starken Anteil an unserer Lebensgeschichte nahm, die am Todestage unseres Vaters in den Zeitungen veröffentlicht wurde. Daher schloß er sich auch später so eng an Oom Pieter an.

Während der nächsten drei Wochen sah man John, Oom Pieter, Joan und mich selten allein, ohne die Gesellschaft der anderen. Schon nach kurzem wurde John von Oom Pieter in unsern Plan eingeweiht, die unterbrochene Expedition nach dem Kongo und dem oberen Loanda wieder aufzunehmen, sobald wir die nach meines Vaters Tode vordringlich gewordenen Geschäfte erledigt hätten. John fragte sofort, ob er sich uns anschließen dürfe, und zu meiner freudigen Überraschung stimmte Oom Pieter bereitwillig zu.

Während nun John und Oom Pieter sich in Gespräche über Afrika vertieften, ritt Joan mit mir aus, kletterte mir nach auf all meinen Lieblingsbergen im purpurnen Hottentotten-Holland oder lag neben mir in der Sonne auf einer warmen geschützten Sandbank, wo das Rauschen der See durch unsere eigenen hungrigen Gespräche hindurchtönte. Zwar war ich gut sechs Jahre älter als sie, doch war keine Schranke zwischen uns zu spüren. Joan war von klarem, vorwärtsdringendem Geist beseelt. Ihre Erziehung hatte offenbar nur noch ihre ungewöhnliche Vorliebe für all das bestärkt, was jenseits vom üblichen Horizont der Kreise lag, in denen sie aufwuchs. Es kam mir vor, als lebe sie ganz nahe der Seinsmitte, aus der ihr Leben wie der Quell eines Bergbaches sprudelte und unmittelbar vom Sonnenlicht getroffen aufstrahlte. Sie warf nicht etwa bedauernde Blicke zurück in den Garten der entweichenden Kindheit, worin so viele verletzte, unerfüllte Menschenleben unserer verzweifelten Zeit Schutz suchen. Mitten in ihrem noch kindhaften Dasein war sie doch ganz erfüllt von instinktivem Vertrauen auf ihren eigenen Lebensweg. Wie sie ganz in die Gegenwart eintauchte, andererseits auch auf die Zukunft hinstrebte, so stand sie ebenso in gutem Einvernehmen mit der Vergangenheit. Ihr Hunger nach augenblicklichem Erleben hielt sich die Waage mit ihrem Wissensdurst nach allen ihr unbekannten Welten. Unermüdlich bestürmte sie mich mit Fragen über mein Leben. Während ich nun versuchte, ihr alles zu erzählen, was sie wissen wollte, geschah mir wiederum etwas Merkwürdiges. Ich fing an, Erinnerungen heraufzuholen, die vergessen oder doch von äußeren Ereignissen meines Lebens überlagert waren. So entdeckte ich Gefühle von früher, die mir vorher nie bewußt geworden waren. Während ich Joan die Geschichte meines Lebens erzählte, erlebte ich sie in Wirklichkeit zum zweiten Male weit vollkommener als ich sie in der ersten unausgereiften Erfahrung hätte durchleben können. Und was noch wichtiger war: ich erlebte sie gemeinsam mit diesem eifrigen jungen Mädchen als Gefährten. Am Ende meiner Erzählung hatte ich daher den Eindruck, ich hätte sie – ohne einen Augenblick Unterbrechung – mein ganzes Leben hindurch gekannt. Als nun die Zeit des Abschieds kam, war mir, als werde ich vom Messer eines Chirurgen mitten entzweigeschnitten. Als die letzte Sirene die Schornsteine ihres Schiffes erzittern ließ und all die Gongs in den Salons und die Glocken in den Maschinenräumen erklangen zur Mahnung für die letzten Besucher, das Schiff schleunigst zu verlassen, konnte ich mich kaum beherrschen.

Zum Glück war Joan zu jung, um zu ermessen, was zeitliche und räumliche Entfernung anrichten können, sogar zwischen den treuesten liebenden Herzen. Sie hielt mir spontan ihr Antlitz zum Kusse hin wie ihrem Bruder John, legte mir die Arme um den Hals und sagte vertrauensvoll. „Versprich, daß du mir immer schreiben wirst, versprich es mir!" Dann überreichte sie mir eine flache quadratische, mit roter Schnur zusammengebundene Schachtel. Als ich diese einige Stunden später aufknüpfte, fand ich darin die Vergrößerung einer Aufnahme, die John vor zwei Wochen von uns gemacht hatte: Joan und ich auf unseren Pferden, Seite an Seite. Der weitgespannte, mit weißen Spitzen besetzte Samtmantel einer stillen nachmittäglichen See ist mit warm verlockender Anmut um uns gebreitet. Oben im Hintergrund beugt sich feierlich das blendende Haupt einer Wolke über die Berge. Die Sonne glitzert auf dem Weiß und Blau der Wogen. Quer über die rechte Ecke stand geschrieben: „In treuer Freundschaft: Joan."

Ich habe mein Versprechen gehalten, aber ich sah sie nicht wieder. Der Krieg kam und schwemmte uns alle fort nach verschiedenen Richtungen auf dem unberechenbaren Strom der Geschehnisse, gegen den wir machtlos sind.

In der Zwischenzeit aber wurden John, Oom Pieter und ich sehr nahe Freunde. Unsere Expedition nach dem Kongo war so erfolgreich, daß John darauf drang, gleich noch eine zweite dorthin zu unternehmen; und schließlich blieb er mit uns zusammen, bis der Krieg ausbrach. Da wurde er vom Kriegsministerium aufgefordert, eine afrikanische Sondertruppe aufzustellen, und er seinerseits bat uns, ihm dabei zu helfen. Das taten wir beide auch, aber als dann die Zeit kam, wo John und ich nach Burma berufen wurden, hielt man Oom Pieter als Spezialkenner Afrikas und der Afrikaner in der afrikanischen Etappe zurück. Das gab einen traurigen Abschied. Bis auf den heutigen Tag sehe ich ihn am Kai von Mombassa stehen, mit dem Hut in der Hand, wie sein kleiner blondgrauer Napoleonsbart vorwurfsvoll auf die See wies. So schaute er uns stumm und regungslos nach, bis wir außer Sicht waren.

John und ich zogen also nach Burma in den Krieg und machten uns dort beim Feinde so unangenehm bemerkbar, daß wir berüchtigt waren und von Glück sagen

konnten, als wir bei unserer Gefangennahme mit dem Leben davonkamen. Dann folgte Johns und Sergejs Flucht, und schließlich, nach der japanischen Kapitulation, tauchte ich aus der einsamen Haft in unserem Gefängnis außerhalb Harbins wieder auf.
Doch war ich damals mehr tot als lebendig. Ja, im Augenblick der Freilassung war es mir, da ich John und Sergej für tot halten mußte, ganz gleichgültig, ob ich selbst am Leben war oder nicht. Nur das schwache Aufflackern eines persönlichen Wunsches erhellte damals nach dem Kriegsgeschehen die Dunkelheit meines Lebensüberdrusses: ich sehnte mich, das Afrika meiner Kindheit wiederzusehen. Dies allein, so glaube ich, hielt mich während der langen Seereise auf dem Hospitalschiff am Leben, – dies und die Aussicht, daß Oom Pieter mich in Kilindini heimholen würde. Sobald ich am Kai seine hagere, hochgewachsene, geduldige Gestalt erblickte, fing ich an, mich besser zu fühlen. Und es wurde noch besser, als er mit dem nahezu mütterlichen Verständnis, das er immer für mich hegte, sagte: „Vorläufig gehen wir nicht in den Süden. Zunächst einmal kommst du mit mir auf eine gute lange Safari hinauf ins Hochland."
Bei diesem gemächlichen Ausflug auf einer unserer Lieblingsrouten hat sich zwar mein Körper ziemlich rasch erholt, doch wollten Geist und Gemüt nicht annähernd so schnell genesen. Mehr und mehr widerstrebte es mir, diese Reise zu beenden, die Fäden meines Vorkriegslebens wiederaufzunehmen und den Verantwortlichkeiten eines zivilisierten Erwachsenen zu begegnen. Im Wahrheit hatte mich der Krieg in die Zeit vor meiner Mutter Tod zurückgeworfen. Es schien, als sollte ich meines Vaters Schicksalsweg wiederholen. Nicht einmal ein Hilferuf von Joan aus der großen Not und Besorgnis über Johns unerklärtes Verschwinden konnte mich zur Tat bewegen, wie es hätte sein sollen. Sie und ihre Mutter baten mich, nach England zu kommen und ihnen bei der Suche zu helfen. Ich versprach, dies zu tun, wenn alle anderen Mittel versagen sollten, doch fand

ich immer wieder eine Entschuldigung, dies Versprechen nicht einzulösen. So sah ich z. B., als unsere Safari schließlich vorüber war, einen Anlaß, nach Umangoni zu gehen, dem Lande der Amangtakwena. Die meisten Träger meines Vaters waren 'Takwena. Ich selbst hatte eine 'Takwena-Amme gehabt und Sindakwena gesprochen, bevor ich Afrikaans und Englisch sprechen konnte. Als ich sechs Jahre war, hatte mir ein Häuptling der 'Takwena seinen jüngsten Sohn Umtumwa – im gleichen Alter – zum ständigen Gefährten mitgegeben. Er blieb immer um mich, bis meine Mutter starb. Als der Krieg ausbrach und ich mich entschloß, eine besondere 'Takwena-Kompanie aufzustellen, hatte ich gleich nach ihm gesandt, und Umtumwa war sofort gekommen. Nun hatte ich gehört, einige Leute aus dieser 'Takwena-Kompanie seien am Leben geblieben und wiedergekommen, darunter auch Umtumwa. Und ich hatte das Gefühl, ich müsse zu ihnen gehen. Kaum hatte ich das getan und mich in Freiheit einem Naturvolk verbunden, das mich von klein auf kannte, als eine große Last von mir abzufallen schien. Der Griff, mit dem der Krieg meinen Geist umschlossen hielt, lockerte sich. Andere Anrechte, andere Erinnerungen, lang unterdrückte, stiegen auf. Eines Tages war ich dann endlich soweit: in tiefer Unzufriedenheit mit mir sagte ich im Selbstgespräch: „Da sitzest du nun in der Sonne, Pierre de Beauvilliers, einen Tag um den anderen, als hättest du keine Arbeit für Erwachsene zu tun oder an einen anderen Menschen zu denken als an dich selbst." Bald darauf befand ich mich wieder in St. Joseph am Kap und schrieb einen Brief an Joan, daß ich nun endlich meinem dringenden Wunsche folgend bereitstehe, ihr zu helfen. Ob sie die Geduld oder das Vertrauen verloren hatte, weiß ich nicht zu sagen. Ich weiß nur, daß mein Brief bis heute unbeantwortet blieb. So nahm ich denn die Aufgabe, mein ausgedehntes Weingut zu pflegen, gewissenhaft wieder auf. Doch immer, wenn ich gerade keine besondere Arbeit zu verrichten hatte, kam wie ein akuter körperlicher Schmerz jene unterdrückte

Sehnsucht nach dem Innenland meiner Kindheit wieder über mich. In dem Bemühen, sie zu beschwichtigen, widmete ich all meine freie Zeit einem Buche über „Geistesart und Mythos der Amangtakwena". So stand es, bis ich um 5 Uhr 30 am Abend des 12. Juli 1948 unterbrochen wurde durch den gellenden Kriegsruf der 'Takwena, draußen vor meiner Tür unweit unserer Veranda. Von jenem stürmischen Augenblick an flutete alles weitere Geschehen unaufhaltsam vorwärts.

III

Die Amangtakwena und ihre Träume

Solange ich zurückdenken kann, sah ich Afrika im Geiste vor mir, stolz und aufrecht dahinschreiten, diesen afrikanischen Riesen! Mit den Zehen taucht er tief nieder in den umfriedenden Ozean der einen Hemisphäre, doch in dem grau verblassenden Himmel der anderen steigt er zu voller Höhe auf. Haupt und Schultern breit, vierkantig und dauerhaft, das Bündel voll Blau des Mittelmeers achtlos über den Rücken geworfen – so schreitet er geduldig durch die Zeit. Jetzt aber, in der Nacht des 12. Juli 1948, als ich dem Afrika meiner Jugend nachsann und dann bedachte, was mir nun plötzlich bevorstünde, ließ mich zum ersten Male diese alte beruhigende Vorstellung im Stich. So sehr ich mich auch bemühte, der Riese wollte nicht wieder lebendig werden; die standhafte, selbstsichere, mannhaft aufrechte Gestalt war im Dunkel des Sturmes und meiner eigenen Empfindungen dahingeschwunden. Offenbar war als wesentlicher Grund für diese innere Störung die Flamingofeder hinzugekommen und Umtumwas Ausspruch: „Sie ist das Zeichen, Bwana, daß wieder ein großer Traum geträumt worden ist."

Ich erwähnte schon, daß die 'Takwena mir der liebste afrikanische Volksstamm sind; auch habe ich wohl durch den Bericht meiner Vorgeschichte deutlich genug dargetan, wie eng ich von früh auf mit ihnen verbunden war. Schon als Knabe saß ich manches Mal am Abend mit Umtumwa beim Feuer in der Hütte seines Großvaters, eines der führenden Indunas* jener Tage. Damals hörte ich ihn von den großen Träumen seines Volkes erzählen, und von der Rolle, die sie in dessen Geschichte gespielt haben. Als ich dann an meinem Buche „Geistesart und

* Häuptling und Ratgeber des Oberhäuptlings

Mythos der Amangtakwena" arbeitete, hatte es mich besonders betroffen, wie kurz und zerbrechlich das Lebensgeschick der meisten afrikanischen Volksgruppen ist. Nur wenige afrikanische Stämme haben ihre Identität lange bewahrt, nur wenige bestimmte charakteristische Züge durchgehalten. Diese 'Takwena jedoch bilden eine große Ausnahme von dieser Regel. Sie haben sich in ihrem besonderen Volkscharakter länger als irgendein anderer afrikanischer Volksstamm behaupten können. Sie nehmen ihre Geschichte sehr ernst und sind das einzige mir bekannte afrikanische Volk, das eine regelrechte Einrichtung besitzt, um seine eigene Geschichte lebendig zu erhalten. Sie bestimmen offizielle „Hüter der Volkserinnerung". Dieses Amt ist bei ihnen besonders angesehen und wird nur an Mitglieder bestimmter Familien vergeben. In jeder noch so unbedeutenden Volksgruppe findet man eine solche Familie mit dem zukünftigen Hüter der Erinnerung in ihrer Mitte, der vom Tage seiner Geburt an kaum etwas anderes atmet, hört oder spricht als nur das, was um die Geschichte seines Volkes kreist.

Einmal war ich dabei, wie der oberste Hüter der Volkserinnerung – zugleich der höchste Medizinmann – der gefürchtete Umbombulimo, die altüberlieferte 'Takwena-Sage vom Ursprung des Volkes kundgab. Sie lautete folgendermaßen: „Sechzig Menschenalter ist es her, es war in den Tagen unseres großen Vaters Xeilixo. Damals verließen die 'Takwena ihre ursprüngliche Heimat im Norden und zogen gen Süden. In weiter, weiter Ferne lag das Ursprungsland unseres Volkes, jenseits vom Lande der tausend Täler, dicht an dem schwarzen Erdspalt hinter den Mondbergen – dort wo aus der Nebelwolke der göttlichen Wasserschlange der lange gelbe Fluß niederfällt und sich um die Füße der Assegai-Gipfel windet, welche Feuer und Rauch in den Himmel schleudern – hier lag das Ursprungsland. Ja, so war es; aus diesem Lande, wo sie glücklich gelebt hatten, brachen sie auf und zogen nach Süden. Denn Xeilixo hatte einen großen Traum geträumt."

Da haben wir es wieder: am Anfang allen Geschehens
– ein Traum, und durch diesen Traum – ein großer
Wandel. So geht es fort und fort durch alle Zeiten der
'Takwena-Geschichte. Im Beginn jeder neuen Erschütterung erscheint – wie ein besonderer Stern die Morgenröte ankündigt – ein Traum als erster Bote der Wandlung. Nur ein einziges Mal im Verlaufe ihrer Geschichte kam es den 'Takwena vor, als habe dieses überkommene Räderwerk der Traumauslösung versagt. Über diese Begebenheit aber muß ich ausführlicher berichten, da sie von Bedeutung für den Fortgang meiner Erzählung ist.

Vor nahezu hundert Jahren haben die 'Takwena einen schicksalsschweren Wendepunkt in ihrer Geschichte erreicht. Ihr Zug nach Süden, der vor fast zweitausend Jahren begonnen hatte, schien endgültig zum Stehen gebracht. Zu Anfang des 18. Jahrhunderts waren ihre ersten Vorposten auf Europäer gestoßen, die vom Kap aus vordrangen. Weit im Norden und im Osten wurde das Gebiet der 'Takwena in steigendem Maße von gutorganisierten Banden arabischer Sklavenhändler beunruhigt, die mit modernen Feuerwaffen ausgerüstet waren. Kurz vorher hatten die Portugiesen im Westen eine militärische Expedition ausgesandt, die einen der fruchtbarsten Weide- und Zuchtplätze von den 'Takwena abforderte. Daher rieten einige der erfahrensten Indunas dem König, alle Außenposten seines Volkes zusammenzurufen, sie im eigentlichen Umangoni neu zu gruppieren und dieses besetzt zu halten. Denn Umangoni war nicht nur bei weitem das reichste Land, das die 'Takwena auf ihrem jahrhundertelangen blutigen Marsche von Mittelafrika her angetroffen hatten, es war auch leicht zu verteidigen. Selbst ein mit modernsten Waffen ausgerüsteter Feind würde vor der Aufgabe, es zu betreten, zurückschrecken, denn seine weiten Täler, seine breiten, glänzenden Ströme und dichten, von Tropfen perlenden Regenwälder* lagen alle sicher geborgen hinter gepan-

---

* Regenwälder: Afrikanischer Name für dichten Wald, der in den feuchtesten Gegenden der Tropen zu finden ist

zerten Bergen – Kette um Kette. Die Gründe der Indunas wogen schwer, und der König wäre wahrscheinlich ihrem Rate gefolgt (O Gott, wer kann das jetzt in Abrede stellen?) – wenn nicht einer seiner Untertanen einen Traum geträumt hätte.

Es war eines Nachts, Anfang Juni 1848, auf einem Vorposten am großen Krokodilfluß, weit, weit im Süden von Umangoni. Dort lebte ein armer Rinderhirt mit seiner Tochter. Dieses junge Mädchen träumte den Traum, der uns hier angeht. Und so zwingend war dieser Traum, daß sie aufstand und ihren Vater weckte – etwas Unerhörtes für ein 'Takwena-Mädchen. Der Vater aber war so ergriffen von dem Traum, daß er die Tochter sofort bei Tagesanbruch zum nächsten Medizinmann brachte, der zugleich der Hüter der Volkserinnerung am Orte war. Dieser Mann hörte sich alles aufmerksam an und war sichtlich bewegt, sandte aber Vater und Tochter heim zu ihren Hütten, ohne mit einem Worte zu äußern, was er über den Traum dachte. In der folgenden Nacht träumte das Mädchen genau denselben Traum noch einmal, und die gleiche Prozedur wickelte sich nochmals ab. In der dritten Nacht aber erschien in dem Traum Xeilixos Mutter mit schreckenerregendem Blick und gebot dem Mädchen, unverzüglich ihren Traum vor den König selbst zu bringen. Dieses Mal zögerte der Medizinmann nicht länger. Er kannte die weise Lehre seines Amtes: Wer den Träumen keine Beachtung schenkt, die sich mit solcher Beharrlichkeit wiederholen, der gefährdet sich selbst und sein Volk. Er machte sich also mit dem Mädchen und seinem Vater auf und befragte die Älteren, Erfahrenen im Kraal des Unterhäuptlings. In der ganzen Zeit schien das Mädchen in einer Art Trance immer noch, wie die Stimme einer Lebenden, die Worte von Xeilixos Mutter in den Ohren klingen zu hören – jener Königin, die vor fast 2000 Jahren verstorben war. In diesem Zustand wurde sie Tage und Nächte hindurch, kreuz und quer geprüft und verhört. Doch jedesmal lautete ihre Auskunft unverändert: Xeilixo sei im Traum zu ihr gekommen und habe ihr unmißverständlich geboten, zu ihrem Häuptling zu gehen. Dieser solle dem König folgendes kundgeben: Rufe dein Volk und befiehl ihnen, alle ihre Tiere, eins nach dem anderen, zu töten und zu verzehren, bis im ganzen Lande keins mehr übrig ist. Wenn die 'Takwena dies täten, – so hatte Xeilixo gesagt – dann würden in der Frühe des Morgens, nachdem das letzte Stück verzehrt sei, sämtliche Tiere lebend wiederkommen, welche die 'Takwena jemals gegessen hatten. Überdies würden alle 'Takwena-Männer, die je im Kampfe getötet wurden, zum Leben erweckt werden, von ihren Wunden geheilt, gestärkt und voll bewaffnet. Ja, Xeilixo selbst werde in jener Morgenfrühe da sein, sie in die letzte große Schlacht gegen die weißen Eindringlinge führen und diese ins Meer zurücktreiben, aus dem sie gekommen.

So sehr sie auch an Träume glaubten, dieses Mal schraken sogar die fanatischsten unter den beauftragten Sonderberatern des Königs zurück vor den Maßnahmen, die der Traum dieses Mädchens dem Volke auferlegte. Was würde geschehen, wenn die Rinder und die anderen toten Tiere an dem festgesetzten Tage nicht lebendig wiederkämen? Es war zu entsetzlich, die Antwort auf diese Frage auszudenken: Offenbar würde das ganze Volk Hungers sterben! Infolge solcher Erwägungen sah es tagelang so aus, als solle der Traum für unwahr erklärt und das Mädchen mit seiner ganzen Familie zum Tode verurteilt werden. Aber zu guter Letzt hatte der älteste Medizinmann, der Umbombulimo, mit überlegenem Lächeln und allen Zeichen von Zuversicht das Mädchen allein in seine Höhle mitgenommen. Nur wenige erwarteten, daß sie lebendig wieder herauskäme, und sogar diese wenigen waren überzeugt, sie könne höchstens in eine Eidechse oder eine Hyäne verwandelt wieder auftauchen. Auch erfuhr niemand, was in der Höhle vor sich ging; aber was der Nachwelt überliefert wurde, lautete übereinstimmend so: Als der Medizinmann allein mit dem Mädchen in der Höhle war, hatte er sie über alle Einzelheiten von Xeilixos Gestalt, wie er ihr im Traum erschienen war, ausgeforscht, und die Antworten brachten ihm volle Gewißheit. Vier Stunden später tauchte das Mädchen wieder auf, in ureigener Gestalt und obendrein mit einem entschiedenen Ausdruck, der ihr Antlitz erhellte. Dagegen war der Medizinmann so ernst, wie sie ihn nie zuvor gesehen hatten; mit seiner machtvollen Baßstimme hatte er gerufen: „Ein großer Traum ist wieder geträumt worden. Geht von dannen, bringt eure Ernte ein, so schnell ihr könnt; heute nach drei Monden kehrt an diesen Ort zurück und vernehmt, wie der Traum dann gelebt werden soll."

Was nun folgte, ist kennzeichnend für das Wesen dieses primitiven afrikanischen Volkes. Sobald sie den Traum von ihrem Medizinmann erfuhren, erfüllten sie ihn im Leben bis zum äußersten Sinn und letzten Buchstaben seines Wortlauts. Bis auf eine rühmliche Ausnahme führten sie ihn dergestalt durch, daß ein Tag in der Mitte des Januar herankam, wo kein einziges Haustier irgendwelcher Art übriggeblieben war, weder in Umangoni, noch in irgendeinem anderen 'Takwena-Gebiet. Als die Sonne an jenem Abend unterging, brannten überall an den fernsten südlichen Grenzen die Feuer des größten Heeres, das je in Umangoni zusammengezogen war; wie eine Kette aus Rubinen hingen die Feuer rings um den dunklen Hals der afrikanischen Nacht, während die Krieger ihr letztes Mahl vor der Schlacht und der Offenbarung bereiteten. Die Luft war geladen von der Erregung eines Volkes von Millionen, alle in der gleichen hochgespannten Erwartung. Umtumwas Großvater, der damals noch ein Knabe gewesen war, beschrieb mir, wie die *Impis* die ganze Nacht lang ekstatisch bei ihren weit lodernden Feuern den größten Kriegstanz aufführten, den Afrika je erlebt hat. Sie tanzten, bis die Erde unter der Wucht der hunderttausend Füße bebte, die alle auf sie niederstampften wie mit einem einzigen Fuß. Die höchsten Gipfel hallten wider von diesem Donner menschlicher Füße – so sagte der alte Mann –, und die Sterne selbst zogen vor Furcht erschauernd und erzitternd von Horizont zu Horizont. Und dann brach die Morgendämmerung an.

Noch höre ich das Leben in des alten Mannes Stimme erlöschen und sehe die Verzweiflung über ein lang vergangenes Ereignis auf dem Grunde seiner uralten Augen wieder aufflimmern, als er zu mir sagte: „Aber, mein großer kleiner Bwana, mein starker kleiner Herr, stelle dir vor, als die Morgendämmerung dann erschien, war es weiter nichts als eine ganz gewöhnliche Morgendämmerung."

Zunächst wollte es keiner glauben, jedermann focht mit dem Mute der Verzweiflung gegen die sichtbare Wahrnehmung der eigenen Augen. Wilde Gerüchte sprangen auf und verbreiteten sich schnell von einem Regiment zum anderen, von einer ausgedehnten Flanke des großen Heeres zur anderen. „Xeilixo ist bei dem Impi des Schwarzen Elefanten", so signalisierte eine Abteilung der anderen. „Nein, er ist nicht bei uns." Ein schweißtriefender, erschöpfter Läufer kam mit der Antwort zurück: „Ist er nicht bei denen vom Löwen?" Und so ging es unaufhörlich hin und her, den ganzen Tag lang. Schließlich ließ sich die entscheidende Frage nicht länger unterdrücken: „Selbst wenn Xeilixo da wäre, wo waren all die großen Krieger der Vergangenheit, die mit der Sonne aus der Erde aufsteigen sollten? Wo waren all die wiederbelebten Rinder?" Nein, als die Sonne höher stieg, schwand die letzte Hoffnung, und als sie an jenem Abend unterging, hinterließ sie ein Volk in furchtbarer Verzweiflung. Dieses Volk hatte begriffen, daß zum erstenmal in seiner langen Geschichte ein großer Traum nicht in Erfüllung gegangen war.

Was dann folgte, brauche ich nicht im einzelnen zu beschreiben, denn von diesem Zeitpunkt ab haben alle Geschichtsbücher über den weiteren Verlauf berichtet, und die große Hungersnot finden wir in diesen allen aufgezeichnet. Wir verfügen zwar über keine statistischen Angaben, aber man schätzt, daß zwei Drittel des Volkes in jener Hungersnot ums Leben kamen. Ja, die 'Takwena wurden nur durch eins vor der völligen Ausrottung bewahrt. Ich erwähnte bereits eine ehrenwerte Ausnahme unter den Männern: ein einziger stand abseits von seinen

Landsleuten und übertrug den Traum nicht ins Leben. Kurz bevor dieser Traum dem Volke kundgetan wurde, war nämlich der älteste Sohn des Königs, 'Nkulixo, gerade großjährig geworden. Wie der Volksbrauch es fordert, berief man unverzüglich alle jungen Männer seines Alters in die Hauptstadt und stellte aus ihnen ein Regiment unter seinem Befehl auf. Darauf entsandte der König sie in den Krieg gegen die arabischen Sklavenhändler im Norden und gab ihnen eine eigene Garde zur Verstärkung mit. Es war ein bewundernswerter Feldzug. Ich bedaure, daß ich hier nicht die ganze Geschichte erzählen kann. Von Anfang an zeigte sich 'Nkulixo als sehr beachtlicher und höchst begabter Führer. Er schlug die arabischen Händler und verfolgte die fliehenden Reste tausend Meilen weit bis zu ihren Stützpunkten an der Küste, die er vollständig ausplünderte und in Brand steckte. Von dort wandte er sich zurück ins Innere und schwenkte nach Nordwesten ab, wo er bei seinen Überfällen unterwegs reiche Beute machte. Als seines Vaters Bote ihn endlich erreichte, machte er sofort kehrt mit seinem Heer und den weithin folgenden Rinderherden, die er auf seinen Streifzügen erbeutet hatte. Daheim angelangt, fand er sein Land in den Krallen des Hungers, seinen Vater von eigener Hand getötet. Der älteste Medizinmann und die Hüter der Erinnerung waren umgebracht; das Volk siechte vor Hunger und an gebrochenem Herzen dahin, von all seinen Feinden eingeschlossen und hart bedrängt. Was sich dann zutrug, wie der junge 'Nkulixo die Nachfolge seines Vaters antrat, die Engpässe nach Umangoni mit seinen paar tausend Leuten besetzte und gegen alle Angriffe hielt – wird weiter in der Geschichte meines Landes berichtet –, ebenso wie er sein Volk zu gleicher Zeit wieder gesundpflegte. Unter seiner weisen Regierung wurden die 'Takwena wiederum ein mächtiges blühendes Volk. Als die Gefahr der europäischen Durchdringung während der großen Balgerei um Afrika ihren Höhepunkt erreicht hatte, ersuchte 'Nkulixo Großbritannien um einen Bündnis- und Schutzvertrag, der bereitwillig gewährt wurde. Bis auf den heutigen Tag regeln die Bedingungen dieses speziellen Vertrages von 'Nkulixo die Beziehungen zwischen Umangoni und Großbritannien.

Die Folge war, daß das Leben der Takwena sich, von außen betrachtet, wieder wie früher vollzog. Ja, sie hätten sich, glaube ich, damit begnügt, hinter ihren eigenen Grenzen – frei von uns Europäern – zu verharren. Doch für die rasch anwachsende Bevölkerung begann selbst das ausgedehnte Umangoni-Gebiet bald zu eng zu werden. Mehr und mehr Menschen waren gezwungen, sich in der Welt draußen nach Arbeit umzusehen. In Südafrika trifft man sie nun überall, bei der Polizei, in den Bergwerken, bei der Eisenbahn, auf Farmen, in Garagen und Hotels; überall sind sie willkommen, denn dieses Volk ist ehrlich, zuverlässig und selbstbeherrscht. Aber selten bleiben sie irgendwo lange Zeit; es kostet sie zuviel Mühe und Überwindung, mit Europäern zu leben, fern vom eigenen Volk und herausgerissen aus dem uralten Rhythmus ihres ursprünglichen Seins. So kehren sie ungefähr nach einem Jahr zu dem Stammesleben, in das sie hineingeboren wurden, zurück und tauchen nur dann wieder auf, wenn die Not sie zwingt.

Aber trotz der Wiederherstellung nach außen hat sich in Wahrheit eine große Umwandlung mit den Takwena vollzogen, seit 'Nkulixo sie aus ihrer verzweifelten Lage errettet hat: Ihre Träume sind von ihnen gewichen.

Ich kann mich noch gut erinnern, wie ich Umtumwas Großvater fragte, ob es denn seit jenem verhängnisvollen Juni 1848 gar keine großen Träume mehr gegeben habe. Ich sehe ihn noch seinen alten grauen Kopf schütteln, mit dem dicken Metallring, den er als Krone und Abzeichen seines hohen Induna-Amtes trug, wie er traurig sagte: „Unsere Träume sind von uns genommen; niemand weiß, ob sie je wiederkommen werden ... Einige sagen, die Weißen hätten sie von uns genommen und verrichteten nun all das Träumen... Doch was auch immer der Grund sein mag, es gibt jetzt tatsächlich keine Träume mehr in unserem Volk."

„Aber, ehrwürdiger Vater", fragte ich besorgt, denn

es war mir unfaßlich, wie ein einziges Ungeheuer von Traum die herrliche Reihe der großen 'Takwena-Träume ein für allemal beenden solle, „sie werden doch wiederkommen?"

„Wer weiß, mein kleiner alter Herr", antwortete er und lächelte liebreich über die offenbare Besorgnis in meiner Stimme. „Ich weiß nur, was ich weiß. Ich kenne Menschen, die glauben, 'Nkulixo habe vor seinem Tode gesagt, er werde einen wahren großen Traum für sein Volk vorbereiten. Und dieser große Traum solle eines Tages all unser verstreutes Volk wieder zusammenbringen." Bei diesen Worten aber hielt er inne, schüttelte den Kopf über sich selbst und sagte nochmals nachdrücklich: „Aber ich weiß nur, was ich weiß."

Hier muß ich einstweilen die 'Takwena, ihre Geschichte und ihre Träume verlassen und schleunigst die Fäden meiner eigenen Erzählung wieder aufnehmen, eben da, wo ich sie zurückließ, in der Dunkelheit des Sturmes, der über mein Haus in St. Joseph brauste.

IV

Zwong-Indaba bricht nach Norden auf

Der Sturm blies sich selbst zu Tode, so wie es die Stürme auf Halbinseln häufig tun. Als ich erwachte, hing der Morgen wie Honig in einer Wabe an meinem Fenster, und ein kriegerischer Takwena-Singsang stieg vom Garten auf. Erschreckt sprang ich mit einem Satz aus dem Bett, denn ich war noch im Banne der vergangenen Nacht. Doch ein Blick aus dem Fenster – und ich war beruhigt. Es war Tickie, von dem der Kriegsgesang herrührte, ja, ich sah ihn ein regelrechtes Melodrama aufführen. Er hatte sich vorgenommen, das Durcheinander nach dem Sturm im Garten zu entwirren. Als Schild hielt er einen Sack über dem linken Arm, als Speer eine Harke in der Rechten. Mit diesen Waffen beschlich er einen mit welken Blättern und abgebrochenen Zweigen überhäuften Schubkarren. Dabei verhöhnte er den Feind, den dieser Karren vorstellte: „Du hast gemeint, du könntest entweichen, du Sohn einer Hyänin. Doch ahntest du nicht, daß Tickie von den Leoparden, der Tickie von der königlichen Nachtwache, dir auf der Spur war. Nimm das – und das – du Vater eines Hundes!" Und mit jedem „das" schoß er vorwärts und stach mit dem Stiel der Harke heftig auf den Karren ein.

Bei diesem Anblick wurde mir wohler. Tickie war nun schon ein Jahr bei mir. Umtumwa hatte ihn mir eines Tages unaufgefordert gebracht und erläuternd nur dazu gesagt: „Bwana, dies ist Tickie, meiner Schwester Sohn. Sein Vater hat ihn geschickt, damit er für dich arbeitet." Eigentlich hatte ich damals keine Verwendung für ihn, aber ich wußte wohl, er wäre nicht erschienen, wenn Umtumwas Familie das wenige Geld, das er verdienen konnte, nicht wirklich gebraucht hätte. So nahm ich ihn ohne Zögern auf. Er war ein feiner Junge. Seine Augen leuchteten vor Lebensmut. Wie empfindsam zeigte er sich, als ich Umtumwa fragte, warum man ihn Tickie nenne: er ließ den Kopf tief hängen, als meine Frage ein Gelächter unter den anderen Dienern hervorrief.

„Aber wirklich, Bwana, das ist doch ganz klar", sagte Umtumwa dann.

„Für mich nicht", versetzte ich.

„Aber, Bwana, welche Münze ist denn die kleinste, die hierzulande geprägt wird? Ist das etwa nicht ein Tickie?" fragte er schalkhaft zurück. Dazu machte er eine spöttisch verzweifelte Geste, weil ich so langsam begriff. Dann hob er die Hände, um das unbezwingbar aufsteigende Lächeln zu verbergen und sagte: „Tickie ist die kleinste Münze, die in seines Vaters Hütte geprägt worden ist!"

So war denn Tickie ein Mitglied der Hausgemeinschaft geworden, und er war ganz gewiß nicht der ungeschickteste von meinen Leuten.

Während ich ihn beobachtete, wie er gewandt und mit eingeborenem Instinkt all die Phasen eines echten, kraftvollen 'Takwena-Kriegers durchtanzte, wurde meine Freude an seinen anmutigen Gebärden auf einmal von Traurigkeit überschattet. Wie jung und unschuldig er aussah – und wie uralt war das Gesetz des Lebens, das diese Gebärden vorschrieb, durch Generationen erprobt und streng geregelt. Furcht überkam mich für den Jungen und wiederum das Gefühl einer auf uns eindringenden Gefahr.

Da sah ich zwei Stöcke an der weißgetünchten Wand des Leuteflügels lehnen, dicht bei der Tür meines Kochs Zwong-Indaba*, daneben leuchteten in der Morgensonne zwei kleine Kleiderbündel auf, das eine in scharlachrotem, das andere in tiefgrünem Kattun. An diesen Zeichen erkannte ich, daß Zwong-Indaba für eine lange Reise gerüstet war. Offenbar war er von den anderen auserwählt worden, die Kunde von dem Traum aus Umangoni zu holen. Diese Wahl war sicherlich unan-

---

* Wörtlich: „Höre die Kunde"

fechtbar. Er war der Älteste und genoß daher beim Stamm höheres Ansehen als die anderen. Ich selbst hätte es lieber gesehen, Umtumwa wäre ausgezogen. Das ganze Auftreten des alten Mannes war so viel schwerfälliger als bei Umtumwa. Doch wußte ich, daß ich mich in eine so wichtige Angelegenheit des Stammes nicht einmischen durfte. Ich ließ darum Umtumwa zu mir kommen, hörte seinen Bericht über die Wahl an und nahm die Entscheidung gelassen hin. Ich sagte dazu nur: „Heute um 10 Uhr 30 geht ein Schnellzug nach Norden. Sage Zwong-Indaba, ich besorge ihm eine Fahrkarte nach Fort Herald und fahre ihn gleich nach dem Frühstück selbst zum Bahnhof. Noch eins, Umtumwa, meinst du, die Leute, die gestern abend hier waren, könnten wiederkommen?"

„Ganz gewiß, Bwana", gab er prompt zurück.

„Gut, dann sei recht wachsam, während ich fort bin, halte heut alle Mann dicht beim Hause."

Hastig nahm ich ein Bad und rasierte mich. Bevor ich mich zu einem leichten Frühstück niedersetzte, schrieb ich einen Brief an den Provinz-Administrator in Fort Herald, einen alten Bekannten. Ich bat ihn, Zwong-Indaba behilflich zu sein, daß er so rasch wie möglich zur Grenze gelange; er reise in dringendem Auftrag für mich.

Fort Herald lag weit entfernt, fast zweitausend sich schlängelnde, windende Wegesmeilen. Der schnellste Zug dorthin brauchte fünf Tage und fünf Nächte. Von dort aus mußte Zwong-Indaba unter gewöhnlichen Umständen die übrigen tausend Meilen wandern, immer einen jener Fußpfade entlang, die fast unmerklich sogar die äußersten Enden Afrikas miteinander verbinden. Ich wußte aber, daß Regierungsjeeps mit Polizeinachschub Hunderte von Meilen auf die Grenze zu fahren; und eins von diesen, so hoffte ich, würde Zwong-Indaba mitnehmen. Natürlich wußte ich zu jener Zeit noch nichts Genaues, sonst hätte ich vielleicht den Brief überhaupt nicht geschrieben. So wie die Dinge sich nachher herausstellten, wäre der Brief tatsächlich besser unterblieben.

Auf alle Fälle war es gut, daß ich darin keine Erklärung für die Dringlichkeit meines Ersuchens gab. In einer Nachschrift bat ich zum Schluß den Administrator, er möge so freundlich sein und mir telegraphieren, wieviel Zeit Zwong-Indaba seiner Voraussicht nach bis zur Grenze brauchen würde.

Als ich gerade den Brief beendete, hörte ich hinter mir ein trauriges kleines Stöhnen und Wimmern von meinem Hunde. Es war ein besonderes Tier mit einem kupferroten Grat auf dem Rücken, er hieß Slim nach meinem Oberbefehlshaber in Burma, auch bedeutet „slim" in meiner Heimatsprache, dem Afrikaans, „klug". Am Tage des Sturmes hatte er bei den Pferden im Stall Zuflucht gesucht, nun aber stand er im Eingang, mit schiefem Kopf und angespanntem Ausdruck sah er mich traurig an. Ich rief ihn zu mir, er kam langsam und lustlos und wandte keine Sekunde die Augen von meinem Gesicht. Ich streckte die Hand aus und wollte ihn zum Trost streicheln, aber Slim legte nur seine Schnauze auf meine Knie und fuhr fort, mir mit seinen betrübten, haselbraunen Augen ins Gesicht zu blicken. Selbst der Strich auf seinem Rücken, wo sich das kupferrot glänzende Haar um die Nerven seiner geschmeidigen jungen Wirbelsäule ordnete wie Eisenspäne in einem magnetischen Feld, schien weniger elektrisch geladen als sonst. Ich konnte es mir nicht anders erklären: das Gefühl einer unheilvollen Veränderung, die ringsum unseren Lebenskreis bedrohte, mußte auch ihn ergriffen haben.

Später, als ich Zwong-Indaba zum Bahnhof fuhr, bemerkte ich einen braunen Lieferwagen, der dicht bei der Bordschwelle an der Kurve des Heckenweges parkte, dort, wo der fliehende Mörder seine Mütze verloren hatte. Die Haube des Lieferwagens war hochgeklappt, ein schwarzer Fahrer und ein weißer Mann steckten ihre Köpfe tief hinein, als suchten sie nach einem Schaden am Motor. Sie schauten nicht hoch, als ich vorbeikam; sie standen tief gebückt, so daß ich unmöglich erkennen konnte, wie sie aussahen. Das einzige, was ich bemerkte, war, daß der weiße Mann groß, fett und ziemlich x-beinig war. Er trug ein paar schwarze Hosen, die vor Alter fast grün waren und vom Abtragen speckig glänzten. Über den ganzen Lieferwagen war in goldenen Buchstaben gemalt „Lindelbaum & Co., Wein und Spirituosen Import, Export, Engros, 359, Keerom Street". Ich erinnere mich noch, wie ungewöhnlich ich es fand, daß wir ein solches Fahrzeug so früh an einem Montagmorgen dreißig Meilen von seiner Zentrale entfernt antrafen. Da aber Lindelbaum im Ruf eines sehr unternehmenden Geschäftsmannes stand, dachte ich nicht weiter darüber nach.

Ein köstlich frischer, sonniger Wintermorgen in diesem Teil Afrikas kommt meinem Begriff von Vollkommenheit nahe. Klar umrissen steigen die dunkelblauen Berge zur Perlmutterluft der Frühe auf. Nach den Fluten eines großen Unwetters spannt sich der blaue Himmel gereinigt und erquickt aus. Die aufglänzende See atmet noch tief und rasch nach den Anstrengungen der vergangenen Nacht. Fern im Norden fällt ein leichter Schnee auf die purpurnen Höhen der Bergreihen Hottentotten-Hollands, als streife die Schwinge eines Albatros darüber hin.

An diesem besonderen Morgen dachte ich, auf dem Wege zur großen Hafenstadt, immerfort an Joan und John, vor allem aber an sie. Früher einmal hatte ich versucht, ein Gedicht für sie zu verfassen. Nicht zufällig hatte es mit den Wörtchen „Ach, dennoch" begonnen:

„Ach, dennoch lodert manchmal noch ein Traum
Wie eine Flamme durch mein stilles Land,
Verfolgt mich, gaukelt – namenlos im Raum –
Mir Bilder vor von Dschungel, Palmen, Sand.
Durch Steppen zieh ich unterm Sternenzelt,
Durch Purpurwald mit dichtem Federsaum,
Treib' schwarze Ochsen durch mein dunkles Veld.

So ging es fort, die Schlußverse lauteten:

Ein Spiegel ward mir Afrikas Gefild,
Hier sucht und fand ich deines Geistes Bild."

Ich hatte das Gedicht nicht abgesandt, doch niemals hatten die Verse so gut zugetroffen wie an diesem Morgen. Ich sah ihr Antlitz in meinem Herzen, so, wie ich es zum erstenmal an jenem traurigen Tage in der Kirche erblickt hatte, vor nun zwölf Jahren. Es war wie eine Vision bei Nacht im letzten Fiebertraum des Lebens und rief ein Gefühl hoffnungslosen Verlangens in mir hervor. Würde ich sie jemals wiedersehen? Hatte ich mein Hilfsangebot zu lange hinausgezögert? Wie unverzeihlich mußte meine erste negative Antwort ihr erschienen sein! Würde sie je den tieferen Grund verstehen, jene unerklärliche Lähmung, die sechs Kriegsjahre in mir hinterlassen hatten? Doch dringlicher zu lösen war die Frage: Wie konnte ich ihr nun am besten die Nachricht eröffnen, sie und Lady Sandysse hätten am Ende recht behalten: John war in all der Zeit am Leben geblieben und war es vielleicht noch heute?

Einer der Hauptgründe, warum ich Johns Briefumschlag nicht der Polizei gezeigt hatte, war folgender: Hätte ich es getan, so würden sie bestimmt versuchen, ihn mit Hilfe von Zeitungen und Radio ausfindig zu machen. Das aber wollte ich unbedingt vermeiden. Denn dann wären sensationelle Spekulationen über Johns Verbleiben veröffentlicht worden und hätten Joan und ihre Mutter aufs neue in Unruhe gestürzt. Sie hatten wahrhaftig schon genug unter entsetzlicher Ungewißheit gelitten. Auch ergab sich aus dem versteckten Wege, auf dem John Verbindung mit mir gesucht hatte, sowie aus dem Mord an dem unglücklichen Boten, daß auch er selber in eine sehr gefährliche Lage verwickelt sein mußte, falls er überhaupt noch lebte. Ein öffentlicher Skandal konnte die Gefahr, in der er schwebte, nur noch vergrößern. Aber Joan selbst müßte ich sogleich benachrichtigen. Ich war noch dabei, in Gedanken ein Telegramm für sie zu entwerfen, als wir am Bahnhof ankamen.

Es war noch reichlich früh. In einem Wagen dritter Klasse des Nordexpreß fand ich den rechten Platz für

Zwong-Indaba sowie für seine farbenfrohen Kattunbündel und seine Tragestöcke.

Ach diese Bündel und diese Stöcke! Wie oft in meinem Leben habe ich nun schon über diesen weiten Erdteil hin Afrikanern zugesehen, wie sie ihre ganze Habe in leichten Bündeln zusammenschnüren, dazu zwei Stöcke, genau wie diese hier, ergreifen und dann mit freiem Mut und dem blinden Vertrauen eines Kindes die ersten schnellen Schritte einer Reise tun, die sie tausend Meilen ins Unbekannte führt. Es steckt Heroldsmut in diesen tapferen Bündeln und ritterlichen elfenbeinfarbenen Stöcken. Aber Zwong-Indaba ging ja nicht ins Unbekannte, sondern heim in sein Land – so sprach ich mir selbst zu –, warum sollte ich so besorgt um ihn sein? Trotz alledem, fürchte ich, fiel unser Abschied recht feierlich aus. Rings um uns trug sich nichts Ungewöhnliches zu. Die Menschen in den Abteilen waren glückliche, lachende, gutartige Afrikaner, die es sich nicht nehmen ließen, eine Eisenbahnfahrt genauso zu genießen wie jedes normale und gesunde europäische Kind. In keiner Miene sah ich irgend etwas Bösartiges, auch fand ich auf dem ganzen Bahnsteig keinerlei Anzeichen weiteren Unheils. Und doch konnte ich mich nicht enthalten, zu meinem Diener zu sagen: „Vergiß nicht, ein Mensch ist bereits getötet worden im Zusammenhang mit der Feder und dem leeren Briefumschlag . . . auch wenn wir nicht wissen, warum. Vergiß dies nicht und sei sehr wachsam. Hüte dich vor Fremden und eile, Zwong-Indaba, eile in dein Heimatland. Tu dort nur, was du zu tun hast und eile sogleich zurück zu uns. Wir haben keine Zeit zu verlieren.

„Jawohl, Bwana, jawohl", versprach die treue Seele bereitwillig. „Ich werde mich unterwegs nicht aufhalten, sondern eilen, wie du gesagt hast."

Dann ging ich und ließ ihn am Zuge stehen; ich wollte nicht länger auf dem bevölkerten Bahnsteig bei ihm verweilen und dadurch etwa die Aufmerksamkeit auf mich lenken. Doch als ich zum Ausgang kam, blickte ich über die Schulter zurück. Da stand er noch und starrte mir nach, ganz still und recht verloren. Aus einem plötzlichen Impuls, der gar nicht zu meiner Zivilkleidung paßte, drehte ich mich voll um und grüßte ihn mit militärischem Gruß. Augenblicklich hob er die Hand hoch über den Kopf und antwortete mir mit dem Gruß, den die 'Takwena ihren Fürsten vorbehalten. Noch heute tut es mir wohl, wenn ich an meine Abschiedsgeste von damals denke.

Als ich dann aus dem Bahnhof hinaus und auf meinen Wagen zuging, sah ich gerade noch einen dunkelbraunen Lieferwagen schleunigst davonfahren. Wer darin saß, konnte ich nicht erkennen, wohl aber war die goldene Firmeninschrift „Lindelbaum & Co., Wein und Spirituosen, Import, Export, Engros" untrüglich zu lesen. Im Laufe meines Lebens habe ich eine gewaltige Hochachtung vor jeglicher Art von Zufällen gewonnen. Ich halte sie durchaus nicht für bedeutungslos. Daß ein schokoladenbrauner Lieferwagen von Lindelbaum ausgerechnet an beiden Enden meiner Fahrt zum Bahnhof auftauchen sollte, schien mir – um auf das Lieblingswort meines kleinen Generals zurückzukommen – ein Vorgang des „Zusammenwirkens", und ich war fest entschlossen, ihn genau auf seine Bedeutung hin zu untersuchen. Zuvor aber fuhr ich zu dem Hauptpostamt in der Nähe, um mein Telegramm aufzugeben. Ich richtete es nicht direkt an Joan, sondern an einen gemeinsamen Freund von mir und Joans Familie, der, wie ich wußte, gerade ans Kriegsministerium gekommen war:

„Bitte besucht Joan sogleich stop berichtet ihr ich habe soeben wichtigen vielleicht nicht aussichtslosen Fingerzeig über John erhalten stop bittet sie ihrer Mutter nichts zu eröffnen bevor heute abgesandter Luftpostbrief mit allen Einzelheiten sie erreicht

de Beauvilliers"

Als das getan war, sandte ich folgendes langes Telegramm an den Provinz-Administrator in Fort Herald:

„Wäre sehr dankbar wenn Ihr Kurier hinter Pieter le Roux herschicktet mit Botschaft so bald möglich zu mir zurückzukehren aus allerdringendsten wiederhole allerdringendsten Gründen stop er wollte meines Wissens vor zwei Tagen aus Ihrem Bezirk nach Ober-Wuandarorie aufbrechen stop bitte rückdrahtet wie lange Kurier voraussichtlich braucht ihn zurückzurufen stop versichere daß höchst dringender Notfall würde euch sonst nicht belästigen
Grüße
Pierre de Beauvilliers"

Vom Postamt ging ich schnell zur Hauptpolizeiwache nahe dabei. Der Inspektor, der am vergangenen Abend draußen in St. Joseph gewesen war, befand sich nun zu Hause und schlief, aber er hatte Wort gehalten und mir Nachricht hinterlassen: Er habe die Wasserpolizei genau informiert und angeordnet, der Mordfall vom vorigen Tage solle vordringlich behandelt werden. Nachdem ich ein maschinegeschriebenes Protokoll meiner Aussage durchgesehen, einige wenige Änderungen vorgenommen und es unterzeichnet hatte, konnte ich gehen.
Es war immer noch früh. Als ich am Bahnhof vorbeifuhr, stellte ich auf der Stationsuhr fest, daß es kurz nach 10 Uhr 15 war. Ich überlegte: der Nordexpreß mußte noch auf dem Bahnhof stehen. In meiner anhaltenden Besorgnis war ich einen Augenblick versucht, zu meiner Beruhigung hinüberzugehen und noch einmal nach Zwong-Indaba zu sehen. Aber ich verwarf diesen Einfall und warnte mich selbst. Ich durfte meine Unruhe nicht über die angemessenen Grenzen wachsen lassen. So fuhr ich geradeaus weiter, vorbei an dem Standbild von Jan van Riebeeck. Es stand einst dicht am Wasser der großen Bucht. Er hebt den Kopf leicht nach einer Seite hin, als versuche er, ein feines Wispern der See aufzuspüren. Vor dreihundert Jahren hatte diese See seine drei stattlichen Schiffe über die letzte silberne Wölbung des südatlantischen Horizontes getragen. Heute jedoch haben ausgedehnte Hafenerweiterungen

die Bucht von ihm weit zurückgeschoben. Da steht er nun in leicht verwöhnter Haltung in all dem Bronzeprunk des siebzehnten Jahrhunderts, unvermittelt und verloren, zwischen dem drängenden, hastenden Verkehr ringsum, und wendet den rauchenden Schiffen einer neuen Zeit entschlossen den vornehmen Rücken zu.

Als ich van Riebeecks Standbild hinter mir hatte, bog ich in den Eingang zum alten Hafen ein. Ein Zollbeamter nahm fröhlich meine Erklärung entgegen, daß ich nichts zu verzollen habe, führte mich in den Hafen und zeigte mir den Weg zur Wasserpolizei. Dort sagte mir ein Polizist, der Offizier, den ich zu sprechen wünsche, sei zwar fortgegangen, er werde aber bald zurückerwartet. Seit dem frühen Morgen habe er Ermittlungen bei den Schiffen im alten Hafen gemacht. Ob ich vielleicht auf ihn warten wolle? Ich sagte, ich würde in einer halben Stunde zurück sein, ließ meinen Wagen vor der Polizeiwache stehen und ging zum Hafen, mir die Schiffe anzuschauen.

Auf dieser Seite der Halbinsel war die See still und glänzend, kaum gekräuselt. Der Hafen war voll von Schiffen, und die Luft klang wider von all dem lärmenden Getriebe. Schiffe und das Meer haben schon immer eine magische Wirkung auf mich ausgeübt, vielleicht gerade darum, weil mein eigenes Leben mich so ans Land gefesselt hat. Noch heute kann es mir geschehen, daß der Anblick von Schiffen auf dem Meere Kindheitsträume aus mir hervorlockt. Wie ich so eine Weile zwischen ihnen dahinschlenderte, vergaß ich fast, was mich in den Hafen geführt hatte. Während ich an der langen Schiffsreihe entlangging, machte ich mir einen Spaß daraus, von weitem zu raten, zu welchen Gesellschaften die einzelnen Schiffe gehören mochten. Dabei richtete ich mich ausschließlich nach der Farbe des Anstriches und der Musterung der Schornsteine. Ich hatte schon elf Gesellschaften richtig erraten, nur zwei falsch, als plötzlich ein Schiff in mein Blickfeld geriet, das ich bestimmt noch nie gesehen hatte.

Der Moment war voller Spannung. Ich stand gerade

in der Lücke zwischen dem Bug eines Schiffes von Clan MacGillivray und dem Heck eines Harrison-Frachters, *The Statesman*. Ich erinnere mich noch, daß ich dachte, das Schiff müsse einen guten Kapitän haben. Es sah so schmuck aus wie eine Jungfrau, bereit zur ersten Tiefsee-Brautfahrt. Nirgends war auch nur ein Flecken Rost zu entdecken. Ein nagelneuer „Blauer Peter" flatterte munter vom schlanken beigefarbenen Mast. Eine Möwe blitzte auf wie ein Spiegel in der klaren Wintersonne und segelte flink über das Schiff hin. Offensichtlich war alles fertig eingeladen und das Schiff seebereit. Die Luft war in diesem Augenblick so still, daß ich über mir die starken Trossen hören konnte, die das Schiff am Kai vertäuten; sie stöhnten erschöpft, es kostete Mühe, die Fahrtbereite vom Ozean zurückzuhalten. Gerade als mein Ohr den Laut wahrnahm, wurde mein Auge zwischen den beiden Schiffen hinuntergezogen, denn dort entstand plötzlich zu meiner Verwunderung ein unruhiges Schwanken mitten in dem überaus ruhigen Wasser des gut verriegelten Hafens. Da sah ich einen schmutzigen, unbestimmten, gestaltlosen, grüngrauen Bug, die Spitze einer undefinierbaren Nase, hinter dem Clan MacGillivray hervorstechen. Nach der Nase kam das übrige, ebenso unschöne Schiff. Auf den Decks war Nutzholz hoch gestapelt. Ich gebe zu, daß diese Last golden und warm in der Sonne wirkte, doch war das Schiff selbst farblos kalt, zweckhaft öde, ohne den geringsten Schwung oder Anflug einer Linienführung. Auch lag es äußerst tief im Wasser. Ich konnte nicht einmal erkennen, wem es gehörte. Denn bei der Windstille klammerte sich die Flagge zäh an den Hintersteven und lehnte es ab, sich zu entfalten. Zwei kecke, flotte Hafenschleppdampfer, mit den Bullenbeißernasen in der Luft, waren ihm kläffend auf den Fersen. Ich eilte zum Hafeneingang, ich wollte den Spaß miterleben, wie diese hergelaufene Holzhexe aus der schönen, ruhigen Bucht hinausbefördert wurde.

Ich kam gerade zurecht, als das Schiff in etwa zweihundert Meter Entfernung von dem ersten leisen Beben der See erfaßt wurde. Aber immer noch waren Licht und Schatten so verteilt, daß ich unmöglich den Namen entziffern konnte. Ich habe gute Augen und konnte Kopf und Schultern des Lotsen sehen, der auf der Kommandobrücke auf und ab ging. Auch beobachtete ich, wie die Mannschaft am Bug wie am Heck geschäftig ihre Ankerketten und Schlepptaue verstaute. Aber ich konnte auf die Entfernung keine Einzelheiten, auch keine Gesichter erkennen. Doch als ich so stand und angestrengt hinstarrte, sah ich ganz deutlich, wie plötzlich aus den Luken des mittleren Deckhauses zwei Köpfe herausguckten. Sie verschwanden im nächsten Augenblick wieder, wie von hinten von einer gewaltsamen Hand zurückgerissen. Und doch, so kurz die Erscheinung gewesen war, ich hätte bei der Bibel schwören können, es waren authentisch Bantuköpfe!

Ich war so verblüfft, daß ich wie angewurzelt stehenblieb und dem davonfahrenden Schiff nachstarrte. Da hörte ich plötzlich jemand hinter mir erstaunt ausrufen:

„Nun hol' mich gleich der Teufel!"

Überrascht fuhr ich herum. „Lieber Himmel, Bill!" sagte ich, fast erleichtert aufatmend. „Was in aller Welt tust du hier?"

„Lieber Himmel, Pierre!" ahmte er mich nach. Dabei erschien ein anziehendes Lächeln wie ein Licht in seinem dunklen Antlitz. „Was in aller Welt tust du hier?"

Bill Wyndham war ein guter Freund von mir. Er hatte sich im Krieg durch besondere Tapferkeit ausgezeichnet und als Ergebnis sein rechtes Bein eingebüßt. Dies hinderte ihn jedoch nicht, einer der tüchtigsten und angesehensten Journalisten in Afrika zu sein. Er hätte längst ein eigenes Blatt herausgeben können. Aber er haßte jede Art Bürotätigkeit und liebte die freie Luft. Seine besondere Leidenschaft war es, über ungewöhnliche Ereignisse in einer nur ihm eigenen Weise höchst lebendige Berichte zu schreiben. Ganz besonders liebte er das Meer. Im eigenen Boot segelte er hinauf und hinunter an Afrikas Küsten, hinein und hinaus durch Buchten, Winkel, Einschnitte, Lagunen und Flußmündungen. Wie kein anderer kannte er die Ostküste Südafrikas. Schon seit Jahren machte er bei seiner beruflichen Anstellung nur die eine unerläßliche Bedingung: jährlich drei Monate Segelurlaub. Über den Krieg sprach er niemals. Es sah so aus, als habe der Krieg keine Spuren bei ihm hinterlassen, außer daß er hinkte. Doch manchmal war da ein Blick von fernher hinter jenen warmen, großmütigen, schwarzen Augen, den ich nur zu gut kannte. Der Krieg hat, fester als irgendeine andere Schule, ein Band eigener Färbung um diejenigen geschlungen, die durch seine Prüfungen gegangen sind, doch nicht aus Seide oder Baumwolle, sondern aus Gefühlen und Gedanken, die behutsam in der Stille des menschlichen Herzens umgehen. An dieser Farbe erkennen sich alle jene leicht wieder, die sie je getragen haben. Darum auch darf ich sagen, als Bill Wyndham mir zulächelte, war dies wie ein Licht, das an einer dunklen Stätte aufgeht, und zwar in mehr als einer Bedeutung. Keinem Menschen wäre ich in diesem Augenblick lieber begegnet als Bill. Schnell sagte ich ihm, warum ich hier war.

„Und du, Bill? Warum bist du hier?"

„Wegen des Schiffes dort", sagte er spöttisch; dabei setzte er eine enttäuschte Miene auf und schüttelte drohend den Stock nach ihm. „Dieses Schiff ist nämlich keine ehrliche, anständige Dame des Ozeans ... Komm hierher, wir wollen uns auf die Steine niedersetzen und mein Bein ein wenig ausruhen lassen. Dann will ich dir erklären, wenn du es unbedingt wissen willst, warum der Anblick jenes Weibsbilds mich in Wut versetzt."

Wir suchten uns einen Sitz auf einem großen Betonblock am Ende des Wellenbrechers. Während Bill sprach, behielt ich das Schiff im Auge. Langsam begann es, das sachte Anschwellen der Wogen aufzunehmen. Zuweilen, wenn es sich weit auf die Seite legte, tröpfelte ein Glitzern von Sonnenlicht um eine Luke, ähnlich dem ersten funkelnden Tropfen Champagner, wenn er in einen Kristallkelch eingegossen wird. Doch sah ich keine schwarzen Köpfe mehr unerwartet aus der Luke hervorschnellen, und sehr bald – leider Gottes! – war das Schiff zu weit entfernt: ich konnte überhaupt keine Einzelheiten mehr erkennen.

Doch da war ja Bill und erzählte mir, was ihn zu dem Schiffe trieb. Ich wisse wohl, daß er den Hafen nicht nur um seiner selbst willen liebe. Er streife auch gern hier herum, auf der Jagd nach Geschichten für seine Zeitung. Hin und wieder griff er ausgesprochen gute und ungewöhnliche Ereignisse auf. Seit achtzehn Monaten hatte er nun schon versucht, an Bord eines der Schiffe jener Linie zu gehen, zu der dieses Schiff gehörte. Zunächst einmal war die Linie noch unbekannt, also schon darum eine Neuigkeit. Ferner hatten diese Schiffe manches Befremdliche in ihrer Erscheinung. Hinzu kam, daß ein seltsames Gerücht über sie umging, Gott weiß, wo dies aufgekommen war. Dieses Gerücht behauptete, die Schiffe seien in Rußland gebaut. Ja, sie stellten tatsächlich eine russische Nachahmung vom Kriegsnotbau der Liberty-Schiffe dar. Ob sie russisches Eigentum waren, das war allerdings eine andere Frage. Der Name der Gesellschaft hieß auf englisch einfach „The Baltic and Gulf of Finland Trading Co.", sie schien in Helsinki registriert zu sein. Aber augenscheinlich hatten die Eigentümer sonderbare Manieren, denn wie sehr er sich auch bemühte, die Agenten dieser Linie schienen ihn durchaus nicht an Bord haben zu wollen. Sie waren stets außerordentlich höflich, erfanden wunderbare Entschuldigungsgründe, wenn sie ihn hinauskomplimentierten, und versprachen von einem Mal zum anderen, sie würden ihn das nächste Mal an Bord einladen. Aber das nächste Mal kam nie, obgleich regelmäßig einmal monatlich ein Schiff den Hafen anlief. Noch auffälliger war dies: wenn ein Schiff im Hafen lag, hielt es sich abseits, wie sonst kein einziges normales Schiff. Gewöhnlich kamen nur der Kapitän mit seinem Zahlmeister an Land, nicht einmal der Erste Offizier. Sie beeilten sich, ihre Ladung zu löschen und nahmen schnell frische Vorräte ein; denn eins müsse er zugeben, sie seien tüchtige Kerle. Zunächst hatte er ihre Entschuldigungen entgegengenommen. Er hatte sich gesagt, man müsse begreifen, wenn sie als Ausländer vielleicht mißtrauisch gegen Zeitungsleute seien. Aber das sei nun schon zu lange immer so weiter gegangen. Vor einem Monat hatte er daher die Agenten besucht und verwarnt. Wenn sie sich weiterhin so ablehnend verhielten, werde er eine „negative" Geschichte über sie schreiben, etwa mit der Schlagzeite „Mysteriöse baltische Schiffe in der Tafelbucht". Das hatte den Leuten einen gründlichen Schrekken eingejagt, und sie hatten fest versprochen, ihn gleich das nächste Mal an Bord zu bitten. Am Sonnabendmorgen hatte er auch eine schriftliche Einladung zum Lunch auf dem Schiff erhalten für den heutigen Tag, Montag. Hier war nun glücklich der Montag, hier war er, und siehe da – dort drüben war das Schiff.

„Jawohl", sagte er, „da dampft das Schiff ab, nicht nur mit meinen Hoffnungen, auch mit meinem Wodka und Kaviar oder Schnaps und Smorgesbrod oder was sie sonst noch Schönes zu essen pflegen. Ich aber werde mit meiner Feder Rache nehmen."

Er sagte das in bitterem Spott. Nach meinen Erfahrungen mit Zeitungen erkannte ich: er hatte genug Stoff für einen erstklassigen negativen Bericht. Als instinktive Rückwirkung wollte ich ihn sogleich überreden, die Hände davon zu lassen.

Zunächst fragte ich: „Wie heißt das Schiff?"

Er lächelte und zuckte mit den Achseln, auf wenig südafrikanische Weise, aber eleganter als irgendwer, den ich kenne.

„Es heißt *Stern der Wahrheit*. Sie alle sind irgendwelche Sterne: Stern des Ostens, Morgenstern, Polarstern, Abendstern und so fort, dies aber ist der *Stern der Wahrheit*, ob du es glaubst oder nicht."

„Aber Bill", unterbrach ich ihn, „was für eine Ladung führt es mit sich und was für eine Mannschaft?"

„Vorwiegend Nutzholz und Zeitungspapier, glaube ich", war seine Antwort. „Was die Mannschaft anlangt, so kann ich nur raten. Ich stelle mir so eine baltische Mischung vor."

„Könnte es vielleicht auch irgendwelche schwarze Afrikaner an Bord haben?" Ich stellte diese Frage so beiläufig wie möglich.

„Was?" rief Bill aus und sah mich mit so ehrlichem Erstaunen an, daß ich mir klar wurde: er konnte nichts von dem gesehen haben, was ich gesehen hatte. „Mach' dich nicht lächerlich, Pierre. Ich weiß, daß du manchmal ein Träumer bist, aber du kennst doch die Vorschriften in diesem Land gegen solche Geschäfte. Wir benutzen schwarze Afrikaner auf unseren eigenen Schleppern, Küstenschiffen, Fischdampfern und den amtlichen Hafenfahrzeugen; aber wir würden es nie zulassen, daß sie von Ausländern beschäftigt werden." Er schüttelte den Kopf. „Natürlich könnten sie einen oder den anderen schwarzen Matrosen weiter die Küste entlang mitgenommen haben. Aber auch das glaube ich nicht, das verursacht zuviel Scherereien an Bord. Wie kommst du nur darauf?"

„Es ging mir so durch den Kopf", erwiderte ich leichthin. „Ich sagte ja schon, jener Bursche, der letzte Nacht in St. Joseph ermordet wurde, trug Matrosenkleidung, und seine Mörder ebenfalls, nach der Mütze zu schließen, die Umtumwa aufspießte."

„Aber sagtest du nicht, es war ein 'Takwena", warf er sogleich ein. Diese Feststellung löschte für ihn jede Spur von Zweifel aus.

„Allerdings."

„Kommt also gar nicht in Frage. Kein 'Takwena geht je freiwillig zur See. Die Gefühle der 'Takwena dem Meere gegenüber kennst du doch wohl noch besser als ich. Zulu, Basuto, 'Xosa, Fingo, Shangaan, Ovambu, sogar Herero – ja. Aber 'Takwena... niemals!"

„Ich weiß – und doch kann ich nicht anders, ich muß dem weiter nachgehen." Aber wieder hielt mich mein Instinkt zurück, mehr zu sagen. Ich mußte, so gut ich konnte, meine Sorge im verborgenen halten. Darum fragte ich nur: „Wohin gehen diese Schiffe eigentlich? Was für Ladung nehmen sie hier ein? Du erwähntest vorhin ihre Agenten. Was sind denn das für Leute?"

Er erhob sich, bevor er antwortete, und ich stand auch auf. Wir blickten beide hinaus aufs Meer. „Sie nehmen nicht viel Ladung ein", sagte er nachdenklich, „ein paar Krebskonserven, etwas Wein und ähnliches. Ihre Hauptfracht holen sie in Port Natal. Dorthin fahren sie von hier aus. In Port Natal laden sie Nutzholz aus und Wolle ein, ballenweise. Von Port Natal geht's nach Sofala, Mozambique und weiter die Küste hinauf durch den Suezkanal und immer weiter bis in ihr finsteres Baltisches Meer zurück. Und ihre Agenten sind natürlich Lindelbaum & Co. in Keerom Street."

Bei dieser Eröffnung eines Geheim-Dienstes fuhr ich zusammen, und bevor ich mich halten konnte, stieß ich das lauteste „O Gott!" meines Lebens aus.

Bill betrachtete mich mit erneuter Aufmerksamkeit von oben bis unten und fragte beruhigend: „Was findest du denn an dieser Verbindung so verwunderlich?"

„Nun, ich dachte, Lindelbaums handeln mit Wein und Spirituosen", sagte ich schnell gefaßt, „aber ich hielt sie nicht für Schiffsagenten."

„Und doch stimmt das", erwiderte Bill. „Sie sind übrigens noch vieles andere, zum Beispiel Eigentümer einer kleinen Fabrik von Krebskonserven hier am Ort. Aber ich kann wirklich nicht behaupten, daß ich gut über sie unterrichtet bin."

„Wer sind denn diese Lindelbaums? Existieren sie in Wirklichkeit oder ist das nur ein Firmenname, der von früheren Zeiten übernommen ist?" fragte ich.

„Der alte Lindelbaum, der das Geschäft gegründet hat, ist immer noch am Leben; viel mehr weiß ich nicht von ihm. Ich habe gehört, er kam als Junge ohne einen Pfennig irgendwo aus Ostdeutschland hier an und ist heute einer unserer reichsten Leute. Das ist alles. Ich bin ihm nie begegnet. Mir genügt sein Manager am anderen Ende der Telefonleitung, und ...", Bill hielt jäh inne und rief: „Sieh nur! Man hat den Lotsen abgesetzt und macht sich schleunigst auf und davon in die offene See." Dann kam eine Pause, und dann: „Weißt du, Pierre, jene Dame dort hat etwas auf dem Herzen – und du

desgleichen." Ich lächelte ihn an und tat, als fasse ich die letzte Bemerkung als Scherz auf. Dann sagte ich: „Bill, nun einmal ganz im Ernst, willst du mir einen Gefallen tun?"
„Selbstverständlich."
„Dann bitte ich dich, schreib nicht jene negative Geschichte, die du im Sinn hast, über ‚Mysteriöse baltische Schiffe in der van Riebeecks Bay' und ... frag' mich nicht, warum."
Sekundenlang verhärtete sich der Ausdruck seines Gesichtes, darum fuhr ich schnell fort: „Noch um mehr als dies möchte ich dich bitten. Sei sogar recht freundlich zu den Agenten. Nimm ihre Entschuldigungen gelassen hin, ganz gleich, wie sie klingen. Vermeide alles, was du irgend kannst, um diese Leute nicht argwöhnisch zu machen. Ich bin sicher, daß du recht hast: etwas sehr, sehr Sonderbares geht da vor sich. Ich glaube sogar, es hängt nicht nur mit dem Mord in der vergangenen Nacht draußen in Petit France zusammen, sondern wahrscheinlich mit anderen, noch weit ernsteren Dingen. Es geht möglicherweise um Entscheidungen über Tod und Leben ganzer Völker und Länder. Jede Fiber meines Wesens warnt mich: wir können in dieser Sache nicht sorgsam genug vorgehen."
Ich sprach dies vom ersten Wort bis zum letzten ernst und eindringlich. Als ich aufhörte, legte mir Bill plötzlich beide Hände auf die Schultern, sah mir gerade in die Augen und sagte unvermittelt: „Weißt du, Pierre, ich finde, du hast dich nicht einen Deut verändert seit dem Tage, als ich dich zum ersten Male traf!"
Ich atmete befreit auf bei dem warmen Ton seiner Stimme und fragte mit erleichtertem Herzen: „Wieso?"
Er ließ die Hände von meinen Schultern gleiten und nahm die Beobachtung der Vorgänge auf See wieder auf. Der zurückweichende *Stern der Wahrheit* wendete gerade in Richtung auf das Signal Kap und Löwen-Riff, dann nahm er Kurs parallel zu den Zwölf Aposteln. Offenbar war Port Natal sein Bestimmungsziel. Dabei wickelte er sich einen immer dichter werdenden Shawl

von schwarzem Kaschmirrauch um die Schultern, als Schutz vor der Kälte der scharfen südatlantischen Luft.

Da fragte mich Bill, ob ich mich noch erinnern könne: er war der erste Zeitungsmann, der uns vor fünfzehn Jahren interviewt hatte, an dem Tage, als mein Vater nach Petit France zurückkehrte. Bill fuhr fort zu erzählen, was er nie vergessen hatte. Sogleich nach der Kunde von der Rückkehr meines Vaters hatte er die Empfindung gehabt, als sei damit ein Symbol der Gegenwartsgeschichte lebendig geworden, und dieses geschichtliche Sinnbild weise in die Zukunft. Wenn ein Mann, der so eng an die vergangene Geschichte gebunden war wie mein Vater, leibhaftig zurückkehrte, es also fertigbrachte, seine eiserne Ablehnung des Geschehenen hinter sich zu lassen wie ein abgetragenes, zerrissenes Kleid, dann – so glaubte er – könnten Millionen andere das gleiche tun. So war er mit gespannten Erwartungen zu uns hinaus nach Petit France gekommen. Und er wurde nicht enttäuscht. Doch erkannte er schon damals, daß ich es war, der das Wirken für die Zukunft auf sich nehmen mußte, denn offenbar hatte mein Vater kein langes Leben mehr vor sich. Bill sagte nun, er müsse ehrlich zugeben, er sei damals besorgt um mich gewesen, denn vor sich sah er einen jungen Jäger, der im Busch aufgewachsen und erzogen war und den man ohne jede Einführung geradeswegs herübergebracht hatte. Wie sollte der Jägersmann unvorbereitet durch so schwierige Paßgänge hindurchfinden, die in dem überfüllten Zirkus der Zivilisation vor ihm lagen? Wie könnte er mit der Arbeit in den gepflegten Weingärten beginnen? Und was gab es dort schon zu jagen? Er hätte sich jedoch umsonst gesorgt – so sagte Bill nun mit einem scheuen Lächeln der Zuneigung. Er hatte damals nicht damit gerechnet, wie bald ich lernen würde, in ganz anderen Gefilden zu jagen. Nun aber zur Sache: Was in aller Welt hatte ich gerade hier an dieser alten Wasserkante aufzuspüren? Es nützte gar nichts, seinen Fragen auszuweichen. Er ließe sich nicht zum Narren halten. Sehr bald in unsrer Unterhaltung hatte er gemerkt, daß ich hier auf der Lauer vor einem fremden neuen Wild lag, ja, Großwild – etwa einem arktischen Wolf oder Eisbär – wer weiß? Und daß ich noch eine weitere Spur verfolgte außer der des 'Takwena-Mörders, das wußte er so sicher wie nur irgend etwas. Kurzum: er war bereit, alles zu tun, was ich verlangte. Er wollte sanft wie eine Frau mit Lindelbaums Geschäftsführer umgehen. Ja, für die Sache, die ich im Sinne hatte, tat er es bereitwillig, sogar mit Freuden. Er brauchte ja mir gegenüber nicht zu betonen, wie der Haß einer Rasse gegen die andere unaufhaltsam über die afrikanische Erde hinkroch. Seit dem Kriege hatte er stets diesen finsteren Atem von Bosheit und Verneinung wahrgenommen, wie die schleichende Seuche eines neuen Schwarzen Todes in der schimmernden Luft Afrikas. Aber solange die entschlossene Tat der Umkehr und Wiedergeburt, die François de Beauvilliers Rückkehr für ihn symbolisch darstellte, in Fleisch und Blut weiterlebte, nämlich – wie er glaubte – in meiner Person, würde er nicht aufhören zu hoffen.

„Also mach dir keine Sorgen, Pierre", damit fiel er wieder in seinen alten fröhlichen Ton zurück. „Meine Geschichte kann zur Hölle fahren. Verfolge du nur eine Bestie so lange, bis du sie tödlich getroffen hast. Ich werde mich nach einem anderen Gastgeber zum Lunch umsehen."

Dabei sah er mich herzlich an. Ich war so bewegt von diesen teilnehmenden Worten, die von seiner lebendigen Verbundenheit zeugten, daß ich seinem Blick nicht begegnen konnte, sondern nur sagte: „Vielen Dank, Bill. Ich fürchte, du legst mir und meiner Rolle zuviel Gewicht bei ... du warst immer ein über die Maßen großmütiger Freund. Aber es hat mir wohlgetan, daß ein Mensch wie du mir so rückhaltlos vertraut. Du verstehst, ich darf dich jetzt nicht zum Lunch bitten, ich muß heut noch zuviel erledigen. Aber wie wär's, wenn du zum Dinner nach Petit France kämest. Wir könnten den Abend zusammen verbringen, und ich werde dir alles, so gut ich kann, erklären."

„Sehr gern", nahm er ohne Zögern an.
„Schön, abgemacht. Heute abend wollen wir zusammen essen und alles besprechen.... Doch wäre es dir wohl möglich, in der Zwischenzeit nachzuforschen – sehr diskret –, ob sich an Bord des *Sterns der Wahrheit* irgendwelche schwarzen Matrosen befinden. Und wenn ja, wie viele."
„Selbstverständlich. Aber ich rate ab, es ist Zeitverschwendung."
„Nein, ganz gewiß nicht, Bill", sagte ich, zugleich fühlte ich, daß es nicht fair war, was ich wußte, noch länger vor ihm zu verbergen. Darum fügte ich hinzu: „Behalte es bitte für dich: eben bevor du hinter mir auftauchtest, sah ich, wie zwei schwarze Köpfe aus zwei Luken des Deckhauses hervorsprangen. Du glaubst es nicht, aber ich gebe dir mein Wort, ich habe mich nicht getäuscht. Meine Augen sind zu gut, und das Schiff war zu nah, als daß ein Irrtum möglich wäre."
„Wenn du es sagst, muß ich es natürlich hinnehmen", gab Bill zurück. „Doch ist es höchst ungewöhnlich – so ungewöhnlich, daß es sorgsam nachgeprüft werden muß. Ich weiß einen Weg: Unser Schiffskorrespondent, der regelmäßig Bericht erstattet, kennt sämtliche Lotsen im Hafen. Ich will ihn bitten, mit dem Lotsen zu sprechen, der den *Stern der Wahrheit* hinausbefördert hat. ... Puh, sieh dir das an, der Rumpf sinkt schon unter den Horizont. Offenbar hat sie es aus mehr als einem Grund eilig, die Hergelaufene. Weißt du, ich glaube, auch wir sollten uns lieber beeilen. Kannst du mich vielleicht zurück zur Stadt im Wagen mitnehmen?"
Ja, er hatte recht, ich hatte keine Zeit zu verlieren. Die Sonne stand schon so hoch wie sie um diese Jahreszeit steigt. Auf dem Hang des grauen alten Berges hinter der Stadt war kaum mehr ein Schatten verblieben, und von der See her kam eine Brise auf. Das Anschlagen der Wellen am Strande entlang wurde dringlicher. Die Möwen droben riefen kläglich und ungeduldig, quer über den Hafen tönte das gebieterische Pfeifen einer Lokomotive, dann das Ächzen und Puffen eines schweren

Güterzuges, der sich für eine lange Steigung in das Land nordwärts aufmachte. Einen letzten Blick warfen wir auf den entschwindenden *Stern der Wahrheit*, dann eilten wir zurück zur Wasserpolizei. Zwar war der Beamte, den ich verlangt hatte, wieder da, doch konnte er mir nichts Neues berichten. Er wollte seine Nachforschungen noch weiter fortsetzen, hatte aber wenig Hoffnung auf Erfolg. Er zog offenbar dieselbe Schlußfolgerung wie sein Kollege. Danach waren der Tote und seine Mörder nichts als eine Horde betrunkener Raufbolde. Ihre Matrosenkleidung hatten sie bei einem griechischen Trödler gekauft. Ich hütete mich wohl, ihm gegenüber das geringste von dem *Stern der Wahrheit* zu erwähnen und war froh, als ich mich nach diesem kurzen Interview empfehlen konnte.

„Hast du etwas dagegen, Bill", sagte ich beim Einsteigen in den Wagen, „wenn ich dich durch die Keerom Street zu deiner Redaktion fahre und du mir unterwegs das Geschäftshaus von Lindelbaum zeigst?"

„Nicht die Spur", antwortete er, und zehn Minuten später fuhren wir die Burghers Street hinauf, um in die Keerom Street einzubiegen. Da sagte Bill: „Sieh da, das ist die Rückseite von Lindelbaums."

Ich erblickte ein riesiges graues Etagengebäude. Es war in der gleichen ausdruckslosen Seifenkistenmanier aufgeführt, welche die aufstrebenden Straßenzeilen der Stadt Van Riebeecks um alle Herzenswärme und allen individuellen Reiz gebracht hat. Auf dem Hofe standen gestaffelt etwa fünfundzwanzig Lieferwagen, genauso wie der, den ich in St. Joseph und am Bahnhof parken sah. War ich vielleicht doch voreilig gewesen, als ich bei diesem zweimaligen Zusammentreffen am Morgen nach einer besonderen schicksalhaften Bedeutung gesucht hatte? Eine Minute später beantwortete die Frage sich von selbst. Als ich nämlich langsam an dem Haupteingang des Gebäudes vorbeifuhr, hielt ein schwerer amerikanischer Wagen von luxuriöser Breite vor dem Eingang. Ein großer, korpulenter Mann mit rundem gelblichen Gesicht, absonderlichem Mongolenkopf und einer dunklen Sonnenbrille stieg aus und ging die breiten Stufen hinauf mit merkwürdiger Behendigkeit, die man einem so massigen Menschen nicht zugetraut hätte. Obgleich er blitzschnell verschwand, erkannte ich in dem Augenblick, als er mir den Rücken zukehrte, die grünlich schwarzen Hosen, speckig glänzend, alt und abgetragen.

„Bill! Schnell! Wer ist der Mann, der dort hineingeht?"

„Das, mein alter kleiner Bruder", sagte Bill, „ist Hermann Charkow in eigener Person – Lindelbaums Schiffsmanager. Möchtest du ihm vorgestellt werden?"

„Um keinen Preis", entgegnete ich schnell und drückte den Fuß fest auf das Gaspedal. „Es wäre mir höchst zuwider, wenn er uns gerade jetzt zusammen sähe. Was ist denn das für einer, Bill? ... Was weißt du von ihm? Er sieht aus wie eine Art Eunuch."

„Nein, wirklich, Pierre, du bist unglaublich", lachte Bill, „das stimmt auffallend, das heißt, wenn das Gerücht stimmt. Er soll es geworden sein, durch einen Splitter von Bothas Granaten im deutschen Feldzug in Südwest. Ich weiß nur soviel, daß er ein alter Südwest-Expert ist und sehr tüchtig. Laß dich aber nicht durch seinen Umfang täuschen, der ist nur Verkleidung. Darunter ist er mager und schlaflos. Warum fragst du eigentlich?"

„Das sage ich dir heute abend. Aber wenn du später mit ihm sprichst, erzähle ihm unter keinen Umständen, daß du heute mit mir zusammen warst."

Mit dieser Warnung verließ ich ihn und fuhr schleunigst nach Petit France zurück, um endlich an Joan zu schreiben.

V

Ich fliege nach Port Natal

Mein Brief an Joan war geschrieben und zur Nachmittagsluftpost nach Norden bereit. Ich fuhr in die Stadt zurück zum Hauptpostamt, wo ich ihn selbst siegelte und einschreiben ließ.

„Wann wird er in London sein?" fragte ich den Beamten am Schalter.

Er rechnete schnell aus: „Palmietfontein am Riff 9.30 Uhr heute abend, 0.45 Uhr Flugzeug nach London, nächsten Morgen 10 Uhr Heathrow. Ihre Dame müßte ihn spätestens Mittwoch nachmittag in Händen haben." Sein wissendes Lächeln besagte, daß nur eine Herzensangelegenheit eine derartige Ausgabe und Dringlichkeit erklären konnte, denn der Brief war lang und wog entsprechend viel.

Ich muß gestehen, es war mir nicht leicht gefallen, ihn zu schreiben. Joan über die bloßen Tatsachen zu unterrichten, das war nicht schwer; sie ließen sich der Reihe nach berichten, so wie sie Schlag auf Schlag erfolgt waren. Schwierig aber war es, die Tatsachen zu deuten und nach ihrer Deutung aufzuzeigen, welchen Kurs wir nun verfolgen sollten. Ich versuchte nicht etwa, die Schwierigkeiten zu übergehen oder ihnen auszuweichen. Von vornherein gab ich zu, wie sehr ich im Unrecht war, da ich Joans intuitiver Sicht, daß John noch am Leben war, nicht früher Raum gegeben hatte. Sofort nach der Wiederherstellung meiner Gesundheit hätte ich mit allen meinen Kräften darangehen sollen, nach Spuren von John und Sergej zu suchen. Von meiner seelischen Lähmung durch den Krieg, die ich schon erwähnt habe, schrieb ich ihr nichts. Meine eigenen Gefühle schienen mir nur unwichtig. Von Bedeutung war nur: Joan und ihre Mutter hatten die ganze Zeit über gewußt, daß

John noch lebte; sie hatten unter widrigen, höchst qualvollen Umständen ihren Glauben durchgetragen, ohne jede aktive Hilfe von meiner Seite. Nun endlich konnte ich ihr sagen, wie dankbar und froh ich war, daß sie recht behalten hatten. Dann entwickelte ich ihr den folgenden Gedankengang. Wenn wir auch nur über geringe Anhaltspunkte verfügten, kann ich doch nicht glauben, daß John tot sei: die Tinte auf dem Umschlag war zu frisch und die Handschrift fest und sicher geführt. Von nun an betrachte ich es als erwiesen, daß John lebt, und unternehme sofort alle Schritte, ihn ausfindig zu machen. Das einzige Problem ist, wie das am schnellsten und besten erreicht werden kann. Als nächste Aufgabe habe ich mir gesetzt, die Fäden zu verfolgen, die an den Ort hier geknüpft sind. – Ich wollte Joan keine zu verwickelte Darstellung geben. Darum ging ich nicht darauf ein, welche besondere Bedeutung die Vorgänge für die 'Takwena besaßen. Hierüber durfte ich ja auch nichts verlauten lassen, sonst hätte ich Vertrauensbruch an meiner treuen Dienerschaft begangen. Wohl aber schrieb ich ihr, daß ich nach Oom Pieter gesandt hätte und im Begriffe wäre, schon am nächsten Morgen nach Port Natal zu fliegen. Ich wollte erkunden, ob nicht vielleicht von dem *Stern der Wahrheit* ein Licht auf die Ereignisse fiele. Wenn nur erst Oom Pieter mir zu Hilfe käme – so schloß ich – würde ich schnellstens einen genauen Feldzugsplan entwerfen und sie davon unterrichten. Dann bat ich sie, unter allen Umständen für sich zu behalten, was sie nun wußte. Denn in der noch ungeklärten Lage könne nach meiner Überzeugung jede amtliche Nachforschung nach Johns Verbleiben ihn nur gefährden. Mit den Worten „Stets – Pierre" unterzeichnete ich. Im Grunde war mir so zumute, daß ich lieber gesagt hätte „Stets – Dein Pierre", dies aber versagte ich mir. Auch wollte ich gern, als ich die geschriebene Seite ablöschte, noch hinzufügen „Dein Bild steht immer neben mir, noch immer dort auf dem Schreibtisch, wo ich es vor zwölf Jahren hingestellt habe". Doch auch vor dieser Nachschrift hielt mich ein hemmendes Gefühl zurück.

Als der Brief geschrieben und endlich auf der Post war, fühlte ich mich freier. Während ich nach Petit France zurückkehrte, spürte ich die gleiche warme Welle der Erregung in meinem Blute aufsteigen, wie früher jedesmal, wenn mein Vater und Oom Pieter eine neue Safari ankündigten. So muß es nach langer Windstille einem Seemann zumute sein, wenn er sieht, daß ein sanfter Windeshauch – wie die Tatze einer Perserkatze – den Silberspiegel der See leise verdunkelt und der Wächter im Menschenherzen ausruft: „Endlich ein Wehen: der Große Geist regt sich." Hatte Bill etwa recht? Auf wunderbare Weise schien eine segensreiche Alchemie des geistigen und seelischen Seins unversehens den primitiven Jäger aus meinem Wesen herausgelöst zu haben. Was es auch sein mochte, es trieb mich nun mit Heißhunger zu meinem Tee.

Nach dem Tee sah ich auf meiner Besitzung nach dem Rechten, was ich den ganzen Tag über versäumt hatte. – Aus Verteidigungsgründen hatte der erste François de Beauvilliers sein liebliches Petit France ungewöhnlich hoch auf dem Hang eines der Berge erbaut, die über das heutige Dorf St. Joseph hinausblicken. Er war der erste Siedler dort, Meilen entfernt von irgendeinem Menschen, in einem Lande voll wilder Tiere, umherziehender Hottentotten und Buschmänner mit Bogen und Giftpfeilen. Die Weingärten beginnen unmittelbar hinter dem Hause, laufen rings um einen umfangreichen Ausläufer der Berge und erstrecken sich bis weit hinunter in die geschützten Ebenen. Die Gutsgebäude, Weinpressen, Destilliergeräte, Kellereien und Gärbottiche befinden sich alle am äußersten Ende der Pflanzung. Dorthin gelangte ich, frisch ausschreitend, in zehn Minuten und war froh, als ich in den Kellereien meinen Verwalter antraf mit all den farbigen Vorarbeitern um ihn versammelt; sie besprachen gerade das morgige Tagewerk. In kurzer Zeit hatte ich ihnen einen Arbeitsplan übergeben, der sie aller Voraussicht nach für viele

Monate beschäftigt hielt. Als ich mich verabschieden wollte, sah ich plötzlich, wie der alte Arrie, der älteste unter ihnen, der in Petit France geboren und aufgewachsen war, Tränen mit dem Handrücken aus seinen matten, doch sonderbar blauen Augen wischte.

„Sag, Arrie, was ist geschehen?"

„Ou Seur*", die Worte wuchsen aus tiefer Seele hervor, so wie es unseren farbigen Getreuen eigen ist. Diese spontane Gemütsbewegung ist eine der vielen Eigenheiten, durch die sie mir so ans Herz gewachsen sind. „Du sprichst, als wollest du wieder für lange Zeit von uns gehen, das ist nicht gut für Petit France. Genauso, wie du hier zu uns sprichst, hast du an dem Abend, bevor der Krieg dich von uns fortholte, zu uns gesprochen. Warum mußt du immer an ferne Orte gehen, wo deine Augen uns nicht sehen können und unsere Worte dich nicht erreichen?" Damit ließ er seinen Tränen freien Lauf, ohne seine Gemütsbewegung schamhaft zu verbergen.

„Nicht doch, Arrie", beruhigte ich ihn und legte ihm die Hand auf die Schulter. „Ich gehe diesmal, so weit ich übersehen kann, nur für einen oder wenige Tage fort. Nur habe ich eine Menge neuer Aufgaben zu erfüllen und werde darum euch alle in nächster Zeit vielleicht nicht so oft sehen, wie ich gern möchte."

Aber ich fürchte, der alte Arrie fühlte sich nicht wahrhaft getröstet. Er schüttelte nur seinen grauen Kopf und murmelte unter Tränen vor sich hin.

Ich nahm Abschied. Es war schon dunkel und kalt. Die Sterne waren in großer Klarheit erschienen und flimmerten erschauernd in der knisternd silbrigen Winterfrische. Rasch schritt ich die lange Reihe der Weingärten entlang. In dieser vorgeschrittenen Jahreszeit hoben

---

* Ou = bedeutet wörtlich „alt", wird aber auf Afrikaans gewöhnlich als Ausdruck zärtlicher Anhänglichkeit oder Ergebenheit oder für beides zugleich gebraucht. Seur = ursprünglich das französische „Seigneur", wurde von meinen Hugenottischen Vorfahren eingeführt und wird von allen älteren Farbigen lieber gebraucht als „Minheer"

sich die Häupter der Weinstöcke in ihrem tieferen Schwarz von der Nacht ringsum ab, wie bedeutsame Zeugen für das Gleichnis im Neuen Testament. Mein Auge folgte der Westküste der großen Falschen Bucht weithin, vorüber an dem Flottenstützpunkt bis zu einer fast unsichtbaren Bergeslinie. Davor erschien deutlich das Kreuz des Südens, bereit ins Meer zu sinken, so wie König Artus' Schwert zu den Wassern von Avalon wiederkehrte. Im Geiste sah ich Bartholomeo Diaz, wie er als erster dieses stürmische Kap umkreiste, gewiß hatte auch er das Kreuz erblickt. Auch Vasco da Gama, der dieses Kap voll von großer Guter Hoffnung fand, und die ganze Schar Unentwegter, die ihnen folgten, von Albuquerque bis zu Francisco D'Almeida, sie alle werden in Nächten wie der heutigen das Kreuz gesehen haben, in ihrer drängenden Fahrt eingehalten und ihren Kurs danach ausgerichtet haben. Eben schloß der Venus-Stern sanft das Tor des Tages hinter der scheidenden Sonne. So groß und hell war die Venus, daß es schien, als werfe sie meinen leisen Schatten vor mich hin auf den Weg.

Bald lagen die Weingärten hinter mir, und ich betrat Petit France geradenwegs durch den hinteren Eingang. Die Küche war leer, aber auf dem Tisch stand noch mein Tablett mit Kuchen und unberührtem Toast. Dies erinnerte mich daran, daß ich in letzter Zeit mein Pferd Diamant vernachlässigt hatte. Diamant war schon achtzehn Jahre, doch stattlicher denn je. Rings um sein empfindsames schwarzes Maul und die glatte Kopfseite wuchs ein grauer Schimmer im Haar heran und verbreitete sich wie feiner Nebel beim Anbruch der Nacht. War ich zu Hause, erwartete Diamant meinen Besuch nach dem Tee, und zwar mit Toast und Butter, seiner Lieblingsspeise. Gerne gebe ich ihm dies in seinem hohen Alter, obgleich man mich gewarnt hat, ich verdürbe damit seine Zähne. Ich nahm vier große Scheiben, bestrich sie schnell mit Butter und ging wieder hinaus. Diamant kannte meinen Schritt so gut wie irgendein menschliches Wesen. Schon von weitem hörte er mich und wieherte vor Freude.

Ich kenne keinen anderen Laut von solchem Liebreiz. Dort draußen im Dunkeln der klaren antarktischen Luft unseres Winters ging dieser Klang auf, als werde eine Garbe silberner Funken über die Nacht gestreut. Ich betrat den Stall, gab ihm seinen Toast, blieb bei ihm stehen, mit der Hand in seiner dichten Mähne, und hörte zu, wie er befriedigt malmte, denn auch dies ist einer meiner Lieblingslaute.

Ich kehrte ins Haus zurück, gerade als Bill ankam. Am Kamin des alten Wohnzimmers von Petit France sprachen wir bis tief in die Nacht. Ich erzählte ihm die ganze Geschichte von John und Joan; er entsann sich der beiden. Auch über Sergej sprach ich, sowie von meinem kleinen General und der Flucht aus dem grimmigen Gefängnis außerhalb von Harbin. Vom vergangenen Abend berichtete ich ihm alle Einzelheiten – nur verschwieg ich natürlich das Erscheinen der Feder und ihre Bedeutung. Doch schilderte ich ihm genau die tätowierten Zeichen auf dem Gesicht des Toten und erklärte sie ihm.

Mit steigender Erregung hatte er mir zugehört, und als ich an diesem Punkte angelangt war, riß ihn sein Mitgefühl so heftig vom Stuhl hoch, daß ich fürchte, sein künstliches Bein traf empfindlich auf den lebenden Stumpf, denn unwillkürlich verzog er sein Gesicht zur Grimasse, ehe er ausrief: „Mein Gott, Pierre, was wirft das für ein Licht auf unsere anmaßende Vormachtstellung über die schwarzen Afrikaner und auf unsere erschreckende Unkenntnis ihres Wesens und ihrer Sitten ... Ein Mitglied eines alten königlichen Hauses, ein Prinz in einem Millionenvolke, wird mitten unter uns ermordet – und nur du allein erkennst diesen Meuchelmord als das, was er wirklich ist."

„Sei gerecht, Bill! Man kann wirklich nicht von diesen Menschen erwarten, daß sie die 'Takwena ebenso gut kennen wie ich." „Zugegeben. Aber wir – und ich schließe mich ein – sollten ein ganz Teil mehr über sie wissen, denn wir beschäftigen ja so viele von ihnen", entgegnete er leidenschaftlich. „Höre dir einmal dies an! Ich habe sämtliche Zeitungen nach Meldungen über deinen Mordfall durchgesucht. Alles, was ich fand, ist eine winzige Notiz, so ein Verlegenheitsfüller am Schluß der Seite, mit folgendem Wortlaut: ‚Übers Wochenende wurden fünfzehn Fälle von Messerstechereien, zwei mit tödlichem Ausgang, bei der Polizei der Halbinsel gemeldet, Untersuchungen sind im Gange.' Das ist alles, nicht ein Wort mehr. ... Denn was geht uns das an? So machen wir es immer. Wir werfen sie zusammen in unserem Denken und Fühlen, werfen sie zusammen in Leben und Tod. Niemals fällt es uns ein, sie als Individualitäten zu sehen, die aus einer nur ihnen eigentümlichen Kraft bestimmte Vorstellungen bilden und besondere Nöte durchleben. Nein, es geht weiter im alten Trott, man sieht es ja wieder an diesem Bericht, wie sie in einen Topf geworfen werden." Er hielt inne: „Doch nun zurück zu unserm Fall. Hast du den ermordeten Fürsten erkannt? Oder deine Leute? Wer ist es?"

Ich schüttelte den Kopf und sagte ihm, wie die Dinge standen. Keiner von uns kenne ihn, doch habe ich heute morgen Zwong-Indaba mit dem Nordexpreß nach Fort Herald und von da nach Umangoni gesandt. Ich hoffe, er werde mir irgendeine erklärende Antwort zurückbringen. Dabei nahm ich mich in acht, auch nur mit einem Wort anzudeuten, was ich sonst noch von Zwong-Indaba bei seiner Rückkehr erwartete.

Da fragte Bill mit ernstem Ausdruck in seinen warmen Augen: „Hast du schon überlegt, welche Schritte zunächst zu tun sind?" Zwischen seiner Frage und meiner Antwort – in der Winterstille von Petit France – zischte ein Holzscheit wie ein Salamander im Feuer auf und trieb eine flammende Blaue-Peter-Flagge als Signal den Schornstein hinauf.

Dann kam meine Antwort: „Ja, Bill. Zur Polizei zu gehen, ist es noch zu früh. Zu gefährlich für John ... falls er noch lebt. Ich muß zunächst selbst der Sache nachgehen, mit meinen eignen Leuten und mit meinen eignen Hilfsmitteln.

Ich habe bereits nach Fort Herald telegrafiert, damit

Oom Pieter so schnell wie möglich zurückgerufen wird. In der Zwischenzeit habe ich vor, morgen nach Port Natal zu fliegen und mir den *Stern der Wahrheit* näher anzusehen. Wie lange wird das Schiff für die Fahrt dorthin brauchen, Bill?"

„Wohl etwas mehr als drei Tage. Heute ist Montag; also Montag, Dienstag, Mittwoch: – spätestens bis Donnerstag nachmittag, nehme ich an. Aber Pierre, du mußt nicht so sprechen, als stündest du allein vor dieser Aufgabe. Laß mich dir doch helfen!"

Ich dankte ihm herzlich, beugte aber vor, die Hilfe, die ich am dringendsten brauche, werde seinen erlebnishungrigen Geist kaum befriedigen. Im Augenblick sei meine größte Sorge, einen erfahrenen, zuverlässigen Mann zu finden, der in Petit France bleibe und es als Operationsbasis für mich halte. Alle eintreffenden Briefe und Telegramme solle er öffnen und mir das Wesentliche weiterleiten. Auch möge er über meine Leute wachen, als seien sie seine eigenen. Ich sagte Bill, ich wisse niemand außer ihm, der das könnte. Ob er wohl bereit sei, am nächsten Morgen aus der Stadt hier herauszuziehen und Petit France für mich zu übernehmen?

„Natürlich", sagte er sofort zustimmend. „Ich sehe ein, wie wichtig das ist, auch wenn ich viel lieber mit dir gegangen wäre. Ich kann aber erst am Abend übersiedeln, denn ich bin für morgen zum Lunch mit deinem Eunuchen verabredet."

„Was, mit Charkow?" stieß ich hervor.

„Ja, er rief mich an, als ich gerade nach Hause kam, und überschüttete mich mit Entschuldigungen. Am Sonntag abend habe er einen telefonischen Anruf aus Port Natal erhalten mit der Anweisung, das Schiff *Stern der Wahrheit* solle sich so schnell als möglich dort einfinden, um einen außerordentlich günstigen Frachtauftrag an der Küste entlang auszuführen. Es sei ihm also nichts anderes übriggeblieben, als das Schiff gleich Montag in der Frühe in See zu schicken und anzuordnen, es solle seine hiesige Fracht auf einen von Lindelbaums Küstenfahrern in Port Natal umladen. Ich war so liebenswürdig zu ihm, wie ich es dir versprochen habe, und er war so erleichtert, daß er mich zum Lunch einlud. Ich kann dir gar nicht sagen, wie gespannt ich darauf bin; ich lasse dich dann gleich wissen, wie es war. Aber wie bekomme ich dich eigentlich zu fassen?"

„Ja, ich wollte dich schon bitten, ob du mich vielleicht einen Tag um den anderen abends um 9 Uhr im Klub in Port Natal anrufen kannst. An den anderen Abenden rufe ich an."

Ich muß gestehen, als wir endlich unser Thema bis zu Ende durchgesprochen hatten, war ich mehr als reif fürs Bett. In der Nacht zuvor hatte ich kaum geschlafen, der Anblick der weißen Laken, die über meinem warmen Dassie-Kaross* zurückgeschlagen waren, erschien mir nun wie ein Hafen des Friedens. Aber ehe ich zu Bett ging, zog ich die Vorhänge zurück – die Nacht war zu schön – und öffnete die Fenster weit. Das war mein letzter Eindruck; die Nacht hielt schweigend an meinem Fenster Wache, gleich einer hohen Fichte im Schwarzwald. Doch kaum war ich eingeschlafen, als ich Slim winseln hörte, ungefähr so wie im Lager, wenn Löwen in der Nähe sind. Im Nu war ich wach und tastete nach meiner Flinte, die auf Safari immer neben mir liegt – aber bevor mir zum Bewußtsein kam, daß ich in einem soliden holländischen Doppelbett lag, war das Geräusch verstummt. Eine Zeitlang horchte ich angestrengt, doch konnte ich keinen Laut mehr vernehmen außer dem Zischen der See, die ihren Rock wie einen indischen Seidensari schwirrend über den sandigen Strand der Falschen Bucht tief unten schleifen ließ. Ich muß wohl geträumt haben, dachte ich, und schon war ich wieder eingeschlafen.

Um sieben Uhr weckte Umtumwa mich, mit einer großen Tasse voll heißem Kaffee in der Hand. Ich stellte mich ans Fenster und schaute zu, wie die Morgenröte als Flammenschiff in den Himmel segelte. Da hörte ich ein

---

* Eine Decke aus Fellen vom Dassie, einem pelzigen afrikanischen Felsenkaninchen

lautes Wehgeschrei von Tickie und sah ihn etwas Schweres hinter der Einfassung meines Beetes himmelblauer Hortensien hervorziehen.

„Was ist es, Tickie?" rief ich erschreckt.

„Auck, Bwana, Auck", schrie er in wilder Verzweiflung. „Slim ... er ist tot."

Wenn auch die 'Takwena das Wort „Hund" als Schimpfwort gebrauchen, haben sie doch im Grunde die Hunde sehr gern, im Unterschied zu vielen anderen afrikanischen Stämmen. Tickie hatte von der ersten Begegnung an Slim in sein Herz geschlossen und Slim ihn genauso, und jetzt war sein Kummer ebenso groß wie meiner.

Ich lief hinunter und sah nach dem Hund. Da lag er ausgestreckt, steif und kalt, die Augen offen. Rund um sein Maul stand weißer Schaum gefroren. Daran erkannte ich sofort, was geschehen war.

„Was geht da unten vor?" rief Bills Stimme über mir.

„Slim ist heute nacht vergiftet worden", gab ich zurück. Aufblickend sah ich Bill weit aus seinem Schlafzimmerfenster herauslehnen. „Die Mörder sind zurückgekommen. Siehst du, Bill, wie nötig es ist, daß mich jemand hier vertritt? Am Ende wirst du es gar nicht so arm an Abenteuern finden."

„Haben sie sonst noch etwas angerichtet?" fragte er grimmig.

„Weiß noch nicht, will aber gleich nachsehn."

Schnell suchten Umtumwa, Tickie, 'Mlangeni, mein zweiter Koch, und ich das Haus ab, ebenso die Hofgebäude und den Hausgarten. Außer einem Blumenbeet, das von Menschenfüßen zertrampelt war, fanden wir nichts beschädigt. Aber das Geschehene war für mich Grund genug, meine Diener eindringlich zu warnen. Ich erklärte ihnen, dies sei zwar der zweite Überfall, doch sei ich fest überzeugt, es werde nicht der letzte in einer Folge gefährlicher Anschläge sein. ‚Sie' — wer sie auch sein mochten — hatten offenbar den Hund loswerden wollen, um sich bei der nächsten Gelegenheit unbemerkt ans Haus heranschleichen zu können. Darum bestimmte ich meine Diener, sie sollten unter sich einen Wachdienst für die Nächte einrichten. In meiner Besorgnis ließ ich überflüssigerweise auch Bill die gleiche Warnung zuteil werden, fügte allerdings als Einschränkung hinzu: „Ich vermute, sie sind eigentlich nur hinter mir her, aus Angst, der getötete Mann könnte mir etwas verraten haben, bevor er starb. Es ist anzunehmen, daß sie das Haus in Ruhe lassen, sobald sie merken, daß ich fort bin ... Auf alle Fälle sei gut auf der Hut, und nimm dich bitte selbst sehr in acht!"

„Hier wird nichts passieren, wenn ich es irgend verhindern kann", versetzte er mit einem Aufblitzen in den Augen.

Kurz vor acht Uhr kam die Post und brachte ein Kabel und ein Telegramm, die in der Nacht aufgenommen waren. Zuerst öffnete ich das Kabel. Wie das weiße Messer den safrangelben Umschlag aufschnitt, dachte ich: „Das ist gewiß eine Antwort auf meine Botschaft an Joan." Eine Antwort war es nicht, aber es kam doch von Joan. Aufgegeben in Innsbruck am Abend vorher um 21 Uhr, lautete es: „Österreichischer Rußlandgefangener heimgekehrt, gab mir begründeten Beweis, daß Sergej Bolenkov von Harbin aus Westrußland lebend erreichte stop bin unterwegs London befrage nunmehr Auswärtiges Amt stop bitte komme unbedingt, Du mußt sofort zur Hilfe kommen. Herzlich Joan."

„Sieh dir das an, Bill!" damit übergab ich ihm das Kabel ohne Kommentar, doch verriet meine Stimme, wie erregt ich war. Bill pfiff durch die Zähne wie ein Jäger, wenn er einen Rehbock reizen will, den Kopf zu heben, damit er seinen Schuß anbringen kann. Sogleich fragte er: „Aber hältst du es für richtig von deiner Joan, ausgerechnet jetzt mit solchen Nachrichten ins Auswärtige Amt zu stürmen? Wird das nicht einen gewaltigen öffentlichen Radau aufrühren? Ist das aber nützlich oder notwendig?"

„Natürlich nicht!" gab ich mit Nachdruck zur Antwort. „Ich habe sie bereits brieflich zur Vorsicht gemahnt. Auch ich bin überzeugt, es ist genau der falsche Augenblick, jetzt eine neue amtliche Untersuchung über Johns Verschwinden einzuleiten. Wäre die Lage für ihn so, daß ihm ein offizielles Eingreifen von Nutzen sein könnte, so hätte er bestimmt schon längst einen Weg gefunden – dazu kenne ich ihn gut genug –, um die öffentliche Aufmerksamkeit auf sich zu lenken. Nein, mein Instinkt rät mir, in dieser Sache so diskret und unauffällig wie irgend möglich vorzugehen. Ich bin überzeugt, das ist sogar in Johns Sinn und zu seinem Besten, darum habe ich Joan dementsprechend verständigt."

„Das ist ganz meine Meinung", fiel Bill ein. „Aber hör mal, diese Nachricht über Bolenkov ist doch großartig, nicht wahr?" Einen Augenblick hielt er inne, und dann kam es: „Ist es dir eigentlich schon in den Sinn gekommen, das Großwild, hinter dem du her bist, könne etwas ganz anderes sein als ein gefleckter Löwe oder ein Eisbär, nämlich der gewaltige russische Bär in eigener Gestalt?"

„O ja, natürlich, ich kann mir kaum eine andere Möglichkeit vorstellen, so wie die Dinge liegen. Das ist ja der Grund, daß ich nicht davon gesprochen habe, nicht einmal zu dir", gab ich zu. „Denn eins hat mich das Aufspüren von Fährten gelehrt: meinen Gedanken nie zu erlauben, der Spur vorauszueilen. Fährten verfolgen, erfordert Selbstzucht im Glauben und in der Demut, über die du staunen magst. Immer muß allein die Spur selbst den Jäger leiten, nie seine eigenen Wünsche und Gedanken darüber."

Dies versuchte ich ihm klarzumachen, während ich begann, das Telegramm zu öffnen. Es kam von dem Provinz-Administrator in Fort Herald und lautete: „Le Roux' Wagen vor fünf Tagen abgefahren stop habe Polizeijeep nachgesandt versuchen ihn abzufangen bevor Grenze überschreitet stop im Glücksfall Freitag zurück mit Südexpreß stop hocherfreut zu helfen, bitte weiteren Beistand einholen wenn notwendig. Grüße PC."

Heute war Dienstag. Das hieß, Oom Pieter konnte frühestens nach acht Tagen zu mir zurückgelangen. Das war enttäuschend, und doch, es hätte schlimmer kommen können. Dem Administrator war ich wirklich dankbar für seine prompte Antwort und Hilfsbereitschaft.

An Joan kabelte ich sodann: „Erfreut über deine Nachrichten, doch bitte meinen gestrigen Luftpostbrief abwarten stop keinesfalls wiederhole, keinesfalls schon offizielle Hilfe anfordern stop dies könnte meine Verfolgung eigener frischer Spur vereiteln, zu der ich heute abfahre stop wenn diese für uns erfolglos eile ich sogleich zu dir. Herzlich Pierre."

Aber während ich dies aufsetzte, wurde mir schwer ums Herz. Ich fürchtete, da ich schon einmal nach dem Kriege versagt hatte, könne auch diese Entschuldigung, warum ich nicht sofort zu ihrer Hilfe kam, wie eine Ausflucht klingen. Es blieb mir nur die Hoffnung, mein Brief werde eine deutliche Sprache sprechen und jeden leisesten Verdacht sogleich auslöschen.

Beim Frühstück gab Bill mir einen Brief, den er nachts an den Hafenkommandanten in Port Natal geschrieben hatte. „Auf den kannst du dich verlassen, wie auf mich", beteuerte er. „Ich war viel mit ihm zusammen, als er hier stationiert war. Wir haben gemeinsam so manche Segelfahrt hin und her an der Küste von Zululand und Mozambique gemacht. Er ist gescheit, tüchtig und ein guter Kamerad, wie es wenige gibt. An deiner Stelle würde ich sofort nach der Ankunft zu ihm gehen, ihm soviel du kannst anvertrauen und ihn zur Mitwirkung gewinnen."

In meinem Bemühen, mich unauffällig zu entfernen, fuhr ich nicht mit dem Wagen zum Flugplatz, sondern ging zum Bahnhof des elektrischen Zuges ins Dorf und trug nur einen leichten Handkoffer, sehr zum Leidwesen von Tickie, der dies für unter meiner Würde hielt. Ja, ich mußte allen meinen Leuten gegenüber in diesem Punkt fest bleiben; zu meinem endgültigen „Danke, nein" setzte ich noch hinzu: „Vergeßt nicht, gut Wache zu halten; und wenn irgendeiner merkt, daß ich fortgefahren bin und wissen will wohin, so sagt ihm, ich sei ein paar Tage geschäftlich nach Johannesburg gefahren."

Kurz darauf war ich froh, ihnen das eingeschärft zu haben, denn als ich die Straße zum Bahnhofseingang überquerte, erschien Lindelbaums Lieferwagen aus einer Seitenstraße kommend hinter mir, bog links ein und fuhr schnell davon in Richtung Hafenstadt.

Am Hauptbahnhof jedoch sah ich nichts mehr von dem Lieferwagen, obwohl ich nicht im Zweifel war, daß sein Fahrer schleunigst das nächste Telefon aufgesucht und einen Beobachter von Lindelbaums an meinen Zug bestellt hatte. Wenn es sich so verhielt, konnte ich ohnehin nichts dagegen tun. Scheinbar gleichgültig mischte ich mich unter die Menge, die zur Bahnhofshalle hinaus nach der Hauptstraße strömte, bog unauffällig rechts ein und war in wenigen Minuten im Luftfahrtbüro. Dort kaufte ich einen Flugschein nach Johannesburg und zurück, und eine Stunde später schwebte ich über der Halbinsel. Im lieblichen Frühlicht des Wintermorgens hob sich jede Einzelheit der Landschaft deutlich ab und nahm mit beunruhigender Eindringlichkeit Abschied. In weiter Ferne, am Saum des Meeres, sah ich auf blauen Berghängen Petit France über seine Weingärten wachen, freundlich und sorglos heiter, als sei es nie von der Furcht berührt worden, deren Schatten mein Herz verdunkelte.

VI

Der „Stern der Wahrheit" in Port Natal

Niemand in meinem Flugzeug schien sich über Gebühr für mich zu interessieren. Doch wurde ich die Sorge nicht los, die Lindelbaums könnten inzwischen von meiner Luftreise erfahren haben. Sie würden dann gewiß telefonisch an einen Vertreter in Johannesburg eine Beschreibung von mir durchgeben, mit der Weisung, mich bei meiner Ankunft sogleich in Empfang zu nehmen. Da aber der Flug nur wenig mehr als drei Stunden dauerte, nahm ich mit Bestimmtheit an, sie würden es nicht schaffen, mich gleich auf dem Flugplatz von Palmietfontain von ihrem Agenten abfangen zu lassen. Schlimmstenfalls mußte ich damit rechnen, daß im Luftfahrtsbüro, im Zentrum der Stadt, ein Beobachter stand, um alle vom Flugplatz Kommenden in Augenschein zu nehmen. Auch erwog ich den Fall, daß Lindelbaums Agent am Flugplatz anrufen und sich nach mir erkundigen würde. Daher bestellte ich gleich nach Eintreffen meines Flugzeugs unter meinem eigenen Namen einen Platz in dem offiziellen Zubringer-Bus zur Stadt. Dadurch hoffte ich, ihn in Sicherheit zu wiegen und irrezuführen. Denn in Wirklichkeit hatte ich nicht die Absicht, in die Stadt zu fahren. Ich ging schnell hinüber zum Abflugschalter und kaufte einen Flugschein nach Port Natal unter dem Namen Jensen, 359 Montpelier Road, Port Natal (Name und Adresse entsprangen einer Eingebung des Augenblicks). Ich brauchte nicht lange zu warten. Die übliche Reisesaison der eleganten Welt näherte sich ihrem jährlichen Höhepunkt, und alle Arten von Sondermaschinen waren auf der RAND-Route* eingesetzt worden, um der steigen-

---

* Witwaters-Rand, ein ausgedehnter Industriekomplex, in dessen Mitte Johannesburg liegt

den Nachfrage all der Leute zu begegnen, die aus dem kalten, rauhen Hoch-Veld zum sonnigen Strand des Indischen Ozeans flohen.

Noch bevor meine Mitreisenden vom Vormittag in ihren Bus verpackt waren, flog ich schon in einem der letzten Flugzeuge des Tages Port Natal entgegen. Erst in letzter Minute vor meiner Abfahrt hatte ich dem Busschaffner einen Schilling in die Hand gedrückt und ihm zugeflüstert: „Ein Freund hat mich unerwartet mit seinem Wagen abgeholt." Als ich so schnell wieder in der Luft war, fühlte ich mich zum ersten Mal an diesem Tage frei von unmittelbarer Besorgnis. Vernunft und Instinkt sagten mir, nur eine glatte Entgleisung meinerseits oder äußerstes Mißgeschick konnten irgendwelche Genossen von Lindelbaums auf meine neue Spur lenken. Nun hatte ich aber keine Angst, mich selbst zu verraten; das Bewußtsein der dringenden Gefahr lag zu tief in mir verschanzt. Im übrigen war ich damals noch frei von Furcht vor Zwischenfällen. So ließ ich mich auf den Sitz zurücksinken, bereit, den Flug zu genießen.

Wir flogen an jenem Abend schnell durch das rosige Blau des winterlichen Zwielichts, hoch über den langen Grauen-Fluß, über die vorgeschobene Lippe des Drachen-Gebirges*, über weite Purpurhänge, wilde Schluchten und über ein Tal mit tausend Hügeln, endlich über den grünen gefalteten Erdboden des warmen Herzens von Natal. So stürmten wir um die Wette mit den dahinbrausenden, fluggewohnten Schwingen der Nacht, dem Lichte und dem sicheren Hafen entgegen. Doch so schnell wir auch flogen, kurz bevor wir Port Natal erreichten, kam die Nacht über uns wie ein schwarzes Schiff, das einen trotzigen Totenschädel und die gekreuzten Gebeine der besiegten Sonne am Maste führte. Ich blickte hinaus. Dort, vor uns, am äußersten Rande der Finsternis, stand Port Natal, leuchtend wie eine Schönheit in langen Seidengewändern, Perlen um den Hals, das dunkle Haupt mit einer Tiara gekrönt. Dann

---

* die sog. Drakensberge

waren wir hoch über der Bucht, in der dunklen Luft umkreisten wir das schwarze Wasser, das mit unzähligen Lichtern sich drängender Schiffe wie mit Goldstücken besät war. Ein glitzerndes großes Bauwerk, seltsam unwirklich und elektrisch durchleuchtet, wuchs unter einem langen Aluminiumflügel hervor, fiel nach hinten zurück, – und schon vollführte der Pilot mit viel Geschick eine schwierige Landung. Wie die Motoren dann aussetzten, hörte ich in der plötzlich eintretenden Stille die brandenden Brecher des Indischen Ozeans gegen die nahe Küste hämmern, wie ein müder Wanderer, der ruft: „Laßt mich ein, laßt mich ein, ich komme von Malabar und Bombay und suche Obdach und Ruhe."

Am Flugplatz nahm ich ein Taxi und fuhr direkt zum Port-Natal-Klub. Dieser liegt behaglich eingebettet auf einer leichten Anhöhe etwa in der Mitte des Weges von einem Ende des Hafens zum andern. Zu Füßen breitet sich das schimmernde Wasser der breiten Bucht, und ein Landesteg liegt unmittelbar vor der Tür. Diese günstige Lage und die Erwägung, ich könne im Klub leichter unbemerkt bleiben als in einem Hotel, hatten mich bestimmt, hier abzusteigen.

Sobald ich in meinem Zimmer anlangte, rief ich den Hafenkommandanten in seinen Amtsräumen im Hafen an und sagte ihm, ich hätte einen Brief von Bill für ihn. Mühelos konnte ich mit ihm vereinbaren, ihn schon am nächsten Morgen um zehn Uhr aufzusuchen. Nachdem ich ein Bad genommen und mich leichter gekleidet hatte, ließ ich mich auf der Veranda nieder und bestellte Tee bei einem indischen Kellner.

Die Veranda war leer bis auf einen Tisch, an dem vier Männer sich unterhielten und tranken. Ich hätte ohne Mühe anhören können, was sie sagten, es kam mir aber gar nicht in den Sinn, das zu versuchen; denn die Bucht mit den vielen Schiffen und der Weg unter mir hielten meine Aufmerksamkeit gefangen, bis sich ein fünfter Mann zu den anderen gesellte und laut verkündete: „Entschuldigt, daß ich so spät komme, aber bei mir war heute die Hölle los!" Er schilderte dann, wie am Abend vorher sein Koch, der ihm jahrelang treu gedient hatte, in großer Aufregung zu ihm gekommen war und um sofortigen Urlaub nach Hause gebeten hatte. Obwohl er die Bitte verweigert hatte, war der alte Diener auf und davon gegangen und hatte ihn im Stich gelassen.

Da rief einer aus der Gruppe: „Geschieht dir recht! Warum nimmst du dir einen 'Takwena!"

„Ein 'Takwena?" bemerkte nun ein dritter aus der Gruppe. „Sonderbarer Zufall! Eben habe ich mit George Hardbattle gesprochen, sein Diener hat nämlich gestern abend genau das gleiche getan, und jetzt fällt mir ein, der war auch ein 'Takwena."

„Da muß ich ja noch froh sein, daß es mir nicht allein so geht", brummte der erste, leicht besänftigt, und setzte sich nieder.

Ich aber war alles andere als froh. Denn ich erkannte sofort, daß dieses Zusammentreffen nicht zufällig war. Offenbar war Zwong-Indaba nicht der einzige, der sich auf den weiten Weg nach Umangoni aufmachte, um die Kunde von dem Traum zu holen.

Hiernach konnte ich den Anruf von Bill Wyndham vor Ungeduld kaum erwarten. Glücklicherweise kam er pünktlich um neun Uhr durch.

„War das ein Tag!" begann er munter. „Hast du einen guten Flug gehabt?"

„Doch, ja. Aber wieso sagst du: War das ein Tag?"

„Charkow", kam es mit grimmigem Unterton zurück, „ich sagte dir ja, er ist nicht einfach so ein harmloser fetter Narr. Ich bin beim Lunch ganz hübsch mit ihm zusammengeraten. Weißt du, was er gleich zu Anfang zu mir sagte? ‚Ich wußte gar nicht, daß Sie draußen in St. Joseph wohnen, Mr. Wyndham.'" Bill ahmte die hochgeschraubte Eunuchen-Stimme täuschend nach, aber aus seiner rauhen teutonischen Kehle klang das so komisch, daß ich lachen mußte, obwohl seine Mitteilungen mich beunruhigten. Er fuhr nun fort zu erzählen. Eine Weile hatte er sich abwartend verhalten und überlegt, wie er diese Streiche von Charkow am besten parieren konnte. Bald war ihm klargeworden, daß es nur einen

Weg gab, die sich immerfort regenden Verdächtigungen dieses gerissenen Verschiffers einzulullen. Man mußte alle nachprüfbaren Einzelheiten von vornherein offen zugeben. Denn als nächstes hatte Charkow Bill auf den Kopf zugesagt, er habe seinen Wagen am Dorfbahnhof beim Einbiegen in die Hauptstraße so früh morgens überholt, daß er annehme, Bill habe plötzlich seine Wohnung gewechselt. Schnell gefaßt erwiderte Bill darauf: „Nein, ich wohne nicht dort, aber ich war zum Dinner und über Nacht bei einem alten Freund, Pierre de Beauvilliers."

„Ich kenne ihn nicht, habe aber von ihm gehört", hatte Charkow mit dem harmlosesten Gesicht von der Welt erwidert. „War das etwa zufällig derselbe, der mit Ihnen gestern mittag 12 Uhr 30 an unserem Geschäftshaus vorüberfuhr?"

„Ja, das war er", gab Bill zurück. „Die Sache verhielt sich so, die Polizei hatte ihn zur Stadt bestellt. Am Abend vorher war nämlich auf seiner Besitzung ein Mord passiert."

„Was!" rief Charkow mit gut gespielter Überraschung.

„Ein Mord zwischen Eingeborenen, zwischen Schwarzen", bemerkte Bill wie beiläufig. „Wieder so eine der üblichen Parteischlägereien zum Wochenende zwischen schwarzen Betrunkenen. Darum war Pierre in die Stadt zur Polizei bestellt, zur Protokollaufnahme, also eine bloße Formsache."

„Weiß man, wer der Täter war?" Charkow ließ immer noch nicht ab.

„Keine Ahnung. Weder Pierre noch die Polizei scheinen sonderlich daran interessiert", und damit tat Bill die Sache ab. Aber zugleich merkte er, daß er in seinen Beziehungen zu Charkow an einem kritischen Punkt angelangt war. Offensichtlich war Charkow bereits sehr gut unterrichtet. Wenn also er, Bill, jetzt verschwiege, daß ich abgereist war, so würden Charkows argwöhnische Gedanken sicher wieder hervorbrechen wie eine losgelassene Meute. Darum sprach Bill gleich weiter.

„Ja, Pierre macht sich bestimmt keinerlei Sorgen wegen

dieses Mordes, sonst wäre er heute nicht nach Transvaal abgereist. Das war übrigens auch der Grund, daß er mich sprechen wollte. Er hat mich nämlich gebeten, bis zu seiner Rückkehr für ihn in Petit France nach dem Rechten zu sehen. Er läßt seine Diener nicht gern allein."

„Das wundert mich nicht", hatte Charkow erwidert. „Aber werden Sie lange dort bleiben?"

Bill durchschaute ihn und antwortete doch so wahrheitsgetreu wie möglich. „Pierre weiß selbst nicht genau, wie lange seine Geschäfte ihn aufhalten. Sie müssen das verstehen", fuhr er fort und setzte all seine Einbildungskraft in Bewegung, um einen Grund für meine Reise zu erfinden, der mit meinem Charakter, so wie die Leute ihn kannten, zusammenstimmte. „Er ist unterwegs auf der Suche nach Pferden, die gegen die Pferdekrankheit immun sind. Er braucht sie für eine lange Safari irgendwo im Norden. Er hält nicht viel von unseren Impfungen im Süden gegen den Brand der Tropenkrankheit. Aber solche Pferde sind schwer aufzutreiben. – Also werde ich eben in Petit France hängenbleiben, bis er wieder auftaucht."

„Schön muß das sein, einfach so ins Blaue zu fahren, wenn man Lust hat, statt in einem langweiligen Büro zu arbeiten", hatte Charkow geäußert und dazu eine jungenhafte Schmollmiene aufgesetzt, die aber auf seinem breiten mongolischen Gesicht sonderbar fremd saß.

„Oh, Pierre plant diese Safari, soviel ich weiß, schon seit einem Jahr", hatte Bill lachend erwidert. „Sein Onkel ist schon im Norden auf der Suche nach Trägern und wird bald zurück sein, um Bericht zu erstatten."

Nach dieser Eröffnung, so spürte Bill, war Charkows Verdacht zusammengebrochen. Nun erst konnten die beiden ihren üppigen kostspieligen Lunch in angenehm freundlicher Stimmung genießen. Bill neckte sogar Charkow mit dem plötzlichen Aufbruch des *Sterns der Wahrheit* und seinem dadurch versäumten Lunch. Darauf hatte Charkow ihm eine Einladung nicht nur zum Lunch, sondern zu einem regelrechten Dinner auf dem allernächsten Schiff im Hafen, dem *Stern des Ostens*, versprochen. Mit Beteuerungen des gegenseitigen Vertrauens und der Hochschätzung hatten sie sich dann verabschiedet.

„Aber", teilte Bill mir nun mit, „zum Schluß kam der Pferdefuß zum Vorschein. Beim Fortgehen sagte er: ,Also, Mr. Wyndham, ich hoffe, Sie wiederzusehen, wenn ich aus Port Natal zurück bin.' "

„Was!" rief ich bestürzt.

„Ja, so war es", bestätigte Bill. „Halt die Augen nur gut offen. Er muß Donnerstag mittag in Port Natal eintreffen. Ob Zufall oder Absicht – er läßt dich nicht mit dem *Stern der Wahrheit* allein. Nun aber – zu dir."

Ich berichtete Bill kurz von meinem ereignislosen Tag, sagte ihm, daß er Charkow glänzend behandelt hätte, und schloß mit einer Bitte: „Würdest du morgen Umtumwa anweisen, er möge all meine Gewehre vornehmen, sie gründlich überholen, die Munition kontrollieren und dafür sorgen, daß mein gesamtes Jagdzeug – Anzüge, Stiefel, Moskitonetze, Zeltbahnen, Schlafsäcke – in Ordnung kommt. Und Bill, ich glaube, jetzt, da Charkow weiß, daß ich fort bin, wird man euch in Frieden lassen. Trotzdem bitte ich dich, sei weiter auf das Schlimmste gefaßt."

„Mach du dir nicht die geringste Sorge, mein alter Junge", seine frohe Stimme klang so hell, als sei er bei mir im Zimmer.

„Ich wünschte nur, du könntest Tickie auf seinen Runden draußen sehen, mit dem dicksten Knüppel bewaffnet, der mir je vorgekommen ist. Und morgen abend um neun rufst du mich also an? Schön. Dann für heute gute Nacht!"

„Gute Nacht, Bill", – es fiel mir so schwer, ihn gehen zu lassen, daß ich noch einige Sekunden mit der Muschel am Ohr dasaß, nachdem ich schon das Knacken in der Leitung gehört hatte, das die Verbindung abbrach.

Da vernahm ich von der Straße her Musik. Langsam ging ich durchs Zimmer zum Fenster hinüber. Unter den Palmen am Rande der Straße sah ich einen Zulu leicht wiegend dahinwandeln mit nichts als seinem langen festlichen Gewand bekleidet, das strahlend weiß wie eine Lampe vor der dunklen Wasserfläche auf und ab pendelte. Eine Gitarre hing ihm von der Schulter herab wie einem mittelalterlichen Minnesänger. Im Gehen zupfte er eine eigene kleine Tonfolge, wie sie ihm eben in den Griff kam. Es waren nur fünf eindrucksvolle Takte wieder und wieder angeschlagen, erst hingehaucht, dann leise, laut, lauter, ganz laut, vom Steigen niederfallend, vom Fallen aufsteigend. Noch lange, nachdem die Nacht in der Ferne den letzten Lichtfunken auf dem zusammenschrumpfenden Docht seiner Gestalt ausgelöscht hatte, hörte ich seine kleine Weise weiterschwingen, tiefer und tiefer hinein in das Schweigen am Wasser, als flimmere und flackere ein Feuer im Dunkel fort. In jener Nacht habe ich gewünscht, ich könnte auch nur einen Bruchteil solch einer kleinen Melodie in meinem eigenen Innern finden.

Am Morgen aber fühlte ich mich wohler. Wahrscheinlich hatte das Bewußtsein, daß ich mich nicht mehr in einem bedrohten Hause, sondern in absoluter Sicherheit befand, mir zu einem wirklich geruhsamen Schlaf verholfen. Gegen neun Uhr hatte ich bereits gefrühstückt und wanderte langsam am Ufer entlang, um möglichst viel von dem regen Spiel im Hafen mitzuerleben, denn ich wurde ja nicht vor zehn Uhr beim Hafenkommandanten erwartet.

Als ich dann schließlich in sein Amtszimmer geführt wurde, verstand ich auf den ersten Blick, warum Bill ihn so gern mochte. Dieser edle Kopf: seine großen grauen Augen gaben einen hellen Schein in diesem tief gebräunten Gesicht; das Augenpaar stand in gut ausgewogenem Abstand und blickte klar und zuverlässig. Der Mund und die Haut waren fest und ebenmäßig. Alles an ihm kündete von innerem Gleichmaß und Besonnenheit, wie sie durch vielseitige Erfahrung in Beruf und Leben erworben werden. Während er den Brief las, der mich bei ihm einführte, hatte ich Muße, ihn zu betrachten, und beschloß, ihm volles Vertrauen zu schenken.

„Ich bitte um einen Augenblick Geduld, Mr. de Beau-

villiers", sagte er, als Mann, der gewohnt ist, schnelle Entschlüsse zu fassen, „ich will nur dafür sorgen, daß wir nicht gestört werden, und dann wird es mir eine besondere Freude sein, für Sie zu tun, was ich tun kann."
Ich erzählte ihm die ganze Geschichte, von dem Zeitpunkt an, als ich auf meine Veranda in Petit France heraustrat, bis zu dem Augenblick, als ich zwei schwarze Köpfe aus einem fremden Schiff hervorschnellen sah. Er hörte mit gesammelter Aufmerksamkeit und wachsender Anteilnahme zu. Als ich das Schiff mit seinem Namen *Stern der Wahrheit* nannte, sah ich, wie sich die grauen Augen aus innerer Sicht auf ein eigenes Ziel einstellten, als habe irgendwo unsichtbar ein großer Schiedsrichter den Startschuß abgegeben und nun könne das eigentliche Spiel beginnen.
„Oh! Eins von denen!" rief er aus.
„Also wissen auch Sie über diese Schiffe Bescheid?"
„Sagen wir lieber, ich interessiere mich sehr dafür", gab er zurück.
Ich fuhr in meiner Schilderung fort. Als ich aber nach dem Namen Lindelbaum auch Charkow erwähnte, entdeckte ich den gleichen Blick in seinen Augen und sagte erstaunt lachend: „Nun, Kapitän, doch nicht etwa wieder ‚einer von denen'?"
Er nickte und stimmte in mein Lachen ein. Dabei verriet seine Miene, daß ich in seiner Achtung gestiegen war, weil ich so prompt verstanden hatte, in seinen Zügen zu lesen. Dann hörte er in schweigender Anteilnahme bis zu Ende zu.
„Ich zweifle nicht, daß Sie da einer wichtigen Sache auf der Spur sind", sagte er mit Nachdruck, als ich zu Ende berichtet hatte, „wenn ich mir auch noch nicht vorstellen kann, worauf das alles eigentlich hinaus will. Aber nachdem ich Ihre Geschichte gehört und aus meiner eigenen Erfahrung ergänzt habe, darf ich wohl behaupten, Sie können die Bedeutung dieser Sache gar nicht hoch genug einschätzen... ja, so hoch erachte ich sie, daß ich mich und auch Sie zu fragen versucht bin, ob wir nicht sofort ein Flugzeug nehmen und geradewegs in die

Hauptstadt fliegen sollten, um Ihre Geschichte an höchster Stelle vorzubringen."

Und nach einer Pause: „Aber nun zuerst das Wichtigste – der *Stern der Wahrheit*. Ja, natürlich bin ich an sämtlichen Schiffen interessiert und an allem, was in meinem Bereich vor sich geht. Aber diese Schiffslinie hat mein besonderes Interesse erweckt, wenn auch aus einem anderen Grunde als bei Bill. Was mir aufgefallen ist – und ich muß sagen, ich wundere mich, daß Bill dies vergessen zu haben scheint –, das trug sich im vorigen Jahr zu, als er mit mir in seinem Boot nach der Diaz-Bucht segelte. An dem Tage, als Bill und ich den hiesigen Hafen verlassen hatten und etwa ein bis zwei Meilen über die Barre hinausgesegelt waren, kam eben dieser *Stern der Wahrheit* hinter uns heraus, setzte den Lotsen glatt ab und ging prompt nordwärts in See, mit direktem Kurs auf Mozambique zu. In jenem Monat hatten wir kaum eine Mütze voll Wind, darum machten wir auch im Kielwasser des Schiffes nur jämmerliche vier bis fünf Knoten; aber bevor wir das Schiff aus den Augen verloren, konnte ich nur höchst erstaunt feststellen, daß es für ein Frachtschiff eine bemerkenswerte Geschwindigkeit entwickelte. Ich weiß sehr wohl, diese Schiffe sehen äußerlich nach nichts aus, aber in ihren Maschinenräumen haben sie leistungsfähige Herzen und Muskeln. Nun stellen Sie sich mein Erstaunen vor, als eine ganze Woche später, bei Sonnenuntergang, ein Schiff auftauchte, den Rumpf noch unter dem Horizont, und parallel zu unserem Kurs in großer Entfernung schnell an uns vorüberfuhr. Trotz des ungewissen Zwielichts sah ich deutlich, als ich mein Glas auf seine häßliche, stumpfe Nase richtete: es war der *Stern der Wahrheit*. Was hatte dieses Schiff um jene Zeit dort zu suchen? Es hätte längst in Mozambique und wieder hinaus sein sollen. Außerdem fuhr es weit entfernt von dem üblichen Schiffahrtsweg. Ich erwähnte das auch Bill gegenüber, dachte aber später nicht mehr daran. Vor einigen Monaten jedoch wurde ich wieder daran erinnert. Ich mußte einen meiner Hochseeschlepper nach Mikandani schicken, um ein griechisches Schiff zu bergen, das auf ein Korallenriff aufgelaufen war. Als der Schlepper zurückkam, sagte der Kapitän zu mir: „Diese Stern-Schiffe sind langsamer als ich dachte. Denken Sie nur, ich überholte das Schiff *Stern des Nordens,* wie es gerade auf Mozambique zuhielt, nachdem ich es schon vier Tage vor meiner eigenen Abfahrt in See geleitet hatte.' Auch hierzu äußerte ich damals nichts weiter." Er machte eine Pause. „Vielleicht kommt es Ihnen sonderbar vor, daß ich daraufhin nichts unternahm. Aber was hätte ich tun können? Wenn schnelle Schiffe eine Vorliebe haben, auf hoher See langsam zu fahren, so ist das ihre Angelegenheit. Aber nun kommen Sie von einem völlig neuen Gesichtswinkel da heran, und das ändert die Sache von Grund auf." Er sah mich voll an. „Ich finde, wir sollten allen Ernstes die Frage einer Beschlagnahme und Durchsuchung des Schiffes *Stern der Wahrheit* erwägen."

„Wenn Sie das tun, könnten wir vielleicht die schwarzen Mörder auffinden, aber zugleich werden die Alarmglocken in Bewegung gesetzt und meine Fährte wird dann gerade dort enden, wo die Spur anfängt frischer zu werden", entgegnete ich schnell. „Zweifellos wird die Zeit für solche Maßnahmen einmal kommen, aber noch ist es nicht soweit. Ich habe das Gefühl, wenn ich mich jetzt nur fest genug an den *Stern der Wahrheit* heften kann, wird er mich mitten ins Herz dieser unheimlichen Sache führen. Darum helfen Sie mir bitte, wie nur Sie es vermögen", so drängte ich vorwärts. „Zum Beispiel sagen Sie mir: Sind diese Schiffe nur zwischen Port Natal und Mozambique so langsam? Gibt es irgendwo dazwischen eine Stelle, wo sie ungesehen anlaufen oder vor Anker gehen können?"

Er antwortete nicht sogleich. Ich wußte, daß alles, was ich gesagt hatte, und alle Faktoren, die einem Manne in seiner Stellung bedeutsam vorkamen, nun gewissenhaft auf der Waage seiner Seemannserfahrung abgewogen wurden. Wenn dann die Entscheidung fiel, würde sie nach allen Seiten hin überlegt sein, dessen war ich sicher. Dennoch zitterte ich innerlich in diesem unbedingt entscheidenden Augenblick. Denn sollte er wirklich beschließen, so zu handeln, wie er soeben angeregt hatte, dann müßte ich daran verzweifeln, dieses dringliche Geheimnis jemals zu enträtseln. Jene kurze Spanne des Wartens steht mir noch mit allen Einzelheiten vor der Seele. Ich sehe noch die lichten Bernsteinfarben an den Kanten seines gut geordneten Mahagonipultes und die Anker auf seinen Goldknöpfen, die in dem Mitternachtsblau seiner Uniform aufleuchteten. Ich höre noch die Möwen plötzlich klagend aufschreien – hungrig nach Futter, aber noch hungriger nach dem offenen Meere. Vom Hafen klang das langgezogene Pfeifen der Sirene von dem purpurroten Königlichen Postdampfer an mein Ohr. Kaum war es verstummt, als auch schon die schnippische Antwort eines vorlauten Schleppers durch die Luft flog.

Da beugte der Kapitän sich vor und fragte lächelnd und mit einem Klang in der Stimme, der einen zärtlichen, doch glühenden Stolz auf seine umfassende Organisation an der Küste verriet: „Haben Sie das gehört?"

Als ich nickte, erklärte er: „Die Königliche Post lärmt aufgeregt, aus Furcht, sie könne eine Minute zu spät ausfahren, aber ganz unnötigerweise, wie Sie aus der Antwort des Schleppers hätten schließen können, wenn Ihnen diese Töne so vertraut wären wie mir." Dann sagte er – fast im gleichen Atemzuge, zu meiner großen Erleichterung: „Ich glaube wirklich, Sie haben recht, Mr. de Beauvilliers, die Schicksalsgöttin hat mit dem Finger deutlich auf Sie gewiesen, seit diese Sache ans Licht kam. Es wäre töricht von uns, wollten wir das nicht beachten. Sie waren der erste, der etwas unternahm, und ich für meinen Teil lege die Entscheidung vertrauensvoll in Ihre Hände. Die Verfolgung dieser Spur ist nun sozusagen Ihr Schiff, Sie sind der Kapitän; ich aber will Ihnen, soviel ich irgend kann, beim Segeln dieses Schiffes beistehen. Nun zu Ihren Fragen: Lourenco Marques ist der einzige erwähnenswerte Hafen zwischen hier, Sofala und Mozambique. Wenn die Stern-Schiffe dort ein- und ausfahren, werden wir durch Funkspruch benachrichtigt. Aber ich kann Ihnen versichern, bei den in

Frage stehenden drei Gelegenheiten wurden wir nicht benachrichtigt. Es bleibt als Erklärung nur eine Möglichkeit, die sofort in die Augen springt, nämlich, daß die Schiffe einen mysteriösen Anlegeplatz haben. Aber wo nur? Ich kenne jenen Küstenstrich gut. Es gibt dort weder Häfen noch günstig gelegene Reeden für irgendwelche Schiffe, von Dampfern dieser Größenordnung ganz zu schweigen. Und zu Ihrer zweiten Frage: was zwischen Mozambique, der übrigen Küste und dem Baltischen Meere vor sich geht, das weiß der Himmel. Aber ich könnte die Route bis nach Suez kontrollieren lassen, wenn Sie es wünschen."

Ich dankte ihm herzlich, sagte aber, es sei vorläufig nicht nötig, in unseren Erkundungen über Mozambique hinauszugehen.

„Aber Lindelbaum? Was halten Sie von ihm?" fragte ich dann. „Es würde mir wirklich ein großes Stück weiterhelfen, wenn Sie mir einiges über ihn erzählen könnten."

„Eigentlich tut es mir leid um ihn", erwiderte er, „denn dieser Charkow ist der einzige von der Gesellschaft, den ich nicht ausstehen kann, und zwar aus keinem anderen Grunde, als weil mir sein ganzes Gestell zuwider ist. Seine leibliche Erscheinung hat nun einmal diese abstoßende Wirkung auf mich. Aber unser alter Otto" – er zuckte mit den Achseln – „ich stand gut mit ihm, als ich stellvertretender Hafenkommandant am Kap war. Die Leute sagen ihm nach, er sei weiter nichts als ein verbitterter, rachsüchtiger Preuße, aber er hat gute Gründe, so zu sein. Vor fünfzig Jahren kam er irgendwo aus dem Baltischen, durch ein Pogrom vertrieben, hierher. Damals war er ein unterernährter Junge, der keinen Pfennig besaß. Bald war er emsig tätig und erwarb sich ein großes Vermögen. Aus Dankbarkeit gegen das Land, das ihm seine Reichtümer beschert hatte, steuerte er in großzügiger Weise zu den wohltätigen Einrichtungen bei und stiftete reichlich für die Schulen und Universitäten des Landes. Dann kam der Krieg 1914–18, und was tun wir? Weil wir der Meinung sind, „einmal ein

Preuße – immer ein Preuße", brennen wir im August 1914 seine Geschäftshäuser hier und am Kap nieder und internieren ihn. Als der jetzige Krieg kam, brachten wir es fertig, sein Herz zum zweiten Male zu brechen. Wieder brannten wir ihm alles nieder und sperrten ihn die ganze Zeit über ein. Ist es da ein Wunder, daß er verbittert ist? Ich bewundere nur seine zähe Widerstandskraft. Nach jedem Vernichtungsfeuer entsteigt er der Asche wie ein Phönix und baut sich größere und bessere Geschäfte auf. Haben Sie seine Niederlassung am Kap gesehen? Eine ebenso umfangreiche hat er hier und einen großen Palast draußen auf Beckett's Hill. Er ist ja auch mit der Trans-Uhlalingasonki Handelskompagnie identisch, das ist Ihnen sicher bekannt."

„Was!" rief ich in großem Erstaunen aus.

„Überrascht Sie das?"

„Eigentlich nicht. Nur stellte ich mir unter Lindelbaums bisher nicht einen so weitverzweigten Konzern vor", antwortete ich kraftlos. Denn wie sollte ich erklären, welch ein Durcheinanderwogen von Erregung, Erinnerung und Vordeutung diese eine Mitteilung plötzlich in mir entfesselt hatte.

Ich kannte die Uhlalingasonki Handelskompagnie sehr wohl. Wer sollte sie nicht kennen, wenn er im Innern Afrikas geboren und aufgewachsen ist wie ich? Sie ist überall. In jeder eingeborenen Stadt, jedem Dorf und Flecken: am Rande der wenigen Landstraßen, auf den Fußpfaden, an Seen und Wasserläufen; manchmal als einzige Stätte auf einer Lichtung im Busch, wo viele Fußwege zusammentreffen – überall findet man die Verkaufsstellen und Vertreter der Gesellschaft. Und das trifft besonders auf Umangoni zu: daher steht Uhlalingasonki*, der Name des großen legendenumwobenen Flusses der Amangtakwena, auf dem Firmenkopf; denn in Umangoni hatte Lindelbaum als reisender Handels-

---

* Uhla: Auf Sindakwena = lang; linga = sich windend; sonki ist der Klang, wenn schnell fließendes Wasser über Gestein sprudelt

mann begonnen. Im selben Augenblick, als ich den Namen hörte, kam mir die Erinnerung an einen Abend, der nun schon fast ein Vierteljahrhundert zurücklag. Es war in unserem Lager an der Südgrenze von Umangoni. Ein heftiger Wind hatte sich plötzlich erhoben, es war sehr dunkel. Die schwarzen Akazienwipfel kreischten wie hungrige junge Hunde unter dem Gewicht einer Luftmasse, trächtig von Sturm und Elektrizität. Da trat aus dem Busch ein Europäer mit zwei schwarzen Dienern und bat um Obdach. Sein Lastauto war zwei Meilen von uns entfernt auf einem Pfad niedergebrochen, und als er nach einer Eingeborenensiedlung Umschau hielt, hatte er den Rauch von unserem Lager gesehen. Besonders lebhaft erinnere ich mich an das Gesicht des Fremden: dieses feingebildete, dunkle Antlitz eines Mannes um die Fünfzig, aber mit einem Ausdruck, der von tiefer, bitterer, unaufhörlich schmerzender Verwundung zeugte. Es war das Antlitz eines Träumers auf Irrwegen, eines Herzens, das sich unter dem Alpdruck eines unergründlichen Wahntraumes in sich selber verankert und gefangen hatte. Das Gesicht erschreckte mich, nicht aber meinen Vater, in dessen Seele gerade damals ähnliche Dinge vorgingen. Darum zog ihn der Fremde merkwürdig an. Sie unterhielten sich fast bis zur Morgendämmerung, und als er von uns ging, sagte mein Vater: „Dort geht der Handelsfürst von Umangoni – die Trans-Uhlalingasonki Handelskompagnie in Person." Dann erzählte er uns, wie Lindelbaum eines Tages mutterseelenallein und mittellos in Afrika gelandet war. Nach kurzem schon hatte er erkannt, wie schwer es war, in den afrikanischen Städten vorwärtszukommen. Darum bahnte er sich seinen Weg tief landeinwärts und versuchte sein Glück mit diesem und jenem. Dabei lernte er die Sprachen und Sitten der Eingeborenen mit der Leichtigkeit eines Menschen, der auf Grund seiner eigenen Vergangenheit die Bedrückten und Verachteten gut versteht. Eines Tages – er war noch gewöhnlicher Verkäufer hinter einem Ladentisch in Umangoni – ging ihm das große Licht auf. Er hatte gesehen, wie seine Vorgesetzten die riesigen

Mengen von Schwarzen in Afrika behandelten, als gäbe es unter ihnen keine einzelnen Rassen von individuell verschiedener Art, als seien sie weiter nichts als ein Konglomerat, eine undifferenzierte Menschenmasse. Er erkannte nun seine Chance, die ihm durch diese irrtümliche Behandlung der Schwarzen geboten wurde. Mit ein paar Pfund in der Tasche verließ er seine Stellung, aber noch im selben Jahre war er zurück in Umangoni, und zwar mit dem ersten Schiffsversand von Mustern aus England: Kattun mit all den Lieblingsfarben der 'Takwena bedruckt – und wie verschieden sind doch diese Farben von Landstrich zu Landstrich – ebenso Decken mit eingewebten Zeichen von Sippen, Stämmen und Volksverbänden. Das war der Anfang seiner erfolgreichen Laufbahn. Aber damit begann noch mehr als dies, so schloß mein Vater, „denn dieser Mann hat innerlich Teil an dem Wesen der Eingeborenen. Ich habe noch niemand getroffen, der sie so gut versteht, ausgenommen..." – dabei legte er mir die Hand auf den Kopf und versetzte mir im Spaß einen leichten Schlag – „ausgenommen dieser kleine Buschmann hier." Ich war dazumal ganze sieben Jahre alt; seitdem hatte ich nie mehr an diesen Vorfall gedacht, so vorübergehend und ohne Zusammenhang mit unserem Leben war er mir damals erschienen. Aber jetzt und hier, am heutigen Tage im Amtszimmer des Hafenkommandanten zog das Vergessene neu belebt in mein Gedenken ein und erschloß nun erst aus der Aufeinanderfolge der Geschehnisse seine wahre Bedeutung.

In meinem tranceähnlichen Zustand stand ich auf und wollte fortgehen, aber an der Tür hielt mich der Kapitän am Arm zurück und fragte: „Was kann ich denn nun für Sie tun?"

„Nur soviel wie möglich über den *Stern der Wahrheit* herausfinden, solange das Schiff sich diesmal im Hafen aufhält. Könnten Sie vielleicht anordnen, daß jemand es Tag und Nacht beobachtet? Ich kann wirklich nicht eher entscheiden, was ich tun soll, bis die nächste Spur auf meiner Fährte erscheint – aber sobald ich soweit bin, werde ich mich mit Ihnen in Verbindung setzen. Und wollen Sie mir versprechen, in den nächsten Tagen einmal im Klub mit mir zu essen?"

Er versprach es, und ich entfernte mich, aber als ich am Ende des langen Korridors um die Ecke bog, sah ich ihn immer noch in der Türöffnung stehen, tief in Gedanken versunken.

Den übrigen Tag brachte ich im Klub zu. Ich schrieb einen weiteren langen Brief an Joan und dachte über alles nach, was ich am Vormittag erfahren hatte. Meine Hoffnungen stiegen dabei steil an. Seitdem ich diese Verbindung zwischen Lindelbaums und der Hochland-Handelskompagnie aufgedeckt hatte, war ich mehr denn je überzeugt, daß ich auf der richtigen Fährte war und nur dem Schiff *Stern der Wahrheit* dicht auf der feuchten Spur bleiben mußte, um auf die Stelle zu stoßen, wo all diese scheinbar unverbundenen Fäden zusammenliefen. Schon sah ich wenigstens zwei von ihnen scharf aufeinander zukommen. Wenn Bill mir um neun Uhr auch nur halb soviel neue Aufschlüsse geben konnte, durfte ich mit dem Gefühl fahren, daß ich gut vom Stapel gelaufen war.

Bill hatte jedoch durchaus nichts Wichtiges mitzuteilen. Die Nacht war ruhig gewesen, nur schlossen Umtumwa und 'Mlangeni aus verschiedenen leisen Geräuschen mit Sicherheit, daß eine oder auch mehrere Personen sie während der ganzen Zeit ihrer Wache ständig beobachtet hatten.

„Dann sieh dich vor", mahnte ich nochmals, „jetzt, da unser guter Slim beiseite gebracht ist, haben sie wahrscheinlich das Terrain sondiert für den nächsten Überfall. Könntest du nicht ein oder zwei Hunde leihen, als Ersatz für Slim?"

Bill wollte es versuchen und teilte mir noch mit, es sei keine irgendwie nennenswerte Post für mich eingetroffen. Als ich ihm aber von dem Bericht des Kapitäns über den *Stern der Wahrheit* erzählte, war er freudig erregt. „Ja richtig, nun entsinne ich mich", fiel er ein, „aber ich war an jenem Tage zu sehr mit dem Steuern unseres

Segelschiffes in Atem gehalten, um das auftauchende Dampfschiff *Stern der Wahrheit* durch mein Glas zu betrachten. Auch hat der Kapitän den Namen des Schiffes damals bestimmt nicht erwähnt; ich glaube, er titulierte es ‚jener scheußliche Rußki'; trotzdem hätte ich daran denken sollen."

„Bist du auch seiner Meinung, daß es keinen anderen natürlichen Anlaufhafen gibt, wo das Schiff etwa verweilt haben könnte?"

„Ja, ich bin derselben Meinung", erwiderte er mit Bestimmtheit. „Ich bin an dieser Küste soundso oft hin und her gefahren und wüßte doch keine einzige solche Stelle zu nennen. Nur auf den letzten zweihundert Meilen vor der Diaz-Bucht – das muß ich zugeben – hielt ich mich immer in gehöriger Entfernung vom Lande, wegen der Strömungen und Untiefen..."

„Wie *ist* das Rätsel dann nur zu lösen?" fragte ich mich selbst mindestens so dringend wie ihn.

Ich sah ihn förmlich vor mir, wie er die Achseln zuckte, als er erwiderte: „Wenn ich das wüßte!"

„Nun, dann hoffen wir, der *Stern der Wahrheit* wird uns einen Wink geben, wenn er morgen hier einläuft", antwortete ich, und wir wünschten uns gute Nacht.

Morgens erwachte ich mit dem Gedanken an den *Stern der Wahrheit,* und mit dem Gefühl neubelebter Erwartung zog ich mich an. Ich frühstückte zeitig und wollte mich gerade aus dem Klub aufmachen, als der Hafenkommandant anrief und mir mitteilte, der *Stern der Wahrheit* werde um drei Uhr in der Reede erwartet; er selbst habe eine diskrete, aber durchgreifende Überwachung des Schiffes während seines Aufenthalts im Hafen angeordnet. Dann fragte er, ob ich vielleicht Lust hätte, im Lotsenschlepper hinauszufahren, dem Schiff entgegen.

Ich war sehr versucht, das Angebot anzunehmen. Aber da fiel mir ein, daß Charkow um die Mittagszeit wohl kommen würde und dann sicher selbst irgendwo herumschlenderte, um das Einlaufen seines Schiffes nicht zu versäumen. Ich durfte auf keinen Fall riskieren, daß er mich erkannte. So lehnte ich mit Bedauern ab und fragte den Hafenkommandanten nur, ob er mir vielleicht die Uniform eines Leutnants der Hafenflotte leihen könne. Es ist charakteristisch für den Mann, daß er darauf lediglich fragte: „Welche Kopfweite haben Sie?" Ich gab sie ihm an und er versetzte: „Sie können sie um elf Uhr bei mir zu Hause abholen."

In den folgenden beiden Stunden unternahm ich in einem Wagen eine Erkundungsfahrt zu all jenen Orten, die von besonderem taktischem Wert für die Strategie der nächsten paar Tage werden konnten.

Zuerst machte ich die Firma Lindelbaum ausfindig. Ich fand heraus, daß sie eine große Bürozentrale in Barton's Street hatte und zwei Schiffahrtsfilialen, eine am Hafeneingang bei den östlichen Kais, die andere am westlichen Ende der Bucht. Dort am Westrande besichtigte ich auch den Liegeplatz des *Sterns der Wahrheit*, der noch leer, doch sauber und bereit zur Aufnahme war. Es interessierte mich, daß noch ein Mann den Platz inspizierte, dem man schon von weitem den pompösen Deckoffiziersrang* ansehen konnte. Darauf fuhr ich zur Aliwal Street, um das zwölfstöckige Gebäude der Trans-Uhlalingasonki-Handelskompagnie in Augenschein zu nehmen. Ich wollte unbedingt all dies hinter mich bringen, bevor Charkow eintraf. Als auch dies erledigt war, fuhr ich zur Privatwohnung des Hafenkommandanten, wo mir seine Haushälterin einen Koffer mit der versprochenen Uniform übergab. Unverzüglich kehrte ich in den Klub zurück, um ihn in meinem Zimmer abzustellen. Im Postfach des Klubs lag ein Telegramm. „Rufe dich im Klub um eins an, sehr dringlich. Bill."

Das Telegramm beunruhigte mich; da ich aber vorläufig nichts tun konnte, fuhr ich hinaus nach Beckett's Hill, um Lindelbaums „Palast" – wie der Kapitän gesagt hatte – von weitem zu besichtigen.

Es war ein großes viereckiges Haus mit zwei Stock-

---

* Der Rang des Deckoffiziers entspricht im Landheer dem Feldwebeldienstgrad. (Anm. d. Übers.)

werken in dem Port-Natal-Stil der späten neunziger Jahre; eine neumodische Veranda lief ganz um das Erdgeschoß und eine um den ersten Stock. Ein spitz zulaufendes eisernes Türmchen erhob sich unmotiviert an einer Ecke des Gebäudes und hielt eine traurige lange Fahnenstange hoch, von der keine Fahne wehte. Das Haus war bar jeder Anmut und Eigenart. Aber das Grundstück war prächtig, mit vielen dunklen einheimischen Bäumen, Blumen und Schlinggewächsen. In der Mitte prangte ein Feuerwerk von hochschäftigen Aronstabgewächsen und weitverzweigten Bohineas. Das Haus, das oben auf die Anhöhe gesetzt war, hatte eine unvergleichliche Aussicht. Das ganze „Tal der Tausend Hügel" lag zu seinen Füßen, in blau schimmernder Ferne an diesem sonnigen Morgen. Inmitten des Panoramas blitzte der Silberstrahl eines Flusses auf, der dem großen Umgeni zueilte. In weiter Ferne, nach Inanda zu, zeichnete der Schatten eines Felsens eine klare blaue Tönung wie mit einem Stift unter den schillernden Umriß eines messerscharfen Berges. Zu einer solchen Sicht passend – so stellte ich fest – hatte Otto Lindelbaum seinem Hause den Sindakwena-Namen „Dhlua'muti" gegeben; das bedeutet „Was höher ist als die Bäume".

Danach fuhr ich zur Stadt, stellte den Wagen in der Garage des Klubs unter und erwartete Bills Anruf.

Der Ton, in dem er begann: „Bist du es Pierre?" verriet mir sofort, daß etwas nicht in Ordnung war. Aber Gott sei Dank war es nicht wieder ein Mord, nur ein Einbruch. Bill war bis spät in seinem Büro aufgehalten worden. Als er nachts um einhalbzwölf zurückkam, vermißte er Tickie auf Wache mit seinem Knüppel. Bill war im Begriff, ins Haus zu gehen und nach Umtumwa zu läuten, als er sonderbar dröhnende Schläge vom Hintergrund her hörte. Mit der Fackel in der Hand ging er auf das Geräusch zu und fand, es kam von Tickie. Dieser war mit Beinen und Körper über eine Stange geschnürt, die Augen verbunden, der Mund geknebelt. Seit einer halben Stunde hatte er mit dem Kopf – nur ihn konnte er bewegen – gegen einen Holzpfosten geschlagen, um die Aufmerksamkeit auf sich zu lenken. Da Bill sich aus allen möglichen Gründen bittere Vorwürfe machte, brachte ich ihn mit Lachen darüber hinweg und fragte nur: „Was haben sie eigentlich gestohlen?"

„Jedes Stückchen Papier aus deinem Schreibtisch haben sie mitgenommen und sonst gar nichts. Höchst sonderbar..."

Sie sind hinter Johns Umschlag und seinem Brief her, den sie darin vermuten, dachte ich bei mir. Laut sagte ich zu Bill: „Ich fürchte, das bedeutet, ich muß noch einmal von vorne mit meinem Buch anfangen, denn mein Manuskript war in einem der Schubfächer... Ich glaube, das war nur Charkow, der reinen Tisch machte, bevor er hierher aufbrach."

„Anzunehmen", sagte Bill verdrießlich, wenn auch spürbar erleichtert durch die Gelassenheit, mit der ich die Nachricht aufnahm. Dann setzte er hinzu: „Weißt du, ich will dich lieber morgen abend wieder anrufen, nicht mehr heute."

Diesem Vorschlag stimmte ich gern zu, denn ein verläßliches Gefühl sagte mir, solange ich abwesend war, sei nun für Petit France nichts mehr zu fürchten.

Der *Stern der Wahrheit* hatte eine Stunde Verspätung. Um vier Uhr war ich so ungeduldig und beunruhigt, daß ich drauf und dran war, von meinem Schlafzimmerfenster zu weichen, um den Hafenkommandanten anzurufen. Im selben Moment aber sah ich die komische, in die Luft gesteckte Nase um die Ecke des langen Point-Kai biegen, wo die Bucht sich auftut. Ja, dort erschien das Schiff hinter dem Rumpf eines schwarz-gelben britischen Indienfahrers und kam langsam und behutsam umbiegend in volle Sicht. Wieder glänzte das oben aufgestapelte Holz golden und warm in der gegen Westen sinkenden Sonne. Die lang Erwartete zog sich selbst und ihre schwere Last klar und deutlich heraus aus dem Gewühl von Masten und Rümpfen, schwarzen Kranarmen und aufsteigendem Rauch im Hafeneingang. So fuhr sie geradeswegs in die hell glänzende Mitte der Bucht und bewegte sich gelassen auf ihren ordentlichen Liegeplatz zu, als sei sie eine rechtschaffene seefahrende Frau auf ihrem Wege zum heimischen Bettlager, um von ihrer legitimen Bürde entbunden zu werden.

„Du weißt es wohl nicht", flüsterte ich vor mich hin und faßte das Schiff scharf ins Auge, „aber du bist gekommen, um ein Stelldichein mit mir zu haben."

VII

"Höher als die Bäume" bei Nacht

Ich habe eine instinktive Abneigung dagegen, auf weite Sicht voraus zu planen. Das kommt vermutlich daher, daß ich so unbefangen aufwachsen konnte in einem Lande, wo Gott und die Natur wenig geneigt sind, menschlichem Vorgreifen auch nur die allergeringste Beachtung zu zollen. – Darum hatte ich bisher nicht etwa einen festen Plan geschmiedet mit dem Ziel, an Bord des Schiffes *Stern der Wahrheit* zu gelangen. Wohl hatte ich mir am Morgen die Uniform eines Hafenoffiziers geliehen, doch nur aus der allgemeinen Erwägung heraus, daß ich mich an dieser ganzen Wasser-„Front" in Uniform am unauffälligsten bewegen konnte. Nun aber, in dem Augenblick, als ich jene Schiffsfrau, *Stern der Wahrheit* genannt, lässig auf ihre Ruhestätte zuschaukeln sah, wußte ich, daß die Stunde gekommen war, wo es galt zu handeln und zu wagen. Rasch legte ich meine Uniform an, steckte meine Offiziersmütze in eine Tüte, zog meinen schweren Wintermantel über und knöpfte ihn von oben bis unten zu, denn ich wollte nicht einmal die höfliche Wißbegier der Klubmitglieder erregen, die mich inzwischen vom Sehen her kannten. Dann fuhr ich zum Hafenkommandanten ins Amt. Er hatte bereits angeordnet, man solle mich jederzeit sofort vorlassen.

Nun fragte ich ihn: „Möchten Sie nicht Ihren Kollegen vom *Stern der Wahrheit* einladen, ein Glas mit Ihnen zu trinken?"

Ein ironisches Lächeln erhellte die eingegerbten Linien seines gebräunten Gesichtes, als er schlagfertig ergänzte: „Und der Überbringer der Einladung möchten Sie sein?"

Ich nickte und erklärte, ich wolle die Einladung nur bei mir haben für den Fall, daß ich meine Anwesenheit an Bord des *Sterns der Wahrheit* begründen müsse. Ohne weitere Umstände zog er ein Schubfach seines Schreibtisches auf, entnahm eine offizielle „Empfangstag"-Karte des Hafenkommandanten und füllte die im vorgedruckten Text freigelassenen Stellen aus. Dabei hielt er den Federhalter wie einen Gänsekiel und schrieb in einer schrägen, merkwürdig altmodischen Handschrift.

„Da ist sie! Ich habe den Kapitän, Ersten Offizier und Zahlmeister geladen. Noch eins rate ich", fuhr er fort, „legen Sie sich den Namen einer wirklich vorhandenen Person zu. Seien Sie einfach William McWane, zweiter Offizier des Schleppers *Sir William Hoy*. Er geht heute abend in Urlaub – im Notfall kann ich bestätigen, daß Sie William McWane sind. Aber bitte, melden Sie sich sofort, wenn Sie wieder heil an Land sind."

Der *Stern der Wahrheit* war soeben ins Dock gegangen und hatte bereits eine Laufplanke an Land gelassen, als ich dort anlangte. Von weitem hatte ich gerade noch beobachten können, wie die unverkennbare Eunuchen-Gestalt Charkows hinter einer Reihe Weißbemützter auftauchte, welche sich über die Holzwände des Fallreeps lehnten, während Port Natal's Beamte geschäftig an Bord stiegen. Aber Charkow hin, Charkow her, das sollte mich nicht mehr aufhalten, wenn ich auch gestehen muß, daß mein Puls bei seinem Anblick schneller ging.

Einen Vorsprung hatte ich unbestreitbar: ich wußte genau, was ich suchte und wo ich es suchen mußte. So beschleunigte ich meinen Schritt; vorwärts, als habe der Kapitän selbst nach mir geschickt, bahnte ich mir mit den Ellenbogen den Weg durch die Menge untätiger Zuschauer auf dem Kai und lief stracks das Fallreep hinauf. Ein Unteroffizier postierte sich gerade oben, doch als er meine Uniform erblickte, winkte er mir, weiter heraufzukommen, zeigte mit dem Finger den Weg und sagte dazu in gebrochenem Englisch: „Kapitän zere, and purrzurr him zere!"

Ich bedankte mich und steuerte auf des Zahlmeisters Kajüte zu, weil der Weg dorthin direkt an den Luken vorbeiführte, die sich an jenem Montagmorgen in Van Riebeeck's Bucht so lebhaft meinem Sinn eingeprägt hatten. Fest entschlossen, aber zugleich sehr vorsichtig, ging ich auf sie zu und sah, daß sie mit dicken Vorhängen verdeckt waren. Dicht davor blieb ich stehen, als wollte ich mir einen Schuhsenkel festbinden. Beim Bücken spähte ich hinter mich. Der wachhabende Offizier war damit beschäftigt, einige Schaulustige abzuweisen, die an Bord kommen wollten. Jetzt oder nie, das war klar. Mit einem Ruck richtete ich mich auf, nahm mein Messer aus der Tasche und klopfte laut an eine der Luken. Sofort flog die Ecke des Vorhangs hoch, wie eine Reflexwirkung, und ich sah in ein paar überraschte Augen eines der magersten, grimmigsten 'Takwena-Gesichter, die ich je erblickt hatte. Fast im gleichen Augenblick schnellte der Vorhang zurück in seine Ausgangsstellung, aber ich hatte genug gesehen: die Haut auf den hohen Backenknochen des schwarzen Gesichtes trug die tätowierten Zeichen der 'Takwena-Fürsten. Das allein war der Mühe wert, aber es sollte noch mehr kommen. Während der Vorhang aufschlug, hatte ich schon meine Schritte an der Luke vorbei wieder aufgenommen und war den erstaunten 'Takwena-Augen vorsorglich nur mit einer unbeteiligten Miene begegnet. Nun drang ich weiter vor bis zur Ecke des Deckhauses. Beim Umbiegen versicherte ich mich nochmals durch einen schnellen Blick zurück, daß der Wachoffizier noch immer mit der Regelung des Verkehrs vom Lande her zu tun hatte. Beruhigt ging ich um die Ecke und traf in der Mitte des Deckhauses auf einen Durchgang, der sich gabelte. Die Kajütentreppe auf der einen Seite betrat ich nicht, tauchte vielmehr unter ihr durch und ging geradenwegs ins Herz des Deckhauses. Ich zählte meine Schritte und blieb genau gegenüber der Tür stehen, die ich für die richtige hielt, legte mein Ohr ans Schlüsselloch und hörte eine tadelnde 'Takwenastimme deutlich auf Sindakwena sagen: „Das war eine große Dummheit, Bruder, wo wir doch nur noch zehn Tage zu warten haben."

Ich hätte gern noch weiter gehorcht, aber von einem instinktiven Gefühl getrieben, richtete ich mich auf. Wie ein Erschauern in Winterluft zog es mir übers Haar des

Hinterkopfs, dieses Gefühl hat mir schon so manches Mal das Leben gerettet. Schnell zog ich den Brief des Kommandanten aus der Tasche, ihn in der Hand haltend, ging ich suchend auf den Mittelgang zu. Und es war gut so, denn ausgerechnet in diesem Augenblick bog der Erste Offizier um die Ecke, erblickte mich, blieb wie versteinert stehn, brummte, als traue er seinen Augen nicht, sprang dann auf mich zu, packte mich beim Arm und beschimpfte mich in einer fremden Sprache – bis der Anblick meiner Uniform und die kühle Befremdung, mit der ich seinen Arm faßte und mich davon befreite, ihn etwas unsicher machte.

„Wer du? Was du wollen?" fragte er grob.

„Und wer sind Sie? Und wo ist Ihr Zahlmeister? Mit ihm habe ich zu tun", gab ich kühl zurück und sah ihm gerade in die Augen.

„Dann was du machen hier?" begehrte er zu wissen, doch schon weniger barsch.

„Suche nach der Kajüte des Zahlmeisters, was sonst?" sagte ich, und mit der steifen Höflichkeit eines Menschen, der anfängt, sich zu ärgern, fuhr ich fort: „Leider bin ich wohl aufs falsche Deck geraten."

„Bitte mir sagen deinen Namen", erwiderte er bedeutend höflicher, aber immer noch war Mißtrauen in seinen arktischen Augen.

„Zweiter Offizier William McWane vom Schlepper *Sir William Hoy*", teilte ich ihm mit und fragte, als wisse ich es nicht, „und wer sind Sie?"

„Der Erste Offizier", schnurrte er und wollte weiterfragen. Da setzte ich ein erfreutes Lächeln auf und rief aus: „Da sind Sie ganz der Richtige, noch besser als der Zahlmeister. Bitte geben Sie dies Ihrem Kapitän mit Empfehlungen vom Hafenkommandanten, eine Einladung für Sie alle."

Damit drückte ich ihm meinen Brief in die Hand, und der Anblick des roten Hafenwappens auf der Rückseite des Umschlags tat das übrige, ihn in Sicherheit zu wiegen.

Dann, ehe er sich die nächste Frage ausdenken und mich noch länger zurückhalten konnte, war ich an ihm vorbei, heraus aus dem Deckhaus, das Fallreep hinunter, und rasch zu meinem Wagen zurück. Dort ließ ich mich in meinen Sitz niederfallen, schwindlig von der Erregung des Triumphes und der Entladung der Spannung, die in der letzten Viertelstunde ins Unerträgliche angewachsen war.

Ich hütete mich jedoch, mich meinem Siegesgefühl hinzugeben. Durch das rückwärtige Fenster konnte ich erspähen, daß ein lebhafter Austausch von Fragen und Antworten zwischen dem Ersten und dem wachhabenden Offizier im Gange war. Daher ließ ich den Wagen an und fuhr ihn schnell zu einem öffentlichen Parkplatz eine Viertelmeile entfernt. Dort ließ ich ihn stehen und verfolgte zu Fuß meinen Weg zurück zu dem langen Schuppen auf dem Kai, wo das Schiff *Stern der Wahrheit* lag. Die Sonne ging gerade unter, aber wie ich so in meiner Uniform dahinschlenderte, wurde ich wie eine zur Szenerie gehörige Staffage nicht weiter beachtet. Als es ganz dunkel war, kam Charkow mit jener ihm eigenen unheimlichen Behendigkeit das Fallreep herunter, immer noch im gleichen Aufzug wie ich ihn das erste Mal gesehen hatte. In äußerster Eile ging er die Hafenanlage hinauf, wie getrieben von Neuigkeiten, die er unbedingt weiterleiten mußte. Ich ging um die Rückseite eines Schuppens herum, schlug einen parallel verlaufenden Weg ein und erspähte seine dicke, schwerfällige Gestalt gerade vor mir auf der anderen Seite. Nur noch zwanzig Schritte, dann öffnete er, ohne einen Blick hinter sich zu werfen, die Tür eines breiten amerikanischen Wagens, und zum ersten Mal hörte ich seine Fistelstimme: „Aliwal Street, George, aber schnell, um acht muß ich in Beckett's Hill sein."

Mehr brauchte ich nicht zu wissen. Ich eilte zu meinem Wagen zurück, fuhr zum Klub, legte, so schnell ich konnte, meine dunkelste Kleidung an und verweilte nur einen Augenblick, um den indischen Telefonisten des Klubs zu bitten, er möge den Hafenkommandanten anrufen und ihm mitteilen, ich sei zurück und werde ihn morgen früh aufsuchen. Dann verließ ich das Klubhaus und fuhr schleunigst nach Beckett's Hill hinaus.

Etwa eine halbe Meile, bevor der Weg nach „Höher als die Bäume" abbiegt, steht ein großes Gasthaus an der Straße. Das hatte ich mir am Morgen gemerkt. Ich parkte dort zwischen mindestens fünfzig anderen Wagen und pumpte etliche Male Schmieröl aus dem Sammelbehälter auf einen schwarzen Baumwollumpen, den ich im Werkzeugkasten gefunden hatte, bis der Lappen fast von Öl triefte. Mit dem Lappen in der Hand machte ich mich zu Fuß auf den Weg nach „Höher als die Bäume". Mir war zumute, als ginge ich noch einmal auf Patrouille im Dschungel von Burma.

Es war eine mondlose Nacht, klar und sehr still. Der Himmel war mit großen blitzenden Sternen besät wie der purpurne Umangoni-Schatten im Frühling mit Freesien. Hie und da im Tale waren schon die Feuer zur Nacht entzündet, und wie ich mich weiter von der Hauptstraße entfernte, überzogen sie die klare Luft mit jenem köstlichen Wohlgeruch von brennendem afrikanischen Holz und von Kohlen aus getrocknetem Tiermist, den ich nicht für die allerschönsten Parfüms aus Paris hergeben würde. Hin und wieder, rund um eines der Rubinfeuer, bellte ein Hund, muhte eine Kuh oder blökte ein Lamm in schriller Verzweiflung.

Als die Hauptstraße wie ein ferner Wasserlauf hinter mir verklungen war, nahm ich meinen Lappen und schmierte mir das schmutzige Öl über das ganze Gesicht, über Hals und Hände. Wie ich dann näher an „Höher als die Bäume" herankam, zog ich die Schuhe aus, knotete die Senkel aneinander und hängte sie mir um den Hals. Ich nahm meine Armbanduhr ab, denn sie hatte ein leuchtendes Zifferblatt, und steckte sie in die Tasche. Es war genau vier Minuten nach sieben Uhr. Dann betrat ich an einer Stelle, die mein Auge am Vormittag ausgesucht hatte, Otto Lindelbaums Grundstück.

Ich hatte mir überlegt, daß ein Mann wie dieser wahrscheinlich den Teil des Hauses bevorzugte, von dem er den schönsten Blick ins Tal genoß. Nun zog ich ein paar

Ranken mit dicken Blättern von einem Baum und wand sie mir mehrere Male rund um den Kopf. Dann, lautlos, flach auf dem Bauch wie eine Mamba, die aus ihrer alten Haut heraus in einen Dornbusch kriecht, arbeitete ich mich durch das vertraute Unterholz der heimischen Erde hindurch dem Haus entgegen. Kein Laut war von dort zu vernehmen. Ich lag minutenlang auf dem Rücken, um auszuruhen (denn so geduldig und geräuschlos zu kriechen ist disziplinierte, harte Arbeit). Im Liegen beobachtete ich, wie das Sternenlicht die schweren klebrigen Blätter über mir mit glitzernden Zacken versah; so still war es, daß ich glaubte, sie knistern zu hören. Dann kroch ich wieder mit größter Vorsicht weiter vorwärts. Die Entfernung von der Grenze des Grundstücks bis zum Hause betrug nicht mehr als hundertfünfzig Meter, aber ich brauchte dazu fast eine Stunde. Während dieser Zeit sah ich die Lichter und hörte den Motor eines Autos, das schnell zum Tor hereinfuhr. Vor der Haustür hielt es mit plärrendem Bremsen, und nach kurzer Pause fuhr es wieder davon. Offenbar war mir Charkow zuvorgekommen. Trotzdem versagte ich mir den Wunsch, das Tempo, das ich gewählt hatte, zu beschleunigen. Endlich gelangte ich nahe an ein vorhangloses Fenster, kroch langsam darauf zu, hob mich vorsichtig aus den Büschen auf die Knie und blickte hinein.

Es war Otto Lindelbaums Arbeitszimmer, das nur gegen die Vorderseite des Grundstücks mit einem Vorhang geschlossen, aber nach der Seite zu offen war. Er selber war allein im Zimmer, kaum einen Meter von mir entfernt saß er an einem langen Schreibtisch am Fenster. Der Raum war nur schwach durch das Licht einer abgeschirmten Leselampe erhellt, aber ich erkannte ihn sofort wieder. Er war dabei, einen Hund mit hoher Kruppe zu streicheln, der Slim so ähnlich sah, daß mir sein Anblick wehtat. Ich kauerte regungslos und veränderte nicht einmal meinen Blickwinkel, während Lindelbaum den sandfarbenen Kopf streichelte, wieder und wieder mit der ganzen Zärtlichkeit einer verzweifelten Liebe, daß es herzbewegend anzusehen war. Von allen dem Men-

schen eingepflanzten Anlagen hält keine so heldenhaft stand wie die Liebe. Alle anderen nehmen ihre Vernichtung widerstandslos hin und sterben, die Liebe aber will Nichtliebe jeden Zollbreit des Weges bekämpfen. Und wenn der Liebe ihr natürlicher Ausdruck versagt bleibt, wie es diesem alten Manne geschehen war, dann versuchte sie, sich an ein Haustier zu heften, oder an einen Vogel, oder auch an Bäume, Blumen, einen Flecken Erde oder sogar an die Gestaltung eines Steines. Ich hatte es selbst erfahren in der Dunkelheit meiner Zelle außerhalb von Harbin, wie ich eine Ratte geliebt und mit ihr mein bißchen Reis geteilt hatte. Nie habe ich eine so unbändige Liebe erlebt wie die eines schwer hungerleidenden australischen Kriegsgefangenen, eines Analphabeten, die ihn antrieb, aus einem toten Knochen mit einem stumpfen Messer ein Schiff mit Elfenbeinsegeln zurechtzukratzen. Darum, solange Lindelbaum noch einen Hund auf diese Weise streicheln konnte – das wußte ich wohl –, war in ihm noch ein kleines Eiland unerfaßt von dem Meer der Bitterkeit, das in sein Gesicht eingebrochen war. Und sein Gesicht? Es sah natürlich viel älter aus, und doch war es im Wesen dasselbe Gesicht, das ich an unserem Lagerfeuer gesehen hatte – vor fünfundzwanzig Jahren. Rein physisch war es älter geworden, aber der Ausdruck in den Zügen hatte sich nicht gewandelt. Denn für diesen Menschen war die Zeit in ihrer tiefsten Bedeutung endgültig stehengeblieben – in jenem bitteren Augenblick, als das Volk ihn ausstieß, dem er sich so vertrauensvoll angeschlossen hatte. Ich konnte meine Augen, wie hypnotisiert, nicht von ihm abwenden, in dem Gefühl, daß ich sein Wesen durch und durch begriff, denn war ich nicht François de Beauvilliers Sohn, selbst in Exil und Bitterkeit geboren wie dieser hier?
Ich starrte wie gebannt hinüber, bis plötzlich der Hund knurrte und so drohend herumfuhr, daß sein Herr ihn zurückhalten mußte, während Charkow, umgekleidet und gebadet, ins Zimmer trat. Unter meinem Kranz von Ranken hielt ich mich so still, daß sich eine Eule keine fünf Meter von mir auf einem Strauch niederließ. Zwei

Stunden lang kniete ich dort. Manchmal konnte ich einen Satz aufgreifen, oder auch nur ein oder zwei Worte, manchmal ganz und gar nichts. Aber was ich sah, konnte ich mit dem zusammenreimen, was ich hörte, und daraus folgendes schließen. Charkow teilte seinem Gebieter mit, die Zeit der Krisis sei gekommen. Mit großem Nachdruck machte er ihm klar, sie könnten ihre Pläne nicht wie bisher durchführen ohne ernste Gefahr, entdeckt zu werden. Das Schiff *Stern der Wahrheit* müsse das letzte Frachtschiff sein, das ausgesandt würde nach ... leider Gottes konnte ich den Namen nicht verstehen oder ablesen, obgleich er oft genug auf ihre Lippen kam. Nur eins war mir sicher: es war nicht Mozambique. Dann hörte ich, wie Charkow Lindelbaum von dem unerwarteten Besuch eines Schiffsoffiziers auf dem *Stern der Wahrheit* berichtete. Er hatte sich zwar durch Anruf beim Hafenkommandanten von der Rechtmäßigkeit dieses Besuches überzeugt, aber die Sache kam ihm nicht geheuer vor. Das öffentliche Interesse an den Schiffen wuchs dauernd und griff um sich. Er wolle den *Stern der Wahrheit* so schnell wie möglich aus dem Hafen entfernen und verschwinden lassen. Außerdem war noch etwas anderes zu bedenken. Dabei zog Charkow zu meinem großen Erstaunen mit seiner quabbeligen Hand aus seiner Aktentasche mein Manuskript „Über Geistesart und Mythos der Amangtakwena" hervor. Er öffnete es und legte es vor seinen Meister hin. Dieser ergriff es und hielt es ans Licht.

Sobald Lindelbaum meinen Namen las, rief er laut: „Das ist doch nicht etwa François de Beauvilliers Sohn?" Als Charkow nickte, fuhr Lindelbaum fort: „Ein bedeutender Mann, wirklich sehr bedeutend, wenn sein Sohn nur halb so begabt ist, kann er uns allerdings zu schaffen machen!"

„Das ist es eben", pflichtete Charkow eilig bei, und dabei versetzte er meinem Manuskript einen Stoß, „sehen Sie sich nur dieses Kapitel über Träume an!" Er glaubte sicher, daß ich, mit so viel Wissen ausgestattet, nach einem Aufenthalt von drei oder vier Wochen in Umangoni die ganze Geschichte aufdecken könnte. Es war sogar durchaus möglich, daß ich schon etwas erfahren hatte, denn niemand konnte sagen, was in jenem geheimnisvollen Brief gestanden hatte, den die Dummköpfe nicht auffinden konnten. Nein, es war keine Zeit zu verlieren, denn er, Charkow, wußte genau, daß mein Aufbruch ins Innere unmittelbar bevorstand. Doch werde er ihn zu verhindern wissen, koste es, was es wolle. Tatsächlich hatte er bereits alle Vorkehrungen getroffen, mir einen angemessenen Empfang bei meiner Rückkehr zum Kap zu bereiten. Aber äußerste Eile war geboten. Die einzige Hoffnung auf ein Gelingen des Planes war, ihn sofort in die Tat umzusetzen, selbst wenn er noch nicht voll ausgearbeitet war; Sydcup mußte entsprechend instruiert werden.

Während dieses ganzen Ergusses hatte Lindelbaum kaum gesprochen, nun aber sagte er schnell mit heiser erregter Stimme: „Ganz richtig. Ich werde morgen früh die notwendigen Instruktionen aufsetzen, das Schiff kann sie in See funken. Lassen Sie die Stauer volle Tag- und Nachtschichten machen. Schaffen Sie das Schiff so schnell wie möglich heraus und hinweg. Und nun zu Bett."

Charkow war ungeheuer erleichtert. Der Hund verfolgte in einer Haltung von Mißtrauen und Argwohn jede Bewegung Charkows, bis er die Tür hinter sich schloß. Otto Lindelbaum aber verharrte noch einige lange Minuten und spähte angestrengt in die Nacht hinaus. Zuletzt hörte ich ihn sagen:„Ja, weiß Gott, es war längst an der Zeit." Die Weise, in der er dies aussprach, machte mich sehr traurig, ließ aber auch ebenso heftig meine Befürchtungen wieder aufleben.

Als zuguterletzt das Licht im Zimmer ausging, sank ich steif und erschöpft von der unnatürlichen Stellung, in der ich so lange verharrt hatte, auf die Erde zurück.

Da lag ich eine halbe Stunde lang und massierte allmählich neues Leben in meine Glieder, bevor ich den Weg, den ich gekommen war, zurückzukriechen begann. Als ich mich wieder aufrichtete, fand ich die Feuer im

Tal gelöscht und den Lärm auf der großen Straße nach Port Natal getilgt. Aber irgendwo dicht an einem Teiche, der bis zur Neige mit Sternen wunderbar gefüllt war, hatten die Frösche ihren rauh gurgelnden klassischen Chor aufgenommen. Es klang wirklich so, als seien sie alle dort versammelt, um die Wahrheit der Verse zu bezeugen, mit denen seit Jahrhunderten alle de Beauvilliers in ihren Kinderstuben die Froschmusik nachahmten:

> Le Roi, le Roi, le Roi
> Est allé, est allé.
> Est où, est où, est où?
> A cognac, a cognac.

Oh! Die Zeit allein mochte wissen, wie viele Könige und auch Königinnen uns schon für den gleichen Zweck in Nächten wie dieser vorausgegangen waren, wohin? wohin? – zu einem Sternentrank.

VIII

Unsere Zusammenkunft in Fort Herald

Ich schlief noch tief, als das Telefon mich nach wenigen Stunden weckte, um 7 Uhr 15 am Freitagmorgen. Es war Bill, und der Klang seiner Stimme brachte mein Blut in Aufruhr. Aber es war alles in Ordnung. Er rief nur an, um mir einen dringenden Kabelspruch von Joan vorzulesen: „Glaube du hast recht halte jedoch vollen Nachrichtenaustausch zwischen uns für so wichtig daß vorschlage unverzüglich zu dir zu fliegen falls du nicht Gegenteil kabelst verlasse BOAC Sonntag stop dankbar für deinen Brief viele Grüße Joan."

Ich muß gestehen, daß ich die Worte, die ich mitgeschrieben hatte, wieder und wieder durchforschte. Ein Funke von Hoffnung flog in mir auf, daß sie nun vielleicht doch verstanden und vergeben hatte, was geschehen war. Aber würde ihr Kommen gerade jetzt irgendeinen Sinn haben, wo sich die Fährte vor mir von Minute zu Minute dringlicher und frischer abzeichnete? Ich wußte ja nicht einmal sicher, ob ich es einrichten konnte, sie zu sehen. Angesichts der Entscheidungen, die ich in der letzten Nacht getroffen hatte, schien es sogar recht unwahrscheinlich, daß ich vor Ablauf einiger Wochen oder gar Monate nach Petit France zurückkehren konnte. Am Ende würde sie mir in Petit France kaum näher sein, als wenn sie zuhause bliebe. Aber wenn ihr klarer Instinkt ihr sagte, sie solle kommen, war ich nicht willens, sie zurückzuhalten. Außerdem hatte es für mich etwas Verlockendes, sie als meinen Gast im eigenen Hause zu wissen, auch wenn ich selbst abwesend war. Darum sagte ich laut zu Bill: „Versteh mich recht – aus Gründen, die ich dir nachher erklären will, müssen wir uns heute kurz fassen. Zunächst werde ich Joan kabeln, sie möchte nächsten Sonntag kommen. Aber ich fürchte, ich werde sie dort nicht abholen können. Das wird nun dir obliegen; bringe sie nach Petit France und sei ihr Gastgeber und Beschützer, bis ich zurückkehre. Ich sende auch gleich ein dringendes Telegramm an Oom Pieter, daß ich heut oder morgen bei ihm in Fort Herald eintreffe. Ich teile ihm zugleich mit, daß dort Zwong Indabas Ankunft heute zu erwarten ist und daß er gut täte, Verbindung mit ihm aufzunehmen. Und nun eine dringliche Bitte: könntest du sofort ein Flugzeug mieten. Bestelle es bitte nach Wellington*, denn nach meiner festen Überzeugung wird der Flughafen am Kap beobachtet. Verstaue alles in deinen Wagen, dich selbst, Umtumwa und Tickie mit all ihrer und meiner Safari-Ausrüstung, Flinten, Säcken und allem übrigen – Umtumwa weiß Bescheid – und fahrt nach Wellington. Dann lade Leute, Gepäck und alles in das Flugzeug und sende sie schnurstracks zum Rand-Flughafen. Dort werde ich sitzen und auf sie warten."

Darauf erklärte ich ihm meine Eile, berichtete ihm von all den Ereignissen des vorigen Tages, und sagte, daß ich jetzt überzeugt davon sei, in Port Natal nichts von Bedeutung mehr erfahren zu können. Nun galt es vor allem, herauszufinden, wie es kam, daß der *Stern der Wahrheit* so lange Zeit brauchte, um nach Mozambique zu gelangen. Aus den Worten der 'Takwena in ihrer Kabine, die ich mitangehört hatte, schloß ich, daß mir für diese Aufgabe wohl nur zehn, nein, höchstens neun Tage blieben. Dies war ohnehin eine unsäglich kurze Zeitspanne für eine so vielverzweigte, schwierige Aufgabe. Erschwerend kam jetzt hinzu, daß es unsere letzte Chance war, da Lindelbaum im Begriff stand, die anderen Schiffsladungen von seinem ursprünglichen Plan zu streichen. Daher beabsichtigte ich, sogleich nach Mozambique zu fliegen und nur in Fort Herald Station zu machen, um mit Oom Pieter zu beraten und ihn zu informieren. Mozambique – davon war ich überzeugt – war die Richtung, die wir verfolgen mußten, um den

---

* Ungefähr fünfzig Meilen von St. Joseph entfernt

nächsten Anhaltspunkt zu finden. Ich sprach mit sehr
nüchterner Sachlichkeit, fürchte ich, denn die letzte Nacht
hatte mir erneut bewiesen, daß äußerste Eile geboten
war. Doch verließ ich mich darauf, daß Bill mich recht
verstand.

Als er abgehängt hatte, rief ich die Klubzentrale an,
um mich mit dem Hafenkommandanten verbinden zu
lassen. Während ich darauf wartete, daß er sich meldete,
ging ich ans Fenster. Die Sonne wollte eben über einer
ruhigen Bucht aufgehen. Die Schiffsfrau *Stern der Wahrheit* zeigte sich in diesem lieblichen Lichte von ihrer
besten Seite. Aber sie war nicht mehr allein. Denn in
der Nacht war ein Fahrzeug vom Typ der Küstenfahrer
gekommen und hatte sich Seite an Seite mit ihr vor
Anker gelegt. Bevor ich Näheres entdecken konnte, läutete das Telefon, und ich sprach zum Hafenkommandanten.

Schnell erstattete ich ihm Bericht über das, was ich auf
dem Schiff erfahren hatte und in „Höher als die Bäume"
wenigstens hatte erschließen können. Ich fragte ihn um
seinen Rat und seine Meinung zu den Plänen, die ich
Bill angekündigt hatte. Seine Zustimmung erfolgte rückhaltlos und war ermutigend. Auch er meinte, der entscheidende Aufschluß müsse in Mozambique oder nahebei zu finden sein, und je eher wir jenes Küstengebiet
durchkämmten, desto besser. Ja, solange Charkow anwesend war, hielt er es für richtiger, wenn ich keine Erkundungen auf eigene Faust mehr hier anstellte. Die
Hauptsache, meinte er, sei nun für ihn, diese Schiffe
systematisch unter Beobachtung zu halten, und durch
Kabeldepeschen ständig in gutem Kontakt mit mir zu
bleiben. Darum setzten wir auf der Stelle einen einfachen Code für diesen Zweck auf. Bevor wir damit
fertig waren, bemerkte ich: „Übrigens liegt heute morgen ein anderes Schiff neben *Stern der Wahrheit*. Kennen Sie es vielleicht?"

„Ja", versetzte er prompt. „Das ist *Kudu*, einer von
Lindelbaums Küstenfahrern. Sie sind alle nach Tieren
benannt. Früher waren es fünf, aber Sie werden sich ge-

wiß erinnern, wie *Inyati,* das neueste und schnellste Schiff der ganzen Flotte, vergangenes Jahr im Juli auf der Höhe von Madagaskar in einem Zyklon verschwand, ohne die geringste Spur zu hinterlassen, nicht einmal eine Rettungsboje, weder Korkmatte noch Lukendeckel. Das rief damals eine große Sensation hervor, fast wie beim Verschwinden der *Waratah.*"

Ich sagte ihm, ich müsse wohl um jene Zeit auf Safari gewesen sein und darum das Ereignis versäumt haben. Kurz danach, als unser Code fertiggestellt war, legte ich zum letzten Mal im Klub den Telefonhörer auf.

Um zehn Uhr war ich im Flugzeug nach Johannesburg. Über der reizvollen Bucht kletterten wir rasch in die Luft hinauf und steuerten dann auf das vierhundert Meilen entfernte steile Innenland und Felsenriff zu. Gegen zwölf war ich in Palmietfontein und um eins auf dem Rand-Flughafen*, der für gecharterte Maschinen dem privaten Luftverkehr reserviert ist. Um 2 Uhr 30 senkte sich über mir das schnelle blau-silberne Flugzeug, das Bill gemietet hatte, und berührte den Boden. Der erste, den ich erblickte, war Tickie. Unverhüllt leuchtete aus seinem Gesicht die Erregung und das Entzücken über seine erste Kostprobe einer Luftreise. Hinter ihm stand Umtumwa in seiner Rolle als vielgereister Mann von Welt, mit ernster, gesetzter Würde. Alle beide aber, glaube ich, waren ebenso froh, mich zu sehen, wie ich froh war, sie zu sehen.

Eine halbe Stunde später stiegen wir wieder in die Luft auf, aber die Wintersonne war schon im Sinken. Allem Anschein nach konnten wir an diesem Abend den Flug bis Fort Herald nicht schaffen. Ich ärgerte mich sehr über diese Verzögerung, mußte mich aber widerstrebend mit dem Piloten über eine Zwischenlandung zur Nacht einigen. Als die Sonne unterging, war der Himmel rot von dem bösen Staub, wie er immer über der südwestlichen Wüste von Afrika in der Luft hängt; wir landeten auf dem Flugplatz einer kleinen Goldmine im Busch nörd-

---

* Flughafen von Witwatersrand

lich vom Limpopo. Die Morgenröte des kommenden Tages sah uns schon wieder zweitausend Meter hoch in der Luft, und um zehn Uhr kreisten wir über der Boma in Fort Herald.

Oom Pieter war zu meinem Empfang auf dem Flugplatz. Geduldig wartend stand er da in seiner wohlvertrauten Kleidung, Buschhemd und lange weite Hosen aus Cord, einst khakifarben, nun aber von der Sonne grau gebleicht. Er trug seinen breitkrempigen grünen Lieblingshut mit einem Band aus Puffotterhaut und einer zarten Feder der abessinischen Mauerschwalbe darin. Der Hut warf einen kräftigen Schatten über seine kühnen blauen Augen und sein hageres von der Sonne gegerbtes Gesicht, aus dem nur die Spitze des sorgsam geschnittenen Napoleonbartes in blendendem Licht auftauchte. In seiner Linken trug er um den kleinen Finger geschlungen ein Säckchen mit Magliesberg-Tabak, ohne das er nie unterwegs war. Die andere Hand hatte den Daumen in einer breiten Lederschlaufe ruhen und hielt die Flinte fest gegen die Schulter gepreßt, seine Siebenmillimeter-Mauser. Oh diese Flinte: sie war für Oom Pieter, was die Krücke für einen Krüppel ist. Sie war sein ein und alles. Er lebte durch sie, d. h. er tötete mit ihr nur, um sein Leben zu erhalten und zu verteidigen. Sie war für ihn dasselbe wie der Speer für einen Ritter in einem finsteren, feindlichen Walde: das durch sein inneres Wesen lebendig und rein erhaltene Symbol eines verlorenen Heldenzeitalters. Als ich ihn so in dem frischen Schimmer des tropischen Lichtes erblickte, stürmten die mannigfaltigen köstlichen Erinnerungen, die mich mit ihm verbanden, auf mich ein.

Ohne zu warten, bis die Treppe ans Flugzeug gelegt wurde, sprang ich heraus, ihn zu begrüßen. Das metallische Gleißen des Sonnenlichtes einte sich mit dem Glitzern des Sonnenkäfers und stieg tönend rings um uns aus dem Busch wie eine Flamme jungfräulichen Feuers, ein ekstatisch flackerndes messianisches Hosianna der Insekten, die trunken vor Wonne ihren weiten blauen Himmel priesen.

Oom Pieter hatte die gelbe gebogene Kalebassenpfeife aus dem Mund genommen und war mir entgegengekommen. Nun hielt er mir seine feste Hand hin, die von der Sonne fast schwarz gebrannt war.

Mich begrüßte er auf Afrikaans mit: „Dag ouboet! Guten Tag, alter Bruder"*, Umtumwa und Tickie, die sich neben mir hielten, gab er den Gruß auf Sindakwena: „Ja, ich sehe dich, Umtumwa, ich sehe dich Tickie. Willkommen sei jeder einzelne von euch, willkommen ihr alle zusammen." Dann sprach er weiter, wie es seine Art war, unerschrocken und geradezu, – bei seinem Gegenüber setzte er denselben unerschütterlichen Glauben voraus, welcher der schlimmsten Botschaft ohne Scheu ins Auge zu blicken vermag. Er sagte: „Es tut mir leid, ich bringe euch schlechte Nachricht. Zwong-Indaba ist tot. In den Rücken gestochen heute am frühen Morgen, zwischen dem Bahnhof und dem Laden der Trans-Uhlalingasonki Handelsgesellschaft. Wir wissen nicht von wem und haben keine Ahnung, warum."

Aber wenn sie es nicht wußten, so wußte ich es. In Eile erzählte ich Oom Pieter meine ganze Geschichte, sobald wir in dem Rasthaus allein waren, das uns der Provinzialgouverneur zur Verfügung gestellt hatte. Ich berichtete, so rasch ich konnte, während das Flugzeug tankte. Umtumwa und Tickie waren, schwer getroffen von der Botschaft des Unheils, schweigend mit einem kleinen Schreiben von mir zur Polizeiwache gegangen, um ihrem toten Verwandten die letzte Ehre zu erweisen und von seinen Habseligkeiten zurückzubringen, soviel noch aufzufinden war. Lange bevor ich mit meinem Bericht an Oom Pieter geendet hatte, waren sie zurück und legten an der Seite der Veranda zwei Kattunbündel nieder sowie ein paar Jagdstöcke, die vor Alter und langem Gebrauch

---

* Dag = wörtlich „Tag", idiomatisch „guten Tag"
Ou = „alt", auf Afrikaans als Beiwort herzlicher Zuneigung gebraucht
Boet = vertraulicher Ausdruck für „Bruder". Soweit meine Erinnerung zurückreicht, nannte Oom Pieter mich so, nur selten sagte er Pierre

blank und glatt waren. Aber von dem Brief, den ich geschrieben hatte, fand sich keine Spur.

Ruhig vor sich hin rauchend, hörte mir Oom Pieter zu, ohne mich auch nur durch einen Ausruf zu unterbrechen. Als ich fertig war, erging er sich nicht über das, was ich gesagt hatte, sondern stellte nur fest: „Ich begreife, wir haben keine Zeit zu verlieren. Nur eins laß mich dir erzählen, ouboet, denn auch ich habe mir Sorgen gemacht. Schon die ganze Zeit über, seit ich zurückgekommen bin, ist mir unheimlich zumute. Ich könnte nicht erklären, warum, aber dies ist nicht mehr dasselbe Afrika, wie es uns vertraut war. Eine Menge Menschen sind in rastloser Bewegung. Zweifelst du daran, so geh und setz dich dicht an den Fluß – wie ich es kürzlich am Abend tat, um eine Pfeife zu rauchen –, dort, wo die drei Grenzen sich treffen, nahe dem großen nordsüdlichen Bantufußpfad. Wenn sonst nur ein Mann vorbeiging, waren es nun fünfzig, alle einzeln, und jeder trottete allein vor sich hin, mit gesenktem Kopf und entschiedener Miene nach innen gekehrt. Noch sonderbarer war, daß hier ausschließlich Einbahnverkehr herrschte: Richtung Norden. Nun aber das Merkwürdigste: es waren nicht nur 'Takwena, wie man sie hier anzutreffen erwartet – nein, ich schwöre, daß ich Zulu, Matabele, Angoni, Amangwana, Amaqabe, Amafunze, Abatembu, Amahlubi, Abakwamacibisi, Amatuli und sogar Amaxosa aus dem fernen Süden unter ihnen erkannte."

„Mein Gott, Oom Pieter", rief ich bestürzt. „Sollte es möglich sein, daß derart viele verschiedene afrikanische Rassen auf dem gleichen ungewohnten Wege nach Norden ziehen? Bist du sicher?"

Oom Pieter nickte. „Ja, ouboet, todsicher. An jenem Abend kehrte ich in tieferer Unruhe denn je in mein Lager zurück und konnte mir keinen Vers auf all dies machen. Doch nun, nach deinem Bericht, geht mir ein Licht auf."

„Glaubst du denn wirklich", fragte ich langsam begreifend, „daß all diese Menschen auch die Feder gesehen haben und nun nach Umangoni eilen, um Kunde von dem Traum zu holen?" Ich hatte nicht anders gekonnt, als Oom Pieter Aufschluß über die Feder zu geben, wußte ich doch, daß meine Leute ihm ebenso vertrauten wie mir.

„So ist es", sagte er mit einem bekräftigenden Nicken seines weißen Hauptes. „Was für ein Traum aber könnte das sein, der all diese schlecht zueinander passenden Rassen auf ein und denselben Weg herausführt?"

„Nur ein einziger", fiel ich ein. „Der Traum, den Nkulixo seinem Volke an seinem Todestage versprochen haben soll. So lautet das Gerücht, das unter ihnen umgeht. Dieser Traum verkündet eine große schreckliche Not und Trübsal voraus. Dieser Traum verheißt zugleich, daß all die fernen verstreuten Völkerschaften, die irgendwann einmal Amangtakwena gewesen sind, wieder vereinigt werden." Ich sprang auf. „Aber nun, da Zwong-Indaba tot ist, möchte ich dich um dies eine bitten, das von all unseren Aufgaben die dringendste ist. Willst du dich nach Umangoni aufmachen, sobald ich fort bin, und alles über den Traum für uns herausfinden, was du irgend kannst. Ich selbst kann das nicht tun, siehst du, ich muß mich an den *Stern der Wahrheit* heften."

Meiner Bewegung folgend, erhob sich auch Oom Pieter von seinem Stuhl. Er ergriff Flinte und Hut: „Nun, ouboet, wie du sagtest, haben wir keine Zeit zu verlieren. Wir können hier nicht den ganzen Tag sitzen und miteinander reden. Und doch muß ich nun zu dir sprechen. Laß uns darum sofort in jenes teuflische Ungetüm steigen, das du bei dir hast. Frage mich jetzt nicht warum, ich will es dir gleich erklären. Sage nur deinen Piloten, er soll fliegen, und zwar nicht nach Mozambique, sondern nach Diaz Bay, dem kleinen Hafen hundert Meilen südlich davon. Hier war einst deines Vaters Operationsbasis, und im vorigen Jahr war ich wieder dort. Ich kenne alle Beamten und den Distriktsgouverneur; der alte Oberst de Fereira war ein guter Freund deines Vaters. Auf der Ebene hinter dem Hafen gibt es einen Landungsplatz. Wir werden auf diese Weise keine Zeit verlieren, das verspreche ich dir. Meine Safari ist dadurch nicht aufgehoben. Ich kann morgen wieder zurückfliegen, wenn es dein Wunsch ist."

Sogleich riefen wir die Diener und starteten schnell mit unserem Flugzeug. Hinter uns ließen wir eine dichte Schleppe roten Staubes, die wie ein scharlachfarbenes Banner aus dem hohen schwarzen Busch flatterte. Wir flogen mit voller Motorenkraft in Richtung Diaz Bay, während Oom Pieter lange und ernst zu mir sprach.

Ob ich mich erinnere, daß mein Vater je von dem Großen Flamingowasser gesprochen habe, so begann er. Im Jahre 1905 hatte mein Vater zum ersten Male davon erfahren, als er tief im Innern von Mozambique auf Jagd war. Eines Abends hörte er, wie der Häuptling eines kleinen Stammes, welcher abgesondert in jenem dichten, ungesunden Buschland lebte, Vaters Trägern von einem Großen Flamingowasser erzählte. Er sagte, wenn sie wirklich Wild jagen wollten, so sollten sie dorthin gehen. Auf die Frage, wie man dahin käme, sagte der Mann, er wisse es nicht, er selbst sei nie dort gewesen, aber jedermann in seinem Stamm könne die Richtung weisen, in der das Wasser liege – dabei hatte er deutlich nach Ostsüdost gezeigt. Das machte so großen Eindruck auf meinen Vater, daß er seinen Kompaß genommen und damit die Richtung des ausgestreckten Armes bestimmt hatte. Als er aber später die Peilung in seine Karte eintrug, war er enttäuscht, denn sie wies auf die Küste an einen Punkt zwischen dem Uhlalingasonki und jenem anderen großen Fluß der Ostküste, dem Schwarzen Umpafuti, wo die Karte deutlich nur einförmigen Mangrovensumpf und Morast zeigte. Mein Vater erwähnte dies Gerücht dann nie wieder. Als aber Oom Pieter im vergangenen Jahr in Diaz Bay war, fragte ihn Oberst de Fereira zu seinem großen Erstaunen, ob er jemals von eben diesem Gerücht gehört habe. Zugleich bat er ihn, dorthin zu gehen und dieses große Wasser für ihn aufzufinden. Dazu versprach er ihm jede nur denkbare Hilfe und Erleichterung. Oom Pieter war sehr versucht, Ja zu sagen, aber er hatte sich vorher bereits zu einer Safari mit mir verpflichtet. In dem Augenblick jedoch, als ich ihm über das sonderbare Gehaben der Sternschiffe erzählt hatte, war ihm der Gedanke an das Große Flamingowasser ungerufen durch den Sinn geschossen. Jener natürliche Hafen, nach dem ich suchte, wo diese Schiffe im geheimen ankerten: dort mußte er sein, das glaubte er nun bestimmt. Ob ich nicht zu Oberst de Fereira gehen wolle, das Angebot vom vorigen Jahr wieder aufnehmen und mich so schnell ich konnte, nach dem Lande zwischen dem Uhlalingasonki und dem Umpafuti aufmachen, um jenes Wasser zu finden.

Natürlich war das noch ein Schuß ins Ungewisse, und wenn er nicht ins Ziel traf, konnte ich die Fährte des Sternschiffs der Wahrheit für immer verlieren. Dennoch leuchtete mir, ohne daß ich es erklären konnte, Oom Pieters Weisung unmittelbar ein. Doch antwortete ich nicht sogleich, sondern rief Umtumwa zu uns herüber.

„Umtumwa, muß es immer eine Flamingofeder sein, die das Träumen des Traumes ankündigt?" fragte ich ihn. Jetzt, nach Zwongs Ermordung, diesem neuen anschaulichen Beweis, daß das Böse mit der Sache verflochten war, zögerte ich nicht, diese Frage an ihn zu richten.

„Es muß immer eine Flamingofeder sein, mein Bwana", sagte Umtumwa schlicht.

„Weißt du, warum?"

„Ja, Bwana, weil in Xeilixos großem Traum ein Flamingo vorausflog und ihn und das ganze Volk nach Süden führte, weit fort zu dem Ort, den die Amangtakwena noch nicht erreicht haben, zu der großen Heimat der Flamingos auf dem Wasser, wo einmal in ihrer Lebenszeit alle Flamingos auf Erden hinkommen und wieder fortfliegen. Aber, wie ich anfangs sagte, war es immer verboten, hierüber zu sprechen, außer unter uns."

„Da hast du deine Antwort, Oom Pieter", sagte ich und dankte Umtumwa. „Das große Flamingowasser also soll es sein!"

Mit dieser Entscheidung kam eine friedvolle Stille über Oom Pieter. Er lehnte sich in seinen Sessel zurück, stopfte seine Pfeife und nahm seine Bibel vor. Kein anderes Buch als dieses, glaube ich, hat er je freiwillig gelesen. Nun schlug er die Bibel auf seinen Knien auf, in der Mitte des letzten Buches des Evangelisten Johannes, und begann langsam zu lesen. Dabei hielt er das Buch weit von seinen brillenlosen Augen und bewegte die Lippen, während er die Worte liebevoll nachlas, ohne sie auszusprechen, so wie es Menschen, die des Lesens ungewohnt sind, häufig tun. Nach einer Weile merkte er, wie ich ihn wartend anschaute, darum deutete er auf den Text: „Wehe den Bewohnern der Erde und des Meeres: Zu euch ist der Widersacher herabgestiegen, und er lodert in wütendem Zorn, denn er weiß, daß seine Zeit kurz ist." Mit dem Finger unterstrich er die Worte „daß seine Zeit kurz ist", und er blinzelte mir bedeutsam zu.

Ich will hier nicht im einzelnen beschreiben, wie wir Oberst de Fereira und mit ihm die widerstrebende kleine Hafenstadt Diaz Bay – die sich dort an der blendenden Ostküste von Afrika, abseits vom großen Strom der Zeit, hinter einem rosagelben Korallenriff und einer Luftspiegelung von Palmen verbirgt – so zur Eile hetzten, wie sie noch nie gehetzt worden waren. Vielleicht half uns dabei nicht unwesentlich ein Ultimatum, das dem Oberst de Fereira taktvoll übermittelt wurde: wenn wir nicht sofort aufbrechen dürften, und zwar unter Garantie absoluter Geheimhaltung, so würden weder Oom Pieter noch ich den Plan je wieder in Betracht ziehen; damit würde aber sein glühender Wunschtraum, ein neues märchenhaftes Wasser zu finden, unerfüllt bleiben.

Nun zeigte sich aber dieser stolze, doch großmütige kleine Gouverneur so empfänglich für all die Erwägungen, die wir vorbrachten, daß wir, trotz unserer späten Ankunft in Diaz Bay um vier Uhr, schon bei Sonnenuntergang seinen Palast wieder verließen, ausgestattet mit seinen uneingeschränkten Segenswünschen und allen nötigen Vollmachten. Unser schwierigstes Problem waren die Träger. Wir trieben an jenem Abend neun in den Sträflingskerkern des alten portugiesischen Forts auf. Das war wenig ermutigend, aber noch mißlicher war: als die Sträflinge hörten, welche Richtung meine Safari nehmen sollte, lehnten alle außer diesen Neunen es rundweg ab, mich zu begleiten, obgleich man ihnen volle Begnadigung versprach.

Nach den Gefängnissen versuchten wir unser Heil in den Basaren und Herbergen, aber bald stellte sich heraus, daß ich mich mit neun Sträflingen als Träger begnügen mußte, wollten wir nicht Gewalt anwenden. Dort aber, wo ich hinwollte, waren mir neun Freiwillige lieber als neunzig Widerwillige, die angetrieben werden mußten.

Unsere übrigen Aufgaben waren einfacher. Oom Pieter und ich hatten so oft Safaris ähnlicher Art unternommen, daß wir wirklich nicht über Einzelheiten nachdenken mußten. Ich hatte bereits alle Gewehre, Munition und Medikamente, die wir brauchten, beisammen. Es war nur noch Nahrung einfachster Art zu kaufen, ferner vom Gouverneur neun graue Militärtornister, neun Feldflaschen und neun Maultiermunitionskisten mit Blecheinsätzen für unseren Proviant zu entleihen. In dem einen Punkt war ich unerbittlich: eine Wolldecke sowie ein Moskitonetz für jeden Träger. Die portugiesischen Kerkermeister hielten mich für strafbar schonungsvoll, aber meine Safari würde noch schwierig genug für die Träger werden, auch ohne schlaflose Nächte und unaufhörliche Moskitostiche. Darum wurden beide, die goanesischen und die Regierungswarenlager, in Bewegung gesetzt, diesen geringen Bedarf rasch zu decken.

Noch einfacher war die Wahl der Marschroute. Ich war da vollkommen in Oom Pieters Hand, denn er hatte ja alles schon vor langer Zeit ausgearbeitet. Es war ihm ganz klar, daß jenes große Flamingowasser, wenn es überhaupt existierte, nur zwischen den beiden ausgedehnten Sumpfgebieten liegen konnte, die an der Küste entlang vom Umpafuti und Uhlalingasonki gebildet wurden. Und wie er mich so oft beim Heranpirschen ans Wild gelehrt hatte, ist der lange Weg um die Nachhut herum oft der schnellste Weg zur Beute. So wies er auch jetzt auf der Landkarte mit dem Finger auf die entfernt gelegene Polizeistation Fort Emanuel, am Schwarzen Umpafuti, und sagte, dorthin sollten wir uns aufmachen. Wenn ich von da aus über den Fluß setzte und dann genau in Richtung Ostsüdost zöge – so glaubte er –, könnte ich nach hundertzwanzig bis hundertvierzig Meilen auf das Große Wasser treffen. Der *Stern der Wahrheit* sollte dort Montag in einer Woche auftauchen, das war nach dem von mir abgehörten 'Takwenagespräch anzunehmen. Ich hatte also noch genau eine Woche zur Verfügung. Das bedeutete durchschnittlich zwanzig Meilen Marsch pro Tag. Er war sicher, daß ich dies leisten könnte.

In Notfällen habe ich früher mit bewährten Trägern schon vierzig Meilen am Tag zurückgelegt, doch offenbar hing diesmal alles von der Beschaffenheit des Geländes ab. Daher riet ich, wir beide sollten mit unserem gescharterten Flugzeug früh am nächsten Morgen einen schnellen Erkundungsflug unternehmen. Oom Pieter war pessimistisch wegen der Witterung und erklärte mir, wie ungünstig dieser Teil der Küste für Beobachtungen aus der Luft sei. Dennoch überredete ich ihn, und so waren wir am folgenden Tag bei Anbruch der Morgenröte auf dem Landeplatz von Diaz Bay, und um acht Uhr schon dreihundert Meilen südlich davon.

Oom Pieter aber behielt recht. Über der Mündung und dem Sumpfland des Uhlalingasonki rollte geballt, wie der glatte Rücken einer Lawine, schwerer Nebel zwischen uns und der Küste. Und doch geschah auf unserem Rückflug etwas Seltsames: Der Nebel, der sich kein einziges Mal zerstreut hatte, wurde plötzlich aufgewühlt und beiseite gerissen. In den Klüften unter mir aber glaubte ich während des Bruchteils einer Sekunde, bevor die Risse sich wieder schlossen – Streifen über Streifen glänzenden Feuers zu sehen. Sofort klopfte ich unserem Piloten auf die Schulter und sagte: „Stellen Sie unsere Position hier fest, und geben Sie mir die Peilung nach der Landung."

Vom Fluge zurück, gingen wir noch einmal Oom Pieters Pläne durch. Er sollte das Flugzeug nach Mozambique nehmen und dort die Ankunft des *Sterns der Wahrheit* abwarten. Er wollte das Schiff genau beim Ein- und Auslaufen beobachten und all seine Umtriebe aufmerksam verfolgen für den Fall, daß ich selbst das Schiff verfehlen sollte. Dann würde er nach Fort Herald zurückeilen und sich so rasch wie möglich nach Umangoni begeben, um nun der Spur des Traumes selbst zu folgen. Ich bat ihn dringend, im besonderen zu erkunden, was 'Nkulixo auf seinem Totenbett über den Traum gesagt hatte, den er vorbereiten wolle. Sicher war noch ein alter Induna am Leben, der darüber Auskunft geben konnte. Ein so weiser führender Mann wie 'Nkulixo, in dessen Gemüt das Verhängnis seines Vaters tief eingeprägt war, hatte zweifellos vor seinem Tode dafür gesorgt, genug Bürgschaften zu hinterlassen, damit nie wieder ein „falscher" Traum in seinem Volke verbreitet würde.

Armer Oom Pieter! Er war mit allem einverstanden, aber wie verlangte es ihn doch danach, mit mir auf meine Reise zu kommen. Es war ja in Wahrheit seine Reise, da er sie im Geist zuerst entworfen hatte. Fast kam ich mir vor wie ein Dieb, der sie ihm gestohlen hatte. An jenem Abend, auf dem Rückweg zu unserem Rasthaus, tat er etwas, was ich nie zuvor an ihm erlebt hatte. Wiewohl er eifriger Protestant war, bat er mich, mit ihm in die kleine römisch-katholische Kirche am Wegrand einzutreten, die einzige christliche Kirche in Diaz Bay. Es war Mitternacht, aber die Tür war offen. Wir gingen leise hinein, Oom Pieter kniete nieder und betete still etwa eine Viertelstunde lang. Danach war ihm wohler, das weiß ich, und als wir unter den Sternen zu unserer Lagerstatt gingen, sagte er mehr zu sich als zu mir: „Ja, wir müssen bis ans Ende unserer Tage den guten Kampf durchfechten. Wenn auch dieses Afrika, unsere Heimat, ouboet, wahrlich Gottes Land ist, so hält doch der Teufel es noch weithin mit Gewalt besetzt, und der entscheidende Kampf um die Seele dieses Landes wird lang und bitter sein."

Für das englische „soul" gebrauchte er das Wort „siel" auf Afrikaans, welches auch ich lieber mag, denn es klingt kräftiger und weniger verträumt.

Am Mittag desselben Tages brach ich mit Umtumwa, Tickie und den neun Trägern auf. Wir fuhren in drei Militärjeeps, die der Gouverneur zur Verfügung stellte. Ganz zuletzt übergab ich Oom Pieter einen langen Brief an Joan, einen an Bill und einen dritten an den Hafenkommandanten, und sagte: „Nicht wahr, du wirst ihm kabeln, sobald du nach Mozambique gelangst, bitte?"

Als wir fortgingen, stand er an den Stufen des Rasthauses und blickte uns unverwandt nach. Wieder, so wie zuvor, fühlte ich mich schändlich wie ein Dieb, der ihm seine Lieblingssafari gestohlen hatte. Doch eine Stunde später erschien sein blausilbernes Flugzeug dröhnend über den Bäumen hinter uns, tauchte zum Abschiedsgruß tief über meine Jeeps hinweg, drehte nach Norden ab und strich dann geradeswegs auf Mozambique zu.

Die ganze Nacht hindurch, den nächsten Vormittag und frühen Nachmittag fuhren wir, denn wir hatten hundertfünfzig Meilen auf den holprigsten aller Wege durch aufgebrochenes Buschveld zurückzulegen. Aber am Montag nachmittag um drei Uhr weckten wir in Fort Emanuel einen höchst erstaunten portugiesischen Leutnant mitten aus seiner Siesta. Als ich ihm sagte, ich wolle mit der Fähre über den Fluß und dann auf der anderen Seite tief ins Land hinein auf Safari gehen, wollte er mir zuerst nicht glauben. Er schlug sich an die Brust und sagte, er könne mich nicht in den sicheren Tod ziehen lassen, nein, nur über seine Leiche! Ob ich nicht wisse, daß hinter dem Fluß ein totes Land liege. Jawohl, *das* Tote Land. Seit fünfzig Jahren hatte keine Menschenseele darin gelebt; seine eigenen Patrouillen sahen so schnell wie möglich hinein und hinaus – niemals verbrachten sie eine Nacht dort. Hatte ich denn keine Ahnung, daß es das schlimmste Gebiet der Schlafkrankheit in Afrika war? Sehen Sie hier, er führte mich ans Fenster und zeigte, am Fluß hinauf und hinunter, auf einen langen, leeren Streifen; er war etwa 700 Meter breit zwischen Flußufer und Busch abgeschnitten und zog sich verödet hin, so weit das Auge reichte. Überall lagen darauf tote Baumstämme und gaben einen trüben Widerschein der heißen Sonne, wie die Gebeine auf einer sagenhaften Gräberstätte von Elefanten. Dies hatte man getan, so sagte er nachdrücklich, um das furchtbare Insekt, die drohende Tsetsefliege, die den Schatten liebt, fernzuhalten. Nun sehen Sie dorthin, fuhr er fort, wo in der Ferne der schwarze unwegsame Busch bis an den Rand des Wassers gekrochen kommt. Im selben Augenblick, wo Sie den Fuß auf dieses Land setzten, würde die Fliege über Sie herfallen. Und jenseits des Toten Landes? Nun, nichts als der große Wald Duk-aduk-duk! Hatte ich nie davon gehört? O Mutter Gottes, war ich denn ebenso unwissend wie tollkühn? Wußte ich wirklich nicht, daß dieser Wald so schwarz und dicht war, daß darin das menschliche Herz dukaduk-duk klopfte? Ja, da war durchaus nichts zu lächeln, denn nie war ein Mensch hindurchgedrungen, und Gott allein wußte, welche Ungeheuer darin hausten. „Warum denn", schloß er verzweifelt, „dort in den sicheren Tod gehen, wenn es doch genug andere Gegenden gibt, wo man Wild jagen kann?"

Letzten Endes aber duldeten die schriftlichen Instruktionen des Gouverneurs keinen Widerspruch, wenn er mir auch immer noch zuredete, von meinem Vorhaben abzulassen. Er forderte schließlich zwölf Sträflinge und einen schwarzen Korporal an und bemannte damit die unsichere Fähre. Kaum waren wir an der Fährstelle, als ein schwitzender Funker über den glänzenden Ufersand heruntergelaufen kam. Er schwenkte eine Nachricht als Signal, sie war von Oom Pieter und lautete: „Teufels Motor heil Mozambique eingetroffen stop Zulu meldet dir er hofft ungeduldige Dame zu überreden ihren Aufenthalt um achtundvierzig Stunden zu verlängern stop Gott befohlen ouboet."

„Zulu" war meines Hafenkommandanten Deckname, die ungeduldige Dame bedarf keiner Erklärung. Mir wurde wärmer ums Herz, denn jede Stunde, um die der *Stern der Wahrheit* aufgehalten wurde, konnte entscheidend sein. Der schwarze Busch sah jetzt nicht mehr ganz so abweisend aus wie vorher.

IX

Ich betrete das Tote Land

Es war eine Stunde vor Sonnenuntergang. Umtumwa, Tickie, neun Sträflingsträger und ich wurden am Saume des Toten Landes abgesetzt. Als wir dort am äußersten Südufer des Schwarzen Umpafuti standen, rollte sich der Fluß zu unseren Füßen wie eine fette Schlange unruhig zusammen und wieder auf, und wir sahen in der Abendsonne seine öligen Schuppenringe wie Schwefel glimmen.

Ich beobachtete, wie die primitive Fähre in Hast zum anderen Ufer zurückgerudert wurde, so schnell wie zwölf Paar Sträflingshände eben an ihren Ketten reißen konnten. Dazu sangen sie einen improvisierten Singsang mit tiefen rauhen Stimmen:

„He, wir ließen ihn dort, den roten Fremdling*,
Hei, ha! Hei hei, ha!
Wir ließen ihn am Toten Lande,
am Schwarzen Umpafuti-Wasser –
Hei, ha! Hei hei, ha!
Wir ließen ihn,
Möge er wiederkehren zu unserer Feuerstatt!
Hei, ha! Hei hei, ha!"

Nahebei wagte sich ein Krokodil in die karmesinrot aufleuchtende Sonne hervor – wie der Dolch eines Mörders vorstößt, der unter dem Deckmantel des Abendschattens verborgen war. Und der Laut des menschlichen Singens erstarb. Wie nun meine eigene kleine Schar allein übrig blieb, sah sie nur noch kleiner aus, und meine Hoffnung schien noch verlorener. Ich rief Um-

---

* Wir sind für die meisten Afrikaner rot, bis wir sie lehren, uns als weiß anzusehen

tumwa zu mir heran und sagte ihm, ich wolle meine übliche Safari-Regel, das Lager frühzeitig aufzuschlagen, diesmal durchbrechen. Wir sollten erst zwei oder drei Stunden weit vorstoßen, um soviel Buschland wie möglich zwischen meine noch unerprobten Träger und Fort Emanuel zu schieben, auch wenn dieses Fort eine noch so geringe Versuchung sein mochte. Nun stellte ich Umtumwa an die Spitze der Reihe beladener Träger. Tickie machte ich zum Eilboten zwischen dem Kopf und Schwanz unserer Einheit, denn es war äußerst wichtig, uns fest zusammengeschlossen zu halten. Wußte doch niemand von uns, was vor uns lag. Ich selbst stellte mich ganz ans Ende. Denn zieht man durch den Busch mit unerprobten Leuten in einer Reihe hintereinander, so bricht gewöhnlich gerade am Ende die Unruhe aus, das weiß ich aus alter Erfahrung. Also muß man von dieser Stelle aus führen. Ich sprach auch diesen Grund Umtumwa gegenüber laut aus, da bemerkte ich, daß ein hochgewachsener Träger namens Said mir zuhörte und dabei eigentümlich belustigt die Lippen kräuselte. Ich hob die Last jedes einzelnen Trägers selber an, um sie zu prüfen. Umtumwa hatte gute Arbeit geleistet: ich spürte nicht einmal ein Pfund Unterschied zwischen den Lasten. Dann gab ich den Trägern das Kommando: „Alle bereit... Pelileh: Aufladen! Und in Gottes Namen, marschieren!"

Das untergründige Schweigen des Toten Landes brach wie das Gewoge und Geriesel einer mächtigen Springflut über uns herein. Drunten am Fluß stieß auf einmal eine ganze Affenfamilie hysterische Schreie aus, schaudernd vor der nahenden Dunkelheit. Dann wieder Schweigen, nur durchzogen von dem Geräusch, wie von einem ächzenden Tau, das auf und ab gewunden wird, je nachdem ob der angeschwollene Schwarze Umpafuti uns den Rücken kehrte, um seine Fluten nach Nordosten zu wälzen, oder auf uns zu kam. An der Spitze vor mir verschwand jetzt Umtumwa, mit der Flinte im Arm, den engen Fußpfad hinab, und von den grauen Lasten, die munter vor mir auf und ab tanzten, folgte ihm eine nach der anderen aus dem gelben Licht des Sonnenuntergangs in den violetten Schatten. In der Mitte marschierte stolz Tickie, er trug auf jeder Schulter eine Flinte, auf dem Rücken die Arzneipackung. Ich hatte mich am Schluß eingereiht, fünf Schritt hinter dem letzten Träger. Während ich hinhörte auf das Tapp Tapp der nackten Füße vor mir auf einem Pfade, der von ebenso nackten, wenn auch unbeachteten Füßen entschwundener Menschen getreten worden war, nahm fast unmerklich in mir die eigene frühe Vergangenheit im Landesinnern wieder die Führung an sich, und ich wurde ruhiger.

So wanderten wir schweigend zwei Stunden lang. Sobald wir den Fluß hinter uns hatten, lichtete sich der Busch, die Bäume wuchsen nun zu dichten Gruppen – wirklich ein ideales Gebiet für die Tsetsefliege. Doch blieb mir nicht lange Zeit, meine Umgebung zu erforschen. Im Umsehen ging die Sonne unter. Ich konnte nur eben bemerken, wie die weitverzweigten Akazienwipfel oder die ewig herbstlichen Mopanispitzen auf ihren Gerstenzuckerstengeln, auch die glatten aschgrauen Mukwastämme mit den flachen Schoten, die so hilflos von den stolzen Zweigen baumeln, wie all diese Baumwipfel von Pfauenlicht überhaucht wurden, – und schon war die Nacht, wie ein Adler in der Schwebe, über uns. Als sie herabstieß, zeichnete sich ein erst zwei Tage alter Mond wie ein juwelenbesetzter arabischer Dolch an der gelben Kehle des sterbenden Tages ab. Zugleich tauchte das prachtvolle Kreuz des Südens auf wie die reitenden Lichter eines heimwärts gerichteten Schiffes.

Nach zwei Stunden kam ich um die Biegung eines ausgetrockneten Flußbetts und fand mich der dunklen, zusammengedrängten Schar meiner Männer gegenüber. Auf dem feinkörnigen trockenen Sand unter einer steilen Böschung warteten sie auf mich. „Zwei Stunden sind um, Bwana, wie du geboten hast. Sollen wir hier lagern?"

Ich blickte das Flußbett hinauf und hinunter. „Nein, wir wollen ganz oben lagern", bestimmte ich.

Erst als ich dies gesagt hatte, wurde ich gewahr, daß wir alle unwillkürlich im Flüsterton gesprochen hatten. Das war ein Tribut an die majestätische Größe der afrikanischen Nacht. Kaum aber hatten wir ein großes Feuer angezündet, Moskitonetze gespannt, einen Topf mit Maisgrütze und einen mit Wasser für Tee zum Kochen aufgestellt, als die Mitglieder dieser ungewöhnlich zusammengestellten Gesellschaft ihre Stimmen schnell in normaler Stärke wiedergewannen. Wie ich so beiseite auf einem Geröllblock saß, konnte ich jedes einzelne Gesicht beim hüpfenden Licht des Feuers studieren. Dabei erinnerte ich mich an die Warnung ihrer Aufseher in Diaz Bay: „Vergessen Sie nicht, Señor, es sind alles Mörder!" Jetzt und hier aber konnte ich nur eins erkennen: daß sie ebenso müde wie unterernährt waren. Daher machte ich ihrem Schwatzen schnell ein Ende und ordnete Nachtruhe an.

Ich selbst schlief nicht sogleich ein, sondern lag noch lange wach und versuchte mir vorzustellen, wie wohl das Gelände beschaffen war. Und was es da für Tiere gab? Würden wir beispielsweise genug Wild erlegen können, um uns mit unseren beschränkten Vorräten bis zum Schluß durchzuschlagen? Oder könnte ich es den Trägern, deren Lasten wir aufgezehrt hatten, zumuten, allein nach Fort Emanuel zurückzugehen? Die Frage wurde bald genug beantwortet. Kaum hatte ich mich auf den Rücken gelegt und, in meinem Netz eingefangen, das Sternenlicht erblickt wie Rauhreif in einem Spinngewebe, als der erste Löwe brüllte. Auf einer leidenschaftlichen Flutwelle durchbrach das Gebrüll hemmungslos die Stille. Es war so nahe, daß mein weißes Netz unter seinem Andringen zu flattern schien. Dann sah ich rings um mich die gespenstischen Gestalten von zehn Moskitonetzen sich heben, einige neugierig, andere erschreckt. Aus dem elften aber tauchte ein schlaftrunkener Umtumwa auf, schritt langsam zum Feuer herüber und warf mehr Holz hinein, so daß ein Schwarm von Rubinfunken in die Dunkelheit hinausflog.

„Wir brauchen uns also keine Sorge um njama* zu machen!" rief ich ihm leise zu.

„Ja, Bwana, njama in Hülle und Fülle", gab er zurück. In der Stille hörte ich, wie das Feuer wieder frisch aufflammte. Ein Buschbock bellte gegen das Ufer hinüber, wohl um seinen eigenen Mut zu stählen, dieweil ein Pavian wimmerte wie ein vom bösen Traum geängstigtes Kind. Dann füllte eine Hyäne die Luft mit feigem Heulen. Alsbald antwortete ein Schakal dreimal, die Hottentotten würden sagen: „wie eine Seele auf ihrem Wege hinaus". Ein Nacht-Regenpfeifer flog auf und klagte wie die Pfeife eines Steuermanns zur Wachablösung. Weit entfernt zog ein Elefant mit einem Geräusch wie ein Flintenschuß einen Streifen Rinde von seinem Lieblingsbaum. Nun endlich war es wirklich und wahrhaftig tiefe Nacht. Bald waren wir alle eingeschlafen.

Ich träumte gerade von Petit France, als ein Geräusch an mein Ohr drang, das mich aufschreckte. Ich sprang sofort hoch, um die Moskitonetze zu sichern, denn ich dachte, ein heftiger Wind sei im Anzuge. Aber ein Blick auf den klaren, reinen, sternhellen Horizont sagte mir, daß es nicht Wind, sondern Wasser sein mußte, das von weither das trockene Flußtal herabkam. Auf meiner Uhr war es fünf, da weckte ich das Lager auf und ließ wieder Maisgrütze mit Salz kochen und süßen schwarzen Tee brauen, während ich mich wusch und rasierte. Noch bevor ich damit fertig war, warf sich das von seiner stürmischen Fahrt getrübte, ermüdete Wasser plötzlich mit einem Schwirren wie ein Dreschflegel in das leere Flußbett unter uns. Die Träger, die es am vergangenen Abend auf mein Geheiß hin nur widerwillig geräumt hatten, schüttelten erst ungläubig ihre Köpfe, brachen dann in ein Gelächter aus, jeder über sich selbst und den anderen, und mit Ergötzen gestikulierten sie anerkennend zu mir herüber. So geringfügig dieser kleine Zwischenfall war, er stärkte mich doch.

* Njama: sowohl Fleisch als auch Wild

Die aufgehende Sonne fand uns beim munteren Marschieren. Es war ein tropischer Wintermorgen von makelloser Schönheit. Das Licht war strahlend klar. Das schweigende Land, die stillen Bäume, der unberührte Busch und das lange, gelbe, hochgereckte Gras – alles sah aus wie eine Korallenlandschaft auf dem Meeresgrunde eines arabischen Golfes, und der unwahrscheinlich blaue Himmel erschien darüber wie der sonnendurchflutete Ozean. Selbst die menschenscheuen Hornvögel, die niedrig von Baum zu Baum flitzten, auch die grün und gelb blinkenden Wasserfinken, die dem Fluß zueilten, und dann die zitternden, langgeschwänzten, den Stromlinien nachgebildeten Mausvögel, die ihre stachligen Nachtkappen noch aufhatten, als sie nach sonnendurchwärmten Baumkronen ausspähten – sie alle wirkten nicht, als flögen sie in der Luft, sondern als glitten sie wie Fische durch kristallklares Wasser.

Aber leider dauerte diese Vorspiegelung nicht lange. Kaum war die Sonne frei von den Bäumen, als auch schon der Tag mit einer Hitze und brütenden Dichte ohnegleichen hereinbrach. Als Vorboten kamen nun seine Vögel, allen voran die klingenden Tintinkies mit dem genau abgestimmten kleinen Geläut ihrer Spieldosen-Stimmen. Es folgten die frechen Peter-Bright-Augen, der höflich gesprächige Kokowiet, der eintönige Baß in dem gefiederten Musikklub. Dann kam eine eilende Flotte zauberhaft blauer Eichelhäher mit einem Pinselstrich pfauenhafter Pracht. Jan Pierewiet wiederholte endlos seinen einen Takt aus einem Mozartmenuett, goldene Auriolen, Datjie Kiewitts, scharlachrote Läufer, die ihre prächtige Brust herausstreckten. Die geschäftigen, winzigen Knöpfe der Wachteln flogen emsig herum wie Bienen, sanfte Namaquatauben mit melancholischen Augen hatten den schwarzen Trauerring um ihren pfirsichfarbenen Hals gelegt. Da waren auch behäbige Papageienloris und springende Würger mit parvenühaften Schöpfen. Dann kam ein Augenblick, wo Schwärme hungriger Webervögel hochsprühten und über die Bäume hinwegtrieben wie Rauchwolken eines ungeheuren Feuers. Und jede Baumkrone schien zwei oder drei vor lauter Tageslicht liebestolle Turteltauben zu bergen, die sich in den höchsten Tönen innig angurrten – pausenlos kam es aus kühlen Kehlen und wurde feurige Melodie, als gäbe es im Leben nur dies eine zu tun: Lob zu singen dem Licht des Tages, das so hoch, weit und köstlich am Himmel einhergefahren kam.

Als dann der Tag voranschritt, stimmten die Sonnenkäfer mit ein und übertönten gar die Musik der Tauben. Sie sangen, als sei das ganze Tote Land der Käferhimmel, wo Reihe um Reihe ihrer Seraphim mit ihrem Gesang versuchte, die singenden Heerscharen der Insekten-Cherubim zu übertreffen. Sie sangen mit so weißsilbriger Inbrunst und metallisch heißer Leidenschaft in unaufhörlich anhaltender Tonhöhe. Es schien, als verdichte sich ihr Singen zu Substanz, zum Gewebe des kühnen Sonnenlichtes selbst. Der Rhythmus ihrer Melodien schien allmählich ihren Trancezustand wie durch ein Medium weiter zu tragen und seine wiegende Gebärde dem Gras, den Bäumen und allem mitzuteilen, das in diesem Lande aufrecht stand. Als nun die zur Wanderung entschlossene Sonne schnell höher stieg, wurden die Schatten nicht einfach kleiner, vielmehr wurden sie von der wilden Widerspiegelung des feurigen Lichtes ringsum so entkräftet, daß sie ihren Charakter als geworfene Schatten verloren und nur noch wie blaß gewordene Erscheinungen des Sonnenlichtes selbst dalagen. Als die Baumstämme der Mukwa und Mopani, des Kameldorn, Tambootie und Marula mehr und mehr durchleuchtet und die gelben Fieberbäume von lauterem Lichte durchsichtig wurden, teilte sich der Rhythmus der Sonnenkäfermelodien nun auch den Luftwellen mit und zitterte darin wie eine Flamme oder wie erhitztes Quecksilber. Da geschah es; langsam aber sicher wurde die Landschaft bezwungen und tanzte vor unseren Augen. Es begann allmählich, wurde aber schneller und schriller. Auf dem Höhepunkt des Tages war mir zumute, als verfolge ich wachsam die Reflexionen eines kosmischen Totentanzes – eines *danse ma-*

kabre – in einer riesigen Halle, die ringsum von gleißenden, verzerrenden Spiegeln widerstrahlte. Da kam der drollige Sekretär in Sicht, den zierlichen Federkiel hinterm Ohr, mit grauem Askotzylinder und schwarzen Schwalbenschwänzchen, er köderte seine tägliche Ration von Schlangen im Grase. Aber selbst er, der doch so zielbewußt und nachdenklich zu Werke ging, schien nun mit jedem Nicken des Kopfes den Takt jener hypnotischen Weise zu schlagen. Dazwischen schleuderte sich von Zeit zu Zeit ein mißtrauisches Koranvogel-Männchen, der Kunstflieger der munteren Akrobatengruppe, senkrecht in die Luft hinauf und erschien dann wie ein schwarzes Rauchwölkchen von Flakgeschützfeuer über den Bäumen. Dort hing er eine kurze Spanne mit furchtsam zitternden Flügeln, um ganz sicher zu gehen, daß ihn kein frecher Bösewicht umschlich. Noch höher hinauf hatte ein kreisender Geier jene Region des Himmels in Besitz genommen, und auch dieser beachtete den schimmernden, bebenden, vibrierenden Rhythmus, sich drehend und wendend, manchmal schreckhaft tauchend, auf und ab, ab und auf, wie eine schwarze Spinne, die an einer Perlenschnur schwingend jagte. Mitten in all diesem Leben und Weben war ich nur für eins dankbar: daß ich dieses Tote Land nicht im Sommer, sondern in einem tropischen Winter durchwanderte.

Als wir tiefer ins Land hineinzogen, sollte ich erfahren, warum man es das Tote Land nannte. Der Pfad, auf dem wir unseren Zug begannen, war einstmals von Menschenfüßen getreten worden, und das Wissen hierum gab mir gleich zu Anfang ein erhebendes Gefühl verpflichtender Gefolgschaft, von Verbundenheit mit der Vergangenheit. So war dieser Buschweg für mich nicht nur ein gewöhnliches, offenkundiges Faktum, sondern – hervorgerufen durch weisen und erprobten Instinkt – auch das Zeichen einer geheimen, unsichtbaren Kraft. Ich war nicht überrascht, als wir auf die Spuren ehemaliger Siedlungen trafen: bröcklige Steinwände von Hütten, verstreutes Tongeschirr und zerbrochene Urnen lagen da in einer erbarmungslosen Sonne. Je tiefer wir in den Busch drangen, desto seltener wurden diese Zeichen, bis schließlich nur noch der schmale Fußpfad selbst von jenem Leben zeugte, welches einst dieses endlose, schimmernde, bebende Buschveld erfüllt hatte. Dennoch, solange dieser Pfad weiterführte, würde ich die Hoffnung nicht aufgeben. Denn er verhieß, daß jenes hartnäckige Gerücht von dem Großen Flamingowasser durchaus kein leeres Gerücht war, sondern das überlebende Fragment einer authentischen Volkserinnerung.

Meine Hoffnung wuchs, als wir das erste Mal Rast machten. Nach drei Stunden ließ ich Tickie schnell die Reihe entlang zu Umtumwa laufen und ihm mitteilen, er solle am ersten geeigneten Schattenplatz anhalten. Dort holte ich meine Landkarte und den Kompaß hervor und orientierte mich von Fort Emanuel aus fast genau nach Ostsüdost. Da war ich hocherfreut zu sehen, daß die Linie des Pfades direkt auf den Punkt der Karte zulief, wo ich vom Flugzeug aus durch den seidigen Nebel hindurch rubinrot glänzende Feuerflammen hatte hüpfen sehen.

Ich wollte gerade Umtumwa und Tickie diese gute Botschaft verkünden, als ich spürte, wie sich Insekten auf meinen Nacken niedersetzten. Sofort hieb ich mit der flachen Hand zu und bekam drei tote Fliegen zu fassen, deren unscheinbares graues Äußere ihre todbringende Wirkung Lügen strafte. Ich schaute mich um und bemerkte, daß auch die Träger jede Minute oder jede zweite mit düsterer Miene auf eine Stelle ihres Körpers schlugen. So war mitten unter uns in all dem hell tanzenden Licht des Tages ein tödlicher Schatten der Nacht aufgestanden.

Ich ging zu Umtumwa hinüber. „Bring einen Topf Wasser zum Kochen und gib jedem Mann einen Becher voll heißen, süßen Tee, und dann kommt alle und hört mich an", gebot ich ihm.

Als sie um mich versammelt waren, sagte ich: „Wir alle wissen es, dies ist das schlimmste Fliegengebiet in Afrika. Ich wußte es, bevor ich aufbrach, trotzdem kam

ich her. Wißt ihr warum? Weil ich eine wirksame *'mhuti* bei mir habe, eine mächtige Medizin, die euch alle gegen Ngana* schützen wird. Hier!" Mit diesen Worten nahm ich eine Flasche Paludrin aus dem Kasten von Tickies Rücken, ging die Reihe entlang, legte eine weiße Pille in jede Hand und sagte dazu: „Schluckt das mit eurem Tee herunter. Jeden Morgen und jeden Abend werde ich euch eine davon geben, dann braucht ihr euch nicht mehr wegen der Tsetsefliegen zu sorgen."
Dies sagte ich, ohne mich meiner Lüge zu schämen, denn ich wußte, daß ich uns alle bei einigem Glück zur rechten Zeit in ein zivilisiertes Hospital zurückführen würde, wo wir kuriert werden konnten, bevor der Zugriff der Krankheit tödlich wirkte.
Hierauf war die Krisis überwunden. Eine muntere, angeregte Unterhaltung, wie ich sie vorher nicht vernommen hatte, sprang unter uns auf. Tickie warf mir einen Blick so voll ergebener Bewunderung und verklärter Dankbarkeit zu, daß ich fast ein schlechtes Gewissen bekommen hätte.
Wieder marschierten wir drei Stunden weiter, danach ließ ich sie nochmals rasten und gab jedem einzelnen noch einen Becher heißen, süßen Tee. Als wir wieder aufbrachen, hörte ich vom Wege vor mir einen lauten, erschreckten Aufschrei, ein dumpfes Hinschlagen folgte. Ich eilte nach vorne. Ein Träger war gestolpert und gefallen, er lag da, der Inhalt seiner Last um ihn verstreut. Als ich an ihn herantrat, duckte er den Kopf und hielt seinen Arm schützend darüber, in der Erwartung, ich werde ihn für sein Stolpern schlagen. Er war höchst erstaunt, als ich ihm die Hand entgegenstreckte, um ihm auf die Beine zu helfen. Was ich jedoch in jenem ausgemergelten Gesicht erkannt hatte, als es im Staube lag, bestimmte mich, meinen Plan zu ändern. Ich sandte Tickie zu Umtumwa und ließ ihm sagen, er möge die erste günstige Gelegenheit für ein Lager wahrnehmen, denn offenbar hatten de Fereira's Gefängnis-

---

* Sindakwena für Schlafkrankheit

wärter nichts davon gehalten, ihre Schutzbefohlenen zu überfüttern.

Als ich zehn Minuten später über die Oberfläche einer glühendheißen Basaltfelsenklippe stieg, fand ich Umtumwa bereits tüchtig am Werk, das Lager aufzuschlagen. Er hatte seinen Platz gut gewählt. Unter uns lag ein tiefes, breites *vlei**, ein Salzsumpf, üppig und grüngolden, in der Nachmittagsonne, und ungefähr alle fünfzig Meter ein Tümpel mit himmelblauem Wasser. Am Rande des Felsenhanges stand ein riesiger Eisenholzbaum, dessen Stamm wie angerauchtes javanisches Silber schimmerte. Sein massiver Säulenschaft spannte sich kerzengerade aufwärts, etwa zehn Fuß hoch. Dort barst er auseinander in eine breite Krone, deren Zweige wie der Schweif eines verliebten Pfaues schillerten. Die kühler werdende Luft klang wider vom Gesang vieler heimkehrender Vögel: Perlhühner, Enten und Gänse. Ich rief Tickie zu, er möge mich begleiten, suchte mir einen Pfad mit frischer Wildspur und verfolgte ihn, die Sonne im Rücken, dicht hinter mir einen beglückten Tickie.

Wir waren kaum eine Viertelmeile vom Lager entfernt, als Tickies Hand mich am Ärmel zupfte und jäh zum Stillstehen brachte. Ich drehte mich um und sah ihn auf einen großen, einsamen Elefantenbullen deuten, der durch die Beleuchtung in majestätisches tiefes Purpur getaucht erschien. Er war keine dreißig Meter entfernt. Nach der Hitze des Tages war er, auf seinen Füßen stehend, fest eingeschlafen. Trotzdem hielt er seine großen empfindlichen Ohren keinen Augenblick still, sondern fächelte damit unablässig seinem Kopfe zu in ruhigen Rhythmen. Einen Augenblick lang erschienen sie in ihrem stummen Auf und Ab wie das Atmen eines riesigen seltsamen Fisches, der dort mit dem Kopf flußaufwärts in einer bernsteinfarbenen Strömung liegen mochte. Seine lange, breite Stirn war durch und durch gefurcht vor Alter, seine Knie schlaff einge-

* Holländisches Wort für Salzpfanne (Salzsumpf Südafrikas)

sunken vor Schlafbedürfnis; seine Augen waren in Hingebung geschlossen, der mächtige Bogen seiner Schultern wirkte wie die Kurve eines Purpur-Magneten der Sehnsucht, der seine gehorsamen Beine so fest an die warme afrikanische Erde klammerte. Sein langer Rüssel hing gerade vor ihm herunter, schwer abgesackt und bewegungslos – bis er ganz sacht am äußersten Tipp anfing, sich zu kräuseln und in leichtem Anflug von Rhododendron-Rosa zu glimmen, während er begann, die Luft in unserer Richtung zu wittern. Wir beide, Tickie und ich, mußten lächeln über den Ausdruck, der sich dann über das monumentale Gesicht breitete, als die dicke Haut seines großen Rüssels sich mit wundervollem Schmetterlingsgeflatter faltete, so zart, wie die Nase eines Säuglings, der niesen muß. Dann siegte unsere Witterung, so schwach sie auch war. Eben noch war er tief im Schlaf, jetzt aber hellwach, die Augen offen, der Rüssel ausgestreckt, die Ohren immer gespannt auf der Hut. Einsamen alten Elefantenbullen kann man bekanntlich nicht über den Weg trauen. Als sein Rüssel aufflog und die Luft in Richtung auf uns angestrengt absuchte, entsicherte ich meine Flinte. Aber so schwach dieses Geräusch auch war, es steigerte noch die Erregung, die bereits in ihm zu kochen begann. Er tat einen vorsichtigen Schritt in unsere Richtung und rollte seinen Rüssel auf bis unter das Kinn, als sei er bereit anzugreifen. Dann aber entrollte er ihn wieder mit einem schnellen schweren Peitschen, um ihn nochmals auf uns zu richten. In diesem Moment aber drang ein neues Geräusch zu ihm, es kam her von der angeregten Unterhaltung der Träger rückwärts im Lager. Das brachte ihm die Entscheidung. Mit stolz aufgeworfenem Kopf und elegant fächelnden Ohren drehte er uns gemächlich die Rückseite zu, welche an die eines vornehmen, alten Patriziers erinnerte, der nach einer Revolution nur ein paar geborgte, zu große Hosen zu tragen übrig hat. So zog er sich zurück, mit langen behenden Schritten und der unermeßlich geringschätzigen Würde eines Mandarins und tauchte ein in den gleich ihm rhythmisch schwingenden Busch.

„Auck! Bwana! Das war sicher ein großer Häuptling", rief Tickie hinter mir, und sein junges Antlitz blitzte vor Aufregung. Bei seinen Worten kam ich wieder zu mir und mußte über seinen Vergleich lächeln.

Von dort gingen wir weiter, bis mein Auge ein Blinken auffing, das von einem ausgedehnten Wasser herüberglitzerte aus dem gelben „vlei"-Gebiet des Salzsumpfes vor uns. Darum bog ich vom Pfade ab und ging vorsichtig eine Anhöhe hinauf, um einen besseren Blick auf das Wasser zu haben. Nahe an seinem Saume sah ich Hunderte von Tieren, die tranken oder darauf warteten, zu trinken. Ich zog meinen Fernstecher heraus und stellte ihn auf das Wasser ein. Mein Herz schlug rascher bei dem Anblick, der sich mir darbot. In jenem Augenblick erlebte ich den Inbegriff von ganz Afrika. Wahrlich, da schien das gesamte, seit Urbeginn eingesetzte, rechtmäßige Ensemble des Naturtheaters Afrika versammelt, um die letzte Verbeugung im Rampenlicht der Sonnenuntergangs-Stunde zu machen und den Beifall der Dämmerung entgegenzunehmen, bevor die Nacht den letzten Vorhang herabließ. Ein edler Wasserbock, von seinen Frauen in Purpurpelzen geleitet, sank in die Knie und trank in tiefen Zügen aus dem blauen Wasser. Dann erhob er sich und vollführte mit großer Würde seinen Abgang in das schwingende, singende Schilf hinein. Da kam ein Kudubulle; sein Mantel in Persisch-Blau war nur von vier Streifen in Chinesisch-Weiß durchbrochen. Sein Kopf war stolz mit so kühn geschwungenen Hörnern gekrönt, daß er ihn kaum aufrecht halten konnte. Er schritt leicht durch Herden geringerer Zucht dahin und blieb regungslos am glühenden Rande des Wassers stehen, gebannt wie Narziß von der magischen Spiegelung des Bildes, das zu seinen wohlgeformten Füßen erschien. Dann sah ich einen *inyala*-Nachtkämpfer stehen, dort wo das Sumpfvlei auf den Busch traf, schon mit dem winterlichen Krimmerpelz geschützt gegen die kühler werdende Luft. Er betrachtete die Szene mit ausgesprochen philosophischer Miene. Hätte er seinen spitzen Vorderhuf gehoben, um sich den assyrischen Bart zu streichen, es würde mich kaum gewundert haben. Nun sah ich eine Herde ungeduldiger Zebras auf das Wasser zu galoppieren, sie hielten am Ufer so plötzlich und hart inne, daß der durchsichtige Staub hochschoß und wie eine sonnendurchschienene Flagge über den Teich flog. Dort tranken auch rote und weiße *impala*-Springböcke voller Furcht vor allem und jedem. Sie tranken schnell in neurasthenischer Hast, wobei sie, Schluck für Schluck, Blicke über ihre eleganten Schultern warfen, bis ihr Durst endlich gestillt war. Da schienen ihre weichen, empfindsamen Herzen befreit, leichtfüßig sprangen sie auf ihren flinken, elastischen Hufen von der Bühne hinweg. Dann entdeckte ich eine Gruppe niedergeschlagener Gnus. Mit ihren widerborstigen Schwänzen schnippten sie unaufhörlich. Jedes Gnu stand allein und brütete mit gesenktem Kopf vor sich hin. Unter buschigen Augenbrauen blinzelte es voller Minderwertigkeitskomplexe. Hinter ihnen zogen zwei Elefanten vorbei. Ihre nasse Haut schimmerte dunkel vom peinlich besorgten Abendbad. Sauber und sicher wanderten sie mit langen spartanischen Schritten der niedergehenden Sonne entgegen. Ich sah auch ein Weibchen meiner geliebten *tsessebe*-Gattung, die schnellste Gazelle auf Erden. Bei ihrer eilenden Jagd sprühte der Wind durch ihr glattes, helles Haar. Eifersüchtig verfolgte sie ihren Gebieter und zwei glitzernde Konkubinen, wie Atalante, die den Wettlauf zu den Hesperiden aufnahm. Dann schaute ich zu, wie einige dunkelrote Hartebeests mit der festlichen Tiara von gewundenem Perlmutterhorn auf Ballettschuhen in eine Lücke des sich drängenden Chors trippelten, und ein weißer Ibis ließ sich wie eine Schneeflocke vom Mount Everest auf dem Rücken des Leittiers nieder. Hoch oben in einem Baumwipfel des Waldes, der weitgespannten Bühnenleinwand des Hintergrundes, saß ein riesiger Pavian, der Wächter seiner Schar, und kratzte seinen nußbraunen Kopf geschickt mit einem langen, purpurnen Finger. Dann begannen plötzlich auf der weitab liegenden Seitenkulisse des tönenden Grüns die dichten gelben Linien des Grases zu schaukeln und zu schwingen, als hätte eine Katzenpfote von Wind sie erfaßt. Im selben Augenblick flog hastig ein Trio erdbrauner Moorhühner mit rasendem Flügelschlag auf. Darauf raffte ein schwarzer Straußenwächter seinen mazedonischen Rock bis unters Kinn, entblößte magere, gelbe Lenden und gab unversehens Fersengeld. Zugleich hörten alle Tiere am Wasser zu trinken auf – wirklich, alle, mit zuckenden Ohren, wie elektrisiert, und mit zusammengezogenen Augen, ihre Nüstern schnüffelten in der regungslosen Luft bis zu dem Flecken hin, wo sich das Gras bewegte. Dies war offensichtlich der große Augenblick, wo der königliche Schurke in dem erhabenen Schauspiel auftreten mußte. Den Pfad entlang zwischen uns und dem Wasser kam einsam und schwarz ein Bulle der Säbelantilope. Er ging langsam, Schritt für Schritt, blieb alle paar Meter stehen, um zu lauschen und zu wittern. Er war alt, zweifellos außerordentlich weise, aber vor allen Dingen unerträglich einsam. Sein langsames Schreiten war nicht etwa bloße Vorsicht. Deutlich widerstrebend verließ er die angenehme Gesellschaft auf der hell erleuchteten Bühne beim Wasser, ungern sah er sich allein der Nacht gegenüber. Wohl war sein dunkler Rücken schwarz, und seine langen, scharfen Hörner, die in feingezacktem Bogen zu den Schultern zurückschwangen, waren tapfer und streitbar; ja, sie spalteten die Luft, wenn er sein aristokratisches Haupt bewegte, wie die Schneide von Jan Hoy's* Schwert. Dennoch war er weder Bösewicht, noch Held. Vielmehr zeigte sein langes, elegantes Gesicht mit den weißen Wangen und der gestreiften Nase in der Abendsonne die künstlich aufgetragene Blässe eines tragischen Clowns, wie ich ihn ein-

* Jan Hoy: Amharischer Titel des Kaisers von Abessinien und Löwen von Juda. (Amharisch = Landessprache Abessiniens)

mal nach einer Vorstellung aus der Zirkusmanege in seinen Ankleideraum hatte gehen sehen.

Wenn ich doch töten mußte, würde es weniger grausam sein, diesen prächtigen, von der Herde Ausgestoßenen zu schießen als ein anderes Tier, so überlegte ich. Daher wartete ich, bis er verhielt, nur fünfzig Meter seitlich von uns entfernt, dann schoß ich ihn mitten durchs Herz. Langsam ging er auf die Knie nieder, verzweifelt suchte er dabei, seinen Kopf aufrecht zu halten. Endlich – wie ein Zerstörer, der ins Vorderschiff getroffen ins Meer sinkt – beugte er sich jäh nach vorn und verschwand in dem schwellenden Gras. Im selben Augenblick war auch die glänzende Gesellschaft von der Wasserstelle verschwunden.

„Schnell, Tickie! Hol vier Träger", rief ich, während ich zu dem Bock rannte. Als ich ankam, war er schon tot. Doch fiel mir ein, daß ich Mohammedaner unter meinen Trägern hatte. Darum durchschnitt ich schnell seinen Hals, und wie so oft schon staunte ich, daß jedes Mal, wenn man Blut sieht, es noch röter ist, als man erwartet. Dann stand ich auf und wischte Messer und Hände auf dem warmen, trockenen Gras ab. Da fand ich jeden Baumwipfel rund um mich widerlich mit lauter Geiern besetzt, und der Himmel über mir war ein taumelnder Fittichwirbel von fliegenden Straßenkehrern. Es war, als habe das Verströmen dieser großen, schwarzen Säbelantilope einen Strudel in dem Meer des Abends erzeugt, der jene hungrigen Gefiederten an sich heranzog.

An jenem Abend aßen meine Träger trotz ihrer großen Müdigkeit so, wie ich selten Menschen habe essen sehen, und um neun lagen sie alle befriedigt ausgestreckt und schliefen. Aber bevor ich selbst mich niederlegte, gedachte ich, eine Gepflogenheit von Oom Pieter aufzufrischen, welche er im Busch niemals außer acht ließ, weil sie beim Rückschauen das Gedächtnis unterstützt. Darum sagte ich zu Umtumwa:

„Umtumwa, du hast uns gut geführt. Ich bitte dich, dem Lager für uns einen Namen zu geben."

Einen Moment stand er da und schaute ernst ins Feuer. Dann deutete er mit der Hand auf die schlafenden Träger und sagte auflachend:

„Bwana, du kannst es ‚Bauch voll' nennen". Und so geschah es. „Bauch-voll-Lager" war sein Name.

Prompt um sechs Uhr morgens waren wir wieder auf unserem Pfad und schritten mit frischen Kräften aus. Doch fiel mir auf, daß sich das Gelände allmählich wandelte. Wir stiegen merkbar aus dem weiten Stromgebiet des Schwarzen Umpafuti heraus, langsam wurde der Boden trockener, der Busch, durchsetzt mit Dornbäumen, dunkler. Die Tsetsefliege war schlimmer denn je. Da ich den ganzen Tag kaum ein Tier zu Gesicht bekam, empfand ich das Land nun wirklich als verlassen und dem Tode nahe. Diese Empfindung wurde noch erhöht durch den Anblick von Stümpfen ungeheurer Bäume. Sie stachen hoch in die Luft und überragten ihre Umgebung. Von weitem sahen sie aus wie gebrochene ionische Säulen oder Monumente in einer unermeßlichen Gräberstätte, für die niemand sorgte. Oft sah ich oben auf einem Stumpf einen Geier oder Marabu sitzen. Sein kahlbrauner Hals war tief zwischen wachsamen Schultern eingezogen. Dabei wandte er kein Auge voll finsterer Hoffnung von meiner kleinen aufgereihten Schar.

Obwohl ich an solche Anblicke hinreichend gewöhnt war, spürte ich, wie diese neue Szenerie begann, all meine verborgene Unruhe wieder zu beleben. Dazu kam, daß ich jetzt an der Spitze der Kolonne ging. So traf ich nun als erster auf die Insekten, die großen wie die kleinen. Da waren kleine Jagdspinnen in Rot, Silber und Gold, die in der Sonne blinkten wie indische Juwelen in Filigran gefaßt. Auch erschienen zwischen den Felsblöcken rotbäuchige Skorpione in der Größe athletisch magerer junger Hummer, und andere Spinnen, bauchig wie Suppenterrinen, schaukelten wie Gallert auf ihren schwarzen haarigen Beinen. Dann erblickte ich Eidechsen mit blauen Köpfen, gelben Kehlen und Augen wie Jadeperlen, die funkelten wie pulverisiertes

Glas. Sie wischten den kalten Tau von dem scharfen Grat der lose verstreuten Felsstücke aus Eisenstein. Und jedes dieser Reptilien, das da ohne zu blinzeln in die Sonne starrte, leckte dabei unaufhörlich die dünnen Lippen und peitschte das starke Licht mit dem Schatten seiner flatternden Zunge.

Dann gab es außerdem noch Schlangen. An diesem Morgen in der Stunde um Sonnenaufgang sah ich einen Kopf nach dem anderen sich heben, wenn die erste Schwingung meiner Tritte sie erreichte. Einmal erhoben sich vor mir sekundenlang eine stattliche Anzahl gleißender, wägender Köpfe hoch über dem Gras, und zwar auf beiden Seiten des Pfades. Es war, als müsse ich eine rituelle Handlung der Maja begehen: ein Spießrutenlaufen zwischen peitschenden Zungen, die wie gegabelte Blitze über ihren Giftmäulern spielten. Auch viele der Bäume trugen eine oder zwei Schlangen. Etliche hingen schlaff über den Zweigen wie Schnüre eines Ochsenziemers, andere waren wachsam und behend, mit ihren Schwänzen an den Zweigen aufgehängt, zischten und unternahmen plötzlich bedrohliche Gänge auf dem Boden. Ein mächtiger Baum nahe bei einem Wasserloch war mit Girlanden von Schlangen geschmückt, sein tanzender Umriß erschien wie die Silhouette des Medusenhauptes mit loderndem Haar. Im Grase herrschten die schwarzen Kobras vor, die ein eigenes Haus lieben. Stolz auf ihren Bau, saßen sie bei ihren Löchern, ihre glänzenden Hauben schnellten bei der leisesten Beunruhigung hoch, der cremefarbene Ring um ihren Hals leuchtete hell in der Sonne, und das grüne Gift des Speichels saß stets schußbereit auf der Zunge. Zwischen den Felsblöcken pirschten sich die langen kupfernen Jagdkobras wie neu gewundene Telefondrähte an Ratten, Feldmäuse und Wildkaninchen heran. Beim ersten Laut unserer näherkommenden Schritte aber blieben sie unversehens auf der äußersten Spitze ihres Schwanzes stehen und starrten herüber. Mitunter zog ein starker, horniger Pythonkopf über den Pfad einen Körper nach sich, welcher dem zu Nikolaus gefüllten Strumpf eines Fußballspielers glich. Einmal war ich versucht, auf eine vier Meter lange Mamba zu schießen, die von ihrem Baumsitz aus nur um Haaresbreite meinen Kopf verfehlt hatte. Doch unterließ ich es, vor allem um Umtumwas und Tickies willen. Die 'Takwena töten Schlangen nur, wenn sie angegriffen werden, sonst lassen sie diese unbedingt in Ruhe. Sie halten nämlich die Schlangen für bevorzugte Boten ihrer toten Vorfahren, manche sogar für einen dieser Vorfahren selbst. Daher müssen sie mit Aufmerksamkeit und Achtung behandelt werden. Schlangen spielen auch eine erhebliche Rolle bei ihren Deutungen der Zukunft. Außerdem werden sie in hohem Maße für ihre wirksamsten Medizinen und Beschwörungen verwendet. Als wichtigster Gesandter gilt hierbei die seltene lange Kobra – doch hiervon später.

An jenem Tage wanderten wir von sechs Uhr morgens bis fünf Uhr nachmittags, bis meine Träger zu taumeln begannen. Auf einmal traten wir ins Freie hinaus und standen am Rande einer seichten Mulde. Sie lag da mitten im dunklen Busch wie ein Trauring auf der Innenfläche einer schwarzen Hand. In dieser Senke war ein Loch mit schlammig grünem Wasser, daneben stand ein einsames, rotes Hartebeest und blickte mit völlig verwirrtem, verblüfftem Gesichtsausdruck auf. Ich wußte sofort: dieser Bulle hatte noch nie zuvor ein menschliches Wesen gesehen. Ich ließ ihm jedoch keine Zeit, mich zu studieren, sondern schoß ihn. Lautlos fiel er in seinen eigenen Sonnenuntergangsschatten, der sich sogleich bereitwillig zusammenzog, ihn aufzufangen.

Während meine Träger das Mahl bereiteten, machte ich mich auf, eine alleinstehende Kuppe hinter dem Lager zu erklimmen. Auf meinem Wege stellte ich fest, daß alle Fährten hier von Wild herrührten, das in der Dürre lebt. Darum, so sagte ich mir, müßten wir von nun ab unser Wasser streng rationiert verteilen.

Die Kuppe selbst, mit feurigem Rubin-Geröll, das zwischen den scharfen, weißen Grasspitzen flackerte, sah aus wie eine angerostete Schiffsglocke. Auf dem Gipfel stand dunkelbraun gegen den scharlachroten

Himmel ein flinker Klippspringer und musterte mich mit unverhülltem Staunen. Er brachte es nicht fertig, die Hypnose eines so fremdartigen Anblicks zu durchbrechen, bis ich etwa zwanzig Meter vor ihm stand. Dann sprang er fort, hoch über einen erzitternden Ginsterstrauch, geradewegs in die sinkende Sonne hinein.

Ich nahm seinen Platz ein, etwa hundert Meter über der grünäugigen Mulde, und hatte einen großartigen Blick über das Tote Land. Nach Norden zu fiel es gegen den Schwarzen Umpafuti ab, in einer Reihe sinkender, flacher Falten von Buschveld. Die schrägen, langen Sonnenstrahlen ließen die roten Flanken so mancher Felsenhänge aufleuchten, während der Schatten dazwischen bereits hindurchrann, unaufhaltsam wie Wasser zu einem tiefen Brunnen, stieg dann aber geschwind empor über die vom Sonnenlicht entzündeten Säulen, über glühende Wände roten, violetten Gesteins, über gelben Sand. Nach Westen zu lief dasselbe buschbedeckte Land rasch und leicht hinauf zum Horizont, der tapfer, mit gebeugtem Haupt, das fallende Schwert der Sonne erwartete. Nach Süd und Südost aber fiel das Land schnell ab. Es war klar: ich stand auf der Wasserscheide zwischen dem Stromgebiet des Umpafuti und des Uhlalingasonki. Mein Herz frohlockte bei dieser Entdeckung, denn das bedeutete, nahezu die halbe Reise war geschafft. Erst achtundvierzig Stunden im Toten Lande, und schon konnte ich rechnen, wir hatten sechzig Meilen hinter uns. Bei einer solchen Geschwindigkeit würde ich, wenn es wirklich ein Großes Flamingowasser gab, dieses noch lange vor einer so ungeduldigen Dame erreichen, wie es die Herrin *Stern der Wahrheit* zweifellos war.

Dann aber blickte ich noch einmal nach Ostsüdost, und sofort dämpfte ich meine optimistische Zeitschätzung. Die Sonne berührte gerade den Horizont hinter mir, ihre Strahlen liefen nun waagerecht, nahe dem Erdboden, und zeigten klar in etwa neun Meilen Entfernung einen dichten, schwarzen Linienzug auf, der genau quer zu meinem zukünftigen Kurs verlief und sich so weit erstreckte, wie ich sehen konnte. Eine Sekunde lang glaubte ich, es sei ein Höhenzug. Nun aber beobachtete ich durch mein Fernglas, wie das faltige Gelände des Buschvelds unvermittelt haltmachte, als schaudere es zurück vor den Schranken eines düsteren, mächtigen Waldgebietes. Da stand der Gefürchtete, bewaffnet und in Abwehrstellung, sein Heer Schulter an Schulter gepreßt wie eine uneinnehmbare Festung schwarzer Felsen am Rande eines Sonnenlicht-Meeres.

Dies war mein erster Blick auf den großen Duk-adukduk, ich mußte an die warnenden Worte des Leutnants in Fort Emanuel denken. Wie ein Besessener suchte ich ihn durch mein Fernglas auszuforschen, bis es zu dunkel war und ich nichts mehr sehen konnte. Zwei Feststellungen hatte ich aber doch noch gemacht. Im äußersten Nordosten gingen beide, Land und Wald, in den Schimmer eines ausgedehnten Wassers über, vermutlich die Umpafutisümpfe, im äußersten Südosten dagegen in eine lange Mähne von Wolkengebilden. Von diesen Wolken hatte der Gouverneur behauptet, sie seien eine Nachwirkung des Morgennebels, an der ganzen Küste entlang. Erst jetzt ging ich schnell den Hügel hinab zu meiner Feuerstelle. Einige hunderte Meter entfernt hörte ich, wie ein durstiger Löwe, der durch unser Lager von seiner Wasserstelle abgeschnitten war, unentwegt zu brüllen anfing. Offenbar wollte er uns zum Aufbruch nötigen.

„Bitte, Bwana", sagte Tickie scheu, als ich am Feuer zurück war, „ich möchte gern diesem Lager seinen Namen geben."

„Ja, tu das!"

„Bitte, Bwana, ich möchte es gerne nennen: ‚*Mabela 'ghaudi*' wegen dem da." Dabei kämpfte er gegen einen Ausbruch von mädchenhaftem Gekicher an und kitzelte damit förmlich Umtumwas Phantasie, dann deutete er mit der Hand auf die Kuppe.

„*Mabela 'ghaudi*" ist das Wort auf Sindakwena für „Ziegenzitze". Und wirklich glich der Umriß des Hügels einer solchen mehr als jener Schiffsglocke, mit der mein vom *Stern der Wahrheit* besessenes Hirn ihn verglichen hatte. So wurde es wirklich zum Ziegenzitzen-Lager, und dies ist es in meiner Vorstellung bis zum heutigen Tage geblieben.

Für mich sind die Nächte im Lager niemals langweilig, ganz im Gegensatz zu der Annahme vieler meiner Freunde. Zunächst muß gesagt werden: Wer die Köstlichkeit der Entspannung nach besonderer körperlicher Anstrengung empfindet, dessen Geist ist anspruchslos, und sein Herz wird von einem Frieden erfüllt, der sich ebenso ehrlich erworben und unvermeidlich niedersenkt wie der Tag nach seiner Vollendung. An zweiter Stelle ist zu sagen, daß da vielerlei zu tun ist: die Wunden, Risse und Erkrankungen meiner Gefährten müssen behandelt, Gewehre geputzt und Kleidungsstücke ausgebessert werden. Wird dies letztere nicht getan, sobald der Schaden entsteht, so würden die scharfen Dornen im Busch mich bald in Lumpen und Fetzen verwandeln. Und nun zum Dritten. In afrikanischer Gesellschaft ist es wirklich nicht leicht, teilnahmslos zu sein. Denn da ist im ganzen Busch kein Stein, Hügel, Strauch, Baum, Fluß oder träger Pfuhl, kein springender Silberquell, kein Insekt, kein Vogel, noch irgendein Tier, dem nicht ein tieferer Sinn innewohnte; für den Afrikaner ist alles erfüllt von geistiger Bedeutung, ja überströmend voll.

Dieser Abend im Ziegenzitzenlager war keine Ausnahme. Während ich meine Flinte reinigte und meine Träger beobachtete, hörte ich eine Unterhaltung zwischen Umtumwa und Tickie mit an, die gemeinsam Leber, Niere und Filet-Steaks vom Hartebeest zubereiteten.

„Jawohl, mein Junge", sagte Umtumwa gerade, „nur schade, daß es ein Hartebeest war, das unser Bwana geschossen hat."

„Aber Bruder meiner Mutter", fuhr der getreue Tickie ungestüm auf, um zurückzuweisen, was er für eine Kritik mir gegenüber hielt. „Wie konnte er ein anderes Tier schießen, wenn keins da war? Möchtest du etwa lieber wieder so einen Topf Grütze von diesem scheußlichen portugiesischen Mehl haben?"

„Sei nicht so töricht, mein Junge", gab Umtumwa mit milder Überlegenheit zurück. „Natürlich konnte der Bwana nicht anders handeln. Ich sage nur, es ist schade, weil Hartebeest, wie du gleich selbst merken wirst, kein schmackhaftes Essen ist".

„Das weiß ich bereits", war Tickies bockige Antwort.

„Was du aber noch nicht weißt, ist, wie glücklich du sein kannst, daß ein Mann dies für dich kocht und keine Frau!" sagte Umtumwa.

„Meine Mutter bereitet es sehr gut zu", widersprach Tickie beharrlich.

„Ich gebe zu, daß sie es besser kann als die meisten Frauen", hiermit behauptete sich Umtumwa. „Dennoch tut ein Mann not, um es wirklich gut zu machen. Frauen haben nicht die Geduld. Frage die Hüter unserer Volkserinnerung, und jeder wird dir sagen, daß die besten Köche in unserem Volke immer Männer gewesen sind. Nun aber zu dem Geheimnis, wie man Hartebeest zubereiten muß –" Umtumwa hielt Tickie einen langen Vortrag und schloß mit folgendem Ausspruch: „Wo aber willst du in Afrika eine Frau finden, die bereit wäre, nach des Tages Arbeit auf dem Feld all diese Vorschriften zu befolgen?"

„Nandisipoh* würde das tun", sagte Tickie dagegen, wenn auch scheu, so doch ohne Zögern, wie es seine Art war.

Umtumwa brach in ein liebevoll spöttisches Lachen aus. Offenbar hatte er mit seinem Drumherumreden nun ins Schwarze getroffen. Denn Nandisipoh war ein Mädchen in Umangoni, das Tickie einmal sorglos vor meinen Dienern erwähnt hatte, und seitdem hatte man ihm keine Ruhe gegeben, dies zu vergessen.

„Oh ho! ha, he hihi!" lachte Umtumwa über den verlegenen Tickie.

„Es gibt ein Sprichwort, Bruder meiner Mutter", unter-

---

* Nandi = ein beliebter Frauenname bei den Takwena, sipoh = ein Geschenk. Daher Nandi-sipoh = ein Geschenk einer Tochter für den Gatten von Nandi.

brach Tickie, und damit raffte er verzweifelt die angegriffene Würde des jungen Menschen zusammen, der sich dem Gelächter der Erwachsenen ausgeliefert sieht: „Es gibt ein Sprichwort in unserm Volk, daß üble Nachrede anders ist als Grütze: man hat niemals Mangel daran."

Umtumwa tat nur so, als sei er äußerst belustigt, fuhr aber fort: „Wirklich, Sohn meiner Schwester? Aber dies will ich dir zugeben, daß Nandisipoh einen Schatten wirft." Dies ist die größte Anerkennung, die ein 'Takwena einer Frau zollen kann. Es bedeutet, sie besitzt beides, Schönheit und Charakter. Dann brach er unvermittelt ab, schwenkte einen Zweig in der Richtung des brüllenden Löwen und rief aus: „Bei Xeilixo, wie dieses Tier brüllt! Sollen wir heut nacht keinen Frieden haben?"

„Dieser Löwe ist ein Tor", sagte Tickie mit größter Geringschätzung. „Wenn er Wasser will, warum trinkt er nicht? Ich werde ihn nicht hindern."

„Hör mal, Sohn meiner Schwester", tadelte Umtumwa ihn. „Geh du nur nicht prahlerisch hier durch den Busch in dem Glauben, daß Löwen Toren sind. Solltest du es doch tun, so wirst du dich nie wieder an dem Schatten Nandisipohs erfreuen."

Er machte eine Pause, um seine Worte wirken zu lassen und sagte dann: „Nun, da wir gerade von Frauen und Löwen sprechen, ich merke schon, du weißt von keinem dieser beiden genug. Stell dir einmal dies vor: Bei jenem brüllenden Löwen stehe eine Löwin. Der Bwana gibt dir seine Flinte und sagt: ‚Tickie, geh und schieße diese rauhen, unhöflichen Bestien, denn sonst werden wir heut nacht nicht schlafen.' Auf welchen würdest du zuerst schießen?"

„Auf denjenigen, der am günstigsten steht, selbstverständlich."

„Auch wenn es der männliche Löwe sein sollte?" fragte Umtumwa.

„Natürlich", antwortete Tickie. „Das macht doch keinen Unterschied."

„Es macht einen sehr großen Unterschied", sagte Umtumwa ernsthaft. „Tätest du dies, du sähest Nandisipoh nie wieder. Höre gut zu, Sohn meiner Schwester, du mußt immer das weibliche Tier zuerst schießen. Wenn du nämlich ihren Mann zuerst tötest, wird sie über dich kommen, bevor du eine neue Kugel laden kannst. Der Mann aber, wenn du sein Weib zuerst tötest, wird sofort den Mut verlieren, hinwegschleichen, und viele furchtsame Blicke über die Schulter zurückwerfen. Das ist nun einmal die Art des männlichen Tieres."

„Auck! Bruder meiner Mutter!" rief Tickie voller Verwunderung und stark bewegt, während Umtumwa zufrieden und ermutigt fortfuhr, sein Thema näher auszuführen.

Nun aber muß ich die beiden verlassen, dort am Feuer im Ziegenzitzen-Lager. Die Funken fliegen senkrecht in die stille Luft hinauf. Der Geruch der stolzen Antilope, auf der Holzkohle geröstet, steigt wie Weihrauch eines königlichen Opfers für die alten Götter empor zu den knisternden Sternen. Die Flammen flackern rot und gelb zwischen den reglosen Akazienwipfeln. Der Löwe brüllt. Und ein Wetterleuchten steht hinter dem großen Walde Duk-aduk-duk. Von dort blitzt es wieder und wieder wie das Blinkfeuer eines Leuchtturms.

Am nächsten Morgen gab ich jedem einzelnen so viel Tee wie er nur trinken konnte. Ich prüfte die grauen Feldflaschen, die jeder Mann auf dem Rücken trug, um sicherzugehen, daß sie mit abgekochtem Wasser gefüllt waren. Dann ordnete ich an, niemand dürfe ohne meine Erlaubnis aus seiner Flasche trinken. Darauf führte ich sie aus der Lichtung heraus, über die runde Schulter der Mabela 'ghaudi-Kuppe und hinunter in das große Uhlalingasonki-Becken. Der Morgen war heiß, die Luft feucht und drückend, die Fliegen schlimmer denn je. Die Schlangen waren zahlreicher und rühriger als am Tage vorher, sie hatten die Elektrizität eines in der Ferne lauernden Gewitters als treibende Wärme in ihrem kalten Blut. Trotz alledem schritten hinter mir meine Träger in entschlossener Bereitschaft, mit neuem

Mute aus, dank der Ernährung mit reichlichem, frisch erlegtem Fleisch. Gegen acht Uhr waren wir bis auf zwei Meilen an den Wald herangekommen, und je näher wir ihm kamen, desto weniger gefiel mir sein Anblick. Bei Tageslicht war er noch schwärzer als in der Dämmerung, wegen des Kontrastes gegen die glitzernde, schimmernde, tanzende Welt um ihn herum. Ich strebte schnell auf ihn zu. Da standen die finsteren Bäume hoch und dicht gegen den Himmel auf, ihre Stämme starrten verdrossen und streitbar. Ich glaube, jeder Tropfen dickflüssigen schwarzen Saftes, der in ihren uralten Adern rann, müsse schon vor langer Zeit das Eindringen des Tageslichtes für immer abgewehrt haben. Noch eine ganze Weile blieb ich bei der Annahme, seine leidenschaftliche Abwehr des Sonnenlichtes müsse wohl auch alles tierische Leben aus diesem Walde verbannt haben.

Dann, kurz vor neun, stand ich in dem schwarzen Schatten des Waldes selbst und fand den Weg kriegerisch blockiert. Der ganze Waldesgrund war durch ein unentwirrbares Verteidigungssystem von gräßlichen Dornen aller Art so in sich selber verfangen, mit Widerhaken und Harpunen gespickt, so dicht verschlossen, daß man keinen Weg hindurch finden konnte. Vergebens versuchten Umtumwa, Tickie, die Träger und ich, mit Hilfe unserer Pangas einzubrechen. Wir hofften, wenn wir erst einmal zwischen den gewaltigen Stämmen darinnen wären, würden wir gangbaren Boden finden und könnten unseren Marsch zum Wasser in unserer ursprünglichen Kompaßrichtung wieder aufnehmen. Aber jedesmal schleuderte uns der Wald zurück.

„Dieser verdammte Dorn, Bwana!" Umtumwa schwitzte, blutete aus mehreren tiefen Kratzwunden und rief in einem seiner Ausbrüche auf Askari-Englisch: „Der ist mit lauter Reißverschlüssen zugemacht!"

„Ich weiß, Umtumwa", sagte ich. „Gib es auf, es taugt zu nichts. Drei kostbare Stunden haben wir bereits vergeudet. Drum nehmt eure Lasten auf und laßt uns gehen." Der Pfad, auf dem wir uns befanden, gabelte sich, die eine Zinke wies nach Südwesten am Wald entlang, die andere nach Nordosten. Ich wandte mich gerade der letzteren zu – denn ich wollte unsere Richtung so nah wie möglich einhalten –, als Tickie plötzlich meinen Arm ergriff: „Schnell, Bwana, sieh dort!"

Ich fuhr erschreckt herum und sah einen großen schwarzen Affen, der sich mit erstaunlicher Behendigkeit auf einen Felsblock nahebei fallen ließ. Auch er hatte noch nie einen Menschen gesehen. Und ich hatte noch nie einen seiner Art gesehen. Er war größer als ein Gorilla, zwar nicht mit so breiten Schultern, aber mit viel längeren Armen. Sein Fell war von düsterem Violett, sein Gesicht so frei von Haaren und seine Haut so geschmeidig, daß ich deutlich sah, wie von der ersten Erregung des Verwunderns das Haar auf seinem Kopfe rasch zurückflog und auf der fliehenden, engen Stirne ein Dutzend Runzeln entstanden. Seine seltsam mitternächtigen Augen lohten vor Argwohn, wie er beim ersten Menschen im Innersten jenes kleinen Samenkorns der Intelligenz als Keim bereitliegt. Seine lange Greiflippe bibberte elektrisiert vor Ärger und Bestürzung. Er hatte lange, breite und gelbe Zähne, und als er sie nun entblößte, stieß er einen tief dröhnenden Schrei aus. Dann sprang er zurück in den Wald.

Ich merkte, daß meine Hände unversehens zitterten, so befreit war ich von einer unterdrückten Furcht, daß ich etwa auf ihn schießen müßte. Denn von allen Tieren fällt es mir am schwersten, Paviane oder andere Affen zu schießen. Ihr Schmerzensschrei ist fast noch menschlicher als unser eigener, er kommt unmittelbar, ohne Einschaltung des Denkens oder der Sitte, aus dem Herzen des vertrauenden Tieres, welches von zivilisierten Menschen verworfen wird und zugrunde geht. Jener Todesschrei ist fast mehr, als ich ertragen kann. Ich war noch so erregt, daß ich schroffer als es sonst meine Art ist, zu einem hochgewachsenen mohamedanischen Träger sprach, den ich mit der Hand nach seiner Wasserflasche an der Hüfte fühlen sah. Es war ein großer Somali mit Namen Said, er war mir schon vorher aufgefallen durch einen Anflug von militärischer Haltung, denn er hatte früher einmal in der Grenztruppe von Somaliland gedient.

„Wenn du das Wasser anrührst, wirst du erschossen", sagte ich und wandte mich zu den anderen: „Das gilt für jeden von euch."

„Ghaebre Effendi", antwortete Said so sanft in seiner besonderen arabischen Mundart, daß ich mich zurechtgewiesen fühlte: „Ich habe die Flasche nur zur Erleichterung auf meine Hüfte gehoben."

Von dort marschierten wir weiter; eine Stunde vor Sonnenuntergang machten wir halt und schlugen das Lager auf in einer Lichtung, die mit Schwarzdorn bewachsen war. Wir alle waren müde, verzweifelt durstig und auch etwas entmutigt von diesem Tage. Nach meiner Schätzung hatten wir nur siebzehn Meilen zurückgelegt, und davon bloß neun in der gewünschten Richtung. Wie einer nach dem anderen aus unserem Zuge zum Lager kam, sank jeder sofort auf den Boden und ruhte dann mit dem Kopf in den Händen und den Ellbogen auf den Lasten. Sogar Umtumwa und Tickie machten dies genauso wie die Träger, ein Zeichen, wie tief der abwehrende Wald ihre Gemüter verstört hatte.

Ich war im Begriff hinüberzugehen und ihnen Mut zuzusprechen, als plötzlich auf dem Pfad am Rande der Lichtung eine Safrankobra, die bedeutsamste aller 'Takwena-Schlangen, gemächlich auf uns zuglitt. Wie müde meine Begleiter waren! Kein einziger von denen, die es sahen, machte auch nur die geringste Bewegung. Als sie gegenüber Umtumwa angelangt war, hielt sie auf einmal inne und warf ihren Kopf flink, wie ein sich abwickelndes Lasso, fünf Fuß hoch in die Luft. Ihre breite Haube entfaltete sich in vollem Glanz und loderte empor. Zwischen dem Gras wiegte sich ihr Kopf gebieterisch einschläfernd wie eine fremde gelbe Mohnblume zwischen reifem Korn. So betrachtete sie sekundenlang Umtumwa eindringlich. Mein Herz stand still, denn mein alter Diener und wahrhaft treuer Freund blickte auf sie wie ein Frosch, der vom Auge der Schlange hypnotisiert ist. Ich wußte, er würde sich nicht verteidigen. Ich hatte augenblicklich die Flinte auf den schwingenden gelben Kopf gerichtet, doch im selben Moment erstarb die schnelle Flamme in der Haube, der Kopf stürzte in den Staub nieder, und die Kobra glitt außer Sicht. Dabei zeichnete sie eine Kette von glänzenden „S" ins Gras, und jedes einzelne von ihnen wurde in meinem Magen sonderbar fühlbar nachgebildet, als sei die Schnur meines Nabels eine Schlange, welche Spulen eines längst vergessenen Wesens unter meinem Herzen abwickelte. Ich senkte meine Flinte und ging schnell zu Umtumwa.

„Hast du das gesehen, mein Bwana? Oh! Hast du es gesehen, Bwana?" fragte Umtumwa mit einer fremd anmutenden, neuen Stimme, in seinen Augen stand schwarzes Entsetzen.

„Jawohl, Umtumwa, ich habe es gesehen, so wie ich heute hundert andere gesehen habe. Was gibts da Besonderes?" sagte ich, denn ich wollte ihn dadurch beruhigen, daß ich es leicht nahm.

„Nein! Bwana, nein!" entgegnete er mit düsterem Kopfschütteln. „Es gibt nicht hundert andere. In der ganzen Welt gibt es keine einzige, die ihr gleich ist. Hast du nicht gesehen, wie sie mich ansah und nur mich allein? Ich wünschte, ich wäre in Amantazuma und könnte meines Vaters Doktor bitten, mir zu sagen, was es zu bedeuten hat und mir das 'mhuti zu geben, das mir nottut."

Die Herzensangst um sein Schicksal war groß, aber es war höchste Zeit für mich, das Lager zu verlassen, um Ausschau nach Wild zu halten. Ich hatte das Glück, einen schmucken, fetten Duiker-Bock zu finden und zu schießen, nur hundert Meter weit vom Lager, und lief zurück, um Träger zum Einbringen zu holen. Kaum aber hatte ich die Lichtung betreten, als zehn Meter von mir ein Schwarzdornbusch anfing zu knacken und zu schwanken, darauf explodierte die dunkle Seitenwand des Gehölzes nahe bei mir, und wie die Granate eines Schlachtschiffes barst ein Rhinozeros daraus hervor. Die kurzen Stumpen seiner Beine bewegten sich so rasch, daß sein rundes Hinterteil hochsprang wie ein durchgehendes Fuhrwerk über Felsgestein. Sein Kopf war weit nach vorn gesteckt, die Augen rot vor typischer Schweinewut, die Leber voll beizendem Adrenalin, das Horn fast pfeifend im Wind und Staub seiner Eile. Schnurstracks durch die Mitte des Lagers stürmte es, aber alle waren gewarnt durch das Krachen und hatten sich bereits verzogen – alle, außer Tickie. Er hatte eben sein Netz und seine Decke über einem Strauch ausgebreitet – unglücklicherweise direkt in den Weg des Rhinozeros. In Schrecken versetzt durch das glänzende Weiß und Rot, spießte das Nashorn die Decke und das Netz fein säuberlich auf sein Horn und warf sie nach hinten über die Schulter ab. Die schwere Decke aber blieb hängen, fiel ihm über Kopf und Schultern und nahm ihm so unerwartet alle Sicht, daß es in einer Staubwolke am Rande der Lichtung haltmachen mußte. Mit weit gespreizten Beinen warf es seinen Kopf hin und her, stampfte auf den Boden und die Decke, schnaubte, grollte, keuchte und grunzte vor Wut und Verwirrung. Wie es so dastand, sah es derart komisch aus, so grotesk verurteilt und bestraft, wie in einer Fabel, daß mein ganzes Lager in ein entzücktes, fast hysterisches Lachen ausbrach.

Tickies Augen aber flammten vor Entrüstung über den Diebstahl seiner Decke. Er stürmte zum Feuer. Bevor wir seine Absicht durchschauten, hatte er einen brennenden Ast fortgerissen. Damit bewaffnet lief er zurück zum Rhinozeros, rammte das rotglühende Ende des Astes fest in das gerunzelte Hinterteil des Tieres und schrie dazu: „Nimm das, du Bösewicht! Laß meine Sachen fallen, du Dieb, laß sie fallen, sage ich, laß sie fallen!"

„Mein Gott, Tickie, du Idiot!" schrie ich. „Paß auf und renne!" Denn als das Feuer das Nashorn an einer so zarten Stelle versengte, fuhr es blitzartig herum, und die Decke flog ab. Seine entflammten Augen trafen auf Tickie. Augenblicklich senkte es den Kopf und stürmte mit einem unglaublichen Satz auf den Jungen los. Umtumwa und ich schossen beide zu gleicher Zeit. Ich atmete auf, als das schlimm gereizte Tier vornüber auf die Schultern in den Staub fiel, wo es nach einem tiefen Seufzer tot im Grase lag. Es kehrte uns ein Profil zu, das an eine gehörnte Eidechse aus einem Märchen erinnerte, wie sie vor der Abenddämmerung in der Sonne träumt.

Nach einer trockenen Mahlzeit – jeder bekam nur einen Becher Tee, um sie herunterzuspülen – entnahm ich Umtumwas Gespräch, daß er schon wieder mit all seinen Gedanken bei der gelben Kobraschlange war. Um ihn aufzuheitern, rief ich hinüber:

„Umtumwa, rate mal, wie ich dieses Lager nennen will: Tickies Gnadenfrist."

Ich war dankbar für sein Lachen und Tickies Gekicher, das meinen Worten folgte.

X

Im großen Walde Duk-aduk-duk

Die Morgenröte im Lager ‚Tickies Gnadenfrist' werde ich nie vergessen. In keinem Teil Afrikas kommt das morgendliche Dämmern so schön zur Entfaltung wie im Schwarzdorn-Veld. Es ist, als ob all diese Millionen feiner Spitzen von hundert verschiedenen Dornenarten: weiße, schwarze, purpurne, grüne und rote Klingen, Pfeilspitzen, Sicheln, Krummsäbel und Landknechtspiken wie aus Stahl – eine prismatische Wirkung auf das Licht ausübten. Sie fangen es ein und halten es hoch wie ein Seidengewebe. Diese Morgenröte aber war sogar nach Schwarzdornveld-Maßstäben ungewöhnlich prächtig. Sie zog als echter Jäger heraus, eigens um Auroras Herz zu erstürmen. In scharlachroten Indianer-Mokassins stieg sie eilends über die flimmernden Konturen des Busches – vor sich den Tag in vollem Laufe, wie einen geschmeidigen roten Bock.

Ich beobachtete noch das Schauspiel und horchte, wie die Affen vor Behagen lärmten, weil der Tag von allen Seiten in den dunklen, wachsamen Wald eindrang – da sah ich Umtumwa ohne Gewehr auf einen Steinblock klettern und tief sinnend in den heraufziehenden Tag blicken. Als die Sonne aus einem Augenwinkel über den Rand des Horizontes spähte, spie Umtumwa in seine rechte Hand und hob sie hoch über seinen Kopf. So entbot er der Sonne den königlichen 'Takwena-Gruß. Er hielt die Hand empor, bis das Gefühl der Morgenkühle in ihrer Innenfläche verging. Ich fühlte mich bei dem Anblick unaussprechlich bewegt. Seit Jahren hatte ich Umtumwa nicht beten sehen. Dies war der uralte instinktive Weg, auf dem die 'Takwena Verbindung mit Gott suchen: bei Sonnenaufgang mit der Rechten, bei Sonnenuntergang mit der Linken. Ich habe sie manches Mal gefragt, was diese Gebärde bedeute. Aber sie sagten nur: „Versuche es, Bwana, in deinem Tun wirst du die Antwort finden." Wenn ich es dann versuchte und einen Hauch kalter Luft in meiner feuchten Handfläche atmen fühlte, fragten sie erwartungsvoll mit zartem Lächeln: „Da ist es nun: fühlst du nicht, wie der große Geist das Herz deiner Hand anrührt?"

An diesem Morgen – dessen bin ich sicher – wurde Umtumwas Hand von etwas Erhabenem angerührt. Denn als er von dem Stein herabstieg, war der Ausdruck unergründlicher Betroffenheit, den die Kobraschlange in sein Auge gepflanzt hatte, verschwunden. Er sah friedvoll aus, doch ernster als ich ihn je zuvor gesehen.

„Umtumwa", begann ich, und es fiel mir schwer, meiner Stimme nicht anmerken zu lassen, wie bewegt ich war – „da Tickie so tapfer eines Nashorns Hinterteil versengen konnte, laß uns versuchen, ob er auch mannhaft genug ist, am Ende der Reihe zu gehen. Komm du zu mir an die Spitze, denn ich werde deine Hilfe und deinen Rat brauchen, damit wir Wasser finden, bevor es dunkelt."

Nun war ich zwar wirklich besorgt um Wasser, aber meinen wahren Grund verschwieg ich ihm, ich wollte ihm als Gefährte zur Seite sein in dem archaischen Schatten, der seine gläubige Seele so plötzlich verdüstert hatte.

„Jawohl, Bwana!" gab er ernst zur Antwort, „aber du brauchst dir keine Sorge zu machen, wir werden vor dem Abend Wasser finden. Sieh dort!" Damit wies er auf ein paar grüngelb schimmernde Wasserfinken, die flink über unsere Köpfe hinweg geradeswegs in die aufgehende Sonne hineinflogen.

Ermutigt von diesem Anblick, schritten wir frisch auf dem Pfad vorwärts und hätten einen verhältnismäßig sorglosen Morgen verbracht, wenn nur jener grollende Wald nicht gewesen wäre. Mißtrauisch lag er auf der Lauer und warf uns beharrlich überall heraus, wo wir einzudringen versuchten. Ich leide nicht an übermäßiger Phantasie, aber jener Wald nahm für mich bald menschliche Züge an. Als der Tag fortschritt und die Dornbüsche mit ihrem Tanz begannen, glaubte ich zuweilen ein halbes Lächeln – zynisch und voll überlegener Verachtung – in dem dunklen, stolzen Antlitz des Waldes zu entdecken. Beinahe glaubte ich, daß er unserer Gegenwart voll gewahr wurde und zielbewußt jeden Schritt vorwärts, den wir tun wollten, ausspionierte. Tatsächlich war ich nahe daran, alle Hoffnung aufzugeben – da bemerkte ich, daß sich die Landschaft allmählich veränderte und das Dorngestrüpp sich langsam, langsam lichtete. Das brachte mich auf den Gedanken, was mit den Dornbüschen außen geschah, werde wahrscheinlich auch für die Dornbüsche im Innern des Waldes zutreffen. Als wir jedoch an jenem Abend unser Lager aufschlugen, hatten wir die Verteidigungslinie des Waldes noch immer nicht durchbrochen. Dabei waren wir weitere fünfundzwanzig Meilen in der falschen Richtung gegangen, so hatten wir wieder einen meiner acht kostbaren Tage vergeudet, nur noch vier blieben mir. Offenbar sollte ich all die Extrastunden nötig brauchen, die mein guter Hafenkommandant durch das Hinhalten der ungeduldigen Dame für mich herausgeschlagen hatte. Mit einem Schwächegefühl im Magen wurde mir klar, daß die Wahrscheinlichkeit mehr und mehr gegen das Gelingen meines Vorhabens sprach.

Gleichwohl ermutigte mich der Anblick unseres Lagers. Zum mindesten hatten wir eine gute Wasserstelle. Als Umtumwa und ich sie entdeckten, tranken dort gerade mehrere „Schokoladengnus" in tiefen Zügen, Nase an Nase mit ihren eigenen glänzenden Spiegelbildern. In einiger Entfernung von ihnen erwies ein großer Zebrafürst – der aussah, als sei er eben aus einem königlichen Wappenschild herausspaziert – einer edlen Dame stürmische Liebesbezeugungen.

„Sieh da, Bwana!" sagte Umtumwa, und das erste Lachen an diesem Tage sprudelte in ihm hoch. „Es ziemt sich, einem so guten Lager einen gebührenden Namen zu geben." Damit wies er auf das Zebra und gebrauchte einen recht anschaulichen, drastischen Sindakwena-Ausdruck, der beschönigend wiedergegeben lautet: „Der Ort der Zebrawonne."

Am nächsten Morgen begaben wir uns erfrischt auf den Weg und gingen mutig in den Kampf mit dem Walde. Nach drei mühevollen Stunden – ohne praktisches Ergebnis – hatten wir beide, Umtumwa und ich, größere Hoffnung, daß wir noch vor dem Abend einen Eingang erzwingen würden. Denn jetzt fing das Dornengestrüpp an, auch am grimmigen Rande des Waldes abzunehmen; wir hatten den Eindruck, als würden die Bäume stärker und höher.

Den ganzen Tag über dauerte dieses Lichterwerden an; andererseits nahm die Fliegenplage, die drückende Schwüle, die Feuchtigkeit fortwährend zu. Um Mittag gingen wir durch unsere erste, langgestreckte Savanne, die blau und golden, ruhig vor uns lag, im stumpfen Winkel zu unserem Pfad. Hier stießen wir auf unsere erste Büffelfährte. Fünf Minuten später zupfte mich Umtumwa am Rock und flüsterte: „Inyati!"

Zwölf Meter vor uns stand unser erster Büffelbulle. Sein feuchtes Maul glänzte vor Licht und Gesundheit. Der graue Krummsäbel des mächtigen Hornes war zurückgeworfen, die kundigen Nüstern witterten in der Luft. Das Gras, in dem er stand, klammerte sich dicht um seinen Hals und lag wie ein Umhang aus Gold um seine purpurnen Flanken. Wenn ich nach langer Zeit zum erstenmal wieder einen Büffel erblicke, ist das für mich immer ein feierlicher Augenblick. Des Büffels gewaltiger Kopf, wie er das gelbe Gras verdunkelt, ferner des Löwen gebieterisches Brüllen und des Elefanten gelassensicherer Nachtwandlergang – in diesen dreien lebt das Wesen Afrika sich stärker dar, als in all den Kundgebungen, mit denen die vielen anderen Tiere sich offenbaren, die ich kenne und liebe. Es ist, als hätten sich in der Gestalt des Büffels sogar Stein und Erde dieses Wesens Afrika – mit all seiner unermeßlichen, schweren, zurückgezogenen und verdichteten Substanz – magisch verwandelt: in einen gewaltigen Wurf des Lebens selbst; als würde all die traumhaft übersinnliche magnetische Kraft des Landes in den trommelnden Hufen der Büffel ausgelöst und in der leichten Hebung ihres schweren Kopfes befreit. In ihrer leidenschaftlichen Selbstverteidigung, in ihrer nicht vorherzusehenden Reaktion gegen Eindringlinge, manchmal gleichgültig, manchmal gnädig, in ihrer Bereitwilligkeit zu weichen, aber auch in ihrer Entschlossenheit, eine Kränkung mit unermüdlicher List zu rächen – in all diesen charakteristischen Zügen sind sie wie ein lebendiger Ausdruck des urtümlichen Wesens der afrikanischen Erde, das sich nicht in Begriffe fassen läßt. So war es auch mit diesem machtvollen Bullen. Da stand er und wog sorgsam mit seinen geduldigen, mathematisch genau reagierenden Sinnen ab, was er mit der noch nie geschauten Erscheinung des Menschen beginnen sollte, die dort vor ihm aufgetaucht war.

Zehn Minuten lang standen wir ihm gegenüber, dann sagte ich: „Umtumwa, wir können unmöglich den ganzen Tag warten, bis er sich entscheidet. Nimm du Tickies Platz am Ende ein. Schließe die Reihe möglichst fest zusammen. Said soll Tickie die schwere Flinte abnehmen und sie für dich tragen. Schicke Tickie mit der anderen zu mir, und dann wollen wir losgehen." Said, den langen Somaliträger, der mir schon aufgefallen war, wählte ich aus, weil er im Somaligrenzschutz gedient hatte und vermutlich schießen konnte.

Nun hielt ich meine Augen fest auf den Bullen gerichtet und nahm die Führung des Zuges wieder auf. Sobald wir uns fortbewegten, senkte sich sein Kopf und hob sich schnell wieder. Im gleichen Augenblick schoß ein schneeweißer Ibis wie ein Pfeil in die Luft; bei seiner Suche nach Zecken auf dem Rücken des Bullen war er wohl aufgeschreckt worden, als er unter seinen Füßen die andrängende Blutströmung, die Wirbelsäule entlang, fühlte. Ich ließ mich durch das Warnsignal nicht beirren, sondern schritt ruhig weiter: da, langsam, trat der Bulle etwa zwölf Schritt zurück, drehte uns die Seitenansicht zu und warf den Kopf über die Schulter; mit unablässig schnüffelnden Nüstern und vor Interesse brennenden braunen Augen erlaubte er uns, vorbeizugehen. Aber wenige Minuten später trafen wir auf eine Herde von ungefähr fünfhundert Bullen, deren Köpfe sich wie purpurne Riesenzecken in dem gelben Gras abzeichneten. Bei unserem Nahen schlossen sie sich augenblicklich zu einem festen, makellosen Ring zusammen, so abgezirkelt wie eins der von Chaka gutgedrillten *impis**: die Kinder in der Mitte, die Mütter um sie herum; und die großen Bullen als Wachen im weiteren Umkreis beobachteten uns, bis wir außer Sicht waren. Oh, kein Ballettmeister auf Erden könnte je diese Präzision und Grazie nachbilden, mit welcher der unverfälschte Instinkt des Tieres Afrika seine Geschöpfe, die großen wie die kleinen, ihre reizvollen schwierigen Künste vorführen läßt. Den ganzen Tag bis zum Abend wiederholte sich das gleiche Spiel. Und meine kleine Schar wanderte weiter und weiter fort von ihrem eigentlichen Ziel, eine golden schimmernde Schneise hinab zwischen dem lauernden Wald und den wachsamen Köpfen großer Büffelherden. Ich wüßte nicht zu sagen, welcher von den beiden Wehrhaften mir mehr Eindruck machte oder mehr Unbehagen bereitete. Bei Anbruch der Nacht behauptete der Büffel noch immer seine Stellung, ohne zum Angriff überzugehen, und der Wald war immer noch siegreich.

Bei Sonnenuntergang schlugen wir unser Lager an einem tiefen blauen Weiher auf. Er war rings umsäumt von feingezackten, sternförmigen blauen und gelben Linien. Enten mit gelbbraun gesprenkelten Leibern trieben wie chinesische Papierboote ihrem Lager zwischen dem Schilf entgegen. Das Wasser war völlig still, ganz an die Dämmerstimmung dieses abgelegenen Landes hingegeben. Als darum Said an mich herantrat und in seiner arabischen Mundart sagte: „Wirklich Effendi, diesen Platz könntet Ihr Bir-es-Salaam – Brunnen des Frie-

---

* Chaka – Häuptling eines Kaffernstammes Südafrikas, der in den zwanziger Jahren des 19. Jahrhunderts ein Zulureich eroberte. Er wird in der Geschichte Afrikas „Napoleon der Bantu" genannt, er soll 90 Bantustämme besiegt haben. Impis – seine Kampfgenossen. (Anm. d. Übers.)

dens – nennen", stimmte ich sogleich zu; denn mir gefiel nicht nur die passende Wahl des Namens, ich freute mich auch, daß Said so freimütig zu mir kam.

Dann nahm ich Tickie mit mir und ging auf die Suche nach Fleisch. Zweihundert Meter von dem Weiher endete unser Pfad plötzlich, und wir befanden uns in einem ausgedehnten Komplex von verfallenen und bröckligen Steinmauern. Offensichtlich hatte hier einstmals eine ansehnliche Stadt gestanden. Jetzt aber in ihrer Verlassenheit bot sie einen ergreifenden Anblick, der mich mit Schatten der Melancholie erfüllte. Diese Stimmung wurde noch schmerzlicher durch das schwache Gekritzel des sterbenden Sonnenlichtes auf den graugrünen, gebrochenen Steinplatten. Ein Gefühl beschlich mich, als bewege sich noch immer durch die dunkelnde Luft über uns ein Phantom des geistigen Wesens dieses Volkes, das hier gebaut hatte und zugrunde gegangen war. Während wir schweigend dastanden, flog eine Eule auf, mit Flügeln wie eine von Schmetterlingspollen bestäubte, mehlige Motte; unweit davon ertönten die Klagerufe einer zweiten Eule. Und auf einem großen Trümmerstein, der seinen Kopf verzweifelt über dem lähmenden Dorngebüsch hochhielt, saß regungslos eine graue Riesentrappe – der wilde Pfau meines Volkes – und beobachtete uns stumm.

Dann – als sollte meine Melancholie ausgelöscht werden – fiel mein Auge auf einen anderen Pfad, im rechten Winkel zu dem alten, und zog meine ganze Aufmerksamkeit dort hinüber. Dieser neue Pfad zielte wie eine Pfeilspitze, rot von Blut, genau auf die dunkle Flanke des Waldes.

„Da ist unser Weg für morgen, Tickie", sagte ich aufatmend und deutete auf ihn, in der Hoffnung, daß er uns durch den Wald zu der alten Richtung zurückführen würde. Weiter aber geriet ich nicht mit meinen Erwägungen. Wir schritten gerade langsam hinab auf die tote Stadt zu, da erblickten wir einen ältlichen Nilpferdbullen, der die Kühle des Abends genoß wie ein wohlhabender und fetter, alter Parsenkaufmann.

„Was meinst du zu einer Portion Nilpferdfleisch, Tickie?" flüsterte ich ihm zu.

„Auck, mein Bwana, das wäre sehr gut", entgegnete er und schmatzte mit den Lippen.

Würdevoll kam der so verurteilte alte Herr uns entgegen in seiner schwerfällig schlingernden Gangart eines verabschiedeten Flottenadmirals, er tat mir leid. Er schien zu absonderlich grotesk, um getötet zu werden. War es nicht ein Gebot des Anstands, ihn leben zu lassen, ihm noch eine Chance zu geben, seine äußere Mißgestalt durch innere Liebenswürdigkeit auszugleichen, bevor ich ihn derart benachteiligt fortschickte, um sich zu den lieblichen Schatten schön gestalteten Lebens zu gesellen, das vor ihm dahingegangen war? Denn das Nilpferd war in zwiefachem Sinne merkwürdig. Es war ein Gemisch der Übertreibung nach zwei Richtungen, der negativen und der positiven. Sein Kopf war so groß, daß es nahezu damit vornüber kippte. Seine Ohren jedoch waren winzig und korallenrosa wie die einer Frau. Sein Maul glich einer Löwenfalle und seine Stoßzähne waren so gewaltig, daß es mit Leichtigkeit den Boden eines Walfängers hätte herausreißen können. Dabei war es ein ausgesprochener Vegetarier, so gierig nach grünen und zarten Dingen, daß ich einmal seine Artgenossen zehn Meilen weit vom Wasser fortgehen sah, nur um einen Happen Lattich zu ergattern. Tagsüber schlief es mit Wohlbehagen im Wasser, aber nachts wandelte es draußen umher. Seine schokoladenfarbene Haut war so dick und zäh wie nur je ein Fell auf Erden, und doch war sie von innen zart gerötet. Seine Beine waren zu klein für seinen Leib und durch sein schweres Gewicht in den Knien eingeknickt. Seine Augen waren alt, von Geburt an, ohne Wimpern und mit den Lidern einer Eidechse. Es war in so manchen Elementen bewandert, aber in keinem vollkommen. Ob es im Wasser oder auf dem Lande war – Tag und Nacht schnaufte, keuchte und grunzte es von der Anstrengung, genug Luft in den prähistorischen Kreislauf eines derart riesigen, im Übergang lebenden Geschöpfes zu pumpen.

„Vergib mir, teurer, seltener Schatz der Vorzeit", flüsterte ich und drückte am Abzug. Ich sah es niedersinken, vornehm, geruhig, behutsam bis zuletzt, als wolle es vermeiden, mit seinem großen Gewicht irgend etwas zu zerstören. So sank es, das Kinn auf den Vorderfüßen, zu seiner letzten Ruhe nieder in den warmen Schutz des bestürzten Grases.

In Bir-es-Salaam war darüber große Freude. Nilpferdfett, ebenso wie das Mark der langen Giraffenknochen, ist Kaviar für Afrikas eingeborene Feinschmecker. Geschickt zogen die Männer dem gewaltigen Tiere die Haut ab, wie einem riesigen Zimmtapfel, und legten die schweren Fettschichten bloß. In jener Beleuchtung und abgehoben gegen die schokoladenfarbene Haut, von welcher der Hauch des Rosa gewichen war, wirkte das Fett wie Schaum am Ufer des tiefen Meeres seines vorzeitlichen Seins. Gleich beim Abziehen schnitten die Träger dieses Fett in Streifen und reichten es ihren Kameraden zum sofortigen Rohessen. Auch ich machte mit und fühlte mich dadurch gestärkt. Doch erlaubte ich den Trägern nicht, sich lange dabei aufzuhalten; denn die dunkle Wolke der Moskitoschwärme über den Sümpfen stieg höher, und ihre Musik klang nun wie sämtliche Pfeifen der aufgewiegelten Afghanenstämme, wenn sie in raschem Lauf eine Schlucht in den indischen Bergen herabkommen. Es war höchste Zeit, zu unseren Feuern zurückzukehren, bevor es dunkel wurde.

Kaum waren wir wieder im Lager, als die Moskitos den Wall von Bäumen um uns stürmten und sich über die Wipfel ergossen wie tatarische Seeräuber über die Seitenwand eines reichen Kauffahrteischiffes. Ich kenne kein Insekt, das so eigensinnig und fanatisch bei der Verfolgung des lebenden Menschen vorgeht wie der Moskito, ein geborener Räuber, der auf Blut aus ist. Und hier in Bir-es-Salaam kamen sie in Massen – die schwersten Bataillone des Schwarzen Umpafuti. Das Getöse war schrill, wild und barbarisch. Ich kroch, sobald ich konnte, unter mein Netz, reinigte dort meine Gewehre und verzehrte mein Essen. Ebenso machten es Umtumwa und Tickie, aber die gierigen Träger warfen grüne Blätter ins Feuer und saßen noch zwei Stunden in dichter Deckung des schützenden Rauches, während sie brieten und rösteten. Jedenfalls war es ein glückliches Lager – so glaubte ich wenigstens, bis ich Tickie zu Umtumwa sagen hörte:

„Bruder meiner Mutter, an jenem toten Ort, von dem ich dir erzählt habe, flog, kurz bevor der Bwana schoß, ein Eulengeist auf und ein zweiter rief im Busch ‚wer ist da?‘ "

„Was!" entfuhr es Umtumwa, der sichtlich ebenso erschreckt wie verblüfft war. „Nimm deine Worte in acht, mein Junge! Die Sonne war noch nicht untergegangen, und noch nie habe ich einen Eulengeist bei Tageslicht rufen hören."

„Ich auch nicht, Anführer von Amantazuma. Eben darum habe ich es dir kundgetan. Aber du kannst ja unseren Bwana fragen, auch er hat es gehört", antwortete Tickie gekränkt.

„Auck. Auck." Endlich überzeugt, sagte Umtumwa ernst: „Das bedeutet bestimmt nichts Gutes."

Am nächsten Morgen – es war ein Sonntag und bestenfalls fünf Tage vor Ankunft des *Sterns der Wahrheit* dort, wo wir das Flamingowasser vermuteten – bogen wir in dämmernder Frühe in unseren neuen Pfad ein. Nach den Berechnungen auf meiner Karte hatten wir höchstens hundertdreißig Meilen zurückzulegen bis zu der Stelle, wo allein das Große Flamingowasser liegen konnte. Ich war überzeugt: wenn sich dieser neue Weg als ebenso gut erwies wie der alte, konnten wir mit den von Tag zu Tag kräftiger werdenden Trägern unsere Reise in vier bis fünf Tagen schaffen. Sollte ich trotzdem nicht rechtzeitig zum Empfang der ungeduldigen Dame eintreffen – wenn mir dies natürlich auch am liebsten gewesen wäre –, so blieben mir noch immer zwei oder drei Tage, um sie bei ihren Umtrieben abzufangen: denn ich war einer Meinung mit Oom Pieter, daß sie noch andere Geschäfte zu betreiben hatte, außer ihre 'Takwena-Ladung an Land zu setzen.

Ich warf einen letzten Blick auf diese tote Stadt am äußersten Rande des Toten Landes. In der großen Lichtflut, die sich jetzt aus der entgegengesetzten Richtung schnell und glänzend über die dornigen Dämme ergoß, sah die Ruine weniger düster aus als am Abend zuvor und – merkwürdig unafrikanisch. Vielleicht war die Stadt hier von einem Volke erbaut worden, das von der See her kam und seinen Verbindungsweg zwischen dem Innern und dem Ozean sichern wollte. Dieser Gedanke erwärmte mich durch und durch und trieb mich an, rasch im Busch voranzuschreiten.

Der Pfad war zwar alt, aber gut genug. Wie sein Vorgänger, war er vom Wild offengehalten worden. Er führte unmittelbar auf den tiefsten Schatten in der luftig dunklen Reihe der Bäume zu und spaltete die Finsternis zwischen zwei Giganten, ohne daß auch nur ein einziger Dorn Tribut von uns forderte. Lieber Gott, was für eine Erlösung das war! Und welche Befreiung zu sehen, daß der tapfere Speerstoß uralten menschlichen Willens tief ins Herz des anmaßenden, tyrannischen Waldes getroffen hatte. Einen Augenblick wandte ich mich um und betrachtete die pendelnde Reihe der grauen Tornister, die mir schnell folgten. Über den Bäumen sah ich den sonnenlichten Morgen sich hinaufringeln wie eine Schaumwelle im Pazifischen Ozean, wenn sie über ein untergetauchtes Riff spült. Dann kehrte ich für immer dem Toten Lande den Rücken.

Es dauerte eine Zeitlang, bis meine Sinne sich der plötzlichen Verwandlung anpaßten. Der Kontrast war im Anfang zu groß: als ich tiefer und tiefer in den Wald eindrang, fühlten sich meine Augen – die an den tanzenden Schimmer draußen gewöhnt waren – seltsam unzulänglich in dieser Welt voll dunkler Blätter, zwischen Stämmen wie die schwarzen Säulen im Tempel von Karnak, auf feuchtem Laub und moosbedeckter Erde. Auch ging es meinen Ohren kaum besser. Sie waren wie zugestopft. Ich konnte nicht mehr das Tappen der Träger hinter mir hören; ich nahm nicht einmal das Lärmen der männlichen Affen wahr. Ja, dieses plötzliche Aussetzen aller geselligen Laute drückte mich derart nieder, daß ich laut Said anrief, der die Kolonne anführte. Seine Antwort „Ghadre, Effendi" fiel so schwach aus, daß ich ihn weit von mir fort wähnte, aber nach ein paar Sekunden tauchte seine Gestalt hinter einem Baum hervor, und ich erkannte, er konnte höchstens ein paar Meter von mir entfernt gewesen sein.

Ich hatte Mühe, mir all dies zu erklären, bis ich um Mittag die Lösung fand, als der geringe Schein des Lichtes, das in diesem Waldverließ so beharrlich zurückgewiesen wurde, sich ein wenig verstärkte. Erst jetzt bemerkte ich, daß die Bäume mit kräftigem, federndem Moos dicht umhüllt und mit Girlanden aus Druidenflechte behangen waren. Und die Erde zu Füßen der Bäume war nicht nur mit Moos und Blättern bedeckt, sondern auch mit einer Vielfalt von Farren, von den zartesten chinesischen Mustern, feinen, schwarzen Stengeln und empfindlichem, seidengrünem Netzwerk, bis zu richtigen Bäumen mit Springbrunnenhäuptern nach der Art königlicher, junger Palmen. Nun endlich begriff ich, daß der große Wald Duk-aduk-duk sich mit wohlbedachtem Vorsatz, mit unermüdlicher List und aus Generationen alter Erfahrung gegen jeden eindringenden Laut – von außen wie von innen – ausgepolstert hatte. Nicht das leiseste Flüstern oder auch nur ein Widerschein jenes ungestümen, bestechenden Lichtes aus der irren, fieberhaft tanzenden Welt da draußen sollte diese großen Blätterhäupter stören in ihrer geduldigen Betrachtung einer verlorenen, entschwundenen Welt. Von diesem Moment an begann ich den Wald mit anderen Augen zu sehen. Mancherlei seltene und köstliche Dinge gewahrte ich da.

Winzige Rehe, noch keinen Fuß hoch, mit Ohren wie die Blumenblätter der Safranpflanze und großen warmen Augen wie Liebende, lugten hinter den Blättern scheu zu uns herüber. Unter den Zweigen bewegte sich, wie ein huschender Schatten, der weißgefleckte Waldbock, und während er geduldig auf das Sinken der Nacht wartete, schien er mich auf meinem Wege zu überwachen. Wie es selbstverständlich und unvermeidlich ist in einer Naturwelt, die den unbegrenzten, ewig wägenden Kräften des Ausgleichs unterworfen ist, gab es als Gegengewicht zu Sanftmut und Harmlosigkeit auch Wildheit und Arglist. Die Borke so mancher großen Bäume war in Fetzen gerissen, wo Leoparden ihre Krallen gewetzt hatten, und hing wie Stangenzimt in langen Streifen herunter. An einer Stelle sah ich das Skelett einer Affenmutter mit ihrem Baby, und dicht daneben, auf dem niedrig hängenden Ast eines Baumes, lag – wie das krönende Kunstwerk eines herrschaftlichen Barockgitters – ein mächtiger, lebender Leopard. Doch war er ganz eins mit dem Liegeplatz, der ihn trug, als sei er aus der Rinde hervorgewachsen wie die Königin der Orchideen. Tatsächlich sah ich zuerst nur scheckige Flecken durch die Blätter, und es dauerte eine Weile, bis mein Auge ihn aus seinem untergründigen Perlmutterglanz wieder zur vollen Gestalt nachbilden konnte.

Einem warnenden Instinkt folgend, machte ich auf der Stelle halt. Bei Nacht fürchte ich Leoparden nicht sonderlich, denn in der Dunkelheit fühlen sie sich sicher, aber bei Tageslicht, selbst bei diesem Meeresgrund-Tageslicht hier, sind sie ungemütlich, leicht störbar und geneigt, in panischem Schrecken anzugreifen. Als er fauchte – schoß ich darum, und so nahe war ich ihm, daß ich sah, wie das Erbeben von dem Kugelaufprall am Schädel schnell wie eine Welle durch ihn hindurchlief, von seiner juwelenbesetzten Kehle bis zur äußersten, aufzischend glänzenden Quaste seines Schweifes. Eine Sekunde lang sah er aus wie schlafend, dann drehte er langsam einen gelb schäumenden Bauch nach oben und fiel rücklings in ein tiefes Bett von Farnfedern. Und so weich war der Platz mit Kissen gepolstert gegen jeden Laut, daß weder Umtumwa, noch die Träger, hundert Meter hinter mir, den Schuß gehört hatten.

Ich muß gestehen, es war eine unerhörte Anspannung, unter diesen schweigend wachsamen und unermüdlich alles in sich aufsaugenden Bäumen zu marschieren; es griff mich stärker an als alles, was ich bis dahin erlebt hatte. Zuweilen hatte ich das Gefühl, am Ertrinken zu sein, oder im Alptraum in einem tiefen Blättermeer zu liegen. Oder war ich als eine von Jules Vernes Gestalten aus dem Nautilus herausgestiegen und wandelte nun einsam zwanzigtausend Meilen unter dem Meere? Selbst für die Schatten liebende Tsetsefliege war es zu dunkel, und als der Abend kam, war kein einziger von meiner Gesellschaft gestochen worden.

Von einer Sorge wenigstens war ich befreit: der Wald war gut bewässert. Wir überquerten manch einen geheimnisvollen und verschwiegenen Wasserlauf, der geräuschlos dem Sammelbecken des Schwarzen Umpafuti zustrebte. Über diesen dahinströmenden Gewässern schweiften Papageien in immer größerer Vielfalt. Wie sie sich in bunter Farbigkeit flink von Ast zu Ast warfen, sahen die Schatten nicht mehr so drohend aus; doch war es zuweilen nicht möglich, das Auflodern eines Vogels von dem düsteren Aufglühen der fleischigen Orchideen zu unterscheiden. So sonderbare Blumen habe ich sonst im Leben nie gesehen. Gleichsam widerstrebend hellen sie den Schatten auf, wenn sie in dem dunklen Spiegel einer glatten, schwarz glänzenden Rinde eingefangen, ihr eigenes Bild zurückwerfen. Manche sahen aus wie in tiefen Gewässern eingeschlafene Kraken, andere wie die aufgerissenen, samtenen Mäuler von Puffottern, die ihr Gift in gespenstische Schalen tröpfeln. Wieder andere hatten die Gestalt goldner Sandalen – wie Diana sie in der Morgendämmerung mit rosigen Fingern vor ihrem Lager aufheben mochte. Über allem aber brüteten die großen Götter dieser grünen Welt, die mächtigen Bäume selbst.

Ich breite einen Vorhang über die Einzelheiten der nächsten vier Tage, denn sie fielen alle genau so aus wie der erste. Von „Kostbare Stromherrin" – so tauften wir unser erstes Lager in diesem Walde – legten wir fünfzehn Meilen zurück bis zu „Tickies Jagdbeute", so benannt, weil Tickie dort sein erstes Wild erlegte: ein langnasiges Buschferkel mit einem Kragen aus schwarzem und braunem Fell um den Hals. Von „Tickies Jagdbeute" aus schafften wir weitere fünfzehn bis nach Abu

Hagar, „Vater eines Steines". Mit diesem Namen ehrte Said einen riesigen Felsblock, der wie ein Monolith der Osterinseln aus einem Strombett hochragte. Von Abu Hagar kamen wir fünfzehn Meilen vorwärts nach „Affengeheul". Ich selber nannte es so, denn in jener Nacht ward zum ersten Male das Schweigen des Waldes zerbrochen und in tränenreichen Fragmenten weit und breit verstreut – durch das Wehgeschrei von Affen um uns. In großen Mengen versammelten sie sich ringsum in den Baumwipfeln. Die ganze Nacht brüllten die Männchen, kreischten die Weibchen, weinten die Jungen und wimmerten die Säuglinge herzzerreißend. Ein uns verborgenes Unheil schien ihnen in der Tiefe der Dunkelheit zugestoßen zu sein.

Von „Affengeheul" gingen wir wieder fünfzehn Meilen nach „Umtumwas Rast". So nannten wir den Ort, weil ich hörte, wie Umtumwa – tief erschöpft – zu Tickie äußerte, als sie endlich am Feuer ausruhten: „Nein, o nein, du Sohn meiner Schwester! Ich, der ich weit gereist bin und viele fremde Stätten mit dem Bwana aufgesucht habe, sage dir: niemals und nirgends wirst du etwas so Gutes erleben, wie dies, wenn am Abend der Rauch aus unsern runden Hütten aufsteigt, an den Hängen des Tales von Amantazuma."

Ich gebe zu, auch ich war der Verzweiflung nahe. Denn wir hatten noch mehr als fünfzig Meilen vor uns, und das bedeutete, daß wir bestenfalls um einen Tag zu spät kommen würden, um den *Stern der Wahrheit* anzutreffen. Das zu denken war bitter, aber ich konnte es nicht als endgültig hinnehmen. Obwohl mein Geburtsland aus einem Gefühl für olympisches Gleichmaß mit der einen Hand gibt, nur um mit der anderen fortzunehmen, kennt es doch entscheidende Momente, wo es beide Hände zur Schale wölbt und daraus in den Schoß derer schüttet, die sich nicht entmutigen ließen, es zu lieben. Dann schenkt es etwas weit Wertvolleres, als was gegeben oder genommen werden kann. Aus dieser Gewißheit schöpfte ich neuen Mut. Dabei bestärkte mich ein erstes Aufflimmern von Licht jenseits der Dunkelheit, in den weißen Mottenflügeln eines fernen Gewitters über den Bäumen.

Wir verließen „Umtumwas Rast" beim Morgengrauen in dichtem Nebel. Obwohl dieser unser Vorwärtskommen erschwerte, trug er nicht zu meiner inneren Bedrückung bei, denn er kündigte vielleicht eine Veränderung von Landschaft und Klima an. Zwei Stunden kämpften wir uns hindurch. Als dann gegen 10 Uhr der Nebel sich lichtete, sah ich, daß der Wald in eine liebliche, parkähnliche Landschaft mit riesigen, weitverzweigten Bäumen übergegangen war. Zwischen ihnen wuchs der Busch, das goldgrüne Gras des subtropischen Winters, rote Wolfsmilchblüten glänzten froh und unbekümmert in der Sonne. Und überall standen mit Purpurköpfen, tauberperlten Hörnern und seidenglänzenden Nasen unsere monumentalen Büffel und grasten. Oh, welch eine Last fiel da von uns allen! Was für eine Erlösung, das lichte Blau des Tages wieder zu erblicken! In den Gesichtern meiner Träger war der Wald so tief eingeprägt – ich schwöre es –, daß ihre dunkle Haut grün schillerte wie schwarzes Tuch, das vor Alter gebleicht ist. Verdutzt blinzelten sie in den fröhlich hüpfenden Tag, und ich selbst fühlte mich wie aus langer Gefangenschaft befreit.

Da rief ich meine Schar zusammen und erklärte ihnen, daß dringend Eile geboten war. Ich bat sie, mich nicht im Stich zu lassen, sondern sich wie freie Männer für eine würdige Sache einzusetzen und so zu marschieren wie nie zuvor. Von da an gingen wir ohne die geringste Rast, bis selbst die Abenddämmerung mit einer tiefroten Wunde in der Flanke sich rasch verblutete, und das Wetterleuchten so lebhaft wurde, daß es seltsame Schatten um uns warf. Zwischen den starken Bäumen warfen wir uns nieder, an einem runden Loch mit etwas dunklem Wasser auf dem Grunde, und schlugen unser Lager auf. Wie zufrieden und stolz wir waren, als ich schätzte, daß wir fast vierzig Meilen vorwärtsgekommen waren und nur noch zwölf oder dreizehn vor uns hatten!

„Was für ein Loch", hörte ich Tickie voller Abscheu

sagen, als er versuchte, Wasser zu schöpfen. „Es ist kaum größer als der Grütztopf einer alten Frau."

„Wirklich, Tickie", stimmte ich sofort zu. „Und ‚Grütztopf' soll sein Name sein. Aber mach dir keine Sorgen um Wasser, denn es wird bald regnen. Hörst du es nicht?"

Ein tiefes Donnergrollen ertönte dumpf von dem in Flammen flackernden Horizont, und die dunklen Bäume hatten schon ihre Köpfe vorsorglich in ihren langen Überröcken aus Blättern verborgen. Trotz meiner großen Müdigkeit lag ich noch eine Weile vor Erregung wach in Gedanken an den kommenden Tag. Auch lag mir die Elektrizität des unvergleichlichen afrikanischen Gewitters im Blut, das uns mit Sicherheit Regen versprach. Niemand, der nicht in Afrika gelebt hat, kann sich das wonnige Gefühl der Befreiung vorstellen, die golden honigsüße Beruhigung, die sofortige unfehlbare Aufhellung des Gemüts und das Wiedererwachen der Lebensgeister, wie sie vom Grollen des Donners und Nahen des Regens hervorgerufen werden. Erst als die Blitze rings um mich mit ihrem Lichte die Erde in strömendem Regen violett und die schweren sprühenden Tropfen karmesinrot färbten, schlief ich wirklich ein. Aber um Mitternacht erwachte ich durchnäßt und frierend; das Gewitter war vorüber, eine Mondgondel schwang sich auf dem klar gereinigten Himmel, und eine gewaltige Dankeshymne stieg von den mannigfaltigen Insekten und Nachtvögeln meines Heimatlandes empor.

Im Morgengrauen jedoch, als wir auf dem Weg waren, lag wieder Nebel schwer über uns. Aber nicht weit vom „Grütztopf" begann der Pfad erneut zu steigen, und von Zeit zu Zeit spürte ich das Knirschen von Steinen unter meinen Sohlen. Als der Nebel sich lichtete, bemerkte ich, wie sich die Vegetation in niederen, schwarzen, subtropischen Busch umwandelte. Bei diesem Anblick schlug mein Herz schneller, denn ich erkannte sofort: es war der in diesem Gebiet der Erde typische Pflanzenwuchs des Küstenlandes. Dann, nach etwa zwei Stunden Marsch, nahm mein Ohr weit vor uns auf der linken Seite einen

Laut wahr, als ob ein Wind rasch aufkäme, weithin von Horizont zu Horizont. Ich blieb stehen und wartete, bis einer nach dem anderen von meinen Gefährten schweigend neben mir stand. In der Düsternis sahen sie eher wie merkwürdige Fische aus, die im trüben Wasser auf ihren Schwänzen aufrecht standen, nicht aber wie festgefügte, schwitzende Männer.

„Horcht", rief ich ihnen zu, „hört genau hin."

Wir lauschten alle. Da war es, ebbend und flutend, flutend und ebbend, wie das Seufzen der Luft in einer gewundenen Muschel, wenn man sie ans Ohr hält.

„Was ist es, Bwana?", flüsterte Tickie. „Es klingt zwar wie Wind, doch kommt es nicht näher wie der Wind."

„Du solltest· es kennen", sagte ich zu ihm, „oft genug hast du es gehört in Petit France. Es ist das Meer."

„Ekenonya! Ekenonya!" rief Tickie aus und sprang vor Freude so hoch in den Nebel hinauf, daß ich glaubte, er würde in dem dunklen Gewoge über uns verschwinden.

„Ie-yellah", fiel Said mit einem Derwischruf ein. „Im Namen Allahs, laßt uns weitergehn."

„Ruhig, ihr beiden, ruhig", ermahnte ich sie. „Von nun an müßt ihr sehr vorsichtig sein, denn dieser Landstrich am Meer kann viele böse Menschen bergen. Ich will euch aber nicht verlieren, denn ihr habt mir gut gedient und verdient reichliche Belohnung."

Unerschrocken, aber schweigend reihten sie sich ein, und wir setzten unsern Weg leise fort. Der Pfad stieg weiterhin steil an, bis er plötzlich eben wurde, etwa zweihundert Meter so verlief und dann abzufallen begann. Der Nebel ließ in diesem Augenblick gerade die Bäume frei, nur ein paar eingefangene Fetzen hingen von den äußersten Zweigspitzen wie zerrissene Spinngewebe, und als ich den ersten Schritt abwärts tat, sah ich das Feuer. Ja, da war es auf einmal, tief unter mir: lange Streifen lebendigen, irgendwie unirdischen Feuers. Ich hielt sofort inne und ließ durch Flüstern die Reihe entlang Umtumwa zu mir rufen.

„Geh mit den Trägern hundert Meter zurück. Weiche um weitere hundert Meter vom Pfad nach rechts aus und

bringe dort die ganze Schar in Deckung, wie in Erwartung eines Luft- und Bodenangriffs. Gib acht, daß niemand einen Laut von sich gibt, und warte, bis ich zu euch komme. Ich gehe nicht weiter, bevor ich klar sehe, was vor uns liegt."
Sichtlich mit meiner Entscheidung einverstanden, verschwand Umtumwa schnell und still mit den Trägern, und ich blieb allein an der Kante eines steil abfallenden Erdhanges im malvenfarbenen Gewoge der Nebelbank. Lieber Himmel, wie dicht der Nebel war und wie still die Luft! Nur das Murmeln und Rascheln der See durchbrach die Stille und manchmal das Fallen eines nassen Blattes oder eines Wassertropfens von einem Baume. Doch tief unten – höchst geheimnisvoll – hin und her ein Weben, ein Ineinanderwogen ohne Unterlaß, ein Flackern und Zittern und Flimmern wie scharlachrote Lichtwellen am Mittag, da war Feuer in jeder Spalte des langsam zerreißenden Nebels. Was konnte es nur sein? Da auf einmal hatte ich es! Sollte mein Blick etwa auf die frühe morgendliche Flamme der afrikanischen Flamingo-Schwingen gefallen sein, und war wirklich das Große Flamingowasser weder ein abergläubisches Gerücht noch ein müßiges Amangtakwenageschwätz?
Unmittelbar auf diesen erstaunlichen Gedanken brach ein neuer Laut von unten her durch die Stille, ein Laut, den ich gut kannte und den ich oft im Krieg angehört hatte, mitten in der Nacht, an tief verdunkelten Kais. Irgendwo unter mir im Nebel schlug der kräftige Puls eines Schiffes, da war das Dreschen der Schrauben. Verzweiflung ergriff mein Herz und machte es krank und elend. So unerträglich die Vorstellung schien, es war klar: Ich war zu spät gekommen; denn jener Laut bewegte sich unaufhaltsam an mir vorbei und von mir fort dem Rauschen des Meeres zu. Nein, nein – so lehnte sich mein Herz auf gegen das schlafende Land um mich –, du kannst mir nicht einen so grausamen Schlag versetzen. Aber der stumme Nebel raffte nur verächtlich seine Röcke um die Knöchel und trieb weiter dahin. Ich blieb allein und stellte beim ersterbenden Ton jener

Maschinen mit bitterster Ironie fest: obwohl wir rechtzeitig und getreulich der ersten Spur gefolgt waren, hatten wir nichts anderes erreicht, als zuletzt doch zu spät zu kommen. Wieder und wieder kam ich zurück auf die schmerzhafte Einsicht – hätte ich mich nur vor Jahren ans Werk begeben, als Joan intuitiv erkannte, daß John am Leben war, ich stünde hier nicht im Nebel einsam und ohnmächtig! Ich kenne viele bittere Momente in meinem Leben, aber keiner war so bitter wie jener auf den Hängen über dem Flamingowasser.

XI

Setara Umtumwaensis

Eine volle Stunde saß ich dort auf der Höhe des Uferhanges. Nichts als das Flamingofeuer war mir geblieben, meine Seele zu erwärmen. Aber auf einmal begannen die düsteren Nebelwolken sich schnell zu heben, hoch über die Bäume empor. Und die Schönheit des Schauspiels, das sich in der auftauchenden Landschaft enthüllte, schien kaum von dieser Erde zu sein.

Ich schaute auf eine Bucht herab, die ein fast vollkommenes Oval bildete, zwischen einem Ring von Bergen. Schwarzes, dampfendes Sumpfdickicht kroch bis an das glänzende Wasser heran, das – gleich einer Perle – ins Herz eines dunklen Tangwaldes eingefügt war. Nur an der Westseite war das Oval durchbrochen. Dort schnitt ein Silberfluß, reißend und angeschwollen, eine schroffe, glatte Spalte in die Berge und warf sich dann mit Wucht nach dem östlichen Hügelkreis hinüber. Wie der Fluß es fertigbrachte, jene Berge zu durchbrechen, konnte ich weder sehen, noch mir vorstellen. Doch bahnte er sich wirklich hindurch zur Freiheit und flutete so tief und stark ins Meer hinaus, daß seine Strömung jenes Schiff, das ich gehört hatte, bereits auf die dem Indischen Ozean zugekehrte Seite der Bucht getragen hatte. Meine Augen aber konnten sich nicht abwenden von der Flamme des Flamingofeuers auf dem perlenglänzenden Wasser. Dort unten hatte sich Vogel um Vogel eingefunden – zu Millionen waren sie versammelt. Nach flüchtigem Überschlag schätzte ich, daß diese feurige Zusammenkunft von Flamingos etwa siebzig Quadratkilometer einnehmen mochte. Ich wünschte, ich könnte das Schauspiel naturgetreu beschreiben, aber Worte allein reichen dafür nicht aus. Es gehört der Pinsel eines Fragonard dazu, die Eleganz der Vögel wiederzugeben, die das Flammende noch steigerten, während sie die leuchtenden Stelzen ihrer langen Mannequinbeine wie venetianisches Glas aus dem Schmelztiegel dieses Feuers zogen. Und Strawinskys Musik gehört dazu, die lebhaften Variationen des Rot und die schnell ineinander übergehenden klassischen rosa Töne hervorzuzaubern. Wer aber könnte der geschmeidigen Biegung jener langen Meerschaumhälse gerecht werden oder der edlen Grazie ihrer Köpfe? Vor allem: Wer könnte die Sinnbildlichkeit dieser Gestalten malen; welche Worte könnten ihre fast mystische Teilhaftigkeit an einem innersten Geheimnis des Lebens beschreiben? Das Geschaute löste in mir die Empfindung aus, als sehe ich gar nicht die Vögel selbst, vielmehr ihre Widerspiegelungen, die von jenseits der Schranke einer übersinnlichen Welt auf die glänzende Bildfläche dieses ruhigen Wassers geworfen wurden. Dieser Eindruck war so lebendig, daß er alle meine Vorstellungen durchdrang. Als ich zu dem schwarzen afrikanischen Dschungel aufblickte, welcher das Wasser umzingelte, und den Nebel darauf aufsteigen sah wie den Rauch des brennenden Phönix, war ich überrascht, hatte ich doch erwartet, rings umher die Spiegelwände des innersten Hofes von dem Versailles eines entschwundenen Sonnenkönigs zu finden. Dennoch gehörte dies alles zum Inbild Afrika! Es sah der schwarzen Mutter gleich. Wie oft schien sie keine Zeit zu haben für das Lebendige, welches nicht kräftig genug ist, an den Schneebrüsten des Kilimandscharo zu saugen! Aber ganz in der Stille und im Geheimen hegte sie zu jeder Zeit diese zarten, vornehmen und wärmespendenden Vögel, welche einstmals, vor nahezu zweitausend Jahren, einen König und sein ganzes Volk zu sich hingezogen hatten – durch einen machtvollen Traum.

Mit der Erinnerung an den Traum schöpfte ich wieder Mut. „Nein, ich will verdammt sein, wenn ich aufgebe", sagte ich zu mir, „ich will hier nach neuen Spuren fahnden und durchhalten, bis diese Sache zu einer wirklichen Lösung geführt ist." Ich kehrte darum schnell zu meiner Schar zurück, ein tüchtiges Stück abseits vom Pfade errichteten wir ein Lager und tarnten es mit allen Listen. Umtumwa ließ ich zur Bewachung zurück und schärfte ihm ein, kein Feuer anzuzünden und unbedingte Ruhe zu bewahren. Dann ging ich mit Tickie zurück zu einer Anhöhe, von der man das Flamingowasser gut überblicken konnte.

Mittlerweile hatte der Nebel sich in Wolken verwandelt, die dunkel über unseren Köpfen dahintrieben und die Sonne nur in matten Flecken durchließen. Wir bewegten uns mit äußerster Wachsamkeit vorwärts, geräuschlos und nur flüsternd, denn der Pfad wies deutliche Spuren menschlicher Füße auf, die ihn kürzlich und häufig benutzt haben mußten. Nach einer Stunde erreichten wir den Eingang der Bucht. Mit einem Blick erkannte ich, wie gut die Natur dieses ausgedehnte Flamingowasser versteckt und getarnt hatte. Der Fluß brach nicht etwa mit einem einzigen Schnitt geradlinig durch die Berge, sondern hatte mitten auf seiner Bahn den Kurs um 45 Grad verschoben. Darum konnte man, wenn man vom Meere aus in die Richtung der Bucht blickte, den Eingang überhaupt nicht bemerken; man sah dann weiter nichts als einen dunklen Spalt, der rückwärts von einer Bergwand blockiert war. Auch konnten neugierige Schiffe nicht nahe herankommen, um den Einschnitt genauer zu betrachten. Denn soweit unser Auge sehen konnte, hatte der Fluß – bis zu einer Meile vor die Küste hinaus – riesige Sandmengen im Ozean aufgeworfen, und weit und breit schäumte es weiß darüber hin in langen Wellenbrechern. Die Bucht hinter uns war mit jenem lieblichen Schimmer von Flamingos ganz erfüllt. Und etwa eine Meile jenseits der silbernen Flußmündung stieg in unserm Rücken eine Säule blauen Rauches steil in die Luft hinauf. Als ich gerade mein Glas darauf richten wollte, um zu untersuchen, woher er kam, sagte Tickie: „Sieh doch, Bwana, noch ein Rauch auf dem Meere."

Ich schwenkte herum, und da kam zu meinem höchsten Erstaunen eine neue Rauchsäule rasch von Süden herauf. Mein Herz tat einen Sprung.

Unsere Aufregung und Ungewißheit wuchs innerhalb

der nächsten Stunde bis zur äußersten Spannung. Der neue Rauch vereinte sich mit der ersten Säule, setzte eine Weile aus, dann wieder ein – und nun eilte er an der Küste entlang uns entgegen, gefolgt von dem alten. Was ich empfand, während ich diesen Vorgang beobachtete, brauche ich nicht erst zu beschreiben. Ich wählte für Tickie und mich den denkbar besten Beobachtungsposten, tief im Schatten, wo wir die Schiffe hundert Fuß unter uns passieren sehen konnten, ohne selbst gesehen zu werden. Aber lange bevor sie auf gleicher Höhe mit uns waren, erkannte ich die aufgeworfene Nase des Schiffes *Stern der Wahrheit,* das mit Volldampf fuhr. Dahinter kam ein kleineres Fahrzeug, das ich bisher nie gesehen hatte. Da aber die Farbe seines Rauches zeigte, daß es mit Holz feuerte, war es zweifellos ein Küstenschiff, vermutlich dasselbe, das ich am Morgen hatte ausfahren hören. Ungefähr um vier Uhr an jenem Nachmittag, als in der Flamingobucht das erste Donnergrollen widerhallte, das wie ein mächtiger Felsblock die Berge herabrollte, fuhren beide Schiffe unter uns vorbei. Ich mußte meine Hand warnend auf Tickies Bein legen, denn vor Erschrecken keuchte er laut auf, als er siebzehn seiner Landsleute auf dem Deck des Schiffes *Stern der Wahrheit* lässig herumschlendern sah.

So nahe war uns der *Stern der Wahrheit* gekommen, daß ich mit bloßem Auge am Bug seinen baltischen Namen *Svensky Pravdy* lesen konnte, ebenso den des Bulldoggen, der ihm folgte: *Inyati* – – Lindelbaums Schiff, das vor einem Jahr in einem Cyklon in der Straße von Mozambique untergegangen sein sollte. Fast genau gegenüber der Stelle, wo ich morgens im Nebel gestanden hatte, warf das Schiff *Stern der Wahrheit* die Anker mit solchem Gerassel aus, daß es von Berg zu Berg widerhallte. Dann legte sich der dickhäutige *Inyati* ohne Zögern längsseits und klammerte sich eng an dem *Stern der Wahrheit* fest. Beide legten eine geradezu unanständige Eile an den Tag: noch ehe der Vorgang des Enterns abgeschlossen war, ließen schon die Ladebäume des Schiffs *Stern der Wahrheit* die ersten Ballen auf das Deck des kleineren Schiffes herab.

„Komm, Tickie, wir wollen gehn", sagte ich. „Endlich haben wir wirkliche Arbeit zu leisten."

Wir kehrten ins Lager zurück, so schnell wir konnten, gerne wäre ich noch rascher gegangen. Denn es gab einen Ausguck am Fockmast des Schiffes *Stern der Wahrheit,* und wenn sein Kapitän nur so wachsam war, wie man es während eines Sturmes bei Anbruch der Nacht sein muß, so konnten wir zweifellos gar nicht genug auf der Hut sein.

Als ich Umtumwa die Neuigkeiten erzählte, war ich froh zu sehen, wie sehr sie ihn aufheiterten. Fast war er wieder der alte, begann Pläne für unser zukünftiges Vorgehen mit mir zu besprechen und gab eifrig hilfreiche Ratschläge. Er stimmte lebhaft meiner Ansicht zu, daß von nun an die Verfolgung der Spur noch größere Anstrengungen erfordern würde und – wenn wir dabei unentdeckt bleiben wollten – wir unsere Zahl vermindern mußten. Ich versammelte also die Träger um mich, dankte ihnen für das, was sie geleistet hatten, und eröffnete ihnen, daß sie am nächsten Morgen nach Fort Emmanuel und von dort nach Hause zurückkehren könnten. Said bestimmte ich zu ihrem Anführer, da er bei der Somali-Grenztruppe gedient hatte und schießen konnte. Ich gab ihm ein Gewehr und fünfzig Schuß, außerdem einen Brief an den Gouverneur. Darin betonte ich, wie redlich sie alle ihre Begnadigung verdient hatten. Zugleich bat ich ihn, jedem von ihnen in meinem Namen zwanzig Pfund und das Fahrgeld in ihre Heimatorte auszuzahlen. Zu meinem Erstaunen übernahm Said den Auftrag nur zögernd und sagte, er würde lieber bei uns bleiben. Da er aber der einzige verläßliche Schütze in der Schar der Träger war, befahl ich ihm, mit ihnen zu gehen.

Während dieser ganzen Zeit hatte es heftig geregnet und gedonnert. Aber wie am Abend zuvor zog das Gewitter nach ein paar Stunden vorüber und hinterließ uns einen makellosen Himmel, mit einem gelben Mond und smaragdgrünen und rubinroten Sternen. Die Luft war gereinigt und köstlich erfrischt – so still, daß ich erschrak, als von weit her, doch ganz deutlich, die Radiomusik für die Mannschaft des *Sterns der Wahrheit* von seinem Lautsprecher herüberklang. Es kam mir so unwirklich vor, hier im Busch liegend dem Radio zu lauschen, einen Löwen zu einer raschen tatarischen Tanzrunde brüllen zu hören, und zu beobachten, wie die Mondschatten ein gespenstisches ‚ballet macabre' zu der Musik aufführten, jedesmal wenn die erschauernden Bäume versuchten, Wasser aus ihrem Haar zu schütteln.

In der Morgendämmerung ließ ich die Träger zum letzten Mal antreten, und ich muß sagen, es stimmte mich traurig, sie fortgehen zu sehen. Nichts bringt Menschen einander näher, als gemeinsam durch den afrikanischen Busch zu ziehen. Und doch, es mußte sein. Es lag mir wie ein Druck auf dem Herzen, aber es blieb mir nichts weiter übrig, als sie zum letztenmal aufzufordern, ihre Lasten aufzunehmen; dann setzte ich sie in Marsch mit dem alten afrikanischen Gruß „Geht im Glück", den ich von meinem Vater übernommen hatte.

Ich wollte gerade meinen Abschiedsgruß auf Arabisch wiederholen – für Said, der achtgab, wie seine Schutzbefohlenen auf den nassen, nebligen Pfad heraustraten. Da sagte er mit verschmitztem Humor, während er sich ans Ende der Reihe stellte: „Seht Ihr, Effendi, auch ich gehe da, wo die Unruhe ausbricht!"

„Gut so, Said", sagte ich leise, seltsam bewegt von diesem aufblitzenden Geistesfunken mitten unter Männern, die zu düsterer Stunde auf eine schwere Reise aufbrachen. „Du tust recht daran. Aber bleib auch oft stehen, um zu spähen und zu horchen, und seid immer bereit, euch im Busch zu zerstreuen, beim geringsten Warnzeichen. Ich glaube nicht, daß ihr in Gefahr geratet, wenn ihr wachsam seid. Aber an deiner Stelle würde ich fortwährend annehmen, der Busch vor mir sei voll von bösen Menschen, bis ihr wieder beim ‚Affengeheul' im Walde Duk-aduk-duk angelangt seid."

„Ghadre Effendi", gab er zurück und war auf einmal

sehr ernst. „Ich werde nicht versäumen, vorsichtig zu sein, denn ich hoffe, Euch eines Tages wieder zu dienen."
„Der Friede Allahs sei mit dir", erwiderte ich gerührt.
„Allah erhalte deinen Frieden", rief er zurück. Dann flüsterte er ein entschlossenes „Ieh!-yellah: nun laßt uns gehen!", und mit langen schwingenden Schritten folgte er dem letzten der Träger auf den Weg.
Als die Träger gegangen waren, machte ich mich sofort daran, die andere Abzweigung des Pfades allein zu erforschen, die nach Westen führte und wo ich am Abend vorher blauen Holzrauch gesehen hatte. Ich ging allein, weil Umtumwa und Tickie genug zu tun hatten, die Spuren unseres alten Lagers zu beseitigen, unsere Lasten neu zu verteilen und sich für den Aufbruch bereitzuhalten, sobald ich zurück kam.
„Was auch geschehen mag, Umtumwa", waren meine letzten Worte, „laß dich von niemand und durch nichts dazu verleiten zu schießen. Wenn du es vermeiden kannst, schieße überhaupt nicht, denn ein einziger Schuß in diesem atemlos lauschenden Lande – und wir sind der gleichen Gefahr ausgesetzt, als hätte man uns gesehen."
„Selbstverständlich, Bwana, selbstverständlich. Ich werde nicht so töricht sein", erwiderte er, und im Ton seiner Stimme schwang so viel von seinem alten zuversichtlichen Wesen mit, daß ich von neuem beruhigt war.
Überdies – da ich den *Stern der Wahrheit* beim Wettrennen nach dem Flamingowasser geschlagen und zwei so erprobte, treu ergebene Menschen mit mir hatte – konnte ich so vertrauensvoll in die Zukunft sehen wie nie zuvor. Ohne Bedenken ging ich hinweg in den Nebel hinein.
Unten beim Wasser war die Luft bereits erfüllt von dem Lärm der Winden, die geschäftig ihre mysteriöse und unehrenhafte Fracht entluden. Aber als ich rasch einen breiten Pfad nach Westen hinaufging, verlor sich auch dieses Geräusch. Obwohl dieser Pfad augenscheinlich viel benutzt wurde, war er zu dieser frühen Morgenstunde leer und lautlos. Nichts von Belang fiel mir auf, als daß an einer Stelle, zwei Meilen vom Lager,

ein ebenso breiter Weg neu gehauen worden war, anscheinend als Abkürzung des alten Pfades, der uns zur Bucht geführt hatte. Dieser Umstand gefiel mir nicht, und ich beschloß, die Sache auf dem Rückweg näher zu untersuchen.

Anderthalb Stunden später hörte ich vorn plötzlich das gleichmäßige Pochen eines Dieselmotors und das verworrene Gemurmel vieler redender Leute. Ich setzte meinen Weg mit verdoppelter Vorsicht fort, bis mich Kochgerüche warnten, daß ich gefährlich nahe bei einer Art Lager sein mußte. Sofort verließ ich den Pfad und kroch wie eine Schlange vorwärts in den Busch, zum Rande einer ausgedehnten, von Menschen geschaffenen Lichtung an den Ufern des Silberflusses. Hier fing der Nebel an sich zu lichten, und die Sicht wurde noch dadurch gefördert, daß elektrische Lampen bei den vielen strohgedeckten Schuppen vor mir brannten. Die Lichtung war fast unübersehbar groß, aber eines fiel mir sogleich auf, mit welcher Umsicht und Schlauheit der Kopf begabt sein mußte, der sie entworfen hatte. Ihre Tarnung war vollkommen: kein Flugzeug, das zufällig darüber hinflog, konnte je diese Lichtung von oben entdecken. Ich kroch weiter, bis ich mich – wie mir schien – einer Art Hospital gegenüber fand. Denn ich sah deutlich, wie eine Ordonanz, mit einem Kopf wie eine Kugel und kurz gestutztem Haar, am Tisch stand, die Spritze in der Hand, und rasch hintereinander eine lange Reihe von 'Takwena-Trägern impfte. Offenbar hatten sie alle schon früher diese Prozedur über sich ergehen lassen, denn keiner von ihnen nahm sich auch nur die Mühe, den Kopf zu wenden, um zu beobachten, wie der Kugelkopf die Stellen der Einstiche abwischte. Es waren übrigens prächtige Männer, hochgewachsen, kräftig und offensichtlich alle sorgfältig ausgesucht. Links kamen weitere Männer vom Wasser her aus dem Nebel. Sie hatten lange, schwere Holzkisten in Hängematten, die sie um ihre breiten Schultern geschlungen zwischen sich trugen. Und ihnen folgten noch mehr Männer mit Kisten in anderen Formen und Größen, ebenfalls in Hängematten schaukelnd. Irgendwo außer Sicht tönte der Nebel von lauten Stimmen, die zu größerer Eile bei der Arbeit antrieben. In der Tat verfehlte die ganze Szene nicht, sich mir gründlich einzuprägen durch ihre Atmosphäre tüchtiger, energischer und finsterer Zweckbestimmtheit. Eine Viertelstunde lag ich dort, aber in dieser kurzen Zeit sah ich genug Gewehre, Maschinengewehre, Granatwerfer, Munition und Sprengstoffe an mir vorbeitragen, um zwei Infanteriekompanien damit auszurüsten. Und mehr als dies brauchte ich wirklich in der Flamingobucht nicht zu sehen – mehr auch im Augenblick nicht über die Geschäfte des *Sterns der Wahrheit* zu erfahren. Die einzig dringende Aufgabe war, das Bestimmungsziel dieser finsteren Fracht herauszufinden. Sicher brauchte ich nur den Fußspuren jener muskulösen 'Takwena zu folgen, die dort vor mir gerade gegen die Gefahren einer langen Reise geimpft wurden: sie würden mich dort hinführen.

Als ich im Begriff war, in den nebelverhangenen Busch zurückzukriechen, drang eine neue Lautfolge an mein Ohr – und eine so ungewöhnliche, daß sogar die Ordonnanz einhielt, einen schwarzen Arm in der einen Hand, die Spritze in der anderen, und den Kopf dorthin wandte. Tief aus den dichten, schweren Vorhängen des Nebels kam das gleichmäßige harte Knattern von Schnellfeuerwaffen. Es dauerte etwa eine halbe Minute an und brach ebenso unvermittelt ab, wie es begonnen hatte; dann folgten einige einzelne Schüsse in gleichmäßigen Abständen. Offenbar erledigte das Schnellfeuer die verwundeten Zielscheiben durch Einzelschüsse. Dann kam ein widerhallender Kommandoruf von irgendwo hinter dem Hospital auf, und aus dem Nebel traten acht weiße Männer mit starren Mienen, viereckigen Kinnladen und Tatarenaugen. Sie trugen feldgraue Uniformen, was ganz und gar nicht in dies Gelände paßte, liefen, die Gewehre am Riemen haltend, in einer fremdartigen, ungeschickten Gangart – als seien ihre Stiefel zu schwer – und verschwanden zielbewußt den Pfad herab, auf dem ich soeben gekommen war.

So dicht gingen sie an mir vorbei, daß ich sie mit der Spitze meines Gewehrs hätte zu Fall bringen können, wenn ich gewollt hätte.

Ganz elend vor Bestürzung kroch ich langsam in den Busch und machte mich auf den Rückweg zu meinem Lager. Allmählich hob sich der Nebel. Der Pfad vor mir war leer und so still, daß ich das Wasser mit leisem Seufzen zurücksickern hörte in die Kuhlen, aus denen die Schaftstiefel der Wachmannschaft es soeben ausgestoßen hatten. Ja, der dampfende Busch schien so unschuldig, so ganz außerhalb jeder Beziehung und Erfahrung mit Menschen – leicht hätte ich ihn für unbewohnt halten können, wäre mir nicht gerade jetzt dieses Unvermutete begegnet. In der Hälfte der Zeit, die ich auf dem Hinweg in der Morgendämmerung gebraucht hatte, erreichte ich die Stelle, wo der neugehauene Weg von dem alten abzweigte, und hoffte zuversichtlich, lange vor irgendeiner Streife ins Lager zurückzugelangen. Denn eins sah ich jetzt ganz klar: wann auch immer ein Schiff im Hafen liegen mochte – man würde keinesfalls riskieren, daß irgendwer durch Zufall hinter das lebensgefährliche Geheimnis geriet. Darum entsandte man Patrouillen auf alle Wege, die zu jenem abgeschlossenen Wasser hin und von ihm fort führten. Auch erkannte ich erst jetzt, welch erstaunliches Glück ich gehabt hatte, denn ich mußte das Flamingowasser erreicht haben, kurz bevor die ersten Patrouillen ihren Routinegang machten und die ersten vorschriftsmäßigen Wachen ihren Posten bezogen. Ich betete nur für meine armen, heimwärts gesandten Träger, sie möchten ebenso viel Glück entwickelt haben, und jenes Aufbellen der Schnellfeuerwaffen möge nicht bedeuten, daß sie einer bewaffneten Abteilung von 'Takwenakundschaftern direkt in die Arme gelaufen waren. Die Erinnerung an jene erlösten Verbrechergesichter auf der langen, hart erkämpften Fährte von Fort Emmanuel durch das Tote Land und den Wald voller Schrecken war noch so frisch in mir, daß sich bei dem Gedanken an die Gefahr, in der sie schwebten, mein Herz wie nie zuvor gegen den *Stern der Wahrheit* und all sein Getriebe verhärtete.

Größer und dringender jedoch als die Tragödie, die durch das Schießen verursacht sein mochte, war die Gefahr, die daraus erwuchs. Said trug meinen Brief an den Gouverneur bei sich, und diesen hatte ich mit einem ungewöhnlich sorgsamen „Pierre de Beauvilliers" unterzeichnet. Charkow würde zum mindesten den Kapitän des *Stern der Wahrheit* vor mir gewarnt haben und vor der Gefahr, die ich für ihr Unternehmen bedeutete. Ein Blick auf den Inhalt jenes Briefes und meinen Namen darunter würde daher genügen, um sofort die tollste und verzweifeltste Menschenjagd zu entfesseln, welche diese Gewässer jemals mit angesehen hatten. Diese Vorstellung war ein kritischer Moment, ein Alpdruck nahender Panik – und doch fühlte ich mich merkwürdigerweise meiner Aufgabe gewachsen. Bei einigem Glück konnte ich vielleicht mit einer Menschenjagd in diesem Wald- und Buschland fertigwerden, denn ich würde auf eigenem, vertrauten Boden kämpfen. Sollte aber die Kunde von meiner Anwesenheit hier bis zu Lindelbaum und Charkow durchdringen – vor welchen Gegenaktionen würden sie dann wohl nicht zurückschrecken? Ich konnte daraus nichts als neue vermehrte Gefahr entstehen sehen für alle, die mit mir verbunden waren, für Joan und Bill in Petit France, für Oom Pieter ebenso wie für John, ganz zu schweigen von dem wahrscheinlich tragischen Zusammenbruch des ganzen 'Takwena-Komplotts – unausgegoren wie es war.

Bald war ich so besessen von solchen Vorstellungen und Grübeleien, daß ich nicht hier stehen könnte, um diese Geschichte zu erzählen, wenn nicht ein Vogel gewesen wäre, eine nußbraune Knopfwachtel. Sie flog rasch geradeaus den Pfad herab, mit dem Flügelschwirren eines Uhrwerks, so blind vor Furcht, daß sie fast gegen meine Schulter stürzte, bevor sie mich sah und in letzter Minute in den Busch zur Linken abbog.

Ein uralter Reflex erwachte in mir. Ich fand mich stumm und still hinter einem Schwarzdornbusch seitwärts vom Pfade stehen, und mein Herz schlug mir laut in den Ohren. Ich lauschte angestrengt. Es war viel zu still. Ich befand mich unweit des Ankerplatzes vom *Stern der Wahrheit,* wo noch vor kurzem die Luft von dem Lärm der Hilfsmaschinen und der Lasten hebenden Winden laut widergehallt hatte. Jetzt aber kam kein Laut vom Wasser herüber. Ich wußte, was das allein bedeuten konnte: der *Stern der Wahrheit* mußte bereits gewarnt worden sein. Kaum war ich zu diesem Schluß gekommen, als ich aus der Ferne das Geräusch verstohlener Ruderschläge auf dem Wasser vernahm, bald darauf das Knirschen eines hölzernen Kiels auf der sandigen Küste. Dann kam ein- oder zweimal ein Platschen im Wasser, und wieder eine lang anhaltende Stille. Ich hoffte, ein Flüstern menschlicher Stimmen würde vom Wasser her zu mir heraufkommen, um mir einen Wink zu geben, was da vor sich ging. Es kam keiner. Der Eindruck, den diese Totenstille auf mich machte, war wirklich so unbehaglich, daß ich mich längere Zeit völlig bewegungslos hinter mein Schutzgitter von Dornen duckte. Die einzige Bewegung, die ich mir selbst erlaubte, war an meiner Taille nachzufühlen, ob mein langes Jagdmesser locker in der Scheide saß. Denn ich hatte nicht vergessen, daß die Ursache des panischen Schreckens meiner Knopfwachtel sich noch keineswegs enthüllt hatte.

Wie lange ich dort stand, weiß ich nicht genau. Jedenfalls war es so lange, daß ich anfing zu glauben, ich könne mich ohne Gefahr auf meinen Bauch niederlassen und in den Busch fortkriechen. Im selben Augenblick wurde ich gewahr, daß eine andere menschliche Erscheinung in den Nebel eingetaucht war und näher kam. Es war kein Laut zu vernehmen, nicht einmal ein Rascheln im Gras. Aber ich fühlte, wie etwas gegen die Wand des Schweigens einwirkte, bis sie plötzlich nachgab, und das weiche Tappen nackter Füße hindurchdrang. Schnell zeichnete sich ein Schatten ab und ein 'Takwenakundschafter kam in Sicht. Auch er mußte wohl auf das Geräusch vom Wasser her gelauscht haben. Jetzt aber schritt er rasch voran, und ich stellte grimmig fest, daß er meiner schwachen Spur vom Morgen mit dem Auge eines geübten Fachmannes folgte. In der Linken trug er einen knorrigen Holzknüppel, und vor sich hielt er wurfbereit den langen Kriegsspeer seines Volkes. So kam er rasch auf die Stelle zu, wo ich einige Minuten vorher plötzlich den Pfad verlassen hatte. Ich konnte keine Hoffnung hegen, er werde die frische Spur etwa nicht aufgreifen oder ihren Sinn nicht erraten. Mit der Ruhe vor dem Unausweichlichen – ein Gebet im Herzen – zog ich mit meiner Rechten das Messer aus der Scheide und kauerte mich in Bereitschaftsstellung wie ein Hürdenläufer. Meine Augen waren auf eine Pfütze gerichtet: in ihrem schwarzen Wasser, auf dem Pfade, war noch immer ein wolkiges Gelb von dem Lehm, den mein Absatz darin aufgewühlt hatte. Im Stillen schätzte ich die Schritte, die ihn noch davon trennten: sechs, fünf, vier, drei, noch zwei – ich war aufs äußerste gespannt und bereit, ihn anzuspringen – als in einer halben Meile Entfernung, auf der Abzweigung des Pfades hinter mir, ein neuer Ausbruch von automatischem Gewehrfeuer einsetzte.

Wenn die 'Takwena eine Schwäche haben, so ist es ihre lebhafte und ungestüme Neugier. Dieser Kundschafter war keine Ausnahme. Er nahm sofort an, das Feuer vor ihm gelte dem Manne, dessen Spur er gerade verfolgte. Im gleichen Moment verlor er alles Interesse an dem Pfad, sprang davon – in seinen Augen glühte die Ekstase des erwarteten Kampfes. Und mit den weiten Sätzen eines Langstreckenläufers verschwand er im Nebel. In der Annahme, daß diese erneute Schießerei für den Augenblick jedermanns Aufmerksamkeit in Anspruch nahm, hielt ich mich nicht mehr mit Nachgrübeln über ihre Ursache auf, sondern trat schnell auf den Pfad zurück und verfolgte ihn weiter hinauf, nur noch viel vorsichtiger als vorher. Und das war gut, denn sieben Mal sah ich mich gezwungen, ihn zu verlassen und mich im Busch zu verstecken, wenn 'Takwena-Kundschafter mit wurfbereiten Speeren und jenem abwesenden, unpersönlichen Blick vorübergingen – in tiefem Schweigen, ganz erfüllt von ihrem Vorhaben. Und wenn da acht von ihnen in diesem einen kleinen Abschnitt des Busches waren, wieviel mochten es dann im ganzen sein?

Als ich endlich unseren gut verborgenen Lagerplatz erreichte, hing der Nebel Spinnweben auf die Bäume, das Flamingofeuer auf dem Perlenwasser war hell angezündet, und das Licht um mich war zerstreut – wie ein mit samtenen Mottenflügeln fallender Regen warb es um das Düster des Busches. Nicht der schwächste Laut, noch der leichteste Hauch eines Rauches wollte mich begrüßen.

Die Lichtung war leer. Wie gut hatten Tickie und Umtumwa ihr Werk verrichtet! Kein Zeichen eines früheren Lagers war aufzufinden. Aber wo waren sie hingegangen? Ich wagte nicht, sie anzurufen; konnte doch einer jener 'Takwena-Kundschafter, mit den leisen Sohlen, im Nebel versteckt sein! Darum ging ich suchend, immer in Deckung, um den Rand der Lichtung herum und forschte nach einem Zeichen, das Umtumwa, wie ich bestimmt wußte, für mich hinterlassen hätte. Ich sollte es bald genug finden, aber es war solcherart, daß mein Herz vor Entsetzen stillzustehen drohte. Denn dort bei dem riesigen Akazienbaum waren große Klumpen geronnenen Menschenblutes – so frisch, daß sie auf dem Boden zu meinen Füßen flackerten wie eben gefallene Blütenblätter roter Wolfsmilch. Ringsherum war der Busch aufgerissen und die Erde zertrampelt, sie zeigte tiefe Spuren eines schrecklichen Kampfes, Mann gegen Mann.

Als ich darauf starrte, kam aus dem Busch zu meiner Linken ein keuchendes Flüstern: „Ah, Bwana, mein Bwana, Ekenonya! Ekenonya!"

Ich blickte auf und sah Tickie: drei Meter vor mir stand er getarnt im Busch wie ein alterfahrener Dschungelkämpfer und hielt meine Lieblingsflinte noch immer auf mich gerichtet. Ich sah ihm unmittelbar in die Augen. Das waren nicht mehr die Augen eines Jungen, vielmehr die eines Mannes, der in einer einzigen schmerzhaften und gefährlichen Begegnung mit dem Tode den endgültigen Übergang zur Reife vollzogen hat. Rings um diese großen, glänzenden, schwarzen Augen, auf deren Grund noch dunkel der schwere Schatten des Todes lag, zogen sich lange aschgraue Salzstreifen hin, wo viele Tränen geflossen waren.

„Was ist geschehen, Tickie?", fragte ich in Verzweiflung halblaut, mit der Stimme eines Fremdlings, der zum ersten Mal an meine Tür kommt.

„Bereite dich, die Perlen aufzureihen, Bwana!" begann Tickie – weiter brauchte er nicht zu sprechen. Seit Jahrhunderten haben die 'Takwena eine Todesnachricht mit diesen Worten einander mitgeteilt und hierdurch in der reichen, instinktiven Symbolik ihrer Sprache ausgedrückt: „Mache dich bereit, Tränen der Trauer zu weinen, so glänzend wie die Perlen von höchstem Glanze. Und wie du die glänzenden Perlen aufreihst und um deinen Hals trägst bei dem Begräbnis, so sammle deine Tränen, reihe sie auf den Faden deiner Erinnerungen und trage sie um dein Herz, sonst werden seine zerbrochenen Stücke nie wieder zusammenheilen."

„Wo ist er, Tickie?" fragte ich.

Er stand vom Erdboden auf und führte mich schnell fünfzig Meter tiefer in den Busch hinein. Dort war Umtumwa, er saß gegen einen Baum gelehnt, der schwere Kopf war auf die Brust gesunken, als ruhe er nur aus am Ende eines langen Marsches. Aber sein dschungelgrünes Buschhemd war über die ganze linke Brust und Schulter dunkel von Blut. Nicht weit von ihm lag flach auf dem Boden der lange Körper eines 'Takwena-Kundschafters, einen Arm ausgestreckt, so wie Tickie ihn vor Abscheu hatte fallen lassen, nachdem er den Leichnam aus unserem Lager fortgeschleift hatte.

„Wann ist es geschehen?" fragte ich und sah Umtumwa an, in dem Wunsche, das Eis möge zerspringen, das mein Herz mit so jäher Gewalt umklammert hatte, damit auch ich die Tränen um ihn weinen könne, die sein Hingang verdiente.

Umtumwa hatte ihn geschickt, Wasser zu holen – so erzählte mir Tickie. Bei seiner Rückkehr, keine fünfzig Meter vom Lager, hörte er ein Geräusch wie von einem Handgemenge und ein oder zweimal ein schweres, unwillkürliches Stöhnen. Er setzte das Wasser nieder und rannte nach dem Lager. Da sah er Umtumwa und einen großen 'Takwena-Kundschafter erbittert miteinander kämpfen, Mann gegen Mann. Beide bluteten aus Wunden in Brust und Schultern, Umtumwa aber blutete am stärksten. Sein Gesicht war von der Farbe eines ausgebrannten Feuers. Tickie schwang sein Gewehr über den Kopf, stürzte sich auf den 'Takwenasoldaten und ließ den Kolben mit aller Macht auf seinen Kopf herabsausen. Der Mann strauchelte sogleich, aber bevor er zur Erde fiel, hatte er ihn noch einmal getroffen und ihm das Genick gebrochen. Umtumwa war inzwischen zu Boden gefallen, doch lebte er noch und war im vollen Besitz seiner geistigen Kräfte. Er befahl Tickie, zuerst den toten Mann in den Busch zu ziehen und dann ihm selber aufzuhelfen. Das hatte er sofort getan und Umtumwa dorthin gebracht, wo ich ihn nun sah, aber beiden war es klar, daß der Bruder seiner Mutter nun sterben müsse.

Hier brach Tickie beinahe wieder zusammen. Bevor ich ihn zurückhalten konnte, stieß er wild mit dem Fuß nach dem Leichnam des 'Takwena und schluchzte: „Oh! Was für ein böser Mensch, Bwana; welch eine böse Tat hat dieser 'Takwena an einem 'Takwena verübt. Er kam zum Rande des Lagers, wo der Bruder meiner Mutter ihn zur Zielscheibe seiner Flinte machen konnte, steckte seinen Speer in die Erde, wie es alle 'Takwena seit jeher tun, wenn sie in friedlicher Absicht kommen, und trat vor, Hände hoch und waffenlos auf Umtumwa zu. In dem Augenblick, als Umtumwa einen friedfertigen Mann unseres eigenen Volkes sah, Bwana, legte er auch sein Gewehr nieder und trat mit leeren Händen vor. Aber er war noch keinen Meter gegangen, als diese „Ausgeburt des Bösen" – wieder stieß Tickie den Leichnam mit dem Fuß – „herumschnellte, seinen Speer aus der Erde zog, ihn nach Umtumwa warf und ihn da, wo du es siehst, oberhalb des Herzens traf."

Umtumwa strauchelte vor der Wucht des Wurfes, fing sich aber sofort wieder, zog den Speer heraus und ging in der nächsten Sekunde mit ihm in der Hand auf seinen Angreifer los. Er war jedoch schwer verwundet und hätte die Schlacht verloren, wenn Tickie nicht zur rechten Zeit gekommen wäre. Und dies waren seine letzten Worte an Tickie: „Sage dem Bwana, ich hätte meine Flinte aufnehmen können anstelle des Speeres, um zu schießen, aber ich hatte versprochen, nicht zu schießen. Sage ihm, ich danke ihm, daß er mir ein Bruder war, und sage, vor Anbruch der Nacht werde ich bei Xeilixo sein und mit ihm über das Böse sprechen, das sein Volk an seinem Großen Flamingowasser plant." Dann, berichtete Tickie, begann Umtumwa über Amantazuma zu murmeln, und zuletzt etwas über ein Lamm, das sich in den Bergen verirrt hatte, und damit starb er.

Als Tickie mir dies erzählte, war es fast um meine Fassung geschehen. Denn meine erste Erinnerung an Umtumwa war ein Tag vor siebenundzwanzig Jahren, als unsere Väter uns zusammenführten, damit wir Freunde und Brüder würden. Ich sah ihn noch deutlich vor mir, wie er nackt dastand, nur mit einem weichen, lohfarbenen Bocksfell um die Schultern, auf einen langen Elfenbeinstab gestützt, den seine Hände umklammert vor sich hielten. Dabei rief er hin und wieder mit seiner sanften Stimme wie ein Mädchen seiner kleinen Schafherde mahnend zu, sie sollten brav weiden. Wie man in tiefer Nacht beim Strahl eines Blitzes von einem Berge aus das Panorama überblickt, so standen all unsere langen ereignisreichen Jahre der Verbundenheit vor mir: von jener ersten Begegnung an bis zu der Nacht, als die Feder erschien, in Petit France; bis zu jener frühen leisen Andeutung der tragischen Verknüpfung von Zufall und Umständen, die Umtumwa erwartete und ihn veranlaßte, seinen Speer am Feuer zu zerbrechen. Der Blick führte weiter bis zu dem Tage, da eine gelbe Kobraschlange ihm ins Auge sah, mit einem fordernden Ruf von seinen Ahnen; und endlich zu dem Augenblick, als die Morgendämmerung wie ein behender roter Jäger emporstieg, und der Große Geist in das Innere seiner erhobenen Hand den Atem des Trostes geweht hatte.

Mit verschleierten Augen ging ich zu Umtumwa, kniete mich neben ihn, nahm seine Hand und sagte: „Zwar wirst du den Rauch nicht wiedersehn, der im Tale von Amantazuma aus den Hütten steigt, doch darfst du friedlich ruhen, denn du starbst auf eine Weise, die den Tod überwindet. Du hast versucht, uns, deine Freunde, vor dem sicheren Untergang zu retten."

Ich rief Tickie herbei, mir zu helfen. Wir hoben ihn auf und begruben ihn in der Höhle eines Ameisenbärs, die tief in die rote Erde Afrikas gegraben war, am Fuße eines jungen Affenbrotbaumes, der wie eine biblische Säule flammend inmitten des dunklen Busches stand. Trotz Tickies Protest begruben wir auch den 'Takwena in einer anderen Höhle nahebei. Ich hatte zuviel von den dunklen, unpersönlichen Mächten gesehen, welche in die Herzen einfacher, vertrauender Menschen eindringen, um ihm seine Tat persönlich zur Last zu legen.

Bevor wir fortgingen, stand ich mit dem Hut in der Hand neben Umtumwas blutrotem Grab und sagte still für mich den einzigen Psalm auf, den ich auswendig weiß. „Der Herr ist mein Hirte"; zu dem „mein" fügte ich ein „dein". Und als wir uns dann zum Gehen wandten, zog ich, einem Impuls folgend, eins der hohen, ungewöhnlich schönen Gräser heraus, die um die Höhle wuchsen, faltete es sorgsam und tat es in meinen Rucksack. Als Folge ist heute der Liste von bekannten Gräsern in der Welt eine neue Spezies hinzugefügt: Setara Umtumwaensis. Oft tröste ich mich bei dem Gedanken, daß es in Afrika etwas Lebendiges gibt, das seinen Namen trägt, neu wachsen kann, ja, Geschehenes überwachsen, heilen kann und eine eigene individuelle Note in die Musik des Windes singt.

XII

... welchen der drei Wege gehen wir?

Da waren wir nun, Tickie und ich, allein in diesem stummen, nebligen Busch – vermutlich die einzigen Überlebenden der Schar, die von Fort Emmanuel vor noch nicht vierzehn Tagen aufgebrochen war und den Schwarzen Umpafuti überquert hatte. Und was sollten wir nun beginnen? Die Frage war nicht schwer zu beantworten.

Wenn wir am Leben bleiben und die Fährte bis zum Endziel in Umangoni verfolgen wollten, Hunderte von Meilen entfernt, so mußten wir uns auf irgendeine Weise davor schützen, zwischen jetzt und dem Abend entdeckt zu werden. Die Suche hatte kaum erst begonnen – das wußte ich nur zu gut – und war ein Kinderspiel gegen das, was in diesen finsteren Wäldern losgehen würde, sobald der Nebel stieg. Wenn wir nur bis zum Anbruch der Nacht den Spähern entgehen konnten – oder bestenfalls, wenn der Regen käme, bis zum Nachmittag, – so hatten wir eine Chance, davonzukommen. Aber wissen, was zu tun ist, und es tun, ist zweierlei. Auf alle Fälle versuchten wir, so gut wir konnten, die noch vorhandenen Spuren unserer kurzen Tätigkeit im Walde zu beseitigen. Wir arbeiteten schweigend, wie Menschen, die im Rhythmus eines Angsttraumes gefangen sind. Denn ich konnte mir gut vorstellen, mit welcher Aufmerksamkeit ein erschreckter und derart argwöhnischer Feind wie der unsrige den Boden betrachtete: er würde alle noch so listige Tarnung durchschauen. Letzten Endes konnte nur die Zeit, der Wind und der Regen unsere Spur auslöschen.

Schnell und schweigsam arbeiteten wir – waren wir doch keinen Augenblick sicher, ob nicht ein scharfäugiger Späher aus dem Busch einen Speer zischend in unseren Rücken jagen würde. Fortwährend beobachtete ich das

Wetter, mit bösen Befürchtungen. Der Nebel verwandelte sich allmählich in riesige Kumuluswolken, die sich in dumpfer Unentschlossenheit über dem Gelände zusammenballten, als hätten sie eine Ewigkeit vor sich, allein um diese Bewegung bis zum Ende durchzuführen. Dazwischen schoß das Sonnenlicht einen wolkigweiß gefiederten Pfeil nach dem anderen einem auserkorenen Ziel auf dem Wasser oder dem sanftgrünen Buckel eines sonderbar geformten Hügels zu. Wieder und wieder, wenn ich einhielt, um nach dem Wetter zu schauen, war ich versucht, die archaischen Götter dieser uralten Welt anzurufen, sie mögen uns zu Hilfe eilen, uns in ihre dichteste Regendecke hüllen und mit ihrem gewaltigsten Donner schützen. Endlich hatten wir unsere Arbeit geschafft; bevor wir uns in Deckung begaben, erkletterte ich einen Baum, bis ich ringsum einen klaren Ausblick hatte. Auf der einen Seite lag das feurige Wasser, auf der anderen der dunkle Busch, der sich mit dem Mut der Verzweiflung an die Hänge der Berge anklammerte, dort wo sie schroff abfielen nach der parkähnlichen Ebene zu. Im Ausguck des *Sterns der Wahrheit* sah ich jetzt nicht eine, sondern zwei Wachen die Gegend mit Ferngläsern absuchen. Das überraschte mich nicht! Doch wo der dichte Streifen des Küstenbuschwerks aufhörte und die Grassteppe begann, war die Luft befremdlich und äußerst auffallend bewegt und erregt von Vögeln. Ich brauchte mir dies Schauspiel nur wenige Augenblicke anzusehen, um ohne Zweifel zu erkennen: die Vögel bezeichneten das Vorgehen einer langen Kolonne von Verfolgern, die durch den Busch kamen – so sicher, wie Korken, die auf blauem Seewasser schaukeln, den Umriß des tief darunter verborgenen Netzes aufzeigen. Unser Platz schien genau der Mitte der Kolonne gegenüber zu liegen. Und die Beobachtung bestätigte, was ich bereits befürchtet hatte – da war keine Aussicht, bei Tageslicht durch die Reihe der Kundschafter hindurch zu gelangen oder an ihr vorbei. Als einzige Möglichkeit blieb uns, an dem Orte, wo wir uns befanden, liegen zu bleiben, so daß der Busch ringsum seinen ungestörten Rhythmus wiederaufnahm, ehe die Verfolger ihn erreichten. Ich kletterte schleunigst herunter, um Tickie zu unterrichten. Obwohl er ebenso ungern wie ich auf Bewegungsfreiheit verzichtete, sah er ein, daß uns nichts anderes übrigblieb.

Zum besonderen Gepräge des Busches, in dem wir eingefangen waren, gehörten kleine Kolonien eines Dornbaums, den die 'Takwena „Haken, Kralle und Dolchstich" nennen. Diese Bäume bilden gern auf Erdwällen hübsche kleine, dichte Gruppen, rings umgeben von langem, gelbem Gras. Sie stehen da so sauber und zierlich, während das Gras fast bis an ihre Zweigspitzen heranreicht. Etwa zwei Meter über dem Erdboden setzen die Zweige an, senken sich dann aber so tief, daß sie den Boden unter sich kahl fegen. Von außen betrachtet, lassen sie in ihrer Rüstung von Dornen und Laubwerk keinen Ritz offen. Aber von innen, unter ihren Gewändern verborgen, erscheint die Welt draußen glühend, wie ein Feuer durch ein Sieb gesehen. Darum sind auch diese Bäume – wie Leopard, Panther, Riesenschlange und die heulende Hyäne wohl wissen – ein idealer Zufluchtsort, zumal sie den unvergleichlichen Vorteil bieten, als übliche Staffage zur Landschaft zu gehören. Auch Tickie und ich wußten das, und so verbargen wir uns und unsere Habe mit aller nur verfügbaren List unter einem dieser Bäume – fest entschlossen, womöglich bis zur Dunkelheit dort auszuharren.

Wir lagen flach auf dem Bauch, Tickie nach dem einen Weg gerichtet und ich nach dem anderen, den Körper auf die Ellbogen gestützt, die Augen in einer Höhe mit den Spitzen der nächsten Gräser, die Köpfe genau hinter der ersten Dornenreihe. Die Gewehre waren gespannt und schußbereit, aber auch die Messer aus der Scheide gezogen vor uns auf dem Boden. So lagen wir und warteten. Was hätten wir andres tun können? Aber leicht war das nicht, und es dauerte lange Zeit. Die Wolke droben wurde dunkler und dunkler. Die Sonne schoß ihren letzten gelben Pfeil tief in das durchsichtige Wasser. In der Ferne fing der Himmel an zu stöhnen unter der Last des unerlösten Wassers und der Erschütterung des vorstoßenden Donners; ungeduldig wartete das Gewitter darauf, zur Welt zu kommen.

Was in Tickies Herzen vorging, kann ich nur erraten. Was in dem meinen vorging, war schwer zu ertragen. Ich lag da nicht eigentlich als eine Person, vielmehr als zwei unversöhnliche Personen, beide nur Bruchstücke einer ganzen: die eine war ein behender Bursche mit schnellen, unwillkürlichen, exakten Reflexen, der sachkundig im Busch Wache hielt; die zweite war taub und blind gegen die sie umgebende Welt und sank tief unter die Oberfläche der Gegenwart hinab in die unerschlossene Vergangenheit. Nichts in der Welt stellt das Eigenwesen des Menschen so fest an seinen wahren Platz wie Afrikas unermeßliche Erde, wenn sie mit frei erhobenem Haupt wartet – auf ihresgleichen, auf den ihr ebenbürtigen Himmel, daß er sie mit seinem Blitz treffe. Mein Selbst als Ganzes – ungeteilt – wäre in diesem Augenblick schon sehr klein erschienen; um wieviel geringfügiger mußten diese widerstreitenden Teile meines Wesens aber erscheinen? Bis heute kann ich nicht begreifen, wie ich durch diese langen Stunden in Deckung hindurchhielt. Eins nur weiß ich: in mir war eine Erinnerung, wie ein Ankerplatz auf einer Reede, wo es zwar keine Zuflucht gegen den Sturm gibt, aber ein sicheres Festmachen in der Tiefe auf dem Meeresgrunde. Ich meine die Erinnerung an den Moment ungeteilter Erschließung des Innern, als meine Augen zum ersten Male Joans begegneten, in der Grootekerk, am Tage von François de Beauvilliers Begräbnis. Jene Erinnerung voll starker Leidenschaft – und doch wie zart zugleich – schützte mich und erhielt mich ganz und unversehrt.

So schleppten sich die Minuten hin. Wir lagen so still und stumm, daß die Vögel kamen, rund um unsere Köpfe gelbe Beeren sammelten und sie unbekümmert zwischen den Farnkräutern zu unseren Füßen aufpickten. Gegen drei Uhr nachmittags merkte ich, daß sich die Vögel um uns mehrten und dazu übergingen, sich auf höheren Bäumen zu sammeln. Das war um diese Stunde so ungewöhnlich, daß es uns in nervöse Spannung versetzte. Es konnte nichts anderes bedeuten, als daß eine instinktive Vorsicht diese erfahrenen kleinen Geschöpfe bewog, sich behutsam aus unserer Richtung zurückzuziehen.

„Bwana! – Leute! – Viele Leute..." flüsterte Tickie leise und stockend, so wie seine Landsleute es tun, wenn sie Wild anpirschen. „... auf deiner Seite – etwa eine halbe Meile entfernt – untersuchen den Pfad – den du heut morgen beschritten hast."

„Ich weiß, Tickie", erwiderte ich auf die gleiche Weise, dabei bedachte ich, ob wir nicht vielleicht – so wie die Dinge standen – doch besser getan hätten, das Risiko der Spähtrupps auf uns zu nehmen und uns nach dem Innern aufzumachen. Ich betete nur, der Regen möge bald kommen. Wie als Antwort auf mein Gebet, rollte der erste Donner tief grollend über das Flamingowasser. Aber er war noch fern.

„Tickie", fuhr ich fort, so gedämpft, daß selbst die Vögel, die uns zunächst saßen, nichts merkten. „Beweg dich nicht, gib keinen Ton von dir. Wir wollen hier liegen, bis sie uns finden – und sie müssen dicht herankommen, um das fertigzubringen. Dann wollen wir schießen und jede Gestalt töten, die vor unsern Augen auftaucht. Ich werde so gegen dich drücken, wenn ich entscheide, daß wir schießen sollen", damit grub ich meinen Ellbogen in die Wade neben mir. „Wir wollen unsere Magazine rasch hintereinander leerschießen, damit sie eine Weile einhalten und sich irgendwo weiter zurück zusammenrotten, bis wieder jemand sie befehligt. Sobald diese Pause eintritt, verläßt du mit mir das Versteck, und dann nichts als mir nach. Sollte ich getötet oder verwundet werden, so möchte ich nicht, daß du dich bei mir aufhältst." Hier fühlte ich eine solche Flut von Angst und Protest in dem treuen Körper neben mir aufwallen, daß ich sofort hinzufügte: „Nein, ich gedenke durchaus nicht, getötet oder verwundet zu werden. Aber wenn ich jetzt zu dir spreche, bist du für mich kein Junge mehr, sondern einer, der sich das Recht erworben hat, als Mann behandelt zu werden. Und als Mann mußt du auf das Schlimmste

gefaßt sein. Sollte das Schlimmste eintreffen, dann zähle ich auf dich, daß du zurück nach Fort Emmanuel gehst. Denn das Leben vieler und die Sicherheit von Umangoni hängen davon ab. Dort mußt du den Leutnant veranlassen, sofort an Bwana 'Ndabaxosikas* zu telegrafieren, daß er zu dir kommt und du ihm alles erzählen kannst."
Während ich so sprach, hörte ich Tickie mühsam schlukken, und ich wünschte nur, es wäre mir möglich gewesen, mich umzuwenden und ihm in die Augen zu schauen. Aber schon erschienen neue Zeugen für das Vorrücken unsrer Feinde auf dem Schauplatz um uns. Kaum hatte ich zu Ende gesprochen, als über einem Busch vor mir eine lohfarbene Duikergazelle ins Blickfeld tauchte. Die taubengraue Quaste ihres kleinen Schwanzes eng hinten angeklammert, trottete sie rasch an mir vorbei, ohne einen Blick zurückzuwerfen. Ihr angeborenes Gefühl für bescheidenes Auftreten war so ausgeprägt, daß selbst die Flucht vor Gefahr nichts an ihrer sittsamen Haltung lockern konnte. Unmittelbar darauf sprang ein Buschbock leichtfüßig auf einen freien Fleck im Gelände, hielt inne, wandte sich um und überschaute die Richtung, aus der er gekommen war. Seine großen Augen im zierlich gebauten Kopf waren dunkel vor Staunen. Seine Ohren zuckten in einer Lautströmung, die zu subtil war, von menschlichen Sinnen wahrgenommen zu werden. Die Nüstern bibberten, und die schwarze kleine Schnauze glänzte wie Satin. Nach dem Buschbock kamen, in Zwischenräumen von vielleicht einer Minute, drei Schlangen. Zuerst eine lange Peitschenschlange, als sei sie die Schnur, die an ihrem eigenen Namen befestigt war, unglaublich schnell schoß sie dahin, als wäre Feuer an ihrem Schwanze. Dann eine würdevolle alte Kupferkobra, offensichtlich weise, erfahren und nicht allzu sehr beunruhigt, denn im Vorwärtsgleiten über vertrauten

* Wörtlich: Sprechen Schießen Gleich; mundartlich: „Er, der spricht, wie er schießt", Oom Pieters Name unter den Afrikanern

Boden hielt sie immer wieder inne, um zu spähen und zu lauschen. Schließlich erschien, auf düster flammenden Rollen, eine behende schwarze Mamba, die mit goldgleißenden Augen und aufblitzender Zunge nach allem und jedem zielte, das ihr in den Weg kam. Kaum war die Mamba außer Sicht, als drei große Aasgeier niedrig über die Baumwipfel geflogen kamen. Sie hatten dicke Kröpfe, ihre gelben Köpfe glänzten in dieser Beleuchtung wie Schwefelsalbe und ihre fetten Aasleiber wirkten in ihrer öligen Schwärze violett. Zu meiner Genugtuung ließ sich einer von ihnen auf dem Wipfel des Baumes uns zunächst nieder, wie um unsere Tarnung zu vervollkommnen.

Da wußte ich, daß der Höhepunkt unseres Tages nahe war. Die Blätter hoben sich noch silbern gegen die düstere Glut des Himmels ab, als Tickie mich warnend anstieß und steif wurde wie ein Jagdhund, dessen Nase endlich einer unsichtbaren Beute im Grase auf der Spur ist. Aber er gab keinen Laut von sich.

„Was ist's?" fragte ich im Flüsterton, verstohlener als je zuvor.

„Ich weiß es nicht, Bwana", erwiderte er mit zurückgehaltener Stimme. „Ich bin nicht sicher, aber ich glaube, eben ist ein Mann auf dem Bauch ins Gras gekrochen, fünfzig Schritt vor mir neben dem Pfad."

„Meinst du wirklich?" fragte ich ungläubig, denn ich konnte mir nicht denken, unsere Verfolger würden ihre eilige Aufgabe in der Weise ausführen, indem sie langsam durch den Busch krochen, bis sie uns erspäht und aufs Korn genommen hatten.

„Jawohl, Bwana", bestätigte Tickie in demselben gedämpften Ton. „Es kann wohl ein Löwe oder Leopard gewesen sein, Bwana, aber nach der Art zu schließen, wie das Gras in Bewegung geriet, glaubte ich, es war ein Mann."

„Und wo ist er jetzt?" fragte ich, nun überzeugt, das Alarmzeichen fand mich kampfbereit, obwohl es mich auch irgendwie irritierte.

„Ich glaube, auch er ist in Deckung gegangen, dort im

Busch, Bwana", erwiderte Tickie. „Die Bewegung hielt in jenem Schwarzdornbusch an, in dem Moment, als die gelbköpfigen Aasgeier über die Baumwipfel kamen. Das muß eine Warnung für ihn gewesen sein, so wie für uns. Eh'yo-Xabadathi*!"

„Kümmre dich nicht darum, was auf meiner Seite passiert", flüsterte ich, „laß kein Auge von der bestimmten Stelle. Sollte er sich wieder bewegen, so gib mir ein Zeichen."

Kaum hatte ich den Satz ausgesprochen, als ein greller Blitz durch den Himmel fuhr und ein Lichtsignal in Mandaringelb zwischen den Bäumen des graphitfarbenen Busches auslöste. Einer alten Gewohnheit meiner Kindheit folgend, begann ich mechanisch die Sekunden zwischen dem Blitz und dem ersten Ton des Donners zu zählen. Bei der elften Sekunde rollte er weithin hallend über uns hin. Das hieß, das Gewitter stand zwei Meilen von uns entfernt. Ich spähte nach den Wolken in der Hoffnung auf den ersten Regenschleier. Zu meiner Bestürzung sah ich nur den Aasgeier – sein Kopf war nicht mehr gegen den aufkommenden Sturm tief in den Schal seiner Schultern gesteckt – hoch aufgerichtet stand der Vogel, mit weit ausgebreiteten Flügeln, im Begriff aufzufliegen. Dicht daneben brach der Busch am Rande des Grases auf wie ein Papierreifen, und fünf Warzenschweine kamen vorbeigesaust – ihre Hauer aufwärts gebogen, wie der Schnurrbart eines Schurken aus viktorianischer Zeit, die Schwänze steil hochgereckt, mit murrenden Lippen und aggressiv vorgestrecktem Kinn. Sie legten in das Gras eine schwarze Krinolinenfalte, bevor sie rasch auf der anderen Seite im Busch verschwanden.

Großer Gott, sie kommen rascher herauf als ich erwartete, sagte ich zu mir. Im selben Augenblick erscholl ein Pfeifen von unserm alten Lager her, laut, klar und

---

* Ehyo-Xabadathi = ein 'Takwena-Ausruf der Überrumpelung, der besagt: „Hat je ein Kind einer Menschenmutter so etwas gesehen?"

frohlockend. Diesen Ton kannte ich nur zu gut, als Junge hatte ich ihn oft erklingen lassen, um die Aufmerksamkeit unsrer Hunde auf Wild zu lenken, das plötzlich aus Deckung hervorgebrochen war. Das Pfeifen klang mir noch im Ohr, als es weit und breit auf beiden Seiten durch eine ganze Serie von sprühend frischen, dringlichen Pfiffen erwidert wurde. Vor hilfloser Furcht hysterisch zischend, flog ein Trio Rebhühner auf, darauf eine Buschtrappe, die laut um Schutz rief. Ein Volk Perlhühner, bereits mit Abendjuwelen um Kopf und Hals geschmückt, hastete vorbei; glucksend schlüpften sie mit kundiger Eleganz von Deckung zu Deckung. Und schließlich brach der ganze Busch in ein Getöse von Menschen aus, die hemmungslos durch ihn jagten, ohne im geringsten ihre Verfolgungszwecke zu verbergen.

Auf meiner Seite war das Geräusch am lautesten. Dort sammelte sich eine Gruppe 'Takwena-Kundschafter, sie studierten einige Anzeichen unserer jüngsten Betätigung. Immerfort kamen neue hinzu. Nach der Stärke des Lärms zu schließen, waren es viele. Aus dem Ton ihrer Rufe konnte man erraten, daß sie glaubten, dem Ziel ihrer Unternehmung nahe zu sein. Ich war überzeugt, sie warteten nur darauf, die letzte Phase ihrer Verfolgung aufzunehmen. Dann hatten Tickie und ich wenig Aussicht zu entkommen, ausgenommen natürlich – wenn der Regen unverzüglich losbrechen würde. Doch schien das Gewitter nicht näher gekommen, als ich zum Himmel aufsah. Ich langte in meinen Munitionsbeutel und legte noch fünf Schuß auf den Erdboden vor mich hin. Gerade wollte ich Tickie veranlassen, dasselbe zu tun, da begann auch auf seiner Seite der Busch zu krachen und von rasender Betriebsamkeit widerzuhallen.

„'Takwena. Viele, viele, *viele, VIELE!*" sagte Tickie und legte seine Hand warnend auf mein Bein.

Nun sah auch ich sie, wie sie sich an uns vorbei ergossen, mit dem Rücken zu mir, und nach dem Lager stürmten. Schweigend, mit bereitgehaltenen Speeren, sprangen sie mühelos über die kleineren Büsche, wie gut trainierte Athleten über Hürden. Sie kamen an beiden Seiten unsrer Deckung so dicht vorüber, daß ich ihr Atmen im Langstreckenlauf hören und den sauren Schweiß auf ihren glänzenden Körpern riechen konnte. Einer von ihnen setzte seinen Fuß kaum einen Meter weit von Tickies Gewehrmündung nieder und sprang so nahe von mir über einen Strauch, daß ich die Zweige gegen seine Flanke zischen hörte wie Wasser gegen den Schiffskiel. Dennoch sah er uns nicht, denn seine Augen und Ohren waren – wie die der anderen – abgelenkt durch jene scharfen, ungestüm fordernden Befehle der Pfeife von unserm alten Lager her.

Als der letzte von ihnen vorbeigegangen war und ich wieder zu Tickie reden wollte, gab seine Hand mir ein Zeichen, es zu unterlassen. Da hörte ich, den Spuren der letzten 'Takwena folgend, ein ganz anderes Geräusch aufkommen, dem ich zum ersten Male früh am Morgen begegnet war – das knirschende Treten und mühsame Stapfen von Schaftstiefeln auf afrikanischer Erde. Die Stiefel gingen in dem schon vertrauten latschenden Doppelschritt, und bald brach meine weiße Mongolenwache von heute früh aus der Deckung hervor. Diesmal sah ich sie nur im Profil, aber ich fand, sie waren ein mürrischer, teilnahmsloser und sturer Haufe. Ihre feldgrauen Uniformen waren an einem Dutzend Stellen geplatzt, ihre Füße wund und voll Blasen, ihre Leiber schwitzten in den schweren, blusigen Waffenröcken. Hinter ihnen kam ein Offizier und daneben mein magerer 'Takwena vom *Stern der Wahrheit,* mit dem grimmen Ausdruck und den Zeichen der Königswürde auf seinen Wangen. Die beiden gaben ein unstimmiges Paar ab, aber als sie vorbeigingen, wurde ich nicht von ihrer äußeren Unterschiedlichkeit betroffen, sondern im Gegenteil von einer tief in ihrem Wesen liegenden Ähnlichkeit. Beide trugen sich nicht wie freie Männer, nein, wie Besessene, wie Medien im entrückten Zustand tief zwingender Stammesgebundenheit. Sie waren wie ein Paar von Schlafwandlern, die sich dem Ende eines nächtlichen Alpdrucks nähern. Als sie die Gegend unseres alten

Lagers erreichten, war ich wenig verwundert, daß plötzlich tiefe Stille eintrat. Da traf ein Regentropfen einen Zweig neben mir, dabei splitterte er wie eine Blase aus zartem Glas, so daß ich mich wunderte, es nicht klirren zu hören. Ich lugte hin und her und sah, daß der feste Umriß der schwarzen Wolke nun verschwommen war, trübe vor Regen, und Tropfen fallenden Wassers befleckten die Luft. Hinter dem ins Schweigen gesunkenen Lager warf sich der Regen auf das Flamingowasser und trieb schnell zu uns herüber. Seine langen, weiß plissierten Röcke raschelten, und dann kam das Tosen eines mächtigen Sturmes. Mit ihm erschienen versengend flakkernde Flammen, loderten gegabelte Blitze auf. Dazu rollte der Donner mit gebieterischen Trommelwirbeln über die Erde und löste hohle Echos wie aus Grabgewölben droben in den tiefen Wolkenhöhlen aus. Ich habe schon erwähnt, welche Beruhigung der Regen all den Kindern Afrikas zu bringen pflegt, aber nie hatte er so lieblich geklungen wie an diesem Nachmittag. Ich wußte, unsre unmittelbare Schlacht war vorüber. Ohne Zweifel hatten die ungestümen Verfolger soeben unsre leisen Spuren zertrampelt. Und nun würde auch das Gewitter sehr bald für immer ihre und unsere Spuren aus dem Busch entfernen. Ich glaube, im gleichen Augenblick kamen auch unsere Feinde zu dem Schluß, daß es zu spät war, ihre Verfolgung fortzusetzen. Ein gewaltiges Freudengeschrei, daß alles vorüber war, stieg aus unserem alten Lager empor. Dann erhoben sich die Stimmen von neuem zu einem der ältesten 'Takwena-Gesänge, die ich kenne.

„Ja! Oh! Ja – Ja – Ja!
Wir gehen einen der drei Wege:
Welche drei Wege wählt ein Mann und seine Brüder?
Den Weg zur Schlacht in erster Morgenfrühe,
Den Weg vom Siege heim beim Abendrot,
Den Weg des Staubes zum letzten Schlaf,
Wenn die Nacht sinkt
Am Großen Flamingo-Wasser.
Nun rate, O rate, rate, rate

Du, der mich hört,
Welchen der drei Wege gehen wir?"
Die Antwort kam unmittelbar, wie der frische Einsatz des Donnerorchesters über unseren Köpfen; sie enthüllte uns die erschreckende Menge von 'Takwena, die im Busch versammelt waren. Am Ende eines lang dahinrollenden Donners strömte es in tiefen Wogen von Urfernen her und tönte in den Kehlen wider. Aus dem Brunnen der Vergangenheit, von der Quelle, der das lebendige Sein eines Volkes entspringt, kam diese Antwort:

„Oh! Wie kannst du fragen, welchen Weg wir gehen,
Wie kann das Schrittmaß unserer Füße dich wundern,
Da doch das Blut an unsren Speeren noch warm ist,
Und der letzte unserer Feinde mit dem Tage verblich.
Hei, schau! Wir gehen den Weg vom Siege
Heimwärts am Abend:
Wir gehen zu unseren Tieren, zu unseren Kraalen,
Wo unsere Frauen am Feuer warten
In der Bläue von Umangoni."

Bei wie vielen Gelegenheiten habe ich diese Weise singen hören. Unzählige Male, mehr als ich aus meiner Erinnerung heraufholen könnte, habe ich sie selbst mitgesungen am Ende so mancher Jagdtage. Nicht nur in Afrika sang ich sie mit meiner eigenen Schar, auch im Dschungel von Burma. Wo auch immer die Leute von Umangoni sich versammeln, wird dieser Gesang früher oder später gesungen. Die Worte mögen abweichen, aber Melodie und Rhythmus bleiben gleich. Ich glaube, die Töne haben sich nicht um eine einzige Note verändert, seit vor undenklichen Zeiten ein längst vergessenes 'Takwena-Herz sie zum ersten Male erlebte und schuf. Selbst ich – der ich schließlich doch kein 'Takwena bin – spüre, sobald ich die Klänge höre, einen tiefgreifenden magnetischen Zug nach rückwärts, ein Wissen um die Vergangenheit, das nur im Blut aufgezeichnet ist. Der Geist der Vergangenheit wird gegenwärtig und späht wie ein Magier durch das Fenster meiner ans Jetzt gebundenen Sinneswelt. Und wenn schon ich derart ergriffen werden kann – so dachte ich sofort – wie stand es dann um Tickie, dessen Gefühle bereits so grausam durch unser gemeinsames und sein persönliches Verhängnis auf die Probe gestellt waren? Es war nicht zu leugnen: als der erste Klang herübertönte, hatte ein Krampf die Beine durchzuckt, die gegen die meinen gepreßt waren. Ich hatte meine Hand beruhigend auf die seine gelegt und verharrte so, bis das Rauschen des fallenden Regens, das Knattern des Blitzes und Rollen des Donners das Singen übertönt hatte. Und die Gewitterpause, die dann eingetreten war, wurde von keinerlei menschlichen Stimmen mehr durchbrochen. Als ich mich nach geraumer Zeit sicher fühlte, daß unsere Feinde endgültig fortgegangen waren, drehte ich mich – völlig durchnäßt – nach Tickie um, einigermaßen besorgt, wie ich ihn vorfinden würde. Ein einziger Blick jedoch genügte, mich zu beruhigen. Die Augen auf den Busch geheftet, lag er da in derselben Stellung, die ich ihm zugewiesen hatte. Er schien nicht einmal bemerkt zu haben, daß ich die meine verändert hatte.

„Nun, das ist überstanden, Tickie", sagte ich aus meiner unbeschreiblichen Erleichterung heraus und versuchte, wieder ganz normal zu sprechen. „Wir können uns nun zum Aufbruch fertig machen."

„Pst! Bwana!" verwies er mich flüsternd, nur eben hörbar über dem Regen. „Pst, er ist immer noch da!"

„Wie – was?" fragte ich, im Augenblick ehrlich verwirrt.

„Er ist immer noch dort – der im Busch herumkroch, kurz bevor sie kamen", gab Tickie zurück.

„Bist du deiner Sache sicher", fragte ich und wurde mir bewußt, daß ich eben den Mann völlig vergessen hatte, den Tickie nach meiner Order im Auge behalten sollte.

„Wie sollte ich nicht sicher sein, wenn ich die Stelle nicht aus den Augen gelassen habe, so wie du mir geboten hast?" lautete etwas vorwurfsvoll seine rhetorische Frage.

Angestrengt folgte ich mit den Augen der Richtung, in der Tickie blickte, und wollte gerade etwas erwidern, als er von neuem flüsterte: „Sieh doch, Bwana, schnell, da bewegt er sich wieder, soll ich schießen?" Ich streckte meine Hand aus, um ihn zurückzuhalten. Und durch die Silberstreifen des Regens beobachtete ich, wie sich das gelbe Gras am Rande eines Gebüsches zitternd beiseite schob. Irgend etwas oder irgendeiner kam da auf uns zu.

Mit den Lippen an Tickies Ohr, sagte ich: „Nein, nicht schießen, wenn wir es vermeiden können. Ein Schuß – sobald sie ihn hören – wird sie alle wieder zurückholen. Halte die Flinte darauf gerichtet, und wenn nötig, werde ich mein Messer gebrauchen."

Die folgenden Minuten schienen unerträglich lang. Was da auch im Grase sein mochte, es übte die Vorsicht bis zur genialen Kunst. Bis zum letzten Moment konnte ich nicht entscheiden, ob es Tier oder Mensch war. Unendlich langsam kam es in Reichweite von zehn Meter an uns heran und hielt plötzlich inne, wo das Gras am längsten und dichtesten war. Lange wartete ich auf die nächste Bewegung, in äußerster Anspannung, bis ich schier verzweifelte, sie würde je kommen. Aber jetzt endlich bewegte es sich von neuem, nur auf andere Weise.

„Bwana", flüsterte Tickie, „ein Mann, wie ich dir sagte."

Er hatte recht. Ein dunkler Schatten richtete sich sacht im Gras auf. Von der flachen Lage auf dem Bauch kam er auf alle Viere, dann höher auf die Knie, und allmählich weiter bis zu seiner vollen Höhe. Aber lange bevor er mit Kopf und Schultern über das Gras hinausragte und besorgt Umschau hielt, das Gewehr schußbereit in Händen, wußte ich, wer es war. Ich sah Tickie an, um es mir bestätigen zu lassen. Genau im selben Augenblick wandte er seinen Kopf und warf mir einen Blick zu. Wir lasen jeder die gleiche unausgesprochene Frage im Auge des andern, nickten mit den Köpfen einander zu und tauschten das erste Lächeln des Tages.

„Said", rief ich hinüber, so laut ich es wagte. „As-salaamu 'aleikum: sieh! Hier!"

Aber beim ersten Laut verschwand er flach auf seinem Bauch im Gras, direkt in Anschlagstellung.

„Nein, Said", rief ich noch einmal lauter, damit er meine Stimme erkennen könne. „Ich bin es, dein Effendi, und Tickie, die dich rufen; keine Furcht, komm nur hierher."

Mit einem „Gelobt sei Allah", das mehr einem erlösten Seufzer glich als einem Aufschrei, schoß die hohe Gestalt Saids wie ein Pfeil aus dem Grase empor. Im selben Augenblick krochen Tickie und ich aus unserer Deckung und zeigten uns ihm.

„Effendi! Effendi! Effendi! Ich kam hierher, euch zu suchen, aber ich erwartete nicht, euch zu finden", sagte Said schlicht, mit einer Stimme, die seltsam jung wirkte von der Wiederkehr lang verdrängter Gefühlsregung. Dabei verbeugte er sich mit einem Ausdruck dankbarer Demut nicht eigentlich vor uns, vielmehr vor dem Busch, dem Faltenwurf des Regens, dem reinigenden Sturm mit seinem Schwingen von Blitz und Donnertrommeln, und vor dem ganzen unsichtbaren Gewölbe des schwarzblauen Himmels darüber. „Wahrhaftig, Allah ist groß. Aber wo ist Umtumwa?"

„Wo sind deine Träger?" fragte ich zurück, denn ich vermied es, seine Frage zu beantworten.

„Tot, alle tot, Effendi", antwortete er, und seine Stimme war von der schmerzenden Erinnerung an die Tragödie erfüllt. „Getötet von dem Kafir*, den ihr eben hier gesehen habt. Aber Umtumwa?"

„Ist es noch nötig zu fragen? Auch er ist tot; auch er getötet von einem dieser Kerle", sagte ich zu ihm.

Ich wollte hinzusetzen: „Die Vorsehung hat dich aufgehoben, um seinen Platz einzunehmen." Aber bei der Erwähnung von Umtumwas Namen wurde ich so heftig von Schmerz überfallen, daß es mir die Vernuft raubte. Plötzlich empfand ich es als unerträglich, daß der tapfere, getreue Umtumwa getötet und dieser ehemalige Mörder verschont sein sollte. Einen Moment lang haßte

* Kafir = Ungläubiger

ich Said, weil er nicht Umtumwa war. Ich glaube, etwas von diesen Gefühlen muß in meinen Augen erschienen sein, denn der frohe Ausdruck auf Saids schmalem Gesicht verschwand, und ein paar düstere, braune Augen schauten voller Bestürzung und Jammer in meine herab.

Sofort wurde mir bewußt, wie unbillig gegen ihn meine Regung gewesen war. Ich reichte ihm die Hand und sagte: „Ich danke Allah, daß er dich bewahrt hat; offenbar hat er dich gesandt, Umtumwas Stelle einzunehmen. Komm, laß uns einen besseren Zufluchtsort gegen das Gewitter finden, wo du uns erzählen kannst, auf welche Weise du entkommen bist."

Wie er uns später sagte, war da nicht viel zu erzählen. Es begann etwa anderthalb Stunden, nachdem er von uns aufgebrochen war, und ganz zufrieden am Ende der Kolonne einherzog. Da wurde seine Unruhe zum erstenmal durch ein Volk Perlhühner erregt. Sie flogen mit erschrecktem und ungewöhnlich beharrlichem Geklapper von dem Pfad auf, der vor ihnen lag. Irgend etwas mußte die Vögel aufgeschreckt haben, und zu jener Stunde in jenem dichten Nebel konnte das Etwas, das er fürchtete, nur der Mensch sein. Sogleich eilte er nach vorn, um die Kolonne zum Stehen zu bringen und zu beraten. Als er aber um eine Biegung des Pfades kam, sah er einen Träger in Schwierigkeiten mit seiner Last. Er half ihm, die Last in Ordnung zu bringen, als plötzlich Maschinengewehrfeuer vor ihnen den ganzen Pfad entlang losbrach. Da er erkannte, daß es zu spät war, den andern zu helfen, verbargen er und der Träger ihre Lasten schnell in einem dichten Dornbusch, verließen den Pfad und begannen vorsichtig, einen Umgehungsweg nach unserem alten Lager einzuschlagen, in der Hoffnung, es noch vor unserem Aufbruch zu erreichen. Aber als sie beide weitergingen, erkannte Said deutlich, daß man ihnen nicht nur folgte, sondern sie auch schnell einholen würde. Daher entschied er, sie sollten sich lieber trennen. Den andern wies er in die Richtung zu unserm Lager, er selber kroch in entgegengesetzter Richtung fort in den Busch. Er war noch nicht weit gekommen, als eine neue Salve von Schüssen ihn erkennen ließ, daß er nun der einzige Überlebende der Schar war. Von da an bewegte er sich wie unter einem Alpdruck vorwärts auf uns zu. Zeitweilig waren die 'Takwenaverfolger ihm so dicht auf den Fersen, daß er sie darüber sprechen hörte, wie seine Gefährten getötet worden waren. Er entnahm den Gesprächen auch, daß seine Verfolger nicht ahnten, was sie von all dem halten sollten. Die allgemeine Meinung war, sie könnten des Rätsels Lösung nicht hier im Busch finden, sondern nur auf den Pfaden zum Walde Duk-aduk-duk. Eine große Abteilung europäischer Askaris und Fährtenfinder – so erfuhr er – war bereits auf dem Wege dorthin, dagegen war diese Suche hier im Busch offenbar mehr eine allgemeine Vorsichtsmaßregel als irgend etwas anderes. Angesichts dieser Eröffnungen war er überzeugt: nachdem sie unser Lager leer gefunden hatten, würden sie jetzt keine Zeit mehr hier verschwenden. Darnach konnte er also nichts anderes tun als sich an Ort und Stelle so gut wie möglich zu verbergen. Das Pfeifen und das Gewitter hatten ihn gerettet.

„Aber mein Brief an den Gouverneur, Said? Was ist aus ihm geworden? Hast du ihn bei deinem Gepäck gelassen oder trägst du ihn bei dir?"

„Hier, Effendi, ich habe ihn sicher verwahrt", erwiderte er und legte die Hand auf die Brusttasche seines alten Waffenrockes.

„Gut, sehr gut", sagte ich tief dankbar. Damit fiel die Bürde einer meiner größten Sorgen von mir; denn nun wußte ich, daß meine Gegenwart hier am Flamingowasser noch immer meinen Feinden verborgen war. „Du hast deine Sache ausgezeichnet gemacht, Said. Nun gib mir bitte den Brief zurück."

Er reichte ihn mir mit einer vor Ermüdung zitternden Hand, die Kälte des Regens in seinen Kleidern drang gegen seine Haut. Dann wandte ich mich Tickie zu und stellte fest, daß auch er zitterte; seine dunkle Haut war purpurn vor Kälte, und seine jungen Augen wirkten sonderbar alt mit schweren, ungewohnten Schatten darunter.

Ich legte ihm die Hand auf die Schulter und bemühte mich, einen fröhlichen Ton anzuschlagen: „Geh mit Said und sammelt die Lasten ein, auch Umtumwas. Ich will ein Feuer anmachen, Tee bereiten und von der Hafergrütze kochen, die du nicht magst, solange noch das Gewitter andauert, das die Flamme und den Rauch unsres Kochens verbirgt. Wenn wir dann gegessen haben, wollen auch wir einen der drei Wege gehen. Und rate, oh, mein Bruder, welchen der drei Wege wir gehn!"

Ohne auf eine Antwort zu warten, drehte ich ihn sanft aber bestimmt herum und sah zu, wie er auf unser Versteck zuschritt – mit einem Anflug seines früheren Schwunges. Späterhin an unserem Feuer, während er das Holz mit derselben hingegebenen Miene überwachte, wie sie Umtumwa immer eigen war, hörte ich ihn leise singen „Einen der drei Wege". Aber diesmal sang er nicht für uns, noch für sich, sondern für den Mann, den er an diesem Tage in sich entdeckt hatte.

Said, der die Wärme unseres Feuers wie ein Rauschmittel in der Kälte und Müdigkeit seines Blutes spürte, saß schlafend zwischen uns, aber beim ersten Ton von Tickies Stimme öffnete er ein großes braunes Auge wie eine gewaltige Dogge, die soeben ihren lang verlorenen Herrn wiedergefunden hat, und blickte von Tickie zu mir, als wolle er sich vergewissern, daß er nicht träume, ehe er es wieder schloß. Auf einmal wurde die Dunkelheit schwarz, und die Nacht legte sich über die schmächtigen Schultern unsres Feuers wie der Mantel eines alttestamentlichen Propheten. Um uns war jetzt kein Lichtschimmer mehr, nur unser Feuer – oder die aufsprühenden Funken der blanken schmetternden Hufe jener schwarzen, langmähnigen Sturmrosse, die ungestüm durch die Bergpässe jenseits des Flamingowassers nach dem Landesinnern jagten. Aber inzwischen hatte der Regen nachgelassen und war so fein geworden, daß die Hitze unseres Feuers ihn von uns abhielt, als würde ein Seidenschirm aus goldroten Mohnblumen über unsere Köpfe gehalten. Der Donner klang von Mal zu Mal gedämpfter, wie er feierlich über das ganze verdunkelte Land hinrollte. Endlich tauchte das Licht des ersten großen Sternes auf und wandelte an den Rändern einer Wolke entlang, welche sich über unserm schimmernden Gitterwerk von Dornen und Blättern ausstreckte, als sei sie eine perlenbesetzte Spinne, die den Seidenfaden ihres bei Nacht gesponnenen Netzes prüft. Da weckte ich Said und Tickie und gebot ihnen, ihre Lasten aufzunehmen und mir zu folgen.

XIII

Der Marsch landaufwärts

Ich hatte bereits ausgiebig über die weitere Durchführung unserer Unternehmung nachgedacht, für den Fall, daß wir bei Einbruch der Dunkelheit noch am Leben sein sollten. In jenen langen Stunden, die wir in Deckung warten mußten, hatte mir mein Instinkt geraten, den Kontakt mit dem Feind sofort abzubrechen und für die nächsten Wochen jedes Risiko einer weiteren Begegnung mit ihm auszuschließen. Das konnte ich am besten erreichen – so überlegte ich weiter – wenn wir kehrtmachten und auf unseren Pfaden zurückgingen bis dorthin, wo der Weg von Fort Emmanuel sich an der Flanke des unzugänglichen Waldes Duk-aduk-duk gabelte; die eine Zinke führte nach den Schwarzen-Umpafutisümpfen und dem Flamingowasser, die andere westsüdwestlich ins Innere. Ich war überzeugt, wenn ich nur auf diesen letzten Pfad gelangen könnte, so würde er mich schnell zu dem Becken des großen Stromes leiten, der das Flamingowasser speiste, und somit zu dem Wege, den die 'Takwenaträger verfolgen mußten, um mit ihren Lasten verbotener Fracht nach Umangoni zu gelangen.

Nun aber zwang mich Saids Bericht über die im Busch belauschten Gespräche, meinen Entschluß, wenn auch widerstrebend, zu ändern. Entscheidend dafür war die Kunde, der Feind habe seine am schwersten bewaffneten Spähtrupps in genau die Richtung entsandt, die ich einschlagen wollte. Es gab nur einen einzigen Pfad durch den Wald Duk-aduk-duk. Daher beschloß ich, diesem Pfad nur soweit zu folgen, bis ich eine Wildfährte fände, welche uns ins Innere und weit hinter die Operationsbasis des Feindes an der Rückseite des Flamingowassers führte. Geeignete Fährten ließen sich zweifellos finden, die einzige Schwierigkeit war, rechtzeitig einen zu ent-

decken; denn ich wußte instinktiv, dies mußte noch vor der Morgendämmerung geschehen. Solange es dunkel blieb – das war mir klar – würden wir verhältnismäßig sicher sein. Afrikaner pflegen ihre Feuer und Unterschlupfe nicht nach Einbruch der Dunkelheit zu verlassen. Sie haben einen altüberkommenen, natürlichen Widerstand dagegen, sich bei Nacht in den Busch zu wagen. Doch rechnete ich damit, beim ersten Schein der Morgendämmerung den Pfad mit flinken 'Takwena-Läufern belebt zu finden, die ausgesandt waren, um den Kontakt zwischen der Operationsbasis der Feinde und den gesuchten Zielen ihrer Speerspitzen aufrechtzuerhalten; sie würden tiefer und tiefer in den Wald Duk-aduk-duk vordringen. So sehr wir uns auch beeilten, in der Dunkelheit vorwärtszukommen, – unter dem Druck meiner Befürchtungen war es mir nicht schnell genug.
Als wir „Grütztopf" hinter uns hatten, der bis an den Rand mit Wasser gefüllt war und von Sternen funkelte, gingen wir mehr als sieben Stunden pausenlos weiter, bis das deutliche Anschwellen der Laute im Busch mich mahnte, daß die letzte Stunde der Nacht nahe war. Es war genau 4 Uhr 30, und ich überlegte, wir mußten uns mindestens zwanzig Meilen vom Flamingowasser entfernt haben. Jetzt galt es, einen Platz zu finden, eine gute Strecke von unserem Pfad entfernt, wo wir uns tagsüber in hinreichender Sicherheit niederlassen und die Ruhe finden konnten, die uns allen dringend nottat. Denn aus dem Zustand meiner eigenen Nerven und Muskeln, sowie den phantastischen Vorstellungen, die sich ungerufen in meinem Geiste bildeten, konnte ich schließen, daß wir uns alle zusehends der Grenze unserer Widerstandskraft näherten. So ging ich voran und war entschlossen, in den ersten guten Wildpfad, der unseren Weg kreuzte, einzubiegen.
Innerhalb weniger Minuten fand ich ihn am Rande eines ausgedehnten *vlei*-Sumpfes – darauf lag noch das Regenwasser als gleißendes Silber zwischen langem, dunklem Schilfrohr. Darin stand schwarz und reglos ein Paar langstelzige Reiher, genau wie Japanfiguren

auf einem lackierten Wandschirm, so daß ich fast erschrak, als einer von ihnen sich mit einem melancholischen Krächzen unruhig im Schlaf regte. Ich bog nicht dort in den Wildpfad ein, wo er unseren Weg kreuzte. Der Morgen nahte, und ich fürchtete, wir könnten Spuren im nassen Gras hinterlassen, die den Augen kundiger Fährtenleser nicht entgehen würden. Statt dessen ging ich in die Mulde des *vlei* herab. Dort fand ich zwischen dem Schilf eine dunkle Wasserfurche, die jetzt vom Regen voll war und langsam weiterrann. Sehr zum Mißbehagen der beiden anderen verließ ich unsern alten Pfad und führte den Weg in der Mitte dieser Rinne entlang, wo wir bis zu den Knien, ja zuweilen bis zu den Achselhöhlen, durch das Wasser wateten. Das war allerdings ein schwieriges, unangenehmes Unterfangen, doch so dringend notwendig, daß ich etwa eine Meile lang damit fortfuhr, möglichst lautlos, bis zu einer Stelle, wo die Rinne aus einem langen, tiefen Pfuhl wieder auftauchte. Dort verließ ich sie und wechselte auf die deutlich abgezeichneten Wildpfade über. Während ich auf ihnen dahinging, beobachtete ich, wie der Morgennebel sich um unsere Köpfe kräuselte, ähnlich dem Rauch fortgeworfener Zigarrenstummel – wie er dann im Umsehen hoch über die Bäume stieg und Mond und Sterne ausschloß; auch das große Feuer der Morgenröte verbarg er vor uns – weit hinter uns sahen wir es dann, neu entzündet, schnell aufflammen.

So schritt ich stetig auf dem Wildpfade voran bis acht Uhr morgens. Um diese Zeit, schätzte ich, hatten wir acht bis zehn Meilen zwischen uns und den Hauptweg zum Flamingowasser gelegt. Immer noch war der Nebel so dicht, daß ich ruhig hätte weitergehen können, aber Tickie und Said hinter mir setzten mechanisch einen Fuß vor den anderen, wie im Schlaf. Und mein eigenes Bewußtsein war durch Erschöpfung so abgedämpft, daß ich nicht mehr richtig wußte, ob ich noch wach war. Die ersten Laute des Tages, der sich hoch über dieser tiefen Unterwelt des Nebels auftat – das seidige Pfeifen, silbrige Klingeln, das Rauschen wie Atlas und die Flötenrufe der Vögel, die ihre Freude ausdrückten, daß sie aus der nächtigen Dunkelheit in die klare Sonne irgendwo dort oben entflohen waren – diese Lautempfindungen waren mir wie Eingebungen eines ersten Traumes, der wie ein Quell aus der gewaltigen Welt des Schlafes in mir aufsprudelte.

Ich bog im rechten Winkel von unserm Pfad ab, ging durch langes, lohfarbenes Steppengras und schrak auf, als ich plötzlich rings um uns das Schnaufen von Büffeln hörte und das Zischen des gelben Grases, als sie uns unsichtbar und widerstrebend Platz machten. Aber nach kurzem wich die Steppe einem dunklen Streifen Buschland, das sich an dem breiten Rand des Hügels zwischen diesem und dem nächsten *vlei* hinzog. Der Busch kam auf uns zu, als sei er nur eine schwärzere Ballung des schweren Nebels. Zugleich entdeckten meine schmerzenden Augen dankbar eine Büffelfährte, schwach vor Alter, die mitten in den Busch führte. Ich folgte ihr, bis zu einer Stelle, wo unter dem Bergkamm ein uralter Wasserlauf tief in die rötliche Erde schnitt. Von seinem Ufer aus fiel mein Blick auf einen prächtigen wilden Feigenbaum, der inmitten des Flußbettes emporwuchs wie ein riesiger Giftpilz. Ich ging sofort auf ihn zu. Vor langer Zeit hatte das Wasser zu seinen Füßen einen weiten Mantel aus feinem weißen Treibsand gebreitet, und dahinter war ein ovaler Teich, schwarz, glatt und mit ungetrübtem Wasser gefüllt. Am Rande des glasklaren Wassers lag, wie ein Bündel orientalischer Seide hingeworfen, ein junger männlicher Leopard, durchglüht von leidenschaftlichem Leben, eine Flamme vor dem schattigen Gewässer. Als er mich vernahm, schnellte er hoch und warf über seine lange Zerstörerschulter einen Blick unerschrockener Überraschung, der mir verriet, wie geräuschlos wir gekommen waren und wie ungewohnt ihm unser Anblick war. Aber als ich näher an ihn herankam, fletschte er die Zähne, stieß einen merkwürdig vogelähnlichen Ton aus und verschwand mit müheloser Geschwindigkeit, die wie Zauberei auf meine bleiernen Sinne wirkte.

„Absetzen, Said, ab! Tickie", rief ich leise den zweien zu, die sich mühsam hinter mir herschleppten, und ließ meine Last heruntergleiten. „Genug für heute. Legt euch beide schlafen. Ich übernehme die erste Wache."

Tickie sah aus, als wolle er protestieren, aber in seinem dunklen Gesicht, jetzt aschgrau vor Müdigkeit, zog der Schlaf heftig an seinen Lidern, wie die Finger des letzten Dunkels sich über die Augen eines verwundeten Tieres legen. Er und Said schienen nur noch eben Kraft übrig zu haben, ihre Lasten abzustreifen, sie neben ihre Gewehre gegen den Baumstamm zu lehnen und sich flach auf den Sand zu werfen.

Während sie schliefen, sammelte ich Holz, holte Wasser und machte dicht bei ihnen ein Feuer an, um gleichzeitig mich wach zu halten, sie zu wärmen und unsre Kleider zu trocknen.

Nachdem das erreicht war, löschte ich schnell das Feuer, bevor etwa der Rauch über den Bäumen erschiene, wo der Nebel im Aufsteigen war. Ich gab ihnen drei Stunden ungestörte Ruhe, ehe ich Said weckte. Eigentlich wollte ich ihnen mehr geben, aber die Sonne brach immer wieder durch den schwindenden Nebel und machte die Luft in diesem eingeschlossenen Flußbett so heiß und drückend, daß ich mich nicht länger darauf verlassen konnte, auch nur halbwach zu bleiben.

Auf der Stelle schlief ich ein. Als ich fast sechs Stunden später erwachte, sah ich Saids angstvolles Gesicht dicht über meinem. Während er meine Schulter sacht schüttelte, sagte er laut flüsternd: „Effendi! Wach auf, Effendi!"

Sofort sprang ich auf, das Gewehr in der Hand. Tickie war schon auf den Füßen; mit seinem Gewehr unter dem Arm, den Kopf nach der Richtung gewandt, aus der wir gekommen waren, horchte er aufmerksam. Am südlichen und östlichen Himmel ballten sich ungeheure böse Wolken zusammen, und der Raum zwischen uns und dem Flamingowasser hallte von Zeit zu Zeit von einem tiefen, langgezogenen Donnergrollen wider. Aber unmittelbar über uns, in Nord und West, war der Himmel von einem lieblichen, reinen, durchsichtigen Blau.

„Was gibt's?" fragte ich, und meine Stimme klang mir schwach und verloren in den Ohren.

„Stimmen, Effendi", antwortete Said, immer noch angestrengt flüsternd. „Stimmen von Leuten, die sich uns von dort drüben nähern." Er zeigte nach dem Weg, auf dem wir gekommen waren.

Da hörte auch ich voller Besorgnis menschliche Stimmen, etwa eine Meile entfernt.

„Ja, Bwana, dort sind sie", sagte Tickie gewichtig. „Und sie kommen hierher. Aber.." Er zögerte und lauschte von neuem, als wieder ein klares, kleines Lautgeriesel uns erreichte.

Da wußte ich, welche Wahrnehmung ihn veranlaßt hatte, einzuhalten. Dies waren zwar menschliche Stimmen, aber sie wurden ohne besondere Absicht erhoben, nur für jene beiläufigen Mitteilungen, wie Afrikaner sie gerne über die Schulter hinweg austauschen, wenn sie einzeln hintereinandergehend durch den Busch wandern. Ich lauschte noch einmal und hörte deutlich eines Mannes herausforderndes Lachen und die schlagfertige Erwiderung eines anderen. Unwillkürlich drehte ich mich zu meinen Gefährten um und schaute in zwei Gesichter, die vor Erleichterung strahlten, denn diese Stimmen verkündeten uns deutlicher als irgend etwas anderes es vermocht hätte, daß wir unsere grausame Probe beim Flamingowasser endlich bestanden hatten. Offenbar war unser Weg zu diesem Wasserlauf nicht entdeckt worden. Denn wären unsere Feinde uns wirklich noch auf der Spur, so hätten sie sicher verhindert, daß die Träger jener harmlosen Stimmen zwischen ihnen und uns dahinwanderten.

Als diese glücklichen 'Takwena-Stimmen, die so unschuldig und unkriegerisch klangen, in Richtung auf den Fluß vorübergezogen waren, als ferner Donner und Regen begannen, vom Meere aus über uns zu kommen, nahm ich meine Last wieder auf, rief den andern zu, das gleiche zu tun, und kroch aus der Deckung hervor.

„Heute abend wollen wir im Gewitter wandern", verkündete ich Tickie und Said, „und zwar so lange, bis kein Regen mehr fällt, der unsre Spur hinter uns fortwäscht."
Die Entfernung vom „Feigenbaum-Lager", wie wir es nannten, bis zu den furchterweckenden „Bergen der Nacht", welche mit ihren gepanzerten Flanken fast ohne Unterbrechung die Grenze von Umangoni einfassen, betrug, nach meiner Karte geschätzt, etwa dreihundert Meilen. Ich rechnete jedoch damit, daß ich hierzu noch mindestens hundert Meilen hinzufügen mußte, da wir uns in die *vleis*, Flußbetten, Täler und Bergschluchten hinein und auch wieder heraus drehen und winden mußten, in einem Lande, dessen Berge fast bis zu zweitausend Meter ansteigen – ganz zu schweigen von den Umwegen, die wir wahrscheinlich machen müßten, um unseren Feinden auszuweichen. Angenommen also, wir legten weiter täglich durchschnittlich zwanzig Meilen zurück, so konnten wir die Reise in zwanzig Tagen bewältigen.
Wenn wir erst einmal die Grenze nach Umangoni überschritten hätten, dann wußte der Himmel allein, wohin uns die Fährte noch führen würde. Alles war so dringlich, wie es nur irgend sein konnte. Aber die eine Sicherheit entnahm ich dem Gespräch, das ich in jener Nacht draußen zwischen den Azaleenbüschen in „Höher als Bäume" belauscht hatte: nichts Unwiderrufliches würde geschehen, bevor diese letzte Fracht und die neuen Instruktionen, welche der *Stern der Wahrheit* mit sich führte, in Umangoni abgeliefert waren. Mochten auch diese Instruktionen bereits auf dem Wege nach Umangoni sein – die Fracht war noch längst nicht gelöscht. Außerdem tappten wir nicht mehr völlig im Dunkeln, und ich verfolgte die Spur nicht mehr allein wie im Anfang. Mittlerweile würde Oom Pieter dem „Großen Traum" in Umangoni selbst nachspüren. Seine Aufgabe sah vielleicht, im Vergleich zu meiner hier, recht gefahrlos und undramatisch aus – wenigstens war sie Oom Pieter so vorgekommen, fürchtete ich, trotz seiner

gütigen Bereitwilligkeit, mit der er sie übernommen hatte. Aber ich selber hatte sie nie unterschätzt. Ich wußte nur zu gut: sie bildete das Herz des Ganzen. Hier befaßte ich mich lediglich mit der methodischen Seite der Verschwörung, der Traum war die lebendige Mitte, um die alles kreiste. Allzu gut kannte ich die Amangtakwena, nichts Grauenvolles konnte dieses Volk bis auf den Grund erschüttern und so in Umangoni Boden gewinnen – es sei denn, sie glaubten, dadurch die Notwendigkeit eines großen Traumes zu erfüllen.

Nun waren genau drei Wochen und ein Tag vergangen, seit der Kriegsruf der Amangtakwena „Mattalahta Buka" mich getrieben hatte, aus Petit France aufzubrechen, und kurz darauf Umtumwa mir als Helfer zur Seite trat. – In den Tagen, die jetzt folgten, waren wir bei vielen Zwischenfällen von Sekunde zu Sekunde darauf gefaßt, genau denselben Kriegsruf im Busch um uns aufklingen zu hören, sogar von einem bedeutend voller tönenden Orchester begleitet als dazumal. Jener Ruf, erfüllt von einem unerklärbaren, verzweifelten Trieb zu töten, überwältigt noch immer von Generation zu Generation das menschliche Herz, als sei er die Erwiderung auf einen dunklen Drang des Lebens nach dem Tode.

Ich kann mich hier nicht lange mit den Einzelheiten unseres langen Marsches landaufwärts befassen, doch muß ich betonen: wir waren aus den Schlingen eines Netzes entkommen, um, fortgesetzt von Gefahren umstellt, Spießruten zu laufen. Wenn nicht die schützende Deckung der Nachmittagsstürme gewesen wäre, und der Regen, der des nachts unsere Spuren fortwusch, zweifle ich, ob wir jemals lebendig aus dem Küstengebiet herausgekommen wären. Obwohl wir uns, solange wir konnten, ein gutes Stück abseits vom Fluß hielten – wir gingen auf einem anderen parallelen Weg durch den Busch –, fanden wir zu unserm Entsetzen überall ein sorgfältig ausgearbeitetes Netz von vielbegangenen Pfaden, die sich wie ein Fächer von dem feindlichen Stützpunkt auch nach Sammellagern längs des Flusses hinzogen. Vom frühen Morgen bis zum späten Abend waren diese Pfade von geschäftigen 'Takwena bevölkert; große Gruppen gingen auf Jagd nach Nahrung, noch stärkere Abteilungen sammelten trockenes Holz zur Feuerung, und lange Kolonnen kamen, hintereinander marschierend, zurück, auf den Köpfen türmten sich Lasten von Fleisch und Holz. Jede Abteilung war so organisiert, daß jeder siebente Mann statt einer Last ein Gewehr trug, und an der Spitze von je einundzwanzig Mann gingen zwei weitere Bewaffnete, einer mit einem leichten Maschinengewehr, der andere mit Munition und einer Maschinenpistole. Es war mir klar, daß diese Männer keine gewöhnlichen, unerfahrenen afrikanischen Träger waren, vielmehr ausgebildet und in regelrechten Sonderabteilungen, Pelotons, Kompagnien, zweifellos auch Bataillonen der Infanterie aufgestellt. Sie brauchten bloß ihre Lasten fallen zu lassen und ihre Waffen den ungeheuren Vorräten zu entnehmen, die ich am Flamingowasser hatte ausladen sehen, um als disziplinierte Infanterie zu kämpfen. Auch zeigte sich diese Disziplin nicht nur in militärischer Hinsicht. Es war ihnen offensichtlich verboten, Holz zu schlagen, um dieses verhängnisvolle Land nicht in einer Weise zu markieren, die jemand, der es überflog, verraten konnte, daß es bewohnt war. Niemals sahen wir eine Last, die nicht mit Reisig getarnt war. Nie hörten wir sie beim Jagen von Wild ein Gewehr benutzen, damit nicht etwa der Ton des Schusses das Ohr eines zufällig vorbeikommenden Jägers oder Wanderers treffen könne. Das einzige Mal, wo wir Schüsse hörten, hatten wir grimmigen Grund, überzeugt zu sein, daß sie nicht auf Wild abgefeuert waren. Alles Jagen wurde mit Speer, Pfeil und Bogen ausgeführt, und für Wild aller Art – von der zarten kleinen Dik-Dik-Gazelle bis zum unvergleichlichen Kudu – wurden mit beispielloser List Fallen auf den fein ausgespannten Tierpfaden aufgestellt, welche diesem dunklen Lande eingezeichnet sind wie die Linien in eines Afrikaners Handfläche. Diese Fallen übten eine gewisse Anziehungskraft auf uns aus. Ich hatte immer damit gerechnet, wir könnten die Vorräte an Nahrung, die wir mit uns führten, durch Schießen von Wild ergänzen. Jetzt aber, da der Feind nicht schoß, konnte ich es auch nicht tun, ohne verhängnisvolle Gefahren heraufzubeschwören. Wir plünderten also diese Fallen im frühesten Tageslicht und hatten auf diese Weise genug zu essen; nur widerstrebend tat ich es unter dem Zwang der Not, denn jeder Pfad und jede Spur im Gelände um uns wurde täglich von Hunderten geübter Fährtenleser untersucht; ich war sicher, sie würden sofort das Auftauchen eines neuen Fuß- oder Hackenabdrucks mitten zwischen den ihnen altbekannten herausfinden. Und schließlich wußten wir nie, ob wir nicht auf einen jener vielbenutzten, von Menschen angelegten Wege geraten waren und vielleicht mit einem der dort umherstreifenden Männer zusammenstoßen würden. Tatsächlich mußten wir so vielen Fallstricken ausweichen, daß unsere Sinne sich keine Sekunde entspannen durften. Zum Glück hatten wir, wie schon erwähnt, als hilfreiche Freunde die abendlichen Gewitter. Bis zum heutigen Tage bedeutet es für mich Musik, wenn ich mich erinnere, wie der erste herausfordernde Ruf des Donners über das schweigende Land weit hinauspoltert, wie der Regen prasselnd um die Ohren peitscht und die purpurnen Flammen des Blitzes knisternd im Dunkel auflodern. Aber je tiefer landeinwärts wir vordrangen, desto später trafen die Gewitter ein und desto kürzer dauerten sie, bis wir uns eines Nachts an einem Wochenende endgültig aus ihrer schützenden Deckung entfernten und den Donner hinter uns mit tiefem widerstrebenden Grollen entschwinden hörten. Allmählich schwächte sich das Flammen der Blitze zu einem leisen Flackern ab, und endlich verlöschten auch sie und ließen uns im Dunkel. Inzwischen waren wir zwar schon außerhalb des allzu dicht vom Feinde bevölkerten Gebietes, dafür sahen wir uns aber einer neuen unvermeidlichen Schwierigkeit gegenüber.

Bisher hatten unsere Freunde, die Nachmittagsgewitter, uns den täglichen Wasservorrat gesichert, von jetzt ab war das ganz anders. Noch zwei Tage lang hatten wir das Glück, mit Hilfe aufmerksamer Beobachtung der Vögel, Wasser zu finden. An vier weiteren Tagen gelang es uns, Löcher mit stehendem Wasser zu entdecken, ohne allzusehr von unserm ursprünglichen Kurs abzuweichen. Aber von da ab stetig – als nähme das Land selbst vorsätzlich gegen uns Partei – wurden wir auf unserer Suche näher und näher an den Fluß und den Feind herangedrängt.

So kam der Montagabend des 18. August heran, genau vierzehn Tage nach dem Aufbruch vom Feigenbaum-Lager. Es war eine vorgerückte, schweigsame, grenzenlos unpersönliche Stunde. Der Sonnenuntergang über den Bäumen glich der Glut von ausgehenden Kohlen eines verlassenen Feuers am Wegrande. Es war bereits so spät, daß ich den nichtsahnenden Feind, behaglich gegen die Unbilden der Nacht verschanzt, in seinen bequemen Lagern längs des Flusses wähnte. Trotzdem schlichen wir mit äußerster Wachsamkeit eine Wildfährte herab – auf der Suche nach Wasser. Wir wußten, daß wir vielleicht zum ersten Male ganz bis an den Fluß heruntergehen müßten, um unsere Feldflaschen neu zu füllen, die fast leer waren. Ein feuchtheißer Geruch stieg mir aus der übersättigten Luft in die Nase, ich war nahe daran, meinen Schritt zu beschleunigen – als Tickie leise hinter mich trat, sacht an meinem Waffenrock zupfte, seinen Kopf dicht an meinen schob und flüsterte: „Jemand vor uns, Bwana".

Ich stand wie vom Schlage gerührt. Die Bäume im Vordergrund wichen auseinander und machten einer runden Lichtung Platz. In ihrer Mitte war ein rissiger Schattenfleck und darauf ein Schein wie von Tinte, den ich für Wasser hielt. Und am Rande des Schattens, sehr ruhig und schwer zu erkennen, kauerte ein Mann auf den Hacken.

Kaum wagte ich zu atmen, so still war der Busch und so nahe der Mann. Während ich ihn genauer betrachtete, sagte mir mein Instinkt: es war bereits zu spät, er mußte uns mindestens gehört haben, wenn nicht gar gesehen.

Da flüsterte Tickie wieder: „Es hilft nichts, Bwana", als lese er in meinen Gedanken, „er weiß, daß jemand hier ist. Als ich ihn entdeckte, schöpfte er Wasser mit der Hand zum Munde, sonst hätte ich ihn überhaupt nicht bemerkt. Aber im selben Augenblick, als ich ihn erblickte, hörte er uns, hielt inne und lauschte wie jetzt."

Dies alles vernahm ich mit wachsendem Entsetzen. Auf keinen Fall durften wir zulassen, daß der Mann dort vorne mit der Neuigkeit, es seien Fremde in der Gegend, zurückeilte. Seine aufmerksam gespannte Haltung verlangte, daß ich etwas unternahm, und zwar sofort. Der springende Punkt war festzustellen, ob er uns auch gesehen, nicht nur gehört hatte. Ein schneller Blick nach hinten beruhigte mich über diese Frage. Die ersterbende Glut der Sonne war ein gutes Stück entfernt droben rechts von uns. Sie hätte ihm ebenso wenig helfen können, wie sie uns half. Wir standen alle drei zu tief im Schatten der späten Dämmerung, um sichtbar zu sein. Es blieb nur eines zu tun übrig.

Ich schluckte das Gefühl der Übelkeit herunter, das mir bei der Erkenntnis dieser letzten Möglichkeit kam, wie ich es so oft im Kriege hatte tun müssen. Ein wortloses Gebet um Vergebung flog aus meinem Herzen auf, und beruhigend flüsterte ich Tickie zu: „Gib mir dein Gewehr, geh heran und sprich zu ihm, als seiest du einer seiner eigenen Landsleute, halte ihn im Gespräch fest – das ist alles."

Tickies Augen wurden ungewöhnlich groß und glänzend. Wortlos nahm er sein Gewehr ab und reichte es mir. Hart am Wasser ließ sich ein Nachtvogel mit Geklapper nieder; ein Kommandovogel wehklagte laut und lange nach seinem Gefährten, in der Ferne heulte eine Hyäne. Dann kam noch einmal jenes sonderbar gespannte, zitternde Schweigen des Busches über uns. Tickie ging, sanft von mir angestoßen, vorwärts und rief seinen höflichsten 'Takwena-Gruß hinüber, wie eine ehrenwerte Person, die keine Furcht vor Nachfrage kennt, ganz so, als sei diese Begegnung mit einem Landsmann das natürlichste Ereignis der Welt. Wenn man bedenkt, daß die Erinnerung an Umtumwas Tod in seinem Geiste genau so rege sein mußte wie in dem meinen, war sein Vorgehen von einer kühlen Besonnenheit, wie ich es selten erlebt habe. Wußte er doch nicht einmal, daß ich im selben Moment, als er seinen Gruß entgegenrief, mein Gewehr auf den Fremden richtete, da ich entschlossen war, Tickie nicht demselben Schicksal auszuliefern, das sein Onkel erlitten hatte.

Zu meiner Erleichterung antwortete der Fremde, fast ohne seine kauernde Haltung zu verändern, in höflichem Tone, wie es die Sitte verlangt, aber so leise, daß ich ihn kaum hören konnte: „Ich sehe dich, Bruder, ich sehe dich. Kommst du auch Wasser holen, und wohin gehst du?"

„Ja, auch ich suche nach Wasser, und ich komme und ich gehe", antwortete Tickie und trat zögernd näher, als halte er sich – nach den feinfühligen Gepflogenheiten der 'Takwena – davor zurück, einem Fremden seine Gesellschaft aufzudrängen. Auch daß er nichts über sich selbst mitteilte, entsprach ganz der Sitte des Landes, nach welcher jeder persönliche Austausch verschoben wird, bis die formelle Begrüßung vollendet ist.

Ich hörte nicht weiter zu, sondern legte mein Gewehr ruhig neben Tickies auf den Boden und gebot Said, die ganze Zeit auf den Fremden anzulegen und beim ersten Zeichen von Verrat zu schießen. Ich zog mein Messer aus der Scheide, nahm es zwischen die Zähne, ließ mich sacht auf den Bauch gleiten und kroch so schnell ich konnte, in den Busch, fast geräuschlos.

So schlängelte ich mich kriechend tief in die Schatten rund um die Lichtung, jeden Augenblick darauf gefaßt, daß der Fluß der Höflichkeitsformeln zwischen Tickie und dem Fremden unterbrochen würde, als Signal, daß meine Anwesenheit entdeckt worden war. Doch geschah nichts dergleichen. Als jedoch der Glutschein des Sonnenuntergangs zwischen mich und den Fremden fiel, schlich ich derart vorsichtig und hielt so an mich, daß es fast mehr war, als mein furchterfülltes Herz ertragen konnte. Doch zwang ich mich, dabei auszuharren, vor noch größerer Furcht, meine Knie und Ellbogen könnten etwas von jenem roten Staub aufwirbeln, der hier bis zur Feinheit von pulverisiertem Pariser rouge niedergetreten war – von Tausenden von Tieren, die seit Jahrhunderten hier tranken – und dieser auffliegende Staub könnte den Fremden warnen.

Es schien mir, als vergehe eine Stunde oder mehr, bevor ich mich endlich am Rande des Wassers bei dem sich lichtenden Busche wiederfand, unmittelbar hinter ihm. In Wirklichkeit waren es höchstens fünf Minuten, doch selbst in dieser kurzen Zeit hatte sich das Dunkel der sinkenden Nacht vertieft. Ich konnte gerade noch erkennen, daß der Fremde nicht mehr kauerte, sondern aufrecht stand: sein langer Kriegsspeer steckte tief im Schlamm neben ihm. Ohne den geringsten Verdacht im Ton seiner Stimme plauderte er leichthin mit Tickie, nur mit einem gewissen Unterton von Neugier und Verwunderung, die durch Tickies Kleidung und seine Anwesenheit hier um diese Stunde erregt war – eine Neugier, die früher oder später Befriedigung verlangen würde. Wieder war Tickies Verhalten das eines erfahrenen, findigen, erprobten Kampfgenossen. Er hatte mich sofort erblickt und ergriff unverzüglich vorbeugende Maßnahmen für mich.

„Würdest du, Bruder, eine Prise Schnupftabak von mir annehmen", fragte er und knöpfte die Brusttasche seines Buschhemdes auf, um seinen Beutel herauszuholen. Nun sind die 'Takwena große Liebhaber von Schnupftabak und pflegen seinen Genuß dem Rauchen vorzuziehen. Jedes Gebiet in Umangoni hat seine eigenen beliebten Sorten, und jene aus Amantazuma gehört gewiß nicht zu den minder guten.

Der Eifer, mit dem der Fremde das Angebot annahm, war nicht zu verkennen. Er rückte etwas dichter an Tickie heran, der jetzt die Hand in die Tasche gesteckt hatte und sagte: „Ich habe Schnupftabak bei mir, den ich den ganzen Weg von Amantazuma bis hierher mit mir getragen habe, sieh mal."

Tickie zog seinen Tabaksbeutel hervor, und der Fremde spähte begierig. Da schlüpfte ich schnell aus dem Busch.

Ich hatte nur zweieinhalb Schritt bis zu ihm, und so vertieft waren in diesem Moment alle Sinne des Fremden in der Hoffnung, ein zur Gewohnheit gewordenes Verlangen zu stillen, daß er meinen leisen Schritt hinter sich nicht hörte. Erst in der letzten Sekunde wandte er sich halb um, als werde er plötzlich erwachend meiner Gegenwart inne, aber da war es zu spät. Mit meinem linken Arm umklammerte ich fest seinen Hals und zog ihn scharf zurück. Im gleichen Augenblick stürzte sich Tickie nach vorne mit seinem ganzen Gewicht gegen ihn und faßte ihn bei den Beinen und Fußgelenken. Wie von einem Schuß getroffen, fiel der Fremde hintenüber gegen mich, und als er hinstürzte, stach ich ihm ins Herz.

Mein Messer war sehr spitz und scharf wie ein Rasiermesser. Ich stieß mit aller Kraft zu, die ich besaß, und mit einiger Erfahrung in dieser Art zu töten. Nichts mehr konnte den Tod des Fremden abwenden, selbst wenn seine Haut sich dagegen verwahrte. In der Verworfenheit jenes Momentes bekundete wirklich nur seine Haut allein die Unbilligkeit meiner Abrechnung mit ihm: durch einen knarrenden Laut wie von den stramm angezogenen Lederzügeln am Gebiß eines durchgegangenen Pferdes. Ja, so war es! Einen Sekundensplitter lang hat jene Haut mein Messer zurückgestoßen. Ich spürte das Beben der heroischen Ablehnung in dem Stahl zwischen meinen gespannten Fingern, und der Stoß meines Messers, der hinabdringen wollte, hielt für einen unwägbaren Bruchteil der Zeit inne. Dann aber wurde auch dieser einsame Vorposten einer preisgegebenen Festung des Geistes eingenommen und sie fiel. Die Haut zersprang, und mein Stoß ging leicht ins Ziel. Ich lockerte meinen Griff unter seinem Kinn gerade zur rechten Zeit, um den großen Lebenshauch, der sich in seiner Kehle zum letzten Mal sammelte, am Entweichen zu hindern – und dann war er tot.

Dies zu berichten, währt eine ganze Weile, und doch war es so schnell vorüber: er starb, ohne sich eines Schmerzes bewußt zu werden, und ich hoffe, auch ohne wahrzunehmen, daß er von einem seines eigenen Stammes überlistet worden war. Es unterliegt für mich keinem Zweifel, daß dieses Töten eine absolut unvermeidliche Notwendigkeit war. Dennoch, als ich aufstand, und Tickie ansah, war ich erfüllt von Auflehnung gegen mich selbst, gegen die Notwendigkeit, gegen die Art dieses Tötens. Bis zum heutigen Tage lebt in mir jener Moment der Zurückweisung und Verwerfung meiner Handlungsweise von seiten einer zarten jungen Haut und wird mich ohne Zweifel bis ans Ende meiner Tage nicht loslassen.

Tickie und Said hingegen – und um ihretwillen bin ich froh darüber – spürten keine derartigen Reaktionen. Als Said auf uns zugelaufen kam, stand Tickie auf, klopfte den roten Staub von seinem Buschhemd und seinen Khakishorts, sah mich mit weitgeöffneten und in jener Beleuchtung eigentümlich glänzenden Augen an und rief im Tone tiefer, natürlicher Dankbarkeit: „Bwana, oh mein Bwana, endlich einer für Umtumwa!"

„Quois, schön, Effendi", bemerkte Said mit grimmiger arabischer Genugtuung; „quois kitir, sehr schön, einer für neun; das ist ein guter Anfang, aber die Abrechnung ist noch lange nicht vollständig."

Daß ihrer Reaktion ein urwüchsiger, wenn auch roher Gerechtigkeitssinn innewohnte, konnte ich nicht leugnen. Diese Einsicht half mir sogar, meinen Sinn für die Proportionen, die unsere Lage mit sich brachte, wiederzugewinnen. Ja, als Tickie mit einer verachtenden Gebärde auf den Leichnam wies und fragte: „Was sollen wir mit ihm tun?" hatte ich meine eigene Erregung, die ich mit mir allein ausmachen mußte, soweit überwunden, daß ich ohne Zögern den Befehl geben konnte: „Streife ihm die Kriegsperlen und den Schmuck ab und nimm seinen Speer. Füllt eure Feldflaschen und laßt uns aufbrechen."

„Aber wenn ihn nun seine Freunde morgen früh hier finden, Effendi?" wandte Said ein.

„Sie werden ihn morgen früh nicht finden. Horcht nur!"

Sie lauschten, und von neuem, doch jetzt viel näher als ich es zuerst vor einer Viertelstunde gehört hatte, war da das Heulen der Hyäne, in langgezogenem, ödem, gottverlassenem Weh. Weiter fort erwiderte ihr eine andere, und auf einmal begann ein Rudel Schakale, schon recht nahe, in hysterischer Raserei zu kläffen, als sei gerade ein entscheidender Wettkampf zwischen dem Tages-Aas und den Nacht-Straßenfegern ausgerufen worden. Offensichtlich bestand in diesem Lande kein Mangel an natürlichen Leichenbestattern. Am Morgen würde nichts anderes als die bloßen Knochen des Toten, weit und breit verstreut, übrig sein; der feine Staub um den Pfuhl würde besät mit Spuren von Leopard und Löwe sein und eine leichte Erklärung seines Todes nahelegen.

Während ich zum Aufbruch rüstete, sagte ich zu ihnen: „Wir wollen diese Stätte nennen: ‚Einer-für-Umtumwa' ".

„Einer-für-Umtumwa, Effendi", rief Said mit dem ihm eigenen breiten Grinsen. „Aber seit Feigenbaumlager haben wir keine Rastplätze benannt. Sollen wir wieder damit beginnen?"

„Ja, Said", sagte ich. „Wir fangen wieder an. Wir haben nach Feigenbaumlager keine Plätze benannt, weil wir keine Namen in unseren Herzen für sie fanden. Hier aber, da du und Tickie mich gerade erinnert haben, beginnen wir mit einer neuen Folge. Laß es also dabei: ‚Einer-für-Umtumwa'."

So war es und so ist es geblieben. Und wenn ich mir den Marsch vom Meere aufwärts ins Gedächtnis zurückrufe – zwischen Feigenbaumlager und diesem Pfuhl auf einem bernsteinfarbenen Platz inmitten des dunklen Busches – denke ich noch immer an eine Reise durch ein Gebiet, für das kein Name gefunden werden kann.

Von „Einer-für-Umtumwa" gingen wir die ganze Nacht hindurch, um soviel Zwischenraum wie möglich zwischen uns und unsere Tat des Tötens zu legen. Kurz vor der Morgendämmerung krochen wir in Deckung, tief in ein Dickicht von wildem Wein und Pfauengummi-Dornbäumen, unter einem Felsenriff der ersten Kuppe, die wir seit unserem Aufbruch vom Meere antrafen. Wir nannten den Platz „Bemalter Felsen", weil die Wände hinter uns mit lebendig gemalten und eingehauenen Darstellungen von springenden Tieren Afrikas bedeckt waren, darunter ein Geschöpf halb Tier halb Mensch, wie es weder auf dem Lande noch im Meer jemals gesehen worden ist. Von „Bemalter Felsen" trieb uns der Mangel an Wasser zum Fluß zurück. Doch hatte ich eine Lehre aus dem Ereignis von „Einer-für-Umtumwa" gezogen. Ich ließ Tickie sein Buschhemd und seine Shorts abstreifen und den Kriegsschmuck sowie die Perlenketten des toten 'Takwenakundschafters anlegen. In dieser Aufmachung ging er hundert oder mehr Meter vor uns her und trug als einzige Waffe den langen Kriegsspeer.

Es war mir zuwider, ihn an den Platz der größten Gefahr zu stellen, aber ich sah keinen anderen Ausweg. Tickie selbst übernahm seine neue Aufgabe als Auszeichnung, seine Augen weiteten sich, sein Gesicht glänzte vor freudiger Erregung. Als ich den Fluß etwa eine Meile von uns entfernt wähnte, eilte ich nach vorne, um Tickie anzuhalten. Den geringen Rest unseres Wassers teilte ich zwischen Said und mir, dann schickte ich ihn hinab, um all unsere leeren Feldflaschen zu füllen. Eine Stunde lang blieb er fort, für mich waren es zehn Stunden, dann kam er vergnügt grinsend, mit gefüllten Flaschen, zurück.

Er hatte keinerlei Schwierigkeiten gehabt, sagte er fast verächtlich. Es war niemand in der Nähe. Vom Flusse aus sah er unfern die Wachtfeuer eines ausgedehnten Lagers und hörte die Männer singen, wie seine Landsleute es nach dem Nachtmahl zu tun pflegen, um ihre Gemüter für die Ruhe des Schlafes zu bereiten. Er hatte alles genau untersucht, war aber überzeugt, daß niemand bei Nacht außerhalb jener geschützten Unterkünfte herumkroch, da man nichts Böses ahnte. Diese Nachrichten zeigten deutlich, daß durch unser Kommen kein Alarm hervorgerufen worden war. Dies beruhigte mich so, daß ich meinen Plan änderte.

Am nächsten Tage, eine Stunde vor der Morgendämmerung, fanden wir einen hohlen Affenbrotbaum, mit einem Spalt in seiner fahlen Wange. Er stand kaum fünfzig Meter von dem Pfad des Feindes entfernt. Ich brachte Tickie sicher darin unter und ging dann selbst einige hundert Meter zurück, wo ich eine hohe Akazie mit schwarzem Wipfel erkletterte, die mir einen klaren Blick sowohl auf Tickies Affenbrotbaum, als auch auf das Gelände rings um den Pfad gewährte. Dann wartete und beobachtete ich, während Said am Lagerplatz blieb.

Eine liebliche Morgenröte breitete sich am Himmel aus. Sie war an jenem Morgen von purem Golde und trieb auf dem stillen blauen Himmelsteich dahin wie ein sagenhafter goldener Schwan, der den langen Hals in verzaubertem Schlaf zwischen zwei gewölbten Schwingen ferner Wolken anmutig zurückgelegt hat. Selbst die Vögel und die anderen Tiere schienen die Verzauberung der Frühe zu spüren und versuchten, den Bann durch einen so leidenschaftlichen Ausbruch von Singen, Kreischen, Bellen, Kläffen, Brüllen, Flöten und Pfeifen zu brechen, wie ich es selten gehört hatte.

Kurz vor Sonnenaufgang traf ein neuer Klang unser Ohr. Über die Baumwipfel drangen Stimmen im tiefen rhythmischen Singsang von 'Takwena auf dem Marsch. Und bald darauf stieg Staub auf von prächtigem Goldrot, wie ein Schwarm von Bienen, die mit dem Blütenstaub der Ringelblumen frisch gepudert sind, und hing über den Bäumen, auch in der Krone des Tickie bergenden, fahlen Affenbrotstammes. Es war kurz nach sieben, als der Anfang der Staubwolke bis zu ihm vorrückte, aber es verging eine volle Stunde, bis das Ende vorüberzog und jener monotone Singsang in hypnotisch fesselnden Takten schwer beladener Männer nach Westen vordrang. In dieser Zeitspanne – so schätzte ich – mußten mindestens tausend Träger am Affenbrotbaum vorbeimarschiert sein. Darnach herrschte eine lange Stille. Da, um Mittag, als die Sonne ungemütlich heiß war, sah ich wieder eine schnelle, kleine Staubwolke auf dem Pfad im Osten. Sie bewegte sich etwa doppelt so schnell vorwärts als die erste am frühen Morgen, war im Nu an Tickies Unterschlupf vorbeigeeilt und nach dem Westen verschwunden. Es folgte ein langes, glühendes Warten, bis, eine Stunde vor Sonnenuntergang, von neuem der Singsang näherkam — mit Gelächter, Pfeifen und unbekümmerten Rufen untermischt —, diesmal jedoch nicht von Osten, sondern von Westen. Ein Schub Träger, erleichtert von Lasten auf dem Wege zur See — dachte ich —, sie suchten zur Nacht jenes Lager beim Flusse auf.

Und dies bestätigte mir Tickie, als ich ihn gleich nach Sonnenuntergang aus seinem Versteck herausholte. Tausend Mann mit schweren Lasten auf den Köpfen waren am Morgen an ihm vorbeigegangen, sagte er, und tausend Mann gingen am Abend mit leeren Händen zurück — und nirgends war auch nur ein einziges weißes Gesicht unter ihnen. Aber ob ich jene schnelle Staubwolke am Mittag gesehen und eine Ahnung hätte, was sie bedeutete? Ohne eine Antwort abzuwarten, begann er mit leidenschaftlichem Eifer zu erklären: siebzehn 'Takwena, die siebzehn, die wir auf Deck des Schiffes gesehen hatten — mitten unter ihnen der eine mit den königlichen Zeichen auf seinem Antlitz — waren im Hundetrab an ihm vorbeigeprescht, als seien sie fest entschlossen, verlorene Zeit einzuholen. Drei von ihnen trugen mehrere dicke Briefe in großen weißen Umschlägen, wie Regierungsschreiben; diese steckten in der Gabel gespaltener Stöcke, wie es bei den 'Takwena Brauch ist.

Die verhängnisvollen Instruktionen, dachte ich sofort, als ich dies hörte. „Weißt du, Tickie", sagte ich laut zu ihm — dabei dachte ich: es gibt keinen besseren Weg, das Schicksal zu seinem Bundesgenossen zu gewinnen, als aus der Not eine Tugend zu machen. „Wir müssen ja auf alle Fälle hierher kommen, um Wasser zu holen. Soweit wir nun den Feind kennengelernt haben, wird er diesen Weg nur bei Tage benutzen. Ich will ebenso schnell in Umangoni sein wie jene Briefe, die du heute Mittag sahst — das kann ich aber unmöglich, wenn wir uns weiter weglos durch den Busch tasten. Wie wär's, wenn wir diesen Weg bei Nacht benutzten?"

„Das ist mir schon den ganzen Tag durch den Kopf gegangen", erwiderte er sofort.

Um neun Uhr vereinten wir uns wieder mit Said, um zehn waren wir zurück auf dem Pfad, Tickie in seiner Rolle als 'Takwenakundschafter, den Kriegsspeer wurfbereit, hundert Meter vor uns. Um zwei Uhr früh fanden wir ihn an einer Biegung des Pfades auf uns warten und erblickten – kaum eine Meile entfernt – die niederen Wachtfeuer eines ausgedehnten Lagers, die scharfe Blitzlichter ins Dunkel warfen. Wir wandten uns ab, in den Busch hinein, umgingen das Lager, fanden den Pfad wieder und schritten tüchtig weiter aus bis fünf Uhr; um diese Zeit hatten wir fünfundzwanzig Meilen zurückgelegt, und ich war recht zufrieden.

Für die Dauer des Tages lagerten wir im Schatten eines blauen Krans* am Rande eines schmalen ausgetrockneten Nebenflusses von dem großen Strom. Wir lagen auf einem Streifen feinen weißen Treibsandes, neben einem dichten Walde aus langen empfindlichen, bronzegetönten Schilfrohren und mit Quasten geschmückten Binsen, von denen der Wasserlauf eingesäumt war. Den ganzen Tag lang wiegten sich die Rohre und Binsen unter dem leisesten Lufthauch, und hoch darüber webten unsere ermüdeten Augen zierliche Muster mit Quasten in den blauschwarzen Himmel, während Insekten und Vögel aller Gefieder und Farben kamen, um sich an dem mutwilligen Spiel der Sonnenwirbel zu beteiligen. Es war ein köstlicher Fleck Erde, und obwohl wir fünfmal aufgescheucht wurden vom Geräusch einer hitzigen 'Takwenajagd, die weiter zurück im Busch vorüberzog – liebten wir die Stätte und tauften sie „Singendes Schilf".

Als ich auf die Spitze der höchsten Erhebung des Krans kletterte, um vor Einbruch der Dunkelheit einen wachsamen Blick über die Gegend zu werfen, war ich besonders froh, daß wir dieser Stätte einen so musikalischen Namen gegeben hatten, denn gerade ging die Sonne unter und versank zum ersten Male seit wir das Fla-

---

* Wörtlich: ein Kranz, aber auf Afrikaans und in südafrikanischem Englisch auch die Felsklippen, welche die Gipfel vieler afrikanischer Berge wie ein Kranz umgeben

mingowasser verlassen hatten, nicht hinter einer Reihe spärlicher Bäume. Im Westen stieg wie die Silhouette eines Riesen über den schimmernden Wölbungen der Buschhäupter ein tief purpurner Schatten auf, um dem sinkenden Licht der Sonne zu begegnen. Zuerst dachte ich, es sei die Wolkenbank eines Gewitters, aber dafür war es zu kompakt, zu steil, von einem zu regelmäßigen ungetrübten Purpur; auch fehlten die silbernen Atlasbesätze, der goldene Sammetmantel und die schäumenden Straußenfedern, welche unser afrikanischer Himmel so gern gegen die Abendluft trägt. Diese Luft selbst war kälter, und plötzlich tat mein Herz einen Freudensprung – ich hatte es. Kein Mensch, der nicht wie wir beinahe einen Monat lang marschiert ist, dabei tagaus tagein versucht hat, seine Vision in den flachen, engen, unnachgiebigen Grenzen der Buschkonturen aufrechtzuerhalten, kann die Freude ermessen, mit der ich an jenem Wendepunkt die Bedeutung des Purpurschattens begriff und den tyrannischen Busch endlich an seinen Platz im großen afrikanischen Hinterland verwiesen sah.

„Tickie! Said! Schnell!" rief ich, so laut wie möglich flüsternd, nach unten herab.

Sie ließen ihre Lasten fallen und kamen, die Gewehre in Händen, eine Spalte im Krans heraufgeklettert, so rasch sie konnten, mit ganz erschreckten Gesichtern.

„Was ist los, Effendi?" fragte Said, der nie um eine Frage verlegen, immer als erster damit kam, während Tickie mit weit geöffneten Augen die Gegend rings überflog.

„Seht her", sagte ich zu beiden. „Seht hierher!" Und ich zeigte nach Westen.

Sie schauten hin und dann – als wagten sie nicht, allzu früh einer Neuigkeit Glauben zu schenken, die sich immer noch als unwahr erweisen konnte – fragten beide gleichzeitig mit furchtsamen Stimmen: „Was ist das?"

„Die Grenze", erklärte ich ihnen. „Die *Berge der Nacht*... und die Sonne geht über Umangoni unter!"

„Allah sei gelobt!" äußerte Said kurz und feierlich, ehe er die unvermeidliche Frage stellte: „Wie weit, Effendi?"

„Sechzig Meilen, wie eine Buschtaube fliegt", erwiderte ich. „Vielleicht drei bis vier Tage zu marschieren. Was meinst du, Tickie?"
Aber er hörte mich nicht. Er hatte gerade die Innenfläche seiner rechten Hand mit Speichel benetzt und hielt sie hoch über seinen Kopf dem brennenden Westen entgegen.
In jener Nacht marschierten wir, wie wir noch nie marschiert waren. Die Luft war spürbar frischer und spornte uns zu größerer Leistung an; die halbe Nacht lang schwelte ein gelber Halbmond wie eine antike etruskische Lampe über unserem Pfade. Der Busch selbst war ungewöhnlich lebhaft erfüllt von Lauten, wie sie einer mühsam unterdrückten, gespannten inneren Erregung entspringen. Gegen Morgen schien die Erde unter unseren Füßen die erste Kräuselung jener flutenden Welle zu bilden, welche zu den fernen Bergen aufstieg. Wieder umgingen wir ohne Zwischenfall die Feuer von zwei großen Lagern. Als der Morgenstern erschien, schätzte ich, hatten wir nahezu sechsunddreißig Meilen zurückgelegt. In der Dämmerung fanden wir wieder einen Nebenfluß in der immer stürmischer bewegten Erde, zwischen Bergketten aus flammend rotem Gestein, die uns Schutz gewährten. Von jener Erregung ergriffen, welche die neue Erde um uns unsichtbar durchdrang, ruhte und schlief ich preisgegeben an den ekstatischen Schimmer, die flackernden, zitternden Stimmen lichttrunkener Käfer, die Musik von Sonnenwahn und Halluzination fieberischer Insekten mit Flügeln aus brennendem Glas. Wie die Wogen des Großen Ozeans brachen sie alle vereint in die erwartungsvollen Bereiche meines träumenden Geistes ein.
Die Abenddämmerung kam eher früher als am Tage vorher, und unser glimmender etruskischer Mond war noch nicht sichtbar. Als der Boden immer brüchiger wurde und plötzlich an einer Felswand von zweihundert Meter Höhe endete, gerieten wir in Schwierigkeiten. Wir fühlten unsern Weg an ihr entlang und suchten nach einer Öffnung, denn keiner von uns konnte sich mit

der Idee befreunden, so nahe beim Feinde auf derart beschränktem, ungünstigem Raume zu lagern. Doch stieg die Wand zu meinem Schrecken höher an, statt zugänglicher zu werden, und näherte sich allmählich einem Flusse, der mit leidenschaftlichem Ungestüm zwischen den Felsblöcken und Katarakten im Dunkel rauschte, das uns umgab. Darum kehrte ich um und untersuchte die Wand in der entgegengesetzten Richtung. Endlich wies sie einen Bruch auf und bot uns das Bett eines ausgetrockneten Bergbaches dar, in dem wir entlanggehen und die Wand erklimmen konnten.

Wir erreichten die Höhe im frühesten Licht der eilig aufziehenden Morgenröte. Hinter uns lag das Flußbecken und der Pfad unter einem Wirbel von blauem Holzrauch und grauem Morgendunst, aber über uns nach Westen zu legte die Erde endlich Flügel an und schwang sich stürmisch empor zu einer langen Reihe von Gipfeln, die tiefer herab violett und in der Höhe rosa vor Kälte waren – kaum sechs Meilen entfernt. So hoch und steil waren diese Berggipfel, daß sie den Himmel aus jenem Anschein hilfloser Flachheit erlösten, den der Busch ihm auferlegt hatte, und ihm die Fülle seines wahren Wesens wiedergaben.

„Schau! Bwana! Inhlahaxoti", rief plötzlich Tickie hinter mir aus, und die Morgenröte war um ihn gebreitet wie ein Kardinalsmantel.

Ich folgte der Richtung seines weisenden Fingers, und dort am Himmel zwischen uns und dem Gebirge – die Flügel bis in die äußerste Spitze des Gefieders gestreckt, kreisend und steigend wie ein Musikton im Orgelbrausen eines Morgenpsalmes – war einer der gewaltigen legendären Adler von Umangoni, den Tickie soeben mit dem Namen gekennzeichnet hatte: „Augen des Königs und Räuber von Schafen." So hoch schwebte der Adler, daß die rabenschwarzen Schwingen, die meerschaumweiße Brust, der safrangelbe Schnabel, die rehbraunen Reithosen und bläulichen Klauen, in ein und demselben dunklen Farbton erschienen, in welchen die Alchemie des anbrechenden Tages sie umgewandelt hatte. Denn obwohl wir selber noch immer im Dämmern standen, trug doch ein müheloser Aufschwung der silbernen Luftfontäne, auf welcher der Vogel sich erhob, ihn jetzt aus dem Schatten der Nacht heraus und geradewegs in das Licht der Sonne hinein. Sekundenlang sah es aus, als habe ein feuriger Pfeil den Vogel durchbohrt und in den ausbrechenden Flammen zertrümmert – der Adler schien unseren Blicken entschwunden und hinterließ nur schimmernde, flimmernde Bruchstücke – doch hielt das Flimmern an; und nun, bei einem erneuten Kreisen mit scheinbar unbewegten Schwingen, wuchs er und stellte sich in der Frische der Morgenluft selbst wieder her als unversehrter Flammenadler, auf der Suche nach Feuer von seinem Feuer.

Als ich mich schließlich von ihm und den Bergen abwandte und wieder dorthin blickte, wo sich die Wogen des dunklen Busches aus dem flammenden Osten über die Erde ergossen und sich an den langen Hängen von grüngoldenem Grase unter uns brachen, kam alles, was sich jüngst dort ereignet hatte, zu mir zurück – doch nicht in logischer Reihenfolge, sondern auf einen einzigen Brennpunkt bezogen. Es war, als bildeten die vielen durchkämpften Erfahrungen alle ein und dieselbe Landschaft, die sich wie das weite Land vor mir unter dem feurigen Gefieder des Inhlahaxoti ausbreitete. Während ich dort stand, fühlte ich mich wie einer, der bereits durch ein Wunder bewahrt worden ist und, fast erschrocken über eine solche Bevorzugung, vorwärts eilt – einem neuen Wunder entgegen.

XIV

Die Berge der Nacht

Wie wundersam war doch jener Augenblick, und wie köstlich der Erdenplatz, wo ich ihn erlebte! Und doch durfte ich bei keinem von beiden verweilen. Dort unter uns lag das Flußbecken – die ganze Nacht lang war es erfüllt von seiner eigenen lebhaften Stimme, wie eine gewundene Seemuschel von dem Murmeln ihres Vaters Ozean. Jetzt aber brachte es einen ganz anderen Ton herauf: den schweren, wiegenden, abgemessenen Gesang von mehr als tausend 'Takwena, die sich auf einen langen Marsch begaben. Und Tausende mehr würden bei Einbruch der Nacht herbeikommen, ja, sie konnten bereits auf dem Wege sein.

Schon war es so hell, daß man die edlen Köpfe eines Trupps von etwa siebzig Elenantilopen unterscheiden konnte. Wie sie uns beobachteten und mit angespannter Wachsamkeit auf das in der Ferne ausbrechende Singen hinhorchten! Das hat noch gefehlt, dachte ich, die Jäger werden dem Wild auf der Spur sein und können hier oben jeden Augenblick erscheinen. Ich war nahe daran, die Rückkehr in den entsetzlichen Busch unter uns zu beschließen, bevor es zu spät war. Da bemerkte ich die Spirale eines ausgetretenen Pfades; er kam auf der Seite des Wasserlaufes heraus, den wir im Dunkeln erklettert hatten. Sofort rief ich die andern und eilte diesen Pfad entlang. Die Sonne ergoß sich in langen Wellenzügen blendenden Lichtes über den Horizont, als die kriechende Pfadspur uns schließlich über den Rand einer tiefen Bodensenke in die dunkle Zone dichter Regenwälder führte, in eine sonderbar neue Zwielicht-Welt, die uns beinahe vollkommene Deckung gab.

Ich fiel in einen unruhigen Schlummer, in dem ich glaubte, schwache Stimmen und Glocken und eigentümliche Klänge in der Ferne zu hören. Eine Zeitlang war ich zu erschöpft, um mich davon beunruhigen zu lassen. Als aber der Tag fortschritt und meine Müdigkeit nachließ, wurde ich immer ruheloser. So nahm ich Flinte und Fernglas und teilte Said mit, ich wolle die Bodenfalte bis zum höchsten Punkt verfolgen.

Der Aufstieg durch das weglose Dickicht des Regenwaldes dauerte eine gute halbe Stunde. Da hörte ich plötzlich wieder, sehr schwach, doch unverkennbar, weit fort jene Stimmen und sonderbaren Glocken, die mich schon die ganze Zeit durch meinen Schlaf hindurch verfolgt hatten. Mit verdoppelter Vorsicht kletterte ich weiter hinauf; und konnte nicht einmal meine eigene Bewegung hören vor dem dringlichen Geflüster einem der Sonne entsprungenen Windwirbel, der plötzlich wie ein Wasserstrudel über diesen einsamen Felsenkranz brauste. Ich kroch bäuchlings im Gras über den höchsten Grat und arbeitete mich so an einen Platz auf dem obersten Gipfel heran, auf dem große, graue Felsblöcke einen Kreis bildeten.

Vorsichtig kam ich hinter dem ersten freistehenden Felsblock herauf und sah – einen bejahrten, riesigen Pavian. Er saß da mit dem Rücken gegen mich, in eine Toga von Sonnenlicht gehüllt, seine breiten Schultern gerundet, sein Kopf tief eingezogen; mit einem langen schulmeisterlichen Finger kratzte er sich nervös den Kopf. Er war offensichtlich der Wachtposten einer Hochlandsippe und forschte nach Skorpionenfleisch, Wegschnecken, Knollen und Tulpenzwiebeln zwischen den Felsblöcken am Bergeshang. Mein Geist jedoch, – nach altgewohnter Gesellschaft hungernd – fand seine Silhouette da drüben in Sonnenkappe und Talar so kostbar, daß ich einen echten Professor der Geologie aus ihm machte, der das Material für eine tiefgründige Vorlesung über ein rätselhaftes Gestein prüfte.

„Hallo! Adonis", flüsterte ich über den leeren Raum hinweg; mit diesem Namen hatten meine Landsleute auf dem Treck vor mehr als einem Jahrhundert zum ersten Male seine Gattung ausgezeichnet.

Er fuhr herum, offenbar traute er seinen Ohren nicht. Vor Ungläubigkeit gelähmt, starrte er eine volle Sekunde lang auf mich. Ich selbst aber nahm diese Sekunde wahr und schaute in das weiseste und lebensklügste Paar haselnußbrauner Augen, die ich je in eines Pavians Gesicht erblickt habe. Auf dem Grunde seiner dämmernden Pupillen tauchten die jahrelang gesammelten Erinnerungen auf und boten sich zum Vergleich mit dieser überraschenden Situation dar. Licht und Schatten liefen um die Wette über sein Gesicht. Dann, als die letzte Erinnerung als untauglich verworfen und seine lange Erfahrungsreihe abgelaufen war, stieg das Dunkel der Furcht wie die Nacht in seine uralten Augen. Er blinzelte mehrmals schnell hintereinander; seine Stirn wurde unglaublich runzlig, und seine Lippen begannen, unter dem Drang der Erregung zu zittern. Mit jenem Blinzeln schüttelte er seine Gelähmtheit ab, seine eben noch braunen Augen wurden grün vor innerer Warnung, und unversehens schoß er einen erstaunlich würdelosen Purzelbaum rückwärts. Dabei enthüllte er ein recht unakademisches Hinterteil, so bloß und nackt, als habe er in seinem panischen Schrecken das Gesäß seines malvenfarbenen Seidenanzugs auf dem Felsblock abgerissen. Er verschwand in den Abgrund, wobei er einen tiefen, aus dem Sonnengeflecht heraufdringenden Schrei ausstieß, der sehr ähnlich klang wie auf Afrikaans: „Oh! Gott! Mein Gott!"

Dankbar ließ ich Gewehr und Hut im Gras und nahm seinen hervorragenden Studiersessel zwischen den Felsblöcken ein. Dabei gab ich mich der Hoffnung hin, wenn etwa Augen aus der Ferne den Gipfel beobachteten, möge ich für sie nichts anderes sein als ihr altbekannter Pavian bei der Durchführung seiner täglichen Studien. Daraufhin überblickte ich den Schauplatz mit Muße.

Einen besseren Ausblick hätte ich mir nicht wünschen können. Als ich das Land knapp zwei Meilen weit durchforschte, sah ich auf den sich lang erstreckenden Abhängen am Rande des Busches viele Rinder, Schafe und Ziegen, von kleinen Jungen gehütet, die als rote, weiße, schwarze, cremefarbene und hellgelbe Stiche in der Atlasseide des Grases erschienen. Die Knaben hatten ihre gelbbraunen Decken aus Fellen eng um die Schulter geschlungen und standen die meiste Zeit dicht bei ihren Pflegebefohlenen; die Hände um ihre langen elfenbeingetönten Stöcke gefaltet, lehnten sie sich darauf und riefen ihre Tiere oder einander mit hellen, mädchenhaften Stimmen an. Ich kann mich nie genug darüber wundern, wie leicht die menschliche Stimme in der Natur jeden anderen Laut übertönt. An diesem stillen subtropischen Wintertage – Hunderte von Meilen entfernt vom nächsten Verkehrsfieber oder der modernen Industrie-Hysterie – staunte ich von neuem über diese jungen Stimmen, wie sie sich im Gefühl ihres naturgegebenen Rechtes gleich kleinen, hellen Vögeln auf schnellen, zarten Flügeln emporschwangen, oder sich wie glänzende Goldfische zum Klingeln des Kristallwassers am Rande einer Korallensee tummelten. Bisweilen gesellte sich zu diesen Stimmen auch ein richtiges Geläut – ein Tönegefunkel wie von klirrenden Eisschollen; sie rührten von Glocken her, die hie und da um den glatten Hals einer Leitziege oder einer besonders geliebten Höckerkuh gehängt waren.

Trotz der großen Entfernung glichen die Silhouetten der jungen Herden so sehr denen von Umtumwa und die Landschaft dem Tale von Amantazuma an dem Tage, als ich ihm vor vielen Jahren zum ersten Male begegnet war, daß die Wunde seines Dahingangs in meinem Herzen erneut aufbrach.

Jenseits der Herden, in zwei oder drei Meilen Entfernung, unter dem Kamm der Perlmutterwoge der Erde versteckt, zu der auch mein Gipfel hier gehörte, sah ich die runden Hütten, die ordentlichen Kraale der Tiere, sonderbar schwarz inmitten des grünen Grases, die eingefriedeten Mais-, Hirse- und Kürbisfelder zu winterlichem Gelb gebleicht; und über dem allen, wie widerspenstige Haarzöpfchen, ringelte sich der Rauch. Die vertrauten, blutroten Fußpfade streckten sich aus wie die Nerven einer menschlichen Hand, bereit, ihr natürliches Handelsgut bis in den dunklen Busch hinunter zu bringen, oder auch über den Bergbuckel hinein in die unermeßliche, stolze, blaue Ferne.

Es war ein gesegneter Augenblick für mich, als ich meine eigene, dunkle, rätselvolle Erde, die mich hervorgebracht hat, wieder in menschlicher Obhut zum Leben erwachen sah, nach jenen langen Wochen in dem Lande des Todes und dem Busch der Schlafkrankheit. Ich glaubte, Afrika nie so lieblich gesehen zu haben, so vertrauensvoll und vertrauenswürdig, so stetig und aufrichtig hingegeben an den bleibenden Rhythmus des Lebendigen. Dieses Gefühl weitete sich zu einer heilenden Gewißheit der Gemeinschaft. Sie hielt solange stand, bis die Erinnerung an das niederträchtige Vorgehen hinter meinem Rücken – wie es das dunkle Flußbecken heraufschlich mitten ins Innere hinein – plötzlich mit der ganzen Wucht der Erschütterung und Friedensstörung wieder über mich kam.

Mit einem Ruck drehte ich mich um und richtete mein Fernglas auf den Weg, den wir bei Morgenanbruch gekommen waren. Der Anblick schien durchaus unverdächtig. Es gab da keine Drachenflügel, keine Vampirfinger, noch hingen andere prähistorische Erscheinungen des Bösen darüber, um die vertrauensvolle Erde zu warnen. Das einzige Zeichen einer verborgenen Aktivität war eine lange Reihe Jäger mit ihren Trägern, die Lasten auf den Köpfen trugen. Sie überquerten schwerfällig die lange Bodensenke und verschwanden einer nach dem anderen genau denselben Bruch in der Felswand herab, den wir am Morgen benutzt hatten.

Es war klar, daß bei all diesem Getriebe die Herdenbesitzer auf der andern Seite unmöglich die Anwesenheit des Feindes übersehen konnten. Aber die Tatsache, daß sie sich und ihr Vieh abseits hielten, ja, sogar ein gutes Stück entfernt von ihrer größten natürlichen Wasserquelle, legte die Vermutung nahe, daß weder sie das besondere Vertrauen des Feindes genossen, noch er ihre Zuneigung besaß. Ich fand es sogar bezeichnend, daß – nach dem Abgang des letzten Jägers die Seitenwand des Flußbeckens herab – die Gestalt eines Mannes nicht verschwand und so aussah, als sei er den ganzen Tag über dort gewesen: ein stämmiger 'Takwena-Posten, in eine schwarz-weiße Decke dicht eingehüllt, wurde zurückgelassen; er stand reglos auf seinen Speer gestützt und starrte hinaus über den leeren Abhang und die wuchtigen Erdfalten nach Norden zu. Als ich ging, war er immer noch dort.

Doch bevor ich mich abwandte, erforschte ich mit größter Sorgfalt den Verlauf des Flußbeckens auf seinem Wege herab von den „Bergen der Nacht". Die Schönheit der Aussicht wurde gerade zu jener Stunde in ihrer fast unirdischen Harmonie hervorgehoben durch den zauberhaft zarten Widerhall dieser rauhen Berggiesen auf den letzten Augenblick des sterbenden Tages. Das einzige Element des Mißklangs war das Flußbecken selbst. Denn der hassenswerte Zweck, zu dem der Fluß mißbraucht wurde, machte ihn zu einem groben, ungebetenen Gast auf diesem friedvollen Schauplatz. Gleichwohl suchte ich wiederholt mit meinem Fernglas die zackigen Ränder dieses rauhen Beckens ab, um einen Weg aus ihm heraus zu entdecken, einen natürlichen oder von Menschen angelegten, aber ich konnte keinen finden.

Als ich zurückkam, hatten Tickie und Said bereits mit aller Vorsicht ein Feuer angemacht, da sie wußten, daß zu dieser Abendstunde weder Rauch noch Glut über unserer Regenwalddeckung zu sehen sein würden. Während des Essens erzählte ich ihnen ausführlich, was ich gesehen hatte und was ich daraus schloß: es wäre verhängnisvoll für uns, zu dem übervölkerten Fluß zurückzugehen, so gute Dienste er uns auch bisher geleistet hatte. Sie hörten mich schweigend an, mit der Miene von Indunas, die schon seit langem an Konzentration gewohnt sind; nur hin und wieder unterbrachen sie mich, um leise zu äußern: „Natürlich! Bwana! Natürlich!" oder: „Versteht sich, Effendi, versteht sich ganz von selbst!" Als ich mit meinem Bericht fertig war und die unvermeidliche Frage stellte: Was also sollen wir tun?" riefen beide gleichzeitig aus: „Ja! Was sollen wir tun?" machten aber von sich aus keine Vorschläge, und ich sah, daß sie völlig ratlos waren.

„Es bleibt nur eins zu tun übrig", erklärte ich nach einer langen Pause voll Spannung. „Und ich fürchte, nur du, Tickie, kannst das tun. Du solltest deinen Kriegsschmuck anlegen, wieder den langen Speer ergreifen und so tun, als gehörtest du zum Lager der Feinde. Wir bringen dich hinunter zum Pfad, den wir heute früh verlassen haben, und von dort aus mußt du ihn allein weiter verfolgen bis zu dem nächsten jener Kraale, von denen ich eben gesprochen habe. Gib dich als Jäger aus, der den ganzen Nachmittag der Fährte einer verwundeten Elenantilope gefolgt ist. Erkläre ihnen, daß du nicht gemerkt hast, wie weit der Tag fortgeschritten war, bis es zu spät wurde, zu deinem Lager am Fluß zurückzukehren. Dann bist du auf das nächste Licht zugegangen, um Obdach und Nahrung zu erbitten. Sie können es dir unmöglich verweigern, wenn sie richtige 'Takwena sind. Bist du aber erst einmal drinnen, so vertraue ich darauf, daß du all den angeborenen Scharfsinn verwendest, für den deine Familie so berühmt ist. Versuche zu erfahren, was sie über den Feind wissen, ohne selbst Verdacht zu erregen. Vor allem möchte ich, daß du herausbekommst, wohin der Pfad am Flußbecken führt. Was für andere Wege gehen von hier nach Umangoni? Welcher ist der kürzeste? Welcher ist dem Flußbecken am nächsten? Und welchen benutzen sie selber? Noch einen Wunsch habe ich: nachdem du das erkundet hast, bleibe unbedingt wach und warte, bis der Morgenstern aus dem Busch tritt; dann sei voller Ungeduld, dich auf den Weg zu machen – wie jemand, der Bestrafung fürchtet, wenn er nicht sofort zum Flußufer zurückkehrt. Solltest du am Morgen nicht wieder hier sein, so weiß ich, daß dir etwas zugestoßen ist, dann werden Said und ich nach dir suchen."

Armer Tickie. Er war so tapfer wie nur einer, den ich je gekannt. Hätte ich ihm irgendeinen Auftrag im offenen Busch gegeben, er wäre darauf zugeschritten wie ein

Bräutigam zu seiner Hochzeit. Aber die Aussicht, sich eine ganze Nacht in den Kraalen fremder, möglicherweise feindlicher Leute abzuschließen und es in Doppelzüngigkeit mit den listenreichen, erfahrenen Grauköpfen aufzunehmen, die man zweifellos herbeiholen würde, um ihn einem Kreuzverhör zu unterziehen – da ja die Sicherheit des Gemeinwesens davon abhing –, war ebensowenig nach seinem Geschmack wie nach dem meinen. Eine Sekunde sah er mich an: in seinen großen dunklen Augen lag dumpfe Bestürzung und die unausgesprochene Bitte, ihm dies zu erlassen. Dann erhob er sich schwer und ging hinweg, um seinen Speer zu holen.

Es war eine entsetzlich lange Nacht für mich. Zuerst lag ich wach an unserem kleinen Feuer und beobachtete den öligen Glanz des zunehmenden Mondes auf unserm dunklen Dach aus Blättern und Flechten, bis die gewohnten Laute der Nacht plötzlich unterbrochen wurden durch ein entferntes Gebell von Hunden, die voll anschlugen. Eine ganze Minute lang hielt das Bellen an, wuchs bis zur Raserei und verstummte dann jählings wie auf Kommando. Tickie ist angelangt, dachte ich und legte mich zurück, um den Schlaf aufzusuchen, den ich so dringend brauchte.

Wirklich fand ich ihn zuerst aus purer Erschöpfung, doch je ausgeruhter ich wurde, desto länger dauerte es, bis ich wieder einschlief. Ich hörte das schwache Geräusch eines weichen Blattes, das heimlich die verdunkelte Dachkammer in den Bäumen über mir verließ, dann das Spielen des diamantenen Wassers auf dem Grunde der Erdfalte, das klang wie der Versuch, auf einer Bambusflöte Musik zu machen. Und ganz nahe bemerkte ich einen roten Luchs mit Mondsteinaugen und hörte das Zischen, das tief seiner brennenden Kehle entfuhr. Nur von den Kraalen meiner Herdenbesitzer auf der anderen Seite der Erdfalte hörte ich keinen Laut.

Umsonst sagte ich mir, eine solche Stille sei das denkbar beste Zeichen. Vergeblich brachte ich vor, sie beweise sogar, daß die Kraale friedlich im Schlaf lagen. Unglücklicherweise blieb die Sorge, was Tickie alles zustoßen könnte, qualvoll unberührt von meinen Argumenten. Endlich konnte ich es nicht länger ertragen. Ich stand auf, bereitete Tee von unserm letzten Vorrat bis auf einen kleinen Rest, trat das Feuer aus, und kurz vor dem Morgengrauen ließ ich Said allein und kletterte langsam auf den Gipfel zurück. Beim ersten Lichtschein klomm ich den Felsbruch herauf. Wieder landete ich auf meinem Sessel altehrwürdiger Gelehrsamkeit, gerade zur rechten Zeit, um Homers gewaltiges, weinrotes Meer der Frühe über dem Horizont anschwellen zu sehen. Während sich das Licht verbreitete, hielt ich sorgsam im Lande Ausschau nach einem Zeichen von Tickie.

Die Kraale und eingefriedeten Felder waren die ersten, die sich von dem Dunkel trennten. Sie lösten sich nur langsam aus ihrer Schlafbefangenheit, während blauer Rauch oben aus jedem Lichtring hindurchsickerte. Diesen mir vertrauten Anblick durfte ich dahin deuten, daß dort alles normal verlief. Ich wäre nur froh gewesen, wenn ich auch Leute hätte sehen können, die sich um die Ringe herum bewegten, aber dafür reichte das Licht noch nicht aus. Ich mußte also warten und zusehen, während das Sonnenlicht zögernd die Hänge herabkroch – in Tropfen wie aus Versehen verschütteter Honig – oder wie es hie und da die Erdfalten entlang rieselte. Endlich flackerte das Licht in feurigen Flammen auf einem Pfade, der von den Kraalen direkt zu mir herüberzuführen schien. Aber er war leer, und mir sank der Mut. Tickie müßte um diese Zeit schon die halbe Pfadstrecke zurückgelegt haben, wenn alles gut verlaufen wäre. Noch einmal verfolgte ich den Pfad sorgfältig und prüfte jede dunkle Vertiefung oder Linie seines gewundenen Laufes. Von Minute zu Minute hoffte ich, ihn zu Gesicht zu bekommen, und je größer meine ängstliche Besorgnis war, desto durchdringender wurden meine Blicke. Aber der Pfad blieb leer.

Meine Augen irrten weiter verzweifelt im Gelände umher, während das Fieber meiner Befürchtungen auf den höchsten Grad stieg. Da gewahrte ich, wie das Licht des Tages in den Mittelpunkt meines Blickfeldes kroch: eine Viertelmeile vom Rande der Erdfalte bewegte sich die Gestalt eines Menschen, der vorwärts eilte. Sofort richtete ich mein Fernglas auf ihn, und obgleich ich keine Einzelheit erkennen konnte, zweifelte ich nicht: es war Tickie. Er war in vollem Lauf, den Kriegsspeer führte er schwingend in der Linken, die im gleichen Takt zurückflog, in dem der rechte Schritt vorwärts glitt – in der anderen Hand schwang er ein Bündel. Wiewohl er rasch lief, so geschah es doch in einer ausgreifenden, leicht beschwingten Gangart, die von keiner Furcht getrieben wird. Ja, hier im Frühlicht, in diesem Lande und zu dieser Stunde, wirkte er in seiner ganzen Bewegung so echt, so im Einklang von Instinkt und Geschehen, daß mir war, als werde vor meinen Augen ein Stück Amangtakwenageschichte lebendig: eine Gestalt aus der langen Reihe von Herolden – so mußten sie einst Botschaften von so manchen Thermopylen aus dem bedrohten Umkreis von Umangoni durch die engen Pässe der „Berge der Nacht" nach der Hauptstadt gebracht haben. Erlöst und leichten Sinnes sprang ich von meinem Felsblock, und bald waren Said und ich auf halbem Wege die Bergfalte herunter Tickie entgegengelaufen, der in seinem Siegesgefühl keine Müdigkeit kannte, sondern schnell aus der Tiefe heraufklomm.

„Oh ja", sagte Tickie, als wir wieder im Lager waren, öffnete sein Bündel und überreichte uns daraus köstliche, zuckersüße, weiße 'Takwena-Maiskolben, die seine Gastgeber am selben Morgen in den Kohlen für ihn geröstet hatten – es war alles ganz einfach gewesen. Er sprach in jungenhaft prahlerischer Manier, die mehr dazu angetan war, seine Erleichterung zu verbergen, als wirklichen Stolz auf seine Leistung zur Schau zu tragen. Natürlich hatte er von vornherein gewußt, daß er mit Leichtigkeit alles ausführen könne, was ich ihm aufgetragen hatte, aber in Wirklichkeit war es noch leichter gewesen, als er es sich vorgestellt hatte. Nachdem er erst einmal die Hunde hinter sich hatte, gab es keine ernsthaften Störungen mehr. Zwar waren die Leute zunächst feindlich, aber mehr waren sie selber erschreckt – ja, sehr, sehr, sehr erschrocken – Tickie betonte den Grad des Schreckens dreimal.

Die Furcht bei seinem Erscheinen – so hatte er herausgefunden – entsprang zum Teil der Annahme, er sei abgesandt, um von ihnen erneut anspruchsvolle Tribute an Nahrung und Vieh einzufordern. Er entnahm ihren Reden, daß unsere Feinde von Zeit zu Zeit aus dem Flußbecken heraufkamen und Nahrung in solchen Mengen requirierten, wie sie ein so kleines Gemeinwesen nur schwer aufbringen konnte. Zwar wurden sie mit Geld gut bezahlt, aber – so fragte Tickie in grenzenloser Verachtung – wie kann an einem so entlegenen Ort irgendwem mit Geld gedient sein? Als seine Gastgeber herausfanden, daß er tatsächlich nichts anderes als eine Unterkunft zum Schlafen von ihnen verlangte, waren sie ganz erlöst. Trotzdem blieb die Furcht wie Nacht auf den Grund ihrer Augen gesenkt – eine regelrechte, immerwährende Furcht. Ja – ich sah es deutlich – die Furcht war sein eigentlicher Gastgeber im Kraal gewesen. Die ganze Nacht war er von ihr betroffen: er hatte gemerkt, daß schon seine körperliche Anwesenheit allein den Leuten in seiner Nähe einen abergläubischen Schrecken einflößte. Sie wichen zurück, wenn er sich ihnen näherte. Der älteste Mann in den Kraalen, mit dem dicken Metallring der Weisheit und dem Abzeichen der ehrenhaft erfüllten Stammespflicht auf dem Haupte, wurde herbeigeholt, um mit ihm zu reden. Er sah so alt und weise aus, daß Tickie selbst von Scheu und Ehrfurcht vor ihm erfüllt war. Aber sogar dieser vermied es, Auskünfte zu erbitten, und beantwortete Tickies Fragen mit einer mitleiderregenden, ängstlichen Bereitwilligkeit. Tickie hatte keine Ahnung, was dies alles bedeuten sollte, bis er sie spät in der Nacht, als er sich schlafend stellte, im Flüsterton ihre Vermutungen und Erinnerungen austauschen hörte, die sein Besuch ringsum im Kraal hervorgerufen hatte. Er erfuhr, daß über dieses ganze Gebiet des Flußbeckens, in dem wir lagen, ein machtvolles Mwatagati* verhängt worden war und daß alle Menschen unten im Becken unter seinem Schutze standen.

„Was sagst du da, Tickie", rief ich verblüfft aus, denn ich konnte mir nicht denken, welcher der Medizinmänner über die Macht verfügen sollte, die Einwohner zur Befolgung eines so strengen 'Mwatagati, eines so weitreichenden tabu zu bewegen. „Weißt du das ganz bestimmt, was du da gesagt hast?"

„Bestimmt, bestimmt, bestimmt, Bwana", erwiderte er. „Zwei Winter ist es her, da kam ein Bote zu diesen Leuten vom Umbombulimo."

„Vom Umbombulimo!" rief ich derart bestürzt von der furchtbaren Bedeutung seiner Worte, daß ich sie weit von mir wies. Der Umbombulimo war ja der führende Medizinmann des Amangtakwenavolkes; überdies war er in dieser Eigenschaft auch der „Hüter der Erinnerung an den König". Er war in Wirklichkeit der geistige Führer der 'Takwena und von alters her die einzige Quelle einer Autorität, die man nie verdächtigen würde, sie könne sich fremden, unsauberen Einflüssen öffnen und einer vorsätzlichen Korruption verfallen. Sollte wahrhaftig – wie aus Tickies Bericht hervorzugehen schien – auch der Umbombulimo an der Verschwörung teilhaben, dann ging ihre Wirkung über meine Vorstellungskraft hinaus. „Nein wirklich, Tickie", protestierte ich verzweifelt, „doch nicht der Umbombulimo?"

Aber wiederum nickte Tickie mit dem Kopfe eine nachdrückliche Bestätigung. Mit verhangener Stimme und ungewöhnlicher Bedachtsamkeit sagte er: „Ich weiß, daß es wahr ist, Bwana. Ich hörte deutlich, wie diese verängstigten Menschen in der Nacht ihre Erinnerung an einen Tag vor zwei Jahren zurückriefen, an dem ein Bote des Umbombulimo selbst ihnen dieses 'Mwatagati verkündete."

„Woher wußten sie, daß er vom Umbombulimo kam?"

* *Mwatagati* = das *tabu* eines Medizinmannes

fragte ich, da ich noch immer lieber zweifeln, als dies glauben wollte.

„Da-her, da-her, Bwana", antwortete Tickie; dabei entblößte er fast ungeduldig seinen linken Arm an der Schulter, „hier war das Zeichen der Schlange des Umbombulimo eingeritzt, und hier" – seine Hände legten behutsam einen unsichtbaren Kragen um seinen Hals – „hier trug er einen Kragen aus Hyänenzähnen, und hier –"

„So ist es wahr, der Bote kam vom Umbombulimo selber", gab ich zu und spürte, wie mich eine wachsende Müdigkeit überfiel. Niedergeschlagen bat ich Tickie, fortzufahren.

„Nun denn", so berichtete er, „dieser Bote kam und nahm diesen Menschen einen Eid ab, und nicht nur ihnen, sondern auch den vielen, vielen in den Kraalen rings um das Flußbecken, von dort bis in die Berge hinein. Es war der heiligste der 'Takwena-Eide: Im Namen Xeilixos ließ er sie schwören, daß sie fortan all ihr Vieh aus dem Flußgebiet entfernen würden, sich selbst mit ihren Herden nördlich von derselben Erdfalte, in der wir lagen, aufhalten und unter keinerlei Vorwand je das verbotene Gebiet betreten würden, bis der Umbombulimo sie wissen ließe, daß sie des Eides enthoben waren. Danach besiegelte der Bote des Schreckens den Eid dadurch, daß er ihre Lippen mit einer machtvollen Medizin beschmierte, in der die Galle der gelben Kobra vermischt war mit einem Extrakt der Leber eines kleinen Kindes aus fürstlichem Sproß."

Hier hielt er inne. Sein hellwaches, junges schwarzes Gesicht war plötzlich so feierlich und düster geworden, daß ich weiter fragte: „Und wenn nicht?" Denn ich wußte, daß ein derartiger Eid nicht ohne ein schreckliches „Wenn nicht" aufgezwungen werden konnte.

„Wenn sie nicht gehorchten, Bwana", fuhr Tickie fort – und seine leise, klare Stimme geriet in den Schatten einer ersten Wolke von Furcht –, „dann würde ihr Vieh innerhalb weniger Monate an einer schrecklichen Krankheit sterben. Wenn die meisten gehorchten, aber einige sich auch nur unabsichtlich bis an den Fluß herab verirren sollten, so würden sie augenblicklich von Ungungqu Kubantwana* gefressen werden. Und, Bwana" – hier bebte Tickies Stimme unwillkürlich und ein kalter Schauer schien ihn zu durchrieseln. Denn hatte er auch selber keinen Eid geleistet, so hatte er doch einige Zeit jene magisch gebannte, verbotene Erde betreten, darum fürchtete er nun, dies könne unvorhergesehene Folgen für ihn haben. – „Und, Bwana, es sind bereits eine Leitziege mit langem Bart und weißem Hinterteil, eine schneeweiße junge Kuh mit rotbraunen Punkten, ein sehr, sehr gescheiter umfaan und eine neugierige intombizan** verschlungen worden. Aber das ist nicht alles. Bwana, da ist noch etwas..." Er hielt inne, blickte von mir zu Said, als müsse er tief Atem holen, bevor er in das tiefste der verbotenen 'Takwenawasser hinabtauchte, und fügte zögernd hinzu, „die Feder, Bwana, auch sie ist diesem Volke gezeigt worden, und einen weisen alten Vater haben sie schon entsandt, um ihre Bedeutung zu erkunden."

„So, so", bemerkte ich hierzu, ging absichtlich schnell darüber hinweg und fragte: „Hast du nach dem Weg gefragt?"

„Jawohl, aber es tat nicht not zu fragen, denn als sie über den weisen alten Vater sprachen, welcher der Geschichte der Feder nachgehen sollte, sagten sie, es sei schade, daß der Weg, der direkt zu dem uralten Versammlungsplatz der Amangtakwena beim Abgrund unter der Höhle des Umbombulimo führt, gerade an dem Flusse entlangläuft, der unter dem Bann des 'Mwatagati steht. Dagegen sei der Weg, auf dem er jetzt gehen mußte, zwar kürzer –"

„Kürzer?" rief ich aus.

Tickie nickte. „Jawohl, kürzer, aber kalt und beschwer-

---

* „Die Allesverschlingende", ein übernatürliches weibliches Wesen, an das die Amangtakwena blind glauben
** Eine junge Frau von Ansehen

lich für einen alten Vater, da er ganz oben über den Gipfel des Gebirges führt."

„Weißt du, wo dieser Pfad beginnt?" fragte ich gespannt.

„Zweitausend Schritt vom Rande dieser Erdfalte. Gestern abend habe ich die Stelle gesehen, bevor ich davon wußte."

Ich war im Begriff, Tickie zu danken und ihm die Ruhe zu gönnen, die er sich redlich verdient hatte, als er mich bedeutungsvoll ansah und fortfuhr: „Aber das ist noch nicht alles, Bwana..., der Eid, den diese Leute geschworen haben, gebietet ihnen, den Männern am Fluß unverzüglich mitzuteilen, wenn Fremde in ihrem Bezirk erscheinen."

„Wie können sie das, wenn es ihnen doch verboten ist, sich dem Flusse zu nähern?"

„Sie lassen aus Rauch einen langen Arm und eine Hand emporsteigen", erklärte Tickie und hob dabei die eigene Hand hoch über den Kopf – seine Elfenbein-Armringe rasselten, während er mit seinen langen Fingern flatterte, um den Rauch zu veranschaulichen. Wenn die unten den Rauch sehen, kommt sofort einer vom Flusse herauf, um sich zu erkundigen, was er zu bedeuten hat. Und, Bwana, in der Nacht hörte ich einen alten Vater sagen, er würde ihnen raten, das Zeichen des Rauches aufsteigen zu lassen, um denen am Flusse meinen Besuch zu melden – denn er habe niemals einen so jungen Burschen unter den Amangkubatwana[*] gesehen. Aber die anderen meinten – da sie mich vom Flusse sprechen hörten, als sei ich dagewesen – es wäre Zeitverschwendung, das Signal anzuzünden."

„Das ist überaus wichtig, Tickie", bemerkte ich anerkennend: „ich lobe dich sehr, und ich danke dir. Ist das nun alles?"

„Das ist alles, Bwana", antwortete er; seine Stimme war warm durchströmt von einer wahrhaft rührenden

---

[*] Sindakwena für „behexte Männer", wie die Viehzüchter die Männer im Flußbecken nannten

Aufwallung der Freude über das Lob, und seine ermüdeten Augen glänzten auf.

Während Tickie schlief, schickte ich Said zu meinem alten Sitz oben auf dem Krans herauf, damit er die Wache für uns hielte und vor allem nach jenem Rauchzeichen ausschaute, das Tickie uns beschrieben hatte. Sobald er einen solchen Rauch entdeckte, sollte er mich holen. Dann legte auch ich mich nieder und schlief, bis ich gewahr wurde, daß Said sich im Zwielicht über mich beugte und sagte: „Alles in Ordnung, Effendi; den ganzen Tag habe ich nichts gesehen. Kein Rauch ist von den Hügeln aufgestiegen über jenen Kraalen, von denen ihr spracht."

Ich war ihm wirklich dankbar für diese Kunde. Denn jene Atmosphäre uralten Schreckens um die riesenhafte Schattengestalt des Bösen, welches die Amangtakwena beschlich – Tickie hatte die Gestalt in mir heraufbeschworen – war in meinem Schlaf dicht um mich geblieben. Darum blickte ich angstvoll umher, als Said mich weckte, in der Erwartung, jeder stumm und dunkel wachehaltende Baum des Regenwaldes berge einen rachsüchtigen afrikanischen Zauberer mit einem der Schwarzen Magie verschworenen Gefolge, und sie könnten jeden Augenblick hinter ihm hervortreten.

Der Mond, dem nur drei Tage an seiner Vollendung fehlten, war wundervoll klar in jener hohen Bergesluft. Wir wußten seine Hilfe zu werten und schritten in dieser Nacht rasch voran. Aber keine noch so große Eile konnte mit meiner Besorgnis Schritt halten. Tickies Kunde, daß selbst der geistige Beherrscher des ganzen 'Takwena-Volkes an den Plänen von Charkow und Lindelbaum teilhatte, war fürwahr ein schrecklicher Ansporn. Bald erreichten wir ein schnelleres Tempo unseres Nachtmarsches als je zuvor. Ich hatte durchaus Grund, befriedigt zu sein, hätten nur nicht die Hunde in den Kraalen über uns begonnen, laut und anhaltend zu bellen. Als schließlich das Bellen aufhörte, hatte unser neuer Pfad uns bereits so weit im Bogen fortgeführt, daß des Flusses drängendes Brausen nur noch eben hörbar war. Dann verstummte auch dieses. Von Mitternacht ab stiegen wir stetig, wenn auch unvermeidlich langsamer, aufwärts. Eine gelbe Morgendämmerung fing uns ein, während wir ein Tal entlang zwischen zwei der stürmischsten Bergeswellen wanderten, die ich jemals in Afrika erlebt habe.

Der Pfad ersparte uns jene Felsentürme und unerbittlich schwarzen Klüfte, die ich am Tage zuvor durch mein Fernglas gesehen hatte, aber die steinernen Wogen wurden nun so hoch aufgeworfen, daß wir bereits sichtbar über der Baumgrenze waren und der schwarz glitzernde, leicht rauchende Regenwald weit unter uns lag. Wir fanden uns umgeben von baumlosen, abschüssigen Böschungen, auf denen nur langes, dichtes Gras stolz und aufrecht wuchs und sich steif in der Morgenluft verbeugte. Auf der Grasdecke verstreut lagen riesige Blöcke und große Kristalle aus grauem und gesprenkeltem Felsgestein. Auf allen Seiten ragten die Gipfel rings um uns mit uralten, unglaublich durchfurchten grauen Felsstirnen. Wie nun das Licht der Frühe sich über uns am Himmel ausbreitete, nahm selbst das Blau einen Stimmungston des Grau an und wandte uns ein verlassenes, bleiches Antlitz zu. Auch der Wind begann bei der ersten ockergelben Ankündigung der Sonne in hartnäckiger Unruhe mit grauem Stöhnen über das Gras und die tauben Geröllblöcke zu streichen. Unsicher fuhr er an den grauen Gipfeln entlang – wie ein Gewissen, das bei Nacht von Schuld heimgesucht wird. Wäre da nicht unser Pfad als Zeuge gewesen, so hätte die Landschaft gewirkt, als sei sie verstoßen aus allen Gedanken und aller Fürsorge der Menschen.

Als der Tag heranrückte, mußten wir den Pfad verlassen und inmitten einer der zahlreichen Ansammlungen von Felsblöcken Deckung finden; ich schärfte Said und Tickie ein, sich sorgfältig im Schatten und dicht an den Felsen zu halten. Dann erkletterte ich den nächsten Gipfel und warf einen schnellen Blick in die Runde.

Nach Westen zu sah ich nichts als Falte über Falte bergigen Landes sich entrollen, unter einem leeren Himmel. So nahe kam mir hier – hoch über der Welt des grauen Steines – dieser Himmel, daß ich vermeinte, ich sähe etwas von der Schwärze der immerwährenden Nacht, ohne daß sie ihren Schatten auf die Bläue warf. Nach Nord und Süd lief eine schnelle, scharfe Linie um steile, schwarze Bergriesen, deren Häupter violett in der Sonne aufglühten. Hinten im Osten lag gleißend der Saum des schwarzen Buschmeeres, aus dem wir erst zwei Tage zuvor aufgetaucht waren, und ein gelber Dämmer-Sprühregen flog über dem Grasstrand auf, wo sich die größten Vegetationswellen brachen. Und dann – und mein Herz setzte einen Schlag aus, als ich sah – zwischen mir und dem Busch, einige Meilen zurück, von der Höhe des Hügels hob sich hoch in den Himmel ein langer Arm von Rauch und streckte seine Hand aus.

Ich starrte darauf mit der bitteren Genugtuung eines Menschen, der endlich das sieht, was er die ganze Zeit zu sehen fest erwartet hat. Denn dieser Rauch bedeutete, daß zumindest eine Siedlung erschreckter Viehzüchter, die durch das Bellen ihrer Hunde aufmerksam geworden waren, den Männern am Fluß Kunde geben wollten, Fremde seien auf „dem verbotenen Weg" entlanggegangen.

Ich blieb nur solange, um mich zu vergewissern, daß der Pfad zwischen mir und dem Rauch leer war. Dann eilte ich herab in der Absicht, meinen Gefährten die Neuigkeit zu eröffnen. Als ich aber sah, wie vertrauensvoll sie auf dem steinigen Boden schliefen, brachte ich es nicht übers Herz, sie zu wecken, und fand auch in dem, was ich gesehen hatte, keine genügende Rechtfertigung hierfür. Denn soviel stand für mich fest: bis der Bote des Feindes in den Kraalen anlangte, würde es gewiß Abend werden. Nun bestand zwar die Möglichkeit, daß sie uns dann immer noch eine Patrouille nachsandten. Aber wie ich die Afrikaner kannte, hatten sie eine solche Abneigung vor Unternehmungen im Dunkel, daß sie ihren Aufbruch bestimmt nicht vor dem nächsten Morgengrauen ansetzen würden. Dann allerdings konnten sie rasch hinter uns her sein, und da sie sich nicht verbergen mußten, waren sie sehr im Vorteil – sie konnten tagsüber weiterziehen.

Einen Augenblick war ich versucht, unverzüglich über dieses weite, anscheinend leere Bergland fortzuwandern. Was mich zurückhielt, war die Erfahrung, daß in diesem Afrika – so weiträumig und menschenleer es dem Europäer auch vorkommen mag – bei Tage immerwährend und fast in jedem Teile des Landes irgendwo das scharfblickende Auge eines Menschen wacht. Der Feind konnte ja einstweilen nichts anderes erfahren, als daß Fremde nachts aus der Flußgegend gekommen waren und daß diese – nach Tickies Besuch im Kraal zu schließen – ebenfalls Amangtakwena waren. Sollte aber ein bloßes Gerücht den Feind erreichen oder gar eine begründete Nachricht, daß ein Europäer gesehen worden war, wie er in ihrem Operationsgebiet umherschnüffelte, so würden sie die ganzen Feindesreihen entlang Alarm schlagen und von allen Seiten über uns kommen. Darum konnte ich nichts Besseres tun, als mich im Schatten am Felsen einzurichten und, wenn die Reihe an mich kam, der Ruhe zu pflegen, die ich für die kommende Nacht brauchte.

So fest ich auch einschlief, bis in den Schlaf hinein setzte sich beharrlich ein Geklingel von Glocken durch; auch rief eine junge Stimme nach mir. So klang es und so überzeugend war der Ton, daß ich mich mühsam dem Schlaf entrang. Aufschauend sah ich Tickie den Finger auf die Lippen legen und mich warnend anblicken. Ich wußte sofort, warum. Die melancholische Morgenstimmung war jetzt erstorben, der Tag hoch erhoben, hellwach und warm. Mitten in dieser erhabenen, warmen Bergesstille erwuchs der beharrliche Laut der Tierglocken, die eigentümlich läuteten, wenn der Hunger die Tiere von einem guten Grasbüschel zum anderen springen ließ. Dazwischen rief die Stimme eines Knaben jemand, der weit fort und außer Sicht war, diese Worte zu:

„Kind einer schwarzen Mutter im Tale, hörst du mich?

Hüter weißer Ziegen am andern Ende des Berges, hörst du mich?
Sag, oh sag, hörst du mich?"
Dreimal wurde der Ruf wiederholt. Einige Sekunden folgte nichts als das merkwürdig schallende Geläute von ein oder zwei Tierglocken. Dann aber wuchs weit entfernt eine zweite Stimme wie die erste empor, nur geschwächt und abgerundet durch die Entfernung:
„Ja; Sohn eines schwarzen Vaters auf dem Gipfel eines Berges: Ich höre.
Hirte roter Rinder an dem steilen Abhang: Ich höre dich. Warum, oh warum rufst du mich?"
Ohne Verzug stieg die Antwort nahe bei uns auf:
„Ich rufe, um zu hören, was der Rauch bedeutet, der von den Bergen am Flusse aufsteigt.
Drüben an allen Bergesgipfeln entlang steht der Rauch hoch am Himmel.
Warum, oh warum? Bitte erkunde, warum?"
Hier setzte eine Pause ein, vermutlich während der ferne Rufer die Bitte an eine Kette von Herden rückwärts weitergab bis zum ersten Rauch. Es dauerte so lange, daß ich fürchtete, das ungewöhnliche Unterhaltungsstück sei beendet. Da kam von neuem die entfernte Stimme, leise, abgezirkelt, deutlich:
„Sohn eines schwarzen Vaters auf dem Gipfel eines Berges; hörst du mich?
Hirte roter Rinder an dem steilen Abhang: Hörst du mich? Sag, oh sag, hörst du mich?"
Die Bestätigung schwang sich augenblicklich auf, und darauf folgte die Antwort:
„Die Menschen lassen alle Rauch aufsteigen am Fluß, weil Fremde im Land umhergehen bei Nacht.
Fremde, die fremd umhergehn bei Nacht,
sie sind der Grund des Rauches.
Seit dem Morgengrauen erzeugen die Menschen Rauch, um es den Männern am Flusse kundzutun.
Aber die Männer vom Flusse kommen noch immer nicht. Sag, oh sag, hörst du mich?"
„Tickie", flüsterte ich und lächelte zu dem spitzbübischen

Grinsen, das sein Gesicht bei dem letzten Stückchen Neuigkeit überzog. „Sollte jene musikalische Herde uns gefährlich werden, weil sie aus Versehen über uns stolpern könnten, so mußt du noch einmal als einer der Flußmänner herausgehen, um sie von unserer Spur abzulenken. Said und ich dürfen hier nicht gesehn werden."

„Jawohl, Bwana, jawohl!" entgegnete er, „aber es wird nicht nötig sein, denn das Vieh macht sich bereits nach seinem Kraal auf."

Ich aber war froh, daß ich die Lage nicht falsch gedeutet hatte, und war schon wieder eingeschlafen, ehe er zu Ende gesprochen hatte. Als ich erwachte, um die letzte Umschau am Tage zu halten, war der Chorsänger und sein klingelndes, rotes Gefolge von den Bergen verschwunden. Der einzige Laut, der noch zu hören war, kam vom Abendwind, welcher den grauen Ton da wieder aufnahm, wo die Morgenbrise ihn zurückgelassen hatte. Inzwischen strebte die Sonne mit langem gleichmäßigen Schritt auf die diamantenen Gipfel im Westen zu – wie der letzte der Helden der Frühzeit über die Brücke des Regenbogens schreitet, um seinen Platz bei den Göttern in Walhall einzunehmen.

Ich wartete nur noch, bis es ganz dunkel war, dann weckte ich die andern, und wir verließen schnell unser „Stöhnendes Tal". Wir stiegen weiter rasch aufwärts, bis es etwa um elf Uhr anfing zu frieren. Wir sahen unsern Atem wie Rauch vor uns, und silberne Dampfsträhnen strichen um unsere Achselhöhlen. Das Mondlicht rings um uns war sogar in den tiefsten Senken und schroffsten Spalten heller als in der Nacht zuvor und einte sich mit einem Sternenlicht, das nicht nur seinen eigenen glitzernden Schein aussandte, sondern auch von der Luft zurückgestrahlt und durch den Frost in einen dunklen Eisspiegel verwandelt wurde. Das gab uns ein Gefühl interplanetarischer Gemeinschaft, wie ich es bis dahin nie empfunden hatte. Dieses Gefühl allumfassender Zugehörigkeit wurde noch erhöht durch die Tatsache, daß wir alle – Menschen, Planeten, Sterne, Ströme schäumender Nebelflecke und Meteore, die durch das

Tor auf die Erde stürzen – denselben Weg gingen: Wir alle reisten von Ost nach West. Obwohl unser Pfad sich wand wie eine Schlange, war er doch unbedingt nach Westen gerichtet, so geradlinig wie der Stab, welcher die heilende Schlange des Hippokrates trägt. Um Mitternacht war diese stürmisch emporstrebende Erde und die Luft so hell, die Gipfel und Täler so scharf umrissen und ganz dem Monde hingegeben, daß mir war, als wandelten wir zwischen den wirklichen Mondstein-Bergen, unter ihrem richtigen Mondschneelicht, und als erblicke ich am Himmel über uns nicht einen vom Schicksal bestimmten Satelliten, sondern das von einem magischen Spiegel widerstrahlende Bild unserer eigenen lichten Erde. Aber inmitten dieser überwältigenden kosmischen Vision erschien immer wieder eine Mahnung, daß dieses stolze Land doch einem demütigen und gefährdeten erdgebundenen Volk sehr zugetan war; denn es kam selten vor, daß wir auch nur eine Meile zurücklegten, ohne auf weniger gute Fußwege zu stoßen, die von dem unseren abzweigten.

So schritten wir weiter und erreichten kurz vor dem Morgengrauen das Dach dieser entlegenen afrikanischen Welt. Unser Pfad verwandelte sich zwar nicht plötzlich wie eine dramatische Handlung, dennoch wußten wir alle drei gleichzeitig, daß wir die Höhe und Wende unseres Weges über die hoch aufgewühlten „Berge der Nacht" erreicht hatten: jene Harmonien der Erde mit dem hohen nächtlichen Himmel verklangen in einem letzten Crescendo. Eine weitere Bestätigung bot mir der Anblick des untergehenden Mondes, der nun nicht mehr weiß war, sondern in der wärmeren Atmosphäre errötet und gereift, so wie auf der Südseite der Berge eine Ernte in der Spätsommerluft für die Sichel reif wird.

Wir blickten umher nach Deckung und hatten das Glück, etwas Besseres zu finden als Felsblöcke, sogar schon nach kurzer Suche. Wir kamen zu dem Grat, einem trügerischen Gipfel, der mit wundervollen Mammutbäumen bedeckt war. Jenseits davon streckte sich die Erde gemächlich einen Abhang hinauf bis zu dem wahren Gipfel aus glänzendem Gestein. Er krönte das königliche Sonnenhaupt des Tales, das in einer Entfernung von einer guten Meile vor uns lag. Von Rauch, Vieh, Kraalen, bestellten Feldern oder sonstigen Anzeichen von Menschen war jedoch nichts zu sehen. Da begriff ich, wir waren immer noch tief im Gebirge, obschon wir das Dach dieser uralten Welt überstiegen hatten – und vielleicht weiter fort von den ständigen Wohnsitzen in Umangoni als die ganze Zeit seit unserem Auftauchen aus dem Busch. Denn die Amangtakwena lieben nun einmal die Kälte nicht und ziehen es vor, sich im Schutze der Täler zu halten.

In dem so gewonnenen Vertrauen, daß wir jetzt außer Reichweite des Feindes waren, richtete ich mich hier für die Dauer des Tages ein. Ich legte mich neben Tickie nieder, der bereits fest eingeschlafen war, und dämmerte hinüber. Doch kaum hatte ich mich dem Schlaf überlassen, da erklangen – so als habe ein Postbote am Ende eines langen Ganges an mein Tor geklopft – scharfe Gewehrschüsse. Es ist ein Ton, den ich seit dem Kriege nicht leiden konnte, daher war ich mit dem Gewehr in der Hand auf den Beinen, fast ehe ich wach war. Angestrengt horchte ich, konnte aber zunächst nichts hören als den Laut von Tickies Atmen zu meinen Füßen, und sah sein junges Gesicht mit dem Schlaf der Unschuld getränkt, so wie eine schwarze chinesische Mohnblume in der Sommersonne ihren Kopf, schwer von Opium, hängen läßt. Da erklang von neuem eine Salve von Schüssen aus solcher Ferne und so erheblich leiser als sie mir im Schlaf geklungen hatten, daß ich mich fragte, wie ich sie überhaupt hatte hören können. Unmittelbar darauf vernahm ich Saids behutsame Schritte rasch auf mich zukommen.

„Ihr habt es gehört, Effendi?" rief er erleichtert, als er mich schon dastehen sah – und eine neue schwach hörbare Salve folgte seinen Worten.

„Ja", erwiderte ich, und war diesem guten alten Mörder dankbar für seine prompte Wachsamkeit. „Wie lange ist das schon im Gange?"

„Erst eben hat es begonnen, Effendi", sagte er in ängstlich besorgtem Tonfall, „und ich glaube, es kommt von der anderen Seite des Tales. Was aber kann das sein?"

Wieder kam eine lange Rollsalve von Gewehrfeuer, dann Stille, dann neue Schüsse, und so ging es fort.

„Höre, Said", beschloß ich, nachdem dies eine Weile angedauert hatte, „ich komme jetzt mit dir zu deinem Posten. Wir wollen einmal sehen, ob wir dort vielleicht mehr Aufschluß über das Schießen bekommen können."

Ich ging voran zu dem Saum des Waldes und blieb dort eine Stunde lang bei ihm auf seinem Posten. Wir verfolgten weiter aufmerksam das Schießen, das unvermindert anhielt, und versuchten, hinter seine Bedeutung zu kommen. War vielleicht mein grimmig dreinblickender königlicher 'Takwena, der zuletzt auf dem Pfad beim Flusse im Hundetrab gesehen worden war, mir doch noch zuvorgekommen? Hatte er seine Befehle übergeben und dann im Bunde mit den obersten Verschwörern die Revolution vorzeitig vom Stapel gelassen? War es möglich, daß wir hier gerade ihre Eröffnung mitanhörten? Der Lärm war allerdings heftig genug für eine kleine Schlacht, aber andrerseits war er zu gesetzt und regelmäßig für wirklichen Krieg. Nein, es mußte eine andere Erklärung geben, und schließlich, als ich die Sache ruhigen Sinnes und geduldig durchdachte, hatte ich es.

„Said, bis du nicht früher einmal Soldat gewesen?" begann ich. „Kannst du dich noch erinnern, wie du Rekrut auf dem Truppenübungsplatz warst?"

„Jawohl! Selbstverständlich, Effendi."

„Nun denn, erinnert dich dieses Schießen da drüben nicht an etwas?"

Wieder lauschte er, einige Sekunden legte er den Kopf auf die Seite, dann sah er mich an, und mit einem Mal hatte er begriffen. „Bei Allah, Effendi! Ihr habt recht. Feuerausbildung. Schießübungen." Und ich wußte, das Bild eines geschäftigen militärischen Gefechtstandes malte sich ebenso lebhaft in seiner Vorstellung wie in meiner.

„Ja, Said, ich glaube fest, daß es etwas Ähnliches bedeutet", stimmte ich zu. „Obendrein sagt es, daß wir von dem Schießen unmittelbar nichts zu befürchten haben. Doch sind wir wieder einmal so dicht bei bewaffneten Männern, daß ich dich bitten muß, diese Abhänge und das Tal da unten so gut wie nur je im Auge zu behalten."

Kurz darauf war ich wieder bei Tickie, und der übrige Tag verlief wie gewöhnlich in unserer damaligen Lage, bis kurz nach sechs Uhr. Um diese Stunde war ich bereits halbwach und ging auf eine rhythmische, halbbewußte Weise einer Erinnerung nach, die mit meinem schlafbefangenen Geiste darum rang, wiedererkannt zu werden. Die Erinnerung war mit einem verknüpft, der „Sydcup" genannt wurde, und der einzige Sydcup, dessen ich mich entsinnen konnte, war der Hauptfeldwebel George Henry Sydcup, früher bei der motorisierten Infanterie von Durham, aber später dem Dienst bei uns in Burma zugeteilt... Ich entsann mich des Tages, als er zu uns kam (jeder Zoll ein Kitchener-Mann, von den Zehen bis zu den mit ungarischer Pomade gedrehten Spitzen seines roten Schnurrbarts), und ich entsann mich ebenso deutlich des anderen Tages, da er einen tapferen Tod starb, bei mir und John im Dschungel... Dennoch wußte ich, dies war nicht die Gedankenverbindung, nach welcher jenes merkwürdige unterbewußte Erinnern verlangte. Irgendwo war da in meiner Vergangenheit noch ein Sydcup oder ein Klang von Sydcup... Dieser „Klang von Sydcup" vollbrachte es: plötzlich sah ich wieder den Ausdruck in Lindelbaums Antlitz in „Höher als die Bäume" vor mir, während er Charkow zuhörte, der ihn beschwor, ihren Plan in die Tat umzusetzen und demgemäß „jemand, Sydcup genannt, zu instruieren".

Wie sonderbar, daß ich gerade jetzt daran denken mußte, überlegte ich, da ich doch kaum einen Gedanken daran gewandt hatte, seit ich dies zum ersten Male hörte. War etwa das Schießen daran schuld? Ist dies vielleicht der Ort, wo Mr. Sydcup sein Hauptquartier hat? Könnte hier wieder so ein Fall von meines kleinen Generals „großem Zusammentreffen" vorliegen; sollte ich darum nicht die Krone des Hauptes über diesem königlichen Tal ersteigen und es inspizieren? Vielleicht...

Mit diesem „vielleicht" öffnete ich die Augen, sah die riesigen Mammutbäume rings um mich, wie sie im vollen Schmuck eines großartigen Umangoni-Sonnenunterganges glänzten, feierlich und wachsam, wie altehrwürdige Fürsten, die zum letzten Mal ihr Spiegelbild überprüfen, bevor sie einer Berufung an den Hof folgen: Kupfer- und Goldreifen um ihre scharlachroten Fußknöchel, Schleifen aus pfauenblauem Sammet unter dem Knie gebunden, Silberspangen mit Opalen auf safrangelben Handgelenken, und all die höchst kostbaren, zarten Edelsteine aus Abendlicht, die kunstvoll gefaßt und mit lodernden Spangen an ihrem heraldischen Halsschmuck aus funkelnden, spitzen Blättern befestigt waren.

Wie stets, wenn ich etwas wahrhaft Schönes erblicke, verließen mich alle anderen Vorstellungen augenblicklich, und mein Geist wandte sich seiner Wesensmitte, dem Gedanken an Joan zu. In meinem Herzen sprang die Frage auf, ob sie jemals erfahren würde, wie weit ich umhergereist war – einzig ihr Bild in einer großen Kirche immer vor Augen –, und durch welche seltsamen Gegenden ich unablässig den alles beherrschenden Gedanken an sie mit mir getragen hatte: von einem mongolischen Kerker bis zu dieser Stätte, die mit Juwelen und Seide aus arabischen Nächten geschmückt und nun vom Wein des Sonnenunterganges in den Bergeshöhen durchflutet war.

Hier tauchte mitten zwischen meinen Gedanken ein schwarzer Schatten auf. Es war Tickie, der, so schnell er konnte, gelaufen kam, dabei winkte und im lautesten Flüsterton, den er wagte, dringend rief: „Schnell, Bwana, neue 'Takwena!"

„In unserer Richtung?" fragte ich und griff nach Flinte und Fernglas.

„Nein, doch schnell, sonst verschwinden sie und ihre Pferde hinter dem Berg", erwiderte er über eine Schulter, die bereits zum Zurücklaufen abgewandt war.

Sogleich folgte ich ihm zu seinem Posten. Eine Meile entfernt lag das kahle Steinhaupt des Tales in einem zarten Nachglühen der Sonne, das uns versagt geblieben war. Zum Gipfel hinauf ritten, einer nach dem anderen, sieben 'Takwena auf den zähen Bergponies, für die das Hochland von Umangoni mit Recht berühmt ist – Ponies mit sicherem Tritt, langen Mähnen und schlanken tatarischen Knöcheln. Die blutroten Stammesdecken der Männer, mit einem Saum von schwarzer Wolle besetzt, waren schon fest um Brust und Schultern geschlungen gegen die schnell kühler werdende Luft. Ihre feurigen Umrisse umgaben Gestalten zum Umsinken müder Krieger, ihre Beine baumelten willenlos in langen natürlichen Steigbügeln; so gaben sie den Ponies die Zügel frei, am Ende eines langen Tages im Sattel. Der Anblick hätte durchaus harmlos gewirkt, wenn nicht über jeder der sieben runden, roten Schultern der Lauf eines Gewehres deutlich in die Luft geragt hätte. Und zufällig kannte ich eine der Klauseln in Umangonis Sondervertrag mit Großbritannien, die nur Fürsten, Häuptlingen und Anführern den Besitz eigener Gewehre erlaubt. Ich war nicht versucht zu glauben, sieben Häuptlinge würden plötzlich an einem Winterabend gemeinsam über diese kalte, entlegene Höhe reiten. Überdies hatte die Zahl sieben – nach dem, was ich unten im Toten Lande erfahren hatte – ihre Unschuld für mich eingebüßt.

„Tickie", sagte ich grimmig, als das Rot auf dem letzten der sieben Reiter unter jener Glut vom Westen in eine apokalyptische Flamme ausbrach und dann über den Berggipfel verschwand – „komm, wir wollen zurückgehen, uns ein heißes Mahl bereiten und unsern letzten Tropfen Tee trinken, und dann wollen wir gemeinsam, du, Said und ich, herausfinden, was hinter jenem edlen Taleshaupte vor sich geht."

„Auck, Bwana, Auck!" rief Tickie und fing vor Aufregung zu kichern an; unter neuem Kichern und Kopfschütteln zu den Worten „Auck! Bwana, Auck!" machte er sich Luft und folgte mir zurück ins Lager.

Said jedoch, der vom Arabertum angerührt als echter Orientale die Vorsicht hochschätzte, war ganz und gar nicht unternehmungslustig, sondern stellte seine rhetorischen Fragen: „Warum versuchen, mehr zu erfahren, wo wir doch schon genug wissen? Warum hier noch einmal einen Rauch-Alarm riskieren, wo wir bereits fürchten, der Feind ist uns auf den Fersen? Warum nicht lieber zur Hauptstadt vorstoßen, so rasch wir können, und dort die Hilfe herbeiholen, die wir brauchen, ehe wir hierher zurückkehren?"

Aber ich war der Erörterungen überdrüssig und beschied ihn ziemlich scharf: „Weil ich oben auf der Höhe sein will, Said, mach also schnell, iß deine Hafergrütze auf und trink deinen Tee aus."

Da waren wir denn, kurz nach acht Uhr, und krochen durch langes Gras auf die Krone unseres Tales zu, die kaum hundert Schritt entfernt, feierlich unter dem unbeschreiblichen Monde lag. Es war ein bedeutsamer Augenblick, der mir unvergeßlich bleibt, nicht allein wegen der ihm eigenen Schönheit, auch um der Verwandlung willen, die er in meinem Geiste hervorrief. Seit dem Aufbruch vom Flamingowasser war ich fortwährend gezwungen worden, negative Dinge zu tun: vor dem Feind davonlaufen, mich vor ihm verbergen, ihm ausweichen, andauernd im Flüsterton reden, am Tage schlafen und bei der Nacht mich vor ihm davonstehlen. Hätte ich mir nicht selbst andauernd wieder beteuert, daß all meine Handlungen auf ein positives Ziel hinstreben, so hätten diese negativen Dinge leicht in mir zerstörend wirken können.

Jetzt aber kam es mir vor, als sei ich am Ende der Negation angelangt. Nun brach ich auf, um dem Feinde die erste in einer Reihe positiver Taten zuzufügen. Dieses Bewußtsein brachte mein Blut in Wallung wie ein Trompetensignal, daß es mir in den Ohren klang. Einen

Augenblick ließ ich vom Kriechen ab, drehte mich auf den Rücken und schaute unmittelbar in das Antlitz der Mondgöttin hinein, die hoch über dem bedeutsamen Tale dahinfuhr und es mit ihrem Lichte überflutete. Tickie und Said, die mir dicht auf den Fersen folgten, hielten an und taten es mir nach; und in jener gleichzeitigen, schweigenden Bewegung schienen sie mir näher zu kommen als je zuvor – als sei in Wirklichkeit nicht der eine von ihnen ein Mörder und der andere eigentlich nur ein schwarzer *Takwena-Junge. Es schien vielmehr so, als stünden die beiden mit mir in natürlichem Zusammenhang, ergänzten mein Wesen, auf daß wir die schwierige Aufgabe, zu der uns das Leben herausgefordert hatte, bewältigen könnten.

Eine köstliche Sekunde lag ich und blickte auf zum Mond, der so nahe schien in diesem Augenblick des Fanfarenrufes auf dem weltenfernen Gipfel im Gebirge von Umangoni – bis Tickie meine Schulter berührte und mit einem ungewöhnlichen Beben in der Kehle flüsterte: „Oh! Hörst du es, Bwana? Mein Bwana, hörst du es?"

Und ob ich es hörte! Von jenseits des Gipfels erklangen von Amangtakwena-Scharen Gesänge, welche die Männer singen, wenn sie unter sich sind, zu einem Vorhaben weit fort von ihren vollbrüstigen Frauen und ihren geliebten Tieren. Keinerlei Zauber war in dem Klang, keine Heiterkeit. Er war nur erfüllt von immerwährender Sehnsucht nach jener anderen Hälfte unserer selbst, von der wir alle getrennt sind – von der Sehnsucht, welche der Mond am Vorabend seiner Vollendung des eigenen Rundseins in allen lebenden Geschöpfen erweckt, bis herab zu den am schwächsten erleuchteten Tierherzen.

Am liebsten hätte ich immer weiter diesem Gesang unter dem Monde gelauscht, doch fühlte ich mich heftig am Waffenrock gezogen und hörte Tickie beschwörend sagen: „Bitte, Bwana, laß uns das ausführen, wofür wir hierher kamen. Mir wird sehr kalt."

Ich ging sofort darauf ein und nahm mein Kriechen nach dem Gipfel wieder auf. Aber wenn Tickie glaubte, es sei wirklich die Kälte gewesen, und nicht die vom tiefen, fernen Gesang der Männer seines eigenen Volkes geweckte Empfindung, die ihm den Mut eingab, seinen Meister vorwärts zu treiben, so hielt er sich selber zum Narren.

Bald lagen wir drei auf dem Kamm drüben an der anderen Seite des Talkopfes. Natürlich hatten wir alle erwartet, etwas Ungewöhnliches von dort aus zu sehen, aber keiner von uns war auf einen Anblick von solchem Ausmaß gefaßt, wie er sich uns jetzt bot. Wir sahen unmittelbar herab auf ein gewaltiges, aber seichtes Bekken unter einem der höchsten Berge in Umangoni; es bildete einen fast vollkommenen Kreis von etwa vier oder fünf Meilen im Durchmesser. Eine glatt polierte Wasserfläche in der Mitte stellte auf zwei Meilen Entfernung ringsum die Blöße des nackten Bodens dramatisch zur Schau. Nach Süden zu trennte sich ein gelber Schlangenfluß von der bläulich-fahlen Wasserlache und wand sich behende nach Osten, wo er in einem dunklen Spalt in der Flanke dieses Bergbassins verschwand. Könnte dies die Quelle und der Anfang des Flusses sein, dem wir so lange vom Flamingowasser her gefolgt waren? Ich zweifelte kaum daran, zumal ich nun ein ausgedehntes militärisches Lager erblickte, das mit der vorschriftsmäßigen Genauigkeit eines Lehrbuchs zwischen uns und dem Flusse aufgeschlagen war. Ja, die ersten Reihen von Zelten, die aus solcher Entfernung wie die spitzen, weißen Kapuzen von unzähligen Gnomen glänzten, schienen direkt an den Ufern des Flusses aufgerichtet. Die letzte der Reihen endete eine knappe Meile von unserem Standort entfernt. Jede Einheit von Zelten schien um einen für sie bestimmten freien Platz gruppiert, und in der Mitte eines jeden Platzes sprang eine gotische Turmspitze aus Feuer auf. Rund um jedes Feuer erzeugte ein Chor tiefer 'Takwena-Stimmen die Musik, die wir gehört hatten.

Angesichts des Mondes, der herrschenden Schönheit der Nacht, des Gesanges und all der Erinnerungen an ähnliche Erlebnisse, die der Anblick hervorrief, fand ich die

Szene tief bewegend. Sie sah so sonderbar vorherbestimmt aus, so voll von tragischem Verhängnis, als sei sie das Ergebnis einer Verschwörung der Götter selbst. Ich konnte mir vorstellen, wie ein anderes großes Lager zwischen den schwarzen Schiffen und dem leuchtenden Küstenvorland am Rande der großen trojanischen Ebene aufgeschlagen war, gerade so wie dieses hier – und wie ein Odysseus es betrachtete und sich fragte, ob er wirklich einer der wenigen sein sollte, die bestimmt waren, die Heimat zu erreichen. Obgleich die Männer dort unten unsre Feinde waren, ich konnte sie nicht hassen – trotz meines tiefen Abscheus vor den Zwecken, für die sie benutzt wurden. Ja, ich spürte, daß ich neidisch auf ihre Gemeinsamkeit war und von einem vernunft-widrigen, hohnsprechenden Verlangen erfüllt, herabzusteigen und mich an ihren prometheischen Feuern mit ihnen zu vereinen.

Jetzt aber geschah etwas, das mir im Nu den müßigen Luxus eines derartigen Verlangens austrieb. Es bewegte sich etwas auf dem Pfad, der wie ein Gerinnsel geronnenen Blutes auf dem Grase gerade unter uns verlief. Zuerst hielt ich es für einen Busch, der sich im Winde bewegte, dann bemerkte ich, daß es uns langsam näherkam und von einem Moment zum anderen mehr und mehr die Gestalt eines Mannes annahm.

„Seht einmal her, ihr beiden", flüsterte ich, „sollte das da ein Mann sein, einer allein, so wollen wir ihn ergreifen, sobald er unter diesem Bergkamm an uns vorbeigeht. Du gehst auf seine Füße los, Tickie, ich auf seine Kehle, und du, Said, kommst von oben über ihn. Aber ich will ihn lebendig. Wenn es nötig sein sollte, ihn zu töten, so übernehme ich das, nachdem er zu uns gesprochen hat, nicht vorher.

Langsam, auffallend langsam, zog der dunkle Schatten in dem silbernen Lichte näher. Oft hielt er inne, wandte sich um, als wolle er sich anders besinnen und zu den Feuern zurückkehren. In solchen Augenblicken war ich versucht, ihm zu folgen; dann aber merkte ich, daß die Gestalt zögernd verweilte, fast wie ein Mensch, der die

Landschaft im Mondlicht bewundert – würde das aber ein 'Takwena jemals tun? Als dann die Gestalt nahe genug war, auch wenn sie immer noch undeutlich schien, begann mein Herz wild zu hämmern in einem sonderbaren Gefühl, daß ich sie kannte und doch nicht kannte. Endlich, nun schon ganz nahe, begann sie plötzlich, die Töne der ersten Strophe des Liedes zu pfeifen, das man mich als Kind gelehrt hatte:
„Au clair de la lune
Mon ami Pierrot."
und eine verworrene Empfindung des Kennens wurde aufgerührt und begann in mir wie toll zu rasen. Es trieb mich verzweifelt zu einem jähen Überfall, wie ich ihn durchaus nicht beabsichtigt hatte.

Endlich stand die Gestalt zu unseren Füßen – ich gab Tickie und Said das verabredete Zeichen, und wir drei fielen ihn von oben herab an: ich als erster an Kopf und Hals, Tickie an den Beinen und unser langer Araber am Rumpfe. Er ging nieder wie ein Stein, ohne einen Ton von sich zu geben oder zu kämpfen. Er lag da so still im Mondlicht zwischen uns auf dem Bauch, daß ich fürchtete, wir wären zu rauh mit ihm verfahren; dennoch ließ ich ihn die Spitze meines Messers an seiner Kehle spüren und flüsterte vernehmlich auf Sindakwena: „Ein Ton und ich töte dich. Ein Schrei und ich schneide dir sofort die Kehle durch."

Als er gedämpft „Ich verstehe" murmelte, bedeutete ich Said und Tickie, von ihm abzulassen, erhob mich selber und gebot ihm aufzustehen. „Wer bist du? Was tust du hier? Kommen noch mehr? ... Antworte mir leise, aber unverzüglich."

Er kam meinem Begehren so lässig nach, daß ich mich gedrungen fühlte, ihn grimmig am Kragen zu greifen und ihm auf die Beine zu helfen. „Steh auf, verdammt noch mal, und rede. Wer zum Teufel bist du?"

Er kam nun hoch, ohne seiner Würde etwas zu vergeben, während wir einen Ring um ihn bildeten und die Messer in den Händen blitzen ließen, bereit, ihm beim ersten Anzeichen von Verrat an die Kehle zu springen.

Noch einen Moment lang blieb er gebückt und kehrte mir den Rücken zu, während er einen gut geplätteten Waffenrock und die frische Bügelfalte seiner Hose glattstrich. Wieder schien mir die Gebärde rasend vertraut. Als er damit fertig war, drehte er sich gelassen zu mir herum und sagte dabei mit einer gehaltenen, fast herausgewürgten Befreiung von der heftigen Spannung innerster Bewegung: „John Edmund Cornvallis Sandysse vor der Welt im allgemeinen, aber für Sie im besonderen, Pierre François de Beauvillers, ganz einfach John; John zu deinen Diensten, mein lieber Junge."

„Mein Gott, John!" rief ich aus. „Es kann nicht wahr sein! Du kannst es nicht sein! Lieber Gott, das kannst du nicht sein!"

„Ich bin es wirklich –"

„Bist du ganz heil, wir haben dich doch nicht verletzt?" Ohne auf eine Antwort zu warten, wandte ich mich an die andern. „Tickie! Said! seht... der Bwana, für den ich gekommen bin, den ich die ganze Zeit gesucht habe."

„Dank und Segen, Pierre –"

„Bist du ganz gewiß nicht verletzt?"

„Ganz gewiß nicht. Ich habe euch kommen hören und ließ mich mit euch zu Boden fallen, ehe ihr mich treffen konntet", sagte er verlegen lachend, als fühle er sich ein wenig schuldig, so einen Sturm der Gefühle in mir entfesselt zu haben. „Hab Dank, ich bin ganz in Ordnung – sogar allein im Augenblick und –" Er hielt inne und fügte dann schnell hinzu: „Seltsam, aber den ganzen Tag über habe ich an dich gedacht."

Doch hatte seine Versicherung, daß er nicht verletzt sei, mich bereits auf einen neuen Kurs gebracht. „Schnell, denn", flüsterte ich eindringlich. „Laß uns gleich aufbrechen, bevor sie da unten entdecken, daß du fort bist."

Ich gab Said und Tickie ein Zeichen, unsere Gewehre aufzunehmen und drehte mich um, in der Annahme, er werde folgen. Er aber griff mich am Arm, hielt mich zurück und sagte schonend, „Sachte, Pierre, sachte, nicht so rasch, ich kann nicht mit euch kommen, wenigstens nicht weit."

„Was!" ich fuhr herum, ich traute meinen Ohren nicht. „Ich kann nicht mitkommen." Er sprach in einem tiefen, rechtfertigenden Flüsterton. „Siehst du, ich habe das Kommando über all das da unten." Und jetzt vernahm ich die Bitterkeit in seiner Stimme.

„Was?" rief ich nochmals. Zugleich stieg eine neue unverminderte Woge des Singens aus tausend Kehlen von unten auf und überschlug sich fast in brechendem Crescendo. Diese Leidenschaft rührte mich plötzlich an wie der Triumph einer Ironie von tödlicher Wirkung.

„Jawohl, ich bin der Befehlshaber da unten", wiederholte er und hielt meinen Arm ganz fest, als fürchtete er, diese Nachricht könne mich bewegen, vor ihm fortzulaufen. „Aber es ist nicht ganz so schlimm, wie es klingt. Nur hat es eine lange Geschichte. Weißt du, wir wollen einen Platz suchen, wo wir in Ruhe reden können, ohne zu flüstern; dann werde ich dir alles erzählen."

„Aber wird nicht jemand kommen und dich suchen, wenn du lange fortbleibst?" fragte ich, noch betäubt von dem Schock, daß er es sein sollte, der über den Knotenpunkt, das eine Ende der langen Reihe schlimmer Umtriebe zwischen dem großen Flamingowasser und dem Herzen von Umangoni befehligte.

„Nein, es wird niemand kommen", versicherte er mit einer Stimme, in der das Frösteln freudloser Erinnerungen widerklang. „Siehst du, ich komme nun schon achtzehn Monate lang jeden Abend bei schönem Wetter hier herauf, um allein zu sein und nachzudenken." Seine Züge drückten Widerwillen aus. „Sie sind daran gewöhnt, daß ich stundenlang fortbleibe. Aber zuerst erzähle mir, was weißt du von meiner Mutter? Was von Joan? Wie geht es dir selbst? Und was hast du mit Kawabuzayo gemacht? Warum ist er nicht bei dir?"

„Kawabuzayo?" fragte ich völlig verwirrt.

„Ja, Kawabuzayo, der Mann, den ich dir sandte, damit er dich hierher bringt." Als ich zusammenzuckte, wurde er irre und blickte Tickie prüfend an, als hoffe er, in ihm den Vermißten wiederzufinden. Da ich es ganz unmöglich fand, ihm hier an einer so ausgesetzten Stelle alles zu erklären, nahm ich ihn beim Arm und führte ihn schnell zurück zu unserem Lager unter den roten Mammutbäumen, unsern fürstlichen Beschützern. Dort zündeten wir ein Feuer für uns beide allein an, und daselbst erzählte ich ihm, und er erzählte mir.

XV

*Unser Gespräch
unter den fürstlichen Mammutbäumen*

Tickie und Said waren bereits etwas abseits hinter dem Feuer eingeschlafen. Doch mehr als einmal öffnete Tickie seine schwarzen Augen und schaute von mir zu John, der augenscheinlich von Anfang an seine Einbildungskraft gefangen gehalten hatte. Das wunderte mich wenig – konnte ich doch selbst meine Augen kaum von dem Gesicht dort am Feuer mir gegenüber abwenden. Streng genommen hätte man sein Antlitz, glaube ich, nicht als schön bezeichnet, für mich jedoch war es weit mehr als dies. Johns Haar war so außerordentlich hell, wie das seiner Schwester dunkel war. Dazu war es von ungewöhnlicher Feinheit und lichtem Glanz. So gepflegt und vornehm er sonst auch war, das Haar trug er lang und ziemlich ungeordnet, so daß ich ihn beim Militär zuweilen erinnern mußte, es schneiden zu lassen. Ein feiner Nebel von Grau, der sich inzwischen hineingeschlichen hatte, erhöhte noch seinen Platinglanz von früher. In jenem antiken Lichte unseres gotischen Feuers war die Wirkung zauberhaft. Über einem Antlitz und einer Stirn, die von der Sonne der Bergeshöhen schwarz gebrannt waren, wirkte es nicht wie Haar, sondern wie die Ausstrahlung eines reinen Feuers aus seinem Innern, wie ein Heiligenschein von Filippo Lippi um ein edles Haupt. Im Gegensatz dazu war die Stirn darunter unerwartet breit und fest gebaut, die Augen in weitem Abstand und von einem einzigartig warmen, leuchtenden Braun. Die Nase war stark und vornehm, der Mund kraftvoll und großzügig, schmal gezeichnet, ebenso waren Kinn und Kiefer klar geformt. Obgleich er barfuß nur etwas über fünf Fuß maß, hatte er einen so schlanken Wuchs, daß man ihn für mehr als sechs Fuß gehalten

hätte. Zugleich war er unerhört kräftig; es wäre mir nicht
leicht gefallen, zu entscheiden, wer von beiden aus-
dauernder war: sein Körper oder sein Geist. Hätte ich
nicht jene leise andringende Flut von Grau in seinem
Haar bemerkt, er wäre mir nicht älter vorgekommen als
damals bei unserer ersten Begegnung auf seinem Ritt
mit Joan, an jenem strahlenden Morgen im rosigen
Frühlicht, am Strande der großen Falschen Bay. Dann
aber sah ich etwas, das mir unvorbereitet ins Herz
drang, wie mein Dolch erst vor wenigen Tagen in eines
'Takwenas Herz gedrungen war. Es war in die vertrauten Züge eingezeichnet wie eines Meisters erster Entwurf, soeben dem Atelier der Zeit entnommen. Es war
die Darstellung eines so erschütternden Konfliktes, daß
er in seiner Bitterkeit unvorstellbar für alle ist, die ihn
nicht selbst erfahren haben. Jene Teufel haben ihn
durch Foltern dahin gebracht, dies zu tun, sagte ich zu
mir, empört und bestürzt. Aber selbst dies genügte nicht
als Erklärung. So einfach war die Geschichte nicht. Um
wirklich zu verstehen, mußte ich mehr darüber erfahren.
Wie hatte das alles nur angefangen?

„Es begann natürlich im Dezember 1944", sagte er und
hielt seine vornehmen Hände an die Wärme des Feuers
gebreitet: Es begann in der Neumondnacht, in der er
und Sergej aus unserem Gefängnis außerhalb von Harbin flohen. Sie wußten damals nicht, ob ich lebte oder
tot war. Aber jene erste Fluchtgeschichte war zu lang,
er mußte den Bericht darüber auf später verschieben und
gleich auf das Wesentliche lossteuern, das für unsere
Situation hier von Bedeutung war. Darum begann er
da, wo sie von einer russischen Patrouille an der Grenze
der Äußeren Mongolei aufgegriffen wurden, genau
zwei Wochen nach der japanischen Kapitulation.

„Ja, du hättest die Ironie der Lage richtig erfaßt,
Pierre", sagte er nachdrücklich. „Denn da waren wir
nun endlich in dem verheißenen Lande, mehr tot als
lebendig – nur um zu erkennen, wir hätten uns nicht
nur diese ganze furchtbare Erfahrung der Flucht sparen
können, sondern wären sogar noch vierzehn Tage früher

freigekommen, wenn wir uns überhaupt nicht aus dem Gefängnis gerührt hätten! . . . So schlimm die Ironie des Geschehens uns auch traf, es sollte doch noch schlimmer kommen."

Er hielt fast unmerklich einen Moment inne, dann griff er schnell den Faden seiner Geschichte wieder auf.

Er war allein geblieben, äußerst erschöpft, fast verhungert, und fühlte sich schwerkrank, als er in der Augusthitze auf Sergejs Rückkehr in ihr gemeinsames Versteck wartete, in einer Gruppe von Tamariskenbäumen an der mongolischen Grenze. Wieder und wieder fragte er sich, warum Sergej so lange nicht zurückkehrte. Er war nur in der Frühe herausgegangen, um nachzusehen, was der Rauch bedeute, den sie in der Ferne hatten aufsteigen sehen. Er konnte sich nicht verirrt haben an einem so stillen heißen Tage, wo kein Wind seine Spuren verwischte. Lieber Gott, wie heiß es war! Dann plötzlich sah er, John, ein schwarzes Ungeheuer auf sich zustürzen, mit dem Kopf hoch in dem verschwimmenden Himmel, rotbraunen Staub an seinen Siebenmeilenstiefeln. Es war ein Panzerwagen, der rasch auf seine einsame Tamariskengruppe zusteuerte. Er bremste scharf, nur wenige Fuß von den Bäumen. Eine Gruppe nachlässig gekleideter Soldaten mit dem Sowjetstern auf den Mützen stürzte begierig heraus. Hinter ihnen stieg ein beängstigend kleinmütiger Sergej ab, der John sofort einen warnenden Blick zuwarf. Er zeigte auf John und gab den Soldaten auf russisch zu verstehen, dort sei sein Kamerad, von dem er gesprochen; sie könnten sich nun selber überzeugen, wie sehr er der Hilfe bedurfte, die er soeben ehrlich von ihnen erbeten hatte. Dann wechselte er ins Englische über, sprach so schnell, daß sogar John ihm kaum folgen konnte und warnte ihn ernstlich. Man hatte ihm nicht geglaubt, er stand unter schwerem Verdacht. Er hatte es für klüger gehalten, den Soldaten zu sagen, John könne fast kein Russisch, nur das wenige, das er von ihm selbst im Gefängnis gelernt hatte, aus reiner Liebe und Bewunderung für ein großes und tapferes Land. „Und aus jener geringfügigen Täuschung von Sergej", so sagte John und sah mich mit leicht herausforderndem Lächeln an, „erwuchs der große Betrug, den du mich hier so sehr zu deinem Leidwesen vollführen siehst." Hiernach tauchte er schnell tiefer hinab in seine Geschichte.

Man half ihm in den Panzer und legte ihn mit Sergej unten auf dem Boden nieder, inmitten einer Gruppe unfreundlicher, phlegmatischer, schiefäugiger Gesichter und talgiger Puddingköpfe. Im Nu fuhr der Panzer mit großer Geschwindigkeit los, und zwar nicht auf dem Wege, den er gekommen war, sondern um die Tamariskengruppe herum in immer weiteren Kreisen, so wie ein Hund nach einer verlorenen Witterung herumstreicht.

„Was in aller Welt tun sie denn da?" wollte John von Sergej wissen.

„Sie suchen nach Fallschirmen", war Sergejs prompte Antwort.

Ja, er und Sergej standen im Verdacht, amerikanische Spione zu sein, die dort mit Fallschirmen abgesprungen waren. Die Russen lehnten es ab, zu glauben, irgendwer könne aus der Gefangenschaft von Harbin bis hierher durchgekommen sein und dann noch leben, um ihnen diese Geschichte zu erzählen.

Aber – hatte John sogleich eingewendet – waren denn nicht die Amerikaner ebensogut Rußlands Verbündete wie die Engländer? Sergej schüttelte nur den Kopf und wies John darauf hin, der Krieg sei gerade vor vierzehn Tagen beendet worden, Rußland habe nunmehr weder Alliierte nötig, noch wünsche es solche. Nun ja, aber würden sie nicht wenigstens seinem Wort als Offizier und Gentleman glauben, daß er und Bolenkov keine Spione waren, beharrte John. Damit stachelte er aber nur Sergej auf, in Bitterkeit eine Befürchtung auszusprechen: wenn es auch vielleicht noch Offiziere in Rußland gäbe, so doch keine „Gentlemen" mehr. In der Tat hielt Sergej es für viel ratsamer – nach allem, was er an jenem Tage in dem großen Etappenlager weiter zurück gesehen und gehört hatte – wenn John sich nicht als

Offizier und Gentleman zu erkennen gäbe, sondern als Mann des gemeinen unterdrückten Volkes aufträte. Das hatte ihn auch bewogen, ihnen zu sagen, John spreche kein Russisch. Er glaubte, auf diese Weise werde John weit mehr Aussicht haben, nach England zurückzukehren. Denn sie dürften sich keinerlei Täuschungen hingeben: sie saßen in der Tinte. Er war überzeugt, sobald sie erführen, daß John Offizier war, würden sie ihn von Sergej trennen, von dem freiwilligen, gemeinen Soldaten, als den er sich selbst bereits gekennzeichnet hatte. Eine solche Trennung aber – das hob Sergej besonders hervor – würde nicht gut für John sein und möglicherweise verhängnisvoll für ihn selbst. Der Kommandant im rückwärtigen Lager hatte ihn mit einem Blick bedacht, der verflucht nach sibirischem Salzbergwerk schmeckte, als er offen bekannt hatte, er sei Weißrusse gewesen und freiwillig zurückgekehrt, um im Kriege für sein Land zu kämpfen.

„Nein, mein Colonel", sagte Sergej zu John mit einem kräftigen Schütteln seines großen Kopfes, „glauben Sie mir, das Beste für Sie und mich wird sein, wenn Sie die sibirische Wolfshöhle vor uns in der Rolle eines gewöhnlichen Mannes aus dem britischen Volke betreten. Geben Sie sich als gemeiner Mann, der die leidenschaftlichen Sympathien des linken Flügels der Labourpartei mitbringt."

Sergej wollte noch mehr sagen, aber ein Blick auf das Gesicht des Aufpassers, den man ihnen beigegeben hatte, belehrte ihn warnend, sie hätten schon zu viel gesprochen. Die sorgfältige Ausarbeitung eines ersten harmlos scheinenden Betruges hatte begonnen: eine neue Strähne in dem verwickelten Gespinst, das wir menschliche Betrüger für das geschäftige Weberschiffchen des Schicksals spinnen. Ehe sie noch das Lager erreichten, hatte John aufgehört, Oberst John Edmund Cornwallis Sandysse, D.S.O., M.C., Sr. Majestät 52. Afrika-Kommando zu sein und war Nr. 360 928 Hauptfeldwebel George Henry Sydcup derselben Einheit geworden.

„Was!" rief ich aus, bevor ich mich zurückhalten konnte.

„Jawohl, George Henry Sydcup", wiederholte John. „Du willst mir doch nicht etwa vormachen, du hättest unseren tapferen Feldwebel schon vergessen?"

Er hatte den Namen Sydcup gewählt, fuhr er fort zu erklären, weil er nach einem wirklich vorhandenen Manne suchte, den das Kriegsministerium kannte und der am Leben sein könnte – für den Fall, daß die Russen versuchen sollten, Nachforschungen anzustellen.

Tagelang – so sagte John – haßte er sich und fühlte sich als Feigling und Betrüger, aller Selbstachtung beraubt, die doch seine einzige Waffe war. Aber ein Blick auf Sergej, dem er sein Leben verdankte, und ein zweiter auf die sturen tatarischen Gesichter, die immer um sie waren – mit ihrem unnachgiebigen Ausdruck verschlossenen Sinnes und versperrten Herzens – genügte, ihn zu überzeugen, daß der Betrug notwendig war. Und als die Verhöre immer raffinierter wurden und man einen ständig wachsenden Druck auf sie ausübte, verschwand auch der letzte seiner Zweifel, obschon sein Leiden anhielt. Sie wurden nicht körperlich mißhandelt. Von Anfang an gab man ihnen bereitwillig die ärztliche Pflege und gute Ernährung, die sie brauchten. Es war nur das nie schlafende, endlose Mißtrauen gegen den Westen, das unaufhörlich wie ein schwarzes Meer auf dem Grunde ihrer Seelen auf- und niederwogte und es ihnen unmöglich machte, dem Bericht zu trauen, den John und Sergej von sich selbst gegeben hatten. Die Gedanken jener Männer bewegten sich fortwährend um einen Brennpunkt des Mißtrauens. Das war die Frucht eines Menschenalters der Absperrung und einseitigen Propaganda. Sie konnten sich dieser Wirkung nicht entziehen. Es waren Menschen ohne einen positiv gearteten Glauben. Durch ihr vernichtend materialistisches, zwingend intellektuelles marxistisches Dogma war der Glaube in ihnen an seinen unbewußten Wurzeln so radikal beschnitten worden, daß nur ein kümmerlicher negativer Schößling von Glauben übrigblieb, nämlich ein bloßer Glaube an die Fragwürdigkeit jeglichen Glaubens. Wie konnte man da erwarten, daß sie Wahrhaftigkeit in anderen Menschen anerkannten? Überdies hatten jene Männer mit den schiefen arktisch-grauen Augen, hohen Backenknochen und kurzgestutzten Haaren keine Achtung vor dem Einzelmenschen. Sie dachten und bewegten sich ausschließlich in Massen und schätzten nur nach Zahlen. Nicht daß sie den Einzelnen verachteten – sie wurden einfach nicht gewahr, was eine Einzelperson bedeuten konnte. Es hätte genügt, daß Sergej und John denen, die sie abfingen, Kopfzerbrechen machten, um sie beide in ein Zwangsarbeiter-Lager abzutransportieren, ehe Moskau auch nur etwas von ihrer Existenz erfahren hätte. Diese Menschen würden den Vorfall schon vergessen haben, bevor noch die Tinte trocken war, die ihren eigenen Befehl zum Abtransport zu Papier brachte. So hatten sie es mit Millionen von Deutschen, Österreichern, Polen, Ukrainern, Japanern und wahrhaftig – Russen gemacht. Nur zwei Umstände retteten ihn und Sergej vor dem gleichen Schicksal, sagte John schnell und erfaßte dabei einen Strunk Regenbogenholz neben sich – nur zwei Tatsachen standen zwischen ihnen und dem Arbeitslager.

Die erste war seine Rolle als eifriger Bewunderer der kommunistischen Doktrin im allgemeinen und Rußlands im besonderen. Das schmeichelte ihnen und erregte ihr Interesse immerhin so weit, daß sie ihren politischen Vorgesetzten darüber berichteten. Die zweite war eng damit verbunden. Es war Johns Behauptung, in einem afrikanischen Regiment gedient zu haben. Er erinnerte sich noch lebhaft an das grüne Licht, das in den Augen des politischen Kommissars aufging, und an die Blicke, die er mit einem Beauftragten des Heeresinspekteurs wechselte, der auf einer Besichtigungsfahrt direkt aus Moskau gekommen war, als sie ihn einem Kreuzverhör über seine afrikanische Einheit unterzogen. Unmittelbar darauf kam ein bebrillter Spezialist aus Moskau eilig angeflogen, mit unglaublichen Spezialkenntnissen von Afrika ausgestattet. Er verhörte ihn sehr eingehend in flüssigem Suaheli und Sindakwena, das besser war als sein eigenes und fast so gut wie das meine.

„Jawohl, mein guter alter Junge", bemerkte John und hob seine tiefe Stimme, daß sie scherzend aufklang, als er mein Erstaunen gewahr wurde. „Jener sonderbare, bebrillte kleine Bürokrat hat auch mich vor Überraschung fast umgeworfen. Aber ich habe ihn so durch und durch von der Wahrheit meiner Angaben überzeugt, daß er anbot, mich zur Schule zu schicken. Das ging so vor sich: Er fragte mich, ob ich je von der Schule der Revolution in Taschkent gehört hätte? Als ich verneinte, erklärte er, diese bestehe schon seit Jahren. Dort würden Leute wie ich, die an das kommunistische Evangelium und Rußland glaubten, unterrichtet, wie man den Samen der neuen Lehre in anderen Teilen der Welt ausstreuen könne. Ob ich dorthin gehen wolle und mich den hundertfünfzig Afrikanern anschließen, die bereits dort studierten, fragte er."

„Einhundertundfünfzig, John?" unterbrach ich ungläubig.

„Als ich dort fortging, waren es schon fast dreihundert, aber hierüber später mehr", versicherte er mir. Dann fuhr er fort. Sein bebrillter Bürokrat versprach ihm, wenn er gut in der Schule vorwärtskäme, sein Russisch beherrsche und die anderen interessanten Gegenstände, die man dort lehrte, würde man ihm eine Rolle mit einer herrlichen Zukunft in dem großen Plan zuteilen, den die Sowjet-Internationale für die Millionen leidender Schwarzer in Afrika entworfen hatte.

„Dies ist also ein Teil jenes großen Planes", unterbrach ich nochmals und hob die Hand in Richtung auf das Tal.

John nickte nachdrücklich, bat mich aber um Geduld. Natürlich war ihm der Vorschlag aus mancherlei Gründen recht, die er aber jenem gescheiten Bürokraten nicht verraten mochte. Denn es bot sich da für ihn eine weit größere Aussicht als nur die Möglichkeit einer Flucht.

Er hielt es sogar für eine unbedingt gebotene Pflicht, herauszufinden, wie jener Plan im einzelnen aussah und dann das im geheimen Erkundete der Welt zu unterbreiten, bevor es zu spät wäre. Darum sagte er seiner superklugen marxistischen Spinne, nichts wäre ihm lieber als bei diesem Plane mitzuwirken, denn die Ausbeutung der fortdauernd leidenden Millionen in Afrika sei eine Sache, die ihm schon lange am Herzen läge. Seine einzige Bitte war, daß Sergej mit ihm gehen dürfe. Unglücklicherweise hatte der Bürokrat hierfür durchaus nichts übrig. „Weißrusse bleibt Weißrusse!" sagte er. Wie könnte John erwarten, als Freund der Revolution ernst genommen zu werden, wenn er an jemanden gefesselt bliebe, der ein Feind des Regimes war? Hiermit entfernte sich der Bürokrat, eiskalt, verstimmt und mit neu aufgestacheltem Mißtrauen gegen John. Wieder einmal drohte ein Salzbergwerk, als sei es ganz nahe um die Ecke.

So blieb John und Sergej nichts anderes übrig, als Gesuche, Anträge zu stellen, wann immer es möglich war, zu warten und zu beten. Die Lösung kam sehr bald und war dramatisch genug, und – wie üblich – wieder voller Ironie. Man stelle sich vor, was passiert war. Um zwei Uhr morgens wurden er und Sergej zu keinem geringeren als dem Chef des Stabes befohlen. Er saß bereits an seinem Schreibtisch und hatte ein „höchst dringendes" Telegramm aus Moskau vor sich. Er sah auf, als sie eintraten, und fragte ohne Umschweife, ob sie einen Oberst Sandysse, J. E. C. Sandysse vom 52. Afrikanischen Korps kennten, der in dem Gefängnis war, von dem sie behaupteten, entflohen zu sein?

John mußte mir gegenüber ehrlicherweise zugeben, diese plötzliche aggressive Frage habe ihn und Sergej natürlich überrascht. Und doch waren sie hierauf vorbereitet. Sie antworteten prompt, sie kennten den Oberst selbstverständlich gut. Es war der Mann, der mit ihnen aus dem Gefängnis ausbrach, derselbe, den sie, als er nach einer Krankheit zu schwach war, bei einem mongolischen Fürsten zur Wiederherstellung gelassen hatten – weit fort, am Rande der Wüste Gobi. Denn sie hatten sich bereits geeinigt, so würden sie die Geschichte darstellen. Es war ja mittlerweile viel zu spät, Johns Identität mit „Georg Henry Sydcup" wieder rückgängig zu machen. Hätte er das getan, so wäre er unweigerlich verhindert worden, der afrikanischen Verschwörung nachzugehen. Oh nein, die Notwendigkeit, die von seinem unerforschlichen Schicksal für ihn geschmiedet worden war, schrieb vor, daß er Nr. 360 928 R. S. M. George Henry Sydcup spielen sollte, bis zu dem festgesetzten Ende. Das war aber noch nicht genug der Ironie. Die Lüge über den mongolischen Fürsten, die als höchstes Beweisstück aus der großen Welt draußen unaufgefordert vorgelegt wurde, überzeugte endlich wirklich die Russen von der Wahrheit der Flucht aus dem Gefängnis und der Reise. Bald darauf wurde er nach Taschkent geschickt.

„Ließen sie Sergej mit dir gehen?" fragte ich.

„Nein", sagte John, „sie nahmen ihn fast gleichzeitig von mir fort. Sie trennten uns ohne vorherige Warnung, aber sie versprachen, ihn nach der Mandschurei zurückgehen zu lassen unter der Bedingung, daß ich ihnen ‚Satisfaktion' geben werde." Als er das Wort „Satisfaktion" aussprach, war die Traurigkeit in seiner Stimme unverkennbar.

Da war er also schließlich in der Schule der Revolution in Taschkent angelangt, lernte russisch, Effekthascherei auf marxistisch, und all die billigen, schlüpfrigen, schlauen Tricks des modernen Saboteurs in allen Lebensbereichen: als Marionetten-Agitator, als Erzeuger von Werkunruhen oder als Bauchredner, der willige Drahtpuppen zu Klassen- und Rassenhader anstachelte; als chauvinistischer Ausbeuter der tatsächlich vorhandenen Übelstände bei Millionen rückständiger und ausgesaugter Menschen. Er brauchte nur den Komplex von Beleidigungen auszunutzen, die wir mit unseren arroganten Klassen- und Rassenvorurteilen der Bevölkerung täglich zufügen. John wünschte, ich hätte, nur um des Einblicks willen, dabei sein können. Sein Bürokrat hatte das Schule genannt. In Wirklichkeit war es eine Universität mit nahezu zweitausend Studenten. Alle waren sorgsam ausgelesen nach ihren Wunden und Kränkungen, die man ihnen in der Welt da draußen zugefügt hatte. Ganze Schübe von Afrikanern gab es unter ihnen – kein Teil Afrikas, der nicht vertreten war, von Ras Hafun bis zum Grünen Kap, oder von Suez bis zum Kap der Guten Hoffnung. Es gab in der ganzen Welt kein Land, für das nicht reichlich und tatkräftig gesorgt war in dieser kriegerischen Anstalt. Wie schlau waren diese Instrumente einer tatarischen Inquisition ausgewählt worden! Sie kamen zu Hunderten von überall in der Welt mit verletzten Mienen und hängenden Köpfen, wie geschlagene Hunde, oder mit Augen, die von imaginären Sternen geblendet waren, um zu lernen, wie man nach der neuesten schmutzigen Methode Chaos und Unruhe in den Gemütern und Gewohnheiten der Menschen verbreitet. Immerhin, Johns persönliche Karriere an der Schule wurde zur Sensation des Jahres. Seine Kenntnis der Sabotage in der Welt der Physik gab der ihren nichts nach, er hatte sie in fünf Jahren Krieg erworben. Suaheli und Sindakwena sprach er ja bereits, und bald beherrschte er auch Marx, Engels und Lenin, so daß er mit den Besten von ihnen in ihren Schlagwörtern reden konnte. Darüber hinaus war er in einer Hinsicht sehr im Vorteil. Sie brauchten unbedingt einen Mann wie ihn und hatten keinen anderen Menschen zur Verfügung.

Dann, vor jetzt genau zwei Jahren – so fuhr John nun ruhig fort zu erzählen – fand er sich wieder einmal unter vier Augen mit seinem bebrillten Bürokraten vom Kreml. Ob er weiterhin bereit sei, für die Sache in Afrika zu arbeiten? John bejahte unter der genannten Bedingung: Sergej müsse befreit und nach der Mandschurei zurückgeschickt werden. Diesmal gab es keine ungeduldige Szene. Der Mann vom Kreml starrte John unverwandt an wie ein eifriger Insektenforscher, der überzeugt ist, eine neue Schmetterlingsgattung entdeckt zu haben. Dann gab er John die Zusage, die im

Kreml als höchste bewertet wird: Wenn er die Mission erfolgreich beendet habe, werde man Sergej freilassen und zu seiner Rückkehr nach der Mandschurei verhelfen. Mit diesem Versprechen von zweifelhaftem Werte mußte John sich abfinden. Sogleich wurde eine Depeschentasche geöffnet, eine Landkarte herausgenommen und aufgeschlagen, ein gelblicher Finger fuhr an der Ostküste Afrikas entlang und stach auf das große Flamingo-Wasser. Nur sprach John nicht vom großen Flamingo-Wasser, sondern nannte es mit dem Namen, den es auf der geheimen russischen Landkarte trug: Ottos Bluff*).

„Otto Lindelbaums Bluff! und ein Bluff auf mehr als eine Art!" Ich konnte mich nicht enthalten, dies zu bemerken.

„Wer ist Lindelbaum?" fragte John sichtlich verdutzt.

„Willst du damit sagen, du weißt es nicht?!" rief ich aus.

„Ich weiß es wirklich nicht", sagte er.

„Kennst du Charkow?"

„Ah! Charkow, jener..." ein weiterer Kommentar war überflüssig.

„Lindelbaum ist Charkows Chef", sagte ich ihm, „aber sprich weiter, ich erkläre dir das nachher."

Man erläuterte ihm kurz seinen Auftrag. Dieser war von einer Einfachheit, die irgendwie mit dem mißtrauischen, abschweifenden, levantinischen Wesen des Mannes unvereinbar war, der ihn darlegte. Dieser Bürokrat wußte zwar Bescheid über sein Afrika und dessen Sprachen, aber John hatte niemals den Eindruck von ihm bekommen, daß er das geringste wirkliche Verständnis für diesen Erdteil und seine Völker besaß. Darum wunderte er sich nun, mit welcher gründlichen Einfühlung er das Wesen der Amangtakwena begriffen hatte, und sie als das einzige Volk betrachtete, das genügend entwickelt, elastisch und diszipliniert war, um eine organisierte Revolution in Afrika durchzuführen. Ganz

* bluff = Steilufer

zu schweigen von der erstaunlichen Voraussicht, daß die 'Takwena überhaupt für die Sache der Revolution gewonnen werden konnten. Wie dieser einseitig gerichtete russische Blick so umfassend und der Wahrheit entsprechend diese Tatsachen erkennen konnte, blieb ihm unbegreiflich.

„Zugegeben, John, du hast recht: die Mittel mögen russisch sein, nicht aber die Inspiration. Diese war ganz und gar Otto Lindelbaums Schöpfung", gab ich ihm zu bedenken.

„Und doch erklärt dies für mich immer noch nicht, Pierre, wie die 'Takwena für die Sache gewonnen werden konnten."

„Hast du bei dieser ganzen Unternehmung nie von einem Traume sprechen hören?" fragte ich. Erst jetzt begann ich zu verstehen, wie gewitzt der Meister der Verschwörung vorging. Wie vorsichtig war es doch, seinen Handlangern nicht mehr zu eröffnen, als sie unbedingt für ihre begrenzte Unternehmung zu wissen brauchten.

„Nein, ich erinnere mich nicht." John schien sichtlich irritiert zu werden von der scheinbaren Belanglosigkeit meiner Frage. Dann sagte er nachdenklich: „Halt, einen Augenblick: das war es ja, worüber Kawabuzayo und die anderen ins Handgemenge kamen – ein Traum. Ich wollte dir auch darüber erzählen, aber es kam mir alles so töricht vor."

„Ich fürchte, es ist alles andere als töricht. Wahrscheinlich ist es sogar der Grund, warum die 'Takwena für die Sache ‚gewonnen' wurden, wie du es nennst, eröffnete ich ihm und bat ihn dringend fortzufahren.

Er zögerte nun nicht mehr, sondern berichtete mir, wie sein Bürokrat ihm erklärte, daß Ottos Bluff – auf dieser Stelle hielt er seinen gelblichen Finger – ein geheimer Hafen war, den nur Rußland kannte. Er war bereits als erstklassige Versorgungsbasis organisiert und darauf vorbereitet, seine erste Schiffsladung von Waffen und anderen Kriegsvorräten aufzunehmen. Diese Ladung sollte in zwei Monaten abgehen, und er gab John

Order, sie nach einem Bestimmungsort landeinwärts zu geleiten. Diesen Ort sollte er besetzen und eine militärische Basis, die sich selbst versorgte, sowie ein Ausbildungslager für ein 'Takwena-Heer dort organisieren. An dem großen Tag der endgültigen Auflösung der kapitalistischen und hohl gewordenen bürgerlichen Welt der weißen Machthaber sollte dieses Heer Südafrika befreien. Das war alles, was er im Augenblick zu wissen brauche. Anordnungen im einzelnen würden folgen. Nun, war er immer noch so begierig, dort hinzugehen?

John beeilte sich, ihm zu versichern, er sei begieriger denn je. Eine Woche später trafen fünf Amangtakwena-Männer, alle mit dem königlichen Zeichen versehen, in Taschkent zu der üblichen Schulung ein. Sie hatten Anweisung, John unterstellt zu werden. Er wolle mich jetzt nicht mit Einzelheiten aufhalten, sagte John, nur über zwei von ihnen müsse er mir Näheres berichten. Einer war der bereits von ihm erwähnte Kawabuzayo, der andere war Ghinza. Kawabuzayo war ein höchst anziehender Mann, ein 'Takwena von der alten Geistesart seiner Väter, hochgewachsen, breit, mit einem gediegenen guten Ausdruck und von mannhafter Haltung. Er war ein Ritter von Natur, großzügig und aufgeschlossen wie ein Frühlingstag in Umangoni. Bald war er von natürlichem Abscheu gegen alles erfüllt, was er in Taschkent sah und hörte. John war ihm von Beginn an zugeneigt, und sie wurden so gute Freunde, daß John sich beherrschen mußte, ihm keine Gunst auf Kosten anderer zu bezeigen.

Als er mit seiner Beschreibung von Kawabuzayo fertig war, brauchte ich keine Bestätigung mehr von ihm zu erfragen, so klar stand in meiner Erinnerung das Bild des sterbenden Mannes in der Küche von Petit France vor mir, wie er, die Augen eines Edelmannes geöffnet, mich mit einem Lächeln angeschaut und ausgerufen hatte: „Ekenonya".

Ghinza dagegen – so hörte ich John fortfahren – war gerade so abstoßend wie Kawabuzayo anziehend. Er war ein großer, hagerer, grimmiger, lederner Bursche, eingebildet und unerhört ehrgeizig, ferner über die Maßen verbittert aus zweierlei Gründen: er hatte dem Schicksal nie verziehen, daß es ihn des Thrones beraubt hatte, denn er war nicht der Sohn eines Kronprinzen, sondern nur der eines zweiten Königssohnes. Zudem litt er unaufhörlich unter den seelischen und physischen Verletzungen, die er während der Zeit in einem Kupferbergwerk von einem tyrannischen weißen Aufseher empfangen hatte.

Während John noch sprach, sah ich auf einmal das grimmige Gesicht des 'Takwena an der Luke vom *Stern der Wahrheit* wieder vor mir, und sagte:

„Wenn ich nicht irre, ist er gerade auf seinem Wege hierher mit Lindelbaums letzten Instruktionen. Tickie sah ihn vor einigen Tagen da hinten im Busch, schnell wie ein Windhund, seinen Weg entlangtraben."

„Ist bereits eingetroffen", bemerkte John. „Heute morgen angekommen mit dem, was du für Lindelbaums Instruktionen hältst, ich aber meinen Marschbefehl aus Moskau nenne."

Dann kam John wieder auf Taschkent zurück und erzählte mir, daß Kawabuzayo und Ghinza einander nicht hätten riechen können. Sie verhielten sich zueinander wie Cassius und Brutus, und stritten sich ebenso verhängnisvoll, wenn auch genau genommen, nicht nach der großen Verschwörung, sondern schon vorher. Den ersten lauten Zusammenstoß hörte John durch die halboffene Tür seines Zimmers. Es ging um etwas, das ihm damals unerheblich schien. Aber jetzt begreife er natürlich, daß es vielleicht nicht so unbedeutend war, wie es zunächst klang. Es drehte sich alles um einen Traum und irgendeine Geschichte von einer Feder.

„John", unterbrach ich ihn ernst, „ich beschwöre dich, dies ist furchtbar, furchtbar wichtig. Versuche, dir alles zu vergegenwärtigen, auch wenn es nur nebenher erwähnt wurde, jede Einzelheit könnte über Leben oder Tod entscheiden."

Das „alles", das um den Traum ging, war nicht viel. Ghinza hatte in dem ihm eigenen, scharfen, sarkastischen Ton Kawabuzayo vorgeworfen, er habe ihm nicht erzählt, was er von 'Nkulixos, des verstorbenen großen 'Takwenakönigs Traum wisse. Augenscheinlich wußte Ghinza die Hälfte darüber und Kawabuzayo die andere Hälfte, darum wollte Ghinza, daß sie austauschten, was sie wußten. Doch weigerte sich Kawabuzayo hartnäckig. Mehr noch, er kanzelte Ghinza nach allen Richtungen ab, weil er ein – wie er es nannte – „verräterisches" Ansinnen gestellt hatte. Sie hätten beide ihre Kenntnis von ihren Vätern geerbt, und sie wüßten beide, daß sie zu anderen davon nur zu einer bestimmten Zeit und an einem bestimmten Ort sprechen dürften; sogar dort mußten sie eigens dazu aufgefordert werden. Kawabuzayo hatte weiterhin mit wachsendem Unwillen Ghinza gewarnt, er solle sich mehr in acht nehmen. Er sei bereits viel zu lässig in seinen Gesprächen über Träume. Er, Kawabuzayo, habe mitangehört, wie Ghinza über Amangtakwena-Träume zu Charkow gesprochen hatte, der kürzlich zu Schiff in Kapstadt gewesen war. Da hatte Ghinza einen Wutschrei ausgestoßen und gesagt, Charkow sei ein aufrichtiger Freund der 'Takwena. Dann hatte er Kawabuzayo gedroht, ihn zu töten, wenn er ihm nicht sagen würde, was er wußte, bevor sie nach Umangoni zurückkehrten. Und das müsse bald geschehen, denn sie hatten dem Volke etwas zu zeigen – John glaubte, es war von einer Feder die Rede, wußte es aber nicht sicher. Als Ghinza diese Drohung ausstieß, wurde sogar Johns Zimmer so stark mit der elektrischen Spannung des Streites geladen, daß er Gewalttätigkeiten befürchtete und herausging, um die beiden zu beruhigen. Da er damals weder Charkow kannte, noch irgend etwas von 'Takwena-Träumen ahnte, betrachtete John den Zwischenfall nur als Beweis der tödlichen Unverträglichkeit der beiden Männer.

Ich sagte ihm, mit diesen Mitteilungen habe er mir mehr geholfen, als er ahnen konnte. Denn deutlich ging daraus hervor: 'Nkulixo hatte wirklich ein Eichsystem geschaffen – wie Oom Pieter und ich angenommen hatten – um die Echtheit irgendwelcher großen Träume zu erproben, die in einer unruhigen Zukunft seinem Volke unter seinem Namen vorgegaukelt werden könnten. Was John mir soeben erzählt hatte, konnte nur bedeuten, daß Kawabuzayo die eine Hälfte, Ghinza die andere des Schlüssels zur Prüfung des Traumes in Händen hielt. Ich konnte meine Vermutungen über die Wahrscheinlichkeit einer Lösung kaum bei mir behalten, so sehr fühlte ich mich gedrängt, sie auszusprechen. Nur das Bewußtsein, daß John sich dem Höhepunkt seiner Geschichte näherte, hielt mich in Schranken. Auch sah ich deutlich das Bild Oom Pieters vor mir, wie er bereits in der Hauptstadt geduldig seine Kalabassenpfeife paffte, während er auf mich wartete, um sich mit mir zu vereinigen. Bis ich dies tun konnte, würde nun jede Sekunde schwer wiegen.

Sechs Wochen nach der Streiterei, fuhr John fort, war der Bürokrat wieder in Taschkent. Er befahl John, seine Sachen zu packen und sich zur Abfahrt in einer Woche bereit zu machen. Als John sein Urteil über seine 'Takwenaschüler abgeben sollte, gab er einen guten Bericht über die beruflichen Qualitäten aller außer Kawabuzayo und trat dafür ein, daß dieser Mann mit ihm nach Umangoni zurückkehren dürfe. Er machte geltend, daß Kawabuzayo zwar in der Schule ein Versager war, doch sei er überzeugt, daß er im Felde ausgezeichnet sein würde. Er sprach auch von der Gefahr, ihn am selben Ort mit Ghinza zu belassen. Nach einiger Überlegung und Erkundigung beim Stabe des Lagers überzeugte sich der Bürokrat, daß an Johns Auffassung etwas Richtiges war. Einen Tag vor seiner Abreise kam ein Telegramm vom Kreml mit der Order für Kawabuzayo, John zu begleiten, zu seinem unverhohlenen Entzücken und zu Ghinzas Widerwillen.

Er könne mir nun alle Einzelheiten aufsparen bis zu einem Tage ohne die heutige Spannung, sagte John, denn auf der Reise von Taschkent nach Wladiwostok ereignete sich nichts von Bedeutung.

„Wladiwostok? Du kamst also nicht vom Finnischen Meerbusen, sondern von Wladiwostok?"

„Ja", bestätigte John. „Die ersten und schwersten Schiffsladungen kamen von Wladiwostok, aber dann mußten sie sehr eingeschränkt werden, denn es gab keine plausible Begründung für einen Handel zwischen Sibirien und Afrika. Hätten daher zu viele Schiffe mit Ballast das Kap umfahren, so hätte das bald unnötigen Verdacht erweckt. So kamen die meisten Schiffe vom Finnischen Meerbusen und trugen mindestens zwei Drittel legitime Ladung. Er und Kawabuzayo jedoch kamen vom fernen Osten über Singapore und Colombo. Im Hafen wurden sie eingeschlossen und bewacht. Die schwache Hoffnung, die John gehabt hatte, unterwegs Verbindung mit mir oder seiner Familie aufzunehmen, erlosch schnell. Dann waren sie vor zwanzig Monaten am Flamingowasser eingetroffen, wo er von Charkow empfangen wurde. Aus meiner Miene erkenne er, daß wir den gleichen Eindruck von diesem Burschen hätten. So wolle er nichts weiter über ihn sagen als das eine: ich dürfe seine Fähigkeiten nicht unterschätzen. Charkow, mit seinem durch und durch preußisch gedrillten Wesen, seiner unermüdlichen Vorliebe für Organisation bis ins kleinste, hatte den ganzen Plan von Johns Truppenausbildung bis hinunter zur geringsten Einzelheit ausgearbeitet. Er hatte John begrüßt, in arrogantem Ton kurz und bündig informiert und ihn ins Landesinnere geschickt wie einen bevorzugten Sklaven, bevor er selbst den *Stern des Ostens* bestieg, der ihn nach dem Kap brachte. Vor achtzehn Monaten war John hier angelangt, um sich in der Operationsbasis einzurichten. Da fand er bereits Zelte aufgeschlagen; viertausend Rekruten warteten und zwanzig oder mehr 'Takwena, die im letzten Kriege gedient hatten, waren ausgesucht, um bei der Ausbildung zu helfen.

Nun hatte er schon zwanzigtausend Mann ausgebildet und in zwei Monaten würde er weitere viertausend entlassen. Im Anfang war geplant worden, genug Männer auszubilden, um eine disziplinierte Armee von Tausenden unter Waffen zu halten und zugleich über zahlreiche Saboteure und Guerilla-Hilfstruppen zu verfügen. Aber heute morgen hatte er aus den letzten Depeschen mit Entsetzen erfahren, daß diese Taktik geändert werden sollte. – John fing die Frage ab, die sich auf meine Lippen drängte – und führte seine Geschichte schnell ihrem Ende zu. Er besaß nunmehr all die Gewehre, Maschinengewehre, Maschinenpistolen, Pistolen, die Munition, den Sprengstoff, das Sabotagematerial für einen ausgedehnten Feldzug; einen Landeplatz, der die größten Flugzeuge aufnehmen konnte, ganz zu schweigen von einer neuen unheimlichen Waffe, die heute abend mit den ersten Trägern angelangt war. Am liebsten würde er mich herumführen und mir seine schweren Geschütze zeigen, sowie die Magazine für die Munition. Sie waren verborgen in dem großen System von Höhlen, welche die tiefe, mit Regenwäldern erfüllte, Bergschlucht dort durchzogen, wo der Fluß das Becken verließ und zu dem Buschveld heraborang, um seinen Weg zum Mere hindurch zu bahnen. John sagte, er habe nichts von einer Inspektion seiner Infanteriebataillone zu fürchten, auch wenn sie vom höchsten Stabschef ausgeführt würde. Die berittene Infanterie – seine Sturmtruppen, wie er sie nannte – waren nach seiner Überzeugung ebenso gut wie irgendeine Truppe im Burenkriege oder sogar im letzten Weltkriege. Da ihm keine andere Wahl blieb, als dies unheilvolle Werk zu verrichten, habe er es so gut wie möglich getan, so sagte er mit einer hilflosen Miene verlorenen Stolzes. – Zunächst, nachdem er eingetroffen war, hatte er sich noch recht sicher gefühlt, er könne mich bald benachrichtigen und wir würden uns verbinden. Damals war er überzeugt, wenn wir erst einmal vereint wären, könnten wir die Situation noch meistern, wie es nottat. Als aber die Tage vorüberzogen und sich keine Gelegenheit bot, wurde er immer mutloser. Irgendwie mußte um jeden Preis der Plan vereitelt werden, und wenn ihm das mißlang, dann versagte er nicht nur Sergej gegenüber. Nein, er wußte, daß ein Schicksal von weit größerer

Tragweite als das Sergejs von ihm abhing. Vergebens sann er auf einen Weg, mir eine Botschaft herauszubringen – verboten ihm doch seine Vorschriften, auch nur sein Gesicht außerhalb des Beckens zu zeigen. Und er wußte niemand, buchstäblich niemand, dem er sich anvertrauen konnte, außer bis zu einem gewissen Grade Kawabuzayo, denn dieser teilte seine eigene Unruhe über das, was vorging – das wußte er. Aber Kawabuzayo war, wie er selber, ein Gefangener in diesem hochumschlossenen Becken. Auch war nie ein Fremder, nicht einmal ein Schafhirt, je im Sommer auf jene seidigen Grashänge oberhalb der Baumgrenze gewandert – so unbegreiflich ihm dies auch war. An dieser Stelle seines Berichtes hätte ich ihm erklären können, daß der ganze Bereich tabu, also unantastbar war, „'Mwatagati" auf Befehl und durch Zauberbann des höchsten Medizinmannes. Aber ich wollte den Fluß seiner Erzählung nicht unterbrechen und verhielt mich still.

Am Ende war John so verzweifelt, daß er eines Tages auf die Idee kam, seinen Rekruten etwas von der Sabotage beizubringen, die ohnehin zur Ausbildung gehörte. Er zeigte ihnen, wie man Bohrlöcher anlegt für hochexplosive Sprengstoffe und Minen.

Dies alles geschah allein unter dem Vorwand, es sei eine elementare und allgemein anerkannte Vorsichtsmaßregel bei der Verteidigung eines militärischen Stützpunktes. Nach der Durchführung dieser Aktion fühlte er sich besser. Denn wenn nun das Schlimmste zum Schlimmen kommen sollte, könnte er die ganzen Anlagen in die Luft sprengen, anstatt sie für die Zwecke zu verwenden, für die sie bestimmt waren. Noch in diesem Augenblick könnte er mich, wenn es nottat, in seine Höhlen mitnehmen, eine einzige Zündschnur anstecken und damit all jene sorgsam herangeschafften Kriegsvorräte für ewig in die Bergschlucht hinabbefördern.

Vor drei Monaten aber geschah etwas, das ihm Hoffnung gab. Eine Botschaft traf auf geheimnisvolle Weise für Kawabuzayo ein. John sah ganz zufällig, wie jemand, den er nicht kannte, Kawabuzayo etwas zeigte, das wie eine Feder aussah, und ihm dann des längeren etwas ins Ohr flüsterte. Was es war? John hatte keine Ahnung. Das einzige, was Kawabuzayo danach traurig gesagt hatte, war, er müsse südwärts nach Van Riebeecks Bucht ziehen, dort Ghinza treffen und mit ihm zu Schiff wieder nach dem Flamingowasser zurückkehren. Nach dieser kurzen Mitteilung schüttelte Kawabuzayo seinen schweren Kopf und rief aus: „Ich bin nicht ich!" Dies war – wie ich besser wußte als John – ein alter 'Takwena-Ausdruck schmerzhafter Bestürzung. Mehr konnte er aus Kawabuzayo nicht herausbringen. Doch ermutigte ihn jener eine Ausdruck von Kawabuzayos innerer Bedrängnis, ein Versprechen aus ihm herauszulocken: er werde versuchen, mich im geheimen aufzusuchen und mich hierher zu rufen. Er konnte seine Botschaft keinem Briefe anvertrauen. Denn hätte man einen solchen bei Kawabuzayo gefunden, so wäre dies das Ende von beiden, Kawabuzayo und John, gewesen und hätte höchstwahrscheinlich unser Zusammenwirken gegen die Verschwörung endgültig vereitelt. Er konnte lediglich Kawabuzayo bitten, mir eine Botschaft mündlich auszurichten. Zugleich versicherte er ihm, daß auch ich zu der Gruppe der rechtlich Gesinnten gehörte wie er und Kawabuzayo.

Zu seinem Erstaunen waren Kawabuzayos anfängliche Hemmungen dahingeschwunden, sobald er meinen Namen hörte. Er sagte, er wisse von mir, hatte mich früher einmal als Knabe gesehen und nannte mich sogar „Sohn des weißen Häuptlings ohne eigenes Land". So nannten mich alle 'Takwena, die mich schon als Kind kannten. In dem Augenblick, als John die erste Silbe eines Namens aussprach, den ich seit Jahren nicht mehr gehört hatte, schien all das Gute in unserer afrikanischen Vergangenheit wie ein Freund aus der Dunkelheit auf uns zuzukommen und sich an dem ihm gebührenden Platze bei uns am Feuer niederzulassen. Unwillkürlich sah ich mich nach Tickie um, dessen Gesicht von schwerem Schlaf geschwollen war. John fing meinen Blick auf. Ich sagte: „Ja, ich weiß. Tausende von jungen Burschen wie dieser hier – und über allen hängt jene Drohung! Wir müssen es verhindern – und wir haben keine Zeit zu verlieren."

Darauf beeilte sich John zu Ende zu berichten und sagte, er habe nur meinen Namen und die Adresse auf den Umschlag geschrieben für den Fall, daß Kawabuzayo sie vergessen sollte. Wenn man den Umschlag fand, so waren zwar Unannehmlichkeiten für mich durch diese Entdeckung zu befürchten, aber dieses Risiko mußte er nun einmal auf sich nehmen.

Diese Erwägung brachte John nun zurück zu dem Morgen des heutigen Tages. Bis dahin war seine Hoffnung ungetrübt, daß Kawabuzayo mich gefunden hatte und ich auf dem Wege zu ihm war. Aber seit den Morgenstunden hatte er die schwärzeste Zeit seines Lebens durchzustehen. Ghinza war früh angelangt, arroganter denn je, mit Instruktionen für John. Er solle die Ausbildung innerhalb eines Monats beenden und sich am Schluß dieser Frist, genau gesagt, am 26. September, bereithalten, das Heer, das er ausgebildet hatte, in vollem Ausmaß für den Kampf zu rüsten. Wie ernst dies alles war, könne ich der Tatsache entnehmen, daß bereits heute abend sieben Offiziere der berittenen Infanterie ins Lager geritten kamen, um Befehle entgegenzunehmen. Von dem Moment an, wo die Mobilisation regelrecht in Gang gebracht war, sollte er das Kommando Ghinza übergeben und selbst nach dem Flamingowasser zurückkehren, wo ein Schiff – augenscheinlich das letzte – ihn abholen werde, und zwar am 26. Oktober. Vor der Ausfahrt sollte er sorgfältig die ganze Basis am Flamingowasser vollständig zerstören. Seine Vorgesetzten empfahlen zu diesem Zwecke, den ganzen dichten Busch in Brand zu setzen. Dies sei die einfachste Art und würde wohl auch am wenigsten die Aufmerksamkeit der Außenwelt auf sich lenken. Da ihm ausdrücklich befohlen wurde, diesen geheimsten Teil seiner Order nicht Ghinza oder den anderen zu entdecken, erkannte er, daß seine Vorgesetzten die 'Takwena sogar noch zynischer in all dies hineintrieben, als er es sich vorgestellt hatte, denn sie hatten ihnen Beistand versprochen, beabsichtigten aber nicht im geringsten, ihn wirklich zu gewähren.

Aber wenn dies alles auch schlimm genug war, es war noch nicht das Übelste. Er war gerade im Begriff, eine Schiffsladung entgegenzunehmen – die erste Sendung davon war heute morgen angekommen. Sie enthielt Tausende glitzernder Zigarettenanzünder von der Art, wie zivilisierte Afrikaner sie sich leisten können und gerne kaufen. Ja, versicherte John mir düster, dies war ein tödliches Faktum: die Zigarettenanzünder kamen bereits gefüllt an, doch nicht mit Benzin, sondern mit Rußlands neuestem organischem Gift. Nach der Instruktion, die er befehlsgemäß in einfaches, gutes 'Takwena übersetzen sollte, war dieses Gift geruchlos, farblos und geschmacklos; aber ein Tropfen davon in irgendeine Flüssigkeit getan, genügte, den Trinkenden innerhalb von fünf Tagen zu töten. Keine Spuren einer Vergiftung waren festzustellen, nur eine sonderbare, unbekannte Seuche im Blut. Sobald diese neuen Zigarettenanzünder ankämen, sollte er Träger für Ghinza aufbringen. Diese hatten das Gift an die einzelnen Bestimmungsorte zu schaffen, jedesmal wenn sie den Befehl dazu erhielten. Welche Orte das waren, davon hatte er keine Ahnung.

Nachdem er mir dies berichtet hatte, hielt John sekundenlang inne. Von Schauder übermannt, schien es ihm unmöglich, weiterzusprechen. Schließlich wandte er sich mit allen Zeichen der Verzweiflung mir zu und sagte, er brauche mich doch wohl nicht daran zu erinnern, wieviel Tee, Kaffee und andere Getränke alle Europäer in Afrika zu trinken pflegten – und alle diese Getränke wurden von schwarzen Händen bereitet und serviert. Die Gelegenheiten für solch eine neuerfundene Waffe – im Namen der heiligen Sache der endgültigen Auflösung der weißen Welt in Afrika – waren unermeßlich. In der Tat, er war nicht im Zweifel darüber, daß die allgemeine Verseuchung mit diesem Gift in den geräumigen europäischen Teetassen genau für die Zeit unmittelbar vor dem Überfall der Eingeborenenarmee angesetzt war.

Wenn er und ich es nicht verhindern würden, so entstünde hier in Afrika die schlagendste Illustration der Weltgeschichte von der Gedankenlosigkeit einer herrschenden Schicht. Alles, was ihnen teuer ist, vertrauen sie ihren schwarzen Untergebenen an. Aber zugleich ignorieren sie ständig deren innere Würde und weisen täglich die Anerkennung ihrer Bedürfnisse als Menschen eigener Wesensart zurück. Wahrhaftig, auf Ghinzas Anordnung hin waren die ersten Träger mit Lasten tödlicher Feuerzeuge schon ausgewählt und standen bereit aufzubrechen, sobald der arrogante Kerl den Befehl geben würde. Er selbst war um die Mittagszeit westwärts gezogen, ohne sein Ziel zu verraten. Er hatte nur über die Schulter hinweg John verkündet, er werde bald zurück sein, um ihn von seinem Kommando zu befreien.

„Hast du ihn nach Kawabuzayo gefragt?" wollte ich wissen.

Nein, das hatte er nicht getan. Er hatte das Gefühl, angesichts der Vorgeschichte dieses Falles war es besser so zu tun, als habe er Kawabuzayo vergessen. Da also Ghinza ihn nicht erwähnt hatte, schwieg er selbst auch über ihn. Aber heute den ganzen Tag lang hatte er immerfort an uns beide gedacht, an Kawabuzayo und an mich. Ich besonders sei ihm sehr nahe gewesen, so nahe, daß selbst seine Verzweiflung nicht als Erklärung dafür ausreiche.

Hier zügelte er seine innere Bewegung und fragte, was wir jetzt tun müßten. Was es auch sei, es mußte blitzschnell erfolgen, denn wir hatten höchstens achtundzwanzig Tage Frist.

Nun gab ich John eine kurze Übersicht über meine eigene Geschichte seit dem Tode Kawabuzayos in meiner Küche und dem ersten Erscheinen der Feder in meinem Leben. Vor allem betonte ich wiederholt meine Überzeugung, noch seien die 'Takwena nicht unrettbar an dieses Komplott gebunden, das zudem in einem fremden Topf zusammengebraut wurde, noch seien sie nicht dafür „gewonnen", wie er es selbst kurz vorher bezeichnet hatte. Ghinza und seine Genossen mochten es sein;

auch vom Umbombulimo wußten wir es sicher; vielleicht gab es noch andere, sogar mächtigere. Aber das ganze Volk war es nicht. Wie stand es um all die Männer, die sich von weit und breit durch den afrikanischen Busch stahlen, um die Kunde von einem neuen großen Traume zu holen? Oom Pieter hatte sie gesehen, auf jenem uralten Fußpfad bei der Furt, wo die drei Grenzen sich treffen. Und wie würde sich der König verhalten? Hatte John etwa den König vergessen, ein keineswegs unwürdiger Nachfolger seines bedeutenden Vaters, der uns nahegestanden und im Kriege großmütig geholfen hatte. Ich konnte mir nicht vorstellen, daß er so ohne weiteres automatisch auf Ghinzas Seite war. Nein, der König und sein ganzes aus grundverschiedenen, sogar sich widersprechenden Elementen zusammengesetztes Volk konnte nur dann in einer Revolution vereinigt werden, wenn sie alle überzeugt waren, diese folge den Geboten des Traumes, der ihnen von 'Nkulixo versprochen war. Die Katastrophe, die vor nicht mehr als einem Jahrhundert von einem falschen Traume heraufbeschworen wurde, war eine empfindliche Lehre. Sie würden sich nicht so leicht zu einem neuen verzweifelten Umsturz verführen lassen. Jene erfahrenen, weisen, alten, königlichen Indunas, mit den dichten, runden Ehrenringen um ihre grauen Häupter, würden das Metall dieses Traumes so gewissenhaft auf seine Reinheit prüfen, wie noch keine verdächtige Goldmünze je von der Hand eines Geizhalses zum Klingen gebracht wurde, um eine Fälschung zu entlarven. Und es gab einen Weg – das wußten wir genau – um die Echtheit jeder Traumdeutung zu prüfen. Wir waren fest überzeugt, daß der große König vor seinem Tode hierfür gesorgt hatte. Wie man im einzelnen vorzugehen hatte, das war uns noch nicht klar. Aber Kawabuzayo wußte das, und auch Ghinza. Wenn sie es aber wußten, gab es bestimmt noch mehr, die eingeweiht waren. Ich hielt es für ausgeschlossen, daß der große König in einer Welt voller Unglücksfälle und Katastrophen eine so lebenswichtige Kunde nur zwei Sterblichen anvertraut hatte. Nein, er mußte sie genug Vertrauenswürdigen mitgeteilt haben. Es war seine Pflicht, dieses umfassende rettende Erkennungszeichen in der hohen Bedeutung für die soziale und geistige Existenz der Umangoni zu bewahren. Ich war nicht im Zweifel, daß mir Oom Pieter bei seiner nächsten Begegnung von noch anderen berichten würde, die um das Geheimnis wußten, das – in Kawabuzayos Herzen verschlossen – mit ihm starb. Dies war, wie ich erkannt hatte, der Hauptgrund, daß Ghinza ihn getötet hatte: Kawabuzayo hatte sich geweigert, Ghinza sein Wissen weiterzugeben, aus Furcht, er werde es Charkow verraten. Er ahnte, dieser brauchte dann nur hinzugehen und den Umbombulimo anzuweisen, wie er den unechten Traum in eine gestohlene authentische Form einzukleiden habe. Denn der Traum mußte ja am Tage der Verkündung vor dem Volke die schwere Probe bestehen, der er dann unterzogen wurde. Hierin sah ich die Hoffnung für uns. Ghinza hatte mit Kawabuzayo keinen Erfolg gehabt und war vielleicht zu spät auf der Bühne erschienen, um einen Ersatz für ihn zu entdecken. Diese uralten Tabus waren tief in die Herzen der 'Takwena eingesenkt. Sie konnten nicht einfach durch Ghinzas arrogantes Fragen mit der Wurzel herausgerissen werden. Wenn ich nicht irrte, so würden noch mehr Männer den Weg Kawabuzayos gehen, bevor der Traum enträtselt war. Ghinza würde vermutlich noch andere treue Bewahrer jenes Wissens, das ihm fehlte, töten und eher eine andere plausible Kontrolle des Traumes erfinden als Gefahr laufen, daß seine falsche Deutung an dem großen Tage von wirklich Wissenden entlarvt wurde. Wir hatten einen gewissen Vorsprung, da Oom Pieter schon seit Wochen dem wahren Traum auf der Spur war. Ich sah ein, daß ich nun sofort aufbrechen müsse, um so rasch wie möglich Oom Pieter zu treffen.

Ich glaube, als ich zuerst zu John über die Rolle der Träume im Leben der 'Takwena sprach, hatte er mit einer gewissen Skepsis zugehört. Ich schloß das unwillkürlich aus der Art, wie er seine Pfeife herausnahm und zwischen den Fingern damit spielte, ohne sie wieder anzuzünden. Ich nahm ihm das nicht übel; sprach ich doch zu ihm über Dinge, die jenseits seines Erfahrungsbereiches lagen, so wie sein Leben in Taschkent jenseits des meinen lag. Um so befreiter war ich, als ich sah, daß die knapp begründete Idee, die ich ihm vorlegte, ihn bald überzeugte. Er unterbrach mich kein Mal, erst als ich an diesem Punkte angekommen war, rief er aus: „Außerordentlich – aber – natürlich akzeptiere ich fraglos, was du mir da berichtest – aber ist es dir jemals in den Sinn gekommen, daß vielleicht gerade dieser Traum, den du und ich so fürchten, als echter Traum geträumt worden sein könnte? Was dann?"

Ich antwortete, wohl sei es mir in den Sinn gekommen, aber ich hätte diese Möglichkeit sogleich verworfen aus zwei Gründen... Erstens lag in unserem Falle mit überzeugender Klarheit die Mitschuld und Aufhetzung von außen zu Tage. Zweitens konnte 'Nkulixo, der sein Land und Volk so aufrichtig liebte, ihm niemals einen Traum eingeben wie diesen, den wir nicht umsonst schwer verdächtigten. Doch nähmen wir einmal als Schlimmstes an, dieser Traum erwiese sich als echt; weit näher lag die Annahme, er sei zwar nicht echt, aber es sei niemand da, um ihn bloßzustellen. In beiden Fällen würde uns immer noch Zeit bleiben, um Oom Pieter schnell fortzusenden, damit er Umangonis Nachbarn warne. Inzwischen würde ich zurückeilen und John bei der Sprengung seiner Höhlen helfen. Ich schloß mit meiner einzigen unmittelbaren großen Sorge: der Rauch, jener lange Arm warnenden Rauches, der den Flußpatrouillen unsere Anwesenheit kundgab.

„Dafür laß mich sorgen, alter Junge", versprach er, und ich erfuhr, daß keine der Flußpatrouillen hier vorbeigehen durfte, ohne es ihm vorher zu melden. Doch sei es klug gewesen, daß ich ihn warnte. Denn die Rauchzeichen hätten sonst zweifellos die immer wachsamen erregbaren Flußlager wie einen Bienenschwarm aufgescheucht.

Hiermit stand er schnell auf wie ein Mann, der bereit ist zu handeln, mit jenem zeitlosen Blick des nahenden

Kampfes in den Augen. Dieser Blick gehört nicht dem einzelnen an, sondern wird ihm von uralten Göttern verliehen. Ich erhob mich zugleich mit ihm. Er warf einen schnellen Blick auf die Uhr am Arm – sie war ein goldenes Siegel beim Licht unseres Feuers, ein Abzeichen des Hermes, an sein Handgelenk geheftet. Ich erinnere mich, daß es ein Uhr in der Frühe des 29. August war. Da hörte ich ihn nachdenklich sagen, während wir ins Feuer blickten: „Ja, mein lieber Junge, ich glaube, du hast recht. Suche Oom Pieter, so rasch du kannst, und bitte, grüße ihn herzlich. Ich werde die Festung halten wie bisher – und erwarte dich hier mit guter oder schlechter Kunde irgendwann bis zum 26. September. Nein, du darfst keinen Schritt mit mir mitkommen, es ist ohnehin spät genug geworden. Leb wohl und Gott befohlen!"

Er machte keine Anstalten, mir die Hand zu schütteln. Was er zu sagen hatte, lag im Ton seiner Stimme und im Blick seiner Augen beschlossen. Er wandte sich nur um mit jener ihm eigenen leichten, eleganten Lässigkeit, um die ich ihn immer beneidet habe. So ging er fort aus dem Schutze meiner roten Baumfürsten und hinüber zu dem ins Mondlicht getauchten weißen Haupte des Tales, wie jemand, der nach Hause geht und nicht zu einem Orte, wo er jeden Moment aufgerufen werden kann, seine letzte Verabredung mit dem Schicksal einzuhalten.

„Nun, ihr beiden", sagte ich und schüttelte Tickie und Said vielleicht rauher als beabsichtigt. „Wacht auf! Kommt hoch! Wacht auf!"

Tickie setzte sich auf, schaute suchend nach John aus und sagte verschlafen: „Wie schade, daß der Bwana fortgegangen ist, ich wollte ihn bitten, uns etwas Zucker zu borgen."

„Und ich um etwas Salz", bemerkte mein erfahrener alter Mörder gähnend und sich reckend, „denn auch davon haben wir nichts mehr übrig."

„Schadet nichts", sagte ich obenhin zu ihnen, doch unter der Oberfläche dachte ich: nur 28 Tage Marsch, nur 28 kostbare Tage, nur von Vollmond zu Vollmond, um

in dieser Spanne Zeit zu verhindern, daß das Salz der Erde seine Würze verliert. „Schadet nichts!... ob Salz, ob Zucker: wir müssen vor Tagesanbruch fünf Stunden weiterziehen; und nach all dem Extraschlaf, den ihr genossen habt, zähle ich auf euch beide, daß ihr rasch drauflosmarschiert."
Einen Blick warf ich noch auf die hohen Rotwaldhäupter über uns und auf das schäumende, zischende, brandende Mondlicht zwischen den Blättern. Ich dachte daran, wie das strahlende Antlitz des Mondes auf uns da unten im Grase hinabgeschaut hatte, und das gab mir Mut. Drunten im weiten Tal brüllte ein Löwe, ein königlich brausendes Brüllen. „Schon gut, Euer Majestät", rief mein Herz ihm entgegen. „Wir kommen schon." Und damit trat ich das Feuer aus.

XVI

Oom Pieter kämpft einen guten Kampf

Um fünf Uhr am Nachmittag des 31. August 1948 ritten wir in die Hauptstadt ein, auf Pferden, die ich von freundlichen 'Takwena-Bauern auf der Westseite der Berge der Nacht gemietet hatte, wo bisher noch kein 'Mwatagati*) vonnöten war. Wenn ich „freundlich" sagte, so darf ich nicht den Eindruck erwecken, als seien sie auch fröhlich gewesen. Denn gerade dies fiel mir als erstes auf, während ich frei – im Aufzuge eines Jägers, der von seiner Jagd tief im Landesinnern zurückkehrt – auf die Hauptstadt zuritt: das Land schien sich völlig gewandelt zu haben, seit ich es zum letzten Mal gesehen hatte. Die Veränderung ließ sich schwer bezeichnen, und doch war sie wirklich vorhanden, und zwar überall: in der Weise, wie die Menschen mich ansahen, grüßten und zu mir sprachen. Jedermann in Umangoni schien sich eine schwarze Denkhaube übergezogen zu haben, eine düstere Bedeckung über seine innerlich gebannten Gedanken, die er keinem anderen mitteilen konnte, nur 'Takwenas untereinander. Wenn ein einziger Mensch etwas geheimhält, genügt dies, den Bernsteinglanz der Wahrheit zwischen zwei Menschen zu trüben; aber welch eine Trübung des Lichtes, wenn ein Volk, wenn mehr als eine Million Menschen etwas verheimlicht haben und beginnen, sich im geheimen auf eine geheime Erfüllung hin zu bewegen.

Ich glaube, sie alle erfuhren das gleiche – der 'Takwena, der sich von seiner Ruhestätte in der safrangelben Sonne aufrichtete und seine Hand zum römischen Gruß seines Volkes hoch über den Kopf aufhob; der Bauer, wenn er, auf die Arme seines hölzernen Pfluges

---

* *'Mwatagati* = das *tabu* eines Medizinmannes

gestützt, hinter seinem großen, purpuräugigen, schwarzen Ochsen ebenso sacht wie dieser einherging; der vorüberziehende Krieger, sorgfältig mit Löwenfett eingerieben, begierig nach seiner Anwerbung, oder die Frauen, einzeln aufgereiht wie Figuren auf einer griechischen Vase, wenn sie den Horizont des gelben Abendhimmels mit Wasserurnen auf ihren Köpfen kreuzten – für sie alle genügte es, glaube ich, auch nur einen roten Fremden zu sehen, um automatisch zu denken: „Da geht einer, der es nicht weiß und der es niemals wissen darf."

Die Ironie bestand nun aber darin, daß ich es sehr wohl wußte. Und dieser Sachverhalt eröffnete irgendwie eine neue Dimension für das Geheimnis, das unwillkürlich in den Herzen jener aufgerührt wurde, welche mich erblickten. Eins erkannte ich klar: durch die Hemmung ihres von Natur bewegten, aufgeschlossenen Gefühlslebens, durch jenes Tabu, das auf ihren unverfälschten Gemütern lastete, wurden sie täglich mit wachsender Spannung zu der furchtbaren Vorstellung eines neuen gebieterischen Traumes getrieben. So entstand jenes dunkle elektrische Zittern in der Luft, welches das klare Frühlingslicht Lügen strafte, das wie ein reiner Quell hinter den „Bergen der Nacht" aufstieg. Wenn ich zu diesen Menschen sprach, so begrüßten sie mich natürlich ernst, mit all der angeborenen Würde und Höflichkeit, die ihnen eignet; auch handelten sie mit mir ebenso gewitzt und gelassen wie je zuvor über die Vermietung einiger Pferde. Doch schien die Einfalt, die Begier, die ganze freudige, impulsive Hingabe an die Dinge des Lebens sie im Stiche zu lassen, wenigstens in ihrer gegenwärtigen Verfassung. An meinem ersten Tage im freien Lande mußte ich bis zum Mittag warten, bis ich ein einziges Lachen hörte. Vor zwei Jahren konnte ich keine Meile weit gehen, ohne daß von irgendwoher rings um mich ein Gelächter sprudelte. Als der Abend nahte, die Dunkelheit in die Täler herabrollte, und sich über die Bienenhaus-Hütten senkte, lag das Gefühl des Vermissens schwer auf meinem Gemüt. Viele Stunden später, als ich das Singen um ein Feuer hörte, das wie eine scharlachrote Tulpe auf einem schwarzen Buckel des fruchtbaren Landes aufwuchs, vergegenwärtigte ich mir, wie noch vor zwei Jahren jede einzelne dieser Feuerblumen auf den Abhängen rings um uns von natürlichen Dichtersängern umgeben gewesen wäre, von Stimmen, die in glitzerndem Gesang aufleuchteten.

Jetzt aber, als wir weiterritten – halb schlafend im Sattel – war da kein Laut außer dem einen, dem Herzschlag der Umangoni-Nacht: ein Kalb ruft ängstlich nach seiner Mutter; ein Mutterschaf, das plötzlich aufwacht, blökt in unnötigem panischem Schrecken nach seinem Lamm; Schakale kläffen jämmerlich; Hunde auf einem Hügel bezwingen das Gelächter einer Hyäne mit ihrem wütenden Gebell. Und manchmal das Gebrüll eines Löwen aus weiter Ferne, oder das Trommeln der Hufe stampfender Bergzebras. Über allem aber lag der Weihrauch von brennendem Holz, es brannte in den Feuern von tausend Kraalen, deren Eingänge gegen die Dunkelheit mit ipi-hamba-Dorn*) sicher befestigt waren. Das gesamte Land ringsum lag wahrhaftig in der Stille vor dem Sturm.

Dieses Gefühl begleitete mich auf dem ganzen Wege zur Hauptstadt, die hellroten Reitpfade entlang, die sich durch die langgestreckten fruchtbaren Täler winden, hinauf bis oben auf den Hügel, wo die britische Mission lag. Dort verließ mich für einen Moment das Gefühl so plötzlich, daß ich mir vorkam wie ein Zuschauer ohne Eintrittskarte, der vor dem Höhepunkt der Handlung aus einem schauerlichen Grand-Guignol-Theater**) in eine niedliche Vorstadtstraße herausgeworfen worden ist.

Inmitten von hohen, blauen Gummibäumen, zwischen scharlachroten Poinsettiabüschen, rosa und violetten Bougainvilleas, hinter ordentlichen, viereckigen Rasen-

---

* „Wohin gehst du"-Dorn
** Theater in Paris, bekannt durch seine nervenerregenden Schauerstücke (Anm. d. Übers.)

flächen, die mit einem Pinselstrich Braun in Grün sorgsam ausgebreitet vor weitläufigen Veranden lagen, deren gedehnte Taillen mit Schattengürteln dicht umwickelt waren – stiegen die blitzend weißen Mauern und die wie Quecksilber glänzenden Dachgiebel von etwa zwanzig Amtsgebäuden auf. Sie waren alle im gleichen Behörden-Stil entworfen, genau ihren Zwecken angemessen, und ermangelten jeglicher Anmut und Eigenart. Überdies konnten die pflichteifrigen Gesichter dieser Amtsgebäude – wie sie sich von jenen urwüchsigen Bergriesen, strohgedeckten Hütten und Kraalen umgeben fanden – einen Ausdruck höflicher Überraschung nicht unterdrücken, daß sie sich in einer ihnen so wenig angemessenen Lage befanden.

Wir ritten durch das Tor und weiter die Mitte der Straße entlang, welche die Häuser und Gärten auf dieser kleinen englischen Insel abteilte, zwischen Gummibäumen, die von Abendlicht tropften, und blitzend weißgewaschenen Steinen an den Rändern offener Abflußgräben. Die Häuser lagen still, der blutrote Weg war leer; nur fünf junge Hunde spielten munter herum, und zwei 'Takwena-Ammen in blauen Kattunkleidern und weißen Schürzen wandelten gemächlich mit der ihnen eigenen mühelosen Geduld hinter ihren Kinderwagen her. Zwei kleine weiße Gesichter sandten aus ihrem Wagen ihr aufgeschrecktes Kreideweiß wie gespenstische Motten zu uns herauf, als wir vorüberritten. Dann sahen wir weiter fort zur Rechten, fast so hoch wie die emporgeschwungenen Federn des steigenden Abendrauches – einen feurigen Union-Jack sich über den Tag beugen wie ein Wachtposten mit Federbusch neben einer königlichen Bahre. Unter der Flagge lag als schimmernder Helm der Giebel des Amtsgebäudes der Regierungs-Mission.

Plötzlich tauchte eine lebhafte Erinnerung an Umtumwa irgendwo aus dem goldenen Glanz der ungetrübten Vergangenheit in mir auf: wie er auf eine solche Fahne zeigte und schlicht sagte: „Weißt du, Bwana, dies ist die einzige Flagge, die ich kenne."

Unglücklicherweise waren die Büros der Mission für das Publikum bereits geschlossen. Nur ein ernster Basuto-Funker und ein bebrillter Nyasa-Angestellter taten Nachtdienst. Beide waren mir unbekannt, darin zeigt sich – so dachte ich – einer der Übelstände in Afrika seit dem Kriege. Vorher waren Beamte der Verwaltung ihr Leben lang zufrieden im selben Gebiet verblieben. Diese Beamten kannten ihre Bezirke, ihre Leute und deren vielfältige Bedürfnisse wie die Innenfläche ihrer eigenen Hand. Aber heutzutage schien die rastlose Obrigkeit gar nicht schnell genug für ihre wechselnde Vorliebe die Besetzung der Ämter ändern zu können. Sogar der Leiter der Mission sei erst kürzlich aus Gambia gekommen, so hatte ich zum Beispiel gehört, und bitter fragte ich mich, ob er die geringste Ahnung von dem Wandel der Atmosphäre in Umangoni haben konnte.

„Wo könnte ich den Leiter der Mission am sichersten antreffen?" fragte ich den bebrillten Angestellten auf englisch, da ich leider kein Chin-yanja konnte.

„An seinem Wohnsitz, Sir", teilte er mir in tadellosem, pedantisch genauem Englisch mit, „Seine Exzellenz veranstalten gerade Tennisspiele auf seinem Wohnsitz."

Ich blieb nur so lange, um Said und Tickie ein kurzes Schreiben an den Magazinverwalter mitzugeben, dann ging ich auf die Suche nach der Tennisveranstaltung.

Selbst wenn ich den Wohnsitz nicht an seinem Umfang erkannt hätte, so konnte ich doch seine Lage aus dem Geräusch entnehmen, das von dort kam, dem Klang von scharf geschlagenen und geschickt parierten Tennisbällen. Ich stieg an einem Eisentor ab, über das sich ein Pfefferbaum beugte und ging schnell auf das entfernte Geräusch los.

„Oh, gut geschossen", schrie ein Spieler.

„Reiner Zufallstreffer", war die bescheidene Antwort.

„Könnte ich nicht noch mal, wenn ich's versuchte."

„Oh, gut gespielt, Sir."

„Riesiges Pech."

„Unser bestes Spiel seit Jahren."

Trotz meiner Bewunderung für die Ritterlichkeit und Liebe zum Gleichmaß, die in den Spielen leben, welche die Engländer geschaffen haben und pflegen, gestehe ich, daß diese Rufe mir recht auf die Nerven gingen, da sie in mir ein Gefühl der Unwirklichkeit und Beziehungslosigkeit weckten. Ungeduldig beschleunigte ich meinen Schritt rund um das dichte Gebüsch des Gartens, und dort, auf einer Insel von Sonnenlicht in einem Meer von Schatten sah ich eine 'Takwena-Amme. Sie saß zwischen mir und dem Tennisspiel, mit dem Rücken an eine dichte Bougainvilleahecke gelehnt, ihre weiße Schürze war hinuntergestreift, die dunklen Augen schwarz vor plötzlicher Furcht. Ein Kind mit schneeweißem Gesicht – die Tränen waren noch nicht auf den Wangen getrocknet – mit geschlossenen Augen und geballten Kinderfäustchen, saugte wie ein Hündchen an ihrer vollen Brust, einer dunklen, reifen Aubergine in der Sonne. Erschreckt zog sie ruckartig ihre Brust aus des Kindes Mund und ließ sie hastig in ihre Kleider zurückgleiten. Das überraschte mich wenig, denn ich konnte mir gut vorstellen, wie ihre weißen Gebieter auf einen solchen Anblick reagiert hätten.

„Wie gut von dir, o Mutter, daß du die Milch deines eigenen Kindes mit einem Kinde teilst, das nicht das deine ist", rief ich auf Sindakwena zu ihr hinüber. „Ich sehe und preise dich."

Ein Leuchten tröstlicher Erleichterung und tief empfundener Freude erschien unglaublich warm auf ihrem Antlitz, und sogleich faßte eine scheue Hand zu ihrer Brust zurück, während sie eine bescheidene Abwehr des Lobes murmelte, so leise, daß ich es nicht verstehen konnte. Dann trat auch ich zu der Tennisparty.

Einen Moment glaubte ich, keinerlei Gesichter oder Gestalten in der Gesellschaft zu erkennen, die in Creme und Weiß unter einem ausladenden Flamboyantbaum gruppiert war. An den Spitzen seiner sich reckenden Zweige bildete das erste Erglühen seines inneren Feuers rosa Knospen wie kleine feurige Kohlen. In der Gruppe waren vier Frauen (eine von ihnen zweifellos die Mutter des Kindes, das sich inzwischen an unerlaubter Milch ergötzte); dazu vier Männer in angeregter Unterhaltung. Zwei weitere Männer hatten sich, mit dem Rücken zu der Gruppe, an einem Tisch abgesondert, der von Kristallgläsern glitzerte; sie schienen die Gelegenheit für einen schnellen Austausch ernster, vertraulicher Mitteilungen wahrzunehmen.

Von neuem überkam mich das Gefühl der fast widernatürlichen Abgetrenntheit von der Wirklichkeit Umangonis. Dies hier war, wie ich zu mir sagte, keine tapfere Tarnung, keine Elisabethanische Gesellschaft, die ein Spiel mit Kugeln beendete, ehe sie sich an das Unternehmen einer Armada begab. Diese Gesellschaft nahm einfach nichts wahr von der dunklen Invasion, welche im Begriff war, über sie hinwegzuschreiten. Zwar sagte ich mir, ich verlange etwas Unbilliges. Diese Leute, die man fern von dem Leben, in das sie hineingeboren wurden, hier aussetzte, waren berechtigt, sich auf solche Weise zu zerstreuen. Es half ihnen, ihre abgeschiedene Arbeit in der aufrechten und pflichtbewußten Weise zu verrichten, wie es in der Regel geschieht. Dennoch lehnte ich mich dagegen auf. Im Geiste sah ich, wie die gleiche Szene über den ganzen weiten Kontinent von Afrika hin aufgeführt wurde. Ich sah die korrekten, liebenswürdigen Inselbriten ihre Inseln schaffen, nicht in wenigen funkelnden Einzelgebilden, sondern zu Hunderten. Und wie ich schon sagte, ich lehnte mich dagegen auf, ich war tief verstimmt, denn offenbar erkannte man nicht, daß die eigenwilligen Inselgründungen unzulässig waren, daß sie sich öffnen mußten, wenn die dunkle Flut, die aus den vernachlässigten, tief verletzten und entehrten afrikanischen Untergründen aufbrach, sie nicht überwältigen sollte.

Ich kam jedoch nicht weit mit meiner Verstimmung. Denn sobald der Klang meiner Tritte in die Unterhaltung der Spieler fiel, hörten sie alle auf zu reden, drehten sich um und starrten mich mit gefesselter Aufmerksamkeit an, so wie Menschen ganz automatisch reagieren, für die der Anblick eines Fremden ein seltenes Ereignis ist. Auch die zwei am Tisch drehten sich um, mit der Weinkaraffe in der Hand. Der eine war lang und schmächtig, hell, ältlich; der andere war dunkel, breit und kurz, von der Gestalt eines Mannes, der aus dem Hochgebirge stammt. Eben dieser wandte sich mir zu, nicht nur mit weit offenem Munde, er schnappte sogar nach Luft und rief aus: „Das ist wahrhaftig unheimlich, Sir. Da ist er selber, Pierre de Beauvilliers!"

Hiermit kam er – die Karaffe immer noch in der Hand – eilig auf mich zu, um mich mit den Worten zu begrüßen: „Ich kann dir gar nicht sagen, wie froh ich bin, dich wiederzusehen, mon cher Pierre, aber wo in aller Welt bist du gewesen?" Er stockte, mit seinen warmen romanischen Augen überprüfte er mich eindringlich, doch konnte er dabei eine Art Schock bei meinem Anblick nicht verbergen. „Du siehst ja aus wie einer, der ein Gespenst gesehen hat, nein, nicht nur eins, eine Menge Gespenster." Wieder stockte er, bevor er besorgt hinzufügte: „Offenbar brauchst du etwas zu trinken, und das sollst du bekommen, sobald du vorgestellt bist."

Aramis – dies war sein Spitzname in der Schule, denn er war einer meiner Freunde aus dem Trio, das bei Lehrern und Jungen als die „Drei Musketiere" bekannt war – wandte sich impulsiv um und wollte mich zu seinem Gastgeber führen, aber ich hielt ihn zurück: „Du kannst nicht halb so froh sein, mich zu treffen, als ich es bin. Doch hilf mir, diese Formalitäten sobald wie möglich hinter mich zu bringen, und dann laß uns allein miteinander reden. Ich bin in einer Unterwelt gewesen, wie du so wahr erraten hast – und dahin muß ich eigentlich sofort zurückkehren."

Zu meiner Verwunderung antwortete er nicht auf meine Bitte, sondern bemerkte erschrocken: „Was ist mit deiner Stimme passiert, Pierre? Sie ist weg!"

Seine Augen drückten so tiefe Besorgnis aus, daß ich in Lachen über mich selbst ausbrechen mußte, denn erst jetzt merkte ich, daß ich immer noch im Flüsterton des Toten Landes sprach. Nun antwortete ich mit meiner normalen Stimme: „Tut mir leid, das ist eine schlechte

Angewohnheit, die man in der Welt annimmt, aus der ich gerade komme, wo man fortwährend flüstern muß. Nur schnell, ich sehe die andern aufbrechen. Sag mir, ist Oom Pieter le Roux hier? Ich hoffte, ihn hier zu treffen."

Sein Blick sagte mir, er hatte den Tonfall der dringenden Not nicht überhört, die mich zu der Frage zwang. „Nein, aber er war vor zehn Tagen hier. Seine Exzellenz hat von ihm einen Brief in seinem Amt für dich." Dann erklärte er, daß er selbst erst seit heute Mittag von einer dreiwöchigen Tour in Süd-Umangoni zurück war und so zu seinem tiefen Bedauern den alten Jäger verfehlt hatte.

Am liebsten hätte ich ihn gebeten, auf der Stelle mit mir zu gehen und den Brief zu holen. Aber ich hatte mich bereits unhöflich genug gezigt. Das Einzige, was ich tun konnte, war zu wiederholen: „Versuche, daß wir schnell fortkommen. Dieser Brief macht die Sache noch dringlicher."

Er versprach es, sagte aber, es würde nicht leicht sein. Seine Exzellenz sei ein Verfechter der Tradition und der Formalitäten, mit einem atavistischen Geschmack an jeglichem Ritual und Zeremoniell. Er werde es sicher nicht gut aufnehmen, wenn wir versuchten, ihn eines solchen Glücksfalls zu berauben, den ein neues Gesicht für ihn bedeutete – noch dazu ein so besonderes. Nichtsdestoweniger werde er sein Heil versuchen und möglicherweise mit Erfolg, denn das Schicksal war in letzter Zeit großmütig mit Besuchern gewesen. Ich war, soviel er wußte, der dritte innerhalb von zehn Tagen.

Dennoch kostete es eine gute Stunde von meiner knapp bemessenen Zeit, bevor wir uns verabschieden konnten. Selbst dann noch entließ mich Seine Exzellenz mit einem höflichen Vorwurf, weil ich wiederholt meine Absicht geäußert und fest geblieben war, nicht in seinem Hause, sondern bei Aramis zu übernachten.

Endlich aber kam doch der Augenblick, wo Aramis mich in einen Lehnstuhl am Kamin seiner Junggesellenwohnung setzte und mir ein Glas heiße Milch mit Rum gab, denn ich zitterte so stark vor Kälte, Müdigkeit und Reaktion, daß ich kaum sprechen konnte. Mit warmer Anteilnahme sagte er: „Trink es aus, Pierre, während ich nach deinen Dienern sehe und deinen wichtigen Brief hole."

Langsam trank ich, Schluck für Schluck, und dachte an Aramis und mein unglaubliches Glück, daß ich ihm hier in die Arme gelaufen war. Ich kannte ihn seit unserer Schulzeit. Er war der jüngste Sohn eines der bedeutendsten Missionare, die Frankreich Südafrika geschenkt hat; er war in Umangoni geboren und aufgewachsen als britischer Staatsangehöriger. Nachdem er die Schule und die Universität am Kap besucht hatte, trat er in die Britische Mission für besondere Angelegenheiten in Umangoni ein. Bis zum Kriege hatte er nirgendwo anders gearbeitet. Eigentlich hätte er längst der Leiter der Mission sein müssen. Da er jedoch keine englische Universität besucht hatte, zweifelte ich, ob man ihn je für eine solche Stellung in Betracht ziehen würde. Die Tatsache, daß er – was das Leben der Amangtakwena betraf – auf der Universität oftmals seine besonderen Kenntnisse nachgewiesen hatte, schien nur soviel Gewicht zu haben, ihn in eine Gesandtschafts-Abteilung zu berufen. Dort war er steckengeblieben, bis der Krieg kam, um ihn aus seinen eingefahrenen Gleisen zu reißen. Zuletzt hatte ich von ihm gehört, als er in unserer Besatzungsverwaltung in Nordafrika Dienst tat. Ich hatte keine Ahnung gehabt, daß er wieder hier war.

In diesem Augenblick kehrte Aramis ins Zimmer zurück, mit einem Brief in der Hand, der – wie ich sofort sah – besonders gekennzeichnet war mit „Dringend. Persönlich. Streng vertraulich" und in Oom Pieters klarer zuverlässiger Handschrift an mich adressiert.

Als ich ihn in Empfang nahm, bemerkte Aramis: „Für einen so gekennzeichneten Brief hat unser tapferer Jäger ihn nicht besonders gut gesiegelt. Sieh nur, die Klappe des Umschlags scheint ganz lose.'

Ich schob mein Messer seitlich in den Umschlag, sofort flog die Klappe auf.

„Sonderbar", gab ich zurück, nahm den Brief heraus und reichte ihm den Umschlag. „Denn er muß richtig zugeklebt gewesen sein, wie du an den Papierresten siehst, die noch an dem Gummi haften."

„Noch sonderbarer", Aramis runzelte die Stirn, wenn man bedenkt, daß jemand erst heute morgen Seine Exzellenz veranlassen wollte, diesen Brief zu öffnen." Als ich schnell aufblickte, setzte er hinzu: „Aber lies erst deinen Brief, ich werde dir noch früh genug alles erzählen."

Der Brief war datiert vom 21. August 1948 und in dem für Oom Pieter charakteristischen Afrikaans geschrieben. Er lautete:

„Mein lieber Ouboet: ich hoffe, es geht Dir so gut wie mir und Du hast das gefunden, was Du in Mozambique suchtest. Ich freue mich, Dir mitteilen zu können, daß die Fährte, die ich verfolgte, täglich heißer wird. Zuerst war sie schwach, und eine Zeitlang war ich entmutigt, aber mit Gottes Hilfe fand ich schließlich die rechte Spur. Nur fürchte ich, da ich mich umherwarf wie ein Hund, der einer verlorenen Witterung nachspürt, könnte ich den Verdacht einiger Brüder von der Handelskompanie erweckt haben; sie kommen immer wieder bei Anbruch der Nacht zu meinem Lager, bitten um Gastfreundschaft und erhalten sie. Aber ich bete täglich zu Gott, mir zu helfen, nicht nur mit der Sanftmut der Taube, sondern auch mit der List der Schlange, wie es in dem Buch der Bücher heißt. Mit Seiner Hilfe wird es mir gelingen. Nun möchte ich Dich bitten, so bald und so schnell Du kannst, zu mir zu kommen. Wir haben keine Zeit zu verlieren. Die Verkündung des Traumes ist festgesetzt auf Sonnenaufgang am Morgen des 16. September, an dem üblichen Versammlungsplatz in Kwadiabosigo. Ich weiß noch nicht, was dort vorgehen soll, aber morgen mache ich mich auf den Weg nach dem Kraal des ältesten königlichen Indunas. Er ist der jüngste und letzte überlebende Bruder des verstorbenen Königs. Er weiß, was uns zu wissen nottut. Ich habe Mlangeni bei mir. Ich mußte nach ihm schicken, weil alle meine neuen 'Takwenadiener plötzlich wie behext sind, zweifellos auf Anstiftung der Brüder, die ich schon erwähnt habe. Mlangeni sagt, Du hast eine schöne Intombizan*) in deinem Zimmer in Petit France wohnen; Tag für Tag fragt er mich, wieviel Rinder und Geld Du ihrem Vater für sie bezahlt hast. Bete für mich, wie ich für Dich bete. Herzlich bitte ich Dich, vertrau auf Gott, dennoch: versäume nicht, Eure Gewehre blank und sauber zu halten und den Mechanismus leicht geölt, denn ich fürchte, wir werden sie noch brauchen. Leb wohl und Gott befohlen, Ouboet. Stets, Dein Dich liebender Oom Pieter."

Unter dem Eindruck vergaß ich für Augenblicke den offenen Umschlag, vergaß meine Sorgen und war von Dankbarkeit erfüllt gegen diesen ritterlichen, getreuen, alterfahrenen Mann. Ich konnte zwischen seinen aufrichtigen, ehrfürchtigen und scherzenden Zeilen lesen; ich sah ihn Wochen vergeblicher Mühe und Verhandlung mit widerstrebenden, abergläubischen Trägern erdulden, dabei stets umlauert von argwöhnisch spionierenden und skrupellosen Agenten, die entdecken konnten, wonach er in Wirklichkeit fahndete. Trotzdem würde ihm sein Werk gelingen, das wußte ich. Vor allem rührte mich wieder einmal sein feinfühliges Verständnis für meine persönlichen inneren Nöte, das ihm inmitten so schwerer Bedrängnis die Idee eingab, jenen Ausspruch Mlangenis einzuflechten, der ein Miniaturbild von Joan, wohlbehalten in Petit France, enthielt.

„Von dem, was hier drinsteht, will ich fürs erste nicht reden", sagte ich zu Aramis und versuchte, mich zusammenzureißen, „zunächst sage mir bitte, was dir an diesem Brief auffiel."

Genau in dem Augenblick meines Erscheinens bei der Tennisgesellschaft – so berichtete Aramis – hatte Seine Exzellenz ihm von einem Besucher erzählt, den er am selben Morgen empfangen hatte. Als der alte Herr sein Amtszimmer betrat, fand er jemand vor, der auf ihn wartete. Es war einer, der in dieser entlegenen Ge-

---

* Sindakwena für ein Mädchen von guter Herkunft

birgsgegend unter die Kategorie eines V.I.P. fällt, ein Vertreter der Trans-Uhlalingasonki Handelsgesellschaft namens Charkow.

„Oh Gott!" schrie ich, und meine Augen starrten entsetzt auf den offenen Umschlag, den Aramis immer noch in der Hand hielt.

Aramis erriet meinen Blick sofort und fuhr schnell fort.

Nachdem Charkow Seiner Exzellenz seine ölige Aufwartung gemacht hatte, erkundigte er sich insonderheit nach Oom Pieter und mir. Er sagte, er sei den langen Weg vom Kap hierher gekommen, um uns beiden ein dringliches geschäftliches Angebot zu unterbreiten. Seine Exzellenz hatte darauf selbstverständlich erwidert, daß mein Onkel, der Jäger, tatsächlich hier gewesen, aber nach einem unbekannten Bestimmungsziel aufgebrochen war. Was aber mich betraf – fuhr seine Exzellenz fort – so hatte er wirklich keine Ahnung, wo ich sein könnte. Er zweifle sogar, ob Oom Pieter es wisse, denn dieser habe ihm einen an mich adressierten Brief in Verwahrung gegeben.

„Einen Brief", hatte Charkow mit solchem Interesse ausgerufen, daß es sogar Seiner Exzellenz überspannt vorkam. Dann hatte Charkow gedrängt: sein Geschäft mit Oom Pieter sei so besonders dringlich, Oom Pieter habe zweifellos etwas wie eine Adresse für mich hinterlassen – würde Seine Exzellenz sich nicht vielleicht befugt fühlen, den Brief zu öffnen, um Oom Pieters Aufenthalt daraus zu entnehmen?

Aber bei der Zumutung, daß der Leiter der Mission Seiner Britischen Majestät für besondere Angelegenheiten in Umangoni einen Brief öffnen sollte, der mit der Aufschrift „Persönlich und streng vertraulich" seiner Obhut übergeben war, noch dazu auf das Ansuchen des ersten besten Handelsreisenden – so sah es für ihn aus –, der in einem afrikanischen Lastkraftwagen vorbeikam, begann das Blut in Seiner Exzellenz Adern zu kochen. Charkow sah auf einmal, daß er einen schlimmen Fehler begangen und seine künftigen Beziehungen zur Mission gefährdet hatte. Darum beeilte er sich, die Bitte als untauglich zu verwerfen, die er soeben ausgesprochen hatte, und erklärte, bei ruhiger Überlegung könne man nichts tun als abwarten, bis ich auftauchen würde. Dann fragte er mit schmeichlerischer Unterwürfigkeit, ob Seine Exzellenz in diesem Falle wohl so liebenswürdig sein würde, mir auszurichten, wie sehr ihm daran gelegen war, mich zu sprechen. Das war allerdings auffallend, schloß Aramis, heute früh erst hatte Charkow darum gebeten, den Brief zu öffnen, und hier lag er am selben Abend – geöffnet.

„Aber werden denn nicht alle wichtigen Briefe in eurem Amt eingeschlossen?" fragte ich ihn.

Er zuckte die Achseln. Sicherlich wisse ich eben so gut wie er, daß die 'Takwena weder Schnüffler noch Diebe sind. In all den Jahren, in denen sich die Mission im Umangoni befand, war noch nie ein Fall von Diebstahl oder Einbruch vorgekommen. Jahrein, jahraus, war kein einziges Haus abgeschlossen. In den Ämtern der Mission war es nicht viel anders. Man schloß zwar Geld und Depeschen zum Schutz vor neugierigen Angestellten in Geldschränke ein, aber Briefe wie dieser wurden alle frei in ein Fach des offenen Regals gelegt, das zu diesem Zweck im öffentlichen Büro der Mission aufgestellt war.

„Dann ist es ganz klar: Charkow hat ihn geöffnet", schloß ich, „und ich fürchte, ich kann doch nicht bei dir übernachten, sondern muß sofort nach unserem Gespräch aufbrechen."

„Nein, Pierre", wehrte er heftig ab, „du bist völlig erschöpft. Du brauchst zwei Wochen Schlaf. Auch deine Diener hast du fast zugrunde gerichtet. Ich sage dir, mein lieber Junge, es nimmt ein schlechtes Ende, wenn du so weiter machst. Schließlich, worum zum Teufel geht es denn eigentlich? Was kann schon daraus entstehen, daß Charkow diesen wertvollen Brief deines Onkels gelesen hat? Und woher weißt du so sicher, daß er es wirklich getan hat? Wenn er den Brief haben wollte, wozu sollte er sich die Mühe nehmen, ihn zurückzulegen? Warum diese wahnsinnige Hast?" Er sprach mit der wachsenden Erregung einer unfaßlichen Angst, und für einen Moment rief er die Verstimmung wieder in mir wach.

Bevor ich wußte, was ich sagte, unterbrach ich ihn ungeduldig. „Du bist im Irrtum, wenn du meine Folgerungen und die Notwendigkeit meines eiligen Aufbruchs bezweifelst. Ich sage dir, während ihr hier sitzt und auf einer Tennis-Party eisgekühlte Whisky-Sodas schlürft, bewegt sich unaufhaltsam die größte Katastrophe, die Afrika je erlebt hat, auf euch zu. Ich kann verstehen, daß dein korrekter Chef, der sich in Zeremonien ergeht, davon nichts merkt. Aber du, Aramis, du vor allen anderen, solltest dir dessen bewußt sein."

Auf einmal verwandelte sich sein Ausdruck, und seine Augen leuchteten lebhaft auf, als er innerlich mitgerissen sagte: „Natürlich bin ich mir bewußt, daß etwas nicht in Ordnung ist, Pierre. Aber bist du dir klar darüber, wie fest wir alle die ganze Zeit über an unsere Schreibtische gekettet sind durch den Papierkrieg, den Whitehall uns aufzwingt. Dadurch wird es einem wirklich schwer gemacht, mit der afrikanischen Bevölkerung in Kontakt zu bleiben. Außerdem habe ich gar nicht an dem gezweifelt, was du vorbrachtest, ich versuchte nur, dich vor dir selbst zu schützen: da ist nicht viel zu schützen übrig, mein Lieber!"

Dann fuhr er im selben Atemzuge fort: er habe sehr wohl gemerkt, wie das „Klima" in Umangoni sich gewandelt hatte. Im selben Moment, als er seine Augen auf mich richtete, habe er gewußt, daß etwas Furchtbares im Anzug war. Der Ausdruck meiner Augen hatte ihm sein eigenes Gefühl bestätigt, das ihn von dem Augenblick an, als er Kawabuzayo auf der Straße begegnet war, nicht mehr verlassen hatte.

„Kawabuzayo! Du hast ihn hier getroffen? Hat er dir etwas erzählt?" rief ich aus.

Ja, Aramis hatte ihn vor einigen Wochen getroffen, und allein aus dem bloßen Gebaren von Kawabuzayo hatte er die allgemeine Veränderung des 'Takwena-

Klimas erkannt. Aber Kawabuzayo hatte ihm nichts erzählt. Obgleich sie alte Freunde waren, hatte Kawabuzayo es abgelehnt, zu verweilen und sich auf ein Gespräch einzulassen. Er hatte ihm nur mit einem ernsten, höflichen, abweisenden Gruß den seinen erwidert und war dann nach Süden weitergeeilt, mit einem ähnlichen Ausdruck in den Zügen, wie er ihn jetzt bei mir wiederfand. Auch andere Anzeichen waren Aramis nicht entgangen. Zum Beispiel war diese eigentümliche Ebbe und Flut von Menschen zwischen dem Landesinnern und der Hauptstadt etwas ganz Neues für ihn. Ferner war allgemein ein Versiegen des Lachens und Singens zu spüren. Seine Rundreise hatte seine Unruhe noch gesteigert. Als er dann bei seiner Rückkehr am heutigen Tage erfuhr, daß der König und seine Indunas zwei Monate früher als üblich nach der Sommerresidenz des „Hohen Platzes in den Bergen" aufgebrochen waren, hatte ihn das regelrecht alarmiert. Nun aber hatte ich ihn vollends in Schrecken versetzt, darum möge ich so gut sein, ihm zu erzählen, was das alles eigentlich zu bedeuten habe.

Unter dem Siegel der Verschwiegenheit erzählte ich ihm von der Verschwörung und fügte hinzu, daß die Stämme nicht vor dem 16. September zur Teilnahme verpflichtet würden und daß die Stunde für den Aufstand frühestens am 26. September kommen könne. Angesichts der Entfernung werde es wahrscheinlich einige Tage länger dauern, bis die Flutwelle der Zerstörung die Hauptstadt erreichte, und noch einige Wochen, ehe sie sich über die Grenzen ergoß. Aber wenn sie wirklich käme, würde sie ein Ausmaß annehmen, wie Afrika es niemals erlebt hatte. Es würde eine Revolution sein, wie es sie noch nie gab; denn sie arbeitete mit Gift für jedes Heim eines Weißen, und eine gut ausgebildete, mit modernen Feuerwaffen ausgerüstete Armee werde unmittelbar der Vergiftungs-Aktion folgen. Fünfzehn Millionen Schwarze waren aufgehetzt, diejenigen zu überfallen, die von den armseligen zwei Millionen Weißen dann noch übrig wären. Wiederum konnte ich nicht in

Einzelheiten gehen. Das einzige, was zu tun blieb, war, es nicht geschehen zu lassen. Und das wäre immer noch möglich bis zum Morgen des 16. September. Vorsichtsmaßregeln zu treffen war sinnlos, sie würden nur die ganze ungeheure Verschwörung vor der Zeit auslösen. Dafür würde Charkow sorgen. Man gebe ihm oder seinen Agenten auch nur die geringste Andeutung von außergewöhnlicher Aktivität, und sie brächten es fertig, die gesamte Verschwörung sofort in Bewegung zu setzen. Denn für sie war irgend ein Aufruhr immer noch besser als überhaupt kein Aufruhr. Dies war auch der eigentliche Grund, warum Charkow Oom Pieter und mich beseitigen wollte, gerade so wie er es mit Kawabuzayo gemacht hatte, der in meiner Küche starb. Charkow hatte uns beide im Verdacht, daß wir sein schmutziges Geschäft zu verhindern suchten. Und darum mußte ich sofort zu Oom Pieter gehen. Oom Pieter und ich wußten, wie dieses ganze grausige Komplott auf friedlichem Wege durch die 'Takwena selbst vereitelt werden konnte, ohne daß ein Tropfen unschuldigen Blutes vergossen wurde. Und solange diese Möglichkeit bestand, mußten wir sie nutzen. Auch hierüber könne ich mich jetzt nicht näher äußern. Er, Aramis, habe gefragt, wozu Charkow den Brief wieder zurückgelegt hätte, wenn er ihn wirklich gelesen hatte. Die Antwort war offenbar: damit ich erführe, wo ich Oom Pieter aufzusuchen hatte. Dann konnte Charkow zwei gefährliche Vögel mit einem Stein töten. Ich war überzeugt, daß er mit seinen Agenten schon jetzt hinter Oom Pieter her war, darum mußte ich jetzt so schnell wie möglich aufbrechen, um meinen Onkel zu warnen und zu schützen. Inzwischen – darum bat ich ihn dringend – dürfe er zu keinem Menschen hiervon sprechen außer zu Seiner Exzellenz. Dann konnten sie beide, falls mein Plan mißlingen sollte, in aller Stille Vorbereitungen für die Evakuierung der Mission treffen. Ich würde ihm auf irgendeinem Wege am 16. September Nachricht geben. Angenommen, sie brauchte drei Tage, um ihn zu erreichen, so bliebe ihnen immer noch eine Woche Frist bis zum

26. September, um die Mission zu evakuieren. Und wie würden sie das bewerkstelligen?

Wieder zuckte Aramis die Achseln und fragte, was ich von solch einem Stiefkind unter den Kolonialländern wie Umangoni erwartete? Es gab keine Straßen, also war der einzige Weg wie von alters her: zu Pferde für diejenigen, die reiten konnten, mit der Sänfte für jene, die es nicht konnten, bis zur Grenze, dann weiter im Jeep. Ich fragte, ob es denn kein Flugzeug gäbe. Erneutes Achselzucken und die Feststellung, sie wären zwar wiederholt um Flugverbindung eingekommen, diese wurde ihnen aber bisher von Whitehall immer verweigert. Während er noch sprach, sah ich im Geiste wieder vor mir unser privat gechartertes zweisitziges Flugzeug. Wie eine Silberschwalbe saß es am Rande des Flugplatzes in Ford Herald, an dem Tage, als Oom Pieter und ich damit flogen. Ich riet ihm daher, nach Fort Herald zu telegrafieren, die leichten Flugzeuge zu chartern, die er für eine Evakuierung brauchte, und sie vom 19. September ab zu seiner Verfügung zu halten. Hier unterbrach Aramis und machte mich aufmerksam, Seine Exzellenz würde sich niemals aus eigener Initiative, ohne höhere Genehmigung, auf ein so kostspieliges Unternehmen einlassen. Überdies zweifelte Aramis, daß die vorsichtige Zivildienst-Seele Seiner Exzellenz eine so melodramatische Geschichte wie die meine glauben werde, selbst mit der Rückendeckung von Aramis. Seine Exzellenz hatte einen Horror vor Lächerlichkeit und Übertreibung. Eine Geschichte wie die meine, die jenseits seiner eigenen wohlgeordneten Erfahrungen lag, würde ihm zu weit hergeholt erscheinen. Bevor er überhaupt etwas unternähme, würde er höchstwahrscheinlich eine umständliche und genaue Untersuchung in die Wege leiten – er wäre sogar imstande, seinen geschäftsführenden Sekretär sofort in die Eingeborenen-Provinzen zu schicken, um den König zu befragen – was natürlich verheerend wäre.

Wenn die Dinge so lagen, solle er die Flugzeuge auf meine Kosten chartern, doch rechnete ich auf ihn, daß

Seine Exzellenz nichts unternahm, was die Verschwörung beschleunigen konnte. Wenn er bis zum 19. September keine Nachricht von mir hätte, müsse er das Schlimmste annehmen; und je eher dann die Außenwelt gewarnt wurde, desto besser. Und nun möge er mir erzählen, wer Oom Pieters Königlicher Induna war und wo er sich befand.

Aramis antwortete unverzüglich, es könne nur Kawabuzayos Vater sein, nunmehr sehr alt, aber ein vornehmer, echter 'Takwena-Edelmann, der drei Tagesritte weit im Südwesten lebte.

Hiernach dankte ich ihm und beschloß, nun wieder mein Pferd zu besteigen. Aber als ich aufstand, sagte mir das Singen der Müdigkeit in meinen Ohren und der Totentanz der Schatten vor meinen Augen, daß ich ohne auszuruhen einfach nicht mehr weiter konnte.

Aramis merkte natürlich sofort die Zeichen physischer Niederlage. Er nahm mich sacht beim Arm und sagte: „Da haben wir es, Pierre, tapfrer Bursche, ich bin froh, daß du es selbst einsiehst. Du hast sieben Stunden, bis es tagt. Schlafe mit gutem Gewissen diese Stunden hindurch, ich schwöre, du hast sie dir tausendfach verdient. Ich selbst werde dich bei Sonnenaufgang wecken, und mit den besten Pferden und Sätteln unter euch werdet ihr schnell die verlorenen Stunden einholen. Du wirst es nicht bereuen, ich versprech's dir!'

Und doch irrte er; bis heute bereue ich es. Bis auf den heutigen Tag kann ich meinem Körper sein Versagen nicht verzeihen. Ich sehe immer noch Aramis vor mir, wie er am Fenster seines Gästezimmers die Vorhänge vor den geschwinden Untergang meines hellen bräutlichen Mondes zog und dabei sagte: „Weißt du, Pierre, nach dem, was du mir erzählt hast, wäre ich nicht überrascht, wenn die Erde bebte, am Himmel Kometen blitzten und Sterne aufeinander schießen würden. Doch dies ist eine gewöhnliche Umangoni-Nacht, wenn man das Wort gewöhnlich für etwas so Vollkommenes anwenden darf. Drum schlaf wohl, alter Freund, schlaf wohl."

Und jedesmal, wenn ich Aramis so vor mir sehe, regt sich in mir ein ungerechter Vorwurf gegen ihn, daß er der Auflehnung meines physischen Wesens Vorschub leistete gegen eine Zielsetzung, die keinen Aufschub duldete.

Dabei war Aramis noch hilfreicher als seine Worte. Er arbeitete für unser Wohl die Nacht hindurch mit seinem eigenen persönlichen Stab, den er der Dringlichkeit halber zusammengerufen hatte.

Als dann die große Morgenröte des Hochlands in Flammen an den knisternden Kämmen der Purpurberge entlangsprang, saßen wir schon draußen vor den Amtsgebäuden, auf frischen Pferden, mit Satteltaschen und Reservebehältern, gefüllt mit gutem Schiffszwieback, getrocknetem Fleisch, Zucker, Salz und Kaffee – und auch mit den neuesten Kundschaften ausgerüstet.

Ein rot-äugiger Aramis, so ernst wie ich ihn noch nie gesehen, teilte mir mit, er habe die Sache in der Nacht genau untersucht und nach allen Seiten überdacht.

Charkow hatte die Hauptstadt am Tage vorher um 2.30 Uhr nachmittags verlassen – das hatte er einwandfrei festgestellt – und zwar mit einer bewaffneten Eskorte von fünf Mann, angeblich zu einer Rundreise nach den weit abgelegenen Handelsplätzen seiner ausgedehnten Gesellschaft. Aramis erklärte, die Stunde seines Aufbruchs sei bezeichnend, denn sie traf zusammen mit der Nachmittagsruhe der Mission, wie sie seit undenklichen Zeiten festgesetzt war. Darum konnte er nicht länger daran zweifeln, daß der verhängnisvolle Brief auf Charkows Geheiß zwischen zwölf und drei herausgezogen wurde, wenn in der Mission gespeist oder geschlafen wurde. Dann zeigte Aramis auf einer Landkarte die Route auf, die Charkow nach dem Kraal des Königlichen Indunas eingeschlagen hatte. Mir aber riet er zu einem anderen Pfad, den sein Finger auf der Karte für mich verfolgte. Dieser Pfad war schwieriger, denn er folgte einem dunklen Paß höher und steiler durch die Berge, aber bei gutem Wetter war er fast um einen halben Tag kürzer als der andere. Vor allem hatte er den unschätzbaren Vorteil, an keinem Handelsplatz vorbeizuführen; auch lief er mit keinem anderen Weg zusammen, bevor er den Kraal erreichte, der mein Bestimmungsziel war.

Dann stand er neben meinem Pferd, rollte geschickt die Landkarte zusammen, reichte sie mir, schaute dabei auf und sagte: „Pierre, mon cher, ich finde keine Worte, aber ich grüße dich. Ich kann nicht glauben, daß der gute Gott, der dich ausgesandt hat, dich scheitern läßt. Mit Gott, glückauf und à bientôt, mon brave."

Als wir ihn verließen, stand er bei der Standarte der Mission, und eine leichte Katzenpfote Morgenluft schnellte nach der Flagge droben. An der Ecke wandte ich mich um und winkte ihm ermutigend mit der Hand, so zuversichtlich ich nur irgend konnte. Dann ritten wir den Weg herunter, durch das Eisentor am anderen Ende und kamen aus dem Gehege der sauberen, schlafenden Ämter den Bergabhang hinab zu den Wassern jenes Stromes, der Afrikas Wesen am meisten entsprach; er umspült die Füße jener nichtsahnenden britischen Insel.

Als ich mich umwandte, um einen letzten Blick auf die Mission zu werfen, die auf dem Berge schimmerte, brach der Rauch, der auf Zehenspitzen gestreckt über den Schornsteinen gestanden hatte, plötzlich zusammen und fiel taumelnd nieder, wie das Opfer Kains, das vom Himmel zurückgewiesen wurde. Danach sah ich nicht mehr hin, sondern trieb mein Pferd zu seinem besten Langstreckengalopp an und hielt die Augen auf unseren roten Pfad geheftet. Er führte aufwärts und aus dem Tal heraus. Wie ein brennender Pfeil überflog er den steilen perlfarbenen Gipfel und schwirrte in die blaue Frühe.

Wir ritten pausenlos bis zum Abend, und während dieses Rittes erkannte ich immer deutlicher, wie berechtigt Aramis' Mahnung gewesen war, wir sollten uns schonen. Bevor Aramis am vergangenen Abend meine Aufmerksamkeit auf unsere äußerste körperliche Erschöpfung lenkte, hatte ich in der Tat diesem Zustand nie bewußt einen Gedanken zugewendet. Ich war vorgedrungen wie ein von einem unbewußten Ziel Besessener, sonst wäre ich längst vorher zusammengebrochen. Aber seit er mich darauf aufmerksam gemacht hatte, war ich mir der schrecklichen körperlichen Müdigkeit beängstigend bewußt. Im stillen klagte ich Aramis bitter an, daß er mir diese Idee in den Kopf gesetzt hatte – als sei nur die Idee allein schuld an meiner Verfassung. Aber ich sah Tickie und Said mit mir reiten, und sie erinnerten mich jetzt fortwährend daran, was für eine verzweifelt reale Tatsache unsere Müdigkeit war. Bald erkannte ich, der am frühen Morgen gehofft hatte, auch nachts weiterzureiten, daß ich froh sein mußte, wenn wir bis zur Dunkelheit durchhielten. Bis zum heutigen Tag kann ich mich nicht der Einzelheiten jenes Rittes zwischen der Hauptstadt und dem freundlichen Kraal entsinnen, wo wir nach einem guten Mahl von Ziegenfleisch und dicker saurer Milch – wir würgten es in der Dämmerstunde herunter – bis zum Morgengrauen schliefen. Doch jene Nacht tat uns gut. Als ich erwachte, war ich noch so müde, daß ich mich krank in den Eingeweiden fühlte. Sobald ich aber aufs Pferd gestiegen war und die kühle Höhenluft wie Moselwein in einem blauen venetianischen Kelch um unsere Lippen perlte, spürte ich die heilsame Wirkung der Ruhe. Ich erkannte dies mit einer wunderbar wärmenden Welle der Dankbarkeit und hoffte nur, Tickie und Said möchten ebenso fühlen. Tickie jedoch, der die Reife gerade erst erworben hatte, war am schlimmsten dran, und am Nachmittag wurde er wieder erschreckend grau vor lauter Müdigkeit.

Wieder mußten wir, als es dämmerte, einen gastfreien Kraal aufsuchen. Während wir aßen, erzählten mir unsere großmütigen, aber bedachtsam zurückhaltenden Gastgeber, daß der Kraal von Kawabuzayos Vater nur sechs Stunden entfernt war. Es trieb mich, auf der Stelle aufzubrechen und es noch in derselben Nacht zu schaffen. Nur der Anblick meiner Gefährten und die Blutleere im Gehirn, die mir Ohrensausen verursachte, wies sogleich ein derartiges Übermaß der Anstrengung zu-

rück. So blieb ich bei meinen Gastgebern am Feuer sitzen und fragte nur nach Neuigkeiten über Oom Pieter und Charkow. vielmehr Indabaxosikas*) und Mompara**) – denn unter diesen Namen kannten die Afrikaner sie.
Sofort erhielt ich einen neuen Beweis dafür, was für einen schnellen Nachrichtendienst die Afrikaner besitzen in der Kette von einsamen Herden, Wanderern, Jägern, Frauen vor den Hütten am Wege und Wäscherinnen an den Flüssen. Denn jeder von ihnen singt dem nächsten den ganzen Tag lang auf die natürlichste Weise die Neuigkeiten zu. Meine Gastgeber sagten, Oom Pieter habe etwas Sonderbares getan. Plötzlich vor Sonnenuntergang, gerade als das Mahl in den Töpfen bereit war verspeist zu werden, hatte er den Kraal von Kawabuzayos Vater verlassen, gemeinsam mit dem Königlichen Induna und einem Manne aus Amantazuma. Meine Hoffnungen schwangen sich auf bei dieser Nachricht, denn sofort dachte ich: das heißt, Oom Pieter hat von Charkows Nahen erfahren und hat nicht stillgesessen und gewartet, bis er in einem engen Talbecken von ihm überwältigt würde.
Aber jener Mompara, der andere, der Ochsenfrosch – so erzählten mir meine schwarzen Gastgeber und konnten dabei ein mutwilliges Lachen nicht unterdrücken, mit einem Seitenblick zu mir herüber, da sie nun wußten, ich teilte das Geheimnis ihrer Spottnamen – also jener Mompara ritt nach dem großen Handelsplatz in dem breiten Tal jenseits der Berge, sieben Meilen entfernt, als die Sonne den halben Weg vom Himmel herabgestiegen war. Auch er tat etwas noch nie Dagewesenes: er ritt mit sieben bewaffneten Männern.
Er holt sich also auf seinem Wege Verstärkung aus seinen Handelsplätzen, dachte ich ergrimmt; ich dankte ihnen und kroch in meine Decken, um zu schlafen.

* Er, der spricht, wie er schießt
** Ochsenfrosch

Um 12 Uhr am folgenden Tage, den 3. September, gingen wir über eine der charakteristischen Anhöhen. Wir zogen unsere Pferde hinauf in den Schatten des grauen Felsens am Rande dieser Erhebung. Von dort blickten wir herab auf den Kraal und die geräumigen Hütten in dem Weiler des Königlichen Indunas. Er schien ganz natürlich und friedlich dazuliegen, doch da rief Tickie aus: „Sieh nur, Bwana! Die Tiere stehen noch immer in ihren Kraalen. Hörst du, wie heiser sie nach Futter und Wasser rufen. Was für eine faule Bande! Ehyo Xadabathi."
Er hatte recht. Durch mein Glas sah ich die farbenreichen Herden eng zusammengepfercht in ihren Einfriedungen. In der Mitte der Ansiedlung hatte sich ein dunkler Haufe von Männern unter ihrem Indababaum*) zusammengeschart. Sie hockten alle auf der Erde außer einem, der in der Mitte stand und zu ihnen sprach. Die Frauen und Kinder standen abseits an den Eingängen ihrer Hütten und beobachteten besorgt ihre Männer.
„Tickie, gib mir dein Gewehr", sagte ich zu ihm. Wenn ich nicht irre, ist da unten etwas nicht in Ordnung. Reite hinunter und erkunde, was geschehen ist, und wenn nichts dagegen spricht, daß wir dir nachkommen, schwenke deine Decke über dem Kopf. Nur schnell, wir geben dir Feuerschutz."
So ritt Tickie hinunter zum Kraal, wie der Herold eines Königs. Die leuchtende Decke, die Aramis ihm geschenkt hatte, flatterte hinter ihm wie der Mantel eines roten Ritters. Bevor er jedoch die Männer unter dem Baum erreicht hatte, stoben sie auseinander, so sehr erschreckte sie das Trappeln der Hufe von oben, und rannten in ihre Hütten. Augenblicklich erschienen sie wieder mit ihren Kriegsschilden und mit Speeren, deren Spitzen wie Diamant in der Sonne glänzten. Aber als sie schließlich sahen, es war nur ein unbewaffneter Reiter ihres eigenen Volkes, der auf sie zukam, stießen sie ihre Waffen

---

* bedeutet hier: Baum der Ratsversammlung

in die Erde, lehnten sich mit verschränkten Armen auf ihre starken Ochsenhautschilde und warteten friedlich, bis Tickie bei ihnen war. Da ist etwas nicht in Ordnung, dachte ich. Es sieht den Amangtakwena gar nicht ähnlich, so nervös zu sein.

Ich sollte mir nicht lange den Kopf zerbrechen. Tickie war erst wenige Minuten im Mittelpunkt der Menge, die angewachsen war und von Minute zu Minute weiter anschwoll, durch Frauen, Kinder, Hunde und Welpen – sie alle sprangen geschwind an ihn heran, wie dunkle Eisenspäne von einem Magneten angezogen. Ja, er war noch nicht einmal vom Pferde gestiegen, als er schon genug erfahren hatte, seine scharlachrote Decke ablegte und sie energisch über seinem Kopfe schwenkte.

Ich glaubte, mehr als nur eine Note der Erleichterung in den klaren, tiefen Stimmen zu hören, die aus jenen besorgten Gesichtern aufklangen, um mich zu begrüßen: „Sohn eines Häuptlings ohne Land, wir sehen dich, aye, wir sehen dich."

„Ehrwürdige Väter, Mütter und Kinder, jeder einzelne und alle, ich sehe euch und ich grüße euch", rief ich herzlich zu ihnen zurück. „Ich grüße euch, doch bereitet es mir Sorge, euch so zu sehen. Was ist es, das euch im Gespräch festhält, während euer Vieh hungrig in der Sonne steht?"

Es war schlimm genug gewesen, als ihrer aller weiser Vater und Indabaxosikas und jener freundliche Mann aus Amantazuma sie in der vergangenen Nacht plötzlich verlassen hatten, weil von der anderen Seite des Tales allerlei neue Kunde herübergerufen wurde. Aber es war nicht so schlimm wie das, was sich heute morgen ereignet hatte. Als es tagte und die Mädchen anfingen, neues Leben in die trübe rauchenden Kohlen der Feuerstellen zu blasen; als die Knaben und Männer herausgingen, die Tiere zu melken und zu besorgen – wer kam da jäh mitten unter sie geritten? Niemand anders als Mompara und zwölf bewaffnete Männer mit ihm! Wahrhaftig, zwölf bewaffnete Männer, und ein Mompara, der nicht freundlich war wie vor Jahren, als er in einer Niederlassung mit ihnen Handel trieb. Nein, er war zornig und drohend. Er fragte dies, befahl jenes; in einer Minute hieb er mit seiner Peitsche nach einem Hund, in der nächsten drohte er, auf eine Mutter zu schießen, wenn sie ihr schreiendes Kind nicht zum Schweigen bringen könne. Niemals hatten sie ein derartiges Benehmen bei irgendeinem Mann gesehen, nicht einmal bei einem roten Mann. Was hatte der Sohn eines Häuptlings ohne Land hierzu wohl zu sagen? Und der ganze Zorn war nur entstanden, weil ihr weiser alter Vater und Indabaxosikas nicht da waren, und weil sie Mompara nicht sagen konnten, wohin diese gegangen waren. Aber wie konnten sie sagen, was sie selber nicht wußten? Sie wußten nur, daß die drei Männer plötzlich ohne Erklärung aufgebrochen und aus dem Tal herausgeritten waren, auf jenem Pfade, der zu dem spärlichen Lande und zu den höheren Bergen führt – ein Dutzend aufgeregter Finger wiesen mir die Richtung. Waren sie nicht bescheidene, gesittete, freundliche Leute? Was hatten sie getan, um solch eine Behandlung zu verdienen? Wer war Mompara, daß er mitten zwischen sie ritt, anstatt außen am Eingang des Kraals zu warten, daß er hereingebeten wurde, so wie ich und Indabaxosikas und alle Menschen von Herkommen das zu tun pflegten? Nachdem Mompara fort war und ihre althergebrachte, naturgegebene Würde angegriffen und entehrt war, hatten sich die Älteren von ihnen unter dem Indaba-Baum versammelt, um zu beratschlagen, ob sie einen Boten mit dem Bericht über Momparas Aufführung und einem Protest dagegen zum König nach der Residenz des Hohen Platzes senden sollten. Was ich darüber denke?

In einer langen Erklärung versicherte ich ihnen, daß ich niemals – nein, niemals, niemals von einem derartigen Benehmen gehört hätte. Aber zum Schluß bat ich sie herzlich, sie sollten sich keine weiteren Sorgen mehr um den Zwischenfall machen. Ich selbst war auf der Suche nach Mompara und nach ihrem weisen alten Vater. Ich selbst würde Mompara zu dem Leiter der Mission des Königs von ihrem König bringen, jenseits des

Wassers, und dafür sorgen, daß er niemals wieder nach Umangoni zurückkehren durfte. Ich war dankbar für das Licht der Freude, das in den aufmerksam horchenden Gesichtern der Frauen und Kinder aufging, und der laute Ruf „Einverstanden!" war für mich eine der höchsten Anerkennungen, die ich je erhalten habe.

Schön, sagte ich, ob sie mir angeben könnten, seit wann Mompara fort war? Wieviel Pferde hatte er? Waren es gute Pferde? Wie war der Weg beschaffen, zu welchem Lande führte er?

Sie antworteten unverzüglich in der entsprechenden Reihenfolge. Als die Sonne aufging; sechsundzwanzig Pferde, alle frisch und gut wie mein eigenes, vielleicht noch besser als das meine, und bestimmt besser als die Pferde des weisen alten Vaters, denn diese hatten sich den ganzen Winter über von nichts als Gras genährt. Der Pfad war ein Sommerpfad; er führte zu den hochgelegenen Weideplätzen, die im Winter verlassen wurden. Er wand sich hinein und hinaus zwischen den Berggipfeln bis nach dem Versammlungsplatz des Volkes in Kwadiabosigo. Kwadiabosigo? fragte ich, fing an zu begreifen und bemühte mich nur um eine Bestätigung des Namens, bei dessen Erklingen ich einen Lichtstrahl sah. Ja, nickten sie bekräftigend mit ihren gediegenen Köpfen: Kwadiabosigo, sieben, wenn nicht acht Tage Ritt zu Pferde. Ob ich mich nun ein wenig niederlassen würde und etwas saure Milch oder frisches Hirsebier zu mir nehmen möchte?

Ich dankte ihnen, lehnte ab, versprach aber, mit ihrem alten Vater zurückzukommen und dann bei ihnen zu verweilen. Eine Sekunde lang war ich versucht, mir sechs der kräftigsten Männer als Begleitung geben zu lassen. Aber fast im selben Augenblick verwarf ich den Gedanken, als ich an die Zeit dachte, die wir verlieren würden, bis die Männer zusammengestellt waren. Es war ohnehin schon 1 Uhr. Charkow war uns um sieben Stunden voraus. Überdies saß ihm keine wochenlange Müdigkeit in den Knochen, die sein Vordringen hemmen konnte. Auch ritt er rasch bei Tag und Nacht, wenn nötig, das ging klar aus seinem bisherigen Vordringen von der Hauptstadt hervor. Nein, je früher wir der Ansiedlung den Rücken kehrten, desto besser. Ihre Abschiedsrufe zogen weit mit uns jenen Pfad hinauf hinter den dunkelbraunen Kraalen und Pilzhütten, hinauf und hinaus aus diesem auserwählten und abgeschiedenen Tal.

Wir ritten weiter, bis es dunkelte. Meine Gedanken wiederholten fortwährend: „Sieben, wenn nicht acht Tage zum Ort des Traumes in Kwadiabosigo." Das heißt bis zum 11. September – also mit fünf Tagen Spielraum bis zum Tage des Traumes. Eine Sicherheitsfrist von fünf Tagen war bedrückend gering, wenn man es mit einem so skrupellosen und gerissenen Feinde zu tun hatte.

So ritten wir fünf weitere Tage vom Morgendämmern bis zur Dunkelheit, über Hochland, das dem Dach der „Berge der Nacht" sehr ähnlich war. Ab und zu kreuzte ein einsamer Jäger oder vereinzelter Wanderer unseren Pfad, mit Neuigkeiten über Oom Pieter und Charkow. Nach ihren Berichten schien jeder von uns den Abstand vom anderen einzuhalten. Ich wünschte natürlich, ich sei Charkow nähergekommen und Oom Pieter habe einen größeren Vorsprung vor uns beiden gewonnen. Aber ich mußte mich mit der Tatsache abfinden, daß unser Kurs uns auf alle Fälle stetig näher an Kwadiabosigo heranbrachte.

Dann, am Morgen des 8. September, als wir noch höchstens drei oder vier Tage von Kwadiabosigo entfernt waren, wurde plötzlich die gleichförmige Gangart unseres hartnäckigen Vordringens durchbrochen. Kurz nach Sonnenaufgang zog ich mich im Schatten vorsichtig dicht unter den Bergkamm hinauf, um die unermeßliche Aussicht durch mein Glas zu überblicken. Da sah ich über dem weiten, weiten Horizont zwei Dinge. Zunächst kam da auf meinem Pfad, etwa eine Meile vor uns, ein 'Takwena in einer roten Decke zu Fuß auf uns zugetrottet. Sodann klomm weit entfernt auf einem kleineren Pfade unten am Abhang eine Gruppe von Männern, auf Pferden reitend, aus dichtem Schatten in die

Sonne, und zwar anscheinend in einer Richtung, die sie auf unseren Pfad sechs oder sieben Meilen hinter uns bringen konnte. Ich beobachtete sie, bis sie verschwanden; aber sie waren zu weit entfernt. Ich hätte nicht sagen können, wer sie waren. Ich konnte nur sehen, es waren neun an der Zahl, – sie waren in Eile. Diese Zahl schien weder zu Charkows, noch zu Oom Pieters Trupp zu passen. Doch war der Anblick so ungewöhnlich, daß er mich unruhig machte.

In der Zwischenzeit, bis sie außer Sicht gerieten, war der Mann, den ich hatte auf uns zutrotten sehen, fast bei uns gelandet. Als ich aus dem Schatten des Felsens herausritt, um ihn zu begrüßen, starrte er zu meiner Verblüffung auf mich, als begegne er dem Teufel; sicher wäre er umgekehrt und davongerannt, wäre es nicht zu spät gewesen. Ein paar freundliche Sätze von Tickie und mir jedoch beruhigten ihn soweit, daß er sich erklären konnte.

Er war mit einer friedlichen Botschaft an weit von einander entfernte Kraale – von einem zum anderen – unterwegs, sagte er, aber in diesen Bergen gab es keinen Frieden. So hatte er sich entschlossen, seine Sendung aufzugeben und heimzukehren. Er hatte gute Gründe. Ob wir uns so etwas vorstellen könnten: gestern abend hatte er eine ganze Stunde lang Männer aufeinander schießen hören. Erst heute morgen aber hatte er erfahren, was geschehen war, als er gerade eine Meile von dem Ort, wo er geschlafen hatte, nahe bei dem Pfad, Geier geschäftig am Werk gesehen hatte. In einem Umkreis von nur wenigen hundert Schritt fand er dann fünf tote Männer. Und das genügte ihm. So mögen wir ihn entschuldigen, er wolle vor Dunkelheit in seinem eigenen Kraal zurück sein, bei seinen eigenen Leuten... Nein, keiner der Toten war rot, alle waren schwarz, aber bitte, man möge ihn nun ziehen lassen. Und fort eilte er.

Das taten auch wir, und zwar im Galopp, denn in meiner Vorstellung verwandelte sich im Umsehen der Anblick jener Männer auf dem Pfad unter uns in einen hämisch lachenden, triumphierenden Charkow, der seinen finsteren Auftrag abgeschlossen hatte und mit seinen Gefolgsleuten zurückkehrte. Zum ersten Male erstarb die Hoffnung in mir. Ich war sicher, ich würde auf meiner Suche dort vor uns, wo der Boden schwarz von Geiern war, nicht nur die Reste von Mlangeni, Umtumwas Vetter, und vier Günstlinge Charkows finden, sondern auch die von Oom Pieter.

Ich irrte. Wir fanden Mlangeni und vier von Charkows 'Takwena-Begleitern tot vor. Von Oom Pieter und dem königlichen Induna aber war keine Spur. Nun endlich verstand ich den Sinn dessen, was ich an jenem Morgen gesehen hatte. Oom Pieter, die weise, gute alte Schlange mit seiner tödlichen Flinte, hatte Charkow da festgehalten, wo jetzt die toten Männer lagen, bis es dunkel war. Dann hatte er in der Nacht einen Haken geschlagen, wie ein Hase, zusammen mit dem unersetzlichen Mann, Kawabuzayos Vater. So hatte er versucht, Charkow von seiner Spur fortzulocken, und ich, der sein einfallsreiches, erfahrenes altes Herz so gut kannte, wäre wahrlich nicht ich gewesen, hätte ich gezweifelt, daß ihm sein Trick gelingen würde.

„Komm, Tickie", sagte ich und nahm den betroffenen Jungen sacht hinweg von dem halbverzehrten Körper seines Gesippen. Dabei wurde ich mir bewußt, daß er nun der einzige Überlebende von vier der besten Freunde und Helfer war, die je einem Manne beschieden sein konnten. „Komm, Said, wir kehren nun um. Ich erzähle euch, warum, während wir reiten. Aber haltet eure Augen offen wie nie zuvor, wenn ihr nicht wollt, daß auch wir den Vögeln zur Nahrung dienen sollen wie diese hier."

„Auck, Bwana, Auck", rief Tickie und warf sich ungestüm in den Sattel: „Wird dieses Übel denn nie enden?"

Noch drei Tage lang drehten und wendeten wir uns hinein und hinaus, auf und nieder an diesen leeren, entlegenen Bergweiden. Jeden Morgen, wenn wir erwachten, fanden wir, daß die Fährte wieder ihre Richtung gewechselt hatte. Daraus erkannte ich, daß Oom Pieter einen Weg bei Tage und einen anderen bei Nacht ging. Vermutlich war er entschlossen, sich unter keinen Umständen weit fort von Kwadiabosigo treiben zu lassen. Jeden Tag suchten wir besorgt die aschblauen Morgenfernen, die farblosen Mittagstiefen und die vielfarbigen Abendsichten nach Schwärmen von Geiern ab, aber wir entdeckten keine. Wir sahen nur ihre hungrigen Patrouillen fern über uns schweben. Und die Hoffnungen, die ich auf Oom Pieters Findigkeit gesetzt hatte, stiegen höher. Vielleicht hätte ich vollkommen auf seinen Erfolg gegen Charkow vertraut, wenn ich nicht mit Sorge erwogen hätte, wie dieses ständige Reiten bei Tag und Nacht seinen Körper unvermeidlich schwächen mußte. Er war alt. Es ist wahr, er hatte ein hartes, reines Leben geführt und war zäh. Aber er war alt, und ich konnte aus dem Zustand meines eigenen Körpers schließen, welche übermäßigen Anforderungen an den seinen gestellt wurden. Überdies hatte er jenen sehr alten Induna bei sich. Mußte dieser nicht vor Schwäche erschlafft sein nach solch einem endlosen Hin- und Herreiten, auf das er in keiner Weise vorbereitet war? Oom Pieter mußte ihn als hilflosen Greis mit sich führen – das war so gut wie sicher.

Dann, am Morgen des vierten Tages, am 12. September um 10 Uhr vormittags, als wir nur noch vier Tage Spielraum hatten bis zu dem Tage des Traumes und bis Kwadiabosigo, trafen wir einen kühnen, stämmigen Jäger, mit neuen Nachrichten. Kurz nach Sonnenaufgang hatte er in der Ferne zwei Männer auf Pferden gegen Nordosten fortreiten sehen. Pferd und Reiter sahen aus, als bewegten sie sich im Schlafe. Dann, vor einer Weile, war er von einem roten Fremdling mit acht bewaffneten Männern, ebenfalls zu Pferde, angehalten worden. Der hatte ihn grob ausgefragt und er hatte ihm dasselbe gesagt, was er uns soeben erzählt hatte. Auck, das waren üble, wilde Männer, denn kaum hatte er ihnen dies berichtet, so waren sie auch schon – ohne Dank – schnell nach Nordosten davongeritten. Ich fürchte, seine Meinung von uns konnte nicht viel besser sein, denn sobald er mir dies mitteilte, rief ich ihm nur kurz „danke" zu, drehte flugs um und brach nach derselben Richtung auf, so schnell mein Pferd nur laufen konnte.

So ritten wir den ganzen Tag nach Nordosten und hielten nur einmal stündlich an, um unsere Pferde zu wechseln. Said protestierte und sagte warnend voraus, die Pferde würden morgen völlig verbraucht sein und nicht mehr weiter können. Ich antwortete, ich könne mich nicht um das Morgen kümmern: heute allein sei der entscheidende Tag. Wenn wir nicht vor der Dunkelheit mit unseren Kräften Oom Pieter zu Hilfe kämen, würde es zu spät sein. So ritten wir unsere Pferde schonungslos, und nie war ich so dankbar für die liebevolle Behandlung, welche die Engländer ihren Pferden angedeihen lassen, wie an diesem Tage. Denn diese Reitpferde der Gesandtschaft waren nicht nur gut ausgewählt, sondern auch gut gehalten und versorgt worden. Sie reagierten ausgezeichnet. Die Haltung, in der sie gegen Ende des Nachmittags einen langen steilen Weg aus einem Tal heraufklommen, mit meergrünem Schaum um ihre Gebisse, das Fell dampfend vor Schweiß, wie sie dabei mit ihren willigen Köpfen tiefer und tiefer nickten, um ihren müden Hinterteilen den steilen Abhang heraufzuhelfen – das war ein rührender Beweis für die Ausdauer der Hochlandpferde, zugleich aber für die hingebende Sorgfalt, mit der sie ausgebildet waren.

Nun aber, als wir uns dem oberen Rande des Tales näherten, kam es mir vor, als hörte ich schießen. Ich hielt horchend inne, meinen Kopf zur Seite geneigt und meine Augen auf die safrangelben Ohren meines Pferdes gerichtet. Wie still es war! Der leichte Abendwind streichelte das müde Haupt des Passes, und die Schwänze der Pferde wedelten zischend um ihre dampfenden Hinterpartien. Da war es wieder! Ich sah den Laut sogar in den zarten Ohren meines Pferdes zittern, die sich schnell dem Geräusch entgegenspitzten.

„Da ist es", sagte ich zu meinen Gefährten mit der seltsamen Bedachtsamkeit, die über einen kommt, wenn Not und Eile drohen, das Denken zu verwirren: „Da ist es! Nun hört genau zu. Macht eure Gewehre schußfertig und entsichert sie. Wir wollen schnell bis zur Höhe hinaufreiten. Nein, Said, unterbrich nicht. Mompara ist gerade jetzt zu beschäftigt, um vorsichtig herumzuspähen. Du hörst doch selbst, wie es schießt. Auf jeden Fall müssen wir es wagen! Also bereit, jetzt und durch – vorwärts!"

Wir brauchten nur zehn Minuten, um den oberen Rand zu erreichen, der zum Paß hinüberführte. Muß ich erwähnen, wie lang mir diese Zeit vorkam? Es waren keine gewöhnlichen Minuten, sondern die Momente des Herrgotts selbst, aufbewahrt in seinem hehren Archiv aller Maße, wo eine Uendlichkeit von Minuten nicht nach der Geschwindigkeit bemessen wird, sondern nach der Bedeutsamkeit. Denn wir waren noch kaum aufgebrochen, als wieder der Laut schweren ununterbrochenen Schießens losging. Irgendwo in seiner Mitte war das scharfe, präzise Peitschen von Oom Pieters mathematisch exakter Mauser. Ich kannte es zu gut, um mich zu irren. Jedesmal wenn eine Salve hinausklang, brach jener wohlgezielte, berechnete Schuß von Oom Pieter sie ab – und das geschah so überlegt, daß es all das andere Schießen ringsum hysterisch erscheinen ließ. Er lebte also!

Ich glitt schnell von meinem Pferd, zog den Zügel über seinen glänzenden, gebeugten Kopf, so daß er im Sande schleifte, und betete im stillen: „Lieber Gott, steh ihm nur so lange noch bei, bis ich zu ihm stoße, dann will ich das übrige tun. Gib mir nur zehn Minuten der Unendlichkeit, und ich will dir gern zehn Jahre von dem wenigen, das mir gehört, schenken."

Ich wußte, daß unsere Pferde – bei der Truppe geschult – sich niemals mit ihren hängenden Zügeln von der Stelle fortbewegen würden. So ließ ich sie ohne Bedenken hinter mir, verließ den Fußpfad und kletterte über die Paßenge aufwärts zum Gipfel. Nach drei Minuten kroch ich vorsichtig über den Grat in das lange Gras oben. Wieder überkam mich die Stille. Kein unnatürlicher Laut war um uns, nur eine vor Heimweh kranke Abendluft zitterte auf den gespannten Saiten der schmalen Goldfäden des Wintergrases. Wachsam krochen wir zum Grat auf der anderen Seite und blickten auf etwa eine halbe Meile des Passes hinunter, der in majestätischer Gelassenheit nach Nordost abbog. Der Boden des Passes war mit dichtem, blau-grünem Busch und schweren Schatten bedeckt, aber die Flanken lagen oben in durchsichtigem Gelb in der sinkenden Sonne. Zur Rechten jedoch war die Südwestseite schwarz vor Schatten, und kein Ton drang von unten herauf. Aber wenn schon kein Geräusch da war, vielleicht doch eine verräterische Bewegung? Eine Zeitlang suchte ich auch danach umsonst. Meine Augen kehrten dabei instinktiv immer wieder zu einem großen, schwarzen Schatten rechts von uns zurück, etwa dreihundert Meter entfernt. Der Schatten schien durch eine tiefe Nische unter einem großen, überhängenden Felsen gebildet zu werden, etwa auf halber Höhe des Abhangs. Offenbar hatte man von dort den umfassendsten Blick über beide Seiten des Passes. Nach den Geröllblöcken und Büschen ringsum zu urteilen, mußte dieser Platz eine ausgezeichnete Deckung bieten und ein weites Schußfeld. Da er überdies mit dem Rücken der sinkenden Sonne zugewandt war, so würde jeder Angreifer mit der Sonne in den Augen zu kämpfen haben. „Es würde mich nicht wundern, wenn das der Platz wäre, wo wir Oom Pieter finden", dachte ich. Aber obgleich ich die Stelle dauernd im Auge behielt, erblickte ich kein Zeichen der Bestätigung meiner Vermutung. Ja, ich sah und hörte so wenig, daß ich ungeduldig wurde und dachte: Wenn der Feind nicht bald selbst seine Stellung aufdecken will, so werde ich ihn zwingen müssen, es zu tun. Da fing mein Auge ein kurzes Blinken auf; etwas bewegte sich hoch oben, auf der Höhe des Passes an unserer Seite, bloß hundertdreißig Schritt von uns entfernt. Schnell stellte ich mein Glas darauf ein und sah einen großen weißen Mann zwischen zwei Felsklippen kriechen. Von dort aus mußte er die erwähnte Nische des Felsens gut überblicken können. Er verschwand zwischen beiden Blöcken und ließ nur seine Stiefel sehen. Doch so kurz jener flüchtige Blick auch war, ich konnte mich nicht getäuscht haben.

Es konnte nur Charkow sein. Das schloß ich nicht nur aus der Gestalt und Größe des Mannes, sondern auch aus der Schlauheit, mit der er seine Stellung bezogen hatte. Wie gut konnte er von dort aus alles sehen, was sich unter dem überhängenden Felsen zutrug. Irgendwie erklärte diese Entdeckung mir alles, was ich vorher gehört hatte: eine Reihe wütender Salven, die Oom Pieter von unten her beschäftigt halten sollten, während Charkow seinen Weg zu dieser gut ausgewählten Stellung oben nahm. Und er konnte eben erst dort angekommen sein, denn ein Schuß von jener äußersten Höhe hätte alles andere in unseren Ohren übertönen müssen. Nein, lange konnte er dort noch nicht sein, und wenn ich irgend etwas zu sagen hatte, würde er dort auch nicht lange bleiben. So schlau er auch gewesen war, ein Fehler war ihm doch in seiner Rechnung unterlaufen. In seinem Drange, diese Sache zu erledigen, bevor wieder die Dunkelheit einsetzte und Oom Pieter erneut eine Chance zur Flucht böte, war es ihm nicht eingefallen, sich vor irgendwem vorzusehen, der Oom Pieter zu Hilfe käme. Da lag er nun zwischen zwei Felsen am Rande des Kammes, geschützt und gedeckt von fast jedem Punkt des Halbkreises vor ihm, uns jedoch vollkommen ausgesetzt, wenigstens würde dies in wenigen Augenblicken der Fall sein. Ich brauchte nicht viel mehr als zwanzig Schritt nach links zu kriechen, um geradeswegs zwischen den Felsen hindurchzublicken. Sofort nahm ich das Glas, das auf Charkow eingestellt war, von den Augen und flüsterte Tickie und Said zu: „Ihr beide beobachtet nur den Paß unten. Beim ersten Zeichen einer Bewegung irgendwo, ausgenommen auf jener schattigen Felsennische, rechts von uns, schießt so stark und so schnell ihr könnt."

Dann kroch ich in größter Eile die kurze Strecke bis zu einer idealen Stelle zwischen unzusammenhängenden Felsen, wo ich eine klare Sicht auf Charkow hatte, ohne Gras dazwischen, das meinen Schuß ablenken könnte – denn einen Fehlschuß konnte ich nicht riskieren. All das dauerte nicht länger als eine Minute, das könnte ich schwören. Und doch war auch diese Minute schon zu lang. Ich kroch noch in Stellung auf diesem nackten Flecken, als von neuem ein tolles, hysterisches Geschieße unter uns aufgellte und von Oom Pieters berechnetem Schuß abgebrochen wurde.

„Gott sei Dank! Er lebt noch!" rief ich unwillkürlich voll dankbarer Hoffnung aus. Aber im nächsten Augenblick erklang der erste Schuß, ein einziger Schuß von alarmierender Gewalt, aus Charkows Stellung. Dann eröffnete Tickie und Said das Feuer. Mein Blick war genau auf Charkows Rücken gerichtet, der auf seine Ellenbogen gestützt war, und ich hätte also nicht den Ausdruck seines Gesichtes sehen können, auch wenn ich ihm näher gewesen wäre, aber das ruckartige Hochschrecken seines Körpers bei jenem Feuern auf seine Gefolgsleute war unverkennbar und gut zu sehen; gut auch darum, weil er nun ein noch besseres Ziel bot. Ich zog den Hahn fast spielend ab, so leicht war nun alles geworden. Er brach ohne Erbeben zusammen und fiel auf sein Gesicht. Dann, um absolut sicher zu gehen, schoß ich noch einmal. Der Staub flog auf von seinem Rock, wo die Kugel ihn im Rücken getroffen hatte, aber der Körper lag still. Doch glaube ich, vielleicht hätte ich noch ein drittes Mal geschossen, wenn Tickie mich nicht angerufen hätte, mit Augen, die im Lichte uralten Schlachttriumphs glänzten, während er sein Magazin auswechselte: „Oh Bwana, das ist leichter als Böcke schießen! Schau, wie sie rennen! Hilf uns, sonst werden einige entwischen."

Dort unten zu unseren Füßen hatte dieser gänzlich unerwartete Angriff aus dem Hintergrunde eine verzweifelte Panik ausgelöst. Fünf schwarze Männer waren aus ihrer Deckung hervorgebrochen, hatten die Flinten fortgeworfen und sprengten nun wie wild über die Felsblöcke und die elektrisiert funkelnden Ginsterbüsche. Sie rannten, sprangen, glitten, ohne Zweifel dorthin, wo ihre Pferde standen, in dem dichten Busch unten. Irgendwie machte mich dieser Anblick unsäglich traurig. Für mich war alles vorüber; mehr war nicht notwendig.

Mit knappen Worten gebot ich Tickie und Said abzulassen. „Mompara ist tot; diese da werden nie wieder einer Menschenseele etwas antun. Laßt sie laufen."

Auf die befremdete Enttäuschung in ihren Gesichtern nach diesem Befehl gab ich kaum acht. Denn ich wartete gespannt, meine Augen auf jene dunkle Felsennische gerichtet: „Warum gibt er kein Zeichen? Er weiß doch nun bestimmt, daß Hilfe gekommen ist?"

Ich kletterte auf einen grauen Felsblock. Der letzte rote Sonnenstrahl traf warm auf mich. Ich hörte das plötzliche Klappern von Pferdehufen, die verzweifelt den Paß herauf flohen. Das Getrappel verstummte bald hinter einer purpurnen Kurve des königlichen Berges. Da rief ich wieder und wieder laut hinaus: „Hallo da! Oom Pieter, hallo!"

Aber keine Antwort kam.

„Said, hol die Pferde herauf, so rasch du kannst. Tickie, komm mit mir", sagte ich und scheute mich, das Schlimmste anzunehmen: daß Glück und Unglück zeitlich so genau abgemessen zusammentreffen könnten. „Ich fürchte, unser Indabaxosikas muß verwundet sein."

Und doch war ich im Irrtum, trotz meiner Gebete, trotz all unserer mühevoll durchkämpften Tage. Als wir ankamen, fanden wir ihn zwischen den grauen Felsblöcken am Rande der Nische liegen, sein Kopf zwischen die Arme gesunken, die Hände noch an dem Gewehr, das auf dem Kamm von brennendem Rubinrot gerichtet war. Er sah so natürlich aus, daß er ein Vorposten hätte sein können, der nach Tagen der Anstrengung eingeschlafen war. Zu seiner Linken lag sein khakifarbener Hut mit dem Schlangenhautband und der Turmschwalbenfeder. Zu seiner Rechten, ein Meter entfernt, im Schutze eines anderen Felsblocks lagen sein Beutel Magaliesbergtabak, Streichhölzer und die Kalebassenpfeife, alles aufgereiht wie in Erwartung, jede Minute geraucht zu werden.

Ich drehte ihn sacht herum. Selbst jetzt noch hoffte ich halb und halb, es könne sich leise wie eine Feder Leben in ihm regen. Nun erst mußte ich die Hoffnung aufgeben. Da war das Loch oben in der Stirn, wo Charkows Kugel ihn gefunden hatte, als er sich aufrichtete, um auf die Leute zu feuern, die unten auf dem Paß manövrierten. Sein Napoleonbart war so gepflegt und spitz wie stets. Oben auf dem Kopf und auf der Haut der Schläfen sowie auf der oberen Stirn hob sich das überraschende Weiß von den übrigen durch die Sonne schwarzgebrannten Zügen ab. Dies hatte mich damals schon zu Anfang gefesselt, als Oom Pieter aus dem Regenbogennebel und den Sternenklängen meiner entschwundenen Kindheit zum ersten Male auftauchte und in dem Lichte eines der fernen Safarifeuer meines Vaters die Gestalt eines deutlichen Eigenwesens angenommen hatte.

Trotz jenes dunklen Loches in seinem Kopf waren seine Züge friedlich, und um den Mund war die leise Andeutung eines Lächelns, als habe er in dem Augenblick seines Todes unser antwortendes Feuer gehört und von unserem Kommen gewußt. Diese letzte Vermutung erwies sich als keine bloß tröstende Phantasie. Denn neben ihm las ich nun, von seinem Finger auf dem Sandsteinstaub geschrieben: „Sieh gut in meinem Hut nach."

Hinder dem Hutband, sauber gefaltet und sorgsam dem Blicke verborgen, fand ich diesen Brief. Er war auf Afrikaans geschrieben, auf einigen Seiten, die aus einem Schulheft ausgerissen waren, wie er sie immer für seine einfachen Berichte und Berechnungen auf dem Treck benutzte. Der Brief war datiert: Sonnenuntergang, 11. September 48, und lautete:

„Mein lieber Ouboet! Wenn du dies je lesen solltest, bedeutet das – ich bin fortgegangen, um mich mit deiner Mutter und deinem Vater zu vereinigen. Ich werde Gott nicht wegen meines Hingangs grollen. Er hat mir ein langes Leben geschenkt, und ich habe versucht, es auf eine solche Art zu leben, daß ich furchtlos meinem Schöpfer gegenübertreten kann. Beinahe könnte ich froh scheiden, denn seit Jahren habe ich mich nun schon als Fremder gefühlt in dieser neuen

Welt, die auf unserer geliebten afrikanischen Erde heranwächst. Ja, froh, wenn es nicht hieße, daß ich dich nicht wiedersehe und dir niemals erklären kann: es war nicht meine Schuld, daß ich für dich und in dem guten Kampfe versagte... O Ouboet, mein Geist ist willig, aber mein Fleisch ist schwach. Ich bin müde, tot-, tot-müde. Mlangeni ist tot! Starb vor vier Nächten, als Mompara und zwölf andere uns umzingelten und mein Lager eben vor Sonnenuntergang angriffen. Er wird es nie wieder tun, so eine Lektion gaben wir ihm. Aber er verfolgt mich immer noch. Ich bin einen Weg bei Tage gezogen, habe am Abend offensichtlich mein Lager aufgeschlagen und nach Dunkelwerden das Lager wieder abgebrochen, dann auf und davon in einer andern Richtung! Aber immer war Mompara uns am nächsten Tage wieder nahe auf der Spur. Und viel länger kann ich das nicht mehr durchhalten. Dieser alte Induna kann sich fast nicht mehr auf seinem Pferde aufrecht halten. Unsere Pferde sind erschöpft. Wir haben nur noch drei. Mompara schoß ebensoviel auf sie wie auf uns. So habe ich entschieden, den alten Mann morgen auf den Hauptweg nach dem Platze, den du kennst, zu bringen. Ich habe immer noch ein Gefühl in meinen Knochen, daß du zur rechten Zeit kommen wirst, um ihn – falls nicht mich – einzuholen. Sollte auch dies nicht möglich sein, so weiß er, was zu tun ist. Er wird an dem Tage sein Bestes tun, wenn er rechtzeitig dort anlangt. Das ist das Teuflische an der Sache, Ouboet: wenn ihm niemand hilft, könnte es sein, daß er zu schwach ist, um zur Zeit dort einzutreffen. Es bleibt uns aber keine andere Wahl. Ich selbst will Mompara auf eine falsche Spur lenken, ihn von dem Induna fortleiten. Ich hoffe, es wird zu spät sein, wenn er die List entdeckt. Bitte, denke nicht, ich schriebe dies etwa in Verzweiflung. Ich schreibe es nur nieder, weil ich fürchte, ich werde im Laufe vieler Tage weder die Kraft noch Zeit zum Schreiben finden. Ich vertraue auf Gott – Sein Wille soll geschehen. Wenn es Sein Wille ist, daß ich gehen soll, verspreche ich dir,

mich in eigener Person bei Ihm dafür einzusetzen, daß es Sein Wille sein möge, dich zum Gelingen zu führen. Jetzt aber erbitte ich dies: Sollte ich in den kommenden Stunden zu beschäftigt sein, an Ihn zu denken, so möge der Allmächtige mich trotzdem nicht vergessen. Totsiens Ouboet: Dein Dich liebender Oom Pieter.
P. S.
Lies Offenbarung Joh. 21 bis 22."
Am selben Abend las ich die Kapitel aus seiner geliebten Offenbarung des Johannes in seiner eigenen Bibel. Ich las sie und saß dabei seit Tagen am ersten freien Feuer. Während ich die Worte in mich aufnahm, kamen im Tal, auf den Bergesgipfeln und am Himmel über uns nach und nach die Laute der Nacht auf, und die altvertrauten Formen aus Licht und Finsternis erschienen. Die Paviane wimmerten im Schlaf zwischen den *Kranses;* der Regenpfeifer rief den heimatlosen Wind an, der in den Ginsterbüschen vor sich her summte. Sie alle verkündeten, daß nach alter Gewohnheit das Universum weiter sein Werk verrichtete. Ein Teil dieses Werkes war es nun, jenen großartigen, umhüllenden Mantel der Erde ganz Afrikas zu erhalten, wiederherzustellen und für immer zu bewahren, – jenen Mantel, den Oom Pieter sich an diesem Tage gegen den unerbittlichen Wechsel der Welten und Zeiten übergezogen hatte. Dieser Ort, wo der Erden-Mantel Oom Pieter deckt, ist auf den neuesten Landkarten bezeichnet als „Le Roux's Posten". Für die 'Takwena jedoch ist er und wird er, glaube ich, immer sein: „Der Platz, wo er, der spricht, wie er schießt, nicht mehr spricht noch schießt."

XVII

Der Tag, an dem die Feder fiel

Obwohl es kalt und dunkel war und erst fünf Uhr morgens, waren wir schon alle vier hellwach und bei unserm heißen Haferbrei am Feuer. Vor zwei Tagen hatten wir den königlichen Induna eingeholt. Wir fanden ihn erschöpft am Halse seines Pferdes hängen. Aber dank eines Abkürzungsweges, der nur ihm bekannt war, hatten wir am letzten Abend, dem 15. September, bei Sonnenuntergang, bereits in Sicht- und Hörweite von unserem Bestimmungsziel, doch in guter Deckung, kampiert. Mir war ganz und gar nicht nach Essen zumute. Ich hatte nicht viel geschlafen, sondern bis spät wach gesessen und letzte Briefe an Joan, John, Bill und Aramis geschrieben. Zwar hatte ich die Hoffnung nicht aufgegeben, doch mußte ich den Tatsachen ins Auge sehen. Die Faktoren, die dagegen sprachen, daß ich den Tag, der vor mir lag, überleben würde, waren beträchtlich. Was ich unter diesen Umständen schrieb, kann man sich leicht vorstellen, so daß ich es hier nicht im einzelnen zu wiederholen brauche. Ich möchte nur folgende besonderen Punkte erwähnen, die in meinen Brief an Aramis enthalten waren.

1. Ein Ersuchen, dafür zu sorgen, daß Tickie und Said beide sobald als möglich zur Beobachtung und nötigenfalls zur Behandlung gegen die Schlafkrankheit ins Hospital geschickt wurden.

2. Die Verfügung, in einem der gemieteten Flugzeuge mit meinem Brief an John zu seinem Sammellager in dem Talbecken hinter den Mammutbäumen zu fliegen. Ich schrieb, der Pilot könne sich jetzt, da Charkow tot war, ohne Furcht entdeckt zu werden, als Kurier mit dringenden Depeschen von Lindelbaum ausgeben. Er könne auf dem Streifen landen, von dem John mit so

besonderem Stolz gesprochen hatte, er solle nur solange warten, bis John die Zeitzünder zur Sprengung seiner Höhlen eingestellt hatte, dann sollte er John in seinem Flugzeug heraus und in Sicherheit bringen.

3. Was Rechtsanwälte meinen letzten Willen oder mein Testament nennen würden, bezeugte Said zögernd mit einem arabischen Gekritzel und Tickie mit einem schwarzen Daumenabdruck neben einem kühnen Kreuz. Außer einem reichlichen Legat an Said, einem großzügigen an Tickie und Versorgung für die Familien meiner ermordeten Diener, hinterließ ich Joan das Gut Petit France und alles, was ich – der ich äußerlich so reich und innerlich so arm ausgestattet war – besessen hatte.

Als dies niedergeschrieben war, hatte ich versucht zu schlafen wie die anderen. Aber das Bienengesumm hielt unaufhörlich an – dieses schwärmende, drängende, surrende Geräusch, das zu den zuckenden Sternen aufstieg. Es kam von den Massen der Amangtakwena-Sippen, die auf der anderen Seite des Paßübergangs, unter dem wir schliefen, versammelt waren, es störte mich immer wieder auf und ließ mich nicht zur Ruhe kommen. Infolgedessen aß ich jetzt nur aus Pflichtgefühl, genau so wie ich im Kriege gegessen und meine Leute zum Essen angehalten hatte, bevor wir ins Gefecht gingen. Tickie und Said ging es wahrscheinlich ähnlich, aber Kawabuzayos Vater, der Königliche Induna, 'Nkulixos einziger überlebender Bruder, aß mit der langsam kostenden, beherrschten Hingabe einer weisen, alt-erfahrenen Seele, die schon seit langem enthoben und außer Reichweite solcher unedlen Fieber wie Aufregung und Unruhe ist.

Seine dunklen Augen waren vor Alter so getrübt, daß sie fast purpurn wirkten. Um sich geschlungen hatte er eine rot und schwarze Wolldecke, und um den Kopf trug er den starken Metallring als Zeichen der Würde. In jenem glänzenden Licht des Feuers wirkte der Ring wie der Heiligenschein eines Apostels um sein Haupt. Ohne zu zittern, tunkte er sacht seine langen Finger in unsere gemeinsame Schüssel mit trocken mehligem Haferbrei. Wieder staunte ich bei diesem Anblick – seit wir ihn eingeholt hatten, war ich nicht aus dem Wundern herausgekommen: über diese unerhört ruhige Würde, die weniger auf ihm lag, als vielmehr aus seinem Innern in steter Glut erwuchs. Sie leuchtete auf die natürlichste Weise in dem maßvollen Ton seiner Rede, im Ausdruck auf seinem Antlitz, in seinem ganzen Verhalten, in der Bewegung seiner Hände von den Fingerspitzen bis in die merkwürdig hell aus dem Schwarz tauchenden Handflächen. Von Beginn an hatte mir diese innere Würde großen Eindruck gemacht. Jetzt wurde mir auf einmal klar, wie gut Oom Pieter gewählt hatte. Ein Gefühl der Ehrerbietung war ständig in mir gewachsen, während wir gemeinsam auf Kwadiabosigo*) zu ritten. Nicht einmal ein römischer Stoiker hätte so wie er diese schreckliche Reise ertragen (sie konnte einen Mann entmutigen, der halb so alt war), geschweige denn die Nachrichten von dem Tode Kawabuzayos, des einzigen Sohnes, den er von seiner Lieblingsfrau hatte. Als ich ihm ausführlich über Lindelbaums, Ghinzas und des Umbombulimos von Taschkent geschürte Verschwörung berichtete, verhielt er sich etwa so wie ein großer Patrizier, der von einer Verschwörung gegen die Hauptstadt seines Kaisers erfährt. Oom Pieter hatte ihm bereits wichtige Aufschlüsse gegeben und ihn überzeugt, daß es seine Pflicht war, nach Kwadiabosigo zu gehen, um dafür zu sorgen, daß der Traum richtig, der Sitte entsprechend, und nicht falsch dargeboten wurde. Was ich ihm jetzt erzählte, verwandelte eine Verpflichtung in einen Kreuzzug. Keinen Augenblick bezweifelte ich, daß er seinen äußersten Willen für die Durchführung seiner Mission aufbieten würde, die nur noch anderthalb Stunden vor uns lag; nur für seine körperliche Leistungsfähigkeit fürchtete ich.

Diese demütigende Frage der physischen Kraft war vor allem zu berücksichtigen. Nachdem er seinen Abkürzungsweg überstanden hatte, halfen wir ihm von seinem

---

* Kwadiabosigo — Speer des Morgens, der heilige Berg der Amangtakwena

Pferde, auf dessen Hals er lag, betteten ihn so bequem wie möglich und ließen ihn nach einem heißen Mahle neun Stunden schlafen. Das hatte ihm gut getan. Und doch gestand er mir jetzt mit einem Kopfschütteln und vorwurfsvollen Lächeln über seine eigene Schwäche – er zweifle, ob er ohne Hilfe weiterreiten könne. Dazu kam die Frage des Schutzes, den er brauchen würde – davon war ich überzeugt. Ich wußte, sobald Ghinza den Vater des Mannes auch nur erblicken würde, den er ermordet hatte – weil er den fehlenden Schlüssel für die Traumdeutung besaß – mußte das seinen Verdacht erregen, und er würde sofort drastische Schritte unternehmen, um ihn zum Schweigen zu bringen. Aber noch schwerer wog die dritte subtilere Möglichkeit einer schleichenden tödlichen Gefahr. Ich achtete diesen weisen alten Landedelmann mit all seinen Gaben der Natur aufrichtig hoch. Aber war es wirklich billig, von ihm eine schier übermenschliche Leistung zu erwarten. Sollte er allein, ohne jede Unterstützung, als abgetrennter einzelner einen durchaus gesonderten Standpunkt unbeugsam verfechten, wenn er rings auf allen Seiten von fünfzigtausend seiner Landsleute umgeben war, eine in dunkler Harmonie vereinte undifferenzierte Masse, die bewußtlos und zeitlos mit ihrer barbarischen Vergangenheit verschmolzen war. Nach dem Erlebnis des Krieges wußte ich nur zu gut, wie leicht zivilisierte Völker in einem Strudel ihres eigenen Blutes in diese niederste Welt hinabgesaugt werden, diese gemeinsame Unterwelt des vom Menschen verachteten und zurückgestoßenen Selbst. Und ich wußte, daß die 'Takwena und ihresgleichen anfälliger für diese allgemein menschliche Krankheit sind als wir. Sie stehen ja dieser Welt zeitlich näher als wir, und wenn der Ruf mit seinem hypnotischen Trommeln in ihrem Blut ertönt, wird der Einzelmensch desto leichter gezwungen, seine einmalige Identität sinken zu lassen und sich als winziges Körperchen in diese Flut des kollektiven Blutes einzufügen. Selbst wenn unser alter Induna, ungehindert durch Ghinza, dort auftreten würde, durfte ich mich nicht dabei beruhigen.

Auch wenn er noch so weise, gut unterrichtet und bereit war, einen Kreuzzug durchzuführen, würde er vielleicht außerstande sein, einen klaren Kopf zu bewahren und sich nicht hypnotisieren zu lassen wie alle übrigen. Vielleicht klingen meine Befürchtungen heute phantastisch. Aber das unbändige Getöse, das rings um uns aufquoll, während wir beim Feuer im Dunkel mit Mühe unsere Nahrung einnahmen, machte meine Sorge sehr real, an jenem Morgen des 16. Septembers.

Die ganze Nacht hindurch hatte diese Musik der Massen-Erregung – durch Stammeshypnose und Herdenmagnetismus – in der Luft um uns pulsiert wie das entfernte Schlagen von Kriegstrommeln, welche die schwarzen Völker vom stürmischen Outeniquas und Maluttis bis zum Ruwenzori-Gebirge und den Großen Seen unter die Waffen rufen. Es stieg von jenseits der Paßhöhe auf, keine halbe Meile von uns entfernt, auf der anderen Seite des schmalen Paßübergangs. Der Ort war sogar in jener Dunkelheit genau umrissen durch das Funkeln der großen Tiara der Sterne oben darüber. Zuweilen flammte es in einem feurig preisgegebenen Singen auf, dann wieder erstarb es in einem verglühenden, wachsamen Vertuschen. Die längste Zeit aber war es ein tiefes, beharrliches, aufgeregt geschäftiges Surren, als schwärmten all die schwarzen Honigbienen Afrikas. Ich bin sicher, daß von den fünfzigtausend Amangtakwena und den sorgsam ausgesuchten Vertretern ihrer angegliederten und verwandten Stämme kein einziger schlief. Die ganze Nacht lang saßen sie an ihren Feuern, unterhielten sich, sangen und fühlten nur die eine antreibende Gemütsbewegung, die von dem ersten großen nationalen Traum seit einem Jahrhundert hervorgerufen wurde – der bereits Wirklichkeit war und sogleich vorgetragen werden sollte.

Während ich die hypnotischen Töne aufnahm und in der geschilderten Weise die Umstände hin und her erwog, wurde mir klar: ich konnte unseren weisen alten Vater nicht allein dorthin gehen lassen, mitten in diesen erregten Schwarm von Geschöpfen, zu denen er doch letzten Endes selbst gehörte. Aus demselben Grunde konnte ich auch Tickie nicht hinübergehen lassen. Standen sie nicht beide selbst blind ergeben unter der Macht des Umbombulimo, in grenzenloser Ehrerbietung vor seinem hohen Rang? Wenn Tickie und unser weiser alter Vater erst einmal dem Umbombulimo Angesicht zu Angesicht gegenüber ständen – wie konnte ich mich darauf verlassen, daß sie einen gesonderten Eigenwillen gegen den seinen behaupteten? Woher sollte ich die Gewißheit nehmen, daß Tickie oder mein königlicher Vater imstande wären, sich gegen einen durchzusetzen, der an Ansehen einem Hohenpriester des Alten Testamentes gleichkam? Ich war mir bewußt, daß Tickie sogar in eben diesem Augenblick, wo er hier in feierlicher Unruhe beim Feuer saß, eine Gemütsbewegung durchmachte und einer magnetischen Anziehungskraft unterworfen wurde, die er nicht begreifen konnte, die ihn aber dennoch drängte, über den Paß zu gehen und sich mit den anderen seines Volkes zu vereinen. Wie ich ihn da vor mir sah – jung, empfindlich und empfänglich für Eindrücke – wußte ich, was geschehen würde, falls ich ihn mit dem alten Mann hinüberschickte. Er würde in des Wortes schrecklichster Bedeutung „in der Menge untergehen". Nachher würde er nie wieder als derselbe helle Kristall aus ihr hervorkommen, sondern nur zusammengesetzt zu einem Muster mit einem Sprung, einem Bruch durch den Haß gegen die Tat seines „Verrates" und gegen mich, der ihn auf den Weg des Verrates gebracht hatte. Ja, ich war an diesem Morgen so besorgt um Tickie, daß ich beschloß, ihn zur Betreuung der Pferde zurückzulassen, mit dem Befehl, Kwadiabosigo keinen Schritt näher zu kommen.

Es blieb also nur die Wahl zwischen Said und mir, und Said kam selbstverständlich hierfür nicht in Frage. Offenbar mußte ich selbst es sein. Denn nur ich konnte dem Induna einigen Schutz bieten. Nur ich konnte hoffen, gegen fünfzigtausend Hypnotisierte, mit einem leidenschaftlichen Willen Besessene, durchzuhalten und ihm zu verhelfen, das gleiche zu tun. Sollte mein alter

Induna versagen, so hatte nur ich die Kenntnis und Fertigkeit in der Sprache, um zu versuchen, ob ich ihnen allen den Glauben an den falschen Traum ausreden könnte. Aber würden sie mir erlauben zu sprechen? Vielleicht – nickte mein erfahrener Induna – wenn er für mich bürgte; denn war er nicht des Königs Onkel, und war ich ihnen nicht allen bekannt von alters her?

Ich fürchte, ich teilte nicht einmal seine bescheidene Zuversicht. An einem solchen Tage wie diesem würden die Amangtakwena keinen Gedanken dafür übrig haben, irgendeine Berührung mit einem Weißen aufzunehmen. Im Gegenteil, sie konnten nur eine Vergangenheit anerkennen, die bestand, lange bevor der weiße Mann kam, um sie zu stören. In einem solchen Moment und in dieser Stimmung mußten sie geneigt sein, den Menschen oder die Sache zurückzustoßen und womöglich zu zerstören, welche einen Mißton in die Harmonie ihrer archaischen Zusammengeschlossenheit brachte. Was aber konnte diesen Mißton dramatischer und aufreizender hereinbringen, als das weiße Gesicht eines weißen Mannes unter fünfzigtausend Schwarzen?

Nein, ich hatte keine Illusionen über die Gefahr, die ich lief, und ich war nicht bereit, mich darüber hinwegtäuschen zu lassen. Das einzige, was ich tun konnte, war, blind auf die Wahrhaftigkeit des Zieles zu vertrauen, das mich hierher geführt hatte. Irgendwie spürte ich: wenn ich selbst mit diesem Ziel ebenso tief eins wurde, wie die fünfzigtausend es in Erwartung des Traumes waren, wenn ich jedem Gedanken von Furcht oder Unheil verwehrte, zwischen das Ziel und mich zu treten – dann konnte mein weißes Gesicht vielleicht der geringfügige chemische Bestandteil sein, der dazu bestimmt war, das Gerinnen und den Niederschlag jener gefährlichen Lösung zwischen den Rassen zu verhindern, die dort auf der anderen Seite der Paßenge unter dem Rand des Kwadiabosigo bereitet wurde. Wenn ich fest darauf bestand – so glaubte ich – könnte die Wahrheit doch irgendwie durchbrechen. Wenn ich in meinem Innern wahrhaftig keinen Unfall noch Unheil erlitt, so könne mir gewiß auch von außen keines von beiden zustoßen. Doch war dies leichter gesagt als getan. Als ich mich erhob, eine von Tickies Decken um mich geschlungen, um mit meinen Gefährten die nötigen Anordnungen zu treffen, fühlte ich eine plötzliche Übelkeit im Magen, und meine Knie wankten.

„Nun wollen wir alles genau anordnen", sagte ich entschlossen zu Tickie und Said. „In zwanzig Minuten werden der weise Vater und ich hinüberreiten zu dem Versammlungsplatz des ganzen Volkes. Du, Said wirst uns bis zur Höhe des Passes begleiten. Dort wirst du dich und dein Pferd zwischen den großen Felsblöcken in Deckung bringen. Du wirst mein Glas nehmen und die Versammlung beobachten, wobei du keine Minute die Augen von mir und diesem alten Vater abwenden darfst. Ich glaube nicht, daß irgend etwas schief geht; sollte dies aber doch geschehen, solltest du sehen, daß man uns tötet oder fesselt, springe unverzüglich auf dein Pferd, reite hierher zurück, suche Tickie und eile mit ihm zurück zur Mission in die Hauptstadt. Geht sofort zum geschäftsführenden Sekretär mit den Briefen, die ich dir sogleich übergeben werde. Er wird dich belohnen und dich in deine Heimat zurücksenden als Mann von Charakter, der seine Ehre voll wiederhergestellt hat. Und du, Tickie, wirst jetzt all unsere übrigen Ersatzpferde hinunterführen zur Furt. Ich habe gestern Abend bemerkt, daß dort ein tiefer klarer Teich ist, mit einer langen Strecke weißen Sandes. Ich möchte, daß du die Pferde in diesem Teich schwimmen und baden läßt. Laß sie nach Herzenslust im Sande rollen. Es wird sie erfrischen – und so unwichtig es scheint, es könnte an einem Tage wie heute zwischen Leben und Tod entscheiden. Du brauchst keine Angst zu haben, das dir dort irgendwer ins Gehege kommt. Vor dem Ende der Zusammenkunft wirst du hier herum keine Gesichter außer unseren eigenen sehen. Wenn du damit fertig bist, sattle und belade die Pferde wieder, laß aber ihre Zügel fort, so daß du sie, obgleich sie beladen sind, zu den besten Graseplätzen in der Gegend führen kannst. Dabei achte aber bitte genau darauf, die Plätze so zu wählen, daß du Saids Stellung auf dem Kamm immer im Auge behalten kannst. Im selben Augenblick, wo er sich auf dich zubewegt, mußt du die Zügel über die Pferde werfen, denen sie gehören und auf deinem Pferd aufsitzen, bereit fortzugaloppieren, sobald er dich erreicht. Ich habe den geschäftsführenden Sekretär gebeten, für dich zu sorgen, wenn ich nicht wiederkommen sollte, und dir mehr Rinder, Schafe und Ziegen zu schenken als du brauchst, um Nandisipoh von ihrem Vater zu kaufen, so daß du dein weiteres Leben in Wohlstand führen kannst. Vor allem aber, Tickie, ermahne ich dich, vergiß das eine nicht: Alles, was in dem Becken auf der anderen Seite des Passes vor sich geht, mag für dich anziehend und erregend klingen. Dennoch hat alles teil an jenem Übel, durch das zuerst Kawabuzayo, dann Zwong-Indaba, dann Umtumwa, dann Mlangeni und schließlich Indabaxosikas getötet wurden. Zum Schluß kann ich dir nur danken und dich loben. Ist nun alles klar? Noch etwas zu fragen?"

Für diesmal hatte selbst Said nichts zu fragen. Er schüttelte nur erbärmlich den Kopf und sagte: „Ghadre, Effendi, Ghadre."

Tickie schluckte hinten in seiner Kehle etwas hinunter und antwortete, ohne mich anzusehen, wie betäubt: „Nein, Bwana, nichts, nichts."

„Hier sind die Briefe für den geschäftsführenden Sekretär, gebt gut auf sie acht", damit händigte ich Said die Briefe aus, die ich nachts geschrieben hatte. Mit unsicherer Hand verwahrte er sie in derselben Tasche des Waffenrockes, wo er einst am Flamingowasser so forsch einen Brief von mir an den portugiesischen Gouverneur verstaut hatte.

„Recht so, und jetzt fang an, die Pferde einzusammeln, Tickie. Wir wollen reiten."

Wenig später hoben wir unseren königlichen Induna auf sein Pferd. Er gab keinen Ton von sich, aber sein dunkles, stoisches Antlitz wurde grau vor Schmerz, als seine alten müden Knochen auf den Sattel trafen. Dann stiegen auch Said und ich auf. Tickie verabschiedete sich mit dem gemessenen, stolzen römischen Gruß seines Volkes, wandte sich jäh ab, stieß grimmig nach einer Staude, die ihm im Wege war und ging mit langen, trostlosen Schritten davon. Aber er war noch kaum ein oder zwei Schritte gegangen, als er jäh einhielt und horchte, den Kopf gegen den Boden geneigt.

Im selben Augenblick wurden wir alle gewahr, daß etwas geschehen sein mußte. Was konnte es sein? Wir horchten und horchten, konnten aber nichts hören. Da erkannte ich, was es war. Eben dieses „Nichts" war das neue Geschehen. Man hörte keinen Laut mehr. Das surrende, verwirrende Getöse schwärmender Bienen war plötzlich verschwunden, und der Paß, der Übergang und das Becken waren so still geworden wie die Luft um Mitternacht in einem Grabgewölbe. Ich vermag nicht zu sagen, was unheimlicher war: jenes bewußtlose Dröhnen der Massen bei Nacht, oder diese Totenstille, die nun wie ein schwarzer Mantel über Kopf und Schultern des flammenden jungen Leibes der auftauchenden Morgenröte gefallen war. Nur dies wurde mir bewußt: es war das Verstummen, welches sich über ein vollbesetztes Theater herabsenkt, wenn der Vorhang zum ersten Akt aufgeht.

„Sohn eines Häuptlings ohne Land", sprach der weise alte Vater, „wir müssen achtgeben, daß wir nicht zu spät kommen. Die Sonne wird gleich aufgehen."

Nun hatte ich bereits mit dem Induna bis in alle Einzelheiten besprochen, wann wir am besten den Schauplatz betreten würden. Wir waren einig, daß es äußerst wichtig war, nicht zu früh aufzutreten. Wir fürchteten beide, wenn wir zu früh erschienen, würden wir die Versammlung noch lose verstreut und so beweglich antreffen, daß sich für Ghinza und seine Anhänger genug Gelegenheit bieten würde, persönlich eine Aktion gegen uns zu unternehmen. Darum entschieden wir, genau in dem Moment zu erscheinen, wenn die ganze Versammlung vereint und unter einer zentralen Führung wäre. Das würde der Fall sein, sobald der König und seine

Indunas ihre Plätze auf dem hohen Stand an der Spitze der Versammlung eingenommen hatten – unterhalb der Höhe, aus welcher der Umbombulimo bei Sonnenaufgang hervorkommen würde, um den Traum zu verkünden. – In diesem Augenblick, wo die Versammlung bereit war, wollten der Induna und ich rasch hinunter auf sie zu reiten. Ich würde mich dabei in eine Decke von Tickie so einhüllen, daß die Gegenwart eines roten Fremdlings so lange wie möglich verborgen bliebe. Wir wählten diesen Augenblick, weil dann die Zusammenkunft auf einen Brennpunkt hin gerichtet sein und sich nur noch durch den König und seine Berater ausdrücken würde. Jetzt – nach der plötzlichen Stille zu urteilen – war dieser Moment gekommen.

„Ich danke Euch für die Mahnung, weiser Vater", antwortete ich und trieb sofort mein Pferd zu einem raschen Galopp an.

Wir ritten geradewegs auf die Paßhöhe zu. Das gab ein solches Geklapper inmitten der tiefen Stille, daß ich ganz darauf gefaßt war, ein schwarzer Impi würde über den glänzenden Kamm kommen und uns festnehmen. Aber wir nahmen leicht und ungestört die Paßhöhe, ließen Said zwischen den Felsblöcken, wanden uns dann vorsichtig durch einen Gang zwischen perlen-glänzenden Felsen hindurch und machten im Schutze der Klippe am Rande des Beckens halt.

Es war das erste Mal, daß ich Kwadiabosigo erblickte. Stets hatte ich zu viel Achtung vor der gefühlsmäßigen Abneigung der Amangtakwena gehabt, den heiligsten Boden der Zusammenkünfte des Volkes Fremden zu zeigen. Ich hatte bisher nicht einmal versucht, diese Scheu zu überwinden. Und doch kannte ich den Platz so gut aus ihren Geschichten und Legenden, daß meine erste Rückwirkung jetzt ein Gefühl der Überraschung war, wie sehr er den Beschreibungen glich. Dort lag er ausgebreitet in dem blitzend aufbrausenden, quellenden Frühlicht am Morgen des 16. September, wie die ausgebreitete Karte eines sagenhaften Landes, die in den farbenreichen Archiven meiner Kindheit aufbewahrt war. Da war als erstes, halblinks von uns, der Gipfel von Kwadiabosigo, „Speer des Morgens", wie sein Name auf Sindakwena besagt. Zweitausend Fuß hoch schwingt er sich steil über dem Rand des Beckens auf. Die Sonne begann gerade, aus dem obersten glühenden Gipfel Funken zu schlagen. Darunter war ein tiefer Riß in dem stählernen Felsenboden – es schien, als sei der Fels auseinandergesprungen vor Anstrengung, den Speer festzuhalten, damit er nicht für immer in den Himmel hinaufflöge. Dort, über einem Kranz aus afrikanischer Myrrhe, eben aufblühender Goldwurz und vielarmiger Euphorbien, war die heilige Höhle des gesamten Volkes. Gegenüber dem Kwadiabosigo nach Osten zu war der Rand des Talbeckens merkwürdig regelmäßig, der Kamm von einem hohen Kranz von Klippen rings umschlossen. Hinter den Klippen aber entrollte sich sacht eine Hochebene, auf der drei Meilen entfernt des Königs Sommerkraal stand, das Haupt des Hohen Platzes. Der Saum der Hochebene lief glatt wie ein Band etwa hundert Schritt weit oder mehr, dann schwang er in dramatischer Wendung herum und vereinte sich mit dem strahlenden Schaft des Kwadiabosigo. Gerade unter uns war das Herz der grasbedeckten Schale selbst, von der Gestalt eines alten irdenen Gefäßes. Etwa eine Meile von unserem Standort war der Sprung, tat sich plötzlich eine Kluft auf, eine tiefe vulkanische Spalte in der nördlichen Hälfte des Beckens, die in den tragischen Legenden und Episoden des Landes so oft im entscheidenden Akt erscheint. Diese Spalte öffnete sich mit erschreckender Schroffheit fast in der Mitte des weich gepolsterten Beckens. Sie begann etwa gegenüber der Höhle, sie schnitt nach Art einer Säge scharf durch den Boden des Beckens sowie durch die Front der Berge vor mir.

Ich wußte, daß die Kluft tief und schreckenerregend war. Ich entnahm dies nicht nur aus den Legenden über zahllose 'Takwena, die verurteilt wurden, sich über ihren Rand zu stürzen. Solche Urteile wurden vom Hohen Rat des Volkes gefällt, der sich immer hier versammelte, seit Xeilixo zum erstenmal in einer Zeit der Not einsam in der Höhle blieb, um nachzusinnen. Ich erkannte die erschreckende Tiefe auch an dem seltsam gespannten, zitternden Glitzern von Farn, das aus der Mitte des Einbruchs kam und in meine Augen stach, und an dem merkwürdigen Nebel aus Unterwelten, welcher sich in ein oder zwei ungestümen Strähnen über den gezähnten Steinrändern kräuselte. Dort, wo die Kluft für immer aus dem Becken brach, wo ihre Schwärze so tief war, daß sie einen Riesenschatten zwischen zwei hohen Gipfeln aufrichtete – dort hatte die Morgenluft den Rauch Tausender von Nachtfeuern gesammelt und vertrieb ihn wie die Herde Schafe eines einäugigen Riesen, die außer Sicht der legendären Höhle grasen sollte.

Ich weiß nicht, war es das Gewahrwerden der finsteren Möglichkeiten des Tages, der vor mir lag, oder etwas anderes – aber selbst von dort aus, wo ich stand, geschah es beim Anblick jenes klaffenden Abgrunds in der Erde, daß meine Sinne taumelten. Schnell blickte ich fort. Da sah ich etwas, das ganz und gar nicht in der Legendenkarte meiner Kindheit enthalten war. Ich sah fünfzigtausend Männer der verschiedenen Stämme und Sippenverbände – jeder Verband mit seiner eigenen Decke, besonders eingewebtem Muster mit bestimmten Farbtönungen. Schweigend umstanden sie von allen Seiten den freien Platz unterhalb der Höhle. O, Lindelbaum, der von Afrika inspirierte Kaufmann, hatte dem Geschmack der Stämme gut entsprochen! Unter uns standen die Fünfzigtausend aus tausend verschiedenen Stämmen, jede Gruppe mit ihrer eigenen Decke und jede Decke gewebt und tief gefärbt in der Farbe, welche das Herz Afrikas unmittelbar aus der Palette seiner mythologischen Sonnenuntergänge und wild erhabenen Morgenröten entnimmt. Diese Decken, die um fünfzigtausend Kehlen geschlungen waren, trugen das Licht vielfarbiger Kerzen, deren Flammen gegen die Bewegung der Luft an lange schwarze Dochte gebunden waren. Oder waren sie vielleicht von der Morgenbrise wie feurige Blätter den edlen Mammutbäumen in einer herbstlichen Morgenröte entrissen worden, fortgefegt, gesammelt und nun ständig der Öffnung der Höhle entgegengetrieben? Denn das war das eigentümliche an diesem Schauspiel. Die Menge da unten schien sich nicht aus eigenem Willen zu bewegen, sie schien hilflos gegen das große Loch der Höhle angesaugt zu werden. Aber genau unter der Höhle wurde die feurige Bewegung jäh aufgehalten und gegen den Rand des Beckens abgedämmt, wie brennende Lava gegen einen Felseinsturz sofort einen Lava-See bildet.

Schon begann die Sonne den purpurnen Schaft von Kwadiabosigo zu umspielen. Da hörte ich, wie mein weiser alter Vater mich sanft, mit einer sonderbaren Trokkenheit in der Stimme, mahnte: „Wenn die Sonne die Öffnung der Höhle erreicht, wird der Umbombulimo sich erheben, und der Traum wird verkündet werden. Wir müssen jetzt gehen, wenn wir nicht zu spät kommen wollen."

„Ihr habt recht, weiser Vater", stimmte ich zu, und mit einem wortlosen Gebet ritt ich aus dem Schutze des Felsens hinaus auf den Paßübergang und dann rasch den leicht geneigten Pfad hinab.

Zu unserem Glück wurde das Klappern der Pferdehufe, das gotteslästerlich über jenem erwartungsvoll hingegebenen Schweigen lärmte, von dem betäubenden Ausbruch eines neuen Klangstromes ertränkt, von einer der erregendsten Tonfolgen, die ich kenne. Es war das lobpreisende Jubilieren, welches die 'Takwenafrauen ganz oben in ihren Kehlen gegen ihre Gaumen schwingen lassen, ein wundervoll trillernder, zitternder Silberlaut, der in klaren Wellen hinausklingelt und auf dem reinen Metall der ungehemmt tragenden Stimmen widertönt. In vergangenen Zeiten, wenn die Frauen ausgesandt wurden, um mich in einem Dorfe zu begrüßen, hatte mich dieses Trillern elektrisiert und tief erregt. Aber an diesem Septembermorgen, als es so unvermittelt von hunderttausend Frauen und Mädchen herabströmte, die oben den Ostrand des Beckens einsäumten, war es überwältigend. Ich schaute auf – seitwärts von meinem sich abmühenden Pferd – zu dem östlichen Bergkamm, der nun in voller Sonne lag. Da sah ich den glänzenden Horizont von den Schatten tanzender, wogender, in die Hände klappender Gestalten verdunkelt. Ich sah den goldenen Hauch der Morgenröte, die Sonne stach mit elektrischer Nadel schwarze Stiche lebender 'Takwenawesen in den seidenen Horizontsaum hinauf und hinab. Meine Sinne waren wie benommen von betäubendem Jubilieren, das auszudrücken schien: „Wir dürfen nach der Sitte nicht bei dieser Versammlung zugegen sein, aber unsere Stimmen vereinen sich und halten uns mit euch zusammen. Hier sind wir, wie durch alle Zeitalter hindurch, eure Frauen und Kinder, die für euch wachen und auf euch warten." An jedem anderen Tage hätte ich dies ebenso schön und bewegend gefunden wie die Amangtakwena selbst. Heute aber rief es in mir den uralten Nebel der Furcht hervor.

Lieber Gott, sagte ich zweifelnd zu mir, welche Hoffnung bleibt da auf Vernunft, wenn ringsum schon so viel an innerster Gemütsbewegung aufgerührt ist.

Aber meine Furcht wurde tadelnd zurückgedrängt, als ich feststellte, daß wir es allein diesem forttönenden Trillern auf dem Gebirgskamm zu danken hatten, wenn wir unbemerkt bereits in Reichweite von dreihundert Schritt dem flackernden Rande der Versammlung nahe gekommen waren. Die Versammelten saßen abgewandt, den Rücken uns zugekehrt, und schienen einzig den vibrierenden Ruf der hellen weiblichen Stimmen über dem leuchtenden Saum im Osten hingegeben.

So ritt ich vorwärts, und mein Herz dröhnte mir in den Ohren. Auf einmal verstummte das Klingen oben. So unvermittelt war es ausgelöscht wie ein Licht in einem Zimmer tief in der Nacht. In dem schwarzen Schweigen, das folgte, klang der Laut unserer Pferdehufe auf wie das Hereinbrausen Siegfrieds durch den feurigen Wall des schlafenden Palastes der Brunhilde.

Im gleichen Augenblick war die eben noch kauernde Versammlung auf den Füßen, wandte sich um und starrte uns erschrocken entgegen. Soweit ich sehen konnte, waren alle ohne Ausnahme in demselben Moment herumgeschwenkt, sogar der König selbst und der ganze Kreis seiner Indunas, die dicht unter dem Eingang der Höhle auf ihren Matten von Leopardenfellen saßen. Was einer tat, das mußten alle Fünfzigtausend tun. Wie sollte ich diesen Bann brechen?

Unwillkürlich zog ich mein Pferd scharf an und winkte dem alten königlichen Induna zu, an mir vorbeizureiten und die Führung zu übernehmen. Langsam im Schritt reitend, kam er herum, führte sein Pferd zwischen mich und die Menge und brachte es zum Stehen. Immer noch kein Laut. Das Volk stand nur da und starrte auf uns in einem seltsamen sehenden Nichtsehen und Nichtbegreifen. Auch auf dem Kamm verharrten die hunderttausend Frauen und Kinder schweigend. Mir war zumute, als vereinige sich das Licht all dieser Tausende von Augen in dem Brennglas ihrer zornigen Abwehr. Und das gleiche gefährliche Spiel wiederholten die glühenden Sonnenstrahlen auf meinem Schädel als Brennpunkt.

Noch einen Blick sandte ich um mich, als koste ich ein letztes Mal von der Schönheit jenes lieblichen Tages, und als trinke ich ein letztes Mal aus jenem tiefen unerschöpflichen Kelch des Himmels, der so heiter dalag, unzugänglich für den jäh aufgekommenen Wahnsinn, der uns einzingelte. Wie nahe die Versammlung dem Rande des Abgrunds war! Ich hörte die Wasser weit drunten in der Schlucht stöhnen wie Wind ohne Ausweg. Eine schwarze Krähe flog über uns mit melancholischem Krächzen. In der Öffnung der Höhle schien sich etwas plötzlich zu bewegen und eine wachsam abwartende Stellung einzunehmen. Was es war, konnte ich nicht entziffern; ich war zu weit davon entfernt. Doch gewahrte ich, wie die Sonne ihren Weg verlegte und die Klippe nur drei Fuß über der Mündung der Höhle streifte. Wie ein Löwe um eine Säbelantilope schleicht, so beschlich sie den Schatten, und die Widerspiegelung des lohfarbenen Strahlenmantels machte aus dem Schwarz ein milchiges Purpur.

Wie dicht die Menge stand – in Wellenlinien auf dem Hang, wie schwärmende Bienen oder springende Heuschrecken, die sich gegen die Kälte zusammenballen! Und wie unentwegt sie starrten! Würden sie sich niemals entspannen und sprechen? Ich kann mir nicht denken, daß es wirklich so lange dauerte, wie ich es spürte; mir schienen Stunden zu vergehen, bevor eine Bewegung ausgelöst wurde. Es begann ganz zu oberst in der Menge auf dem Abhang unter der Höhle, wo der König und seine Indunas standen. Offenbar hatte der König seine Sprache wiedergefunden. Eine Kette lauter Stimmen brauste nun auf uns los und gab seine Frage weiter: „Wer kommt hier so ungesittet und stört uns zu dieser späten Stunde?"

„'Nkulixos Bruder, der Großonkel des Königs und der älteste seiner Indunas; und seine hohe Aufgabe gegenüber dem Traume möge entschuldigen, daß er gegen alle Sitte so spät kommt", antwortete mein ehrwürdiger Vater, ohne sich von der Stelle zu rühren. Zum Unglück trug seine greise Stimme nicht weit, und es mußte mehrmals hin und her gerufen werden, bis seine Antwort klar zu dem König drang. Sofort ging eine heftige Gegenwirkung von einigen Männern aus, die dem König zunächst standen.

Wieder war ich zu weit entfernt, um Einzelheiten zu sehen, aber so viel war sicher: ein wütender Protest bereitete sich da vor gegen die Zulassung des königlichen Indunas zu der Versammlung. Unter normalen Umständen hätte ich fest damit gerechnet, daß der König diese Art Protest meistern konnte. Aber an diesem Tage zweifelte ich daran. Wenn man es mit derartigen Menschenmengen zu tun hat, mußte vor allem sofort gehandelt werden, ganz gleich wie, das war mir klar. So gab ich meinem Pferde die Sporen, ritt an den alten Induna heran, gab seinem Pferde von hinten einen leichten Schlag und sagte: „Reite nur weiter, ehrwürdiger Vater, du weißt, sie haben kein Recht, dich von der Zusammenkunft auszuschließen."

Wir waren noch keine fünfzig Schritt geritten, während die Menge in Schweigen zurückfiel und nach Atem rang bei diesem erneuten Überfall, als wieder ein Ruf von dem andern Ende der Versammlung ertönte, wo der König stand: „Halt, halt! Und erwarte des Königs Entscheidung."

Der alte weise Vater hielt sein Pferd an, doch nur eine Sekunde lang. Durch mich ermutigt, antwortete er mit Unwillen über die unwürdige Behandlung, so daß alle es hören konnten: „Seit wann hat der älteste Induna im Lande auf einen Entscheid zu warten, um einer Versammlung des Volkes beizuwohnen? Es ist seine Pflicht und sein Recht, anwesend zu sein. Was für eine fremde neue Sitte ist dies, ihr Leute von Umangoni? Ich weigere mich zu warten!"

„Wohl getan, weiser Vater, wohl getan", bestärkte ich ihn und vernahm, wie durch seine Worte, wenn auch zögernd, ein billigendes Murmeln der Menge abgerungen wurde. Ist doch ihr einziges Gesetz die Volkssitte, die nirgends geschrieben steht. „Nun warte nicht länger, reite schnell auf sie zu, bis du ihnen gegenüberstehst."

Ich wartete seine Einwilligung nicht ab, sondern trieb sein Pferd so forsch an, daß es in vollem Galopp gegen die Menge anging, und ich selbst folgte ihm mit tief gesenktem Kopf dicht auf den Fersen. Als die Stammesgenossen die Pferde mit solcher Entschlossenheit auf sich zukommen sahen, öffneten sie ihre Reihen. Wie sich die dicht gedrängte Menge aufschließen konnte, weiß ich nicht zu sagen, aber wundersam spaltete sich eine enge Gasse für uns, wie einst die Wasser des Roten Meeres sich vor Moses' Wort teilten.

Bis zu diesem Augenblick waren die Leute in jener Beleuchtung, wie durch ein Wunder, – dank Tickies Decke und des schwarzen Sonnenbrandes auf meinem weißen Gesicht – nicht gewahr geworden, daß des Indunas Begleiter ein roter Fremdling war. Bei jeder anderen Gelegenheit – ohne die archaische Konzentration, die ihre scharfen Sinne jetzt fesselte – hätten sie mich an ungezählten Dingen herausgekannt: von meinem Reitpferd und seinem Geschirr bis zu meinem Sitz im Sattel und Griff in die Zügel. Hier aber, als sie nun schließlich mein Gesicht mitten unter sich erblickten, war es so unerwartet, so unfaßlich innerhalb der Vorstellungswelt, in der sie gefangen waren, daß sie als erstes ihren Augen nicht trauten und just so lange sprachlos waren, bis wir vor dem König und seinen Indunas standen. Als ich aber nun von meinem Reitpferd sprang und meinen greisen Induna von seinem Pferde herabhob, da rann das Gewahrwerden meiner Gegenwart wie ein Grasfeuer durch die Reihen, darüber schwärmte ein instinktiv empörtes Gemurre, ob der gröblichen Verletzung der Sitte.

Als der König mich sah, brauchte er keine Anfeuerung durch den Widerspruch, der sich im Volke erhob, oder durch den hageren, finsteren Ghinza und andere Indunas, die ihn umstanden. Seine Augen blitzten vor Zorn. Er sah an mir vorbei und übersah geflissentlich meinen schneidigen militärischen Gruß. Und mit äußerster Zurückhaltung, wie Wasser kurz vor dem Sieden, sagte er zu seinem Onkel, als dieser der Sitte gemäß den Boden zu seinen Füßen küßte: „Wohl magst du das Recht haben, anwesend zu sein, mein Onkel, aber du weißt, es ist Verrat, einen Fremden zu einer solchen Versammlung mitzubringen, noch dazu einen Roten."

Er sprach nicht laut, jedoch mit so beißender Präzision, daß ich glaube, seine Stimme wurde in jener stillen Luft von einem bis zum anderen Ende der Versammlung getragen. Ein zorniges Zustimmen grüßte seine Worte. Und so dicht gepreßt die Versammlung auch stand, so wurde sie doch von einem krampfhaften Wogen ergriffen, so daß eine Welle von Menschen auf dem Hang näher zu uns hinaufgehoben wurde.

Das willige Herz meines greisen Indunas schien für einen Schlag auszusetzen gegenüber all dieser Feindseligkeit; ich bin der Letzte, der ihn deswegen tadeln würde. Weder weiß ich, was für eine Strahlung es ist, die von einer Menschenmenge ausgeht, noch könnte ich sagen, auf welche Weise sie sich fortpflanzt; dies aber weiß ich sicher: sie ist eine ebenso feste Größe, mit der man rechnen muß, wie Eisenbeton. Ich selbst fühlte mich dem Ersticken nahe, so überwältigt war ich von jeder Regung, die aus Herzen und Köpfen jener Menschen an mich herandrang. Ich bin nicht sicher, was ich getan hätte, wenn nicht von weither, tief in mir, jenseits allen bewußten Denkens oder Wollens, die Geschichte von Jahrhunderten, die ich in meinem Blute trug, die Führung in mir übernommen hätte.

Ich sah den greisen Induna sprachlos zu Füßen eines empörten Königs liegen. Das volle, ebenmäßige Antlitz des Königs glühte vor Entrüstung. Sein purpur-goldener Königsumhang war zurückgeworfen und die Leopardenfelle, Zeichen seiner königlichen Würde, bauschten sich um seine Hüften.

In der gleichen authentischen Sindakwena-Mundart wie der König selbst sagte ich fließend in gebieterischem Tone, den ich bei mir selber nicht vermutet hätte: „Ihr seid zu rasch, Königliche Hoheit. Seit wann urteilt ein Nachkomme Xeilixos, bevor er den Grund der Klage gehört hat? Wenn dies Verrat sein soll, so ist es eine geringe Übertretung, verglichen mit dem großen Verrat in Eurer Mitte, der die Ursache war." Bei diesen Worten sah ich Ghinza scharf an, der mit einer Mischung von Wut und Verwirrung in den Augen auf mich blickte. Dann fügte ich hinzu: „Außerdem, auch wenn ich ein Roter bin, so bin ich Euch doch kein Fremder! Habt ihr mich vergessen und jene Tage, als ihr mit meinem Vater, dem Häuptling ohne Land, auf Jagd nach Elefanten zogt?"

Im Nu stieg ein neuer Lärm aus der Menge auf, der es leichter war, sich in Wißbegier auszudrücken als vorher in ihrem Zorn. Die Versammelten waren höchst erstaunt, einen roten Fremden Sindakwena sprechen zu hören als sei er einer von ihnen. Überall beeilten sich diejenigen, die mich kannten oder von mir wußten, den Tausenden von anderen Unwissenden zu erklären, wer und was ich war. Inmitten des Lärmens sah ich, wie Ghinza sich zu einem anderen Manne hinter den Indunas beugte und ihm etwas ins Ohr flüsterte. Ich beob-

achtete dann aus den Augenwinkeln, wie jener Mann schnell aus dem königlichen Kreis herausschlüpfte und hinter dem Rand verschwand, der unter der Höhle mit Euphorbien besetzt war; dort plätscherte das Sonnenlicht gerade jetzt wie Meereswellen gegen die schwarze Öffnung.
Dann sprach der König, dem aller Zorn vergangen war, zu mir mit einer Miene tragischer Entschlossenheit: „Eure Gegenwart hier ist schon genug Gehör; und daß ihr uns kennt, Sohn eines Häuptlings ohne Land, sollte ein Grund mehr sein, nicht zu einem Treffen zu kommen, das nur für die Amangtakwena bestimmt ist. Wenn ich Euch auch kenne, so kennt doch dieses Ereignis Euch nicht.
„Nein, das trifft nicht zu", sagte ich unerschrocken. „Ich mußte kommen. Das Ereignis befahl mich her. Durfte ich, der ich euch alle kenne und euch vertraut bin, gleichgültig danebenstehen, während andere Unheil für euer Volk heraufbeschwören? Mein König, fragt euren Onkel, diesen weisen Greis! Ich bin nur hier, weil er ohne mich nicht hätte kommen können. Aber ohne sein Kommen würde euch in wenigen Minuten wieder ein Traum aufgezwungen werden; es ist nicht der Traum, den euer Großvater euch versprach. Nein, dies ist ein Traum, der sogar noch falscher ist als derjenige, welcher vor hundert Jahren die Amangtakwena fast ausgelöscht hätte."
Aber weiter kam ich nicht. Das war zuviel für Ghinza. Er sprang an die Seite des Königs, zeigte auf den königlichen Induna, der immer noch auf die Erlaubnis wartete, aufzustehen, und schrie aus voller Kehle: „Habt ihr nicht genug gehört? Was für einen Beweis wollt ihr noch für des alten Mannes Verrat, Vetter? Hört ihr es nicht, er hat diesem roten Fremden vom Traum erzählt. Es gibt nur eine Antwort darauf: Werft sie über die Klippe!"
Ein Heulen wortloser Zustimmung wie das Wehgeheul einer hungrigen Meute Hyänen stieg hoch – von den meisten aus der Menge, nicht aber von allen. Auch ver-

riet mir etwas in des Königs Augen, während er zuhörte, daß Ghinzas Stimme in seinen Ohren keine angenehme Musik war.

So schlug ich zurück, so rasch ich konnte, und rief laut: „Ghinza!" Seine Betroffenheit beim Klang seines Namens war nicht zu verkennen. „Ghinza! Sieh mich an!" Zögernd wandte er mir das Gesicht zu. „Ja, sieh mich nur an, denn du hast dieses Gesicht schon einmal gesehen." Bei diesen Worten blieb nichts als Bestürzung in jenem verbissenen, kalten, unzufriedenen und ehrgeizigen Gesicht. „Jawohl, du sahst es vor einigen Wochen. Hinter einem Vorhang verborgen hast du es an Deck des *Sterns der Wahrheit* gesehen – für dich war es der Svensky Pravdi – in Port Natal. Nun, ich sehe, du erkennst mich! Ich weiß alles; alles über dich und deinen Verrat in Taschkent!" Ghinza war jetzt grau – nicht vor Furcht, denn ich glaube, daß er den Sinn dieses Wortes gar nicht kannte, – sondern vor dämonischer Wut, die vor keinem Risiko zurückschreckte. Ich wandte mich voller Verachtung von ihm ab und sprach direkt zum König: „Dieser euer Vetter, der einen weisen, ehrwürdigen Induna anklagt, den Traum verraten zu haben, hat selbst diesen Traum nicht nur an einen, nein, an Tausende roter Fremder verraten. Ich bin ihm wochenlang gefolgt seit der Nacht, in der er den Sohn dieses ehrwürdigen Vaters, Kawabuzayo, ermordet hat."

„Eine Lüge! Alles lauter Lügen! Über die Klippe mit ihnen", schrie Ghinza außer sich. Aber diesmal blieb die Menge still.

„Wenn es lauter Lügen sind", forderte ich ihn heraus, „wo ist Kawabuzayo, der ausging, dich zu treffen, und der ebensoviel von dem Traum wußte wie du, Ghinza? Warum ist er nicht hier?"

„Weil er einen Ersatzmann geschickt hat", rief Ghinza aus und heftete seine Augen verzweifelt auf die Öffnung der Höhle.

„Dieser weise Vater wird dir gleich zeigen, wie falsch der Ersatzmann ist", antwortete ich, beugte mich in schnellem Entschluß herab, hob, ohne den König um Erlaubnis zu fragen, den alten Induna auf seine Füße und zeigte ihn der Menge. Viele kannten ihn vom Äußeren und alle wußten von seinem hohen Ansehen. „Er weiß, daß Kawabuzayo tot ist. Er weiß, daß sein Sohn von Ghinza gemordet wurde und in meinem Hause starb, weil er das Geheimnis von 'Nkulixos Traum nicht verraten wollte –"

Als der alte Induna zur Bekräftigung meiner Worte nickte, blitzte sein breiter Metallring im Sonnenlichte auf. Der Anblick dieses würdevollen greisen Hauptes erregte den ersten ernsthaften, bewußten Zweifel in der Stimmung der Menge.

Ein Induna, ein Vetter von Kawabuzayo, trat plötzlich vor und sagte ruhig: „Bitte laßt den roten Fremden weitersprechen – bis zum Ende."

„Vetter, ich schwöre dir in 'Nkulixos Namen, es ist alles Lüge", unterbrach Ghinza und begann mit zorniger Wucht beim König für sich zu zeugen. „Denkst du, der Umbombulimo würde die Erinnerung des Volkes verraten? Denn das will euch der rote Fremde glauben machen. Frage doch den Umbombulimo!"

Der Hieb traf! Das tiefe Gemurmel des Einverständnisses von der Menge und der neue Schatten in des Königs Augen zeigten, wie genau er sein Ziel getroffen hatte.

„Im Namen Xeilixos, ich sage euch, meine Worte sind wahr", parierte ich schnell seinen Stoß und wandte dabei den heiligsten Eid der 'Takwena an. „Diese Wahrheit kann sehr leicht bewiesen werden, oh König: nicht durch das, was ich sage, oder diesen Verräter Ghinza, der für Geld den roten Fremden dient und nach deinem Amte trachtet – sondern durch die geheime Probe, die 'Nkulixo vorgeschrieben hat. Dies ist der einzige Grund, warum ich euren ältesten Induna hierher gebracht habe. Er wird darauf achten, daß 'Nkulixos Weisungen für den Traum getreu befolgt werden. Der Traum bedarf der Prüfung. Führt die Probe durch, ich bitte euch, oh König! Wenn der Traum falsch ist, so wißt ihr, was zu tun bleibt. Wenn er dagegen wahr ist, wohlan, ich bin heute nicht als ein roter Fremder hierhergekommen, sondern als einer von euch. Wenn der Traum wahr ist, werde ich diesen greisen Vater bei der Hand nehmen und mit ihm über die Klippe gehen, wie die Sitte es verlangt. Als Pfand für mein Wort gebe ich euch dies." Hiermit tat ich mein Gewehr ab und legte es auf den Boden vor den König.

Dennoch verhielt sich die Menge noch immer schweigend. Da ich ihre Eigenart kannte, unmittelbar auf ein wahres Wort zu reagieren, wenn es mit der dazu passenden dramatischen Geste verbunden ist, hatte ich alles auf diese psychologische Wirkung gesetzt. Als sie nun aber noch immer totenstill blieb, wurde ich von düsteren Ahnungen befallen. Ich sah zur Bläue des Himmels und zum Sonnenlichte auf, das sich wie Wein in die Schale des Tales ergoß. Hoch oben war ein Geier auf einer einsamen Streife. Dann blickte ich hinüber zu der Mündung der Höhle, deren Gestein von schimmerndem Gold und Rot und malvenfarben war. Ja, der entscheidende Augenblick war gekommen, es war mir nicht leid. Ich wäre froh, wenn nur erst diese entsetzliche Ungewißheit ein Ende hätte. Denn nun erschien der Umbombulimo, in seinem Rock aus Pavianschwänzen rings eingehüllt, mit einem Kopfschmuck aus Schakalpelz und Adlerfedern, einem Kragen aus den zarten V-Knochen des Löwen. In der Hand hielt er einen langen gegabelten Stock, in dem eine kürzlich getötete gelbe Kobraschlange steckte. Ghinzas Bote folgte dicht hinter ihm als Deckung. Langsam tauchte der Umbombulimo aus der purpurnen Höhle auf, in sonderbar feierlichen, medialen Tanzschritten.

Dies alles gewahrte ich in einer kurzen Sekunde, doch lang genug, um mir zu zeigen, daß ich augenscheinlich meine Wirkung verfehlt hatte. Und doch gewann die versammelte Menge erst jetzt, als sie zum ersten Male den Blick auf den Umbombulimo und Bewahrer der Volkserinnerung richtete, ihren Atem wieder. Ein ungeheurer Ruf brach plötzlich aus ihr los wie ein Sturm.

„Er spricht gut, dieser Sohn eines Häuptlings ohne Land! Ja: Laßt die rechten Männer den Traum erproben!"

„Jawohl, laßt die rechten Männer den Traum erproben!" donnerte der Umbombulimo von oben, der nun erst in voller Größe vor der Menge erschien. Diese schaute erschreckt auf und schwieg sogleich still. „Aber laßt uns zuerst die falschen Männer entfernen. Über die Klippe mit diesem alten Verräter-Induna und dem roten Fremden, der hier kein Recht hat."

Ich vermute, die Priester einer jeden Religion, die uns fremd ist, haben etwas Übertriebenes an sich, das an die Karikatur grenzt. So manchem Beobachter der Szene aus sicherem Abstand und mit kaltem Blute würde – glaube ich – der Umbombulimo eher komisch vorgenommen sein, wie er so in seiner altertümlichen Aufmachung dastand. Mir keineswegs, das muß ich sagen. Wenn hier wirklich etwas an ihm und seinem feierlichen Auftreten lächerlich war, so nur ein Anflug von Spott in seiner phantastischen Erscheinung, welche ein klassisches Schicksal heimtückisch benutzt, um seiner Lieblingstragödie eine besondere Wendung zu geben. Während ich ihn beobachtete, wie er mit der außerordentlichen Würde eines Satyrs auftrat – ein absonderlich dämmernder Kompromiß von Mensch und Tier im Lichte eines kompromißlosen Frühlingsmorgens – gewahrte ich die ungewöhnliche Stille, die seine Worte und sein Erscheinen über die Versammlung verhängt hatten. Tiefe Furcht ergriff mich vor der Macht der Bindungen des Volkes an ihn und seine Kunst, von Kind auf, und vor der Auswirkung dieser Macht auf das so typische Quecksilber-Element in der Stimmung einer großen Versammlung afrikanischer Stämme.

Energisch trieb ich den königlichen Induna an: „Schnell, weiser Vater, antwortet ihm furchtlos. Vergeßt nicht, er ist ein Verräter, wie die übrigen, und kein Geist eurer Ahnen wird ihm beistehen. Im Namen Xeilixos, entgegnet ihm als der Mann, der ihr seid!"

„Bewahrer der Volkserinnerung", begann da mein tapferer alter Kampfgenosse mit eindrucksvoller Würde.

„Auch ihr seid ein Diener des Traumes und nicht sein Gebieter. Auch ihr müßt euch der Probe unterwerfen. Ihr seid es nicht, der zu entscheiden hat, wer die rechten und wer die falschen Männer sind. Horcht, ihr Männer von den Amangtakwena, hört zu, ihr alle, die wir Brüder nennen..." Und der weise alte Vater war nun wie ein Schiff, das vom Stapel lief, segelte mit einer starken Flut zu dem Meere einer von oben eingegebenen Sprachgewalt, die selbst dieser alte Versammlungsort noch nie erlebt haben mochte. In flammenden Worten erzählte er ihnen, wie 'Nkulixo auf dem Totenbette nach ihm gesandt und von einem Traum erzählt hatte, den er beim großen Flamingowasser vorbereiten wollte. Dann hatte er ihn eingeweiht, auf welche Weise das Volk, wenn ein Traum verkündet wurde, entscheiden könne, ob er nicht etwa falsch sei. Ja, 'Nkulixo hatte ihm die gesamten Proben für eine Reihe Träume anvertraut und ihn gebeten, das Geheimnis zwischen den männlichen Gliedern zweier Familien zu verteilen: seiner eigenen und der des Vaters von Ghinza. Niemand anders – vor allem nicht der Bewahrer der Erinnerung des Königs, welcher schon früher versagt hatte – sollte das Wissen um das Geheimnis teilen. Am Tage der Traumoffenbarung jedoch sollten die beiden ältesten Mitglieder der beiden Familien die Glaubwürdigkeit des Traumes erproben, noch bevor er verkündet werde. Jawohl, so betonte er und hob bebend und mahnend den langen Schwurfinger zur Menge auf, die Probe sollte vorher geschehen, nicht nach der Enthüllung des Traumes. Da er selbst so alt war, hatte er Kawabuzayo beauftragt, seinen Anteil an der Probe anstatt seiner auszuführen. Aber Kawabuzayo war tot, er hatte es erst vor kurzem erfahren. Darum war er so spät gekommen. Aber wenn es auch spät und gegen die Sitte war, er war verpflichtet, zu kommen. Es ist wahr, Ghinza hatte behauptet, Kawabuzayo habe einen Stellvertreter entsandt. Wohlan, laßt Ghinza und den Stellvertreter vortreten und dem Umbombulimo die Fragen vorlegen, welche die Probe verlangt. Um seine eigene Aufrichtigkeit zu zeigen, wolle er nun den

König und drei Indunas auf die Seite führen und ihnen die Fragen anvertrauen, die von 'Nkulixos festgesetzt waren. Doch bis dahin möge der Umbombulimo schweigen, eingedenk dessen, daß er ein Diener des Traumes sein solle und nicht sein Meister.

Vom Beginn bis zum Ende der Rede hatte der greise Induna die Versammlung völlig in der Hand – in seiner vornehmen alten Hand! Nicht etwa, weil er so gut sprach. Am Ende seiner Ansprache wurde ein so herzlicher Ruf des Einverständnisses laut, daß sogar Ghinza und der Umbombulimo eine freundliche Aufnahme vortäuschen mußten, auch wenn sie weit entfernt davon waren, etwas dergleichen zu fühlen.

Ghinza – das muß man ihm lassen – fehlte es niemals am Mut zur Entscheidung, und so war er auch hier der erste, der handelte. Er winkte befehlend herüber zu jemand im Hintergrund. Ein stämmiger, verdrießlicher, hartnäckiger und aggressiver 'Takwena trat hervor, ebenfalls ein Vetter des Königs und daher ein geeigneter Stellvertreter für Kawabuzayo. Doch war auch er ein Absolvent von Taschkent und dementsprechend mit Doktrinen infiziert. Denn ich erinnerte mich, ihn auf dem Deck des *Sterns der Wahrheit* mit Ghinza gesehen zu haben, damals an jenem Gewitterabend, als das Schiff so siegessicher in das große Flamingowasser gedampft war. – Als wäre seitdem ein Zeitalter vergangen, so lange her kam es mir vor.

„Hier ist er", sagte Ghinza zu dem König und ging so weit in seiner anmaßenden Herausforderung, daß seine Haltung, die unbeteiligt wirken sollte, gefährlich nahe an grobe Mißachtung grenzte. „Hier ist Kawabuzayos Vertreter und hier bin ich. Sollen wir beginnen?" „Jawohl", erwiderte der König und musterte ihn scharf. „Ja, laßt uns die Probe beginnen und du, Vetter, fängst an."

Darauf schwenkte Ghinza arrogant herum und schritt den Abhang hinauf mit jenen gespannten, langen nervösen Schritten, die ihm eigen waren, von so beherrschter Straffheit, daß sein Rücken, gerade wie ein Assegai-Speer, zu zittern schien wie der Schaft vor dem Wurf. In voller Sicht für den Stamm kletterte er zwanzig Schritte hinauf, hielt einen Schritt vor dem Umbombulimo, erhob seine Hand zum königlichen Gruß und stieß diese Worte mit seiner läutenden, hochgetriebenen, metallischen Stimme aus: „Umbombulimo und Bewahrer der Volkserinnerung, ich grüße euch und will euch drei Fragen über den Traum stellen, den euch – wie Ihr sagt – 'Nkulixo für das Volk geschenkt hat. Was trug 'Nkulixo auf seinem Kopf in dem Traum? Warum trug er nicht wie sonst eine Feder in seiner Hand? In welcher Hand hielt er seinen Speer?"

„Du richtest deine Fragen an mich in der Weise eines Schakals, der einen Haken schlägt, um zu verbergen, daß er vorzugehen strebt", dröhnte der Umbombulimo unverzüglich zurück. „Ich aber will sie in der Art eines Königs beantworten. 'Nkulixo trug nichts auf seinem Haupt, denn sein Haar war weiß vor Weisheit. Weisheit war sein einziger Schutz. Seine linke Hand war nicht leer, sondern, wie stets, offen, und Xeilixos heilige Flamingofeder lag in ihrer Mitte. 'Nkulixo trug keinen Speer, sondern in seiner Rechten ein Buch der Gelehrsamkeit mit einem Namen, der einmal kommen soll. Spreche ich wahr oder unwahr, Bruder des Königs?"

„Ihr sprecht die Wahrheit, so wie es mir geheißen wurde von meinem Vater und von seinem Vater vor ihm. Im Namen Xeilixos, ich bezeuge es."

„Vielleicht will der graue alte Verräter neben dir sagen, mein Vetter, ob meine Worte wahr sind oder nicht?" konnte sich der Umbombulimo nicht enthalten zu bemerken.

„Wahrlich, es ist wie 'Nkulixo es geboten hat", entgegnete mein weiser alter Vater, unberührt von dem Spott, und das tiefe Summen des Beifalls und der Erwartung, welches von der Versammlung aufbrach, wuchs zu einer so lauten Woge an, daß sie über das Tal hinwegrollte und sich über dem Bergkamm brach, der von den Frauen und Kindern des Volkes eingesäumt war. Erregt hielten alle den Atem an.

Wieder rührte es sich in der Menge: Kawabuzayos Stellvertreter trat nun vor, und von neuem überfiel mich die Furcht. Was soll werden, wenn dieser naive, derbe Bursche wirklich eine wahre Eingebung hatte? Was soll werden, wenn noch ein anderer die Schweigepflicht verletzt und ihm die echte Probe verraten hatte? Das Ende für dich, Pierre de Beauvilliers. Ich konnte nicht anders, ich mußte zu dem zackigen Rand des Abgrunds hinüberschauen, aber ich folgte dem Gedanken nicht weiter. Ein „Dennoch" hatte meinen Mut bis hierher bewahrt. Das stimmte, ohne ein anderes tiefliegendes „Dennoch" im Kern meines sich zurückziehenden, vergänglichen Wesens würde ich heute überhaupt nicht hier stehen. Ich war bereit, das weitere dem Schicksal zu überlassen.

Unwillkürlich kreuzte ich meine Arme und beobachtete diesen ungestümen, massiven 'Takwenaprinzen, wie er zu dem Umbombulimo hinaufkletterte. Dann hörte ich ihn brüllen wie einen der Bullen, für die sein Land so berühmt ist: „Bewahrer der Volkserinnerung, auch ich frage drei Dinge. Warum kam 'Nkulixo im Traum nicht allein zu dir? Was für ein Fell trug er um die Hüften? War sein Ring um den Hals aus Kupfer, aus Gold oder Elfenbein oder war er aus schwarzem Eisen?"

„Deine Worte sind so listig wie die Tritte der Hyänen", sagte der Umbombulimo und strahlte vertrauensvoll, aber ich will sie offen beantworten, wie der Löwe brüllt. 'Nkulixo kam allein; er trug kein Fell um die Hüften, sondern stand da und stützte sich auf einen großen Kriegsschild. Der Ring um seinen Hals war weiß wie sein Haar und aus Elfenbein. Spreche ich wahr oder unwahr?"

„Im Namen Xeilixos, ich schwöre: du sprichst die Wahrheit", rief der 'Takwena und drehte sich erwartungsvoll um.

Aber diesmal brach kein Laut aus der Versammlung. Es gab nur ein unbehagliches Murmeln unter den Indunas dicht bei dem König. Dann trat der König selbst vor. Aus der Weise, wie er schritt, als trage er die Welt auf seinen Schultern, wurde offenbar, daß etwas Furchtbares zu geschehen anhob. Doch was? Anerkennung der

Probe? Befehl, den Traum zu verkünden? Es war unmöglich, aus seiner Haltung zu erraten. Fünfzigtausend Stammesbrüder – mit dem Ausdruck von Kindern, die auf den Schluß eines Märchens warten, eines der grimmigsten von Grimm – richteten sich schweigend auf und wandten kein Auge von ihm. Da kam noch einmal von den Hügeln oben jenes Einziehen des lange zurückgehaltenen, schwebenden Atems von Tausenden von Frauen und Kindern.

„Ist da nicht noch eine Frage übrig, die er versäumt hat zu stellen?" Der König streifte absichtlich den düsteren 'Takwena, ohne ihn zu beachten. Dabei rief er den Umbombulimo auf wie ein Richter einen entscheidenden Zeugen. „Ist da nicht soeben etwas vergessen worden?"

„Wie Ihr sehen könnt, o König....", begann der Umbombulimo, der durch den Ton der Frage gewarnt war, und fuhr mit vorsichtiger Zweideutigkeit fort, „ich warte noch."

„Dann sage mir, welche Farbe 'Nkulixo im Traume hatte, und sage es augenblicklich", fuhr der König ihn streng an.

„Wie immer war 'Nkulixo schwarz, schwarz und glänzend wie der Elefantenbulle, wenn er aus den Wassern des Uhlalingasonki kommt nach seinem Bade in der Sommerhitze, schwarz –"

„Genug!" Der König schnitt seine Rede ab mit einem Ton in der Stimme, der bitter und voll unverhohlenem Widerwillen war, und nochmals mit einer wegwerfenden Handbewegung nach vorn: „Genug!"

Schwer getroffen wandte er sich um und stand ein oder zwei Fuß unter dem Umbombulimo, der hinter seiner gelben Kobrastandarte sich immer noch den Anschein eines Vertrauen einflößenden Würdenträgers gab. Hätte er des Königs Antlitz sehen können, so wie ich es jetzt sah – er wäre vielleicht gestrauchelt. Während einer Spanne von mindestens einer halben Minute stand der König in so großer Stille, daß ich den Hauch des tiefen, von Furcht erfüllten Atems der Menge hören konnte, wie er sich mit dem unpersönlichen Rascheln des unsteten, launenhaften Morgenwindes vermischte. Dann hörte ich das Blut in meinen Ohren singen und Ghinza, der dicht bei mir stand, etwas in seiner Kehle hinunterschlucken. Was des Königs Sinn durchzog, vermag ich wirklich nicht zu sagen, aber jener Blick in seinen Augen zeugte von einer bitteren Enttäuschung und Verlorenheit. Ich konnte nur erraten, daß sein Herz jetzt nicht Raum und Zeit wahrnahm.

Nachdem mindestens eine Minute vergangen war, winkte er seine Indunas zu sich. Alle kamen schnell, Ghinza auch, aber noch ehe er in seiner Nähe war, winkte der König ihm ab. Als die anderen Indunas ihn erreicht hatten, sprach der König sie kurz mit gedämpfter Stimme an. Ich konnte seine Worte nicht hören, aber aus der Art und Weise, wie sie mit ihren beringten Köpfen nickten und sich alle unverzüglich in einem Halbkreis vor ihm niederließen, – erkannte ich, daß sie ihm einmütig zustimmten und seine Entscheidung – zum Guten oder zum Schlimmen – angenommen hatten.

„Leute von Amangtakwena und ihr, unsere Brüder" – der König sprach mit der eindringlichen Stimme unumstößlicher Entschlossenheit – „Es ist hier kein Traum zu verkünden. Es ist kein Traum geträumt worden. Die Probe zeigt, daß Prinz Ghinza und der Umbombulimo falsch sind und versucht haben, euch zu hintergehen. Die erste Hälfte der Prüfung, die Prinz Ghinza anvertraut war, wurde von dem Umbombulimo richtig beantwortet. In der zweiten Hälfte, die nicht Prinz Ghinza anvertraut war, versagte der Umbombulimo. Niemals gab es drei Fragen in dieser zweiten Hälfte, wie der Stellvertreter behauptete, den Prinz Ghinza uns vorführte. Es gab nur eine einzige Frage – die eine, die ich stellte: ‚Von welcher Farbe war der große 'Nkulixo in dem Traume?' Die Antwort darauf lautet nicht ‚schwarz'. Hört aufmerksam zu, oh ihr Leute von Umangoni und ihr alle, die wir Brüder nennen. Am Tage seines Sterbens sagte 'Nkulixo diesem weisen alten Vater, seinem Bruder, er werde nun einen Traum für alle am Großen Flamingowasser vorbereiten, denn kein Volk könne lange Zeit hindurch ohne Träume leben. Wenn es keine wahren Träume hat, würden falsche aufgezogen werden, um deren Platz einzunehmen. Damit das Volk den wahren Traum von den vielen falschen unterscheiden könne, weihte er diesen alten Vater ein, durch welche Kennzeichen der eine unter den vielen herausgelesen werden könne. Das bedeutsamste dieser Zeichen war die Farbe, in der er, 'Nkulixo, im Traume erscheinen werde. Niemals wieder – so sagte 'Nkulixo – kann ein Traum ganz schwarz oder ganz weiß sein. Kein wahrer Traum – so sagte er – kann jemals wieder für sein Volk möglich werden, bis das verschwindet, was weiß und schwarz so gefährlich für einander mache. Dies ist es, was er kund gab: in dem großen zukünftigen Traum wird er weder schwarz noch weiß sein, sondern gelb, so gelb wie die heilige Schlange in der Gabel dieses Stockes, den der Verräter hinter mir in der Hand trägt... So ist offenbar geworden, daß hier kein Traum geträumt worden ist, und alles, was euch zu tun bleibt, ist zu sagen, was mit jenen geschehen soll, die den Traum verraten haben."

Der König brach ab und wartete. Seine Augen blickten auf sein Volk von Fünfzigtausend, aber ich glaube, er sah im Geiste nur eine neue Ära ohne Träume für sie alle. Vielleicht erwog er bitter, wie und wann diese enden werde. Gewiß dachte er voller Schmerz daran, wie tröstlich es gewesen wäre, was für ein wunderbarer Tag, wenn er einen wahren großen Traum hätte verkünden dürfen.

Die Versammlung – auch wenn sie sich dessen nicht bewußt war – fühlte das gleiche, dessen bin ich sicher. Ein schweres Seufzen, ein deutliches, bedauerndes „E–eh!" fiel wie Blei von fünfzigtausend Lippenpaaren. Es folgte ein sonderbares, zögerndes, rieselndes Wimmern den morgendlich schimmernden Bergkamm entlang – von einer Frauenseele übergreifend zu hunderttausend anderen.

Ich sah Ghinza an, aber er blickte nicht zurück. Einzeln und abseits von seinem Volke in seinem Stolz, Ehrgeiz und Eigenwillen – nun in der endlichen Niederlage aller drei –, sah er sich genau denselben Leidenschaften ausgeliefert, die er getrachtet hatte, auszunutzen. Nun war er ein Gefangener der Situation, die er so berechnend hergestellt hatte. In seinem Schuldgefühl wirkte er, sowie auch der Umbombulimo und seine Eingeweihten, seinem Volke stärker verbunden als je in seiner „Unschuld". Da stand er so völlig hypnotisiert von seinem Anteil an der Schuld wie irgendein Frosch vor der toten Kobraschlange an Umbombulimos Stock.

Als der König nun ausrief: „Ghinza! Ghinza!" zuckte er zusammen wie einer, der in seinem Schlaf gestört wird, blickte wild auf, sagte aber kein Wort.

„Ghinza", sagte der König zu ihm, „sechzehn kamen mit dir. Wo sind die anderen? Rufe sie zu dir."

Selbst hierauf antwortete Ghinza nicht. Er wandte sich zu der Menge um, mit der lastenden Würde eines Schlafwandlers oder eines Blinden, der den Weg seiner eigenen Dunkelheit mitten durch den hellen Tag erfühlt. Er winkte bloß den Leuten und sofort kamen fünfzehn 'Takwena. Die niedergeschlagene Menge machte schweigend Platz für sie, und schweigend traten sie zu Ghinza, Kawabuzayos Vertreter und dem Umbombulimo. Sie standen da wie eine zusammengedrängte Schar von Schafen, die warten, bis sie es wagen würden, um eine gefährliche Ecke zu gehen.

„Männer von Amangtakwena", rief der König, als die Schar vollzählig war, „hier sind achtzehn Söhne schwarzer Mütter – seht ihr sie oder seht ihr sie nicht?"

Die Antwort kam ohne Verzug. Ich selbst war, da nun alles vorüber war, so ergriffen von Mitleid, daß ich mich nicht enthalten konnte zu wünschen, irgendwo in der Menge wäre eine Andeutung von Zögern oder Zurückscheuen zu finden. Ich suchte geradezu nach irgendeinem zarten Angerührtsein von den Schwingen des unendlichen Mitfühlens, wie es unserem schwachen, anfälligen Fleisch und Blut immerdar nottut – als Schild gegen den schroffen, grellen Widerschein der unausweichlichen Folgen unserer unvollkommenen Handlungen. Ich sah mich um nach einer mildernden Gefühlsregung, die den Gefährten trösten möchte, auch wenn das den Fortgang der Achtzehn, den sie zu ertragen hatten, nicht aufhalten konnte. Aber ich fand nichts. Der König, die Indunas, die Fünfzigtausend, sie alle kehrten augenblicklich den Achtzehn als Geste der Verdammung den Rücken zu; schweigend standen oder saßen sie und warteten, warteten weiter, während das seltsam jammernde Wimmern noch einmal entlangrieselte – von Felsklippe zu Felsklippe, mit Frauen und Kindern umsäumt.

Ghinza gab jenen flammenden Rückengestalten der Indunas und des Königs, der Männer von Amangtakwena einen einzigen langen Blick, schaute hoch und starrte mitten in die Sonne, die sich gerade von dem letzten Purpurgipfel aufschwang. Dann drehte er stolz der abgewendeten Versammlung den Rücken und winkte den anderen zu folgen. Er blickte weder links noch rechts und schritt fest, ohne zu zittern, auf jene abgrundtiefe Kluft im Becken zu, jene Abspaltung aus den Zeiten der Sintflut.

Die andern folgten gehorsam mit gesenkten Köpfen, alle, außer dem Umbombulimo. Er legte erst seinen gegabelten Stock nieder, nahm seine schmückenden Behänge einen nach dem anderen ab, bis all sein Staat, dessen er nicht mehr würdig war, auf dem Boden lag – wie leere Schalen toter Tiere. Dann schritt er hinter den anderen her – nackt, wie er in die Welt hineingekommen war, um aus ihr hinauszugehen.

Als sie sich dem Rande des Abgrunds näherten, fand ich meine Augen feucht, so daß ich kaum eine Gestalt von der anderen unterscheiden konnte. Alles was ich erkannte, war, daß Ghinza, ohne zu zaudern, seine Leute über den Rand führte. Umbombulimo folgte als Letzter ohne zu zucken. Schweigend gingen sie, und still blieb es. So tief ist der Sprung im Becken unterhalb des Berges Kwadiabosigo, daß kein Laut zu mir heraufdrang von diesen stolzen Assegai-Speeren aus Fleisch und Blut, die auf dem Felsen unten zersplitterten. Ich hörte nur, wie das zischende, rauschende Wasser tief unter uns ungestört wühlte, wie die Morgenluft das Gras anrührte und die schwarzen Krähen in einiger Entfernung grimmig krächzten.

Ich trocknete mir die Augen, blickte auf und empfand überrascht, ja fast betroffen, daß der Tag nicht dunkler war, das Talbecken und die Berge um uns nicht verändert, obgleich achtzehn Lampen gerade ausgelöscht worden waren. Ich drehte mich um und sah die Versammlung dasselbe tun. Es war alles vorüber. Dennoch fühlte ich mich genötigt, aufzuschauen und fing einen Blick des Königs auf, der wortlos eine Bestätigung von mir erbat. Ich nickte mit dem Kopfe. Sinnend schritt er dann allein hinaus bis an den Rand des Abgrunds und stand dort eine Weile still und stumm, bevor er zurückkam. Dann wandte er sich an die Menge. Seine Stimme war erfüllt vom schicksalhaften Finale, als schlage er im Buch des Lebens eine Seite um: „Amangtakwena, Brüder von nah und fern, wir danken den Achtzehn. Denn sie sind so gegangen, daß wir uns ihrer nicht zu schämen brauchen. Wir danken ihnen dafür. Das bringt sie uns zurück und vereint uns alle erneut. Was uns jetzt noch zu tun übrigbleibt, das ist nach den Hirten zu senden, damit sie die geschlachteten Ochsen bringen. Und die Frauen und Kinder mögen Bier, Milch und Honig holen. Dann wollen wir unsere Befreiung von einem Traume des Unheils feiern, bevor wir alle unsere verschiedenen Wege zu unseren entfernten Kraalen zurückgehen. Es geschehe, wie ich gesprochen habe."

Als Tickie, Said und ich bei Anbruch der Nacht uns zur Hauptstadt aufmachten, leuchteten die festlichen Feuer wie Rubine in dem Talbecken, an den Kämmen entlang und über die ganze Hochebene vom Kraal des Hohen Platzes bis zu den Sternen. Noch einmal klang das Singen und Tanzen weit und breit hinaus. Der Duft zarten, gerösteten Ochsenfleisches zog mit der Dunkelheit über Kwadiabosigo, jene uralte „Speeresspitze des Morgens", stieg empor wie Weihrauch eines Opfers zu den ältesten der Götter. Und doch fühlte ich durch alles hindurch und über alles hinweg, inmitten dieser Freude der Erleichterung, den ersten Schatten einer Betrübnis zittern – so wie die Finsternis der Mitternacht schon am Mittag gezeugt wird und im Blau des hellsten afrikanischen Tageslichtes langsam schwarz wird.

Und dieser Schatten fiel auch auf mich: eine Traurigkeit, daß an diesem Tage nicht ein wahrer Traum einem traumlos gewordenen Volke wahrheitsgetreu verkündet werden durfte.

XVIII

Das Ende der drei Wege

Früh am Morgen des 19. September war ich zurück in der Regierungs-Mission.

Ich konnte mich bei Aramis gerade lange genug wachhalten, um ihm nur kurz mitzuteilen, ohne viel Einzelheiten, daß die Krisis vorüber war; dann bat ich ihn um die Aufgabe zweier Telegramme. Das eine sollte sogleich ein Flugzeug aus Fort Herald anfordern. Das andere war an Bill Wyndham in Petit France gerichtet mit folgendem Wortlaut: „Erzähle Joan aber niemand anders John in Sicherheit gesund unmittelbare Gefahr vorüber stop miete Flugzeug für sie nach Fort Herald möglichst bald stop dankbar wenn du sie begleitest herzlich grüßt euch beide Pierre."

Nachdem Aramis den Entwurf des Telegramms durchgelesen hatte, rief er aus: „Gut! Ich gestehe, schon seit einiger Zeit fragte ich mich, warum du die Dame nicht früher aus ihrer Ungewißheit befreit hast. Du hättest ihr doch schon letztes Mal, als du hier warst, mitteilen können, daß ihr Bruder am Leben war."

Aber ich war zu müde, ihm zu antworten, daß ich mich bewußt dazu gezwungen hatte, Joan nichts mitzuteilen. Denn die Aussichten, daß John und ich mit dem Leben davonkommen würden, schienen so gering, daß ich es weit besser fand, sie in einer Ungewißheit zurückzulassen, an die sie gewöhnt war, als ihr endgültige Nachrichten über uns zu geben. Auf keinen Fall wollte ich das tun, bevor wir außer Gefahr waren. Doch berührte mich Aramis' Meinung kaum, so tief erschöpft war ich. Darum sagte ich nichts dazu, sondern kroch in mein Bett und schlief ein.

Zwei Nächte und zwei Tage lang schlief ich durch, aber nach Aramis' Aussage gab ich einen ganzen Tag und eine Nacht lang im Schlaf derart erbärmliche und gewaltsame Töne von mir, daß er kaum von meiner Seite wich und dreimal den Leiter des Sanitätsdienstes der Mission holen ließ, um mir Beruhigungsmittel einspritzen zu lassen.

Als ich Aramis bei dieser Mitteilung ungläubig ansah, lachte er, nahm mich beim Arm, schob den Ärmel der Jacke seines Pyjamas hoch, den ich trug, zeigte mir die Einstiche unter der Haut und sagte: „Sieh da! Was sagst du nun, mein ungläubiger Thomas. Und noch mehr hat sich zugetragen: erinnerst du dich, in letzter Zeit irgend etwas gegessen zu haben?"

Ich schüttelte lächelnd den Kopf. „Nein, Aramis." Aber während ich es aussprach, flammte in mir – wie ein Schluck Wein in einem leeren Magen – die Erkenntnis auf, daß ich mich wahrhaftig gut erholt hatte.

„Nun, mon cher", eröffnete mir Aramis, „die Zahl der Eiflips mit Milch, die du in den letzten Tagen getrunken hast, übersteigt alle Begriffe!" Dann überlegte er wieder nüchtern: „Wirklich, du warst am Ende. Jetzt aber die Hauptsache: fühlst du dich besser? Bist du ausgeruht genug, einige Kleinigkeiten zu besprechen?"

Als ich lebhaft nickte, teilte er mir mit, es gäbe so manche Dinge zu ordnen, angefangen mit einer dringenden Vorladung von Seiner Exzellenz. Auch war das Flugzeug, das ich aus Fort Herald gemietet hatte, angelangt und stand bereit auf seinem Landungsstreifen. Und hier war eine Funknachricht, gerade aus Fort Herald übertragen.

Ich nahm zuerst das Telegramm, aber es war nicht von Bill, wie ich erwartet hatte. Es lautete: „Pierre ich wußte du läßt uns nicht im Stich stop Bill und ich fliegen nordwärts 22. September Ankunft Fort Herald 23 stop herzlich dankbar grüßt Joan."

„Aramis, alter Freund", sagte ich und warf mich im selben Moment aus dem Bett, als ich Joans Telegramm gelesen hatte, „Vergib mir, aber Seine Exzellenz muß warten. So leid es mir tut, die Situation, in der ich mich befinde, *kann nicht* warten. Drüben sitzt John in seinem geheimen, gesetzwidrigen Sammellager und weiß nicht, was geschehen ist. Wenn er bis zum Anbruch der Nacht nichts hört, wird er annehmen, alles sei verloren und sich für das Schlimmste rüsten. Du hättest nicht zulassen sollen, daß ich so lange schlief; ich wollte spätestens gestern dort sein, ich muß sofort aufbrechen."

Aramis versuchte nicht, mir abzuraten, machte sich bereitwillig Notizen über die wichtigsten Nachrichten für Joan und Bill, auch für Tickie und Said, die – wie er sagte – schliefen und aßen, aßen und schliefen, mit taumelnden Köpfen, in den Quartieren seiner eigenen Dienerschaft. Alles in allem half mir Aramis so tatkräftig, daß ich um Mittag im Flugzeug saß. Zum ersten Mal in meinem Leben kreiste ich über der Hauptstadt von Umangoni, bevor wir nach Nordosten in den milchblauen Himmel steuerten, unmittelbar auf das „Gebirge der Nacht" zu.

Ohne Schwierigkeiten orteten wir die Lage des Beckens hinter unseren ragenden Rotholzfürsten, denn wir fanden zuerst die schwarze Bergschlucht, dort wo der blitzende Türkensäbel des Flusses sich seinen Weg hinaus bahnt, durch die Reihen gigantischer Berge hindurch. Da wir etwa viertausend Meter hoch flogen – höher konnte unser Zweisitzer, mit Benzin und Öl beladen, nicht steigen – konnten wir die Bergschlucht in sechzig Meilen Entfernung unterscheiden; es gab zwar viele andere Schluchten, aber keine kam dieser gleich. Der Blitz des Wassers in der Mitte des Beckens flog auf wie ein brennender Phönix, und später bestätigten die dahinter auftauchenden Umrisse von Pilz-Zelten unseren Kurs. Auch stieg plötzlich dicht bei dem funkelnden Wasser eine Rauchsäule hoch.

Kurz bevor wir das Becken erreichten, sahen wir das St. Andreaskreuz als schmalen Streifen liegend ins Gras geschnitten, und etwas, das nach einer angetretenen Ehrenkompagnie aussah. Um 1 Uhr 30 pünktlich landeten wir. Obwohl ich wußte, daß alles vorüber war und hinter mir lag, schlug mein Herz schneller, als ich mich abschnallte und wartete, bis der tosende, sich drehende

Propeller anhielt. Wie, wenn in meiner Abwesenheit etwas schief gegangen war? Irgendein Abgesandter von Ghinza konnte gehört haben, was am Kwadiabosigo geschehen war und versuchen, durch eine verzweifelte Aktion die Situation zu retten. Aber meine Sorgen waren unnötig. Als ich zu Boden sprang und unter dem Flügel hervorkam, stand da John in eigener Person – wie auf Parade draußen bei den Wellington Kasernen. Eine Kompagnie 'Takwena-Infanterie präsentierte auf sein Kommando das Gewehr, wie es ein Wachregiment nicht besser gekonnt hätte.

„Nun?" flüsterte John mir bei der Begrüßung so leise zu, daß der Pilot es nicht hören konnte. Dann begann er, mich die gerade ausgerichteten Reihen seiner schmucken 'Takwena-Soldaten entlangzuführen.

„Alles in Ordnung", antwortete ich – dankbar, daß dieser Rahmen einer formellen öffentlichen Pflicht uns beide gerade in diesem Augenblick in Schach hielt.

„Gott sei Dank!" rief er aus, blieb am Ende der ersten Reihe stehen, sandte flugs einen Blick aus glühenden braunen Augen empor zur hohen Wogenlinie der Berge, über welche dicht wie Puder das Nachmittagslicht hinabtaumelte, und fügte großherzig hinzu „und Dank dir, Pierre".

Bald saßen wir allein in Johns Zelt, sprachen, erklärten und planten, und ich mußte ihm nicht gerade wenig zureden. Denn in Johns Seele war nun ein entscheidender, unumstößlicher Entschluß zur Reife gekommen. Er hatte schon bei unserem ersten Treffen unter den Rotholzfürsten darauf angespielt, doch hatte ich es damals nicht begriffen. Kurzum: er war nicht bereit, mit mir heimzukehren. Für mich war die Heimkehr das logische und ehrenhafte Ende der Reise; aber für ihn war es ganz anders. Sein Kurs war ihm vorgezeichnet. Er würde zu dem Großen Flamingowasser zurückgehen, seine Instruktionen dem Buchstaben getreu ausführen, die Basis und jedes Überbleibsel ihrer früheren Existenz zerstören, und dann am festgesetzten Tage das letzte Schiff besteigen – wieder zurück nach Rußland. Ja, das mußte er tun, und zwar aus zwei Gründen. Erstens war nur ein Teil seiner Arbeit geleistet. Aus allem was er mir berichtet hatte, ging klar hervor, daß Umangoni nicht als einziger Platz in Afrika oder gar in der Welt auf diese oder ähnliche Weise bedroht war. Es gab da unzählige andere noch lebende Lindelbaums, Charkows und Ghinzas, die fortgesetzt bekämpft werden mußten, und vielleicht konnte er dabei von Nutzen sein. Nein! Ich brauche nicht zu fürchten, daß man ihm die Schuld am Mißlingen dieser speziellen Verschwörung zuschieben werde. Er hatte sein Teil der Befehlsordnung aufs Wort befolgt. Wenn ich weiter sorgsam vorgehen und einen öffentlichen Skandal verhindern werde, brauche er nicht zu befürchten, daß seine im Keller unter dem Kreml emsig spinnende Spinne etwa ungünstige Schlüsse ziehen würde. Im Gegenteil, er glaubte, er könne seinen Vorgesetzten einen großartigen Bericht seiner Dienstleistung als getreuer Verwalter vorlegen. Ferner wolle er ihnen durch eine gut zusammengestellte und vernichtende Analyse vor Augen führen, was für eine Torheit es ist, auf solche begabten Dilettanten wie die Charkows eine Verschwörung aufzubauen. So werde er sich sogar eine recht beträchtliche Beförderung erwerben, um die nächste diabolische Drehung ihrer Revolutionsschraube desto sicherer zu verhindern.

Wie gerne hätte ich etwas Zustimmendes geäußert, aber ich war zu tief bewegt und deshalb unfähig. Ich versuchte, irgend etwas Bestärkendes zu sagen, doch fand ich keine Worte. Darum – nach einer Pause, in der er seine braunen Augen keine Sekunde von mir wandte – fuhr er in seiner Rede fort, als habe ich ihn enttäuscht. Er sprach nun nur noch obenhin von seinem zweiten Grunde für die Rückkehr, wie von einer Selbstverständlichkeit. Dieser war natürlich Sergej. Ohne Sergej wäre er heute nicht am Leben. Ganz Umangoni und der größere Teil Südafrikas wären dem Blutbad überliefert worden – um Sergejs willen war das nicht geschehen. So wollte er zurückkehren, um dafür zu sorgen, daß Sergej befreit wurde. Er mußte selbst die Erfüllung des ihm gegebenen Versprechens verlangen, daß Sergej freigelassen wurde, um nach der Mandschurei zurückzukehren. Er hoffte, Sergej könnte von der Mandschurei aus über abgelegene Orte seinen Weg nach Petit France nehmen und in Afrika ein neues Leben beginnen. Jawohl, darum wolle er mich zunächst bitten: ich möge Sergej helfen, von der Mandschurei aus nach Afrika zu gelangen. Ferner, ob ich ihm dadurch beistehen wolle, daß ich selbst nach seinem Aufbruch die Höhlen sprengte? Und als letztes bat er mich, zu Joan und seiner Mutter zu gehen und ihnen alles zu erklären.

Als er aber diese letzte Bitte aussprach, setzte ich mich energisch zur Wehr. Ich sagte ihm geradeheraus, wenn er auch nur die geringste Hilfeleistung von mir haben wolle, müsse er die folgende Bedingung erfüllen: Gleich als erstes am nächsten Morgen mit dem Piloten in jenes Flugzeug da drüben steigen, sofort nach Fort Herald fliegen und dort einige Tage mit Joan verweilen, um ihr alles selbst zu erklären. Es tat mir nur leid, daß seine Zeit zu kurz war, noch nach England zu fliegen, sonst hätte ich auch dies zur Bedingung gemacht. Aber nach Fort Herald und zu Joan müsse er gehen; darüber konnte kein Zweifel bestehen.

Ich betone, daß ich unerweichlich war. Es war in der Tat notwendig. Denn ich wurde fast überwältigt von der Fülle der Entschuldigungsgründe, die John vorbrachte, warum er Joan nicht treffen könne. Ein oberflächlicher Beobachter hätte denken können, es läge ihm nichts daran, seine Mutter und Schwester wiederzusehen. Wurde ich doch selbst zunächst nicht klug aus ihm. Aber ich ließ mich nicht täuschen und erkannte am Ende, daß er von tiefer Besorgnis erfüllt war, das Wiedersehen mit einem Menschen, den er so sehr liebte wie Joan, könne seinen Entschluß gefährden.

Er fragte mich, ob es nicht vielleicht ein grausames und sinnloses Spiel der Gefühlsseligkeit war, daß ich so beharrlich darauf bestand, er müsse Joan treffen. Ich bestritt es entschieden, sagte ihm vielmehr voraus, wenn er fortgehe, ohne Joan zu treffen, werde er sich in Zukunft ewig Vorwürfe machen, weil er es versäumt hatte, einem Menschen, den er so liebte, eine rechtfertigende Erklärung zu geben. Hatte mich nicht mein eigenes Herz – so fragte ich mich im stillen – mit denselben Vorwürfen Joan gegenüber belastet, erst vor wenigen Tagen, bei Sonnenaufgang, unterhalb des Kwadiabosigo? Dann fuhr ich fort, ihn zu mahnen, auch wenn er selbst es fertigbrächte, sich hierbei zu beruhigen, so würden doch Joan und ihre Mutter dies nie und nimmer verstehen. Was er sich vorgenmmen habe, sei für sie auch dann noch schwer genug zu begreifen, wenn er ihnen die Möglichkeit gab, seine Beweggründe voll zu verstehen. Ich sagte ihm ganz offen, wenn er davor zurückschrecke, Joan die wahre Erklärung zu geben, würde das in Zukunft seinen Mut schwächen; wenn er sich dagegen nicht abschrecken ließe, werde das seinen Mut stählen.

Dieses Wort gab – Gott sei dank – den Ausschlag. Er fügte sich lachend, hob spöttisch seine Hände als Zeichen der Ergebung über den Kopf und sagte: „Du bist Sieger! Morgen früh fliege ich nach Fort Herald, bleibe dort drei Tage mit Joan und kehre am 26. hierher zurück. Inzwischen, so hoffe ich, bereitest du das Lager zur Auflösung vor, damit ich gleich nach meiner Rückkehr zur Küste aufbrechen kann. Du weißt ja, man hat mir nicht viel Zeit übriggelassen."

Nun berichtete ich ihm von den Verabredungen, die ich mit dem König in Kwadiabosigo vor meinem Aufbruch getroffen hatte. Er wollte Ghinzas und Lindelbaums Agenten aufspüren und in aller Stille den Streit mit ihnen für immer beilegen. Sobald die Feiern vorüber wären, sollten seine eigenen Boten ausziehen und des Umbombulimos Aufruf zur Mobilisation widerrufen. In der Zwischenzeit durften John und ich, in seinem Auftrag und mit seiner Billigung, die Leute entlassen, die schon einberufen im Sammellager waren. Ferner hatten wir uns bereits über eine Ansprache verständigt, die John oder ich bei einer Massenparade vor der Entlassung halten sollte. Denn die 'Takwena-Offiziere, Unteroffiziere und die Mannschaften hatten – wie ich schon vorher von John gehörte hatte – niemals die Wahrheit über den Zweck ihrer Ausbildung erfahren. Darum konnte ich nun leicht als Vertreter der Regierung von Übersee zu ihnen sprechen und ihnen die gute Nachricht verkünden, alle Kriegsgefahr – der Grund für ihre Ausbildung – sei gebannt. Ich konnte ihnen im Namen des „Königs jenseits des Wassers" für ihre Bereitschaft zum Kriegsdienst danken, sie nach Hause schicken und ihnen zusichern, daß sie im Fall einer neuen Kriegsgefahr als erste einberufen würden.

Mit alledem war John einverstanden. Darüber hinaus wollte er die 'Takwena gegen irgendwelche Verdächtigungen ihres Verhaltens sichern, die in Zukunft laut werden könnten. Wenn eine üble Nachrede aufkäme, so konnte das leicht auf die empfindlichen Seelen der 'Takwena wie eine schleichende Krankheit wirken. Auf alle Fälle mußte man vorbeugen, daß ihre primitive Lauterkeit nicht Schaden litt, wenn sie des Treubruchs verdächtigt würden. Daher riet er mir, Seine Exzellenz und White Hall zu überreden, sie sollten allen einberufenen Soldaten eine besondere Notstands-Medaille verleihen. John versicherte mir mit jenem ihm eigenen entzückten Grinsen, nichts könne Taschkent und den Kreml sicherer als diese Maßnahme der Wirkung berauben, falls sie noch irgendwo Explosivkräfte hinterlassen haben sollten.

Ich hatte hierzu kaum etwas hinzuzufügen. Nur bat ich John, mich gleich am nächsten Morgen den Soldaten als besonderen Abgesandten des „Königs jenseits des Wassers" vorzustellen und mir bei einer Parade aller Ränge das Kommando zu übergeben. Ich wollte dann die eben beschlossene Ansprache an sie halten. Während John in Fort Herald war, wollte ich ferner das Depot auflösen, alles Rüstzeug und die Waffen in den Höhlen der schweren Geschütze aufstapeln und dann die letzten seines Heeres entlassen. Danach wollte ich vorbereiten, daß alle Ladungen in den Höhlen vorschriftsmäßig versorgt waren. Bei seiner Rückkehr bliebe dann nichts mehr für ihn zu tun, als sich schleunigst auf den Weg zur Küste zu begeben und unterwegs jedes Lager aufzulösen. Sobald er außer Reichweite wäre, wollte ich die Höhlen sprengen.

Die drei folgenden Tage gingen mir fast zu schnell vorüber. Kaum hatte das Flugzeug den Boden verlassen und glitt über dem Teich des Beckens dahin wie eine blaue Libelle, als auch schon die Soldaten, Kompagnie auf Kompagnie, glücklich wie Schuljungen, die unerwartet einen freien Tag bekommen, ihre Zelte abzubauen begannen und ihre Waffen bei den würdevoll bebrillten Lagerwächtern – an den Eingängen der Höhlen in der Schlucht – niederlegten. Den ganzen Tag über und auch den nächsten wickelten sich diese Vorgänge ab. Pioniere, Nachrichtentruppen, Ingenieure, Infanterie, berittene Infanterie – alle ordneten sich reibungslos in die Plätze ein, die im Gesamtplan der Auflösung für sie bestimmt waren. Gegen Abend des zweiten Tages verschwanden die letzten Gefechtstruppen, nachdem sie bezahlt und mit Proviant versehen waren, über den Gebirgskamm, wo ich früher einmal gesehen hatte, wie sieben Berittene in roten Decken eine apokalyptische Glut auf sich nahmen. Ich blieb mit nur ein paar Zelten, einigen Köchen und Quartiermeistern zurück, stand in dem feurigen Abendrot und horchte auf den Gesang der aufbrechenden Soldaten: „Die drei Wege"

„Hei, schau, wir gehen den Weg vom Siege
heimwärts am Abend;
Wir gehen zu unseren Tieren, unseren Kraalen,
Wo unsere Frauen am Feuer warten
in der Bläue von Umangoni."

Am Morgen des dritten Tages bauten wir das letzte Zelt ab, und ich schickte in aller Stille die Reste derer, die ein großes, alles eroberndes Heer hatten sein sollen, in ihre Kraale: das Personal des Hauptquartiers, die Wachhabenden, die Köche und das Küchenpersonal. Bis zum Mittag verbrachte ich den Tag damit, Pulver auf die Zünder in den Spranglöchern zu schütten. Ich schloß die Sicherheitslücken und stellte die Verbindung im Stromkreis der Sprengladungen mit dem Hauptschalter her. Darauf aß ich etwas und kletterte oben auf den Gebirgskamm, wo wir John überfallen hatten. Dort wartete ich auf sein Flugzeug.

Wie still, friedlich, unverwandelt und gänzlich unberührt diese großartige Landschaft im Herzen der Berge geblieben war, fern vom Getriebe der Welt. Man merkte ihr nichts mehr von all der rasenden militärischen Aktivität an, die eben erst verebbt war. Wie unbeteiligt und unschuldig sie dalag! Wären nicht das St. Andreaskreuz des Landungsplatzes und die leeren Kreise, Ringe und Vierecke gewesen, wo die kleinen und großen Zelte des Lagers gestanden hatten, so hätte man nie vermutet, dieses Becken habe je irgendwelche anderen Menschenwesen erblickt als die gelegentlichen freundlichen Nomadengruppen, die ihre klingelnden Herden in den warmen Sommermonaten mit sich herüberbrachten. Da saß ich nun in der Septembersonne, erwog und überdachte dies alles mit einem Heimweh voll von Widerspruch. Schließlich begann ich zu fürchten, John werde heute nicht mehr wiederkehren, aber eine Stunde vor Sonnenuntergang hörte ich inmitten unfaßlicher Stille aus weiter Ferne das Surren der Maschine wie das eines großen Brummers im Sommer. Da mußte ich rasch den Abhang hinunterlaufen, um rechtzeitig am Landungsplatz anzukommen, als John und der Pilot schon aus der Maschine kletterten.

„Ich brauche nicht zu fragen, wie du vorangekommen bist, Pierre! Wir haben den Platz kaum wiedererkannt!" rief John aus, während er mir zur Begrüßung zuwinkte.

Er bemühte sich offensichtlich, in seiner ganzen Haltung und Sprechweise froh zu erscheinen. Da stand er in seiner überzeugenden Pose natürlicher, vornehmer und unbekümmerter Gelassenheit. Aber ich kannte ihn zu gut, er konnte mich nicht täuschen. Ich wußte unbeirrt, daß er innerlich verzweifelt mit sich zu kämpfen hatte. Irgendwie sank mir der Mut, wenn ich an den Abend dachte, der vor uns lag.

Wir nahmen ein Mahl draußen am Feuer, besprachen und erledigten alles, was noch zu tun war. Darauf ging ich mit ihm über den Gebirgskamm und hinunter zu den roten Baumfürsten. Wir schritten unter einem Himmel, der im gleichen hellen Mondlicht glänzte wie in jener Nacht, als wir uns erstmals hier oben begegneten. Es war unverkennbar, wie sehr diese Nacht der ersten glich. Der Mond, die Sterne, die Luft, die Bäume, ja sogar das Brüllen des Löwen an einem verbotenen Gatter in dem Hauptal drunten – alles wiederholte sich. Nur wir allein hatten uns gewandelt; unserm Zusammenspiel war fürs erste ein Ende bereitet. Unser beider Leben war unleugbar zu einem jener geringeren Todesmomente gekommen, die uns zur rechten Zeit für den größeren Tod bereit machen. Ich mußte an jene schwarzen Umpafuti-Nebenflüsse denken, welche verpflichtet sind, den in ihren Wassern verborgenen Schatz ursprünglichen Lebens als wertvollen Tribut zu dem endgültigen Strome zu bringen. Jener ins Dunkel versunkene Schatz hob sich nun wie ein ungekannter Nachtvogel und schlug mit düsterer Schwinge die Luft. So verwandelte sich, was vor einem Monat eine heroische Begrüßung des Mondes und der Sterne gewesen war, in eine drängende Gebärde endgültigen Abschiednehmens.

„Wie hast du Joan gefunden und wie hast du sie zurückgelassen?" fragte ich ihn endlich, als uns niemand mehr hören konnte.

Er zündete seine Pfeife an und eine Sekunde lang leuchtete sein Antlitz und Haar im Lichte des Streichholzes auf wie ein mittelalterliches Gemälde. Dann zog er schwer die Luft durch die Pfeife und sagte:

„Sie war wunderbar; älter natürlich, doch schöner denn je. Wann hast du sie denn eigentlich zum letzten Mal gesehen?"

„In dem Postschiff, am Tage als sie von Van Riebeecks Bay nach England fuhr", erwiderte ich sofort.

„Ach ja, das ist allerdings lange her. Doch glaube ich nicht, daß du sie im wesentlichen irgendwie verändert finden wirst. Sie ließ dich natürlich herzlich grüßen."

Ich unterbrach ihn rücksichtslos. Denn jener diabolische Verdacht in mir, von dem ich schon sprach, ließ mich seine letzte Aussage nicht so harmlos hinnehmen, wie sie äußerlich klang. Schnell fragte ich: „Hat sie es denn verstanden?"

„Ja, mein lieber Junge." Die Worte kamen abgehackt. „Sie hat verstanden. Ich glaube, sie wird und kann alles durchaus verstehen, mit ein wenig Hilfe." Er hielt inne, richtete seine Augen fest auf mich, als warte er darauf, daß die volle Bedeutung seiner Worte in mich sinke, und fuhr dann fort: „Sie billigte uneingeschränkt meinen Entschluß, sogar mit ihren Segenswünschen. Ich bin wirklich froh, daß ich hingefahren bin – aber leicht war es für keinen von uns beiden, das kannst du dir wohl denken."

In dem Bemühen, den schweren Moment erträglich zu machen, fragte ich: „Nun erzähle mir, wie sie sich in Petit France gefühlt hat. War sie gern dort? Hat Bill gut für sie gesorgt? Wie gefiel er dir?"

Er beantwortete meine Fragen in der umgekehrten Reihenfolge. Er mochte Bill sehr gern leiden. Er war wunderbar gut, rücksichtsvoll und hilfreich gewesen, ein Turm der Stärke in einer nervenzerrüttenden Zeit. Er und Joan hatten enge Freundschaft geschlossen. Es war eine Freude, sie gemeinsam zu sehen, und ein Trost, daß sie weiterhin in Bills Obhut war.

Ich zweifle nicht, daß John meine Fragen überaus objektiv beantwortete, aber die Empfindungen, die seine Antwort in mir auslöste, wurden plötzlich schmerzhaft subjektiv, und ich sah mich einer demütigenden Gefühlsregung ausgeliefert. Ich war unrettbar eifersüchtig auf Bill und seine Zeit mit Joan in Petit France. Eifersüchtig war ich auf die guten Gelegenheiten und die Muße, die sie dort gehabt haben mußten für all die vielfältigen köstlichen Nuancen der Gefühle, für die Vorsorge und die phantasiereiche Ausführung des Vorbedachten. Ich wußte, das alles ist unerläßlich zum Heranwachsen einer dauerhaften persönlichen Beziehung. Und es war ihm zuteil geworden, während ich durch das Tote Land gewandert war und durch unzählige Stätten ohne Namen. Da ich so mit mir selbst haderte, unterbrach ich wieder

Johns Lobrede und fragte: „Und was wird Joan nun tun?"

„Morgen früh mit Bill nach dem RAND-Flughafen aufbrechen", sagte John, „und von dort mit dem nächsten Flugzeug nach England, um meine Mutter aufzusuchen."

Bei diesen Worten wich das demütigende Gefühl von mir. Ich fühlte mich tief innen ergrauen und dachte: Da hast du es nun, Pierre, du sollst sie nie wiedersehen.

Trotz der Dunkelheit gewahrte John – glaube ich – die Veränderung, die in mir vorging. Er sagte jedoch nichts. Ich weiß nur, daß er mir nach seinen Worten sein Gesicht zuwandte, dastand und mich geraume Zeit in jenem scheidenden Lichte etwa so anblickte wie ein Prophet seinen erwählten Jünger, bevor er selbst in die Wüste zurückkehrt.

Und so sehe ich ihn bis zum heutigen Tage. Diese Haltung, die ihm eigen war, steht mir vor Augen wie eine letzte bildhafte Darstellung des Unvergeßlichen an dem Gesamterlebnis. Er ist wirklich merkwürdig. In meinem Gedächtnis ist jene Nacht dort oben eine der längsten, die ich je erlebt habe. Und doch habe ich keine Einzelheiten, außer den soeben beschriebenen, behalten, die meine Erinnerung unterstützen könnten. Als wir soweit gesprochen hatten und immer rings um die innerste Erregung unserer Gemüter herumgeplänkelt hatten, blieb uns nichts als das gebietende und sichere Wissen darum, daß er am nächsten Morgen fortgehen sollte – wahrscheinlich für immer. Ich kann mich an keine Einzelheiten auf unserem letzten Wege zurück von den Rotholzfürsten erinnern. Ich weiß nur, daß wir Arm in Arm gingen wie Schuljungen, die voller Furcht zur Schule zurückkehren. Nichts als diese allgemeine Traurigkeit ist mir im Gedächtnis geblieben zwischen jener Rückkehr und dem neuen Sonnenaufgang, als ich am Rande des Pfades unterhalb der Höhlen stand und ihm nachsah, wie er in die dunkle Bergschlucht hinabging zu dem schwarzen Busch und dem fernen Flamingowasser. Ich blieb zurück und sah ihn wie einen Taucher in den tiefen Meeresschatten der Bergschlucht sinken. Hoch über uns rollten die purpurnen Bergketten wie Wogen nach einem Sturm auf der See im ersten erglühenden Morgenlicht.

Ich stand da und dachte, wie es ihm doch gleichsah, allein zu gehen und die Begleitung auch nur eines einzigen Trägers abzulehnen mit der Begründung, keine einzige schlichte 'Takwena-Seele solle weiterhin durch Betrug und Täuschung gefährdet werden. An der letzten Windung des rasch abwärts sinkenden Pfades wandte er sich um und fand mich auf dem Felsen in der Sonne stehen. Schon war das Unterholz um ihn herum so dunkel, daß ich das Gewehr auf seiner Schulter und den Packen auf seinem Rücken nicht mehr sehen konnte. Er hob seinen Hut hoch auf, schwenkte ihn fröhlich zu mir herüber, fast triumphierend – und zugleich mit dieser Gebärde schwang er herum und schritt gelassen um die letzte Biegung.

Ich wandte mich und stieg hinauf in die Höhlen. Dort stellte ich die Auslösung des Hauptzünders auf eine Sprengung nach drei Stunden ein, denn dann – so überlegte ich – mußte John aus der Bergschlucht heraus sein. Nun kehrte ich zu unserem ausgebrannten Feuer im Lager zurück und packte meine Sachen ein. Dann nahm ich den Piloten zum Flugzeug mit. Ich wartete, bis die Explosion innerhalb einer Viertelstunde fällig war. Denn ich wollte nahe genug sein, um sicherzugehen, daß der Zünder nicht versagt hatte, und doch weit genug, damit der Pilot nicht genau wisse, was geschehen war. Während wir zu der blauen Himmelsdecke emporkletterten, hob eine heftige Luftwelle das kleine Flugzeug seitwärts hoch wie ein angeblasenes Blatt und schüttelte es heftig.

Wenn ich es gefühlt hatte, so mußte John es gehört haben. Ich stellte mir vor, wie die große Erschütterung das Rauschen des leidenschaftlichen Flusses unter der Bergschlucht ertränkte. Das mußte in seinen Ohren aufklingen wie Salutschüsse auf Befehl des Königs zu Ehren eines Kommandanten, der bis zum wahren Ende eines langen Feldzuges durchgehalten hatte, obgleich von Beginn an alle Chancen gegen ihn waren. Ich hoffte, so wie mich der Gedanke daran tröstete, würde auch ihn dieser Laut aufheitern.

Wir landeten bald nach Mittag auf Aramis' Vorkriegslandungsstreifen bei der Mission. Dort und damals begannen einige der ernüchterndsten Wochen meines Lebens. Vielleicht war ich bis zu diesem Moment ungebührlich naiv gewesen. Jedenfalls hatte ich nie bezweifelt, daß es leicht und auf der Hand liegend für die maßgebenden Behörden sein würde, die moralische Nutzanwendung aus der Geschichte und Entwicklung der Verschwörung zu ziehen, die wir beide entdeckt und vereitelt hatten. Wochenlang hatte ich allzu nahe dem Entsetzen und der Gefahr ihres Ausbruchs gelebt. Noch immer hielt ich auf meinem Wege oftmals am hellen lichten Tage inne, wenn ich mit Schrecken daran dachte, wie nahe dem Verhängnis wir alle gewesen waren. Ich hatte keinerlei Befürchtungen, daß ich irgendwen von dieser großen Gefahr nicht überzeugen könne. Ich bildete mir ein, ich könne jedermann beweisen, wie lebensnotwendig es war, die Wiederholung eines so gefährlichen Zusammentreffens von Umständen zu verhindern. Eine solche Wiederkehr der Ereignisse aber schien mir unvermeidlich und konnte leicht verhängnisvoll werden, wenn wir nicht alle von Grund aus unsere Handlungsweisen änderten. Ich glaubte, ich brauchte nur meine Geschichte an den maßgebenden Stellen zu erzählen und dann die einfachen, klaren Folgerungen zu betonen – und schon werde man in Afrika frisch und mit mächtigem Antrieb ein neues Werk beginnen. Wieder und wieder hatte ich zu mir selbst auf der Wanderung gesagt: Du mußt nur lebend durchkommen und deine Geschichte erzählen, dann wird alles gut werden. Dieser Gedanke hatte mich aufrecht gehalten. Ja, ich war so weit gegangen, mir vorzustellen, Seine Exzellenz werde unverzüglich eine Konferenz einberufen, mit dem Staatssekretär, den Gouverneuren, Premier-Ministern und Führern der europäischen Abgeordneten der Ratsversammlungen in den benachbarten Territorien. Dann hätte ich ihnen auf dieser Konferenz die ganze Geschichte von Anfang bis zu Ende erzählen und einige wenige gemeinsame Grundsätze für eine neue Politik in Südafrika vorschlagen können. Wahrhaftig, inmitten all der Umstände und vielerlei Faktoren, die mich auf meiner Unternehmung fast zur Verzweiflung getrieben hatten, war dies die einzige Aussicht gewesen die ich – wie durch eine Ironie des Schicksals – nie in Frage gestellt oder um die ich gebangt hatte. Doch es kam anders.

Die erste Warnung wurde mir auf dem Flughafen durch Aramis zuteil, als er darauf bestand, mich direkt und schleunigst zu Seiner Exzellenz zu bringen, und als er dazu besorgt äußerte, es könnte bereits zu spät sein. Allem Anschein nach war Seine Exzellenz zwar zunächst dankbar gewesen, dann aber durch meine Abreise etwas beleidigt. In den letzten Tagen jedoch hatte er begonnen, Hintergedanken zu hegen. Keine öffentliche Angelegenheit – und sei sie noch so schwerwiegend – so behauptete Aramis – könne dem Schicksal entgehen, den egoistischen Befürchtungen und Eitelkeiten derer zu dienen, die an den führenden Stellen saßen. Seine Exzellenz meinte, ich hätte ihn nicht ernst genug genommen, wenn er auch eher sterben als dies zugeben würde. Daher mache er sich nun vor, daß ich selbst es war, der nicht verdiente, ernst genommen zu werden. Er war im Begriff, langsam zu seiner anfänglichen Auffassung zurückzuschwenken: die Geschichte, die sein geschäftsführender Sekretär ihm berichtet hatte, müsse stark übertrieben sein. Dabei half ihm die lebenslänglich im Dienst geübte Vorsicht, seine Trugschlüsse zu sanktionieren. Hoffentlich könne ich ihn noch umstimmen – Aramis zog zweifelnd die Schultern hoch – auf alle Fälle müsse er mich warnen.

Wie dankbar war ich später für diese Warnung! Offen gestanden faßte ich sie zunächst nicht so wörtlich auf, wie sie ausgesprochen wurde. Doch nahm ich sie immerhin ernst genug, um aus Seiner Exzellenz eine zwar zögernde, aber doch ausdrückliche Zusicherung herauszulocken, daß nicht ein einziges Wort meiner Geschichte, die ich noch niemand vollständig berichtet hatte, je ohne meine Einwilligung veröffentlicht würde. Dann verbrachte ich einen ganzen Nachmittag und Abend mit ihm und Aramis. Ich sprach mit so viel Gewandtheit und Klarheit, wie ich sie irgend aufbieten konnte. Ich mußte Fragen beantworten, die das Wesen der Sache gänzlich verfehlten und ohne Verständnis für die wahren Hergänge gestellt waren. Mehr als einmal war ich nahe daran, zu protestieren und auszurufen: „Um Gottes willen, wenn Sie die richtigen Antworten hören wollen, dann bereiten Sie sich erst einmal darauf vor, die richtigen Fragen zu stellen." Kurz vor Mitternacht brachen wir ab, ohne irgendeine Entscheidung getroffen zu haben. Das einzige Ergebnis war, daß ich am nächsten Morgen ein vertrauliches Memorandum für Seine Exzellenz abfassen sollte. Dieses versprach er sorgsam durchzuarbeiten „in der Erwägung" (so lauteten seine letzten Worte) „es mit einer ausdrücklichen Empfehlung an den Staatssekretär weiterzuleiten".

Den ganzen nächsten Tag und den größten Teil der folgenden Nacht brachte ich damit zu, dieses Memorandum abzufassen, denn das Gefühl der verzweifelten Dringlichkeit der Angelegenheit verließ mich nicht. Am Morgen, in dem Moment, als die Ämter geöffnet wurden, fand ich mich mit Aramis an der Tür Seiner Exzellenz ein. Diesmal wurden wir nicht sogleich eingelassen, sondern man ließ uns eine halbe Stunde warten. Als wir schließlich eintraten, nahm Seine Exzellenz meinen Bericht entgegen, dankte mir höflich und warf ihn, ohne auch nur einen Blick darauf zu werfen, oben auf einen Stoß von Papieren in seinem Aktenkorb. Dann begann er, in höflichen Allgemeinheiten zu mir zu sprechen. Obwohl ich darauf drang, er möge mich sein Vorhaben wissen lassen, wich er der Frage mit geschickter Förmlichkeit aus. Er sagte, sein Vorgehen hänge von seinem Studium meines Berichtes ab, ebenso von den Ergebnissen einer Untersuchungskommission, die er nach reiflicher Überlegung einsetzen wolle, um die ganze Angelegenheit aufzuklären. Nach diesen Erhebungen werde er mir gerne seine Entscheidung mitteilen. Ob ich so gut sein wolle, zu diesem Zwecke meine Adresse bei dem geschäftsführenden Sekretär zu hinterlassen? Und nun bitte er um Vergebung, ich möge ihn nicht für undankbar halten, aber er habe furchtbar viel Arbeit zu erledigen.

„Heiliges Blut am Kreuze, mon dieu, mon dieu, mon dieu!" brach Aramis los, als wir in sein Büro zurückkamen. Sein Gesicht sah so tief und unverhohlen entsetzt aus, daß es eher komisch wirkte. Fast war ich versucht, mir die ganze Sache von der Seele zu lachen, doch überfiel mich plötzlich die Erinnerung an den Tag, als ich Seine Exzellenz bei jener „Tennis-Party in seinem Wohnsitz" angetroffen hatte. Ich dachte an den peinlichen Eindruck, den mir jenes Ausweichen vor der harten Realität gemacht hatte. In Wahrheit mußte es für ihn völlig unerheblich sein, ob der Fall Kwadiabosigo und alles, was damit zusammenhing, geschehen war oder nicht. So konnte ich mich nicht enthalten, Aramis jetzt mit einiger Bitterkeit zu verkünden, daß sein wertvolles „Amt" zusehends im Begriff war, eine Art Museum zu werden, das tote Wertmaßstäbe und veraltete Einstellungen künstlich konservierte. Das wirkliche, dringender Hilfe bedürftige Afrika unserer Tage dagegen, von dem ich nur eben ein schwaches Gewahrwerden eingebracht hatte, segelte unbeachtet über seinem Kopf, so wie eine Donnerwolke über die Köpfe zwitschernder Sperlinge in einem Nest.

Es war Aramis unmöglich, etwas darauf zu entgegnen, und er sagte mir dies auch. Hier darf ich nur noch hinzufügen: Fast der einzige spätere Erfolg, den mein Bericht je zeitigte, bestand in einer Erhöhung der Angestelltenzahl der Mission. Denn man schob die Tatsache, daß sie nichts von der Verschwörung gewußt hatten, auf ihre Arbeitsüberlastung. Auch sandte der Staatssekretär einen Anthropologen zu einem ausführlichen Besuch nach Umangoni. Er sollte über die ritualen Gebräuche und die Funktionen der eingeborenen Medizinmänner Bericht erstatten. Hiermit war nach Vorstellung und

Auffassung Seiner Exzellenz die ganze Angelegenheit zur Zufriedenheit beigelegt.

Inzwischen war ich, immer noch in der Hoffnung auf besseren Erfolg anderswo, in die angrenzenden Gebiete weitergereist. Dort fuhr ich fort zu reden, mich einzusetzen, zu debattieren und zu erklären, an allen führenden Stellen. Und ich bin froh, sagen zu können, daß die Aufnahme dort nicht hoffnungslos war. Die Herzen und Sinne einiger führender Männer, die wie ich in Afrika geboren und aufgezogen waren, verschlossen sich nicht den Gefahren, die eine entschiedene Politik der Negation in dem Dunklen Erdteil heraufbeschworen hatte. Und dieselben Männer schreckten auch nicht vor der undankbaren Aufgabe zurück, durch ununterbrochene Anstrengungen die notwendige Änderung des Kurses herbeizuführen. In den Gebieten jedoch, die sich am stärksten an der Verschwörung mitschuldig gemacht hatten, nämlich in meines Vaters Land südlich des Limpopo, drangen meine Worte zwar in weit geöffnete Ohren, prallten aber vor verschlossenen und verhärteten Herzen ab. Ich hätte erwarten dürfen, daß diese Leute, von denen die meisten eifrige Nationalisten waren, mir als François de Beauvilliers' Sohn einigen Einfluß einräumten. Statt dessen fand ich, allein die Tatsache, daß ich im letzten Kriege mitgekämpft hatte, hob die Wirkung seines Namens fast auf; er hatte gerade noch soviel Gewicht, daß sie mir zuhörten.

Diese Erfahrung war herzzerbrechend und entbehrte nicht der Ironie. Denn diese Leute glaubten mir meine Geschichte ohne die geringste Schwierigkeit. Ja, sie stürzten sich mit gläubigem Eifer auf die Geschehnisse, die ich berichtete. Aber ich mußte am Ende feststellen, daß sie die Vorgänge in einer Weise auffaßten, die nicht der Wahrheit entsprach. Mein Bericht paßte auffallend genau zu ihren eigenen politischen Theorien. Sie waren nur allzu bereit, für die große Unruhe in Afrika in erster Linie den Kommunismus verantwortlich zu machen, und in zweiter Linie etwas, das sie das angeborene und unausrottbare Barbarentum und die primitive Unfähigkeit der Schwarzen nannten. Alles, was ich ihnen erzählte, wurde als lebendiges, unwiderlegliches Beweismittel für ihre engen Vorurteile mit Freude aufgegriffen. Immer wieder wünschte ich, die Verschwörung wäre von einem anderen Lande als Rußland angestiftet worden. Denn dieser Gesichtspunkt, die Schuld des Kommunismus, schien mir persönlich so unwesentlich, daß er fast keine Rolle spielte; aber sie gaben gut acht, daß ich – oder vielmehr sie selbst – ihn nie vergaßen.

Vergeblich machte ich geltend, daß nichts von all den Geschehnissen möglich gewesen wäre, hätten wir selber nicht unsere Herzen und Sinne den Schwarzen in Afrika verschlossen. Darum waren diese nun rückfällig geworden und würden immer verzweifeltere Töne anschlagen, wenn nicht wir selber unsere Haltung änderten. Nicht auf Rußland komme es hier an, nein, auf uns selbst. Alles, was in Umangoni geschehen war und was ich in ganz Afrika seit dem Kriege angetroffen hatte – so sagte ich – die plötzliche Zunahme der Ritualmorde und des Verzehrens von Menschenfleisch, dies alles seien Symptome unseres furchtbaren Versagens. Denn wir hatten den aus seiner Heimat und Sitte vertriebenen, seines schützenden Stammes verlustig gegangenen, in Verwirrung gestürzten Afrikaner in unserer eigenen Gemeinschaft keinen würdigen Platz gesichert. Dies war die Folge unserer verbrecherischen Abneigung, ihm den Schutz unserer sichersten Werte zu geben gegen die kriegerische Dunkelheit, welche jedes menschliche Geschöpf ewig bedroht, wenn man es von dem Lichte ehrenhafter Gemeinschaft mit der übrigen Menschheit ausschließt. Ich teilte ihnen mit, wie entsetzlich ich die Rückwirkung unseres Versagens fand. Denn nach all den langen Jahren des Kontakts mit uns war es offensichtlich, daß die 'Takwena, und andere mit ihnen, nun dazu neigten, sich nicht mehr an uns zu wenden, wenn sie Bestätigung und Aufrichtung brauchten, sondern an ihre eigene, einstmals aufgegebene und verworfene Vergangenheit. Ich sagte, ich könne mich in meinem Alter noch früherer Zeiten erinnern, als das Kommen des Europäers in vielen Teilen Afrikas große

Hoffnungen, ja, die Erwartung eines Wunders ausgelöst hatte. Der weiße Mann war dem Afrikaner fast wie eine Art Gott erschienen. Leider sei er selber dadurch auf ausgeklügelt-heimtückische und verhängnisvolle Weise der Versuchung erlegen, sich über die einfache gemeinsame Menschlichkeit hochmütig zu erheben. Ganze Generationen von Afrikanern hatten in der Hoffnung gelebt, daß der weiße Mann ihnen ein besseres Schicksal bescheren würde. Doch versiegte diese Hoffnung mit beängstigender Geschwindigkeit, weil wir hartnäckig darauf bestanden, ihm seine Würde, seine einzigartige Fähigkeit und seine Leistung, seine Ehre als menschliches Wesen abzusprechen.

Hierzu lächelten die Leute, zu denen ich offiziell und privat sprach, überlegen und nachsichtig. Sie nannten mich „großzügig" und „liberal", und zwar so oft, daß ich böse wurde. Ich forderte sie auf, Geschichte zu studieren und daraus zu lernen, daß die Attribute der Menschenwürde, von denen ich sprach, zwar unsichtbar und unwägbar für unsere physischen Sinne, aber nichtsdestoweniger lebenswichtig waren. Kein menschliches Wesen könne auf die Dauer ohne Ehre und Würde leben. Sie konnten diese dem Afrikaner eine Zeitlang vorenthalten, aber nicht unbegrenzt, auch wenn sie ihn noch so sehr mit besseren Löhnen und dergleichen verlocken mochten. Die Geschichte der Entwicklung in Asien und wie sie sich gegen den Europäer auswirkte war eine furchtbare Illustration von der Unfruchtbarkeit eines so einseitigen Verhaltens und einer so materialistischen Methode der Annäherung.

„Wie merkwürdig, daß Sie derart um Ehre und Würde dieser Leute besorgt sind, Mijnheer de Beauvilliers", rief einer der Minister aus, „nachdem Sie uns von deren Mangel an Loyalität, ihren grausam abergläubischen Bräuchen und ihrem würdelosen Glauben an Hexerei erzählt haben."

„Ich finde das nicht merkwürdiger, Sir", antwortete ich, „als daß Sie um die Ehre und Würde derjenigen besorgt sind, die für die meisten Schrecken zweier Weltkriege verantwortlich sind: für Belsen und Lampenschirme, die aus der Haut gefühllos ermordeter jüdischer Opfer gemacht waren. Wenn Ihre Sympathie für Menschen, welche all dies aus einem Machtgefühl heraus taten, verständlich ist, warum dann nicht die meine für ein Volk, das nur aus einem Gefühl der Furcht und einer tiefen wirklich vorhandenen Unsicherheit handelte?"

Ich fuhr fort, die Meinung zu verfechten, daß jeder von uns an allem, was der Menschheit geschieht, zum Guten oder zum Bösen, teilhat, und zwar nicht nur an den Wirkungen, sondern auch an der Verantwortung. Wir alle waren durch unsere Taten oder Unterlassungen Mitspieler der Verschwörung geworden, Helfershelfer vor oder nach dem Verbrechen selbst. Wesentlich war, daß vor allem die Weißen in Afrika, da sie hier Herrscher waren, klar erkannten, wie sie selbst zu einer Unruhe beigetragen hatten, welche die Schwarzen als einzelne und kollektive Wesen zur Verzweiflung trieb. Denn dieser Prozeß ging unaufhörlich Tag und Nacht weiter, hinein und hinaus wie das Hin- und Herschießen des Weberschiffchens der antiken tragischen Parzen. So wurden die Lindelbaums, Charkows, Ghinzas und Umbombulimos hergestellt, immer wieder neu. Während ich dies ausführte, schaute ich auf, denn ich erwartete einen – wenn auch noch so leichten – Riß in der unhumanen Abwehrfront meiner Zuhörer zu sehen.

Aber alles, was ich auf ihren selbstzufriedenen Gesichtern sah, war ein ebenso arroganter und erstarrter Ausdruck, wie ich ihn je in Ghinzas oder Charkows Zügen gefunden hatte. Ich stritt nicht länger mit ihnen, denn ich erkannte: sie waren auf ihrer Seite des Zaunes, was Charkow auf der anderen Seite gewesen war. Was nottat, war etwas Großes, etwas, was weit genug war, beide Seiten zu übergreifen.

Traurig erhob ich mich, um mich zu verabschieden. Auf einmal sah ich im Geiste meinen Vater, Oom Pieter und meine Mutter vor mir und die lange Folge von Gesichtern und Gestalten der alten Afrika-Pioniere, wie ich sie als Knabe kennenlernte: schonend, großmütig und aufrecht. Sie fürchteten Gott, doch keinen Menschen, und wagten sich mutig immer tiefer hinein in das dunkle Innere Afrikas. Soll dies das Ende des Großen Trecks für ein besseres Leben sein? fragte ich mich leidenschaftlich erregt. Gibt es wirklich niemand, der großmütig genug wäre, das kühn begonnene Wagnis aufzunehmen und in einer neuen Dimension weiterzutragen; niemand, der es von der Außenwelt in die Innenwelt hinübertrüge? Der Verzweiflung nahe, verließ ich sie und ihre prahlerischen Amtsgebäude in der Hauptstadt, die ebenso unafrikanisch auf jener alten Kuppe saßen wie ein Zylinderhut auf einem Zulukopf.

Bis hierher hatte ich eine völlige Niederlage erlitten, und an den folgenden Tagen trat das Ausmaß meines Mißerfolgs vielfältig in Erscheinung. Meine Verzweiflung trieb mich, die Geschichte so niederzuschreiben, wie ich es nun getan habe. Ich wollte über die Erhabenheit von Berg, Ebene, See und Wald, über das kraftvolle Tier und das Leben des schwarzen Afrikaners sprechen, wie ich sie auf meiner Wanderung erlebt hatte. Ich wollte aufzeigen, in welchem Kontrast jene lautere Wirklichkeit zu den gewinnsüchtigen Eingriffen unseres feige gewordenen Lebens steht. Damals aber war es mir verwehrt, dies zu tun, denn ich wußte, es könnte den Tod Sergejs und Johns bedeuten und seine zukünftige Wirksamkeit unmöglich machen. Erst jetzt zu diesem späten Zeitpunkt durfte ich die Geschichte aufschreiben, nachdem ein gerade eingetroffenes Ereignis es möglich gemacht hat. Sobald dieser Augenblick gekommen war, habe ich mein geringes Handwerkszeug schnell zusammengesucht und nach Art des Jägers diese wenig vertraute Spur in dem dunklen Kontinent verfolgt, auf der Suche nach dem wahren Sinn. Nun bleibt mir nur noch die Aufgabe, meine persönlichen und privaten Seiten in dieser Erzählung zu schließen.

Nach meiner Niederlage in der Hauptstadt von meines Vaters Land kehrte ich nach Port Natal zurück. Ich hatte meine Geschichte nur unter gewissen Bedingungen erzählt, zum Beispiel, daß Lindelbaum nicht verfolgt werden sollte, wenn ich seinen Namen enthüllte. Ich konnte jedermann überzeugen, daß er als alter und nun schwerkranker Mann für seine Taten nicht verantwortlich gemacht werden konnte. Sogleich nach meiner Ankunft suchte ich ihn draußen auf, denn ich fühlte, daß ich ihm einiges mitzuteilen hatte, das für ihn wichtig war.

In „Höher als die Bäume" wurde ich von einem Zulu-Diener durch das Haus in einen Garten geführt, der gerade anfing, im Frühling aufzuflammen. Dort traf ich Lindelbaum im Krankenstuhl an, neben sich eine Krankenschwester in Tracht und seinen Hund, der die Borsten sträubte, als ich mich näherte. Ein einziger Blick auf Lindelbaum belehrte mich, wie es um ihn stand. Das Leben selbst hatte bereits den Urteilsspruch über ihn gefällt; vernichtender hätte kein anderes Urteil ihn strafen können. Er hatte einen schweren Schlaganfall erlitten und war in seinem Stuhl unbeweglich; so starrte er aus seinem vergehenden Selbst in das zart wiederbeginnende Licht und Leben rings im Garten. Auf seinem Antlitz lag ein Ausdruck, wie ich ihn in jener Nacht am Fenster zum erstenmal gesehen hatte, als er ausrief: „Weiß Gott, es ist schon lange Zeit!"

„Sir, sein Doktor sagt", flüsterte die Krankenschwester mir zu, „er wird nie wieder sprechen oder sich bewegen. Aber tatsächlich hört und versteht er noch eine ganze Menge."

Ich trat an ihn heran, kniete mich neben seinem Stuhl hin, sah ihm in die Augen und fragte: „Mr. Lindelbaum, können Sie mich verstehen?"

Er bewegte sich nicht, doch glaubte ich, das Licht in seinen dunklen Augen künde an, er habe verstanden.

„Ich bin François de Beauvilliers' Sohn, Pierre de Beauvilliers." Ich machte eine Pause, um ihm Zeit zu lassen, das Gesagte aufzunehmen. Wieder verriet mir etwas in seinen Augen, daß wir beide uns trafen, in ferner Vergangenheit, in der Erinnerung an sein erstes Erscheinen in meines Vaters Lager, als der Sturm rasch über den Busch stieg und die Akazienwipfel über unseren Köpfen wie verletzte junge Hunde winselten. Darum fuhr ich fort: „Ich bin gekommen, Ihnen zu sagen, daß nichts Böses in Umangoni geschehen ist. Mit diesem Trost können Sie den Rest des Lebens auf sich nehmen. Charkow ist tot. Er starb, weil seine Wege übel waren. Aber ich und Bessere als ich wollen, solange wir leben, versuchen, die Ungerechtigkeiten wieder gut zu machen, die Sie durch Grausamkeit erlitten haben und die Sie so bitter haßten." Bei diesen Worten schloß er die Augen, als sei er müde und wolle schlafen. Aber plötzlich sah ich Tränen unter den geschlossenen Augenlidern hervorquellen und die Wangen herunterlaufen.

„Nun haben Sie ihn aufgeregt", warf mir die Schwester streng vor.

„Ich hoffe, das habe ich nicht getan", gab ich zurück. „Vielleicht habe ich seinem Geiste nur eine Last abgenommen."

Als ich mich umwandte, leckte mir der Hund die Hand und rieb den Kopf gegen meine Knie. Irgendwie schien mir das ein gutes Zeichen, so ging ich froheren Mutes fort, als ich gekommen war.

Von „Höher als die Bäume" ging ich zurück nach Umangoni, doch nicht nach der Hauptstadt, sondern nach Amantazuma. Ich bildete mir ein, ich kehre nur zurück, um für die Familien meiner ermordeten Diener zu sorgen und Tickie und Said zu treffen, welche ich zum Urlaub dorthin gesandt hatte. In Wirklichkeit aber war mir in den letzten Wochen die Rückkehr nach Petit France durch den hartnäckigen Streit mit den Führern meiner eigenen Landsleute verleidet worden. Mein Mißerfolg hatte mir einen Blick auf den Riesenschatten eines Barbarentums freigegeben, das unsere einseitige Kultur unaufhaltsam züchtet, eines Barbarentums, das sich feige jederzeit noch eine Hintertür offenhält. Ich fühlte mich isoliert und verwirrt. So war ich auf der Suche nach Erneuerung, Verjüngung in dem Quell eines natürlicheren, unverfälschten Lebens.

Doch sollte ich bald erfahren, daß es nichts half, die Welt wegen meiner inneren Unruhe zu tadeln, nicht einmal wegen des quälenden Schmerzes über den Tod Umtumwas, Oom Pieters und der anderen. Die Wahrheit lag jenseits von alledem. Ich war tief uneins mit mir selber und spürte immer sicherer, daß ich innerlich in einer entscheidenden aber ungeklärten Hinsicht versagte.

So blieb ich nur eine Woche in Amantazuma und warb neue Diener anstelle der alten an. Vergeblich versuchte ich, Said zu überreden, zu seinem eigenen Volke zurückzukehren. Er geriet in offenen Aufruhr, als ich diesen Gedanken auch nur erwähnte, bombardierte mich in seiner charakteristischen Manier mit rhetorischen Fragen und verkündete schließlich fest: „Effendi, wohin Ihr geht, dahin gehe ich. Allah hat uns zusammengeführt, und im Namen Allahs laßt uns zusammen gehen bis ans Ende." So mußte ich es dabei belassen, und ich tat es gern, weil er und Tickie so feste Freundschaft geschlossen hatten.

Sie gingen überall in Amantazuma herum wie Helden, die von einer trojanischen Schlacht zurückkommen, mit ihren kleinen Fingern ineinander verhakt.

Ich ordnete an, daß Tickie und Said mit den anderen Dienern mir in einem Monat nach Petit France folgen sollten, ich selbst wollte sogleich dorthin zurückkehren. Am Abend vor meinem Aufbruch beobachtete ich mit Freude eine kleine Szene. Eins der anmutigsten 'Takwena-Mädchen ging sicheren Schrittes mit müheloser Grazie den Abhang herunter auf Said und Tickie zu, die redend und rauchend außerhalb einer Hütte saßen. Sie hatte eine weiche, cremefarbene Decke graziös um sich geschlungen, so daß eine schwarze Marmorschulter und eine feste, glänzende Brust frei blieb. Ihr mit Goldreifen geschmückter Arm hielt die Decke um die Hüften, den anderen hob sie manchmal, um nach der Grasmatte auf ihrem Kopf zu fühlen, auf der sie einen karmesinroten Krug mit Bier im Gleichgewicht hielt. Als sie hinter den beiden angekommen war, sank sie, ohne ein Wort zu sprechen, auf ihre Knie, nahm den Krug vom Haupt und stellte ihn vor sich auf die Erde. Dann saß sie schweigend und wartete, ihre langen Hände ruhten in ihrem langen Schoß, die Augen waren scheu auf den Boden geheftet. Ich merkte, daß Tickie, obgleich er sich nicht umgewandt hatte, wußte, daß sie da war; denn plötzlich war seine Haltung und Sprechweise elektrisch geladen von der Wichtigkeit seiner eigenen Person. Einige Sekunden beachtete er sie nicht, und das kostete offenbar eine enorme Willensanstrengung. Endlich, immer noch ohne sich umzudrehen, gab er ihr ein gnädiges Zeichen, nach vorn zu kommen und ihr Geschenk zu überreichen.

„Ich gratuliere dir, o Tickie", sagte ich nachher zu ihm und sah, wie er das unvermeidliche Lächeln mit den Händen zu verbergen suchte. „Nandisipoh wirft wahrlich einen Schatten." Aber während ich dies aussprach, spürte ich, daß ich ihn beinahe beneidete und wandte mich ab. Da ich Augenzeuge dieses kleinen Vorfalles geworden war, fühlte ich auch meine eigene Unruhe wieder stärker.

Um vier Uhr nachmittags, am letzten Sonnabend im November, kehrte ich nach Petit France zurück. Es war zwei Tage früher als ich angenommen hatte, denn eine Verabredung zu einer erneuten Unterredung mit einem Minister in der Hauptstadt der Union wurde im letzten Augenblick abgesagt. In meiner Abneigung, ein Wochenende mit meinen verheerenden Erinnerungen allein zu verbringen, fand ich gerade noch Zeit, im letzten Moment in ein Flugzeug mit dem Kap als Bestimmungsziel zu springen. Aber ich hatte keine Zeit mehr, an Bill zu telegrafieren, daß ich schon unterwegs war.

Als ich die Stufen zu meiner Veranda hinaufstieg, war ich daher nicht überrascht, das Haus still und leer zu finden. Türen und Fenster waren alle geschlossen, so wie ich selbst es in der warmen Jahreszeit immer gehalten hatte. Die Flügel der grünen Fensterläden waren fest zusammengehakt und verbargen das wie Seifenblasen schillernde Licht, dessen Spiel ich so gern auf den breiten Glasscheiben sah, jenem bernsteinfarbenen Glas, das noch aus dem siebzehnten Jahrhundert stammte. Die Eingangstür war zwar zu, doch nicht abgeschlossen. Als ich auf die Klinke drückte, bemerkte ich, daß die Gruppe meiner Massai-Speere neu geordnet war, doch war die Tatsache nicht zu übersehen, daß ein Speer fehlte.

Ich öffnete die Tür und trat ein. Wie kühl und dunkel es nach der Hitze und dem Licht draußen war, und wie still! Die einzigen Laute waren das Zischen der See auf dem glänzenden Strand und das Knarren der Decke über mir, wie das eines Schiffsdecks, wenn das Schiff an der Hafenbarre in die offene See geht und das Schwellen der Flut aufnimmt. Ich spähte den langen Korridor entlang und rief erst auf Sindakwena, dann auf Afrikaans und endlich auf Englisch: „Ist hier irgendwer?" Keine Antwort. Nun, das wunderte mich nicht weiter. Sonnabend war Bills geschäftigster Tag. Ich nahm mir vor, ihn gleich in seinem Büro anzurufen, setzte meinen Koffer nieder und ging durch zur Küche. Auch sie war leer. Die Vorhänge waren zugezogen; hinter ihnen waren einige Fliegen zwischen Dunkelheit und Licht eingefangen und surrten fieberhaft gegen das glühend heiße Glas.

Es war kein Feuer in dem offenen Herd, aber der Kessel summte und ein freundlicher Duft wie von köstlicher Suppe hing in der Luft: von lockeren Buren-Semmeln, die im Ofen buken. „Bill wird gewiß zum Tee wiederkommen", dachte ich, bedrückt von der Leere und Dunkelheit in Petit France, die auf mich eindrangen und sich so bereitwillig mit dem Gefühl der Einsamkeit und Sinnlosigkeit in meinem Innern vereinten.

Schnell schritt ich zur Hintertür und stieß sie auf, um das Licht hineinzulassen. Der muntere, prächtige Nachmittag sprang auf meine Augen herab wie ein Löwe auf einen Bock. Einen Augenblick stand ich da, hilflos blinzelnd, und sah und fühlte das Licht wie eine stürzende Welle in der kochenden, schäumenden Brandung eines zornigen Meeres.

„Irgendwer dort?" rief ich wiederum und blinzelte in den Sonnenschein. Aber es kam keine Antwort. Ich schlenderte über den Hof. Die Zimmer waren geschlossen und leer. Ich beschloß, zu Diamant hinüber zu gehen. Aber auch Diamants freier Stand in den Ställen war

leer und die halbhohen Türen weit offen. „Also ist Bill ausgeritten", sagte ich zu mir. Doch fühlte ich mich von alledem mehr und mehr niedergeschlagen. Ja, ich war verstimmt, daß nicht einmal mein eigenes Lieblingspferd zu meiner Begrüßung da sein sollte. Offenbar hatte der ganze Platz sich zu schnell an andere Lebensweisen gewöhnt. Zu bald schien er alle Erinnerung an mich und die Erwartung meiner Wiederkehr abgeworfen zu haben.
Ich drehte um und ging rasch ins Haus zurück, nun auf der Flucht vor der noch größeren Leere und Teilnahmslosigkeit draußen.
Zuerst ging ich in mein Arbeitszimmer. Dort kam mir ein lieblicher Duft von Freesien entgegen, köstlich und von zarter Unschuld, so echt und unerwartet afrikanisch, wie die Flamingo-Flamme oder die Riesenkraft des Kilimandscharo. Schnell zog ich die Vorhänge auf und öffnete Fenster und Läden weit. Das Zimmer war mit geschickt angeordneten Blumen wie mit Sternen besät. Doch nicht einmal die Freesien und ihr geliebter Duft konnten meine Aufmerksamkeit lange im Zimmer fesseln. Bald war ich wieder am Fenster und schaute hungrig über die glänzenden blauen Wasser der großen Falschen Bucht nach dem überhängenden Kap und der blauen Silhouette der Hottentotten-Holland-Berge. Sie setzten gerade ein mit der gewaltigen Musik des alten mythologischen Themas vom größeren jenseitigen Afrika, von dem ich gekommen war. Und ihr Anblick erinnerte mich an jenen Morgen, als ich sie herüberschwimmen sah hinter der erschreckten Schiffsfrau „Stern der Wahrheit", die sich heimlich aus der Bucht davonmachte. Jedoch mit einem Unterschied: damals zeigte der Winkel ihres Schattens, daß die Berge für den Tag bestimmt waren, jetzt aber erwarteten sie die Nacht. Zwischen den Bergen und mir flogen große südatlantische Möwen blitzend, wie Sonne auf Glas, in das Nachmittagslicht hinein und wieder heraus. Manchmal kreisten sie geschwind über die Küste und klagten dringlich dort oben wie die Regenpfeifer bei Nacht im Toten Lande.

Dann wieder drang ihr Schrei voller Heimweh an meine Sinne, die so unwiderruflich an dieses ausgesetzte, einsame Schiff Petit France gebunden waren. Sie schrien, als eiferten sie mit meinen Gedanken, sie sollten sich befreien, die Reise wiederaufnehmen und zu jenem großen Ozean des Landesinnern zurückkehren, der mich getragen hatte und von dem ich erst eben gekommen war. Wie qualvoll jener Ruf der Möwen an mein Ohr drang! Dazu der ruhelose Sirenen-Gesang im Auf- und Abwogen des Meeres – alles verwandelte die dichte Sommerstille ringsum in ein Geriesel von Lautwellen. Ich ertrug es nicht, sondern wandte alledem entschlossen den Rücken und ging zu meinem Schreibtisch. Dort lagen keine Briefe für mich, nur ein Haufen von Telegrammen, von Aramis, Fort Herald, von der Regierung, Salisbury, von Lusaka, Livingstone, Entebbe, Zomba, Diaz Bay und Oberst Fereira. Sie alle fragten: „Wohin soll Ihre Post nachgesandt werden?" „Wann kommen Sie auf Ihrer Rückkehr hier vorbei?" „Was ist mit Ihnen passiert?"

Beinahe automatisch setzte ich mich am Tisch nieder, und mein Blick fiel auf die Photographie, wo Joan und ich auf unseren Pferden saßen, umbrandet von der strahlenden See, an genau der gleichen Bucht Afrikas, auf die ich soeben geschaut hatte. Das war zuviel. All mein bewußter Widerstand brach zusammen und die Ursache meiner eigenen privaten und persönlichen Ruhelosigkeit entlud sich wie der Blitz eines lange drohenden Gewitters vor den Fenstern meiner Seele. Ich war meiner selbst müde. Ich war eines Lebens überdrüssig, in dem ich nur eine vereinzelte Hälfte bildete, für immer verdammt, nur dieses unvollständige Selbst zu wiederholen. Ich erinnerte mich, wie vollkommen und erfüllt jene kurzen Wochen gemeinsam mit dem Schulmädchen Joan gewesen waren, Jahre zurück. Erst jetzt wurde mir bewußt, wie stark ich damit gerechnet hatte, sie am Ende meiner Reise wiederzutreffen. All die Rechts- und Hinderungsgründe einer sorgsam eingerichteten Vernunft waren nicht imstande gewesen, jene tiefe geheime Hoffnung in mir auszulöschen.

Während ich so düster in den Spiegel meines eigenen Herzens blickte, hörte ich weit fort, in einer anderen Dimension meiner Sinne, einen Pferdehuf entfernt auf einen Kiesel im Stallhof schlagen. Nach einer Weile folgte ein Gemurmel von Stimmen in der Küche. So bitter und tief aber war ich nach innen konzentriert, daß ich unfähig war, aus den Lauten irgendeine Schlußfolgerung zu ziehen. Vielmehr fuhr ich fort, auf das Bild vor mir zu starren, und in der Erregung des Schmerzes rief mein Herz aus: Du hättest schreiben können, ein Wort nur; wußtest du doch, was ich für dich tat.

Dann hörte ich einen tiefen Atemzug irgendwo nahebei, doch so leise, daß ich nicht recht sagen konnte, woher er kam. Ich erhob meine Augen von dem Bilde zu dem runden französischen Spiegel über dem großen Kamin und sah genau in die kühle Widerspiegelung der weit offenen Tür zum Hauptgang. In ihrer Mitte war die Vision von Joans Antlitz, wie ich es zum erstenmal in der Kirche erblickt hatte, weniger verändert, eher vollendet. Einen Augenblick dachte ich, ich sei verrückt geworden, dann aber fühlte ich, wie all die verstreuten Stücke meines einsamen, beraubten und unvollkommenen Wesens sich auf dem lieblichen Antlitz in dem Spiegel wie in ihrem Brennpunkt vereinigten.

Nur eine Sekunde hielt mein Blick stand, dann sprang ich auf und schwang so heftig herum, daß der Stuhl umfiel. Die Tür stand weit geöffnet, und da war Joan.

„Vergib mir", sagte ich als Entschuldigung für mein rauhes, aufgeschrecktes Wesen, „ich dachte, du bist in England... ich hatte keine Ahnung. Ich glaubte, du wärest für immer fortgegangen."

„Ich bin dort gewesen und gerade zurückgekommen", antwortete sie. Dabei wandte sie ihre Augen keinen Augenblick von meinem Gesicht, und ihre Stimme zitterte: „Hast du meine Briefe nicht bekommen? Wußtest du nicht, daß ich nicht fortgehen könnte, bis..."

Sie hielt jäh inne, denn während ich zur Begrüßung auf sie zukam, fiel das Licht vom Fenster zum erstenmal voll auf mein Gesicht; da schien ihr die Stimme zu ver-

sagen. Ich glaube, wir beide sahen uns in jenem Augenblick gegenseitig durch einen Schleier. Aber was sie sah, genügte ihr. Betroffen rief sie aus: „Oh, Pierre, mein liebster Pierre, was haben sie dir angetan in all diesen Jahren?"
Dann geschwind, wie jemand, der schon lange begriffen hat, wie wenig Worte ausdrücken können, ging sie auf mich zu, faltete ihre Hände um meinen Hals, hielt mich so und erhob ihr Gesicht genau wie vor elf Jahren. Ich nahm sie in meine Arme, und die grimmigen Jahre zwischen uns verschwanden.
Und hier muß ich enden. In den meisten Lebensschicksalen, und besonders in solchen wie dem meinen, sind unvermeidlich Momente des Abschieds nur willkürliche Einschnitte, so auch das Ende einer Geschichte. Sie endet in Wirklichkeit nur, um neu zu beginnen. Auch dieses Ende hier, das sich nun wie ein Vorhang über uns senkt, ist nur das Ende jenes Suchens, das einen Menschen an die Schwelle seiner privaten und persönlichen Aufgabe führt. Das Leben selbst verlangt Tag und Nacht von ihm, von jedem Blutstropfen, die Erfüllung seiner Aufgabe: mit Liebe und aus Liebe zu leben. Das Leben fordert, daß der Mensch jenseits von Vernunftsgründen oder Zeitumständen nur der Vision lebt, die ihn vom bloßen Kreisen um sich selbst fortzieht – so wie mich die Vision von Joan mit sich zog, trotz meiner früheren furchtsamen Befangenheit im allzu bewußten Selbst. Einer solchen Vision zu dienen, sie zu schützen gegen allen scheinbaren Ersatz, gegen verstandesmäßige Einschränkungen oder feige Kompromisse – dies ist, glaube ich, immer noch die ritterliche Pflicht des Menschen unserer Zeit. Wenn er davor zurückweicht, wird er – das weiß ich – niemals inneren Frieden finden. Nimmt er jedoch den Ruf auf und folgt ihm, so muß er treu bleiben bis zum Ende. Selbst dann, wenn sich seine Vision, wie es mir vergönnt war, niemals in Fleisch und Blut verwirklichen sollte, sondern ihm immerfort zuwinkt – als Quecksilberspiegelung einer Sache, die über ihn selbst hinausgeht – auch dann muß er standhaft blei-

ben und dem Rufe unbeirrt folgen. Und sein Leben wird – so wie Johns – etwas Höheres erreichen als Glück und Unglück. Dieses Höhere ist: ein erfülltes Sein, der wahre Sinn.